KB118445

작은 것들의 신

THE GOD OF SMALL THINGS
by Arundhati Roy

This Korean edition was published by Munhakdongne Publishing Corp. in 2016
by arrangement with David Godwin Associates, London
through KCC(Korea Copyright Center Inc.), Seoul.

이 책은 (주)한국저작권센터(KCC)를 통한 저작권자와의 독점 계약으로
(주)문학동네에서 출간되었습니다.
저작권법에 의해 한국 내에서 보호를 받는 저작물이므로
무단 전재 및 무단 복제를 금합니다.

이 도서의 국립중앙도서관 출판예정도서목록(CIP)은
서지정보유통지원시스템 홈페이지(http://seoji.nl.go.kr)와
국가자료공동목록시스템(http://www.nl.go.kr/kolisnet)에서 이용하실 수 있습니다.
(CIP제어번호: CIP2016000777)

세계문학전집
135

Arundhati Roy: The God of Small Things

작은 것들의 신

아룬다티 로이 장편소설

박찬원 옮김

문학동네

나를 키워주고
다른 사람과 대화하는 동안 말을 걸 때는 먼저
'실례합니다'라고 말하도록 가르쳤던,
사랑으로 나를 보내준
나의 어머니 마리 로이에게

나처럼 견뎌낸 LKC에게

하나의 이야기가 마치 유일한 이야기인 양
이야기되는 일은 앞으로 다시는 없을 것이다.

존 버거

일러두기

1. 번역 대본으로는 *The God of Small Things*(Arundhati Roy, Fourth Estate, 2009)를 사용했다.
2. 주석은 모두 옮긴이주이다.
3. 본문 중 고딕체는 원서에서 이탤릭체로 강조한 부분이다.
4. 원서에서 두문자를 대문자로 강조한 낱말은 작은따옴표로 표기하였다.
5. 원서에서 전체를 대문자로 강조한 낱말은 볼드체로 처리하였다.
6. 작가가 주인공의 시선으로 언어 유희를 하며 의도적으로 사용한 맞춤법과 띄어쓰기 오류는 가급적 반영하고자 했다. 예: 춤멈(멈춤), 녕하세요(안녕하세요), 무하아한 기쁨(무한한 기쁨), 이름이뭐예요(이름이 뭐예요), 농축(농축), 낮잠(낮잠) 등.

차례 ▌

1
파라다이스 피클 & 보존식품

아예메넴의 5월은 덥고 음울한 달이다. 낮은 길고 후텁지근하다. 강물은 낮아지고, 먼지를 뒤집어쓴 채 고요히 서 있는 초록 나무에서 검은 까마귀들이 샛노란 망고를 먹어댄다. 붉은 바나나가 익어간다. 잭프루트가 여물어 입을 벌린다. 과일향이 진동하는 공기 중을 방종한 청파리들이 공허하게 윙윙댄다. 그러다 투명한 유리창에 부딪혀 떨어져서는 햇볕 속에서 당황한 채 죽어간다.

밤은 맑지만 나태와 음울한 기대가 배어 있다.

그러다 6월 초가 되면 남서계절풍이 불어오고 석 달간 바람과 물이 계속되는데, 아주 잠깐 눈부신 햇살이 선명하게 뚫고 나오면 신이 난 아이들은 달려나와 노느라 정신이 없다. 전원은 거침없이 온통 초록으로 물든다. 타피오카 울타리가 뿌리를 내리고 꽃을 피우면 집과 집 사이의 경계가 흐려진다. 벽돌담은 이끼가 자라면서 어두운 녹색으로 변한다. 후추 덩굴이 구불구불 전봇대를 타고 오른다. 홍토로 된 둑을 뒤덮은 야생 덩굴이 침수된 도로까지 덮어버린다. 배들이 시장 복판을 바삐 오간다. 그리고 공공사업부가 메워야 할 간선도로의 움푹 파인 곳들에 물이 차서 생긴 웅덩이에 작은 물고기들이 보인다.

라헬이 아예메넴으로 돌아왔을 때, 비가 내리고 있었다. 무른 흙 위로 비스듬히 내려꽂히는 은빛 로프가 쏟아지는 총탄처럼 흙을 파헤쳤다. 언덕 위 오래된 집은 귀까지 낮게 내려쓴 모자처럼 가파른 박공지붕을 이고 있었다. 이끼로 줄무늬가 생긴 담벼락은 물러지고 땅에서 빨아들인 습기로 조금 불룩해져 있었다. 풀들이 제멋대로 자란 정원엔 조그만 생명체들의 속삭임과 부산스러움이 가득했다. 덤불에서는 쥐잡이뱀 한 마리가 반짝이는 돌멩이에 몸을 비비대고 있었다. 짝짓기 상대를 찾는 노란 황소개구리들이 거품이 인 연못을 이리저리 유영하고 있었다. 흠뻑 젖은 몽구스 한 마리가 나뭇잎이 흩뿌려진 차도를 휙 건너갔다.

마치 빈집 같았다. 문과 창문이 모두 잠겨 있었다. 현관 베란다는 텅 비어 있었다. 가구 하나 없었다. 하지만 집밖에는 크롬 테일핀이 달린 하늘색 플리머스가 여전히 세워져 있었고, 집안엔 베이비 코참마가 여전히 살아 있었다.

그녀는 라헬의 막내 외고모할머니, 즉 라헬의 외할아버지의 막내 여동생이었다. 그녀의 진짜 이름은 나보미, 나보미 이페였지만 모두 베이비라 불렀다. 아주머니라 불릴 나이가 되면서는 베이비 코참마*라고 불렸다. 하지만 라헬이 그녀를 보러 온 것은 아니었다. 조카손녀도

12

외고모할머니도 그 점에 관해서는 어떤 오해의 여지도 없었다. 라헬은 그녀의 오빠 에스타를 만나러 왔다. 두 사람은 두 개의 난자에서 생겨난 쌍둥이였다. '이란성쌍생아'라고 의사들은 말했다. 동시에 수정된, 각기 다른 난자에서 태어난 것이다. 에스타—에스타펜—가 18분 먼저 태어났다.

에스타와 라헬은 서로 별로 닮지 않았는데, 심지어 둘 다 팔이 가늘고 가슴이 납작하고 횟배를 앓으며 엘비스 프레슬리처럼 앞머리를 부풀린 어린아이였을 때도 그랬다. 그래서인지 '누가 누구지?' 또는 '어느 쪽이 어느 쪽이지?' 같은 흔한 질문은 과하게 웃는 친척들도, 기부를 하라며 아예메넴 저택에 자주 오던 시리아 정교회 주교들도 하지 않았다.

혼동은 더 깊고 더 비밀스러운 곳에 있었다.

이제 막 기억이 쌓이기 시작하던 시절, 삶이 '시작'으로만 가득하고 '끝'이란 게 없이 '모든 것'이 '영원'하던 그 어렴풋한 어린 시절에 에스타펜과 라헬은 자신들을 합쳐서 '나'로, 그리고 따로 떨어져 각자로서는 '우리we' 혹은 '우리Us'라는 식으로 생각했다. 두 사람은 육체적으로는 분리되었지만 정체성은 잇닿은 희귀한 샴쌍둥이 같았다.

그 오랜 세월이 지났지만 지금도 라헬은 에스타가 꾼 우스꽝스러운 꿈 때문에 깔깔대며 잠에서 깬 어느 밤을 기억한다.

또한 그녀가 기억할 턱이 없는 다른 기억들도 기억한다.

예를 들면 (그 자리에 없었음에도) '오렌지드링크 레몬드링크 맨'이

---

* '코참마'는 여성에게 존경을 담아 부르는 호칭으로 우리말의 아주머니, 혹은 마님 정도에 해당한다.

아브힐라시 탈키스에서 에스타에게 한 행동을 기억한다. 마드라스행 마드라스 우편열차에서의 토마토 샌드위치―에스타가 먹은 에스타의 샌드위치―의 맛을 기억한다.

이런 것들은 그저 작은 것들일 뿐이다.

어쨌든, 이제 그녀는 에스타와 라헬을 '그들'로 생각한다. 왜냐하면 따로 떨어져 있는 지금, 그들 둘은 더이상 예전의 '그들'이 아니고, 훗날 어떠하리라 상상했던 '그들'도 아니기 때문이다.

결코.

그들의 삶은 이제 크기와 형태를 갖추고 있었다. 에스타에겐 그의 삶이, 라헬에겐 그녀의 삶이 있었다.

'가장자리' '경계' '경계선' '끄트머리' 그리고 '한계' 같은 것들이 마치 한 무리의 트롤처럼 각자의 지평선에 나타났다. 키 작은 요정들이 기다랗게 그림자를 드리우며 '흐릿한 접경' 곳곳을 돌아다녔다. 이제 온화한 반달 같은 주름이 눈 아래 자리잡았고 그들은 암무가 죽었을 때만큼이나 나이가 들었다. 서른하나.

늙지도 않은.

젊지도 않은.

하지만 살아도 죽어도 이상할 것 없는 나이.

자칫 버스에서 태어날 뻔했다, 에스타와 라헬은. 그들의 아버지 바바가 출산이 임박한 그들의 어머니 암무를 실롱의 병원으로 데리고 가던 중 자동차가 아삼의 차밭 사이로 난 구불구불한 도로에서 고장이

나고 말았다. 그들은 차를 포기하고 손을 흔들어 혼잡한 공영버스를 멈춰 세웠다. 극빈자들이 비교적 잘사는 사람들에게 가지는 기묘한 연민 때문인지, 아니면 그저 엄청나게 부른 암무의 배를 봤기 때문인지, 앉아 있던 승객들이 두 사람에게 자리를 양보했고, 병원에 도착할 때까지 에스타와 라헬의 아버지는 (그들이 들어 있던) 그들 어머니의 배가 흔들리지 않게 잡고 가야 했다. 두 사람이 이혼하고, 암무가 케랄라로 돌아오기 전의 이야기다.

에스타는 만일 그들이 버스에서 태어났더라면 평생 무료로 버스를 탈 수 있었을 것이라고 말했다. 어디서 그런 이야기를 들었는지 또는 어떻게 그런 것들을 알았는지는 분명하지 않지만, 몇 년 동안 쌍둥이는 부모 때문에 평생 무료 버스 승차권을 놓쳤다고 막연히 원망스러워하기도 했다.

그들은 만일 그들이 횡단보도에서 죽으면, 정부에서 장례식 비용을 댄다고도 믿었다. 그러기 위해 횡단보도가 존재하는 거라고 확신했다. 무료 장례식. 물론 아예메넴에는 치여 죽을 횡단보도도 없었고, 가장 가까운 도시인 코타얌에도 없었지만, 차로 두 시간 거리인 코친에 갔을 때 차창 밖으로 그것을 본 적은 있었다.

정부가 소피 몰의 장례식 비용을 대지 않은 것은 그녀가 횡단보도에서 죽지 않았기 때문이었다. 그녀의 장례식은 새로 페인트칠한 아예메넴의 오래된 성당에서 열렸다. 소피는 에스타와 라헬의 외사촌으로 차코 외삼촌의 딸이었다. 소피는 영국에서 찾아왔었다. 그녀가 죽었을 때 에스타와 라헬은 일곱 살이었다. 소피 몰은 곧 아홉 살이 될 참이었다. 소피 몰은 특별히 맞춘 아동용 관에 누웠다.

새틴으로 안을 덧댔고.

황동 손잡이가 반짝였다.

소피 몰은 노란 크림플린 나팔바지를 입고, 머리를 리본으로 묶고, 좋아하던 영국제 고고 핸드백과 함께 관 속에 누워 있었다. 얼굴은 창백했고 물속에 너무 오래 담근 탓에 쭈글쭈글해진 도비*의 엄지손가락 같았다. 신도들이 관 주위를 둘러쌌고, 그 노란 성당은 슬픈 노랫소리로 가득찬 목구멍처럼 부풀어올랐다. 곱슬곱슬한 턱수염을 기른 사제들이 사슬에 달린 유향 단지를 흔들었고 여느 일요일과는 달리 아기들에게 미소를 짓지 않았다.

제단 위의 긴 양초들은 휘어졌다. 짧은 초들은 그렇지 않았다.

장례식이 열리면 종종 시신 옆에 나타나는 (아무도 누군지 몰랐지만) 먼 친척인 척하는 노파(장례식광? 잠재적인 시체성애자?)가 솜뭉치에 향수를 묻혀 경건하고 은근히 도전적인 태도로 소피 몰의 이마를 가볍게 닦았다. 소피 몰에게서 향수와 관목棺木 냄새가 났다.

소피 몰의 어머니 영국인 마거릿 코참마는 소피 몰의 생부 차코가 그녀를 위로하기 위해 팔을 두르려 하자 이를 뿌리쳤다.

가족들이 가까이 모여 섰다. 마거릿 코참마, 차코, 베이비 코참마, 그리고 그 옆엔 그녀의 올케이자 에스타와 라헬, 그리고 (소피 몰의) 할머니인 맘마치가 있었다. 맘마치는 눈이 거의 보이지 않았고 집밖으로 나갈 때면 늘 짙은 색안경을 썼다. 그 안경 뒤에서 눈물이 흘러 처

---

* 인도와 파키스탄 카스트 계급의 하나로, 주로 세탁일을 하는 사람들을 가리킨다.

마끝의 빗물처럼 턱을 따라 흔들리며 떨어졌다. 빳빳한 회백색 사리를 입은 맘마치는 조그맣고 아파 보였다. 차코는 맘마치의 외아들이었다. 그녀는 자신의 슬픔 때문에 비탄에 빠졌다. 아들의 슬픔 때문에 무너져내렸다.

암무와 에스타, 라헬은 장례식 참석은 허락받았으나, 다른 가족들과 떨어져 서 있어야 했다. 아무도 그들을 쳐다보지 않았다.

성당 안은 더웠고, 칼라꽃이 마르면서 하얀 꽃잎 가장자리가 오그라들었다. 관에 놓인 꽃 속에 벌 한 마리가 죽어 있었다. 암무의 손이 떨리면서 들고 있던 찬송가책도 흔들렸다. 그녀의 피부는 차가웠다. 그녀 곁에 붙어 서서 잠이 덜 깬 에스타는 따끔거리는 눈을 유리처럼 반짝거리며 찬송가책을 든 암무의 떨리는 팔 맨살에 뜨거운 뺨을 갖다댔다.

반면 라헬은 완전히 깨어 있었고 '현실의 삶'과 맞선 싸움으로 지쳐, 날카로운 경계심을 풀지 않은 불안정한 상태였다.

라헬은 소피 몰이 자신의 장례식을 위해 깨어 있다는 것을 알아차렸다. 소피는 라헬에게 '두 가지'를 보여주었다.

'하나'는 노란 성당의 새로 칠한 높다란 돔으로, 라헬은 지금까지 성당 안에서 돔을 올려다본 적이 없었다. 하늘처럼 파랗게 칠한 돔에는 구름 조각들이 떠다녔고 조그마한 제트비행기들이 쌩 하고 구름 사이를 서로 교차해 날면서 하얀 십자가 모양의 항적을 만들고 있었다. 사실 (꼭 짚고 넘어가야 할 것은) 슬픈 엉덩이들과 찬송가책에 에워싸여 신도석에 서 있는 것보다 관에 누워 위를 올려다보는 편이 이런 것들을 알아채기가 훨씬 수월했으리라.

라헬은 구름을 칠할 하얀색, 하늘을 칠할 파란색, 제트기를 칠할 은색 페인트통과 브러시와 희석제까지 들고 힘들여 그런 높은 곳까지 올라간 누군가를 생각했다. 라헬은 그 위에 있는 벨루타 같은 그 사람을, 벗은 몸을 빛내며 성당의 높은 돔에 설치된 발판 판자에 앉아 흔들거리면서 성당의 푸른 하늘에 은색 제트기들을 그리는 그를 상상했다.

만일 로프가 뚝 끊어지면 어찌될까 생각했다. 그가 직접 만든 하늘에서 어두운 별처럼 떨어지는 모습을 상상했다. 성당의 뜨거운 바닥에 뼈가 부러진 채 널브러진 그의 두개골에서 비밀처럼 쏟아져나오는 검은 피를.

그때쯤에는 에스타펜과 라헬도 세상에는 사람을 파멸시키는 이런저런 방법들이 존재한다는 것을 깨닫고 있었다. 이미 그 냄새에도 익숙해졌다. 역겨운 달콤한 냄새. 바람에 실려오는 오래된 장미향 같은.

소피 몰이 라헬에게 보여준 '다른 하나'는 새끼 박쥐였다.

장례식이 진행되는 동안 라헬은 작고 검은 박쥐 한 마리가 베이비 코참마의 값비싼 장례식용 사리에 구부러진 발톱으로 매달려 기어오르는 것을 지켜보았다. 박쥐가 그녀의 사리와 블라우스 사이, 슬픔이 넘실대는 맨 몸통에 이르자 베이비 코참마가 비명을 지르며 찬송가책으로 허공을 때렸다. 노랫소리가 그치고, "뭐야? 무슨일이야?" 하는 소리, 퍼덕퍼덕 홰치는 소리, 사리를 펄럭대는 소리가 이어졌다.

슬픈 사제들은 숨어 있던 거미들이 갑자기 턱수염에 거미줄이라도 친 것처럼 금반지 낀 손으로 곱슬곱슬한 턱수염을 털어댔다.

새끼 박쥐는 하늘로 날아올라 십자가 모양의 항적을 남기지 않는 제트비행기가 되었다.

소피 몰이 관 속에서 몰래 수레바퀴처럼 재주넘기하는 것을 본 사람은 라헬뿐이었다.

구슬픈 노래가 다시 시작되었고, 똑같은 슬픈 가사를 두 번 반복해 불렀다. 그리고 다시 한번 노란 성당은 사람들의 목소리에 목구멍처럼 부풀어올랐다.

그들이 소피 몰의 관을 성당 뒤편에 있는 작은 묘지의 땅속으로 내렸을 때, 라헬은 소피가 아직 죽지 않았다는 것을 알았다. 라헬은 (소피 몰을 대신해서) 반짝반짝 빛나는 관의 광택을 덮어가는 붉은 진흙의 부드러운 소리와 오렌지색 홍토의 거친 소리를 들었다. 윤이 나는 관의 널과, 관 안에 덧댄 새틴 안감을 통해 들려오는 쿵쿵거리는 둔탁한 소리도 들을 수 있었다. 슬픈 사제들의 목소리는 진흙과 나무에 막혀 먹먹했다.

가장 자비로우신 아버지, 우리는 당신의 손에
우리 곁을 떠난 이 아이의 영혼을 맡기나이다.
그리고 아이의 육신은 땅에 맡기나이다.
흙은 흙으로, 재는 재로, 먼지는 먼지로.

땅속에서 소피 몰이 비명을 질렀고 새틴을 이로 찢었다. 하지만 흙과 돌 때문에 그녀의 비명소리는 들리지 않았다.

소피 몰은 숨을 쉴 수 없어서 죽었다.

그 아이의 장례식이 그 아이를 죽였다. 먼지는 먼지로 먼지는 먼지로 먼지는 먼지로. 그녀의 묘비에는 '우리에게 찰나의 순간 머물다 간 햇살'이라고 쓰여 있었다.

암무는 나중에 '찰나의 순간'이 '너무 짧은 시간 동안'이라는 의미라고 설명해주었다.

장례식을 마친 후, 암무는 쌍둥이를 데리고 코타얌 경찰서를 찾아갔다. 아이들은 그곳을 잘 알고 있었다. 그 전날 대부분의 시간을 거기서 보냈으니까. 벽과 가구에 스며든 코를 찌르는 듯한 오래된 지린내를 예상했기에 냄새가 시작되기 한참 전부터 콧구멍을 틀어막았다.

암무는 경찰서장을 만나게 해달라고 부탁했고, 그의 사무실로 안내되자 막대한 착오가 있었다며 진술하고 싶다고 말했다. 그녀는 벨루타를 만나게 해달라고 부탁했다.

토머스 매슈 경위는 인도 항공의 마스코트인 다정한 마하라자*처럼 콧수염이 빳빳했지만, 음흉하고 탐욕스러운 눈을 하고 있었다.

"이러기엔 좀 늦었다고 생각하지 않나?" 그가 말했다. 그는 말라얄람어**의 거친 코타얌 사투리를 썼다. 말을 하면서 그는 암무의 젖가슴을 뚫어지게 쳐다봤다. 그는 경찰은 필요한 모든 것을 알고 있고, 코타얌 경찰은 베시야***나 그들의 사생아에게는 진술을 받지 않는다고 말했다. 암무는 그 말에 대해 항의하겠다고 말했다. 토머스 매슈 경위는 경찰봉을 들고 책상에서 돌아나와 암무에게 다가왔다.

"내가 당신이라면," 그가 말했다. "조용히 집에 돌아가겠어." 그러고

* '군주'라는 뜻으로 콧수염을 기른 인물상.
** 인도 서남부 케랄라에서 사용하는 언어.
*** 힌디어로 창녀를 의미한다.

는 경찰봉으로 그녀의 젖가슴을 툭툭 쳤다. 가볍게. 툭. 툭. 마치 바구니에서 망고를 고르듯이. 포장해서 배달시키고 싶은 것들을 가리키는 사람처럼. 토머스 매슈 경위는 괴롭혀도 되는 사람과 그럴 수 없는 사람이 누구인지 아는 것 같았다. 경찰은 본능적으로 그것을 알고 있다.

그의 뒤에는 빨간색과 파란색 보드에 이렇게 쓰여 있었다.

Politeness (겸손)

Obedience (복종)

Loyalty (충성)

Intelligence (지성)

Courtesy (예의)

Efficiency (능률)

경찰서에서 나왔을 때 암무가 울고 있었기 때문에 에스타와 라헬은 베시야가 무슨 뜻인지 묻지 않았다. 그리고 사생아가 무슨 말인지도. 어머니가 우는 모습을 본 것은 그때가 처음이었다. 흐느껴 울지는 않았다. 돌처럼 굳은 얼굴이었지만 눈에서 차오른 눈물이 굳은 뺨을 타고 흘러내렸다. 그 모습에 쌍둥이는 겁에 질려 어쩔 줄 몰랐다. 암무의 눈물에 그때까지 비현실적으로 보였던 모든 것이 현실이 되었다. 그들은 버스를 타고 아예메넴으로 돌아갔다. 카키색 옷을 입은 호리한 남자 차장이 버스 손잡이를 잡고 미끄러지듯 다가왔다. 야윈 엉덩이를 좌석 등받이에 대어 균형을 잡고는 암무를 향해 개표기를 철컥거렸다. 어디까지 가쇼? 그 철컥거림은 그런 의미였다. 라헬은 버스표 다발 냄새와 차장의 손에서 나는 버스 손잡이의 시큼한 쇠냄새를 맡았다.

"그가 죽었어요." 암무가 그에게 낮은 목소리로 말했다. "내가 그를 죽였거든요."

"아예메넴." 차장이 성질내기 전에 에스타가 재빨리 말했다.

에스타가 암무의 지갑에서 돈을 꺼냈다. 차장이 에스타에게 버스표를 주었다. 에스타는 그걸 잘 접어서 주머니에 넣었다. 그러고 나서 작은 두 팔로 우는 어머니의 굳은 몸을 감싸안았다.

이 주 후, 에스타는 '돌려보내졌다'. 암무는 에스타를 그때까지 혼자서 일하던 아삼의 차농장을 그만둔 후 카본블랙을 만드는 한 회사에서 일하기 위해 캘커타로 이사한 아이들의 아버지에게 돌려보낼 수밖에 없었다. 그는 재혼했고, (어느 정도) 술을 끊었지만, 이따금 다시 술독에 빠지곤 했다.

그후 에스타와 라헬은 서로 보지 못했다.

그리고 지금, 23년 후, 이번에는 아버지가 에스타를 '다시 돌려보냈다'. 슈트케이스 하나와 편지 한 통과 함께 아예메넴으로 돌려보냈다. 슈트케이스에는 세련된 새 옷이 가득했다. 베이비 코참마가 라헬에게 편지를 보여주었다. 비스듬히 기울여 쓴, 수녀원 학교의 학생이 썼음직한 여성스러운 필체였지만 아래 서명은 그들 아버지의 것이었다. 적어도 이름은 그랬다. 라헬로서는 그것이 아버지의 서명인지 아닌지 알아볼 수 없었을 것이다. 편지에는 그들의 아버지가 카본블랙 회사에서 은퇴하고 호주로 이민을 간다고, 거기서 어느 도자기 공장 경비책임자로 일하게 되었으며, 에스타는 데리고 갈 수 없다고 쓰여 있었다. 아예메넴에 있는 모두가 행복하길 바라며, 만일 인도에 돌아온다면 에스타를 들여다보겠지만 그럴 일은 거의 없을 것 같다고 덧붙였다.

베이비 코참마는 라헬에게 원한다면 편지를 가지고 있어도 좋다고 말했다. 라헬은 편지를 다시 봉투에 넣었다. 종이가 부드러워져서 천처럼 접혔다.

라헬은 아예메넴의 몬순기 공기가 얼마나 눅눅한지 잊고 있었다. 부풀어오른 옷장이 삐걱거렸다. 잠긴 창문이 벌컥 열렸다. 표지 사이의 책장이 눅눅해져 물결쳤다. 저녁때면 낯선 벌레들이 망상처럼 나타나 베이비 코참마의 흐릿한 사십 와트짜리 전구에서 타들어갔다. 바싹 화장된 사체가 낮이면 마룻바닥과 창틀 여기저기 널려 있어, 코추 마리아가 플라스틱 쓰레받기에 그것들을 쓸어담아 버릴 때까지는 공기 중에 '뭔가 타는' 냄새가 감돌았다.

아무것도 변하지 않았다, '6월의 비'는.

하늘이 열리고 물이 퍼붓듯 쏟아져내리면, 오래된 우물이 마지못해 되살아났고, 돼지 없는 돼지우리에 녹색 이끼가 끼었으며, 기억의 폭탄이 잔잔한 홍찻빛 마음에 폭격을 가하듯 홍찻빛 고요한 물구덩이에 세찬 비가 융단폭격을 퍼부었다. 풀들은 젖은 초록빛을 띠었고 기쁜 듯 보였다. 신이 난 지렁이들이 진창 속에서 자줏빛으로 노닐고 있었다. 초록 쐐기풀들이 흔들렸다. 나무들이 몸을 숙였다.

저멀리, 대낮이지만 갑작스러운 뇌우로 인한 어둠 속에서, 비바람을 맞으며 에스타가 강둑 위를 걷고 있었다. 으깬 딸기 빛깔 같은 분홍 티셔츠를 입고 있었고, 이제 흠뻑 젖어 그 색이 더욱 짙어졌고, 그는 라헬이 왔다는 것을 알았다.

에스타는 늘 조용한 아이였기에 정확히 언제(어느 달, 어느 날은 고사하고 어느 해)부터 그가 말문을 닫았는지 아는 사람은 아무도 없었다. 전혀 말을 하지 않게 된 때 말이다. 사실은 '정확히 언제부터'라는 것은 없었다. 조금씩 사세가 기운 가게가 문을 닫는 것과 같았다. 말문을 닫는 과정은 그렇게 알아채기 어려웠다. 얘깃거리가 다 떨어져버려 더이상 할말이 없는 사람 같았다. 하지만 에스타의 침묵은 전혀 어색하지 않았다. 전혀 거슬리지 않았다. 전혀 요란스럽지 않았다. 그것은 책망하거나 항의하기 위한 침묵이 아니었고, 오히려 여름잠, 동면, 폐어肺魚들이 건기를 견뎌내기 위해 하는 일 같은 심리적 조치였으나 에스타의 경우엔 그 건기가 영원히 계속될 것처럼 보였다.

그러는 동안 그는 어디에 있든 그 배경—책장, 정원, 커튼, 문간, 거리—에 녹아드는 능력을 갖게 되어 살아 있는 것처럼 보이지 않았고 익숙지 않은 눈에는 투명한 존재와도 같았다. 그를 모르는 사람들은 에스타와 한방에 있더라도 한참 후에야 그의 존재를 알아차렸다. 에스타가 전혀 말을 하지 않는 것을 알아차리는 데는 더 긴 시간이 걸렸다. 어떤 사람들은 전혀 알아채지도 못했다.

에스타는 이 세상에서 극히 작은 공간만을 차지했다.

소피 몰의 장례식이 끝나고 에스타가 '돌려보내졌을' 때, 아버지는 그를 캘커타에 위치한 남학교에 보냈다. 특출난 학생은 아니었지만 그렇다고 뒤처지지도 않았고, 특별히 못하는 것도 없었다. '평범한 학생'

또는 '양호한 성적'이라는 게 해마다 교사들이 통신문에 써넣는 대체적인 평가였다. '그룹 활동에 참가하지 않음'이란 지적도 반복됐다. 하지만 '그룹 활동'이 정확히 뭔지 적혀 있었던 적은 없었다.

에스타는 좋지도 나쁘지도 않은 성적으로 졸업했지만 대학 진학은 거부했다. 대신 그의 아버지와 계모가 처음에는 몹시 곤혹스러워했던 집안일을 시작했다. 나름대로 자신의 생활비를 벌겠다는 듯이 굴었다. 비질을 하고, 걸레질을 하고, 빨래도 도맡았다. 요리하는 법과 채소 구입하는 법도 배웠다. 시장에 가면 기름칠을 해 윤이 나는 채소를 산더미처럼 쌓아놓고 앉은 상인들이 차츰 그를 알아보게 되었고, 다른 손님들이 아우성치는 와중에도 그를 먼저 챙겨주었다. 상인들이 그에게 쟁반처럼 생긴 녹이 슨 둥근 필름통을 주면 그가 채소를 골라 그 위에 얹었다. 에스타는 물건값을 깎는 법이 없었다. 상인들도 그에게 바가지를 씌우지 않았다. 채소의 무게를 달고 값을 치르면, 상인들은 그 채소를 빨간 플라스틱 장바구니에(양파를 제일 밑바닥에, 가지와 토마토는 위에) 넣어주었고, 고수와 파란 고추 한 주먹을 늘 덤으로 주었다. 에스타는 그걸 가지고 붐비는 전차를 타고 집으로 돌아왔다. 소음의 바다 위를 떠다니는 조용한 거품 하나.

식사 시간에도 뭔가 원하는 것이 있으면 그는 자리에서 일어나 직접 가져왔다.

일단 찾아온 정적은 에스타 안에 머무르며 서서히 퍼져나갔다. 정적은 머리에서 뻗어나와 늪 같은 두 팔로 그를 감싸안았다. 정적은 원시의, 태아의 심장박동 리듬으로 그를 얼러주었다. 정적은 흡반 달린 촉수들을 슬그머니 뻗더니 그의 두개골 안쪽을 따라 살금살금 움직여 그의 기억의 언덕과 계곡들을 빨아들이며 오래된 문장들을 몰아냈고 이를 혀끝에서 털어냈다. 정적은 사고를 묘사하던 어휘들을 그의 생각에서 벗겨냈고, 생각은 그렇게 벗겨진 채 벌거숭이로 남았다. 말할 수 없도록. 망연자실한 채로. 그랬기에 그를 보는 사람에게 그는 거의 없는 듯했을지 모른다. 서서히, 몇 년에 걸쳐, 에스타는 세상에서 물러섰다. 그는 자신의 내부에 살며, 그의 과거에 잉크 같은 진정제를 뿜어대는 거북한 문어에 익숙해졌다. 점점 그가 침묵하는 이유는 숨어들어갔고, 그 사실을 부드러운 주름 어딘가 깊은 곳에 묻었다.

그가 애지중지하던 눈멀고 털 빠지고 오줌을 흘리고 다니는 열일곱 살 먹은 잡종견 쿠브찬드가 기나긴 애처로운 죽음을 맞게 되자, 에스타는 마치 자신의 인생이 어떤 식으로든 그것에 좌우되는 양 개가 마지막 시련을 겪는 동안 곁에서 돌봤다. 쿠브찬드는 생의 마지막 몇 달 동안 의지는 있었으나 오줌보가 말을 듣지 않아, 뒷마당으로 나가는 문 아래쪽에 만들어진, 위에 경첩이 달린 애완견용 출입문까지는 몸을 끌고 가서 거기에 머리를 들이밀기까지는 했으나 결국 비틀거리면서 샛노란 오줌을 안에다 누곤 했다. 오줌보를 비우고 의식도 맑아져서는 회색 머리에 거품 인 웅덩이 같은 탁한 녹색 눈으로 에스타를 올려다보고는, 마룻바닥에 젖은 발자국을 남기며 비틀비틀 자신의 눅눅한 방석으로 돌아가는 것이었다. 쿠브찬드가 방석에 누워 죽어가는 동안 에스타는 그 개의 반들반들한 보랏빛 불알에 비친 침실 창문을 볼 수 있었다. 그리고 그 너머 하늘도. 가로질러 날아가는 새 한 마리도. 에스타—오래된 장미향이 깊이 밴, 온몸이 부서진 남자라는 핏빛 기억을 지닌—에게는, 그렇게도 연약하고 그렇게도 견딜 수 없이 연약한 무언가가 살아남았다는, 존재를 허락받았다는 사실이 하나의 기적이었다. 늙은 개의 불알에 비친 날아가는 새 한 마리. 그것이 에스타를 활짝 미소 짓게 했다.

쿠브찬드가 죽은 후 에스타는 걷기 시작했다. 몇 시간이고 계속 걸었다. 처음에는 동네만 걸었지만 점차 멀리, 더 멀리 나갔다.

사람들은 길에서 그를 보는 일에 익숙해졌다. 조용히 걷는 잘 차려입은 남자. 그의 얼굴은 점점 검게 타 야외생활을 즐기는 사람처럼 변했다. 강인해 보였다. 햇볕에 주름이 졌다. 그는 실제보다 더 현명해 보였다. 도시에 온 어부처럼. 마음속에 바다의 비밀을 품은.

이제 '다시 돌려보내진' 에스타는 아예메넴 곳곳을 걸어다녔다.

어떤 날은 오물 냄새와 세계은행에서 대출받아 산 농약 냄새가 나는 강둑을 따라 걸었다. 대부분의 물고기가 죽었다. 살아남은 것들도 지느러미가 썩어 고통받았고 온몸에 발진이 생겼다.

또 어떤 날은 도로를 따라 걸었다. 머나먼 땅에서 열심히 그리고 불행하게 일한 간호사, 석공, 전선공, 은행원 등이 걸프 만에서 벌어온 돈으로 지은 새롭고, 갓 구운, 온갖 장식을 한 집을 지나갔다. 개인 소유의 고무나무숲 사이로 난 개인 차도에 몸을 움츠린, 샘내는 듯한 오래된 집들을 지나갔다. 각각 나름의 서사시를 품은 휘청거리는 영지였다.

그의 증조부가 불가촉천민 아이들을 위해 세운 마을 학교를 지나갔다.

소피 몰의 노란 성당도 지나갔다. 아예메넴 청년 쿵후 클럽도 지나갔다. 텐더 버즈 어린이집(가촉민을 위한)도 지나갔고, 쌀과 설탕 그리고 지붕에 매달린 노란 바나나 다발을 파는 배급 상점도 지나갔다. 허구의 남부 인도 섹스광들을 다룬 싸구려 소프트코어 포르노 잡지들이 천장에 달린 줄에 빨래집게로 고정되어 있었다. 그 잡지들은 더운 바람에 느릿느릿 돌았고, 가짜 피웅덩이에 나체로 누워 있는 농익은 여인들이 순수하게 배급품을 사러 온 사람들을 유혹했다.

때로 에스타는 러키 인쇄소—예전 K. N. M. 필라이 동지의 인쇄소를 지나갔는데, 한때 야학이 열리고, 열광적인 마르크스 당가 가사들이 담긴 팸플릿을 인쇄해 배포하던 공산당의 아예메넴 사무소였던 곳이었다. 지붕에서 펄럭이던 깃발은 이제 축 늘어졌고 낡았다. 붉은색은 빛이 바랬다.

필라이 동지는 아침마다 회색으로 바랜 에어텍스 조끼에 고환이 어슴푸레 비치는 부드러운 흰색 문두*를 걸치고 집밖으로 나왔다. 후추를 넣은 따뜻한 코코넛 오일을 몸에 바르고, 껍처럼 뼈에서 죽죽 늘어나는 늙고 느슨해진 살을 문질렀다. 그는 지금은 혼자 살고 있었다. 그의 아내 칼야니는 난소암으로 죽었다. 그의 아들 레닌은 델리로 이주해 거기서 외국 대사관을 상대로 용역업자로 일하고 있었다.

필라이 동지는 집밖에서 몸에 오일을 바를 때 에스타가 지나가면 꼭 인사를 건네곤 했다.

"에스타 몬!" 그는 껍질을 벗긴 사탕수수처럼 나달나달하고 까슬까슬하면서 높고 새된 목소리로 외쳤다. "좋은 아침이다! 오늘도 산책하는 거냐?"

에스타는 무례하지도, 정중하지도 않게 지나쳤다. 그저 조용히.

---

* 허리에 치마처럼 둘러 입는 천.

필라이 동지는 혈액순환을 위해 온몸을 철썩철썩 때리곤 했다. 그는 그렇게 오랜 세월이 흘렀음에도 에스타가 자신을 알아보는지 아닌지 알 수 없었다. 그렇다고 특별히 신경쓰지도 않았다. 그 모든 일에서 그의 역할은 결코 작지 않았지만, 필라이 동지는 그때 벌어진 사태에 대해 어떤 식으로도 개인적인 책임이 있다고 생각지 않았다. 그는 그 모든 일을 '필요한 정치의 불가피한 결과'라고 일축했다. 오믈렛을 만들려면 달걀을 깨야 하는 법이라고. 그렇지만 K. N. M. 필라이 동지는 본래 정치인이었다. 전문적으로 오믈렛을 만드는 사람이었다. 그는 카멜레온처럼 세상을 헤쳐왔다. 자신을 드러낸 적도 없었고, 드러내지 않으려는 것처럼 보인 적도 없었다. 다치지 않고 아무 탈 없이 혼돈을 뚫고 온 것이다.

아예메넴에 라헬이 돌아왔다는 소식을 처음으로 들은 사람은 그였다. 그 소식에 그는 동요하기보다는 호기심이 일었다. 필라이 동지에게 에스타는 거의 완전히 이방인이었다. 그는 아예메넴에서 너무나도 갑작스럽게 추방됐었고 이별 의식도 치르지 않았으며, 게다가 꽤 오래전의 일이었다. 그러나 라헬에 대해서라면 필라이 동지도 잘 알고 있었다. 그는 그녀가 자라는 것을 지켜보았다. 왜 그녀가 돌아왔는지 궁금했다. 그토록 오랜 세월이 지난 후에.

라헬이 돌아오기 전까지 에스타의 머릿속은 평온했었다. 그러나 지나가는 기차 소리와 창가 자리에 앉았을 때 떨어져내리는 빛과 그림자를 가지고 라헬이 돌아왔다. 오랜 세월 동안 닫혀 있던 세상이 갑자기 밀어닥쳤고, 이제 에스타는 그 소음 때문에 마음의 소리를 들을 수 없었다. 기차. 차. 음악. 증권거래소. 댐이 터지고 포효하는 물이 소용돌이치며 모든 것을 쓸어갔다. 혜성, 바이올린, 행진, 고독, 구름, 턱수염, 편협한 사람들, 명단, 깃발, 지진, 절망이 모두 뒤엉켜 소용돌이에 휩쓸렸다.

에스타는 강둑을 걸으면서 비에 젖은 것을, 잠깐이나마 그를 주인 삼아 찰박거리며 옆을 따라오던 강아지가 추위에 갑작스럽게 몸을 떠는 것도 느낄 수 없었다. 그는 오래된 망고스틴 나무를 지나 강 쪽으로 돌출된 홍토 제방 끝까지 걸었다. 그는 웅크리고 앉아 빗속에서 몸을 앞뒤로 흔들었다. 신발 아래에서 젖은 진흙이 귀에 거슬리게 질척거리는 소리를 냈다. 추위를 느낀 강아지가 몸을 떨고는 그를 지켜보았다.

에스타가 '다시 돌려보내졌을' 때 아예메넴 저택에는 베이비 코참마와 까다롭고 성질 급한 난쟁이만한 요리사 코추 마리아만 남아 있었다. 그들의 외할머니인 맘마치는 세상을 떠났다. 차코는 캐나다에 살면서 골동품 사업을 했지만 잘되지는 않았다.

라헬에 대해 이야기하자면.

암무가 죽은 후(마지막으로 아예메넴에 왔을 때 그녀는 코르티손 복용으로 몸이 부었고 멀리서 남자가 외치는 것처럼 가슴에서 그렁거리는 소리가 났다) 라헬은 떠돌아다녔다. 이 학교에서 저 학교로. 방학은 아예메넴에서 보냈지만 차코와 맘마치(야자수 주점의 주정뱅이 한 쌍처럼 가족을 잃고 고꾸라져 슬픔에 취해 있었다)는 대개 그녀를 무시했고, 그녀는 대개 베이비 코참마를 무시했다. 라헬을 키우는 일에 관해서 차코와 맘마치는 노력하기는 했지만 제대로 해낼 수 없었다. 그들은 부양(음식, 옷, 수업료)은 했지만 관심은 끊었다.

소피 몰을 잃은 '상실감'이 양말을 신은 조용한 무언가처럼 아예 에 넴 저택 안을 살며시 걸어다녔다. 책과 음식에도 숨어 있었다. 맘마치의 바이올린 케이스에도. 차코가 늘 염려하는 그의 정강이에 난 상처들의 딱지 안에도. 그의 늘어진, 여자 같은 다리에도.

때로 죽음에 대한 기억이 죽음에 도둑맞은 삶에 대한 기억보다 훨씬 오래간다는 것은 기이하다. 세월이 흐르면서 소피 몰에 대한 기억(작은 지혜를 찾던 아이: '나이든 새들은 어디로 가서 죽지? 왜 죽은 새들이 하늘에서 돌처럼 떨어지지 않을까?' 가혹한 현실을 알았던 아이: '너희 둘은 완전히 거무튀튀하고 나는 반만 그래.' 피의 구루: '나, 사고 당해서 눈알이 요요처럼 신경 끝에 매달려서 흔들리는 남자 본 적 있어')은 서서히 희미해졌고, 소피 몰을 잃은 '상실감'은 점점 더 강해지고 생생해졌다. 늘 거기 있었다. 제철 과일처럼. 계절마다. 공무원직처럼 종신적으로. 그 상실감이 라헬을 어린 시절(이 학교에서 저 학교로)에서 여성으로 이끌었다.

라헬은 사감 선생의 정원 문밖에서 소가 방금 싼 똥을 작은 꽃들로 장식하다 걸려서 열한 살 때 나자렛 수녀원 학교에서 처음으로 블랙리스트에 올랐다. 다음날 아침 조회 시간에 라헬은 옥스퍼드 사전에서 타락이란 단어를 찾아 그 뜻을 큰 소리로 읽으라는 지시를 받았다. "썩었거나 부도덕한 상태나 성질" 하고 읽는 라헬 뒤에는 입을 굳게 다문 수녀들이 앉아 있었고, 앞에는 키득거리는 여학생들의 수많은 얼굴이 바다처럼 펼쳐져 있었다. "타락한 성질: 도덕적 변태; 원죄에 기인한 인간 본성의 선천적 타락; 신의 선민도 그렇지 않은 사람도 모두 완전히 타락하고, 하느님으로부터 멀어진 상태로 세상에 오며, 죄를 지을 수밖에 없다. J. H. 블런트."

6개월 후 그녀는 상급생들의 불평이 거듭돼 퇴학당했다. 문 뒤에 숨어 있다가 고의로 상급생들과 부딪쳤다는 (상당 부분 합당한) 죄목 때문이었다. 교장은 왜 그런 행동을 했는지 (달래기도 하고, 회초리를 들기도 하고, 굶기기도 하며) 추궁했고, 결국 그녀는 그렇게 했을 때 젖가슴이 아픈지 아닌지 알고 싶어서 그랬다고 실토했다. 그 기독교 기관에서는 젖가슴의 존재를 인정하지 않았다. 젖가슴이 존재하지 않는다면, 아플 수 있는 것일까?

그것이 세 번의 퇴학 중 첫번째였다. 두번째는 흡연 때문이었다. 세번째는 사감 선생의 가발을 불태워서였는데, 강압에 못 이긴 라헬이 그걸 훔쳤다고 자백했다.

그녀가 다닌 학교마다 교사들은 다음과 같이 기록했다.

(a) 지극히 예의바른 아이다.

(b) 친구가 없다.

예의바르고 고독한 타락이었던 것이다. 그리고 바로 그런 이유로 그들은 (교사다운 비난을 음미하고, 혀에 대어보고 사탕처럼 빨아보며) 사태가 훨씬 더 심각하다는 것에 모두 동의했다.

"저 아이는 여자아이답다는 것이 뭔지 모르는 것 같아"라고 그들은 서로 속삭였다.

그들이 아주 잘못 판단한 것도 아니었다.

신기하게도 방치가 의도하지 않게 정신의 해방으로 이어졌다.

라헬은 어떤 매뉴얼도 없이 자랐다. 중매해줄 사람도 없었다. 지참금을 내줄 사람도 없었기에 결혼할 의무가 지워진 남편감이 불쑥 모습을 드러내는 일도 없었다.

그랬기에 그녀만 소란을 피우지 않으면 자유롭게 혼자 탐구할 수 있었다. 젖가슴에 대해, 그리고 얼마나 아픈지를. 가발에 대해, 그리고 얼마나 잘 타는지를. 삶에 대해, 그리고 어떻게 살아야 하는지를.

학교를 마쳤을 때, 라헬은 델리에 있는 그저 그런 건축 대학에 입학 허가를 받았다. 건축에 진지한 관심이 있었던 것은 아니었다. 사실, 피상적인 관심조차 없었다. 어쩌다보니 입학시험을 쳤고 어쩌다보니 합격한 것이었다. 입시위원들은 그녀의 목탄 정물화 스케치를 보고 기술보다는 그 (거대한) 크기에 감동을 받았다. 무심하고 무모하게 그린 선을 예술적 자신감으로 오해한 것이었는데, 사실 그 선을 그린 사람은 예술가도 뭣도 아니었다.

그녀는 대학을 8년이나 다녔지만 5년 과정인 학부를 끝마치지도 학위를 받지도 못했다. 학비가 저렴했고 호스텔에 머물며 정부 보조금으로 운영되는 학생식당에서 밥을 먹었기에 근근이 생활은 했지만, 수업에는 거의 들어가지 않았고 그 대신 음울한 건축사무소에서 제도사로 일했는데, 학생의 값싼 노동력을 착취해 발표용 도면을 그리게 했고 일이 잘못되면 학생들을 탓하는 곳이었다. 다른 학생들, 특히 남학생들은 제멋대로이고 야망이 극도로 결여된 라헬을 두려워했다. 그들은 그녀를 상대하지 않았다. 그녀는 그들의 좋은 집에도, 요란한 파티에도 초대받지 못했다. 심지어 교수들조차 그녀를 조금은 경계했다. 싸구려 갈색 종이에 괴상하고 비현실적인 건축설계를 그려 제출했고, 교수들의 열의에 찬 비평에 무관심한 태도를 보였기 때문이었다.

그녀는 가끔 차코와 맘마치에게 편지를 썼지만, 아예메넴으로는 절대 돌아가지 않았다. 맘마치가 죽었을 때도. 차코가 캐나다로 이민을 떠났을 때도.

그녀가 「토속 건축의 에너지 효율」이란 박사 논문의 자료 수집차 델리에 와 있던 래리 매캐슬린을 만난 것은 건축 대학에 다닐 때였다. 그는 라헬을 '학교' 도서관에서 처음 봤고, 그다음엔 며칠 후 칸 시장에서 다시 봤다. 그녀는 청바지에 하얀 티셔츠를 입고 있었다. 낡은 패치워크 침대보 조각을 목에 둘러 단추를 채우고 망토처럼 뒤쪽에 늘어뜨리고 있었다. 곱슬곱슬한 머리카락은 가지런하게 보이도록 뒤로 묶었지만 가지런하지 않았다. 작은 다이아몬드가 한쪽 콧방울 위에서 반짝였다. 쇄골은 터무니없이 아름다웠고, 근사하고 탄탄하게 걸었다.

'재즈 선율처럼 걷는군.' 래리 매캐슬린은 마음속으로 그렇게 생각하며 그녀를 뒤따라 서점으로 들어갔는데, 두 사람 모두 책은 보지 않았다.

라헬은 공항 라운지에서 빈 의자 쪽으로 걸어가는 승객처럼 결혼으로 흘러들어갔다. '그냥 자리에 앉는다'는 기분으로. 그녀는 그와 함께 보스턴으로 돌아갔다.

래리가 아내를 두 팔에 안으면 그녀의 뺨이 그의 가슴에 닿았고, 그녀의 정수리가, 부스스한 검은 머리카락이 보일 정도였다. 그가 손가락을 그녀의 입가에 대면 아주 작게 뛰는 맥을 느낄 수 있었다. 그는 그 자리가 좋았다. 그리고 그녀의 피부 아래 그 희미한, 불안정한 움직임도. 그는 그 맥을 만지면서 눈으로도 그 소리에 귀기울였는데, 마치 태어날 아기가 어머니 뱃속에서 발길질하는 것을 느끼는 아버지 같았다.

그는 선물인 양 그녀를 안았다. 사랑으로 주어진 선물. 고요하고 작은 무엇. 더할 나위 없이 소중한 것.

그러나 사랑을 나눌 때, 그는 그녀의 눈 때문에 마음에 상처를 입었다. 그 눈은 마치 다른 사람의 눈처럼 반응했다. 그냥 무언가를 바라보는 사람의 눈. 창밖으로 바다를 바라보는 듯한. 강 위의 배를. 아니면 모자를 쓰고 안개 속을 지나가는 사람을 바라보는 듯한.

그는 그 시선의 의미를 알지 못했기에 화가 났다. 그 시선은 무관심과 절망 사이의 어디쯤으로 여겨졌다. 그는 어딘가에서는, 라헬이 떠나온 나라 같은 곳에서는, 여러 가지 절망이 서로 앞을 다툰다는 것을 알지 못했다. 그래서 개인적인 절망은 결코 충분히 절망적일 수 없음을. 한 국가의 거대하고 난폭한, 휘몰아치며 밀어붙이는, 우스꽝스러운 미친, 현실적으로 불가능한, 공적인 혼란이라는 성지聖地 옆에 불시에 개인적인 혼란이 찾아오면 무언가가 일어난다는 것을 알지 못했다. '큰 신神'이 열풍처럼 아우성치며 복종을 요구했다. 그러자 '작은 신'(은밀하고 조심스러운, 사적이고 제한적인)이 스스로 상처를 지져 막고는 무감각해진 채 자신의 무모함을 비웃으며 떨어져나갔다. 자신의 모순을 확인하는 일에 익숙해진 그는 다시 일어나긴 했지만 정말이지 무심해졌다. 이젠 아무것도 그리 중요하지 않았다. 아무것도 중요할 게 없었다. 그리고 점점 덜 중요해지자 점점 덜 중요해졌다. 어떤 일도 그리 중요하지 않았다. 왜냐면 '더 나쁜 일들'이 일어났기 때문이다. 그녀의 나라에서는, 전쟁의 공포와 평화의 끔찍함 사이에 영원히 자리잡게 된 그곳에서는, '더 나쁜 일들'이 계속해서 일어났기 때문이다.

그래서 '작은 신'은 공허하게 웃어대며 쾌활하게 깡충깡충 뛰어갔다. 반바지를 입은 부잣집 소년처럼. 그는 휘파람을 불었고, 돌을 발로 찼다. 그가 보인 덧없는 의기양양함의 근원은 상대적으로 자신의 불행이 작았기 때문이었다. 그는 사람들의 눈으로 기어올라가 분노의 표정이 되었다.

래리 매캐슬린이 라헬의 눈에서 본 것은 절망과는 거리가 먼, 일종의 강요된 낙관주의였다. 그리고 에스타의 이야기가 존재했던 자리에 남은 텅 빈 공허였다. 그가 그것을 이해하리라 기대할 순 없었다. 한쪽 쌍둥이의 공허는 다른 쌍둥이의 침묵의 또다른 버전이었을 뿐임을. 그 둘은 서로 딱 들어맞는다는 것을. 포개진 숟가락들처럼. 익숙한 연인의 육체처럼.

이혼 후 라헬은 몇 달간 뉴욕의 한 인도 레스토랑에서 웨이트리스로 일했다. 그후 수년 동안 워싱턴 외곽에 위치한 어느 주유소의 방탄 부스에서 야간 직원으로 일했는데, 종종 취객들이 돈 놓는 쟁반에 토하기도 했고, 포주들이 와서 더 수입이 좋은 일자리를 제안하기도 했다. 그녀는 차창을 뚫은 총알에 맞는 남자들을 두 번 보았다. 그리고 한번은 등에 칼이 꽂힌 남자가 달리는 차에서 내던져지는 것도 보았다.

그러다 에스타가 '다시 돌려보내졌다'는 편지를 베이비 코참마가 보내왔다. 라헬은 주유소 일을 그만두고 기쁘게 미국을 떠났다. 아예메넴으로 돌아가기 위해. 빗속의 에스타에게 돌아가기 위해.

언덕 위의 오래된 집안, 베이비 코참마가 식탁에 앉아 늙은 오이의 텁텁하고 떫은맛이 나는 부분을 문질러 없애고 있었다. 그녀는 흐늘흐

늘한 체크무늬 시어서커 재질의 퍼프 소매가 달린 나이트가운을 입고 있었는데, 거기에는 강황 얼룩이 누렇게 묻어 있었다. 식탁 아래에서는 매니큐어를 바른 작은 발을 높은 의자에 앉은 어린아이처럼 흔들고 있었다. 부종 때문에 부은 발은 작은 발 모양의 공기쿠션 같았다. 예전에는 누군가 아예메넴을 방문하면 베이비 코참마는 방문자들의 발이 크다는 사실에 관심이 쏠리게끔 했었다. 그들의 신발을 신어보겠다고 한 다음 이렇게 말하곤 했다. "이 신발이 나한테 얼마나 큰지 좀 봐!" 그러고는 모두가 그녀의 작은 발에 감탄할 수 있도록 사리를 조금 들어올리고 그 신발을 신은 채 집안을 걸어다녔다.

오이를 다듬으며 그녀는 의기양양함을 애써 감추지 않았다. 에스타가 라헬에게 말을 걸지 않아 기뻤던 것이다. 그는 라헬을 보고도 곧장 지나쳐 걸어갔다. 빗속으로. 누구에게나 그랬듯이.

그녀는 여든세 살이었다. 그녀의 눈은 두꺼운 안경 뒤에 버터처럼 퍼져 있었다.

"내가 뭐랬냐? 내 말이 맞지?" 그녀가 라헬에게 말했다. "뭘 기대했니? 특별한 반응? 저 아인 제정신이 아니라니까. 내 말이 맞지! 저 아인 이제 아무도 알아보지 못해! 네가 보니 어떻더냐?"

라헬은 아무 말도 하지 않았다.

그녀는 에스타가 흔들거리는 리듬을, 그의 피부에 닿은 비의 축축함을 느낄 수 있었다. 그의 머릿속에서 시끌벅적하고 혼란스러운 세계의 소리를 들을 수 있었다.

베이비 코참마가 불편한 표정으로 라헬을 쳐다보았다. 벌써 그녀는 에스타가 돌아왔다고 라헬에게 편지를 쓴 일을 후회하고 있었다. 하지만 달리 별수 있었겠는가? 여생 동안 에스타를 떠맡아야 하는가? 왜 그래야 하는가? 에스타는 그녀의 책임이 아니었다.

아니, 그녀의 책임이었을까?

침묵이 제삼자처럼 조카손녀와 대고모 사이에 끼어앉았다. 이방인. 부풀어오른. 유해한. 베이비 코참마는 밤에 침실 문을 잠가야겠다고 생각했다. 그녀는 뭔가 말할 거리를 생각하려 애썼다.

"내 단발머리 어떠냐?"

오이를 다듬던 손으로 그녀가 새로 자른 머리를 만졌다. 떫은 오이즙 거품이 머리카락에 시선을 사로잡는 얼룩을 남겼다.

라헬은 뭐라 말해야 할지 알 수 없었다. 그녀는 베이비 코참마가 오이 껍질 벗기는 것을 바라보았다. 오이의 노란 껍질 조각들이 그녀의 가슴 위 여기저기에 떨어졌다. 새까맣게 물들인 머리카락은 실패에서 풀린 실타래처럼 머리에 정돈되어 있었다. 염색약이 이마를 흐린 잿빛으로 물들여 그림자처럼 또하나의 머리 선을 그리고 있었다. 라헬은 그녀가 화장을 시작했다는 것을 알 수 있었다. 립스틱. 콜*. 살짝 바른 볼연지. 그렇지만 창문이 닫혀 있어 집안이 어두웠고, 사십 와트짜리 전구만 고집했기에, 립스틱을 칠한 입은 원래 입과 살짝 어긋나 있었다.

그녀는 얼굴과 어깨 살이 빠져서 둥근 체형에서 원뿔형 체형으로 변해 있었다. 하지만 식탁에 앉아 그 거대한 엉덩이를 숨기고 있었기에 연약해 보이기까지 했다. 희미한 식탁 불빛이 얼굴에서 주름을 뭉개버려—기이하고도 홀쭉한 모습으로—더 젊어 보였다. 그녀는 많은 보석

---

* 고대부터 아이라인을 그리기 위해 사용된 검은 가루.

을 두르고 있었다. 라헬의 죽은 외할머니의 보석이었다. 전부 다. 반짝이는 반지들. 다이아몬드 귀고리. 금팔찌들과 아름답게 세공된 납작한 금목걸이를 했는데 이따금 그 목걸이줄을 만지며 그것이 거기 있음을, 그리고 그것이 자신의 것임을 확인하곤 했다. 자신의 행운을 믿을 수 없어 하는 어린 신부처럼.

'이 여자는 인생을 거꾸로 살고 있군.' 라헬은 생각했다.

그것은 기이하게도 적절한 판단이었다. 베이비 코참마는 인생을 거꾸로 살고 있었다. 어린 숙녀 시절에는 물질세계와 절연하고 지냈지만, 나이가 든 지금은 그 세계를 포용하는 것 같았다. 그녀는 그 세계를 얼싸안았고, 그 세계도 그녀를 얼싸안았다.

열여덟 살 때 베이비 코참마는 잘생긴 아일랜드인 사제 멀리건 신부와 사랑에 빠졌는데, 그는 마드라스에 위치한 신학 대학 사절단으로 케랄라에 파견돼 1년간 머무르고 있었다. 그는 지적으로 비판하기 위해 힌두 경전을 공부하고 있었다.

매주 목요일 아침, 멀리건 신부는 베이비 코참마의 아버지이자 마르 토마 성당의 사제였던 E. 존 이페 신부를 만나기 위해 아예메넴으로 왔다. 이페 신부는 시리아 정교회의 최고 수장인 안티오크의 총대주교에게 직접 축복을 받아서 기독교인 사회에서는 유명했다. 그 이야기는 아예메넴의 전설의 일부가 되었다.

1876년, 베이비 코참마의 아버지인 이페 신부가 일곱 살이었을 때, 그의 아버지가 그를 데리고 케랄라의 시리아 정교회를 방문중이던 총대주교를 보러 갔다. 그들은 코친에 위치한 칼레니 저택의 제일 서쪽 베란다에서 설교를 하던 총대주교 앞에 모인 군중 가운데 맨 앞에 자리잡았다. 그 기회를 잡아 그의 아버지는 어린 아들의 귀에다 뭔가를 속삭이고는 그를 앞으로 떠밀었다. 미래의 사제는 뒤꿈치가 미끄러지 듯 앞으로 나아가 두려움에 몸이 굳은 채 총대주교의 가운뎃손가락에 끼워진 반지에 겁먹은 입술을 댔고, 반지는 침으로 젖었다. 총대주교 는 반지를 자신의 소매에 닦고서 소년을 축복해주었다. 자라서 사제가 된 후에도 오래도록 이페는 푼난 쿤주—'축복받은 어린 소년'—로 유 명했고, 사람들은 그에게 축성을 받고자 아이들을 데리고 멀리 알레페 이나 에르나쿨람에서도 배를 타고 강을 내려왔다.

멀리건 신부와 이페 신부는 나이 차가 상당했음에도, 그리고 다른 교파에 속했음에도(두 교파의 유일한 공통 정서는 서로에 대한 반감뿐 이었다), 두 사람 모두 함께 있는 것을 기꺼워했고, 그래서 멀리건 신 부는 대개의 경우 식사를 하고 가라는 청에 점심때까지 머물곤 했다. 점심식사 후 식탁을 다 치우고 나서도 오랫동안 식탁 근처를 서성이는 호리호리한 소녀 안에서 물결처럼 이는 성적 흥분을 알아본 것은 두 남자 중 한 사람뿐이었다.

처음에 베이비 코참마는 매주 자선 행동을 하는 양 연출하며 멀리건 신부를 유혹하려 했다. 매주 목요일 아침, 멀리건 신부가 도착할 때쯤, 베이비 코참마는 마을의 불쌍한 아이 하나를 우물가에 붙잡아와 단단 하고 빨간 비누로 튀어나온 갈비뼈를 아프게 문지르며 억지로 목욕을 시켰다.

"안녕하세요, 신부님!" 베이비 코참마는 그를 보면 입술에 미소를 띠며 그렇게 큰 소리로 인사하곤 했는데, 그 미소에 비누칠해 미끈거 리는 야윈 아이의 팔을 바이스로 죄듯 잡고 있는 모습이 가려졌다.

"안녕, 베이비!" 멀리건 신부가 멈춰 서서 우산을 접으며 대답하곤 했다.

"묻고 싶은 게 있어요, 신부님." 베이비 코참마가 말했다. "고린도전서 10장 23절에서…… '모든 것이 가하나 모든 것이 유익한 것은 아니요'라고 했잖아요. 신부님, 어떻게 '그분'에게는 모든 것이 가할 수 있나요? 일부가 가할 수 있다면 이해하겠지만……"

멀리건 신부는 키스하고 싶게 하는 입을 떨면서 빛나는 듯한 새까만 눈으로 그의 앞에 선 매력적인 어린 아가씨가 자신에게 특별한 감정을 품었다는 사실에 단순히 기분좋음 이상의 감정을 느꼈다. 그 역시 젊었고, 그녀가 물어온 성경에 대한 거짓 의문을 떨치기 위해 엄숙히 설명하는 동안 자신의 에메랄드빛 눈이 계속 빛나면서 황홀한 약속을 드러낸다는 게 완전히 부조화스럽다는 사실을 전혀 모르지 않았다.

매주 목요일, 작열하는 한낮의 태양에도 굴하지 않고 그들은 그렇게 우물가에 서 있곤 했다. 어린 아가씨와 두려움을 모르는 예수회 신부, 두 사람 모두 기독교인답지 못한 열정에 흔들렸다. 함께 있기 위한 간계로 성경을 이용하면서.

늘, 그들이 대화하는 도중에, 강제로 씻겨지던 그 복 없는 비누투성이 아이는 슬쩍 빠져나갈 수 있었고, 그러면 멀리건 신부는 제정신으로 돌아와 이렇게 말했다. "이런! 감기 걸리기 전에 저애를 잡아야겠네요."

그러고는 다시 우산을 펼치고, 초콜릿색 신부복과 편안한 샌들 차림을 한 그는 약속 시간을 지키려는 낙타처럼 성큼성큼 걸어 그 자리를 뜨곤 했다. 그는 젊은 베이비 코참마의 아픈 마음을 줄에 길게 매달고, 그의 뒤에서 부딪치게 하며, 낙엽과 작은 돌 사이를 비틀거리며 따라

오게 했다. 멍이 들고 거의 부서진 가슴을.

그렇게 1년 동안 목요일들이 지나갔다. 마침내 멀리건 신부가 마드라스로 돌아가야 할 시간이 찾아왔다. 자선 행동이 어떠한 가시적인 결과도 가져오지 않았기에 심란했던 어린 베이비 코참마는 신앙에 모든 희망을 걸었다.

외골수처럼 고집을 부리며(당시에는 어린 아가씨의 그런 태도는 신체적인 기형—언청이 또는 내반족—만큼이나 몹쓸 것으로 간주되었다) 베이비 코참마는 아버지를 거역하고 로마가톨릭 신자가 되었다. 바티칸에서 특별 허가를 받아 서원을 하고 수련수녀로 마드라스의 수녀원에 들어갔다. 그러면 어떤 식으로든 멀리건 신부와 함께할 수 있는 적법한 기회가 생길 거라 생각했다. 그녀는 두터운 벨벳 커튼이 드리워진 어두컴컴한 방에서 자기네들이 신학을 논의하는 모습을 그려보았다. 원하는 것은 그게 다였다. 그 이상 바라지도 않았다. 그저 그의 곁에 있는 것. 그의 수염 냄새를 맡을 만큼 가까이 있는 것. 그의 신부복의 거친 짜임이 보일 만큼 가까이. 그저 그를 바라봄으로써 그를 사랑할 수 있도록.

얼마 지나지 않아 그녀는 이런 노력이 헛된 것임을 깨달았다. 선배 수녀들이 신부들과 주교들을 독점했고, 성서에 대해 그들이 품은 의문은 결코 그녀가 도달할 수 없을 정도로 훨씬 지적이어서 멀리건 신부에게 가까이 가려면 몇 년이 걸릴지 알 수 없었다. 그녀는 수녀원에서 점차 불안해지고 불행해졌다. 수녀용 베일에 계속 두피가 쓸리면서 좀처럼 낫지 않는 알레르기성 발진이 생겼다. 그녀는 자신이 다른 누구보다도 영어를 잘한다고 느꼈다. 그래서 더욱더 외로워졌다.

딸이 수녀원에 들어간 지 1년도 되지 않아 그녀의 아버지는 수수께 끼 같은 편지를 우편으로 받기 시작했다. '사랑하는 아빠, 저는 성모를 모시며 건강하고 행복하게 지내고 있어요. 하지만 코-이-누르는 불행해 보이고 집을 그리워하는 것 같아요. 사랑하는 아빠, 오늘 코-이-누르는 점심식사 후 구토를 했고 열이 나요. 사랑하는 아빠, 수녀원 음식이 코-이-누르에게는 맞지 않는 듯해요, 저는 좋아하지만요. 사랑하는 아빠, 코-이-누르는 자신의 가족이 그녀가 잘 지내는지 관심도 없고 이해도 못해서 화가 났어요……'

E. 존 이페 신부는 (당시) 세계에서 가장 큰 다이아몬드의 이름이 코-이-누르라는 것 말고 다른 코-이-누르에 대해서는 알지 못했다. 이슬람교도의 이름을 가진 소녀가 어떻게 가톨릭 수녀원에 들어가게 됐을까도 모를 일이었다.

그 코-이-누르가 다름 아닌 베이비 코참마 자신을 뜻한다는 것을 결국 그녀의 어머니가 알아차렸다. 그녀는 오래전 베이비 코참마에게 자신의 아버지(베이비 코참마의 외할아버지)의 유언장을 보여줬는데, 거기서 그가 손주들에 대해 이렇게 썼던 걸 기억해냈다. '내게는 일곱 개의 보석이 있는데, 그중 하나가 나의 코-이-누르다.' 그는 약간의 돈과 보석을 그들에게 물려준다고 이어갔지만 어떤 손주가 자신의 코-이-누르인지는 밝히지 않았다. 베이비 코참마의 어머니는 어떤 이유에서인지는 알 수 없지만 베이비 코참마가 그가 말한 게 자신이라고 생각했을 수 있음을 깨달았고, 오랜 세월이 지난 후, 수도원에서는 모든 편지를 발송하기 전에 수녀원장이 읽는다는 것을 알게 된 베이비 코참마가 자신의 고충을 가족에게 전하기 위해 코-이-누르를 부활시켰음을 알게 되었다.

이페 신부는 마드라스로 가서 딸을 수녀원에서 데리고 나왔다. 그녀는 기꺼이 수녀원을 떠났지만 재개종은 하지 않겠다고 말했고, 그후 평생 로마가톨릭 교도로 남았다. 이페 신부는 자신의 딸에게 이제어떤 '평판'이 생겼음을, 남편감을 못 찾으리라는 것을 깨달았다. 딸이 남편을 가질 수 없다면 교육을 받는 것도 나쁘지 않겠다고 판단했다. 그래서 그녀가 미국 로체스터 대학에서 한 교육과정을 이수하도록 조치를 취했다.

2년 후, 베이비 코참마는 장식 원예 학위를 받고 로체스터에서 돌아왔으며, 전보다 더 멀리건 신부를 사랑하고 있었다. 예전과 같은 날씬하고 매력적인 여성의 흔적은 찾을 수 없었다. 로체스터에서 지내는 동안 베이비 코참마의 몸은 비대해졌다. 사실, 말하자면, 비만이었다. 심지어 청암 브리지에 자리한 소심하고 작은 첼라펜 양장점의 주인도 그녀의 사리 블라우스는 부시 재킷 가격을 받아야 한다고 주장했을 정도였다.

그녀가 우울하게 지내지 않도록 그녀의 아버지는 베이비 코참마에게 아예메넴 저택의 앞마당을 맡겼고, 그녀는 거기에 강렬하고 기괴한 정원을 만들어 코타얌에서도 사람들이 일부러 보러 올 정도였다.

그것은 가파른 자갈 진입로로 에워싸인 비탈진 원형의 땅이었다. 베이비 코참마는 그곳을 작은 생울타리와 바위와 괴물 모양의 석상이 가득한 미로로 바꾸었다. 그녀가 가장 좋아하는 꽃은 앤슈리엄이었다. 안수리움 안드레아눔. 그녀는 다양한 앤슈리엄 즉 '루브룸' '허니문'을 심었고, 다수의 일본산 품종들을 심었다. 앤슈리엄의 불염포만 해도 반점이 있는 검은색부터 핏빛 빨간색, 그리고 반짝이는 오렌지색에 이르기까지 다양했다. 그 근사하고 점이 박힌 육수화肉穗花는 늘 노란색이었다. 칸나와 플록스의 화단에 둘러싸인 베이비 코참마의 정원 한가운데에는 대리석 아기천사상이 있었는데, 한 송이 푸른 연꽃이 핀 얕은 연못에서 끝없이 은빛 포물선을 그리며 오줌을 누고 있었다. 연못의 모퉁이마다 분홍색 석고로 만든 땅의 정령상이 장밋빛 뺨에 뾰족한 빨간 모자를 쓰고 나른하게 앉아 있었다.

베이비 코참마는 오후 내내 정원에서 지냈다. 사리에 고무장화 차림으로. 그녀는 밝은 오렌지색 정원용 장갑을 끼고 엄청나게 큰 전지가위를 휘둘렀다. 마치 사자 조련사처럼 휘감긴 덩굴을 길들였고 가시를 곤두세운 선인장들을 보살폈다. 분재를 다듬고 희귀한 난을 애지중지 가꿨다. 그리고 날씨와 사투를 벌였다. 에델바이스와 중국 구아버를 키우려 애쓰기도 했다.

매일 밤 그녀는 발에 진짜 크림을 발랐고 발톱의 큐티클을 밀었다.

반세기 넘도록 끊임없이 세심하게 보살핌을 받았던 관상용 정원이 최근에는 버려졌다. 알아서 자라도록 방치돼, 동물들이 재주 부리는 법을 잊은 서커스처럼 뒤얽히고 야생의 상태로 변해버렸다. 사람들이 공산주의자 파샤라고 부르는(케랄라에서 공산주의가 번지듯 자랐다고 해서) 잡초가 외래식물들을 모두 뒤덮어버렸다. 오직 잡초 덩굴들만이 시체에서 발톱이 자라듯 계속 자랄 뿐이었다. 잡초가 분홍 석고 정령의 콧구멍으로 들어가 그들의 텅 빈 머리에 꽃을 피워, 석고상은 반쯤 놀라고 반쯤 재채기할 듯한 표정을 짓게 되었다.

이렇게 갑작스럽고 모지락스럽게 정원을 내팽개친 건 새로운 사랑

때문이었다. 베이비 코참마는 아예메넴 저택 지붕에 접시 안테나를 설치했다. 그녀는 거실에서 위성 TV로 '세상'을 지배했다. TV가 베이비 코참마에게 불러일으킨 불가능한 흥분을 이해 못할 것도 없었다. 그것은 서서히 일어난 일이 아니었다. 하룻밤 새 일어났다. 금발 미인들, 전쟁, 기근, 축구, 섹스, 음악, 쿠데타, 이 모든 것이 한 기차로 도착했다. 그들은 일제히 짐을 풀었다. 그들은 한 호텔에 묵었다. 그리고 음악처럼 울리는 버스 경적 소리가 가장 요란한 소리인 아예메넴에서도 이제는 전쟁이며 기근, 생생한 학살, 빌 클린턴 등 그 모든 것을 하인 부르듯 불러모을 수 있었다. 그래서 관상용 정원이 시들고 죽어가는 동안 베이비 코참마는 미국 NBA리그 경기며 하루종일 하는 크리켓 경기와 모든 그랜드슬램 테니스 경기들을 보았다. 평일에는 〈더 볼드 앤 더 뷰티풀〉과 〈샌타바버라〉를 시청했다. 이 미국 드라마들에서는 립스틱을 바르고 스프레이를 뿌려 머리를 세운 늘씬한 금발 미녀들이 안드로이드들을 유혹하고 자기네들의 섹스 왕국을 방어했다. 베이비 코참마는 그들의 빛나는 옷과 스마트하고 못된 위트가 마음에 들었다. 낮 동안에는 그런 단편적인 생각을 떠올리며 킥킥대곤 했다.

요리사인 코추 마리아는 여전히 귓불을 영구적으로 변형시킨 두꺼운 금귀고리를 하고 있었다. 그녀는 머리보다 목이 더 굵은 헐크 호건과 미스터 퍼펙트가 스팽글로 장식한 라이크라 레깅스를 입고 서로를 잔인하게 때리는 WWF 〈레슬링 마니아〉 쇼를 좋아했다. 코추 마리아의 웃음에는 때로 어린아이들에게서 볼 수 있는 잔인한 울림이 묻어났다.

하루종일 그 둘은 응접실에 앉아 있었다. 베이비 코참마는 농장주들이 쓸 법한 팔걸이가 긴 의자나 등받이가 뒤로 젖혀지는 긴 의자(그날의 발 상태에 따라)에 앉았고, 코추 마리아는 코참마 옆의 마룻바닥에 앉아 (때로는 채널을 이리저리 돌려가며) 함께 시끄러운 텔레비전에 말없이 빠져 있었다. 한 사람의 머리칼은 눈처럼 하얬고, 다른 한 사람은 숯처럼 검게 물들였다. 두 사람은 온갖 경품 이벤트와 선전에 나온 유용한 할인 행사에 모두 응모해서 한번은 티셔츠를 받았고, 한번은 보온병을 받았다. 베이비 코참마는 그 보온병을 옷장에 넣고 잠가 두었다.

베이비 코참마는 아예메넴 저택을 애지중지했고 다른 이들보다 오래 살아 물려받게 된 가구들을 아꼈다. 맘마치의 바이올린과 바이올린 스탠드, 우티에서 만든 옷장, 플라스틱 바스켓 의자, 델리 침대, 금이 간 상아 손잡이가 달린 비엔나산 화장대, 벨루타가 만든 자단 식탁.

그녀는 이리저리 채널을 돌리다 BBC와 다른 채널에서 방송하는 기근과 전쟁을 보고 겁에 질렸다. 모든 것을 빼앗기고 절망에 빠진 사람들의 증가를 염려하는 방송 때문에 '혁명'과 '마르크스레닌주의자'의 위협이라는 그녀의 해묵은 두려움이 되살아났다. 그녀는 인종청소와 기근과 집단종족학살을 자신의 가구들에 대한 직접적인 위협이라고 보았다.

그녀는 사용할 때를 제외하고는 문과 창문을 늘 걸어 잠갔다. 창문은 특별한 목적으로 사용되었다. '신선한 공기를 쐬기 위해'. '우윳값을 지불하기 위해'. '집안에 들어온 말벌을 밖으로 내보내기 위해'(코추 마리아가 수건을 들고 그 말벌을 쫓아 온 집안을 돌아다녀야 했다).

심지어 그녀는 코추 마리아가 코타얌의 베스트베이커리에서 사온 일주일 치 크림빵을 넣어둔, 페인트가 줄줄 벗겨지는 허름한 냉장고에도 자물쇠를 채웠다. 그리고 평소에 물 대신 마시는 미음 두 병도 넣어 둔. 물받이칸 아래쪽 선반에는 버드나무 무늬가 들어간 맘마치의 정찬 용 식기 세트 중 남은 것을 보관했다.

치즈와 버터 저장 칸에는 라헬이 가져온 인슐린 십여 병을 넣었다. 그녀는 요즘엔 아이처럼 눈이 동그랗고 순진해 보이는 사람도 그릇 도둑이나 크림빵 광팬, 혹은 수입 인슐린을 훔치려 아예메넴을 서성이는 당뇨병 환자일지도 모른다고 의심했다.

그녀는 심지어 쌍둥이도 믿지 않았다. 그들이 '뭐든 할 수 있다'고 간주했다. 정말 무엇이든. '얘들은 자기들이 준 선물도 도로 훔칠지 몰라.' 그렇게 생각하다가 자신이 둘을 하나로 여기던 방식으로 얼마나 빨리 되돌아갔는지를 깨닫고는 가슴이 철렁했다. 그렇게 오랜 세월이 흘렀는데도. 그녀는 자신에게 과거가 다시 기어들어오지 않게 하리라 마음먹으며 즉시 생각을 바꿨다. '저년. 저년이 자기 선물을 도로 훔칠지도 몰라.'

식탁 옆에 서 있는 라헬을 바라보며 에스타가 통달한 것 같은 거의 움직임이 느껴지지 않도록 하는, 아주 고요히 있을 수 있는 그 으스스한 은밀함 같은 능력을 라헬도 지녔음을 감지했다. 베이비 코참마는 라헬의 고요한 태도에 조금 기가 눌렸다.

"그래서!" 그녀가 말했다. 목소리는 높고 흔들렸다. "어떻게 할 계획이냐? 얼마나 있을 거지? 결정은 한 거냐?"

라헬은 뭔가 말을 하려 했다. 날선 목소리가 나왔다. 마치 양철 조각처럼. 그녀는 창가로 가 창문을 열었다. '신선한 공기를 쐬기 위해.'

"됐다 싶거든 창문 닫아라." 베이비 코참마는 그러고는 옷장을 닫듯 얼굴을 닫았다.

이젠 더이상 창문에서 강이 보이지 않았다.

맘마치가 아예메넴 최초로 뒷베란다를 아코디언 도어로 둘러싸기 전까지만 해도 강이 보였었다. E. 존 이페 신부와 알레유티 암마치(에스타와 라헬의 외증조부모)의 유화 초상화가 뒷베란다에서 내려져 현관 베란다에 걸려 있다.

그들은 이제, '축복받은 어린 소년'과 그의 아내는, 박제된 들소 머리를 가운데 두고 양옆에 걸려 있었다.

이페 신부가 강 대신 도로를 바라보며 자신감 있는 조상의 미소를 짓고 있었다.

알레유티 암마치는 좀 주저하는 듯했다. 마치 돌아서고 싶지만 그럴 수 없었던 사람처럼. 어쩌면 그녀로서는 강을 포기하기가 쉽지 않았을지도 모른다. 그녀의 눈은 남편이 바라보는 방향을 향했다. 그녀의 마음은 다른 방향을 향했다. ('축복받은 어린 소년'이 '선의'의 표시로 선사한) 무겁고 광채가 바랜 금 쿠누쿠 귀고리가 그녀의 귓불을 잡아당기며 어깨까지 내려와 있었다. 그녀의 귀에 난 구멍을 통해 뜨거운 강과 그 강 위로 몸을 굽힌 어두운 나무들이 보였다. 그리고 배를 탄 어부들도. 물고기도.

이제 집에서는 더이상 강을 볼 수 없었지만, 조개껍데기에 늘 바다의 감각이 붙어다니는 것처럼 아예메넴 저택도 여전히 강의 감각을 간직하고 있었다.

급히 흐르는, 넘실대는, 물고기가 헤엄치는 감각을.

식당 창가에 서서 머리카락을 날리는 바람을 맞으며 라헬은 한때 외할머니의 피클 공장이었던 건물의 녹슨 양철 지붕을 비가 두드려대는 모습을 바라보았다.

파라다이스 피클 & 보존식품.

공장은 저택과 강 사이에 있었다.

피클, 스쿼시, 잼, 카레 가루, 파인애플 통조림을 생산하던 곳이다. FPO(식품협회)에서 그들의 기준에 따르면 바나나 잼이 잼도 젤리도 아니라며 금지시킨 이후에도 (불법으로) 생산하기도 했었다. 젤리라기엔 너무 묽고 잼이라기엔 너무 되군. 분류할 수 없는 애매한 농도야, 하고 그들은 말했다.

그들의 분류표에 따르면.

이제 와서 돌아보니 자기네 가족이 어려움을 겪은 이 분류라는 문제는, 잼이냐 젤리냐의 문제보다 훨씬 심각했던 것 같다고 라헬은 생각했다.

어쩌면 암무, 에스타, 그리고 그녀가 그런 분류 기준을 벗어나는 최악의 경우였을 것이다. 그러나 그들만이 아니었다. 다른 이들도 그랬다. 그들 모두 규칙을 어겼다. 모두 금지된 땅에 발을 들였다. 모두 법을 어겼다. 누구를 어떻게 사랑해야 하는지 정해놓은 법칙을. 그리고 얼마나 사랑해야 하는지를 정해놓은. 할머니를 할머니로, 삼촌을 삼촌으로, 어머니를 어머니로, 사촌을 사촌으로, 잼을 잼으로, 젤리를 젤리로 만드는 그 법칙을.

외삼촌이 아버지가 되고, 어머니가 애인이 되고, 사촌은 죽어서 장례식을 치르던 시절이었다.

생각할 수 없는 것이 생각할 수 있는 것이 되고 불가능한 일이 실제로 일어났던 시절이었다.

소피 몰의 장례식을 치르기도 전에, 경찰이 벨루타를 발견했다.

수갑이 채워진 그의 살갗에 소름이 돋아 있었다. 시큼한 쇠냄새가 나던 차가운 수갑. 버스의 쇠 손잡이 같은, 그리고 그 손잡이를 잡았던 버스 차장의 손냄새 같은.

모든 것이 다 끝난 후, 베이비 코참마는 말했다. "뿌린 대로 거두리라." 마치 그녀 자신은 '뿌린 것'도, '거둘 것'도 없는 것처럼. 그녀는 그 작은 발로 걸어 십자수 수놓기로 돌아갔다. 그녀의 작은 발가락은 바닥에 닿는 법이 없었다. 에스타를 '돌려보내야' 한다는 것은 그녀의 생각이었다.

딸의 죽음을 겪으며 마거릿 코참마가 느낀 슬픔과 쓰라림은 성난 용수철처럼 그녀의 마음속에 똬리를 틀었다. 그녀는 아무 말도 하지 않았지만 영국으로 돌아가기 전 이곳에 머문 며칠 동안 기회가 있을 때마다 에스타를 때렸다.

라헬은 에스타의 작은 트렁크를 꾸리는 암무를 지켜보았다.

"어쩌면 그 말이 맞을지도 몰라." 암무가 낮은 목소리로 말했다. "사내아이에겐 바바가 필요할지도 몰라."

라헬은 죽은 듯한 암무의 붉은 눈을 보았다.

그들은 하이데라바드에 있는 '쌍둥이 전문가'에게 상담을 받았다. 그 전문가는 일란성 쌍둥이를 갈라놓는 일은 권하지 않지만, 이란성 쌍둥이의 경우는 여느 남매와 다르지 않다고, 결손가정의 아이들이 겪는 자연스러운 스트레스는 분명 겪겠지만 그 이상은 아닐 거라고 답장을 보내왔다. 여느 아이와 하등 다르지 않다고.

그래서 에스타는 양철 트렁크 그리고 베이지색 뾰족한 신발을 넣은 카키색 큰 가방과 함께 기차 편으로 '돌려보내졌다'. 야간 마드라스 우편열차 일등석에 타고 마드라스로 간 다음, 그곳에서 아버지의 친구와 함께 캘커타로 향했다.

에스타는 토마토 샌드위치를 도시락으로 가지고 있었다. 그리고 독수리 그림이 그려진 이글 보온병도. 그 아이는 머릿속에서 끔찍한 장면들을 떠올렸다.

비. 쏟아지는 잉크 같은 비. 그리고 냄새. 역겨운 달콤함. 바람에 실려오는 오래된 장미향 같은.

그러나 최악의 장면은 자신 안에 늙은이의 입을 한 젊은이의 기억이 있었다는 것이다. 부어오른 얼굴, 부서져 일그러진 미소의 기억. 투명한 액체가 퍼져나가는 물웅덩이에 반사된 알전구. 가까스로 떠진 붉게 충혈된 눈이 이리저리 방황하다 그를 응시하던 기억. 에스타구나. 그런데 에스타는 무슨 짓을 했는가? 그 아이는 그 사랑하는 사람의 얼굴을 들여다보고는 말했었다. 네.

'네, 이 사람이었어요.'

에스타의 문어文魚도 붙잡을 수 없었던 그 말, '네.' 청소기로 빨아들여도 도움이 안 될 것 같았다. 그 말은 저기, 저 깊숙이, 어금니 사이에

긴 실 같은 망고 섬유질처럼 어떤 주름이나 골 안에 깊숙이 박혀 있었다. 빠질 리가 없었다.

사실상 소피 몰이 아예메넴에 오면서 그 모든 일이 시작되었다는 게 옳을 것이다. 어쩌면 단 하루 만에 모든 것이 바뀔 수 있다는 것도 사실일 것이다. 그 몇십 시간이 모든 삶의 결과에 영향을 미칠 수 있다는 것도. 그리고 그럴 때 그 몇십 시간을 불탄 집에서 꺼낸 물건들—까맣게 탄 시계, 그을린 사진들, 눌어붙은 가구들—처럼 폐허에서 부활시켜 자세히 살펴봐야만 한다는 것도. 보존시켜야 한다는 것도. 설명해야만 한다는 것도.

작은 사건들, 평범한 것들은 부서지고 재구성된다. 새로운 의미를 부여받는다. 갑자기 그것들은 한 이야기의 빛바랜 뼈대가 된다.

그렇대도 소피 몰이 아예메넴에 왔을 때 모든 것이 시작되었다는 것은 하나의 견해에 불과하다.

한편으로는, 몇천 년 전에 시작되었다고 반박할 수도 있을 것이다. 마르크스주의자들이 오기 훨씬 전에. 영국이 말라바르를 점령하기 전에, 네덜란드가 지배하기 전에, 바스쿠 다 가마*가 오기 전에, 자모린 가문이 캘리컷**을 정복하기 전에. 포르투갈인들에 의해 보라색 가운을 입은 시리아인 주교 세 명이 살해되어, 가슴 위에 바다뱀들이 똬리를 틀고 엉클어진 턱수염에는 굴을 붙이고 바다에서 떠오르기 전에. 마치 기독

---

* 포르투갈의 항해자로 유럽에서 아프리카 남단 희망봉을 거쳐 인도에 도착해 인도 항로를 개척했다.
** 케랄라의 항구도시.

교가 배를 타고 들어와 티백에서 우러난 차처럼 케랄라에 스며들기 훨씬 전에 그 모든 것이 시작되었다고 반박할 수도 있을 것이다.

실제로는 '사랑의 법칙'이 만들어진 그날들에서 시작됐다고 반박할 수도 있을 것이다. 누가 사랑받아야 하는지, 어떻게 사랑받아야 하는지를 정한 법.

그리고 얼마나 사랑받아야 하는지도.

하지만, 어쩔 수 없이 현실적인 세상에서, 현실적인 목적을 위해……

2
파파치의 나방

……69년(19는 묵음) 12월 하늘빛이 푸른 어느 날이었다. 안식처에 숨어 있던 도덕성을 뭔가가 툭 건드려 거품처럼 수면 위로 떠오르게 한 다음 한동안 떠다니게 하는 일이 한 가족의 삶에 일어난 그런 시간이었다. 선명하게. 모두가 볼 수 있도록.

하늘색 플리머스 자동차가 햇빛에 테일핀을 반짝이며 어린 벼들이 자라는 논과 오래된 고무나무숲을 지나 코친으로 향했다. 훨씬 동쪽에 위치한 비슷한 풍경(정글, 강, 논, 공산주의자)인 작은 나라에서는 6인치짜리 강철로 온 나라가 뒤덮일 정도로 많은 폭탄이 떨어지고 있었다. 하지만 이곳은 평화로운 시기였고, 플리머스를 탄 가족은 어떤 두려움이나 불길한 예감 없이 달리고 있었다.

그 플리머스는 라헬과 에스타의 외할아버지인 파파치의 것이었다.

그가 세상을 떠난 지금, 그들의 외할머니인 맘마치가 그 차를 소유하게 되었고, 라헬과 에스타는 그 차를 타고 〈사운드 오브 뮤직〉을 세번째로 보기 위해 코친으로 가는 중이었다. 둘은 그 영화에 나오는 모든 노래를 알고 있었다.

영화를 본 후 그들은 모두 오래된 음식 냄새가 나는 시 퀸 호텔에 머물 예정이었다. 예약도 되어 있었다. 다음날 아침 일찍, 크리스마스를 아예메넴에서 지내기 위해 런던에서 오는 차코의 전처—영국인 외숙모, 마거릿 코참마—와 외사촌인 소피 몰을 마중하러 코친 공항에 갈 예정이었다. 그해 초, 마거릿 코참마의 두번째 남편인 조가 자동차 사고로 사망했다. 그 사고 소식을 들은 차코는 두 사람을 아예메넴으로 초대했다. 영국에서 외롭고 쓸쓸한 크리스마스를 보낼 두 사람을 생각하면 견딜 수가 없다고 말했다. 추억이 가득한 집에서.

차코는 줄곧 마거릿 코참마를 사랑했다고 암무가 말했다. 맘마치는 동의하지 않았다. 맘마치는 애당초 그가 마거릿 코참마를 사랑한 적이 없었다고 믿고 싶어했다.

라헬과 에스타는 소피 몰을 만난 적이 없었다. 하지만 지난주 동안 소피 몰에 대한 이야기를 많이 듣기는 했다. 베이비 코참마에게서, 코추 마리아에게서, 심지어 맘마치에게서도. 그들 중 누구도 소피 몰을 만난 적은 없었지만 모두 이미 그녀를 잘 아는 것처럼 행동했다. 지난주는 '소피 몰이 어떻게 생각할까?' 주간이었다.

그주 내내 베이비 코참마는 쌍둥이 둘 사이의 개인적인 대화를 끈질기게 엿들었고, 그들이 말라얄람어로 말하는 것을 포착할 때마다 원래 줄 돈에서 깎는 식으로 소액의 벌금을 징수했다. 그들의 용돈에서. 그리고 그녀는 아이들에게 '세금'이라고 부르는 문장 쓰기를 시켰다. '항상 영어로만 말하겠습니다, 항상 영어로만 말하겠습니다.' 한 사람당 100번씩 쓰기. 아이들이 이를 끝마치면 그녀는 빨간색 펜으로 채점을 해서 다음번에 벌을 받을 때 재활용하지 못하도록 했다.

그녀는 아이들에게 돌아가는 길, 차 안에서 부를 영어 노래 하나를 연습시켰다. 가사를 틀리지 말아야 했고 특히 발음에 주의해야 했다. 프레르 **넌** 씨 에이션.*

> 깁-뻐하라 신- 안에서 느-을
> 다시 말하노니 깁-뻐하라,
> 깁-뻐하라,
> 깁-뻐하라,
> 다시 말하노니 깁-뻐하라.

에스타의 풀네임은 에스타펜 야코였다. 라헬은 그냥 라헬이었다. 암무가 처녀 때 쓰던 성으로 돌아갈까 생각중이었기 때문에 '당분간' 성이 없었다. 물론 그녀의 말처럼 남편의 성과 아버지의 성 중에서 결정해야 하기에 여자로선 선택의 여지가 별로 없긴 하지만.

에스타는 베이지색 뾰족한 신발을 신고 엘비스처럼 앞머리를 부풀리고 있었다. '외출할 때 특별히 하는 머리 모양.' 에스타가 가장 좋아하는 엘비스의 노래는 〈파티〉였다. '어떤 이들은 흔들기를 좋아하고,

---

* Prer *NUN* sea ayshun. '발음'을 뜻하는 영어 단어 pronunciation을 베이비 코참마가 발음하는 대로 쓴 것.

어떤 이들은 구르기를 좋아하네.' 아무도 안 볼 때면 배드민턴 라켓줄을 퉁기면서 엘비스처럼 입술을 말고 노래를 부르곤 했다. '하지만 흔드러바도 리드믈 타바도 내 영호는 만족할 수 업서, 파리를 하자……'

에스타의 눈은 눈초리가 처져 졸린 듯했고 새로 나온 앞니들은 아직 가지런하지 않았다. 라헬의 새로 난 이들은 펜에 든 단어처럼 아직 잇몸 속에서 대기중이었다. 태어난 것은 18분 차이인데 앞니가 나오는 시기는 그렇게 차이가 나자 모두 이상해했다.

라헬의 머리카락은 대부분 분수처럼 정수리에 모여 있었다. 머리는 '도쿄의 사랑'—구슬이 두 개 달린 고무줄로 '도쿄'와도, '사랑'과도 아무 상관이 없는—으로 묶여 있었다. 케랄라에서 '도쿄의 사랑'은 세월의 시험을 견뎌냈기에 요즘에도 어딘 괜찮은 A-1 레이디스 스토어에 가서 '도쿄의 사랑'을 달라고 하면 구할 수 있다. 구슬이 두 개 달린 고무줄을.

라헬의 장난감 손목시계에는 시곗바늘이 그려져 있다. 두시 십 분 전. 라헬의 목표 중 하나는 언제든 원할 때 시간을 바꿀 수 있는 시계를 갖는 것이었다(라헬은 자신에게는 그것이 '시간'의 가장 중요한 의미라고 했다). 라헬의 노란 테의 빨간 플라스틱 선글라스는 세상을 빨갛게 보이게 했다. 암무는 눈 나빠진다고 웬만하면 쓰지 말라고 말했다.

라헬의 '공항용 드레스'는 암무의 슈트케이스에 들어 있었다. 특별히 한 세트로 속바지도 있었다.

운전은 차코가 했다. 그는 암무보다 네 살 위였다. 라헬과 에스타는 그를 '차첸'이라 부를 수 없었다. 왜냐하면 그렇게 부르자 그는 그들을 '체탄'과 '체두티'라고 불렀기 때문이다. 그들이 그를 '암마벤'이라고 부르면 그는 그들을 '아포이'와 '암마이'라고 불렀다.* 그들이 그를 영어로 '엉클'이라 부르면 그는 그들을 '앤티'라고 불렀고, 이는 사람들 앞에서 창피스러운 일이었다. 그래서 그들은 그를 차코라고 불렀다.

차코의 방에는 바닥에서 천장까지 책이 잔뜩 쌓여 있었다. 그는 그 책들을 다 읽었고 굳이 그럴 이유가 없을 때도 거기서 긴 구절을 인용하곤 했다. 아니 최소한 누구도 가늠할 수 없는 이유에서 그랬다. 예를 들면, 그날 아침 그들이 베란다에 있는 맘마치에게 다녀오겠다고 외치며 차를 타고 대문을 빠져나갈 때 차코가 불쑥 입을 열었다. "결국 개츠비가 옳았다. 인간들의 설익은 슬픔과 조급한 기고만장에 대해 내가 잠시나마 흥미를 잃었던 것은 개츠비를 삼킨 것들, 개츠비의 꿈이 지나간 자리에 떠 있던 역겨운 먼지 때문이었다."

모두 그런 그에게 아주 익숙해져서 굳이 서로 쿡쿡 찌르거나 눈길을 주고받지도 않았다. 차코는 옥스퍼드 대학의 로즈 장학생이었기에, 누구에게도 허용되지 않는 지나치고 별난 행동을 해도 용서가 되었다.

그는 '가족의 전기'를 쓰고 있다고 주장하며 출간을 막으려면 '가족'들이 자신에게 돈을 내놓아야 할 거라고 말했다. 암무는 전기 집필이 협박거리가 될 만한 후보는 이 집안에서 딱 한 사람, 바로 차코뿐이라고 말했다.

물론 그것은 그때 얘기였다. '공포의 시간 이전'의.

플리머스에서 암무는 앞자리, 차코 옆 조수석에 앉았다. 그녀는 그해 스물일곱이었는데, 살 만큼 다 살았다는 냉정한 인식을 마음속에

---

* 차첸은 아버지, 체탄은 형, 체두티는 형수, 암마벤은 외삼촌, 아포이는 외숙부, 암마이는 외숙모를 지칭한다.

품고 있었다. 한 번 기회가 주어졌었다. 그녀는 실수를 했다. 맞지 않는 남자와 결혼했던 것이다.

아버지가 델리의 직장에서 은퇴하고 아예메넴으로 이사 오던 그해에 암무는 학교를 마쳤다. 파파치는 여자가 대학 교육을 받는 것은 불필요한 지출이라고 주장했기에, 결국 암무는 선택의 여지 없이 델리를 떠나 가족과 함께 이사 올 수밖에 없었다. 아예메넴에서 젊은 아가씨가 할 일은 그저 어머니를 도와 집안일을 하며 구혼을 기다리는 것뿐이었다. 파파치는 충분한 지참금을 마련할 형편이 못 되었기에 암무에게는 혼담이 들어오지 않았다. 2년이 흘렀다. 그녀의 열여덟번째 생일도 지나갔다. 기억해주는 사람 없이, 어쨌든 부모는 아무 말이 없었으니까. 암무는 점점 절망했다. 하루종일 아예메넴에서, 성마른 아버지와 오랫동안 고생하며 노여워진 어머니의 손에서 벗어나기를 꿈꿨다. 그녀는 서투른 몇몇 작은 계획을 도모했다. 드디어 그중 하나가 잘 풀렸다. 여름 동안 캘커타에 사는 먼 친척 아주머니에게 가겠다는 계획을 파파치가 허락했던 것이다.

그곳에서 암무는 어느 결혼식 피로연에서 남편감을 만났다.

아삼에 위치한 차농장의 부지배인인 그는 휴가중이었다. 그의 가족은 인도와 파키스탄이 분리 독립한 후 방글라데시 땅이 된 동벵골에서 캘커타로 이주한, 한때 부유했던 대지주 집안이었다.

그는 키가 작았지만 체격이 좋았다. 호감 가는 외모였다. 유행에 뒤처진 안경을 써서 성실해 보였기에, 본디 느긋한 매력과 유치하면서도 경계심을 녹일 수 있는 유머 감각을 갖춘 것은 드러나지 않았다. 그는 스물다섯 살이었고 차농장에서 벌써 6년째 일하고 있었다. 그는 대

학에 가지 않아 그렇게 유치한 농담을 하는 것 같았다. 두 사람이 만난
지 닷새 후 그가 암무에게 청혼을 했다. 암무는 그와 사랑에 빠진 척하
지 않았다. 그저 이런저런 가능성을 가늠해보고서 승낙했다. 그녀는 그
무엇이든, 그 누구든, 아예메넴으로 돌아가는 것보다는 나으리라 생각
했다. 그녀는 자신의 결정에 관해 편지를 써서 부모에게 알렸다. 답장
은 없었다.

　암무는 우아한 캘커타식 결혼식을 올렸다. 훗날 그날을 돌이켜보고
암무는 신랑의 눈에서 가벼운 열기처럼 반짝이던 그 빛이 사랑이 아니
었음을, 육체적 황홀에 대한 기대로 일렁이던 흥분도 아니었음을, 그
저 커다란 잔으로 여덟 잔 정도 마신 위스키 때문이었음을 깨달았다.
스트레이트로. 아무것도 타지 않고.

　암무의 시아버지는 철도청장이었고 케임브리지 대학에서 권투로 그
대학 스포츠 최고상인 블루어워드를 받았다. 그는 BABA, 즉 벵골 아
마추어 권투협회의 사무국장이기도 했다. 그는 그들 젊은 부부에게 맞
춤 도색한 연분홍색 피아트 자동차를 선물로 주었는데, 결혼식이 끝나
자 모든 패물과 결혼 선물 대부분이 실린 그 자동차를 직접 몰고 가버
렸다. 그는 쌍둥이가 태어나기 전, 쓸개 제거 수술을 받다가 세상을 떠
났다. 그의 화장식에는 벵골의 모든 권투선수가 참석했다. 주걱턱이거
나 코가 부러진 조문객들의 모임이었다.

　암무와 남편은 아삼으로 이사했고, 아름답고 젊고 도도한 암무는 그
곳 '농장주 클럽'에서 시선을 한몸에 받게 되었다. 그녀는 등이 파인
블라우스에 사리를 입고 체인이 달린 은색 실로 짠 핸드백을 들었다.
그리고 은빛 담뱃대로 긴 담배를 피우며 담배 연기로 완벽하게 동그라

미를 만드는 법도 배웠다. 그녀의 남편은 단순한 술고래가 아니라, 알코올중독자 특유의 기만성과 비극적 매력을 모두 지닌, 그야말로 진짜 알코올중독자였다. 암무로서는 결코 이해할 수 없는 점들이 그에게 있었다. 그를 떠나 오랜 시간이 흐르고서도 전혀 그럴 필요가 없을 때 그가 왜 그렇게 터무니없는 거짓말을 했을까 생각해본 적 있다. 특히 그가 그럴 필요가 없을 때. 친구들과 대화할 때 그는 자신이 훈제연어를 얼마나 좋아하는지 모른다고 했지만 암무는 그가 훈제연어를 싫어한다는 것을 알고 있었다. 클럽에 갔다가 집에 돌아와서 〈세인트루이스에서 만나요〉를 보았다고 말했지만 실제로 클럽에서 상영한 것은 〈구릿빛 카우보이〉였다. 이런 거짓말들을 지적하며 따져도 그는 설명도, 사과도 하지 않았다. 그저 킬킬거릴 뿐이었는데, 암무는 자신이 그렇게까지 짜증이 날 수 있다는 것을 처음으로 깨달았다.

암무가 임신 8개월일 때 중국과의 전쟁이 발발했다. 1962년 10월이었다. 농장주들의 아내와 아이들이 아삼에서 대피했다. 암무는 만삭이라 길을 떠나기 어려워서 농장에 남았다. 11월, 중국의 점령과 인도의 패배가 임박했다는 소문이 무성한 와중에 머리카락이 쭈뼛해질 정도로 덜컹대는 버스를 타고 실롱까지 갔고, 에스타와 라헬이 태어났다. 촛불 옆에서. 등화관제중인 병원에서. 별다른 소란 없이 에스타와 라헬은 18분 간격으로 태어났다. 커다란 아기 하나 대신 작은 아기 둘. 엄마의 양수로 미끌대는 쌍둥이 바다표범. 태어나려 노력하느라 주름진. 암무는 눈을 감고 잠들기 전에 아이들이 기형은 아닌지 확인했다.

눈 네 개, 귀 네 개, 입 두 개, 코 두 개, 손가락 스무 개, 완전한 발톱 스무 개를 헤아렸다.

그녀는 샴쌍둥이처럼 아이들의 영혼이 하나임은 알아차리지 못했다. 그녀는 아이들을 낳아 행복했다. 아이들의 아버지는 술에 취해 병원 복도의 딱딱한 벤치에 몸을 뻗고 누워 있었다.

쌍둥이가 두 살이 되었을 때, 차농장 생활이 외로워 그들 아버지는 술을 더 마시게 되었고 인사불성 지경의 알코올중독에 이르렀다. 그는 일도 하러 가지 않고 그저 침대에 누워 하루종일 지냈다. 결국 영국인 지배인인 홀리크 씨가 '진지한 대화'를 나누자며 그를 자신의 집으로 불렀다.

암무는 집 베란다에 앉아 초조하게 남편이 돌아오기를 기다렸다. 홀리크가 남편을 부른 이유는 해고밖에 없다고 확신했다. 그래서 그가 낙담하긴 했지만 절망한 것 같지는 않은 모습으로 돌아오자 놀랐다. 그는 암무에게 홀리크가 제안한 것에 대해 의논할 필요가 있다고 말했다. 처음엔 좀 쭈뼛쭈뼛하면서 그녀의 시선을 피해 말을 꺼냈지만 용기를 내어 말을 이어갔다. 현실적으로 본다면 결국 이 제안이 두 사람 모두에게 득이 될 것이라고, 아이들 교육까지 고려한다면 가족 모두에게 득이 될 것이라고 말했다.

홀리크 씨는 젊은 조수에게 솔직하게 말했다. 다른 부지배인들뿐만 아니라 노동자들도 불평하고 있음을 알렸다.

"유감스럽지만 나로서는 사직을 권하는 것 외에는 달리 선택의 여지가 없네." 그가 말했다.

그는 잠시 뜸을 들이며 충격이 제대로 전달되기를 기다렸다. 테이블 건너편에 앉은 그 측은한 남자가 몸을 떨도록 내버려두었다. 우는 것도. 그리고 나서 홀리크는 말을 이었다.

"글쎄, 사실 한 가지 방법이 있을지도 모르지…… 우리가 뭔가를 모색해볼 수도 있겠지. 긍정적으로 생각하라, 그게 내 신조지. 자네가 가진 축복들을 생각해보게." 홀리크는 말을 멈추고 블랙커피 한 주전자를 시켰다. "자네는 상당히 행운아야, 알고 있나. 훌륭한 집안, 예쁜 아이들, 대단히 매력적인 아내……" 그는 담배에 불을 붙이고 더이상 들고 있을 수 없을 때까지 성냥이 타들어가도록 내버려두었다. "정말이지 매력적인 아내지……"

울음이 멎었다. 어리둥절해하는 갈색 눈이 벌겋게 핏줄이 선 야비한 초록색 눈을 들여다보았다. 커피를 마시며 홀리크는 바바에게 잠시 집을 떠나 있으라고 제안했다. 휴가 삼아. 병원에서 치료를 받든가. 몸이 나아질 때까지 시간이 얼마나 걸리든 괜찮다고. 그가 떠나 있는 동안 암무를 자신의 집으로 보내면 자신이 그녀를 '보살피겠다'고 홀리크는 제안했다.

이미 농장에는 홀리크가 점찍은 찻잎 따는 여자들에게서 낳은, 누더기를 걸친 연한 갈색 피부의 아이들 여럿이 지내고 있었다. 관리직 그룹에 손을 뻗친 것은 이번이 처음이었다.

암무는 남편의 입이 움직이고 말이 나오는 것을 바라보았다. 아무 말도 하지 않았다. 그는 점점 불쾌해졌고, 그러다 그녀의 침묵에 격노했다. 갑자기 그녀에게 달려들어 머리카락을 휘어잡고는 때렸고, 그렇게 힘을 쓰더니 기절해버렸다. 암무는 책장에 꽂힌 책 중 가장 무거운 책인 『리더스 다이제스트 세계지도』를 꺼내 힘껏 그를 때렸다. 그의 머리를. 다리를. 등과 어깨를. 정신을 차리고서 그는 여기저기 든 멍에 의아해했다. 그는 폭력을 휘두른 일에 대해서는 비굴하게 사과했지만,

이내 그가 갈 수 있도록 도와달라고 졸라댔다. 이는 곧 반복되는 일상이 되었다. 술에 취해 폭력을 휘두르고 술에서 깨서 졸라대기. 암무는 그의 피부에 밴 약냄새 같은 퀴퀴한 알코올 냄새가, 아침마다 그의 입가에 파이처럼 들러붙어 있는 말라빠진 토사물이 역겨웠다. 한바탕씩 일어나던 폭력이 아이들에게까지 미쳤을 때, 그리고 파키스탄과의 전쟁이 시작되었을 때, 암무는 남편을 떠나 환영받지 못했지만 아예메넴의 부모에게 돌아왔다. 불과 몇 년 전 그녀가 버리고 도망쳤던 그 모든 것들로. 하지만 이제 그녀에겐 어린 자식이 둘 있었다. 그리고 더이상 꿈도 없었다.

파파치는 그녀의 이야기를 믿지 않았다. 그녀의 남편을 괜찮게 생각해서가 아니라 영국 남자가, 어떤 영국 남자든 간에, 다른 남자의 아내를 탐했다는 것을 믿지 않았던 것이다.

암무는 (물론) 아이들을 사랑했지만, 아이들의 순진무구한 연약함, 그들을 진심으로 사랑하지 않는 사람들을 기꺼이 사랑하려는 모습을 보면 화가 났고, 그래서 때로는 그저 교육을 목적으로, 하나의 보호방식으로, 아이들에게 상처를 주고 싶기도 했다.

아이들의 아버지가 사라져버린 창문을 통해 누구라도 들어올 수 있고, 환영받을 수 있도록 계속 열어둔 것만 같았다.

암무가 보기에 쌍둥이는 우왕좌왕하는 작은 개구리들, 서로의 존재에만 몰두한 채 질주하는 차들로 가득한 고속도로를 나란히 팔짱을 끼고서 느릿느릿 가고 있는 개구리들 같았다. 트럭이 개구리에게 무슨 짓을 할지 전혀 눈치채지 못한 채. 암무는 철저히 아이들을 지켜보았다. 경계하는 동안 그녀는 신경이 곤두섰고 날카로워졌다. 성마르게 아이들을 질책하게 되었고, 더더욱 성마르게 아이들 입장에서 노여워하곤 했다.

그녀는 자신에게는 더이상 기회가 없을 거라고 생각했다. 이젠 아예 메넴뿐이었다. 현관 베란다와 뒷베란다. 뜨거운 강과 피클 공장.

그리고 뒤에서 끊임없이, 높다랗게, 징징거리듯 울려퍼지는 동네 사람들의 비난하는 소리.

친정으로 돌아온 지 몇 달 지나지 않아 암무는 동정을 가장한 그 추한 얼굴을 알아보고 경멸하게 되었다. 턱수염이 나기 시작한데다 턱이 몇 겹으로 흔들거리는 늙은 여자 친척들이 그녀의 이혼을 위로한답시고 하룻밤 걸려 아예메넴까지 찾아왔다. 그네들은 그녀의 무릎을 꽉 잡고는 고소해했다. 그녀는 그네들을 한 대 치고픈 충동과 싸워야 했다. 혹은 그네들의 젖꼭지를 비틀고 싶은 충동과도. 스패너로. 〈모던 타임스〉에서 채플린이 그랬던 것처럼.

결혼사진 속 자신의 모습을 들여다보며 암무는 시선을 마주하는 그 여인이 다른 사람인 것만 같았다. 보석으로 치장한 어리석은 신부. 금실을 섞어 짠 노을빛 실크 사리. 손가락마다 낀 반지들. 아치 모양의 눈썹 위에 백단유 반죽으로 찍은 하얀 점들. 사진 속 그런 자신의 모습에 암무의 온화한 입은 일그러지며 그 기억—결혼식 그 자체보다는 교수대로 끌려가기 전에 그렇게 공들여 치장하도록 허용했다는—때문에 어렴풋한 쓴웃음을 지었다. 정말 어리석었던 것 같다. 너무나도 헛된 일이었다.

장작을 광택내는 일처럼.

그녀는 마을의 금세공인에게 가서 그 무거운 결혼반지를 녹여 뱀머리 장식이 달린 가느다란 팔찌로 만들었고, 나중에 라헬에게 주려고 따로 보관했다.

결혼식을 완전히 피할 수는 없었다고 암무는 이해하고 있었다. 최소한 현실적으로는 피할 수 없었다. 하지만 그후로 평생 그녀는 평상복을 입고 하는 작은 결혼식을 옹호했다. 그게 덜 잔인해 보인다고 생각했다.

때때로 라디오에서 좋아했던 노래가 흘러나올 때면 마음속에서 뭔가가 그녀를 휘저었다. 수액 같은 아픔이 피부 아래로 퍼져나갔고, 마녀처럼 세상을 벗어나 더 나은, 더 행복한 곳으로 걸어나갔다. 그런 날이면 그녀에게서 어딘가 들뜬 야성적인 기미가 보였다. 어머니로서, 이혼녀로서 지켜야 할 도덕성에서 잠시 비켜선 듯한 모습이었다. 심지어 걸음걸이조차 무난한 어머니다운 걸음에서 다른 야성적인 걸음으로 변했다. 그녀는 머리에 꽃을 꽂은 채 눈에는 마법의 비밀을 담고 다녔다. 그녀는 아무에게도 말을 걸지 않았다. 탄제린처럼 생긴 작은 플라스틱 트랜지스터를 들고 강둑에서 몇 시간씩 보내곤 했다. 그녀는 담배를 피웠고 한밤중에 수영을 했다.

무엇이 암무를 이렇게 '위태로운 칼날' 위에 서게 했는가? 예측불가능한 이런 분위기를 풍기게 했는가? 그것은 내면에서 벌어진 싸움이었다. 하나로 섞일 수 없는 기질. 어머니의 무한한 애정과 자살폭탄범의 무모한 분노. 그것이 마음속에서 커졌고, 결국에는 낮에 그녀의 아이들이 사랑했던 그 남자를 밤에 그녀가 사랑하게 되었다. 아이들이 낮에 탔던 배를 밤에 타도록 했다. 에스타가 앉았던, 라헬이 발견했던 그 배를.

라디오에서 암무가 좋아하는 노래가 나오는 날이면 모두 그녀를 약간 경계했다. 그녀가 그들의 힘으로는 파악할 수 없는 저 너머 두 세계 사이의 반†그림자 속에서 살고 있다는 것을 사람들은 어떤 식으로든 감지했다. 그들이 이미 낙인을 찍은 여자였기에 그녀로선 더이상 잃을 것이 남아 있지 않음을, 그만큼 위험할 수도 있음을 감지했다. 그래서 라디오에서 암무가 좋아하는 노래가 흐르는 날이면 사람들은 그녀를 피했고, 그 주변에 얼씬대지 않았다. 그냥 '그녀를 내버려두는 것'이 최선이라고 모두 동의했기 때문이다.

그렇지 않은 날에는 그녀가 웃으면 깊게 볼우물이 생겼다.

그녀는 섬세하고 조각 같은 얼굴에 날아오르는 갈매기의 날개처럼 각진 검은 눈썹, 작고 곧은 코, 윤이 흐르는 밤색 피부를 가졌다. 하늘 빛이 푸른 12월 그날, 그녀의 흐트러지고 구불구불한 머리카락이 자동 차 안으로 불어든 바람에 가닥가닥 날렸다. 민소매 사리 블라우스 밖 으로 드러난 어깨가 짙은 왁스로 윤을 낸 것처럼 빛났다. 때때로 그녀 는 에스타와 라헬이 본 가장 아름다운 여인이었다. 그리고 때로는 그 렇지 않았다.

플리머스 뒷좌석 에스타와 라헬 사이에는 베이비 코참마가 앉았다. 예전엔 수녀였지만 현재는 베이비 대고모. 불행한 사람이 다른 불행한 사람을 싫어하는 것처럼 베이비 코참마는 쌍둥이를 싫어했는데, 애비 없는 불행한 떠돌이라고 생각했기 때문이다. 게다가 더 싫었던 점은, 아이들이 자존감 있는 시리아 정교회 신자라면 결코 결혼하지 않을 '반쪽 힌두교 잡종'이라는 사실이었다. 그녀는 아이들도 (그녀처럼) 아 예메넴 저택에서, 그들의 외할머니 집에서, 실은 있을 권리가 없는 곳에서, 인내하며 살아야 한다는 사실을 깨닫기를 간절히 바랐다. 베이비 코참마는 자신은 얌전히 받아들였다고 여기는 운명에 암무가 맞서 싸우는 모습을 보며 분개했다. '남자 없는' 여자라는 비참한 운명에. 멀리건 신부의 부재로 슬픈 베이비 코참마. 멀리건 신부에 대한 사랑은 이루어지지 못했지만 이는 전적으로 그녀가 자제했기 때문이라고, 그녀가 옳은 일을 하리라 결심했기 때문이라고 수년 동안 자신을 설득했고 그렇게 믿고 있었다.

그녀는 결혼한 딸은 부모 집에 있을 자리가 없다는 일반적인 견해에 전적으로 동의했다. 베이비 코참마에 따르면 더구나 이혼한 딸은 그 어디에도 있을 자리가 없었다. 게다가 연애결혼을 했다가 이혼한 딸이라니, 글쎄, 그 어떤 말로도 베이비 코참마의 분노를 설명할 수 없었다. 다른 공동체 사람과 연애결혼했다 이혼한 딸—베이비 코참마는 이 문제에 대해 부들부들 떨면서도 입을 다물기로 했다.

쌍둥이는 이 모든 것을 이해하기엔 너무 어렸고, 그래서 베이비 코참마는 아주 행복한 순간을 즐기는 아이들을 시기했다. 아이들이 잡은 잠자리가 아이들 손바닥에서 다리로 작은 돌을 들어올렸을 때, 아이들이 돼지를 씻겨도 좋다고 허락받았을 때, 또는 암탉이 낳은 따끈따끈한 달걀을 발견했을 때 같은 행복한 순간을. 그러나 무엇보다도 서로에게서 위안을 받는 아이들을 시기했다. 아이들에게서 어떤 불행의 징표라도 기대했던 것이다. 최소한 그 정도라도.

공항에서 돌아오는 길에는 마거릿 코참마가 차코와 함께 앞자리에 탈 것이다. 그의 아내였으니까. 두 사람 사이에는 소피 몰이 앉을 것이다. 암무는 뒷자리로 옮길 것이다.

물이 두 병 있을 것이다. 마거릿 코참마와 소피 몰이 마실 끓인 물과 나머지 사람들이 마실 수돗물.

여행 가방은 부트boot*에 실릴 것이다.

라헬은 그 부트란 단어가 참 괜찮은 말이라고 생각했다. 어쨌든 스터디sturdy란 단어보다는 훨씬 나았다. 스터디는 형편없는 단어였다. 난쟁이 이름처럼. 스터디 코시 움멘―키가 작고 옆가르마를 탄 상냥한 중산층의 신앙심 깊은 난쟁이.

플리머스 자동차 지붕 선반에는 주석으로 사면에 테를 두른 베니어판 광고판이 설치되어 있었고, 광고판 네 면 모두에 '파라다이스 피클 & 보존식품'이라고 공들여 쓰여 있었다. 글씨 아래편에는 혼합 과일잼과 식용유에 담긴 매운 라임 피클 병들이 페인트로 그려져 있었고, 역시 공들인 글씨로 '파라다이스 피클 & 보존식품'이라고 상표가 붙어 있었다. 병 옆에는 파라다이스 전 제품의 목록과 녹색 얼굴을 하고 둥글게 퍼진 치마를 입은 카타칼리 댄서가 있었다. 부풀어올라 에스자 모양으로 퍼져 물결치는 그의 치마 아랫단을 따라 역시 에스자 모양으로, '맛의 왕국의 황제'―요청하지 않았음에도 K. N. M. 필라이 동지가 생각해낸―라고 쓰여 있었다. 이는 '루키 로카신데 라자부Ruchi lokathinde Rajavu'를 문자 그대로 번역한 것으로 차라리 그게 '맛의 왕국의 황제'보다 덜 터무니없었다. 하지만 필라이 동지가 이미 그 문구를 인쇄한 뒤였고 전체 인쇄 주문을 다시 하라고 부탁할 배짱을 가진 사

---

* 자동차 트렁크의 영국식 표현. 스터디 부츠(sturdy boot)는 튼튼한 부츠라는 뜻.

람은 없었다. 그래서 불만스러웠지만 '맛의 왕국의 황제'가 파라다이스 피클 상표에 그대로 남게 되었다.

암무는 그 카타칼리 댄서는 아무 상관도 없으면서 '쓸데없이 사람들을 헷갈리게 한다'고 말했다. 차코는 그것이 상품에 이 '지역의 특색'을 더해주고 '해외 시장'에 진출할 때 유용할 것이라고 말했다.

암무는 그 광고판 때문에 자신들이 우스꽝스럽게 보인다고 말했다. 마치 유랑 서커스단 같다고. 차에 테일핀이 달린.

맘마치가 상업적인 목적으로 피클을 만든 것은 파파치가 공직에서 은퇴하고 델리에서 아예메넴으로 살러 온 직후부터였다. 코타얌 성서 협회가 바자회를 열면서 맘마치에게 소문난 바나나 잼과 부드러운 망고 피클을 만들어달라고 부탁한 게 계기였다. 잼과 피클은 날개 돋친 듯이 팔려나갔고, 맘마치 혼자 감당 못할 정도로 주문이 밀려들었다. 자신의 성공에 신이 난 그녀는 피클과 잼 제조를 계속하기로 마음먹었고, 곧 1년 내내 바빠지게 되었다. 한편 파파치는 은퇴라는 불명예를 극복하느라 힘들어했다. 맘마치보다 열일곱 살이 많았기에, 아내는 아직도 한창때인데 자신은 늙은이라는 사실에 충격을 받았다.

맘마치는 원추각막증을 앓고 있어 사실상 이미 눈이 멀었음에도 파파치는 피클 만드는 일을 돕지 않았다. 피클 만들기는 전직 고위 공무원에게 어울리지 않는다고 생각했기 때문이었다. 그는 늘 질투심이 많은 남자였기에 갑자기 아내가 주목받자 매우 못마땅해했다. 그는 깔끔한 맞춤 정장을 입고 구부정한 자세로 공장 부지를 서성였고, 빨간 고추와 갓 빻은 노란 강황이 쌓인 주변을 불쾌한 표정으로 맴돌았으며,

맘마치가 라임과 부드러운 망고를 사고, 무게를 재고, 소금에 절이고, 말리는 모습을 지켜보았다. 매일 밤 그는 놋쇠 꽃병으로 그녀를 때렸다. 구타는 새삼스럽지 않았다. 새삼스러운 일은 더 빈번해졌다는 것 뿐이었다. 어느 날 밤, 파파치는 맘마치의 바이올린 활을 부러뜨려 강에 던져버렸다.

그때 여름방학을 맞은 차코가 옥스퍼드에서 집으로 돌아왔다. 그는 건장해졌고, 그 무렵에는 옥스퍼드의 베일리얼 칼리지 조정선수로 뛰고 있어서 강인했다. 그는 도착한 지 일주일 만에 파파치가 서재에서 맘마치를 구타한다는 것을 알게 되었다. 차코는 서재로 들어가서 꽃병을 든 파파치의 손을 잡고 등뒤로 비틀었다.

"다시는 이런 일이 일어나지 않았으면 해요." 그가 아버지에게 말했다. "절대로요."

그날 온종일 파파치는 베란다에 돌처럼 앉아서 가만히 관상용 정원을 바라보았고 코추 마리아가 가져온 음식 접시는 쳐다보지도 않았다. 그날 늦은 밤, 그는 서재로 들어가 자신이 가장 아끼는 마호가니 흔들의자를 가지고 나왔다. 차도 한가운데에 그걸 놓고 배관공들이 쓰는 멍키스패너로 내리쳐 산산조각을 냈다. 니스를 바른 고리버들 가지며 부서진 나뭇조각 더미를 거기 달빛 아래 그대로 내버려두었다. 그리고 다시는 맘마치에게 손을 대지 않았다. 그렇지만 또한 죽을 때까지 맘마치에게 말도 하지 않았다. 무언가 필요한 것이 있으면 코추 마리아나 베이비 코참마를 중간에 내세웠다.

저녁에 손님들이 올 것 같으면 그는 베란다에 앉아 떨어지지도 않은 단추를 셔츠에 달았는데, 맘마치가 그를 소홀히 한다는 인상을 풍기기 위해서였다. 이러한 행동은 직업을 가진 아내들에 대한 아예메넴 사람들의 인식을 악화시키는 데 조금이나마 도움이 되었다.

그는 무나르의 한 영국인 노인에게서 하늘색 플리머스를 샀다. 아예메넴에서 그가 그 폭이 넓은 차를 타고 좁은 도로를 거들먹대며 달리는 모습은 익숙해졌는데, 겉보기에는 우아해 보였지만 모직 정장이 땀에 흠뻑 젖어 있었다. 그는 맘마치도, 가족 중 누구도 차를 사용하는 것은 물론이고 안에 앉지도 못하게 했다. 플리머스는 파파치의 복수였다.

파파치는 푸사 연구소의 영국 제국 곤충학자였다. '독립' 후 영국인들이 떠나자 그의 직함은 영국 제국 곤충학자에서 곤충학회 부회장으로 바뀌었다. 은퇴하던 해에는, 회장에 해당하는 지위까지 승진했다.

그의 인생에서 가장 큰 좌절은, 그가 발견한 나방이 그의 이름을 따서 명명되지 않은 일이었다.

어느 날 저녁, 하루종일 현장에서 지내고 숙소 베란다에 앉아 쉴 때 나방 한 마리가 그의 술잔에 떨어졌다. 나방을 꺼내든 그는 나방의 등에 털이 유난히 빽빽하다는 사실을 알아차렸다. 나방을 더 가까이 들여다보았다. 점점 더 흥분하면서 그는 나방을 표본으로 만들고 계측했으며, 다음날 아침 알코올을 증발시키기 위해 몇 시간 동안 햇볕 아래 뒀다. 그러고 나서 첫 기차를 타고 델리로 향했다. 분류표와 비교해보기 위해서, 그리고 명성을 얻기를 기대하면서. 초조해하며 견디기 힘든 6개월이 지나, 마침내 그 나방에 대한 확인이 이루어졌으나 열대 독나방과에 속하는 잘 알려진 종이며 약간 특이한 종류일 뿐이라는 통보를 받고 파파치는 몹시 실망했다.

진짜 충격은 12년 후에 찾아왔다. 철저하게 분류법을 재편성한 결과, 인시류 연구가들은 파파치의 나방이 실제로는 그때까지 과학계에 알려지지 않은 별개의 종과 속이라고 결론을 내렸다. 물론, 그즈음 파파치는 퇴직하고 아예메넴으로 옮겨와 있었다. 자신이 발견했다고 주장하기엔 너무 늦은 것이었다. 그의 나방은 파파치가 싫어했던 후배인 당시 '곤충학부 팀장'의 이름을 따라 명명되었다.

나방을 발견하기 훨씬 전부터 늘 심기가 불편한 사람이었음에도, 그후 여러 해 동안 그의 암울한 기분과 갑작스럽게 폭발하는 성질은 '파파치의 나방' 탓이 되었다. 그 치명적인 유령―잿빛인, 털로 뒤덮이고 등에 털이 유난히 빽빽한―이 그가 사는 집마다 출몰했다. 그것은 그를, 그의 아이들과 그 아이들의 아이들까지 괴롭혔다.

죽는 날까지, 아예메넴의 그 숨막히는 열기 속에서 하루도 빠짐 없이 파파치는 잘 다린 스리피스 양복을 입고 황금 회중시계를 매달고 다녔다. 그의 화장대 위 향수와 은제 빗 옆에는 젊은 시절의 사진이 놓여 있었는데, 그가 빈의 어느 사진관에서 머리를 깔끔히 정돈하고 찍은 사진으로, 그곳에서 6개월 수료 코스를 밟고 받은 학위 덕분에 그는 영국 제국 곤충학자 자리에 지원할 자격을 얻을 수 있었다. 맘마치가 처음으로 바이올린 레슨을 받은 것도 두 사람이 빈에 머물던 그 몇 개월 동안이었다. 그 레슨은 맘마치의 선생님이었던 론스키 티에펜탈이 파파치에게 그녀가 재능이 뛰어나며, 자신의 의견으로는 그녀가 콘서트 클래스에 들어갈 잠재력을 갖추었다고 말하는 실수를 범해 갑자기 중단되었다.

맘마치는 파파치의 죽음을 보도한 〈인디언 익스프레스〉의 기사를 오려 가족의 사진 앨범에 붙였다.

아예메넴의 고故 E. 존 이페 신부(일반적으로는 푼냔 쿤주로 알려졌다)의 아들이자 저명한 곤충학자인 슈리 베난 존 이페가 중증 심장마비로 어젯밤 코타얌 종합병원에서 사망했다. 그는 새벽 1시 5분경 가슴에 통증을 느껴 급히 병원으로 이송되었다. 2시 45분 숨을 거뒀다. 슈리 이페는 지난 6개월 동안 건강이 좋지 않았다. 유족으로는 아내인 소샴마와 두 자녀가 있다.

파파치의 장례식에서, 맘마치는 콘택트렌즈가 눈동자에서 빠질 정도로 울었다. 암무는 쌍둥이에게 맘마치가 우는 것은 파파치를 사랑해서라기보다는 그에게 익숙했기 때문이라고 말했다. 그가 구부정하게 피클 공장 주변을 돌아다니던 것에 익숙했고, 때때로 그에게 구타당하던 일에 익숙했다. 암무는 인간은 습관의 동물이며, 별 희한한 것들에 다 익숙해질 수 있다고 말했다. 주위를 돌아보기만 해도 놋쇠 꽃병으로 때리는 것은 약과란다, 하고 암무는 말했다.

장례식이 끝난 뒤, 맘마치는 라헬에게 케이스에 든 가느다란 오렌지색 유리관 피펫으로 자신의 콘택트렌즈를 찾아서 꺼내달라고 부탁했다. 라헬은 맘마치에게 그녀가 죽으면 그 피펫을 물려받을 수 있느냐고 물었다. 암무는 라헬을 방에서 데리고 나와 손바닥으로 찰싹 쳤다.

"다시는 사람들 앞에서 죽음에 대해 이야기하지 마라." 그녀가 말했다.

에스타는 라헬이 그렇게 무신경했으니 맞아도 싸다고 놀렸다.

파파치가 깔끔하게 머리를 빗어넘기고 빈에서 찍은 사진은 새 액자에 끼워져 응접실에 놓였다.

사진발이 좋은 그는 작은 체구에 비해 머리가 조금 큰 듯했지만 말쑥하고 세심하게 가꾼 모습이었다. 막 이중턱이 생길 참이라 만일 아래를 내려다보았거나 고개를 끄덕였더라면 그 턱이 더 강조돼 보였을 것이다. 사진 속에서 그는 이중턱이 보이지 않도록 고개를 들고 있었지만 그렇다고 오만해 보일 정도로 치켜들지는 않게 신경썼다. 밝은 갈색 눈은 품위는 있지만 사악해 보여서, 사진사의 아내를 살해할 음모를 품은 채 그에게 예의바르게 보이려 애쓰는 사람 같았다. 윗입술 가운데 부분에는 작은 살덩어리가 솟아 있어, 토라져서 입술을 삐죽 내미는 것처럼, 어린아이가 자신의 엄지손가락을 빨 때처럼 아랫입술을 덮고 있었다. 턱에는 가늘고 긴 보조개가 있어서 잠재된 광적인 폭력성의 위험을 더욱 강조하고 있었다. 일종의 억제된 잔인성이었다. 그는 카키색 승마바지를 입고 있었지만 평생 말이라곤 타본 적이 없었다. 그의 승마화는 사진관 조명에 빛나고 있었다. 상아 손잡이가 달린 승마용 채찍이 무릎 위에 단정히 놓여 있었다.

그 사진에는 긴장된 정적이 깔려 있어, 그것이 걸린 따뜻한 방에 어떤 냉기를 흐르게 했다.

파파치는 죽으면서 값비싼 양복이 든 트렁크 몇 개와 커프스단추로 가득찬 초콜릿 상자를 남겼고, 차코는 그것들을 코타얌의 택시 기사들에게 나누어주었다. 그들은 커프스단추를 해체하여 시집갈 딸들의 지참금으로 쓸 반지와 펜던트를 만들었다.

쌍둥이가 커프스단추는 어디에 쓰는 것이냐고 물었을 때, 암무는

"커프스를 채우는 단추"라고 대답했고, 아이들은 그때까지는 비논리적으로 보였던 언어에서 이런 작은 논리를 발견하고는 신나 했다. 커프스+단추=커프스단추. 이것은 그들에게는 수학의 정확성과 논리에 필적했다. 커프스단추라는 단어는 아이들에게 (과장하자면) 엄청난 만족감과 영어라는 언어에 대한 진짜 애정을 심어주었다.

암무는 파파치가 구제불능 영국 CCP라고 말했는데, CCP는 chhi-chhi poach의 약자로 힌두어로 밑 닦아주는 사람이란 의미라고 했다. 차코는 파파치 같은 사람에 대한 정확한 표현은 친영파Anglophile라고 했다. 그는 라헬과 에스타에게 『리더스 다이제스트 대백과사전』에서 '친영파'를 찾아보게 했다. 거기에는 "영국인에게 호의적인 사람"이라고 되어 있었다. 이에 에스타와 라헬은 '호의적인disposed'도 찾아봐야 했다.

거기에는 이렇게 나와 있었다.

(1) 특정한 순서로 적절하게 배치하다.
(2) 마음이 어떤 상태가 되다.
(3) 바라는 대로 하다, 손을 떼다, 밀항하다, 해체하다, 끝내다, 결말짓다, (음식을) 먹어치우다, 죽이다, 팔다.

차코는 파파치의 경우 (2) '마음이 어떤 상태가 되다'에 해당한다고 말했다. 즉, 파파치의 마음이 영국인을 좋아하는 상태가 되었다는 의미였다.

차코는 쌍둥이에게 인정하기는 싫지만 그들은 모두 친영파라고 말했다. 친영파 가족이라고. 잘못된 방향으로 들어선, 그들 자신의 역사에서 벗어나 갇히고, 발자취가 지워졌기에 자신들의 발자취를 되짚을 수 없게 된 그런 가족. 그는 아이들에게 역사란 한밤중의 고택 같은 것이라고 설명했다. 불이란 불은 다 켜진. 그리고 조상들이 안에서 속삭이는.

"역사를 이해하기 위해선," 차코가 말했다. "그 안으로 들어가 조상들의 이야기에 귀를 기울여야 해. 그리고 책들을 보고 벽에 걸린 그림들을 봐야지. 냄새도 맡아야 하고."

에스타와 라헬은 차코가 말하는 그 집이, 한 번도 가본 적이 없는 버려진 고무 농장 한가운데에 자리한, 강 건너의 집이 틀림없다고 생각했다. 카리 사이푸의 집. '검은 나리'. '원주민이 된' 영국인. 말라얄람어를 말하고 문두를 입었던 사람. 아예메넴의 커츠*. 아예메넴은 그의 '어둠의 심연'. 10년 전, 그는 젊은 애인의 부모가 그에게서 그 소년을 떼어내 학교로 보내버리자 자기 머리에 총을 쐈다. 그가 자살한 후, 그의 재산을 놓고 카리 사이푸의 요리사와 비서 사이에 길고 긴 소송이 이어졌다. 그 집은 오랜 세월 텅 빈 채였다. 그 집을 본 적이 있는 사람은 극소수였다. 하지만 쌍둥이는 그 집을 그려낼 수 있었다.

'역사의 집'.

차가운 석조 바닥과 어둑한 벽, 굽이치며 나아가는 배 모양을 한 그림자. 토실토실한 반투명 도마뱀이 오래된 그림 뒤에 살고, 밀랍 같은, 바스러지는 조상들이 튼튼한 발톱을 가지고 누런 지도 냄새 같은 숨결

---

* 조지프 콘래드의 소설 『어둠의 심연』의 주인공 이름.

을 풍기면서 쉬쉬하며 얇고 건조한 소리로 잡담을 나눈다.

"하지만 우리는 들어갈 수가 없어." 차코가 설명했다. "왜냐면 우리는 밖에 있고 문은 잠겨 있거든. 창문으로 안을 들여다본대도 보이는 것은 그림자뿐이지. 애써 들으려 해도 들리는 것은 속삭임뿐이지. 우리는 그 속삭임을 이해할 수 없어. 왜냐면 우리의 마음은 전쟁으로 침략당했거든. 우리가 이기기도 지기도 한 전쟁. 최악의 전쟁. 꿈을 포로로 사로잡고서 다시 그것을 꿈꾸게 하는 전쟁. 정복자를 숭배하고 우리 자신을 경멸하게 만든 전쟁."

"정복자와 결혼하다, 그게 더 정확할 것 같네." 암무가 마거릿 코참마를 빗대어 냉담하게 말했다. 차코는 그녀의 말을 무시했다. 그는 쌍둥이에게 '경멸하다despise'를 찾아보게 했다. '얕보다, 멸시하다, 깔보다, 업신여기다.'

차코는 자기가 얘기하고 있었던 전쟁—'꿈의 전쟁'—이라는 문맥에서 '경멸하다'가 이 모든 것을 의미한다고 말했다.

"우리는 '전쟁 포로'야." 차코가 말했다. "우리의 꿈은 변조되었어. 우리는 어디에도 속하지 못해. 우리는 닻도 없이 파도가 거센 바다를 항해하고 있어. 우리는 상륙을 허락받지 못할지도 몰라. 우리의 비애는 결코 충분히 슬프지 않을 거야. 우리의 기쁨은 결코 충분히 행복하지 않을 거야. 우리의 꿈은 결코 충분히 크지 않을 거야. 우리의 삶은 결코 충분히 영향력이 있지 않을 거야. 주목하기에는."

그러고는 에스타와 라헬이 역사적 관점에 대한 감각(그후 이어진 몇 주 동안 차코에게 지독하게 결여되었던 것이 바로 관점이었지만)을 갖도록 그는 아이들에게 '지구 여인'에 대해 들려주었다. 그는 아이들에게 지구—46억 년이나 됐지만—를 마흔여섯 살의 여인, 그러니까 그들에게 말라얄람어를 가르쳤던 앨리야마 선생님 연배의 여인으로 상상해보라고 말했다. 지구가 현재의 모습처럼 되기까지는 '지구 여인'의 평생이 걸렸다. 바다가 갈라지기까지. 산이 융기하기까지. 처음으로 단세포생물이 나타났을 때 '지구 여인'은 열한 살이었다고 차코는 말했다. 첫번째 동물들, 예컨대 지렁이나 해파리 같은 생물들은 그녀가 마흔이 되어서야 등장했다. 지구상에 공룡들이 돌아다녔던 것은 그녀가 마흔다섯을 넘은 때—불과 8개월 전—였다.

"우리가 아는 모든 인간 문명은 '지구 여인'의 인생에서 보자면 불과 두 시간 전에 시작됐어. 아예메넴에서 코친까지 차로 가는 것 정도의 시간이지." 차코가 쌍둥이에게 말했다.

현대사 전체, '세계대전들' '꿈의 전쟁' '인간의 달 착륙', 과학, 문학, 철학, 지식의 추구는 '지구 여인'이 눈 한 번 깜박한 순간 정도에 지나지 않는다. 그렇게 생각하면 경외심이 일어나고 겸허해지는 듯하다고 (겸허해지다는 참 좋은 말이구나, 라헬은 생각했다. 아무 걱정 근심 없이 겸허해지다) 차코가 말했다.

"그리고 우리는, 애들아, 우리가 무엇이든 뭐가 되든 모든 것은 그저 그녀의 눈이 한순간 반짝인 것일 뿐이야." 차코가 침대에 누워 천장을 쳐다보며 엄숙하게 말했다.

이런 기분일 때면 차코는 '낭독조'로 말했다. 그의 방은 교회 같은 분위기로 변했다. 누가 자신의 이야기에 귀를 기울이든 말든 신경쓰지 않았다. 귀를 기울인다 하더라도 자신의 말을 이해하든 말든 신경쓰지 않았다. 암무는 그것을 그가 '옥스퍼드 기분'에 빠졌다고 불렀다.

훗날, 일어났던 그 모든 일에 비추어볼 때 반짝임은 '지구 여인'의 눈에 떠오른 표현을 묘사하는 데 전혀 어울리지 않는 말 같았다. 반짝임은 웃을 때 생기는 주름살처럼 즐거운 울림을 가진 단어였다.

'지구 여인'이 쌍둥이에게 오랫동안 인상 깊긴 했지만, 아이들을 정말로 매료시킨 것은 훨씬 더 가까이 실재하는 '역사의 집'이었다. 아이들은 그 집을 종종 생각했다. 강 건너의 그 집.

'어둠의 심연' 속에서 희미하게 드러나는.

그들은 들어갈 수 없는, 그들은 이해할 수 없는 속삭임으로 가득한 집.

그때만 해도 그들은 거기에 곧 들어가게 되리라는 것을 알지 못했다. 그들이 강을 건너고, 있어서는 안 될 곳에 있게 되고, 사랑해서는 안 될 남자를 사랑하게 되리라는 것도. 뒷베란다에서 역사가 그들에게 모습을 드러내는 것을 휘둥그레 눈을 뜨고 바라보리라는 것도.

또래 다른 아이들이 다른 것들을 배울 때, 에스타와 라헬은 역사가 어떻게 법을 만들고 그 법을 어기는 이들에게서 벌금을 거둬들이는지 배웠다. 그것의 소름 끼치는 울림을 들었다. 그것의 냄새를 맡았고 결코 잊을 수 없게 되었다.

역사의 냄새.

바람결에 실려오는 오래된 장미향 같은.

그 냄새는 평범한 것에 영원히 숨어 있을 것이다. 옷걸이에. 토마토에. 도로 아스팔트에. 어떤 색깔에. 레스토랑의 접시들에. 말의 부재에. 공허한 눈 속에.

아이들은 그때 무슨 일이 일어났는지를 잊고 사는 방법을 어떻게든 찾으려 애쓰며 성장할 것이다. 지구라는 시간의 관점에서 보면 그건 무의미한 사건이었다고 자신을 타이르려 할 것이다. 그저 '지구 여인'이 눈 한 번 깜박하는 것에 불과하다고. '더 나쁜 일들'도 얼마든지 일어났다고. '더 나쁜 일들'이 계속해서 일어난다고. 그러나 아무리 그런 생각을 해도 그들은 위안을 얻지 못했다.

차코는 〈사운드 오브 뮤직〉을 보러 가는 것도 친영파다운 행동의 연장이라고 말했다.

"무슨, 전 세계 사람들이 〈사운드 오브 뮤직〉을 보러 가는데. '세계적인 히트작'이라고." 암무가 말했다.

"그럼에도 불구하고, 나의 누이여." 차코가 예의 '낭독조'로 말했다. "그럼에도. 불구. 하고."

맘마치는 종종 차코가 필시 인도에서 가장 똑똑한 사람일 거라고 말했다. "누가 그래요?" 암무가 말하곤 했다. "무슨 근거로요?" 맘마치는 옥스퍼드 대학의 한 교수가 했다는 이야기(차코의 이야기)를 들려주길 좋아했는데, 그 교수의 의견으로는 차코가 매우 뛰어나며 총리감이라고 했다는 것이다.

그 말에 암무는 늘 "하! 하! 하!" 하고 만화에 나오는 사람처럼 웃곤 했다.

암무는 이렇게 말했다.

(a) 옥스퍼드에 다닌다고 그 사람이 반드시 똑똑한 것은 아니다.

(b) 똑똑하다고 해서 꼭 훌륭한 총리가 되는 것은 아니다.

(c) 피클 공장조차 수익을 못 내는 사람이 어떻게 한 국가를 다스릴

수 있겠는가?

그리고 무엇보다 중요한 것은,

(d) 인도의 어머니들은 모두 자기 아들에게 집착하고, 따라서 그들의 능력을 냉정하게 판단할 수 없다.

차코가 말했다.

(a) 옥스퍼드에 다닌다go고 표현하지 않아. 옥스퍼드에서 공부한다read고 말하지.

그리고

(b) 옥스퍼드에서 공부를 마친 후엔 내려온다come down고 표현하고.

"땅으로 내려왔다고, 그런 거야?" 암무가 빈정대며 말했다. "그건 오빠가 분명히 잘하긴 하지. 오빠의 유명한 비행기처럼."

암무는 슬프지만 차코가 만든 비행기의 예측 가능한 뻔한 운명이 바로 그의 능력을 공명정대하게 보여주는 척도라고 말했다.

한 달에 한 번(몬순 때를 제외하고는) 귀중품보증우편으로 차코에게 소포가 하나씩 오곤 했다. 거기엔 늘 발사 나무로 된 모형비행기 키트가 들어 있었다. 아주 작은 연료 탱크에 모터로 움직이는 프로펠러까지 달린 비행기를 조립하는 데에는 대개 여드레에서 열흘 정도 걸렸다. 준비가 끝나면 그는 에스타와 라헬을 데리고 나타콤에 있는 논으로 나가 비행기를 날리는 것을 거들게 했다. 비행기는 1분 이상 난 적이 한 번도 없었다. 달이면 달마다 차코가 고심해서 조립한 비행기는 질퍽질퍽한 녹색 논으로 추락했고, 그러면 에스타와 라헬은 마치 훈련받은 리트리버처럼 논으로 뛰어들어가 잔해를 꺼내오곤 했다.

꼬리, 연료 탱크, 한쪽 날개.

상처 입은 기체.

차코의 방은 부서진 나무 비행기로 가득했다. 그리고 매달, 또다른 키트가 도착했다. 차코는 추락을 결코 키트 탓으로 돌리지 않았다.

파파치가 죽은 후에야 차코는 마드라스 크리스천 칼리지의 강사직을 그만두고, 옥스퍼드 '베일리얼 칼리지에서 쓴 조정용 노'와 '피클 부호가 되겠다'는 꿈을 가지고 아예메넴으로 돌아왔다. 그는 연금과 준비기금을 해지한 돈으로 바라트 병입기를 한 대 샀다. 그의 노(팀원들 이름이 금색으로 새겨진)가 공장 벽의 쇠고리에 걸렸다.

차코가 도착하기 전까지, 그 공장은 작지만 이익을 내는 기업이었다. 맘마치는 그 공장을 커다란 주방처럼 운영했었다. 차코는 공장을 합명회사로 등록하고 맘마치는 익명의 동업자라고, 즉 경영에는 관여하지 않는 동업자라고 알렸다. 그는 설비투자(통조림 제조 기계, 대형 가마솥, 레인지)를 하고 노동력을 늘렸다. 거의 동시에 재정 곤란이 시작되었지만, 차코는 아예메넴 저택 인근에 있는 집안의 논을 담보로 은행에서 막대한 융자를 얻어 가까스로 공장을 유지했다. 암무도 차코만큼 공장에서 많이 일했지만, 식품검사관이나 위생공학기사 등을 응대할 때면 차코는 언제나 내 공장, 내 파인애플, 내 피클이라고 말했다. 법적으로는 딸인 암무에게 재산 청구권이 없었으니 사실이었다.

차코는 라헬과 에스타에게 암무가 '로커스트 스탠드Locusts Stand I'*

* 법적 정당성이란 뜻의 라틴어 로쿠스 스탄디(locus standi). 아이들에게는 자신들이 아는 영어 단어, 즉 메뚜기 서 있기로 들린 것.

가 없다고 말했다.

"우리의 훌륭한 남성우월주의 사회 덕분이지." 암무가 말했다.

"네 것도 내 것이고, 내 것도 물론 내 것이지." 차코가 말했다.

그는 키와 뚱뚱한 몸집에 비해 웃음소리가 놀랄 정도로 높았다. 그리고 웃을 때면 온몸이 흔들렸음에도 움직이는 것처럼 보이지 않았다.

차코가 아예메넴에 돌아올 때까지 맘마치의 공장엔 이름이 없었다. 모두 그녀의 피클과 잼을 그냥 '소샤의 부드러운 망고' 혹은 '소샤의 바나나 잼'이라고 불렀다. 소샤는 맘마치의 이름이었다. 소샴마.

공장에 파라다이스 피클 & 보존식품이란 이름을 붙이고 K. N. M. 필라이 동지의 인쇄소에서 상표를 디자인하고 인쇄하게 맡긴 것은 차코였다. 처음에 그는 제우스 피클 & 보존식품이라고 이름짓고 싶어했지만 모두 제우스는 파라다이스와 달리 의미가 모호하고 이 지역과 관련도 없다면서 반대했다. (필라이 동지는 파라슈람* 피클이라는 이름을 제안했지만 정반대의 이유, 즉 너무 지역성이 강하다는 이유로 거부되었다.)

광고판을 그려서 플리머스의 지붕에 설치하자는 것도 차코의 아이디어였다.

이제 코친으로 가는 길, 그 광고판이 덜거덕거리며 금방이라도 떨어질 것 같은 소리를 냈다.

밧줄을 사서 광고판을 더 단단히 붙들어매느라 하는 수 없이 바이콤

----

* 신화 속의 무사 이름.

근처에서 차를 세워야 했다. 그러느라 20분이 더 지체되었다. 라헬은 늦어서 〈사운드 오브 뮤직〉을 못 볼까봐 안달내기 시작했다.

그때, 그들이 코친 외곽에 이르렀을 때, 빨간색과 하얀색이 칠해진 철도 건널목 차단기가 내려왔다. 자기가 이런 일이 일어나지 않기를 희망했기에 이렇게 됐음을 라헬은 알았다.

라헬은 아직 자신의 '희망'을 통제할 줄 몰랐다. 에스타는 그것이 '나쁜 전조'라고 말했다.

그래서 그들은 영화 첫 부분을 못 볼 것이다. 줄리 앤드루스가 언덕 위에서 작은 점처럼 나타나 점점 커져서, 차가운 물 같은 목소리와 페퍼민트 같은 숨결로 화면을 가득 채우는 그 장면을.

빨간색과 하얀색 차단기의 붉은 신호에 하얀색으로 '멈춤'이라고 쓰여 있었다.

"춤멈." 라헬이 말했다.

노란색 광고판에 '인도인이면 인도 물건을 사세요'라고 붉은 글씨로 쓰여 있었다.

"요세사 을건물 도인 면이인도인." 에스타가 말했다.

쌍둥이는 일찍 글자를 깨쳤다. 아이들은 『늙은 개 톰』 『재닛과 존』 그리고 『로널드 리다우트 워크북』을 빠르게 다 읽어냈다. 밤이면 암무가 아이들에게 키플링의 『정글북』을 읽어주었다.

'박쥐 망'이 놓아주었던 밤을
이제 '솔개 칠'이 집으로 데려오네

아이들 팔의 솜털이 일어서서 침대 옆 램프 불빛에 황금빛으로 빛났다. 암무는 책을 읽으며 호랑이 시어 칸처럼 걸걸한 목소리도 낼 수 있었다. 황금 자칼 타바키처럼 우는 목소리도.

"선택한다, 안 한다! 이게 다 무슨 소리야? 황소를 죽인 내가 지금 내 몫을 찾으려고 너희 개들의 소굴에 코를 처박고 서 있는 줄 알아? 지금 말하고 있는 것은 바로 나, 시어 칸이다!"

"그리고 지금 대답하고 있는 것은 나, 라크샤(악마)다." 쌍둥이는 높은 목소리로 외치곤 했다. 동시에는 아니었지만 거의 동시에.

"인간의 새끼는 내 것이다, 절뚝이. 내 것이라고! 그 아이는 죽지 않아. 살아서 우리와 함께 달리고 우리와 함께 사냥할 거다. 결국에는 헐벗은 어린 것들을 사냥하고 개구리랑 물고기나 잡아먹는 바로 너를 사냥할 거다!"

아이들의 공식 교육을 맡았던 베이비 코참마는 아이들에게 찰스와 메리 램의 요약판 『템페스트』를 읽어주었다.
"벌이 꿀을 빠는 곳, 거기서 나도 꿀을 빠네." 에스타와 라헬이 곧장 말을 이었다. "카우슬립 꽃봉오리 속에 나도 눕네."
그래서 베이비 코참마의 친구인 호주인 선교사 미튼 양이 아예메넴을 방문했을 때, 에스타와 라헬에게 어린이 책인 『다람쥐 수지의 모험』을 선물로 주자 아이들은 큰 모욕을 당한 것처럼 느꼈다. 처음에는 아이들은 그 책을 똑바로 읽었다. 그리고 아이들이 그 책을 큰 소리로 거꾸로 읽자 재림예수교도였던 미튼 양은 두 아이에게 '조금 실망했다'고 말했다.

"험모 의지수 쥐람다. 다났어일 가지수 쥐람다 침아 날봄 느어."

아이들은 미튼 양에게 '말라얄람Malayalam'과 '마담 나는 아담Madam I'm Adam'이란 말이 거꾸로 읽어도 앞으로 읽어도 뜻이 같다고 알려주었다. 그녀는 재미있어하지 않았고, 말라얄람이 무엇인지도 몰랐다. 아이들은 그것이 케랄라에서 모두가 쓰는 언어라고 알려주었다. 그녀는 왠지 그 언어를 케랄리즈Keralese라고 부를 것 같았다고 말했다. 그때쯤 이미 미튼 양이 싫었던 에스타는 그건 '몹시 바보 같은 생각'이라고 말했다.

미튼 양은 베이비 코참마에게 에스타의 무례한 태도와 아이들이 책을 거꾸로 읽는 것에 대해 불만을 털어놓았다. 그녀는 베이비 코참마에게 아이들의 눈에서 악마를 보았다고 말했다. '의들이아 서에눈 를 마악'.

아이들에게 '앞으로는 거꾸로 읽지 않겠습니다. 앞으로는 거꾸로 읽지 않겠습니다'라고 쓰게 했다. 백 번. 똑바로.

몇 달 후 미튼 양은 호바트의 크리켓 경기장에서 길을 건너다가 우유배달차에 치여 죽었다. 그 우유배달차가 후진하고 있었다는 사실에 숨겨진 정의가 있다고 쌍둥이는 생각했다.

철도 건널목 양쪽에 많은 버스와 자동차가 멈춰 서 있었다. '성심 병원'이라고 쓰인 구급차 안에는 결혼식장으로 가는 사람들이 잔뜩 타고 있었다. 신부가 뒷좌석 창문으로 밖을 내다보고 있었지만 커다란 적십자 표시의 너덜너덜하게 떨어지는 페인트 때문에 얼굴 전체가 보이지는 않았다.

버스에는 모두 여자 이름이 붙었다. 루시쿠티, 몰리쿠티, 비나 몰. 말라얄람어로 몰은 '소녀'를, 몬은 '소년'을 뜻했다. 비나 몰에는 티루파티에서 머리를 민 순례자들이 가득 타고 있었다. 라헬은 버스 창문에 일렬로 늘어선 민머리를 볼 수 있었는데, 그 아래에는 일정한 간격으로 토한 흔적이 있었다. 라헬은 구토에 대해 몹시 궁금했다. 한 번도 토해본 적이 없었기 때문이다. 단 한 번도. 에스타는 토한 적이 있었고, 그때 피부가 달아올라 빛이 났고, 눈에 힘이 풀려 아름다웠으며, 암무는 평소보다 에스타를 더 사랑했다. 차코는 에스타와 라헬이 터무니없이 건강하다고 말했다. 그리고 소피 몰도 그랬다. 차코는 그들이 대부분의 '시리아 크리스천'들과는 달리 '근친교배'를 겪지 않아 그렇다고 말했다. 그리고 파시교도와도 달리.

맘마치는 외손주들이 '근친교배'보다 훨씬 나쁜 일을 겪었다고 말했다. 이혼한 부모를 뒀다는 말이었다. 마치 사람에게 단 하나의 선택만 가능한 것처럼. '근친교배'와 '이혼'.

라헬은 자신이 무엇 때문에 고통받는지 확실히는 몰랐지만, 때때로 슬픈 얼굴로 거울을 보고 한숨을 쉬곤 했다.

"내가 지금 하는 일은 내가 지금껏 했던 어떤 일보다 훨씬 더 가치 있는 일이라네." 라헬은 슬픈 어조로 혼자 말하곤 했다. 고전 만화 시리즈 중 『두 도시 이야기』에서 시드니 카턴이 찰스 다네이가 되어 단두대에서 목이 잘리기를 기다리며 계단에 서 있는 장면이었다.

라헬은 머리를 민 순례자들이 무엇 때문에 그렇게 일제히 구토를 했는지, 그리고 그들이 동시에 고조되어(어쩌면 음악에, 버스에서 연주되는 바쟌*의 리듬에 맞춰서) 일시에 토했는지, 아니면 한 번에 한 사람씩 따로 토했는지 궁금했다.

처음에 차단기가 막 내려왔을 때, '사방'은 안달복달하는 공회전 엔진 소리로 가득찼었다. 하지만 건널목 관리인이 부스에서 뻣뻣한 다리로 나와 절뚝절뚝 털썩털썩 차※ 판매대로 걸어가면서 오래 기다려야 할 상황이 되자, 운전자들은 시동을 끄고 주변을 걸어다니면서 다리를 스트레칭했다.

'건널목 차단기 신神'이 지루하고 졸음에 겨운 머리를 느릿느릿 끄덕이자 주문이라도 외운 것처럼 붕대를 감은 거지들이며, 신선한 코코넛과 바나나 잎에 싼 파리푸 바다**를 파는 남자들이 나타났다. 거기에 차가운 음료수도. 코카콜라, 환타, 로즈밀크.

더러운 붕대를 두른 문둥이가 차창에서 구걸을 했다.

"저건 머큐로크롬 같은데." 지나치게 붉은 그의 피를 보며 암무가 말했다.

"축하해." 차코가 말했다. "진짜 부르주아처럼 말하네."

암무가 웃었고, 그들은 마치 그녀가 맹세코 '진짜배기 부르주아'라는 '공로패'라도 수여받은 것처럼 악수를 했다. 이런 순간들을, 쌍둥이는 소중히 간직했으며 (다소 빈약했지만) 보석 같은 구슬을 꿰듯 목걸이에 꿰었다.

---

* 힌두교의 크리슈나를 찬양하는 종교 찬가.
** 렌즈콩이나 달(dal)을 튀긴 케랄라 간식의 하나.

라헬과 에스타는 플리머스의 뒷좌석 창에 코를 누르고 있었다. 먹고 싶다는 간절함에 차창에 댄 마시멜로 같은 코들과 그 뒤로 흐릿하게 보이는 아이들. "안 돼." 암무가 단호하고도 확실하게 말했다.

차코가 담배에 불을 붙였다. 깊이 연기를 들이마시고는 혀에 붙은 담배 부스러기를 떼어냈다.

플리머스 안에서 라헬은 에스타를 보기가 좀처럼 쉽지 않았는데, 베이비 코참마가 언덕처럼 둘 사이에 솟아 있었기 때문이다. 둘이 떨어져 앉아야 싸우지 않는다고 암무가 주장했던 것이다. 싸울 때면 에스타는 라헬을 '난민 대벌레'라고 불렀다. 라헬은 에스타를 '골반 엘비스'라 부르며 몸을 비비 꼬는 우스꽝스러운 춤을 추어 에스타를 화나게 했다. 두 사람이 마음먹고 싸울 때면 호각지세라 싸움은 끝날 줄 모르고 계속되었으며, 가까이 있는 물건들—책상 위 스탠드, 재떨이, 물병—이 박살나거나 수리할 수 없을 정도로 망가지곤 했다.

베이비 코참마는 양손으로 앞좌석 등받이를 붙잡고 있었다. 차가 움직이면 그녀 팔의 살이 두꺼운 빨래가 바람에 움직이듯 흔들거렸다. 지금은 두툼한 커튼처럼 축 늘어져 에스타와 라헬 사이를 갈라놓고 있었다.

에스타 자리 옆쪽 도로의 차 가판대에서는 차, 그리고 파리가 들어가 있는 흐릿한 유리 케이스에 담긴 오래된 글루코스 비스킷을 팔고 있었다. 탄산이 빠져나가지 못하도록 파란색 대리석 마개로 막은 레몬 소다가 두꺼운 병에 담겨 있었다. 그리고 빨간색 아이스박스에는 '함께 즐겨요 코카콜라'라고 쓰여 있었는데, 어쩐지 슬퍼 보였다.

건널목의 미치광이 멀리다란이 양반다리로 완벽하게 균형을 잡고 이정표에 앉아 있었다. 덜렁거리는 고환과 성기가 아래로 늘어져 이정표의 글씨를 가리키고 있었다.

코친

23

멀리다란은 벌거벗은 채 누군가가 머리에 씌운 기다란 비닐봉지를 쓰고 있었는데, 투명한 주방장 모자 같은 그 비닐봉지를 통해서도 바깥쪽 경치가 흐릿하고 주방장 모자 모양으로나마 끊기지는 않고 보였다. 그는 팔이 없었기 때문에 모자를 벗고 싶어도 벗을 수 없었다. 1942년 가출해 인도국민군 전투병이 된 첫 주에 싱가포르에서 폭발로 양팔을 잃었다. 독립 후 그는 '1급 상이용사'로 등록되고 평생 사용 가능한 일등석 무료 철도 이용권을 지급받았다. 그러나 이것 역시 (그의 정신과 함께) 잃어버렸고, 그래서 더이상 기차나 기차역의 식당에서 살 수 없게 되었다. 멀리다란은 집도, 잠글 문도 없었지만 낡은 열쇠 뭉치를 허리에 조심스럽게 묶고 다녔다. 반짝이며 빛나는 열쇠 뭉치였다. 그의 머릿속엔 비밀스러운 기쁨으로 어수선한 옷장들이 가득했다.

자명종. 음악 같은 경적 소리를 내는 빨간 자동차. 욕실용 빨간 머그컵. 다이아몬드를 지닌 아내. 중요한 서류가 든 서류가방. 사무실에서 집으로 퇴근하기. '죄송합니다, 사바파티 대령님, 하지만 저는 할말을 했습니다.' 그리고 아이들을 위한 바삭한 바나나 칩.

그는 기차가 오가는 것을 지켜보았다. 그는 자신의 열쇠를 세었다.

그는 정권이 들어서고 몰락하는 것을 지켜보았다. 그는 자신의 열쇠를 세었다.

그는 차창에 마시멜로 같은 코를 누르고 있는 흐릿한 아이들의 모습을 지켜보았다.

집 없는 사람들, 비참한 사람들, 아픈 사람들, 미아들, 모두 줄지어 그의 창을 지나갔다. 그는 여전히 자신의 열쇠를 세었다.

그는 어느 옷장을 언제 열어야 할지를 전혀 알지 못했다. 그는 엉겨 붙은 머리에 창문처럼 눈을 열고 뜨겁게 달궈진 이정표 위에 앉아 있었고, 때때로 시선을 돌릴 수 있어서 다행이라 느꼈다. 세어보고 다시 세어볼 열쇠가 있는 것도.

숫자numbers면 그걸로 될 거야.

몸이 마비numbness되어도 좋을 거야.

멀리다란은 숫자를 셀 때 입을 달싹였고 확실하게 말했다.

'온네르.'

'런데르.'

'문네르.'

에스타는 그의 머리카락은 곱슬곱슬한 회색이고, 바람을 맞고 있는 팔이 없는 겨드랑이 털은 성긴 검은색이며, 사타구니 털은 검고 꼬불 꼬불한 것을 보았다. 세 가지 종류의 털을 가진 남자. 에스타는 어떻게 그럴 수 있는지 궁금했다. 에스타는 누구에게 물어보면 좋을까 곰곰이 생각했다.

'기다림'이 차올라 라헬은 폭발할 것만 같았다. 라헬은 자기 손목시계를 보았다. 두시 십 분 전이었다. 라헬은 서로 코가 부딪치지 않도록 얼굴을 비스듬히 하고 키스하는 줄리 앤드루스와 크리스토퍼 플러머를 생각했다. 라헬은 사람들이 늘 그렇게 서로 얼굴을 비스듬히 하고 키스하는 걸까 궁금했다. 라헬은 누구에게 물어보면 좋을까 곰곰이 생각했다.

그때 멀리서 왁자한 소리가 발이 묶인 차 쪽으로 가까워지더니 그들을 망토처럼 에워쌌다. 다리를 스트레칭하던 운전자들이 각자 자기 차로 돌아가 문을 쾅 닫았다. 거지와 상인들도 사라졌다. 몇 분 지나지 않아 도로에는 아무도 없었다. 멀리다란뿐이었다. 뜨거운 이정표 위에 엉덩이를 대고 앉은. 아주 가벼운 호기심만 비쳤을 뿐 흐트러짐 없이.

밀치락달치락했다. 그리고 경찰의 호각 소리.

꼬리를 물고 선 차량의 행렬 뒤로, 그리로 다가오는 흐름이, 붉은 깃발과 현수막을 들고 웅성거리면서 줄지어 오는 남자들이 점점 늘어 갔다.

"그쪽 창을 올려." 차코가 말했다. "그리고 침착하게 있어라. 우리를 해치지는 않을 거다."

"저들에게 합류하지그래, 동지?" 암무가 차코에게 말했다. "운전은 내가 할게."

차코는 아무 말도 하지 않았다. 턱의 비곗살 아래쪽 근육이 긴장되었다. 그는 담배를 밖으로 던지고 차창을 올렸다.

차코는 자칭 마르크스주의자였다. 그는 노동기본권과 노동조합법에 대해 알려준다는 구실로 공장에서 일하는 예쁜 여자들을 자신의 방으로 불러 돼먹지 못하게 시시덕거렸다. 그는 그들을 동지라고 부르며 자기도 동지라고 부르라고 요구했다(그러면 여자들은 킥킥거렸다). 여자들을 그와 같은 테이블에 앉게 하고 차를 마시자고 해서, 여자들은 당혹스러워했고 맘마치는 실망했다.

한번은 알레피에서 열린 노동조합 강좌에 그녀들을 데리고 갔었다. 그들은 버스로 갔다가 배로 돌아왔다. 유리 팔찌를 끼고 머리에는 꽃을 꽂고 행복하게 돌아왔다.

암무는 다 시답잖다고 말했다. 그저 응석받이 왕자가 동지! 동지! 놀이를 하는 것뿐이라고. 껍데기만 옥스퍼드 지식인일 뿐 정신상태는 낡아빠진 지주라고. 먹고사는 문제를 자신에게 의지하는 여자들에게 억지로 관심을 기울이는 지주와 다름없다고.

가두행진자들이 가까워지자 암무도 차창을 올렸다. 에스타도. 라헬도. (핸들의 검은 손잡이가 떨어져나가서, 힘겹게.)

갑자기 하늘색 플리머스가 좁고 울퉁불퉁한 도로에서 터무니없이 호화롭게 보였다. 좁은 통로를 간신히 지나가는 덩치 큰 여성처럼. 성당에서 성찬을 받으러 나가는 베이비 코참마처럼.

"아래를 봐!" 행진의 선두가 차에 가까워지자 베이비 코참마가 말했다. "눈을 마주치지 마. 그럼 정말 저들을 자극하니까."

그녀의 목줄기에서 맥박이 요동쳤다.

불과 몇 분 만에, 수천 명의 행진자들로 도로가 넘쳐났다. 사람들로 이루어진 강물에 뜬 자동차 섬들. 하늘은 깃발로 붉게 물들었고, 행진자들이 건널목 차단기 아래로 몸을 숙이고 지나갈 때는 깃발도 내려갔다 올라갔다 하며 붉은 물결이 철로를 뒤덮었다.

수천 명의 목소리가 얼어붙듯 멈춰 선 차량 위로 '소음의 우산'처럼 퍼져나갔다.

"인킬라브 진다바드Inquilab Zindabad!"
"토질랄리 에크타 진다바드Thozhilali Ekta Zindabad!"

"혁명 만세!" 그들은 외쳤다. "세계의 노동자들이여 단결하라!"

공산당이 인도에서도 왜 유독, 아마도 벵골을 제외한다면, 케랄라에서 그렇게 성공한 것인지 차코로서도 완벽하게 설명할 수 없었다.

몇 가지 그럴듯한 이론이 있었다. 그중 하나는 이 지역에 '기독교인' 인구가 많다는 것이었다. 케랄라 인구 중 20퍼센트가 시리아 정교회 신자로, 자신들이 성 토마스 사도가 그리스도의 부활 후 동방을 여행할 때 기독교로 개종시킨 백 명의 브라만에게서 태어난 후손이라고 믿었다. 구조적으로 볼 때—다소 미완성인 이 주장에 따르면—마르크스주의는 기독교의 대체물일 뿐이었다. 신을 마르크스로, 사탄을 부르주아로, 천국을 계급 없는 사회로, 교회를 공산당으로 대체했을 뿐, 그 여정의 형식도 목적도 유사했다. 장애물 경주인 것도, 종국에 선물이 기다리고 있는. 반면 힌두교 정신은 보다 복잡한 설명법이 필요했다.

이 이론의 문제점은 케랄라의 시리아 정교회 신자들이 대체로 부유하고, 토지를 소유한(피클 공장을 운영하는) 봉건지주들로 그들에게 공산주의는 죽음보다 더 나쁜 운명을 의미한다는 것이었다. 그들은 늘 국민의회당에 표를 던졌다.

두번째 이론은 이 지역의 문해력이 비교적 높은 수준이라는 것이었다. 어쩌면 그럴지도. 하지만 높은 문해력은 대체로 공산주의 운동 덕분이었다.

진짜 비밀은 공산주의가 케랄라에 아주 은밀하게 퍼져나갔다는 것이다. 개혁 운동으로서, 지극히 전통적인 공동체에, 카스트제도가 지배하는 전통적인 가치에 결코 공공연하게 의문을 제기하지 않으면서. 마르크스주의자들은 사회 각 분파 안에서 활동하며, 결코 도전하지 않았고 그렇게 보이는 법도 절대 없었다. 그들은 칵테일 혁명을 제안했다. 동양의 마르크스주의와 정통 힌두교를 섞고 거기에 민주주의를 한 샷 넣어 섞은 칵테일이었다.

차코는 정식 공산당 당원은 아니었지만, 일찍이 전향했고 당의 모든 역경을 함께하며 열성적인 지지자로 남아 있었다.

주州 의회 선거에서 공산당이 승리하고 네루가 하나의 정부를 구성하자고 공산주의자들을 끌어들였던 절정기인 1957년에 그는 델리 대학을 다니고 있었다. 차코의 영웅이자, 케랄라에서 마르크스주의를 신봉하는 화려한 브라만 고위 사제였던 E. M. S. 남부디리파드 동지가 세계 최초로 민주적으로 선출된 공산당 정부의 수상이 되었다. 공산주의자들은 갑자기 민중을 다스리면서 동시에 혁명을 선동해야 하는 매우 이상한—평론가들은 어처구니없다고 말했다—입장에 놓였다. E. M. S. 남부디리파드 동지는 어떻게 이 일을 해낼지에 대해 나름의 이론을 내놓았다. 차코는 「공산주의로의 평화적 이행」이라는 그의 논문을 청소년다운 강박적인 근면함과 열성적인 팬다운 절대적인 지지를 갖고 공부했다. 논문에는 어떻게 E. M. S. 남부디리파드 동지의 정부가 토지개혁을 실시하고, 경찰을 중립화하고, 사법부를 전복시키고, '중핵을 이루고 있는 반동적인 반인민 국민의회파 정부의 권력을 제어'하려 하는지 구체적으로 정리하고 있었다.

불행하게도 그해가 끝나기 전, '평화적 이행'의 '평화적' 부분이 종말을 고했다.

매일 아침 식탁에서 영국 제국 곤충학자는 폭동, 파업, 케랄라를 휩쓴 경찰에 의한 잔학한 사건 등에 관한 신문기사를 읽으며 논쟁하기를 좋아하는 마르크스주의자 아들을 조롱했다.

"그러니까 카를 마르크스라고!" 차코가 식탁에 앉으면 파파치는 비웃곤 했다. "이제 이 빌어먹을 학생들을 어떡하지? 이 어리석은 멍청이들이 우리 국민 정부에 대항하여 난동을 일으키니 말이야. 아예 다 없애버려야 할까? 분명 학생들은 더이상 '국민'이 아닌 것 같으니 말이야."

그다음 두 해 동안 국민의회당과 교회에 의해 촉발된 정치적 불화는 무정부 상태에 이르렀다. 차코가 문학사 과정을 마치고 공부를 더 하기 위해 옥스퍼드로 떠날 무렵, 케랄라는 내전이 일어나기 일보 직전이었다. 네루는 공산당 정부를 해산하고 선거를 다시 실시하겠다고 선언했다. 국민의회당이 다시 권력을 잡았다.

1967년이 되어서야—첫 권력을 잡은 이후 거의 10년이 지나서야—E. M. S. 남부디리파드 동지의 당이 재집권했다. 이번에는 두 개의 정당—인도공산당과 인도공산당(마르크스주의)으로 분리된 것의 연합체였다. 즉 CPI와 CPI(M)이었다.

그 무렵 파파치는 이미 세상을 떠났다. 차코는 이혼했다. 파라다이스 피클은 창업 7년차였다.

케랄라에서는 기근과 가뭄의 여파가 나타나고 있었다. 사람들이 죽어갔다. 어느 정부든 기아 대책이 최우선 당면 과제였다.

두번째 임기 동안 E. M. S. 동지는 좀더 진지하게 '평화적 이행'의 시행에 착수했다. 그 결과, 중국 공산당의 노여움을 샀다. 중국 공산당은 그의 '의회 크레틴병'을 비난하며 그가 "인민에게 구호물자를 제공하여 '인민의 의식'을 무디게 하고 '혁명'에서 멀어지게 한다"고 몰아세웠다.

북경은 지지 대상을 가장 새롭고 가장 공격적인 CPI(M)—낙살라이트—로 바꿨는데, 뱅골의 낙살바리 마을에서 무장 봉기를 일으킨 당파였다. 그들은 농민을 전투원의 중심으로 삼아 토지를 몰수하고 지주들을 추방한 후 인민재판소를 설치하여 '계급의 적들'을 심판했다. 낙살라이트 운동은 인도 전역으로 확산되었고 모든 부르주아에게 공포를 불러일으켰다.

케랄라에서 그들은 이미 겁에 질린 분위기에 더욱 흥분과 두려움을 불어넣었다. 북부지방에서 살인이 시작됐다. 그해 5월, 신문에 팔가트의 어느 지주가 가로등 기둥에 묶인 채 목이 잘린 모습으로 찍힌 흐릿한 사진 한 장이 실렸다. 그의 머리는 몸통에서 조금 떨어진 옆쪽에 물일 수도 피일 수도 있는 검은 웅덩이 안에 있었다. 흑백 사진이라서 알아보기 힘들었다. 동트기 전의 잿빛 어둠 속이기도 했고.

휘둥그레 놀란 눈이 그대로 열린 채.

E. M. S. 남부디리파드 동지(소련의 주구走狗, 꼭두각시)는 낙살라이트를 자신의 정당에서 몰아내고 의회 활동을 위해 계속해서 분노를 이용하는 정책을 폈다.

하늘이 푸른 12월의 어느 날, 하늘색 플리머스를 둘러쌌던 그 행진은 그런 과정의 일부였다. 그 행진을 조직한 것은 트라반코르-코친 주의 마르크스주의자 노동조합이었다. 트리반드룸의 동지들은 서기국까지 행진해서 E. M. S. 동지 본인에게 '인민의 요구선언문'을 제출할 셈이었다. 지휘자에게 청원하는 오케스트라처럼. 그들의 요구 사항은 하루에 열한 시간 반—아침 일곱시부터 저녁 여섯시 반까지—을 일하도록 되어 있는 농업 근로자에게 한 시간의 점심시간 휴식을 허락해달라는 것이었다. 여성들의 일당을 1루피 25파이사에서 3루피로, 남성들의 일당을 2루피 50파이사에서 4루피 50파이사로 인상해달라고 했다. 또한 불가촉천민들을 더이상 카스트 이름으로 부르지 말라고도 요구했다. 그들을 아추 파라얀, 켈란 파라반, 쿠탄 풀라얀으로 부르지 말고 그냥 아추, 켈란, 쿠탄으로 불러달라는 것이었다.

'카다멈 왕들' '커피 백작들' '고무 남작들'—기숙학교를 다녔던 옛 친구—이 멀리 떨어진 외로운 영지에서부터 모여들어 요트클럽에서 시원한 맥주를 마셨다. 그들은 술잔을 들었다. "어떤 이름으로 불러도 장미는……"이라며 점점 커져가는 공포를 감추려 킬킬거렸다.

그날 행진자들은 당의 활동가, 학생, 그리고 노동자 등이었다. 불가촉천민도 가촉민도 있다. 그들은 어깨에 최근에야 도화선에 불이 붙은, 오래 묵은 분노를 짊어지고 있었다. 이 분노에는 낙살라이트라는 새로운 강점이 있었다.

플리머스 차창을 통해 라헬은 그들이 가장 크게 외치는 말이 '진다바드'임을 알 수 있었다. 그리고 그 말을 외칠 때면 그들의 목에 핏줄이 서는 것도. 또한 깃발과 현수막을 든 그들의 팔이 울퉁불퉁하고 단단해지는 것도.

플리머스 안은 조용하고 더웠다.

베이비 코참마의 두려움이 눅눅하고 축축한 궐련처럼 차 바닥에 말려 있었다. 이제 막 시작이었다. 앞으로 오랜 세월 동안 커지며 그녀를 집어삼킬 두려움. 그녀가 문과 창문을 걸어 잠그게 할 두려움. 그녀에게 두 개의 헤어라인과 두 개의 입을 주게 될 두려움. 그녀의 두려움 역시 오래된, 세월의 더께가 쌓인 두려움이었다. 빼앗기지 않을까 하는 두려움.

그녀는 녹색 묵주를 세려고 애썼지만 집중할 수 없었다. 누군가가 손바닥으로 차창을 쳤다.

타는 듯 뜨거운 하늘색 보닛을 꽉 쥔 주먹으로 내리쳤다. 보닛이 튕기며 열렸다. 플리머스는 먹이를 달라고 입을 벌린 동물원의 여윈 하늘색 동물처럼 보였다.

빵 하나.

바나나 하나.

또다른 움켜쥔 주먹이 그것을 내리치자 보닛이 닫혔다. 차코가 차창을 내리고 그렇게 한 남자에게 큰 소리로 외쳤다.

"고맙소, 케토?" 그가 말했다. "발라레이 고맙소!"*

"그렇게까지 알랑대지 마, 동지." 암무가 말했다. "우연이었어. 정말 도와줄 셈은 아니었다고. 이 낡은 차 안에 진정한 마르크스주의자의 심장이 뛰고 있다는 걸 저 사람이 무슨 수로 알았겠어?"

"암무." 차코가 침착한 목소리로 짐짓 자연스럽게 말했다. "뭐든지 색안경 쓰고 보는 그 한물간 냉소주의는 좀 그만둘 수 없나?"

---

* '케토'는 '들었죠'를 '발라레이'는 '정말'을 의미하는 말라얄람어다.

침묵이 물을 듬뿍 머금은 스펀지처럼 차 안을 채웠다. 한물간이란 말이 날카로운 칼이 되어 부드러운 것을 잘라버렸다. 태양이 진저리치는 듯한 한숨을 내쉬며 빛났다. 가족은 이게 문제였다. 거만한 의사들처럼 정확하게 어디를 건드리면 아픈지 알았다.

바로 그때 라헬이 벨루타를 보았다. 벨리아 파펜의 아들 벨루타. 라헬이 가장 좋아하는 친구 벨루타. 벨루타가 붉은 깃발을 들고 행진하고 있었다. 흰 셔츠와 문두를 입고 목에 분노의 핏대를 세우고서. 평상시에는 셔츠를 입지 않던 사람이었다.

라헬이 갑자기 차창을 내렸다.

"벨루타! 벨루타!" 라헬이 그를 불렀다.

그는 잠시 멈춰 서서 깃발을 든 채 귀를 기울였다. 가장 낯선 상황에서 귀에 익은 소리가 들린 것이다. 자동차 좌석 위로 일어난 라헬은 차처럼 생긴 초식동물의 늘어져 흔들리는 뿔처럼 플리머스 창밖으로 몸을 늘어뜨렸다. '도쿄의 사랑'으로 묶은 분수 머리에 노란 테의 빨간 플라스틱 선글라스.

"벨루타! 이비다이*! 벨루타!" 라헬의 목에도 핏대가 섰다.

그는 옆으로 걸음을 옮기더니 주위를 둘러싼 분노 속으로 재빨리 사라졌다.

차 안에서 암무가 휙 돌아봤는데, 화가 난 눈빛이었다. 그녀는 라헬의 종아리를 찰싹 때렸는데, 차 안에서 때릴 수 있는 부분이 종아리뿐

---

* '여기'.

이었기 때문이다. 종아리와 바타 샌들을 신은 갈색 발.

"얌전히 있어!" 암무가 말했다.

베이비 코참마가 라헬을 끌어당겼고, 라헬은 놀라 털썩하며 자리에 앉았다. 라헬은 뭔가 오해가 있었다고 생각했다.

"벨루타였어요!" 라헬이 미소 지으며 설명했다. "그런데 깃발을 들었더라고요!"

그 깃발은 라헬에게 아주 인상적인 도구처럼 보였다. 제 친구가 갖기에 어울리는 것처럼.

"이 맹추 같은 계집애!" 암무가 말했다.

암무가 갑작스럽게 맹렬히 화를 내자 라헬은 자리에서 꼼짝할 수 없었다. 라헬은 당황스러웠다. 암무가 왜 저렇게 화를 내는 거지? 무엇 때문에?

"하지만 벨루타였다니까요!" 라헬이 말했다.

"닥쳐!" 암무가 말했다.

라헬은 암무의 이마와 윗입술에 살짝 땀이 덮인 것을, 눈이 대리석처럼 굳은 것을 보았다. 빈의 스튜디오에서 찍은 사진 속 파파치처럼. ('파파치의 나방'이 그의 자식들의 핏줄 속에서 속삭였다!)

베이비 코참마가 라헬 쪽의 차창을 올렸다.

많은 세월이 흐른 후, 뉴욕 주 북부의 청량한 가을 아침, 그랜드 센트럴 역에서 출발한 크로턴 하먼으로 향하는 일요일 기차 안에서 라헬은 그 일을 갑자기 떠올렸다. 암무 얼굴에 어린 그 표정. 퍼즐 가운데 떨어져나온 한 조각 같은. 책의 페이지 사이를 떠돌며 끝내 문장 마지막에 자리잡지 못한 물음표처럼.

암무의 눈에 떠올랐던 그 단단한 대리석 같던 표정. 윗입술에서 번득이던 땀. 그리고 갑작스럽게 상처 입히던 그 침묵의 냉기.

그게 모두 무슨 의미였을까?

일요일 기차는 거의 비어 있었다. 라헬과 통로를 사이에 둔 좌석에 앉은 피부가 거칠고 콧수염이 난 여자가 기침을 하고 가래를 내뱉은 다음 그것을 무릎 위의 '일요'판 신문을 찢어서 쌌다. 그녀는 자신의 앞 빈자리에 그 뭉치들을 마치 가래 좌판이라도 편 것처럼 늘어놓았다. 그러면서 그 여자는 기분좋은 듯한, 어르는 듯한 목소리로 혼잣말을 했다.

기억은 기차의 그 여자 같았다. 제정신이 아니었다. 그녀가 옷장에서 어두운 것들을 샅샅이 뒤져 가장 예상 밖의 것—잠깐 동안의 표정, 잠깐 동안의 감정을 꺼내든 것은. 담배 냄새. 윈드스크린 와이퍼. 대리석 같은 어머니의 눈. 상당히 제정신이었다. 거대한 어둠의 지대를 가린 채 남겨두었던 것은. 떠오르는 것이 없도록.

함께 기차를 탄 승객의 어처구니없는 행동이 라헬을 안심시켰다. 그 행동이 그녀를 뉴욕의 광기 어린 자궁으로 더 가까이 이끌었다. 그녀의 뇌리를 떠나지 않은 다른, 더 끔찍한 것들로부터. 버스의 쇠 손잡이 같은 시큼한 쇠냄새, 그리고 그 손잡이를 잡았던 버스 차장의 손냄새. 늙은이의 입을 한 젊은이.

기차 밖으로 허드슨 강이 일렁거렸고, 나무들은 가을답게 적갈색이었다. 그저 좀 추웠을 뿐이다.

"젖꼭지가 하늘로 향했네."* 래리 매캐슬린이 라헬에게 그렇게 말하며 면 티셔츠 위로 항의라도 하는 듯한 차가운 젖꼭지에 손을 올렸다. 그는 왜 그녀가 미소 짓지 않는지 의아해했다.

라헬은 집을 생각할 때면 왜 항상 어둠의 빛깔들 속에, 기름 먹인 검은 나무로 된 보트가, 놋쇠 램프 안에서 혀처럼 일렁이던 불길의 빈 심지가 떠오르는지 궁금했다.

벨루타였다.

분명하다고 라헬은 확신했다. 그를 본 거였다. 그도 라헬을 보았다. 라헬은 어디서든, 언제든 그를 알아볼 수 있었다. 그리고 만일 그가 셔츠를 입지 않았더라면 뒷모습만으로도 그를 알아보았을 것이다. 라헬은 그의 등을 알았다. 거기 업혀봤으니까. 셀 수 없을 정도로 많이. 끝이 뾰족한 마른잎 같은 연한 갈색 모반이 있었다. 그는 그것을 몬순기가 제때 오도록 해주는 행운의 잎사귀라고 말했다. 검은 등의 갈색 잎사귀. 밤의 가을 잎새.

충분한 행운을 가져다주지 못한 행운의 잎사귀.

벨루타는 원래 목수가 되려 했던 것은 아니었다.

그는 벨루타─말라얄람어로 하얗다는 뜻─라고 불렸는데 너무나도 검었기 때문이었다. 그의 아버지 벨리아 파펜은 파라반이었다. 야자나무 수액 채취꾼. 그의 한쪽 눈은 의안이었다. 망치로 화강암 덩이를 다듬다가 돌조각이 날아들어 곧장 왼쪽 눈을 뚫고 박혔던 것이다.

---

* "There's a nipple in the air." 공기가 쌀쌀하다(There's a nip in the air)의 'nip'을 'nipple'로 바꾼 말장난.

소년 시절, 벨루타는 벨리아 파펜과 함께 아예메넴 저택 뒷문으로 와서 부지 내 나무에서 딴 코코넛 열매들을 배달하곤 했다. 파파치는 파라반을 집으로 들이지 않았다. 누구든 그랬다. 그들은 가촉민들이 만지는 것은 무엇이든 만지려 들지 않았다. 힌두 카스트와 기독교 카스트. 맘마치는 에스타와 라헬에게 자신이 소녀 시절엔 파라반들이 빗자루로 자신들의 발자국을 쓸어서 지우며 뒷걸음질쳤는데, 브라만 계급이나 시리아 정교회 신자들이 예상치 못하게 파라반의 발자국을 밟아 불결해지지 않게 하기 위해서였다고 말했다. 맘마치 시대엔 파라반들이 다른 불가촉천민과 마찬가지로 공공도로에서 걸어다니는 게 허락되지 않았고, 상체를 가리는 것도 허락되지 않았고, 우산을 가지고 다니는 것도 허락되지 않았다. 말할 때는 상대에게 오염된 숨결이 가지 않도록 손으로 입을 가려야만 했다.

영국인들이 말라바르에 왔을 때, 다수의 파라반, 펠라야, 풀라야(벨루타의 할아버지 켈란도 그중 하나였다)가 불가촉천민이라는 신분에서 벗어나기 위해 기독교로 개종하고 영국 성공회 교회에 다녔다. 보상으로 약간의 음식과 돈도 주어졌다. 그들은 '쌀 기독교인'으로 불렸다. 얼마 지나지 않아 그들은 자기네가 프라이팬에서 나와 불로 뛰어든 것임을 깨달았다. 그들은 별개의 교회에서 따로 예배를 보고 별도의 사제를 모셔야 했다. 특별 배려로 불가촉천민 전담 주교까지 따로 주어졌다. 독립이 된 후 그들은 하층민을 위한 일자리 할당 정책이나 저금리 은행 대출 같은 정부 혜택을 받을 자격이 없다는 것을 알게 되었는데, 공식적으로 서류상 그들은 기독교인이라 카스트제도 밖에 있었기 때문이었다. 빗자루도 없이 자신의 발자국을 지워야만 하는 상황과 좀 비슷했다. 아니, 더 심했던 것이, 아예 발자국을 남기는 게 허용되지 않았던 것이다.

벨루타에게 놀라운 손재주가 있다는 것을 처음으로 알아차린 사람은 델리에서 휴가차 와 있던 맘마치와 영국 제국 곤충학자였다. 그 당시 벨루타는 열한 살로 암무보다 세 살 정도 어렸다. 그는 마치 꼬마 마술사 같았다. 복잡한 장난감들—조그만 풍차며 딸랑이, 작은 보석함—을 마른 야자줄기로 만들 수 있었다. 타피오카 줄기로는 완벽한 배를 조각해냈고, 캐슈너트로 인형을 만들어냈다. 벨루타는 그렇게 만든 것들을 암무에게 가져와 그녀가 그것을 집을 때 살이 닿지 않도록 (배운 대로) 손바닥에 올려놓고 내밀었다. 그는 암무보다 어렸지만 그녀를 암무쿠티—꼬마 암무—라고 불렀다. 맘마치는 벨리아 파펜을 설득해 벨루타를 시아버지인 푼난 쿤주가 설립한 불가촉천민 학교에 보내도록 했다.

벨루타가 열네 살일 때 바이에른 길드 출신의 목수인 요한 클라인이 코타얌으로 왔고, 그는 기독교 선교회에서 3년 동안 지내며 지역 목수들과 함께 작업장을 운영했다. 매일 오후, 학교가 끝나면 벨루타는 버스를 타고 코타얌에 가서 해가 질 때까지 클라인과 일했다. 열여섯 살이 되어 고등학교를 마쳤을 때, 벨루타는 숙련된 목수가 되어 있었다. 자신만의 목공구와 빼어난 독일식 디자인 감각을 갖추게 되었다. 그는 맘마치에게 자단으로 독일 바우하우스 양식의 식탁과 열두 개의 식탁 의자를, 그리고 더 가벼운 잭나무로 전통 바이에른 양식의 긴 의자를 만들어주었다. 베이비 코참마가 매년 공연하는 성탄극을 위해 어린 아이들의 등에 배낭처럼 꼭 맞도록 철사로 뼈대를 만든 천사 날개들이며, 천사장 가브리엘이 등장할 때 쓸 판지 구름들, 그리고 분해가 가능한 그리스도가 태어난 구유를 만들어주었다. 베이비 코참마의 정원에 있는 아기천사상이 물로 그려내던 은빛 포물선이 알 수 없는 이유로 멎었을 때 그녀를 위해 그 천사의 오줌보를 고쳐준 것도 벨루타 박사님이었다.

목공 솜씨 외에도 벨루타는 기계도 잘 다루었다. 맘마치는 (불가해한 가촉민의 논리로) 그가 파라반만 아니었더라면 엔지니어가 될 수 있었을 거라고 종종 말했다. 그는 라디오, 시계, 물펌프 등을 수리했다. 집안의 배관이며 모든 전기장치들을 돌보았다.

맘마치가 뒷베란다를 실내로 들이기로 결정했을 때, 나중에 아예메넴에서 크게 유행했던 아코디언 도어를 설계하고 만든 것도 벨루타였다.

벨루타는 공장의 기계에 대해서도 그 누구보다 잘 알았다.

차코가 마드라스에서 직장을 그만두고 바라트 병입기를 가지고 아예메넴으로 돌아왔을 때, 그 기계를 재조립해서 설치한 것도 벨루타였다. 새 통조림 기계와 파인애플 자동절단기를 보수 관리하는 것도 벨루타였다. 물펌프와 소형 디젤 발전기에 기름칠을 한 것도 벨루타였다. 알루미늄 판을 대서 세척하기 쉽게 절단판을 만들고 과일을 삶기 위해 지면 높이로 아궁이를 만든 것도 벨루타였다.

하지만 벨루타의 아버지 벨리아 파펜은 '구시대'의 파라반이었다. '뒷걸음질치던 시절'을 보았기에 맘마치와 그 가족이 베풀어준 모든 것에 대한 감사의 마음이 범람하는 강물처럼 넓고 깊었다. 돌조각으로 인한 사고가 났을 때, 맘마치가 의안을 알아봐주고 값도 치러줬다. 그는 아직도 그 빚을 갚을 만큼 일하지 않았다고 생각했고, 그에게 빚을 갚으라고 하는 이도 없었지만 자신은 결코 갚을 능력도 없었기에, 그 눈이 자기 것이 아니라고 여겼다. 감사함에 미소는 절로 커졌고 허리는 더욱더 굽혀졌다.

벨리아 파펜은 어린 아들이 염려되었다. 무엇이 그를 그렇게 걱정시키는지는 딱 짚어 말하기 어려웠다. 아들이 한 말 때문은 아니었다. 한 일 때문도 아니었다. 아들이 한 말이 아니라 말한 방식 때문이었다. 그가 한 일이 아니라 일한 방식 때문이었다.

망설임이 없어서였는지도 몰랐다. 부적절한 자신감. 걸음걸이. 고개를 드는 방식. 누가 묻지 않았는데도 의견을 제시하는 침착한 방식. 혹은 반발하는 것처럼 보이지 않으면서 의견을 묵살하는 그 침착한 방식.

가족민이라면 충분히 받아들일 만하고 심지어 바람직한 자질이겠지만, 파라반에게는 그런 태도가 거만하게 받아들여질 수 있다고(그럴 것이고, 정말 그럴 수밖에 없다고) 벨리아 파펜은 생각했다.

벨리아 파펜은 아들에게 주의를 주려 애썼다. 그러나 벨리아는 자신이 왜 심기가 불편한지 딱 짚어낼 수 없었기에 그의 혼란스러운 걱정을 벨루타는 오해했다. 벨루타는 자신이 짧게나마 받았던 교육과 타고난 재주를 아버지가 시샘한다고 생각했다. 벨리아 파펜의 선의는 곧 잔소리와 언쟁, 그리고 부자간의 불화로 변질되었다. 벨루타는 집에 가는 것을 피해 그의 어머니를 크게 실망시켰다. 늦게까지 일을 했다. 강에서 물고기를 잡아 모닥불을 피워 구워먹었다. 야외에서, 강둑에서 잠을 잤다.

그러다 어느 날 그가 사라졌다. 4년 동안 그가 어디 있는지 누구도 몰랐다. 트리반드룸의 복지주택국 건설 현장에서 일한다는 소문이 돌았다. 더 나중에는 그가 낙살라이트가 되었다는 뻔한 소문이 돌았다. 감옥에 갔다는 소문도 있었다. 퀼론에서 그를 보았다는 사람도 있었다.

그의 어머니 첼라가 결핵으로 죽었을 때, 그에게 연락할 길이 없었다. 그뒤 그의 형인 쿠타펜이 코코넛 나무에서 떨어져 척추를 다쳤다. 몸이 마비되어 일을 할 수 없게 되었다. 벨루타는 사고 1년 후에야 그 소식을 들었다.

그가 아예메넴으로 돌아온 지 다섯 달이 되었다. 그는 어디 있었는지, 무엇을 했는지 절대 이야기하지 않았다.

맘마치는 벨루타를 다시 공장 목수로 고용해서 공장의 전반적인 관리를 맡겼다. 이 때문에 공장의 다른 가촉민 근로자들은 상당히 분노했는데, 그들에 따르면 파라반은 목수가 될 수 없었다. 그리고 당연히 돌아온 탕아 파라반이 재고용될 수는 없었다.

다른 이들을 달래기 위해, 그리고 아무도 그를 목수로 고용하지 않을 것을 알았기에, 맘마치는 벨루타에게 가촉민 목수보다는 적지만 일반 파라반보다는 많은 임금을 주었다. 맘마치는 벨루타에게 집안으로 들어오라고(뭔가를 수리하거나 설치해야 할 때를 제외하고) 권하지 않았다. 그녀는 벨루타가 공장 부지에 다시 있게 된 것만으로, 가촉민이 만지는 것을 만지도록 허락받은 것만으로 감사해야 한다고 생각했다. 파라반에게는 큰 도약이라고 그녀는 말했다.

몇 년이나 집을 떠났다가 아예메넴으로 돌아와서도 벨루타는 여전히 전처럼 기민했다. 자신만만했다. 그리고 벨리아 파펜은 그런 그를 어느 때보다도 염려했다. 그러나 이번에는 평화를 지켰다. 아무 말도 하지 않았다.

적어도 그 '공포'가 그를 사로잡기 전까지는. 매일 밤, 작은 배가 노를 저어 강을 건너는 것을 보기 전까지는. 그 배가 새벽에 돌아오는 것을 보기 전까지는. 불가촉천민인 아들이 무엇에 손댔는지 알기 전까지는. 손만 댄 게 아님을.

들어갔고.

사랑했고.

그 '공포'에 사로잡히자, 벨리아 파펜은 맘마치에게 갔다. 그는 저당잡힌 눈으로 앞을 똑바로 바라보았다. 하나 남은 눈으로 울었다. 한쪽 뺨은 눈물로 번들거렸다. 다른 뺨은 메마른 채였다. 맘마치가 멈추라고 말할 때까지 몇 번이고 머리를 가로저었다. 말라리아에 걸린 사람처럼 몸을 떨었다. 맘마치가 그만하라고 말했지만 멈출 수가 없었다. 두려움에게 이래라저래라 지시할 순 없었기 때문이다. 설사 파라반의 두려움이라 하더라도. 벨리아 파펜은 자신이 무엇을 봤는지 맘마치에게 말했다. 괴물을 낳은 자신을 용서해달라고 신에게 빌었다. 그는 자기 손으로 아들을 죽이겠다고 말했다. 자신이 만들어 세상에 내놓은 것을 없애겠다고.

옆방에서 그 소리를 들은 베이비 코참마는 무슨 일이 일어났는지 알아차렸다. 그녀는 '비탄'과 '괴로움'을 눈앞에서 보았고, 그래서 마음 깊은 곳에서 남모르게 기뻐했다.

그녀는 (다른 말도 있었지만) "어떻게 이 냄새를 참을 수 있지? 모르셨어요, 이 파라반 족속들은 특유의 냄새가 있다고요"라고 말했다.

그러고는 억지로 시금치를 먹은 어린애처럼 연기하듯 몸서리쳤다. 그녀는 파라반 특유의 냄새보다는 아일랜드 예수교도의 냄새를 더 좋아했다.

훨씬. 훨씬.

벨루타, 벨리아 파펜과 쿠타펜은 아예메넴의 강 하류에 있는 홍토로
지은 작은 오두막에서 살았다. 에스타펜과 라헬이 코코넛 나무 사이
로 3분이면 뛰어갈 수 있는 거리였다. 아이들은 암무와 함께 아예메넴
에 온 지 얼마 되지 않았고, 이곳을 등지기 전의 벨루타에 대해선 너무
어려 기억하지 못했다. 그러나 그가 돌아온 후 몇 달 동안 아이들은 그
의 가장 좋은 친구가 되었다. 그의 집에 가는 일은 금지됐지만 아이들
은 몰래 놀러갔다. 아이들은 그와 함께 몇 시간이고 쭈그려 앉아—쌓
인 대팻밥 위에 마침표 두 개처럼 쭈그려 앉아—나무 안에서 기다리
고 있는 매끈한 형상들을 벨루타가 어떻게 알까 신기해했다. 아이들은
벨루타의 손이 닿으면 나무가 부드러워지고 유토처럼 연해지는 모습
을 보는 게 너무 좋았다. 그는 아이들에게 대패 사용법을 가르쳐주었
다. 그의 집에선 (날씨가 좋을 땐) 신선한 대팻밥과 태양의 냄새가 났
다. 검은 타마린드를 넣어 요리한 빨간 피시커리 냄새도. 에스타는 그
것이 세상에서 가장 맛있는 피시커리라고 했다.

라헬에게 지금껏 고기가 가장 잘 낚인 낚싯대를 만들어주고 그녀와
에스타에게 낚싯법을 가르쳐준 것도 벨루타였다.

그리고 하늘이 푸른 12월의 어느 날, 라헬이 빨간 선글라스 너머로
본, 코친 외곽의 철도 건널목에서 붉은 깃발을 들고 행진하던 것도 벨
루타였다.

강철처럼 새된 경찰의 호각 소리가 '소음의 우산'에 구멍을 뚫었다.

그 들쭉날쭉한 우산의 구멍 너머로 라헬은 붉은 하늘의 단편을 볼 수 있었다. 그리고 그 붉은 하늘에는 새빨간 솔개들이 빙빙 돌며 쥐들을 찾고 있었다. 반쯤 뜬 그들의 노란 눈에는 도로와 행진하는 붉은 깃발들이 비쳤다. 그리고 모반이 있는 검은 등을 가린 하얀 셔츠도.

행진.

공포, 땀 그리고 텔컴파우더가 섞여서 베이비 코참마의 살찐 목주름 사이에서 연보라색 반죽이 되었다. 입 가장자리에는 엉긴 침이 작고 하얀 덩어리로 굳어 있었다. 그녀는 낙살라이트에 대한 신문기사에서 사진으로 보았던, 팔가트에서 남쪽으로 이동했다는 소문이 도는 라잔과 닮은 사람이 행진자 중에 있다고 생각했다. 그녀는 그가 똑바로 자신을 바라보았다고 상상했다.

붉은 깃발을 든, 나무옹이처럼 생긴 얼굴의 남자가 잠기지 않았던 라헬 쪽 차문을 열었다. 문 옆에는 많은 남자들이 멈춰 서서 이쪽을 보고 있었다.

"덥지, 아가야?" 그 나무옹이처럼 생긴 남자가 라헬에게 말라얄람어로 친절하게 물었다. 그러고는 차가운 목소리로 "네 아빠에게 에어컨을 사달라고 해라!" 하고는 자신의 위트와 타이밍에 흡족해하며 웃음을 터뜨렸다. 라헬은 그가 차코를 아버지로 착각했음이 기뻐 그에게 웃어 보였다. 정상적인 가족처럼 봐준 것이다.

"대답하지 마!" 베이비 코참마가 쉰 목소리로 속삭였다. "눈을 내리깔아! 그냥 아래를 보라고!"

깃발을 든 남자가 베이비 코참마 쪽으로 방향을 돌렸다. 그녀는 자동차 바닥을 내려다보고 있었다. 낯선 사람에게 시집보내진 수줍고 겁에 질린 신부처럼.

"안녕하쇼, 자매님." 남자가 공손하게 영어로 말했다. "이름이 뭐요?"

베이비 코참마가 대답하지 않자, 함께 괴롭히러 온 패거리 쪽을 돌아보았다.

"이름이 없나봐."

"모달랄리 마리아쿠티라고 하면 어때?" 누군가 킬킬거리며 말했다. 모달랄리는 말라얄람어로 지주란 뜻이었다.

"A, B, C, D, X, Y, Z." 또다른 사람이 엉뚱하게 말했다.

더 많은 학생들이 주변으로 모여들었다. 그들은 모두 햇빛을 피하기 위해 손수건이나 '봄베이 염색'이라고 인쇄된 수건을 머리에 동여매고 있었다. 말라얄람어판 〈신드바드: 마지막 항해〉의 촬영장에서 나온 엑스트라들 같았다.

나무옹이처럼 생긴 남자가 베이비 코참마에게 붉은 깃발을 선물이랍시고 주었다. "여기," 그가 말했다. "받으쇼."

베이비 코참마는 그것을 받았지만, 여전히 남자를 쳐다보지 않았다.

"흔드쇼." 그가 명령했다.

그녀는 깃발을 흔들 수밖에 없었다. 선택의 여지가 없었다. 깃발에서 새 옷과 상점 냄새가 났다. 빳빳하고 먼지가 묻어 있었다. 그녀는 깃발을 흔들려 했지만 흔들리는 둥 마는 둥 했다.

"이제 인킬라브 진다바드라고 말하쇼!"

"인킬라브 진다바드." 베이비 코참마가 조그만 소리로 말했다.

"착한 여자군."

군중이 웃음을 터뜨렸다. 날카로운 호각 소리가 났다.

"좋소, 그럼." 남자가 베이비 코참마에게 마치 사업 계약이라도 성공적으로 마친 말투로 영어로 말했다. "바이바이!"

그가 하늘색 문을 쾅 닫았다. 베이비 코참마의 몸이 흔들렸다. 차를 둘러쌌던 군중이 흩어져 행진을 계속했다.

베이비 코참마가 붉은 깃발을 둘둘 말아 뒷좌석 선반에 올려놓았다. 그녀는 묵주를 늘 멜론과 함께 넣어두는 블라우스 안으로 다시 넣었다. 뭔가 위엄을 되찾으려고 애쓰면서 괜히 분주한 척했다.

마지막 남자들 몇몇이 지나가자, 차코가 이제 차창을 내려도 괜찮다고 말했다.

"걘 거 확실해?" 차코가 라헬에게 물었다.

"누구요?" 라헬이 갑자기 조심스러워져서 되물었다.

"확실히 벨루타였어?"

"음……?" 에스타가 필사적으로 머릿속으로 보내오는 신호를 이해하려 애쓰며 라헬은 시간을 벌었다.

"네가 본 남자가 벨루타인 게 확실하냐고." 차코가 세번째로 물었다.

"음…… 네에에…… 으음 거의요." 라헬이 말했다.

"거의 확실하다고?" 차코가 말했다.

"아뇨…… 거의 벨루타 같았다고요." 라헬이 말했다. "거의 벨루타처럼 보였지만……"

"그럼 확실하지 않다고?"

"그런 것 같아요." 라헬은 에스타의 동의를 구하려 슬쩍 곁눈질했다.

"분명 개였을 거야." 베이비 코참마가 말했다. "트리반드룸에서 이렇게 변한 걸 거야. 거기 가면 다들 자기가 무슨 대단한 정치가라도 된

줄 알고 돌아오니까."

누구도 그녀의 통찰에 그리 감탄하는 것 같지 않았다.

"그자를 잘 지켜봐야 해." 베이비 코참마가 말했다. "만약 그자가 공장에서 노동조합인지 뭔지를 시작한다면…… 전부터 조짐이 있었어. 예의도 없고 감사할 줄도 모르지…… 하루는 자갈화단에 쓸 돌을 모으는 걸 도와달라고 했더니 걔가ㅡ"

"집에서 떠나기 전에 벨루타를 봤어요." 에스타가 밝게 말했다. "그런데 어떻게 벨루타일 수 있겠어요?"

"그애를 위해서라도 그랬길 바란다." 베이비 코참마가 어둡게 말했다. "그리고 에스타펜, 다음엔 사람 말 끊지 마라."

그녀는 아무도 그녀에게 자갈화단이 무엇인지 묻지 않아 불만이었다.

그뒤 베이비 코참마는 그날 공개적으로 망신을 당한 일에 대한 모든 분노를 벨루타에게로 돌렸다. 그 분노를 연필심처럼 뾰족하게 세웠다. 그녀의 마음속에서 벨루타는 그 행진을 대표하는 존재가 되었다. 그녀에게 공산당 깃발을 강제로 흔들게 했던 남자. 그녀를 모달랄리 마리아쿠티라고 부르던 남자. 그녀를 비웃던 모든 남자.

그녀는 그를 미워하기 시작했다.

고개를 빳빳이 든 태도로 암무가 여전히 화가 나 있음을 라헬은 알 수 있었다. 라헬은 손목시계를 보았다. 두시 십 분 전. 아직 기차는 오지 않는다. 창틀에 턱을 댔다. 창유리 쿠션의 회색 연골 같은 펠트천이 턱에 닿는 것이 느껴졌다. 라헬은 선글라스를 벗고 도로 위에 짓눌린 죽은 개구리를 자세히 보았다. 완전히 죽어서 짓눌린, 아주 납작해져서 개구리라기보다는 개구리 형태로 도로에 남은 얼룩 같았다. 라헬은 우유배달차에 치여 죽었을 때 미튼 양도 짓눌려 미튼 양 모양의 얼룩이 되었을까 궁금했다.

진정한 신봉자다운 확신을 가지고 벨리아 파펜은 쌍둥이에게 세상에는 검은 고양이 같은 건 없다고 장담했다. 우주에는 검은 고양이 모양의 구멍들만이 있을 뿐이라고.
도로 위엔 얼룩이 너무나 많았다.
우주에는 짓눌린 미튼 양 모양의 얼룩이 있었고.
우주에는 짓눌린 개구리 모양의 얼룩이 있었고.
우주에는 짓눌린 개구리 모양의 얼룩을 먹으려던 짓눌린 까마귀가 있었고.
우주에는 짓눌린 까마귀 모양의 얼룩을 먹은 짓눌린 개가 있었고.
깃털. 망고. 침.
코친에 도착할 때까지 내내.
태양이 플리머스 창을 뚫고 곧장 라헬을 비추었다. 라헬은 눈을 감고 태양을 되쏘아 보았다. 눈을 감아도 빛은 밝고 뜨거웠다. 하늘은 오렌지빛이었고, 코코넛 나무들은 의심 없이 떠 있는 구름을 잡아먹으려 촉수를 흔드는 말미잘 같았다. 갈라진 혀를 날름거리며 하늘을 떠다니는 투명한 점박이 뱀. 그리고 얼룩무늬 말을 탄 투명한 로마 병사. 라헬은 만화책에 나오는 로마 병사들이 갑옷을 입고 헬멧을 쓰느라 그렇게 애를 쓰고도 정작 다리는 맨살이라는 점이 이상스러웠다. 전혀 말이 되지 않는 일이었다. 날씨 때문이든 여러 다른 점에서든.

암무는 아이들에게 율리우스 카이사르의 이야기를, 그가 어떻게 원로원에서 가장 믿었던 친구인 브루투스의 칼에 찔렸는지 들려줬었다. 그가 등에 칼이 꽂힌 채 어떻게 바닥으로 쓰러지며 "에트 투? 브루테?*—그러고는 카이사르가 쓰러졌도다"라고 했는지를.

"이 이야기는 우리가 누구도 믿을 수 없다는 걸 보여줘." 암무가 말했다. "어머니도, 아버지도, 형제도, 남편도, 절친한 친구도. 누구도."

그녀는 (아이들이 물었을 때) 두고 보면 알 거라고 말했다. 예를 들자면 에스타가 자라서 남성우월주의자가 되는 일도 전혀 불가능하지 않다고 했다.

밤이면 에스타는 침대에서 이불을 몸에 감고 침대 위에 서서, "에트 투? 브루테? 그러고는 카이사르가 쓰러졌도다!"라고 말하고서 칼에 찔린 시신처럼 무릎을 편 채 침대 위로 쓰러지곤 했다. 그러면 마루에 매트를 깔고 자던 코추 마리아가 맘마치에게 이르겠다고 말했다.

"너희 어머니에게 아버지 집으로 데려다달라고 해. 거기 가서 침대를 부서뜨리든 말든 마음대로 하라고. 이건 너희 침대가 아니야. 여긴 너희 집도 아니고."

그러면 에스타는 죽음에서 되살아나 침대 위에 서서 말하곤 했다. "에트 투? 코추 마리아? 그러고는 에스타가 쓰러졌도다!" 그러고는 다시 죽었다.

코추 마리아는 '에트 투'가 영어로 외설스러운 말이리라 확신했고 맘마치에게 에스타에 대해 일러바칠 적당한 기회를 별렀다.

---

* Et tu? Brute? 라틴어로 '브루투스 너마저도'라는 뜻. 셰익스피어의 『줄리어스 시저』 참조.

바로 옆 차에 탄 여자 입에 비스킷 부스러기가 묻어 있었다. 여자의 남편이 비스킷을 먹은 직후 구부러진 담배 한 대를 피워 물었다. 콧구멍으로 상아 같은 연기를 두 줄기 내뿜었고, 한순간 멧돼지처럼 보였다. 멧돼지 부인이 라헬에게 '애기 같은 목소리'로 이름을 물었다.

라헬은 그녀의 말을 무시하고 무심코 침 풍선을 불었다.

암무는 아이들이 침 풍선 부는 것을 싫어했다. 그녀는 그것이 바바를 떠오르게 한다고 말했다. 아이들의 아버지를. 그녀는 그가 침 풍선을 불며 다리를 떨곤 했다고 말했다. 암무에 따르면, 점원들이나 그런 행동을 하지 귀족들은 그러지 않는다고 했다.

귀족들은 침 풍선도 불지 않고 다리도 떨지 않았다. 게걸스럽게 소리를 내며 먹지 않았다.

바바는 점원이 아니었음에도 그렇게 행동했다고 암무가 말했다.

둘만 있을 때면 에스타와 라헬은 때로 점원인 척 행동했다. 아이들은 침 풍선을 불며 다리를 떨었고 칠면조처럼 게걸스레 소리를 내며 음식을 먹었다. 전쟁과 전쟁 사이에 아이들이 알았던 아버지를 떠올렸다. 한번은 그가 아이들에게 담배를 한 모금 빨게 했는데, 아이들이 담배를 빨면서 필터를 침으로 적시자 짜증을 냈었다.

"이건 빌어먹을 사탕이 아니야!" 그는 정말로 화를 냈다.

아이들은 그의 분노를 기억했다. 암무의 분노도. 아이들은 마치 당구공처럼 암무에게서 바바에게로, 바바에게서 암무에게로, 방안에서 밀쳐지던 일을 기억했다. 암무가 에스타를 밀치며 말했다. "자, 당신이 둘 중에 하나 가져가. 난 둘 다 못 키워." 나중에 에스타가 암무에게 그때 일에 대해 물었을 때, 그녀는 에스타를 끌어안으며 쓸데없는 상상은 하지 말라고 말했다.

아이들이 본 적 있는 유일한 바바의 사진에서(딱 한 번 암무가 봐도 된다고 허락했던) 그는 하얀 셔츠를 입고 안경을 쓰고 있었다. 잘생기고 학구적인 크리켓 선수처럼 보였다. 에스타를 어깨에 목말을 태우고 한 팔로 잡고 있었다. 에스타는 아버지 머리에 턱을 대고 미소 짓고 있었다. 라헬은 그의 다른 팔에 감싸안겨 있었다. 라헬은 토라지고 기분이 나쁜 표정으로 발을 허공에서 달랑거렸다. 누군가 아이들의 두 뺨에 장밋빛 원을 그려놓았다.

암무는 사진을 찍기 위해 그가 아이들을 안았을 뿐이며, 심지어 그 때조차도 술에 취해 있어서 아이들을 떨어뜨릴까 겁이 났다고 말했다. 암무는 사진 바로 바깥쪽에 서서 혹시 그가 아이들을 떨어뜨리면 받을 태세로 있었다고 했다. 그렇다 해도 자신들의 뺨만 제외하면 괜찮은 사진이라고 에스타와 라헬은 생각했다.

"그만두지 못하겠니?" 암무가 버럭 외쳐서 이정표에서 뛰어내려 플리머스 안을 들여다보던 멀리다란이 놀라서 움찔하며 물러섰다.

"뭘요?" 라헬은 그렇게 말했지만 곧 뭔지 알아차렸다. 침 풍선. "미안해요, 암무."

"미안해한다고 죽은 사람이 살아오진 않아." 에스타가 말했다.

"야, 정말!" 차코가 말했다. "쟤가 자기 침 가지고 뭘 하든 그것까지 뭐라 할 순 없지!"

"상관하지 마." 암무가 딱 잘라 말했다.

"기억을 떠올리게 한대요." 에스타가 나름 생각하여 차코에게 설명했다.

라헬이 선글라스를 썼다. '세상'이 분노의 빛깔로 바뀌었다.

"그 우스꽝스러운 안경도 벗어라!" 암무가 말했다.

라헬이 그 우스꽝스러운 안경을 벗었다.

"아주 파시스트가 따로 없군, 네가 애들을 대하는 방식 말이야." 차코가 말했다. "애들한테도 나름의 권리가 있다고, 하느님 맙소사!"

"하느님의 이름을 그렇게 함부로 부르지 마라." 베이비 코참마가 말했다.

"그런 거 아니에요." 차코가 말했다. "아주 정당한 이유에서 쓴 거라고요."

"애들한테 '대단한 구세주'인 양 굴지 좀 마!" 암무가 말했다. "본론으로 들어가면 오빠는 애들한테 관심도 없잖아. 나한테도 마찬가지고."

"내가 그래야 돼?" 차코가 말했다. "애들이 내 책임이야?" 그는 암무와 에스타와 라헬을 자신의 목에 매달린 맷돌이라고 말했다.

라헬은 다리 뒷부분에 땀이 나 젖었다. 자동차 인조가죽 좌석에 피부가 미끄러졌다. 라헬과 에스타는 맷돌이 무엇인지 알고 있었다. 영화 〈바운티호의 반란〉에서 바다에서 사람이 죽으면 시신을 하얀 시트로 싼 다음, 바다 위로 떠오르지 않도록 목에 맷돌을 달아 배 밖으로 던졌다. 에스타는 출항하기 전 맷돌을 몇 개나 챙겨야 하는지를 어떻게 결정할까 궁금해했었다.

에스타가 머리를 무릎에 댔다.

에스타의 앞머리가 흐트러졌다.

멀리서부터 달려오는 기차 소리가 개구리 얼룩이 있는 도로에서 배어나왔다. 철로 양편의 얌잎들이 모두 동의하며 고개를 끄덕였다. 네네 네네네.

비나 몰의 민머리 순례자들이 또다른 바쟌을 시작했다.

"내 얘기를 들으렴, 이 힌두교 신자들에게는 사생활이란 개념이 없단 다." 베이비 코참마가 경건하게 말했다.

"그 사람들 머리엔 뿔이 나고 피부엔 비늘이 있단다." 차코가 빈정 거리며 말했다. "그리고 듣자 하니 아기는 알에서 나온다지."

라헬은 이마에 혹이 두 개 있었는데, 에스타는 그게 자라서 뿔이 될 거라고 말했다. 최소한 그중 하나는 그렇게 될 것인데, 왜냐하면 라헬 은 절반은 힌두교니까 그렇다고 했다. 라헬은 그럼 에스타 너도 뿔이 날 것 아니냐고 되받아치지 못해 아쉬웠다. '라헬'이 무엇이 되든 에스 타 역시 마찬가지일 테니까.

새카만 연기 기둥을 인 채 열차가 굉음을 내며 지나갔다. 서른두 대의 보기차가 달려 있었고, 승강구마다 머리를 헬멧 모양으로 깎은 젊은이 들이 가득했다. 그들은 떨어진 사람들이 어떻게 되었는지 보려고 '세 상의 끝'까지 가는 중이었다. 너무 목을 내민 사람들은 그 끝에서 떨어 지고 말았다. 요동치는 어둠 속으로, 그들의 머리카락이 뒤집어지며.

기차가 너무나도 빨리 지나가버렸기 때문에 그처럼 짧은 순간을 위 해 모두 그리도 오래 기다렸다는 것에 어이없어 했다. 얌잎들은 기차 가 지나가버린 후에도 계속해서 고개를 끄덕였다. 마치 전적으로 찬성 하며 어떤 의문도 품지 않는다는 듯이.

떠 있던 석탄가루가 곱고 섬세한 이불이 되어 불결한 축복처럼 차에 내려앉았다.

차코가 플리머스에 시동을 걸었다. 베이비 코참마는 명랑해지려 애썼다. 그녀가 노래를 부르기 시작했다.

> "쨍그랑 슬픈 울림이 있네
> 홀의 시계에서
> 첨탑의 종에서도
> 저 높이 둥지에서
> 우스꽝스러운
> 작은 새가
> 튀어나와 말하네―"

그녀는 에스타와 라헬이 '쩩쩩'이라고 말하길 기다리며 그쪽을 봤다. 아이들은 그러지 않았다.

차가 바람을 일으켰다. 초록 나무들과 전봇대들이 차창을 스쳤다. 가만히 앉은 새들이 흔들리는 전깃줄에서 미끄러지듯 움직였다. 마치 공항에서 아무도 찾아가지 않은 짐처럼.

하늘에 큼직하게 걸린 창백한 낮달이 그들을 따라왔다. 맥주 들이켜는 남자의 배처럼 커다란 그 달이.

3
큰 사람 랄타인, 작은 사람 몸바티

적의 성을 향해 진군하는 중세 군대처럼 불결함이 몰려와 아예메넴 저택을 포위했다. 갈라진 틈마다 엉기고 유리창에도 달라붙었다.

찻주전자 안에서 각다귀가 윙윙거렸다. 죽은 벌레들이 빈 꽃병 안에 나뒹굴었다.

바닥이 끈적끈적했다. 하얗던 벽이 얼룩덜룩 잿빛으로 변했다. 놋쇠 경첩과 문손잡이는 색이 바랬고 기름기로 미끌거렸다. 자주 쓰지 않아 전기 콘센트에는 더께가 덮여 있었다. 전구에도 얇은 막처럼 기름기가 끼어 있었다. 유일하게 윤이 나는 것은, 영화 세트장에서 니스칠을 하는 사환들처럼 종종걸음치며 돌아다니는 커다란 바퀴벌레들뿐이었다.

베이비 코참마는 이미 오래전부터 이런 것들이 눈에 들어오지 않았다. 코추 마리아는 모든 것을 알았지만 개의치 않았다.

베이비 코참마가 기대 누운 긴 의자는 천이 너덜너덜해져서 그 틈새에는 부서진 땅콩 껍데기들이 들어 있었다.

텔레비전에서 영향을 받은 민주주의의 무의식적 표현인지, 여주인과 하녀가 견과류가 든 그릇을 공유하며 둘 다 안을 보지도 않고 손을 넣어 휘저었다. 코추 마리아는 견과를 입으로 던져넣었다. 베이비 코참마는 점잖게 견과를 입안에 놓았다.

〈베스트 오브 도나휴〉라는 프로그램에서 스튜디오 관객들이 거리의 흑인 악사가 지하철역에서 〈무지개 너머 어딘가Somewhere Over the Rainbow〉를 부르는 영상을 보고 있었다. 그는 그 노랫말을 정말로 믿는 양 진지하게 노래를 부르고 있었다. 들러붙은 땅콩 때문에 굵어진 가늘고 떨리는 목소리로 베이비 코참마가 노래를 따라 불렀다. 그녀는 노랫말을 음미하며 미소 지었다. 코추 마리아가 미친 사람 보듯 그녀를 쳐다보더니 자기 몫 이상의 견과를 움켜쥐었다. 그 거리의 악사가 머리를 뒤로 젖히며 고음부(somewhere의 where)를 부르자, 작은 이랑들이 줄줄이 있는 분홍색 입천장이 텔레비전 화면을 가득 채웠다. 그는 록 스타처럼 거칠게 차려입었지만 군데군데 빠진 이와 병색이 완연한 파리한 피부에서 궁핍하고 절망적인 삶이 잘 드러나 있었다. 지하철이 도착하거나 출발할 때마다 그는 노래를 멈춰야 했는데, 그런 일이 잦았다.

그다음 스튜디오에 조명이 들어오며 도나휴가 직접 그 남자를 소개했고, 남자는 미리 정해진 큐 사인에 따라 바로 (지하철 때문에) 중단할 수밖에 없었던 그 부분부터 노래를 시작했다. '지하철을 넘어서는 노래'의 감동적 승리를 영리하게 연출해낸 셈이었다.

거리의 악사는 계속 노래를 부르다가 필 도나휴가 그의 어깨에 팔을 두르며 "감사합니다. 정말 감사합니다"라고 말했을 때에야 노래를 멈췄다.

물론 필 도나휴 때문에 중단된 것은 지하철의 우르릉거리는 소리 때문에 중단되는 것과는 전혀 다른 이야기였다. 기쁨이었다. 명예였다.

스튜디오 관객들이 박수를 치며 연민을 보였다.

거리의 악사는 '황금시간대에 출연했다는 행복감'으로 빛났고, 노래를 중간에 멈췄다는 박탈감은 없었다. 도나휴 쇼에 나와 노래하는 것이 자신의 꿈이었다고 말했지만 이제 그것도 빼앗겼음을 미처 깨닫지 못했다.

큰 꿈과 작은 꿈이 있다. "'큰 사람 랄타인' 사히브, '작은 사람 몸바티'" 하고 늙은 비하르인 쿨리*가 소풍 때문에 기차역에 온 에스타 학교의 아이들을 보고 (변함없이 매년) 꿈에 대해 하곤 했던 말이다.

'큰 사람'은 '랜턴'. '작은' 사람은 '촛불'.

'거대한 사람은 플래시라이트', 그가 미처 못한 말이다. 그리고 '작은 사람은 지하철역'.

그가 아이들의 짐을 가지고 뒤에서 터벅터벅 걷는 동안 '선생님들'이 그와 값을 흥정했는데, 그의 휘어진 다리는 더 휘어졌고, 잔인한 아이들은 그의 걸음걸이를 흉내냈다. 아이들은 그를 '괄호 안의 불알'이라고 불렀다.

'가장 작은 사람은 정맥류', 그는 그 말을 하는 것은 완전히 잊은 채,

---

* 인도의 하층 노동자. 특히 외국인이 짐꾼, 광부, 인력거꾼을 지칭하던 말.

요구했던 금액의 반도 못 되는, 실제로 받아 마땅한 금액의 십분의 일도 안 되는 돈을 들고 휘청휘청 자리를 떴다.

바깥에선 비가 그쳤다. 잿빛 하늘이 엉기면서 구름이 작은 덩어리로 나뉘었는데, 조악한 매트리스의 충전재 같았다.

에스타펜이 부엌 문간에 나타났다. 비에 젖은(그리고 실제보다 더 현명한) 모습이었다. 그의 뒤쪽으로 길게 자란 풀들이 반짝였다. 강아지가 그의 뒤편 계단에 있었다. 빗방울이 지붕 가장자리에 달린 녹슨 홈통의 둥근 바닥을 따라 빛나는 주판알처럼 또르르 굴러갔다.

베이비 코참마가 텔레비전에서 고개를 들었다.

"쟤 왔구나." 그녀는 굳이 목소리를 낮추려 하지도 않고 라헬에게 말했다. "이제 봐라. 쟤는 아무 말도 안 할 테니까. 곧장 제 방으로 갈 게다. 잘 보라고!"

강아지가 그 기회를 틈타 함께 들어오려 했다. 코추 마리아가 두 손 바닥으로 세차게 바닥을 내리치며 말했다. "저리 가! 가! 포다 파티!"

그러자 강아지가 똑똑하게도 물러섰다. 늘상 있는 일인 듯했다.

"잘 봐라!" 베이비 코참마가 말했다. 들뜬 듯했다. "곧장 제 방으로 들어가서 옷을 빨 거다. 유난스럽게 깔끔 떤다니까…… 말은 한마디도 안 할 게다!"

그녀는 풀밭의 동물을 가리키는 수렵감시관 같은 분위기를 풍겼다. 그 움직임들을 예측할 수 있는 자신의 능력을 자랑스러워했다. 그 동물의 습관과 성향에 대해 우월한 지식을 가졌음을.

에스타의 머리카락은 여러 갈래로 머리에 달라붙어 있어서 뒤집힌 꽃잎들 같았다. 그 사이로 하얀 두피가 비쳤다. 빗물이 시내를 이루며 얼굴과 목을 타고 내렸다. 그는 방으로 갔다.

베이비 코참마의 머리 주변에 흡족한 듯한 후광이 나타났다. "봤지?" 그녀가 말했다.

코추 마리아가 그 기회를 틈타 채널을 돌려 〈프라임 보디스〉를 잠시 본다.

라헬은 에스타를 뒤따라 그의 방으로 들어갔다. 암무의 방. 한때는.

그 방은 그의 비밀을 간직하고 있었다. 아무것도 누설하지 않았다. 어지럽게 구겨진 시트도, 아무렇게나 벗어놓은 신발도, 의자 등받이에 걸린 젖은 수건도 없었다. 반쯤 읽다 만 책도. 그 방은 간호사가 막 다녀간 병실 같았다. 바닥은 깨끗했고 벽은 하앴다. 옷장은 닫혀 있었다. 신발은 정돈되어 있었다. 휴지통은 비워져 있었다.

방이 강박적일 정도로 깨끗하다는 것은 에스타의 의지를 보여주는 유일한 긍정적 조짐이었다. 어쩌면 그에게 '삶의 계획'이 있음을 미약하게나마 암시했다. 다른 사람들이 주는 먹다 남은 음식으로 연명하지는 않겠다는 의지의 낮은 속삭임. 창가 벽에는 다리미판 위에 다리미가 세워져 있었다. 개켜놓은 주름진 옷들도 쌓여 다림질을 기다리고 있었다.

정적이 보이지 않는 상실처럼 공기 중에 감돌았다.

천장의 선풍기 날개에는 잊을 수 없는 장난감의 무서운 유령들이 모여 있었다. 새총. (미튼 양이 준) 콴타스 항공사의 단추 같은 눈이 헐거워진 코알라 인형. (경찰의 담뱃불에 터져버린) 거위 튜브. 런던의 조용한 거리 풍경과 빨간 런던 버스들이 안에서 아래위로 떠다니는 볼펜 두 자루.

에스타가 수도꼭지를 틀자 물이 소리 내며 플라스틱 양동이로 떨어졌다. 윤이 나게 닦인 욕실에서 그가 옷을 벗었다. 흠뻑 젖은 청바지를 벗었다. 뻣뻣한. 짙은 푸른색의. 벗기 힘든. 짓이긴 딸기 빛깔 티셔츠를 머리 위로 잡아당기느라 매끈하고 늘씬하면서도 근육질인 팔을 몸 위에서 교차시켰다. 문가에 선 누이의 소리는 귀에 들어오지 않았다.

그가 젖은 티셔츠를 벗을 때 배가 안으로 들어가고 흉곽이 부풀어오르는 것을, 꿀빛의 젖은 피부가 드러나는 것을 라헬은 지켜보았다. 그의 얼굴과 목과 목 아래 브이자 모양의 세모꼴은 몸의 다른 부분들보다 더 검었다. 팔도 두 가지 색깔이었다. 셔츠 소매가 끝난 부분 색깔이 더 옅었다. 옅은 꿀빛 옷을 입은 암갈색의 남자. 커피색이 섞인 초콜릿. 튀어나온 광대뼈와 쫓기는 듯한 눈. 눈 속에 바다의 비밀을 품고, 하얀 타일이 깔린 욕실에 선 어부.

그녀를 보긴 한 걸까? 정말로 미친 걸까? 그녀가 거기 있는 걸 알긴 할까?

두 사람은 서로의 몸을 부끄러워한 적은 한 번도 없었지만, 부끄러움이 무엇인지 알 만한 나이에는 (함께) 있어보지 못했다.

하지만 지금은 그 나이다. 충분히 알 만한 나이.

나이가 들었다.

살아도, 죽어도 이상할 것 없는 나이.

'나이가 들었다'는 말은 그 자체만 보면 참 재미있구나 하고 라헬은 생각하며 혼잣말을 했다. '나이가 들었어.'

욕실 문가에 선 라헬. 골반이 좁은. ("제왕절개가 필요할 거라고 저여자에게 말해줘요!" 주유소에서 거스름돈을 기다리고 있을 때 어느 술 취한 산부인과 의사가 라헬의 남편에게 말했었다.) 빛바랜 티셔츠에 그려진 지도 위의 도마뱀 한 마리. 제멋대로 길게 자란 머리가 헤나 염색의 짙은 붉은색으로 빛나며 등 아랫부분까지 갈래갈래 뻗쳐 내려와 있었다. 콧방울에서 다이아몬드가 반짝였다. 때로는 그랬다. 그리고 때로는 반짝이지 않았다. 얇은, 금으로 만든, 뱀머리 팔찌가 손목에서 오렌지빛 원처럼 빛났다. 머리를 맞대고 서로 속삭이는 가느다란 뱀들. 어머니의 결혼반지를 녹인 것. 그녀의 가늘고 앙상한 두 팔의 날카로운 선들을 부드럽게 해주었다.

언뜻 그녀는 어머니의 외모를 쏙 빼닮은 것처럼 보였다. 높은 광대뼈. 웃을 때 깊게 패는 볼우물. 하지만 그녀는 암무보다 키가 더 크고, 더 단단하고, 더 굴곡 없고, 더 여위었다. 여자에게서 풍만함과 부드러움을 바라는 사람에겐 그리 아름다워 보이지 않을 수도. 그러나 눈만은 반박의 여지 없이 아름다웠다. 커다랗고. 빛나는. '빠져 죽을 수도 있을 것 같아'라고 래리 매캐슬린이 말했고 나중에는 그 말의 대가를 몸소 깨닫게 되었다.

라헬은 벌거벗은 오빠의 몸에서 자신의 모습을 찾아보았다. 무릎 모양에서. 발등의 굴곡에서. 어깨선에서. 팔과 팔꿈치가 만나는 각도에서. 발톱이 위로 젖혀진 모습에서. 탄탄하고 아름다운 엉덩이 양쪽으로 조각되듯 움푹 파인 부분에서. 탄탄한 자두 두 개에서. 남자의 엉덩이는 절대 자라지 않는다. 통학용 가방처럼 그 엉덩이는 즉시 어린 시절의 추억을 불러일으킨다. 그의 팔에 있는 두 개의 예방주사 자국이 동전처럼 빛났다. 그녀의 예방주사 자국은 허벅지에 있었다.

여자는 항상 허벅지에 예방주사를 맞는 거라고 암무는 말하곤 했다.

라헬은 에스타를 어머니가 비에 젖은 자식을 보는 듯한 호기심을 갖고 바라보았다. 누이가 오빠를. 여자가 남자를. 쌍둥이가 쌍둥이를.

그녀는 이 여러 개의 연들을 동시에 날렸다.

그는 우연히 마주친 벌거벗은 타인이었다. 그녀의 '삶'이 시작되기 전부터 알았던 사람이었다. 한때 그녀를 이끌고 (헤엄치며) 어여쁜 어머니의 음부를 통과했다.

낯선 사람과 삶의 시작 전부터 알던 사람이라는 두 가지 경우 모두 그 양극성은 견디기 어려웠다. 해소할 수 없을 정도로 멀리 떨어진 극단의 그 거리.

빗방울이 에스타의 귓불 끝에서 빛났다. 굵고 은색으로 빛나는 묵직한 수은 방울처럼. 그녀는 손을 뻗었다. 그것을 만졌다. 없애버렸다.

에스타는 그녀를 쳐다보지 않았다. 그는 더 깊은 침묵 속으로 물러섰다. 마치 그의 몸은 피부 표면에서 감각(단단하고 달걀 모양인)을 잡아채, 더 깊고 더 접근하기 힘든 구석진 곳으로 들어가는 힘을 지닌 것만 같았다.

침묵이 스커트를 잡고 스파이더 우먼처럼 미끄러지듯 매끄러운 욕실 벽을 타고 기어올라갔다.

에스타가 젖은 옷들을 양동이에 넣고, 흐슬부슬한 연푸른색 비누로 빨기 시작했다.

4
아브힐라시 탈키스

아브힐라시 탈키스는 칠십 밀리미터 시네마스코프 스크린을 갖춘 케랄라 최초의 극장이라고 선전했다. 그 점을 강조하기 위해 극장 정면에는 휘어진 시네마스코프처럼 디자인된 시멘트 모형이 있었다. 건물 맨 위에 (시멘트 글자와 네온 조명으로) '아브힐라시 탈키스'라고 영어와 말라얄람어로 쓰여 있었다.

화장실은 '숙녀용'과 '신사용'이 있었다. '숙녀용'엔 암무와 라헬과 베이비 코참마가, '신사용'엔 에스타 혼자 들어갔다. 차코가 시 퀸 호텔로 예약을 확인하러 갔기 때문이다.

"괜찮겠니?" 암무가 걱정하며 물었다.

에스타가 고개를 끄덕였다.

저절로 천천히 닫히는 붉은 포마이카 문으로 라헬이 암무와 베이비 코참마를 따라 '숙녀용' 화장실로 향했다. 라헬이 몸을 돌려 기름칠해 번들번들 미끄러워 보이는 대리석 바닥 저편에 베이지색 뾰족한 신발을 신고 (빗을 들고) 남은 '외톨이' 에스타에게 손을 흔들었다. 에스타는 고독한 거울들이 지켜보는 더러운 대리석 로비에서 붉은 문이 누이를 데리고 들어갈 때까지 기다렸다. 그러고는 돌아서 '신사용'으로 터벅터벅 걸어갔다.

'숙녀용'에 들어간 암무는 라헬에게 엉덩이를 변기에 대지 않고 그 위에서 균형을 잡는 게 좋겠다고 말했다. 그녀는 '공중화장실 변기'가 '더럽다'고 말했다. '돈'처럼. 누가 그걸 만졌는지 모르는 거니까. 문둥이들. 푸주한들. 자동차 정비공들. (고름. 피. 기름.)

언젠가 라헬은 코추 마리아를 따라 푸줏간에 갔을 때, 푸주한이 거스름돈으로 준 녹색 5루피 지폐에 빨간 고기 부스러기가 묻어 있는 것을 보았다. 코추 마리아는 엄지손가락으로 그 고기를 쓱 닦아냈다. 육즙이 붉은 얼룩을 남겼다. 그녀는 그 돈을 웃옷 안에 넣었다. 고기 냄새가 밴 피 묻은 돈을.

라헬은 변기 위에서 균형을 잡기에는 키가 너무 작았기에 암무와 베이비 코참마가 안아올려서 라헬의 다리를 하나씩 받쳐들었다. 바타 샌들을 신은 라헬의 발이 안짱다리처럼 되었다. 속바지를 내린 채 허공에 높게. 잠시 아무 일도 일어나지 않았고, 라헬은 눈에 장난스레 물음 (이제 어쩌죠?)을 담아 어머니와 베이비 대고모를 쳐다보았다.

"자," 암무가 말했다. "쉬……"

쉬……는 수수soo-soo*를 나타내는 소리였다. 음……은 '사운드 오브 뮤우지크'를 나타냈다.

라헬이 킥킥거렸다. 암무가 킥킥거렸다. 베이비 코참마도 킥킥거렸다. 오줌이 졸졸 나오기 시작하자 두 사람은 허공에 뜬 라헬의 자세를 바로잡았다. 라헬은 당황하지 않았다. 볼일을 마치자 암무가 휴지를 건넸다.

"네가 먼저 할래, 아니면 내가?" 베이비 코참마가 암무에게 물었다.

"아무나." 암무가 답했다. "먼저 해요."

라헬이 베이비 코참마의 핸드백을 들었다. 베이비 코참마가 구겨진 사리를 들어올렸다. 라헬은 베이비 대고모의 거대한 다리를 유심히 봤다. (몇 년 후, 학교 역사 시간에 책을 읽어주었을 때―"바부르 황제의 안색은 밝은 갈색이었고, 허벅지는 기둥 같았다"―이때의 장면이 눈앞에 떠올랐다. 베이비 코참마는 공중화장실 변기 위에 커다란 새처럼 균형을 잡았다. 서툴게 짠 편물 같은 퍼런 정맥들이 반투명한 정강이를 흐르고 있었다. 살찐 무릎엔 보조개가 생겼다. 그 위에 털이 나 있었다. 불쌍하게도 작은 두 발이 그 엄청난 하중을 버텼던 것이다!) 베이비 코참마는 아주 잠깐 기다렸다. 머리를 앞으로 숙였다. 기묘한 미소. 아래로 처진 젖가슴. 블라우스 속에 든 멜론들. 치켜든 엉덩이. 콸콸 거품 이는 소리가 나자 그녀는 눈으로 그 소리에 귀를 기울였다. 노란 시냇물이 산길을 지나 졸졸 흘렀다.

라헬은 이 모든 것이 좋았다. 핸드백을 잡고 있는 것도. 모두가 모두 앞에서 오줌을 누는 것도. 친구들처럼. 그때는 이런 감정이 얼마나 소중한지 전혀 알지 못했다. 친구들처럼. 그들은 다시는 이렇게 함께하지

---

* 고추.

못할 것이다. 암무, 베이비 코참마, 그리고 라헬.

베이비 코참마가 일을 마쳤을 때, 라헬이 자신의 손목시계를 보았다. "오래도 걸리네요, 베이비 코참마." 그녀가 말했다. "두시 십 분 전이에요."

등등등(라헬은 생각했다),
욕조 안에 세 여자가 있네
약간 지체되었네 하고 슬로우가 말했네.

그녀는 '슬로우Slow'는 사람이라고 생각했다. 슬로우 쿠리엔. 슬로우 쿠티. 슬로우 몰. 슬로우 코참마.

슬로우 쿠티. 패스트 베르기스. 그리고 쿠리아코스. 비듬이 있는 삼 형제.

암무는 소리 내지 않고 일을 봤다. 변기 가장자리에 대고 소리가 들리지 않게 했다. 이제 그녀 눈에서 아버지를 닮은 엄격함이 사라지고, 다시 암무의 눈으로 돌아왔다. 그녀가 미소를 지으면 깊이 볼우물이 패었고, 그러면 더이상 화나지 않은 것 같았다. 벨루타에 대해서도, 침 풍선에 대해서도.

그것은 '좋은 신호'였다.

'신사용'에 간 '외톨이' 에스타는 남자 소변기 안에 든 나프탈렌과 담배꽁초를 향해 오줌을 누어야 했다. 대변기에 오줌을 누는 건 '패배'였다. 하지만 소변기에 오줌을 누기엔 키가 너무 작았다. 뭔가 '발판'이 필요했다. '발판'을 찾던 중 '신사용' 한구석에서 뭔가를 찾았다. 더러운 빗자루, 검은 것들이 둥둥 떠 있는 우윳빛 액체(페닐)가 반쯤 담긴 찌

그러진 병. 축 늘어진 대걸레, 아무것도 들지 않은 녹슨 깡통 두 개. 파라다이스 피클 제품이 담겼던 것일지도 모른다. 시럽에 재운 파인애플 덩어리. 아니면 얇게 저민 것. 파인애플 슬라이스. 할머니의 깡통 덕분에 그의 명예는 더럽혀지지 않았고, '외톨이' 에스타는 아무것도 들지 않은 그 녹슨 깡통들을 소변기 앞에 세워놓았다. 그 깡통 위에, 각각 한 발씩 올려놓고, 가능한 한 흔들리지 않게 조심스럽게 오줌을 누었다. '남자'처럼. 눅눅하던 담배꽁초들은 이제 흠뻑 젖어 소용돌이쳤다. 이제 불을 붙이기 어려울 것이다. 볼일을 다 본 에스타는 깡통들을 거울 앞 세면대로 옮겼다. 손을 씻고 머리에 물을 축였다. 그에게는 너무 큰 암무의 빗으로 왜소해 보이는 그는 다시 세심하게 머리를 부풀렸다. 뒤로 매끈하게 넘긴 다음 다시 앞으로 빗어내린 후 끝부분을 옆으로 돌려 빗었다. 빗을 주머니에 넣고 깡통에서 내려와 병과 대걸레와 빗자루가 있는 곳에 깡통들을 다시 가져다놓았다. 그는 그것들 모두에게 인사했다. 모든 것에. 병, 빗자루, 깡통, 축 늘어진 대걸레에게.

"인사"라고 말하고 그는 미소 지었는데, 더 어렸을 때는 인사를 할 때는 '인사'라고 말해야만 한다고 생각했기 때문이었다. 무언가를 하려면 그것을 말해야 한다. "인사, 에스타." 사람들은 그렇게 말했다. 그러면 에스타는 몸을 숙여 인사를 하며 "인사"라고 말했다. 그러면 사람들은 서로 마주보며 웃음을 터뜨렸고 에스타는 기분이 상하곤 했다.

이가 고르지 않은 '외톨이' 에스타.

밖에서 그는 어머니와 누이와 베이비 대고모를 기다렸다. 그들이 나왔을 때 "오케이, 에스타펜?" 하고 암무가 물었다.

에스타는 "오케이"라고 답하고 부풀린 앞머리가 망가지지 않도록 조심스럽게 고개를 끄덕였다.

오케이? 오케이. 그가 빗을 그녀의 핸드백에 넣었다. 암무는 지금 막 어른으로의 첫번째 관문을 통과한, 베이지색 뾰족한 신발을 신은 내성적이지만 품위 있는 어린 아들이 갑자기 와락 사랑스러워졌다. 그녀는 아들의 머리에 애정 어린 손길을 뻗었다. 그의 부풀린 머리를 망가뜨렸다.

'에버레디 표 철제 플래시를 든 남자'가 영화가 시작됐으니 서두르라고 말했다. 그들은 낡은 붉은 카펫이 깔린 붉은 계단을 뛰어올라가야 했다. 붉은 모퉁이에 붉은 침 자국들이 있는 붉은 계단을. '플래시를 든 남자'가 왼손으로 부스럭거리며 그의 문두를 움켜쥐고는 옷자락을 고환 아래까지 걷어올렸다. 위로 오를 때, 그의 장딴지 근육이 살갗 아래서 털 많은 포탄처럼 단단해졌다. 그는 오른손으로 플래시를 들고 있었다. 서둘렀다.

"한참 전에 시작했어요." 그가 말했다.

그렇다면 시작 부분을 놓친 셈이었다. 벨벳 커튼이 잔물결을 치며 노란 수술로 장식된 전구와 함께 올라가는 장면을 놓친 것이다. 서서히 막이 오르고 영화 〈하타리〉에서 빌려온 음악 〈아기 코끼리 걸음마〉가 흘렀을 것이다. 아니면 〈보기 대령 행진곡〉이.

암무가 에스타의 손을 잡았다. 베이비 코참마가 라헬의 손을 잡고서 힘겹게 계단을 올랐다. 멜론의 무게에 짓눌린 베이비 코참마는 영화 관람을 고대했었다는 사실을 스스로 인정하려 들지 않았다. 아이들을 위해 보러 왔을 뿐이라고 생각하고 싶어했다. 그녀는 마음속에 '자기가 사람들을 위해 한 일'과 '사람들이 자기에게 해주지 않은 일'을 세심하게 기록해뒀다.

그녀는 앞 부분에 수녀들이 나오는 장면을 좋아했고, 그 장면을 놓치지 않았기를 바랐다. 암무는 에스타와 라헬에게 사람들은 늘 가장 동질감을 느끼는 대상을 가장 좋아한다고 설명했다. 라헬은 폰 트랩 대령을 연기했던 크리스토퍼 플러머에게 가장 '동질감'을 느꼈다. 차코는 그에게 전혀 '동질감'을 느끼지 못했고 그래서 그를 폰 클랩 트랩* 대령이라고 불렀다.

라헬은 줄에 묶인 흥분한 모기 같았다. 날아다니는. 무중력인 것처럼. 두 계단 올라가고. 두 계단 내려오고. 다시 한 계단 올라가고. 베이비 코참마가 붉은 계단 한 계단을 오르는 동안 라헬은 다섯 계단을 올랐다.

나는 뽀빠이 뱃사람   짠 짠
나는 카라-반에 산다네   짠 짠
문을 열-고

바닥으로 떨어지네

나는 뽀빠이 뱃사람   짠 짠

위로 두 계단. 아래로 두 계단. 위로 한 계단. 폴짝, 폴짝.

---

* 쓸데없는 말이란 뜻의 클랩트랩(claptrap)과 발음이 같음.

"라헬." 암무가 말했다. "아직도 '교훈'을 얻지 못했구나. 그렇지?"

라헬은 교훈을 얻었다. 흥분하면 늘 눈물나는 일이 생기기 마련이다. 짠 짠.

그들은 프린세스 서클 로비에 도착했다. 오렌지드링크가 기다리고 있는 매점을 지나갔다. 레몬드링크도 기다리고 있었다. 오렌지는 너무 오렌지였다. 레몬은 너무 레몬이었다. 초콜릿은 너무 녹진녹진했다.

'플래시를 든 남자'가 육중한 프린세스 서클 문을 열고, 선풍기가 돌아가고 땅콩 깨무는 소리가 들리는 어둠 속으로 들어갔다. 사람들이 숨쉬는 냄새와 머릿기름 냄새가 났다. 오래된 카펫 냄새도. 라헬이 마음속에 소중히 간직한 〈사운드 오브 뮤직〉의 마법과도 같은 냄새. 냄새는 음악처럼 추억을 간직한다. 그녀는 깊이 숨을 들이마시며 자손들을 위해 그 냄새를 기억에 담았다.

에스타가 표를 들고 있었다. '작은 사람'. 그는 카라─반에 살았다네. 짠 짠.

'플래시를 든 남자'가 분홍색 표를 비추었다. J열 17, 18, 19, 20번. 에스타, 암무, 라헬, 베이비 코참마. 그들이 억지로 비집고 들어가자 사람들이 짜증스러워하며 다리를 이리저리 움직여 비켜주었다. 의자 좌석을 내려야 했다. 베이비 코참마가 라헬의 좌석을 아래로 내리는 동안 라헬이 기어올라갔다. 라헬이 충분히 무겁지 않아 좌석이 접혀버려 마치 샌드위치 속처럼 끼워져 무릎 사이로 영화를 봐야 했다. 두 무릎과 하나의 분수. 에스타는 좀더 품위 있게 좌석 끝에 걸터앉았다.

선풍기들의 그림자가 스크린 양쪽의 영화 화면 바깥에 어른거렸다.

플래시가 꺼짐. 세계적인 히트작 상영중.

카메라가 하늘색(자동차와 같은 색깔) 오스트리아의 하늘을 높게 비추고 맑고도 슬픈 성당의 종소리가 울려퍼졌다.

저 아래 지상에서는 수녀원 안마당에서 포석이 반짝였다. 수녀들이 그 위를 걷고 있었다. 느릿느릿 퀼런처럼. 조용한 수녀들이 절대 자신들의 편지를 검열하지 않는 원장 수녀 주위로 조용히 모여들었다. 토스트 부스러기로 모여드는 개미들 같았다. '여왕 퀼런' 근처로 모여든 퀼런들. 무릎에는 털이 없는. 블라우스에는 멜론이 없는. 그리고 박하 같은 숨결을 가진. 수녀들은 원장 수녀에게 불평할 거리가 있었다. 감미로운 노래로 부르는 불평. 아직 언덕 위에서 〈언덕은 음악 소리와 함께 살아 있네The Hills Are Alive with the Sound of Music〉를 부르고 있는, 그래서 이번에도 미사에 늦을 줄리 앤드루스에 대해.

저 아인 나무를 기어오르고, 무릎을 긁힌답니다.

수녀들이 노래로 고자질을 했다.

저 아이는 옷을 찢어먹었어요.
저 아이는 미사를 보러 오다가 왈츠를 추고
그러고는 계단에서 휘파람을 불지요……

관객들이 뒤돌아보았다.
"쉬잇!" 그들이 말했다.
쉿! 쉿! 쉿!

그리고 베일 아래

머리를 헤어롤로 말고 있답니다!

영화 밖에서 들려오는 목소리가 있었다. 선풍기가 돌아가는 소리와 땅콩을 깨무는 소리가 나는 어둠을 가로지르는 맑고 정확한 소리였다. 관객 중에 수녀가 하나 있었다. 사람들의 머리가 병뚜껑처럼 휙 돌아갔다. 검은 머리카락이 난 뒤통수들이 입과 콧수염이 있는 얼굴로 바뀌었다. 상어 같은 이로 숫숫거리고 제각기 말했다. 많은 사람들이. 카드에 붙은 스티커처럼.

"쉬잇!" 그들이 일제히 말했다.

노래를 부르고 있었던 것은 에스타였다. 머리를 부풀린 수녀. '골반 엘비스 수녀.' 그는 노래를 부르지 않을 수 없었다.

"쟤 내보내!" 그를 찾아낸 관객들이 말했다.

'닥치든'지 '나가든'지. '나가든'지 '닥치든'지.

관객은 덩치가 '큰 사람'이었다. 에스타는 표를 가진 덩치가 '작은 사람'이었다.

"에스타, 맙소사, 닥**쳐**!" 암무가 엄하게 속삭였다.

그래서 에스타는 닥**쳤**다. 입과 콧수염들이 다시 앞을 향했다. 하지만 그때, 별안간 노래가 다시 시작됐고, 에스타는 멈출 수가 없었다.

"암무, 밖에 나가서 노래하고 와도 돼요?" 에스타가 (암무가 그를 한 대 때리기 전에) 말했다. "노래하고 다시 들어올게요."

"하지만 다시는 여기 데려올 일은 없을 거다." 암무가 말했다. "넌 우리 모두를 난처하게 하는구나."

하지만 에스타는 어쩔 수가 없었다. 그는 나가려고 자리에서 일어났다. 화가 난 암무를 지나서. 무릎 사이로 화면에 집중하고 있는 라헬을 지나서. 베이비 코참마를 지나서. 다시 다리를 움직여야 하는 관객들을 지나서. 이리저리로. 문 위에 '출구'라고 쓰인 붉은 표시가 붉게 빛났다. 에스타는 '출구로 나갔다'.

로비에는 오렌지드링크가 기다리고 있었다. 레몬드링크가 기다리고 있었다. 녹진녹진한 초콜릿이 기다리고 있었다. 차가운 느낌의 파란색 레자 자동차 소파가 기다리고 있었다. 개봉박두! 포스터들이 기다리고 있었다.

'외톨이' 에스타는 차가운 느낌의 파란색 레자 자동차 소파에 앉아, 아브힐라시 탈키스 프린세스 서클 로비에서 노래를 불렀다. 맑은 물처럼 맑은 수녀의 목소리로.

하지만 어떻게 그녀를 머물게 할까요?
그리고 어떻게 모든 말에 귀기울이게 할까요?

매점 카운터 뒤에 남자가 있었는데, 한 줄로 의자를 붙여놓고 그 위에서 휴식 시간을 기다리며 자다가 잠에서 깼다. 그가 잘 떠지지 않는 눈으로 베이지색 뾰족한 신발을 신은 '외톨이' 에스타를 보았다. 헝클어진 앞머리도. '남자'는 더러운 걸레로 대리석 카운터를 닦았다. 그리고 기다렸다. 기다리면서 닦았다. 그리고 닦으면서 기다렸다. 그리고 에스타가 노래하는 것을 지켜보았다.

모래에 밀려드는 파도를 어떻게 막을 수 있나요?

오, 어떻게 마리-아 같은 문제를 해결할 수 있나요?

"이! 에다 체루카!"* '오렌지드링크 레몬드링크 맨'이 잠에 취한 걸걸한 목소리로 말했다. "너 도대체 뭔 짓을 하는 거냐?"

어떻게

달빛을

손으로 잡을 수 있나요?

에스타가 노래를 불렀다.

"어이!" '오렌지드링크 레몬드링크 맨'이 말했다. "지금은 내 '휴식시간'이다. 곧 일어나서 일을 해야 한다고. 그러니 네가 여기서 영어 노래를 하게 둘 수가 없다. 그만둬." 금으로 된 손목시계가 팔뚝 위 구불거리는 털에 거의 파묻혀 있었다. 금목걸이가 가슴털에 거의 파묻혀 있었다. 흰 테릴렌 셔츠는, 배가 불룩 나오기 시작한 부분까지 단추가 풀어져 있었다. 보석으로 치장한 무뚝뚝한 곰 같았다. 그의 등뒤에는 사람들이 차가운 음료수나 간식을 사는 동안 자신의 모습을 비춰보게끔 거울들이 걸려 있었다. 부풀린 머리를 다시 다듬고, 올린 머리를 정돈할 수 있도록. 그 거울들이 에스타를 지켜봤다.

---

* "얘, 꼬마야."

144

"난 너를 상대로 '고소장'을 제출할 수도 있어." '남자'가 에스타에게 말했다. "그거 어때? '고소장'?"

에스타는 노래를 그만두고 다시 들어가려 자리에서 일어났다.

"이젠 난 잠도 다 깼고," '오렌지드링크 레몬드링크 맨'이 말했다. "네가 '휴식 시간'에 나를 깨웠잖니, 나를 방해했으니, 적어도 이리 와서 음료수 한 잔은 사야 하지 않겠니? 적어도 그 정도는 해줘야지."

그는 면도를 하지 않았고 이중턱이 처져 있었다. 누런 피아노 건반 같은 이가 '골반 엘비스' 소년을 바라봤다.

"아뇨, 괜찮아요." 엘비스가 예의바르게 말했다. "식구들이 기다려요. 게다가 용돈도 다 썼구요."

"용돈?" '오렌지드링크 레몬드링크 맨'이 여전히 이를 드러내며 말했다. "처음엔 영어 노래더니, 이젠 용돈이라! 대체 너 어디 사니? 달에?"

에스타가 가려고 돌아섰다.

"잠깐 기다려!" '오렌지드링크 레몬드링크 맨'이 날카롭게 외쳤다. "잠깐만 기다려라!" 이번에는 좀더 부드럽게 말했다. "내가 질문했잖니."

그의 누런 이는 자석 같았다. 보고, 미소 짓고, 노래 부르고, 냄새를 맡고, 움직였다. 매료시켰다.

"어디 사느냐고 물었다." 그는 고약한 거미줄을 쳤다.

"아예메넴이요." 에스타가 말했다. "아예메넴에 살아요. 우리 할머니는 파라다이스 피클 & 보존식품을 경영해요. 할머니는 '익명 동업자Sleeping Partner'예요."

"그래, 지금?" '오렌지드링크 레몬드링크 맨'이 말했다. "누구랑 자는데?" 그가 추잡한 웃음을 터뜨렸지만 에스타는 이해할 수 없었다. "신경쓰지 마라. 넌 이해 못할 게다."

"이리 와서 음료수 한 잔 마셔라." 그가 말했다. "'시원한 공짜 음료수'. 이리 와. 이리 와서 네 할머니 이야기를 좀 해다오."

에스타가 그에게 갔다. 그 누런 이에 끌려서.

"이리로. 카운터 뒤로." '오렌지드링크 레몬드링크 맨'이 말했다. 그가 목소리를 낮춰 속삭였다. "이건 비밀이야. 휴식 시간 전에는 음료수를 팔면 안 되거든. 극장 규칙 위반이거든."

"재판받을 수도 있고." 그가 잠시 멈췄다가 덧붙였다.

에스타가 시원한 공짜 음료수를 받으러 매점 카운터 뒤로 갔다. '오렌지드링크 레몬드링크 맨'이 자려고 붙여놓은 스툴 세 개가 나란히 있었다. 그가 늘 앉았기에 나무가 반들반들 윤이 났다.

"착하지, 이제 날 위해 이것 좀 잡아주렴." '오렌지드링크 레몬드링크 맨'이 부드러운 흰색 모슬린 도티 사이로 자신의 성기를 꺼내 에스타에게 내밀며 말했다. "음료수를 주마. 오렌지? 레몬?"

에스타는 어쩔 수 없이 그것을 잡았다.

"오렌지? 레몬?" 남자가 말했다. "레몬오렌지?"

"레몬 주세요." 에스타가 예의바르게 말했다.

차가운 병 하나와 빨대를 받았다. 그래서 한 손으로 병을 잡고 다른 손으로 성기를 잡았다. 단단하고, 뜨겁고, 정맥이 보이는. 달빛이 아닌.

'오렌지드링크 레몬드링크 맨'의 손이 에스타의 손을 감쌌다. 그의 엄지손톱은 여자처럼 길었다. 그가 에스타의 손을 위아래로 움직였다. 처음엔 천천히. 그러고는 빨리.

레몬드링크는 차고 달콤했다. 성기는 뜨겁고 단단했다.

피아노 건반들이 지켜봤다.

"그러니까 네 할머니가 공장을 운영한다고?" '오렌지드링크 레몬드링크 맨'이 말했다. "무슨 공장이냐?"

"이것저것 만들어요." 에스타가 쳐다보지 않으며 입에 빨대를 물고 말했다. "스쿼시, 피클, 잼, 카레 가루. 파인애플 슬라이스."

"좋아." '오렌지드링크 레몬드링크 맨'이 말했다. "훌륭하군."

그의 손이 에스타의 손을 더욱 단단히 감쌌다. 단단하고 땀으로 끈끈하게. 그러면서도 더 빠르게.

빨리fast 더 빨리faster 파티fest

절대 쉬지 마렴

빨리 보다 더 빠르게,

더 빨리 파티가 되게.

눅눅해진 (침과 두려움으로 거의 납작해진) 종이 빨대로 달콤한 레몬수가 올라왔다. 에스타는 빨대를 불어서 (다른 한 손은 움직이면서) 병 안에서 거품을 일으켰다. 그 음료의 끈적달콤한 레몬 거품들은 마실 수가 없었다. 그는 머릿속에서 할머니의 상품 목록을 만들었다.

피클	스쿼시	잼
망고	오렌지	바나나
피망	포도	혼합 과일

여주   파인애플   그레이프프루트 마멀레이드
마늘   망고
염장 라임

그때 연골 같은, 거센 털이 난 얼굴이 일그러졌고 에스타의 손이 젖으며 뜨겁고 끈적끈적해졌다. 손에 달걀흰자가 묻어 있었다. 하얀 달걀흰자가. 반의반쯤 삶은.

레몬드링크는 차고 달콤했다. 성기는 부드럽고 속이 빈 가죽 동전 지갑처럼 오므라들었다. 그 더러운 걸레로 남자가 에스타의 손을 닦았다.

"이제 음료수를 마저 마셔라." 그는 그러고는 다정하게 에스타의 엉덩이 한쪽을 꼬집었다. 폭 좁은 바지 안의 단단한 자두. 그리고 베이지색 뾰족한 신발. "그걸 버리면 안 돼." 그가 말했다. "먹을 것도 마실 것도 없는 가난한 사람들을 생각해봐라. 너는 용돈도 있지, 물려받을 할머니 공장도 있지 운좋은 부잣집 아이야. 아무 걱정거리가 없다는 것을 신에게 '감사'드려야 한다. 자, 마저 다 마셔라."

그래서 케랄라 최초의 칠십 밀리미터 시네마스코프 스크린이 있는 극장의 홀에서, 아브힐라시 탈키스 프린세스 서클 로비의 매점 카운터 뒤에서, 에스타펜 야코는 탄산이 든 공짜 레몬맛 두려움 한 병을 마셨다. 그의 레몬너무레몬, 너무 차가운. 너무 달콤한. 탄산이 코로 넘어왔다. 그는 곧 한 병을 더 받게 될 것이다(공짜이고 탄산이 든 두려움을). 그러나 에스타는 아직 알지 못했다. 에스타는 그 끈적끈적한 '다른 손'을 몸에서 멀리 떼어 올렸다.

그 손으로는 아무것도 만져선 안 된다.

에스타가 음료수를 다 마셨을 때 '오렌지드링크 레몬드링크 맨'이 말했다. "다 마셨니? 착하구나."

그는 빈병과 납작해진 빨대를 받아들고는 에스타를 〈사운드 오브 뮤직〉으로 돌려보냈다.

머릿기름 냄새가 나는 어둠 속으로 다시 돌아와서, 에스타는 그 '다른 손'을 조심스럽게(위로, 마치 상상의 오렌지를 든 듯이) 올리고 있었다. 그는 관객들 앞을 지나(그들의 다리는 이리저리로 움직이고), 베이비 코참마를 지나, (여전히 뒤로 기울어져 있는) 라헬을 지나, (여전히 화가 나 있는) 암무를 지나갔다. 에스타는 자리에 앉아서도 여전히 *끈끈한* 오렌지를 들고 있었다.

그리고 거기 폰 클랩 트랩 대령이 있었다. 크리스토퍼 플러머. 오만한. 냉혹한. 길게 찢어진 것 같은 입을 한. 그리고 쇠처럼 날카로운 경찰의 호각 소리. 대령과 일곱 아이들. 페퍼민트 한 다발처럼 깨끗한 아이들. 그는 아이들을 사랑하지 않는 척했지만 실은 아니었다. 그는 아이들을 사랑했다. 그는 그녀(줄리 앤드루스)를 사랑했고, 그녀는 그를 사랑했고, 그들은 아이들을 사랑했으며, 아이들은 그들을 사랑했다. 그들은 모두 서로를 사랑했다. 깨끗하고 하얀 아이들, 그리고 그들의 침대는 '아이. 더. 오리털Ei. Der. Downs'로 폭신했다.

그들이 사는 집엔 호수와 정원, 널따란 계단에 하얀 문과 창문들, 꽃무늬 커튼들이 있었다.

깨끗하고 하얀 아이들은, 심지어 다 큰 아이들도 천둥을 무서워했다. 아이들을 안심시키기 위해 줄리 앤드루스는 아이들을 자신의 깨끗한 침대로 모두 모이게 하고, 자신이 좋아하는 것들 몇 가지에 대한 깨끗한 노래를 불러주었다. 그녀가 좋아하는 몇 가지 것들은 다음과 같았다.

(1) 하얀 드레스를 입고 푸른 새틴 리본을 한 소녀.
(2) 날개를 펼쳐 달빛 속에 나는 기러기.
(3) 윤이 나는 구리 주전자.
(4) 초인종과 썰매 방울과 국수를 곁들인 슈니첼.
(5) 기타 등등.

그러고 나면 아브힐라시 탈키스 관객 중 어느 이란성 쌍둥이 마음엔 답을 알고 싶은 몇 가지 질문들이 떠올랐다. 예를 들면,

(a) 폰 클랩 트랩 대령은 다리를 떨었는가?
　　그러지 않았다.
(b) 폰 클랩 트랩 대령은 침 풍선을 불었는가? 그런가?
　　거의 분명 그러지 않았다.
(c) 그는 게걸스럽게 소리 내어 먹었는가?
　　그러지 않았다.
아, 폰 트랩 대령, 폰 트랩 대령, 당신은 냄새나는 객석에서 오렌지를 든 어린 녀석을 사랑할 수 있나요?
그는 방금 전에 '오렌지드링크 레몬드링크 맨'의 수수를 손으로 잡았었는데, 그래도 당신은 그를 여전히 사랑할 수 있나요?
그리고 그의 쌍둥이 누이는요? '도쿄의 사랑'으로 묶은 분수 머리를

하고 몸이 뒤로 기울어진 그 아이는요? 그 아이도 사랑할 수 있나요?

폰 트랩 대령도 그 나름의 질문이 몇 가지 있었다.

(a) 그들은 깨끗하고 하얀 아이들이냐?

아뇨. (하지만 소피 몰은 그래요.)

(b) 그 아이들은 침 풍선을 부느냐?

네. (하지만 소피 몰은 안 그래요.)

(c) 그 아이들은 다리를 떠느냐? 점원처럼?

네. (하지만 소피 몰은 아니에요.)

(d) 그 아이들은, 한쪽이든 둘 다든, 낯선 사람의 수수를 손으로 잡은 적이 있느냐?

아……아 네. (하지만 소피 몰은 그런 적 없어요.)

"그렇다면 미안하구나." 폰 클랩 트랩 대령이 말했다. "생각할 것도 없다. 나는 그애들을 사랑할 수 없구나. 그애들의 바바가 될 수 없다. 아, 안 되지."

폰 클랩 트랩 대령은 그럴 수 없었다.

에스타는 머리를 무릎에 파묻었다.

"왜 그러니?" 암무가 말했다. "너 또 삐쳐 있으면, 곧장 집으로 데려간다. 똑바로 앉으렴. 그리고 영화를 봐. 그러라고 여기 데려온 거잖아."

음료수를 마저 마셔라.

영화를 봐라.

그 가난한 사람들을 생각해봐라.

용돈도 있지, 운좋은 부잣집 아이야. 아무 걱정거리도 없고.

에스타는 똑바로 앉아 영화를 보았다. 뱃속이 뒤틀렸다. 녹색 물결 같은, 걸쭉걸쭉한, 덩어리진, 해초 같은, 둥둥 떠 있는, 한없이 바닥까지 꽉 찬 느낌이 밀려왔다.

"암무?" 에스타가 말했다.

"또 뭐?" 그 뭐는 딱딱거리며, 고함지르며, 침을 뱉었다.

"토할 것 같아요." 에스타가 말했다.

"토할 것 같은 거야, 토하고 싶은 거야?" 암무의 목소리에 걱정이 담겨 있었다.

"모르겠어요."

"가서 한번 토해볼까?" 암무가 말했다. "그럼 기분이 나아질 거다."

"오케이." 에스타가 말했다.

오케이? 오케이.

"어디 가?" 베이비 코참마가 알고 싶어했다.

"에스타가 토할 것 같대요." 암무가 말했다.

"어디 가요?" 라헬이 물었다.

"토할 것 같아." 에스타가 말했다.

"나도 가서 봐도 돼?"

"안 돼." 암무가 말했다.

또다시 관객 앞을 지나갔다(다리들이 이리저리로). 지난번에는 노래를 부르러. 이번에는 토하려고. '출구'를 통해 나갔다. 바깥 대리석 로비에서 그 '오렌지드링크 레몬드링크' 남자가 사탕을 먹고 있었다. 그의 한쪽 볼은 움직이는 사탕으로 불룩했다. 물이 세면대에서 내려가는 소리처럼 부드럽게 빨아들이는 소리를 내고 있었다. 패리 상표의 녹색 포장지가 카운터 위에 있었다. 이 남자에게 사탕은 공짜였다. 사탕은 어두운 색깔의 병들에 담겨서 일렬로 세워져 있었다. 시계를 찬 털이 북실한 손으로 그 더러운 걸레를 들고 대리석 카운터를 닦았다. 윤기가 흐르는, 어깨를 드러낸 빛이 나는 여자와 그 소년을 보자, 그의 얼굴에 그림자가 스쳐지나갔다. 그러고는 늘 지니고 있는 그 피아노 미소를 지어 보였다.

"금방또sosoon 나왔구나?" 그가 말했다.

에스타는 이미 구역질을 하고 있었다. 암무가 그를 데리고 문워크하듯이 프린세스 서클의 화장실로 갔다. '숙녀용'에.

에스타는 별로 깨끗하지 않은 세면대와 암무의 몸 사이에 끼인 채 들어올려졌다. 다리가 버둥거렸다. 세면대에는 쇠로 만든 수도꼭지가 녹슬어 있었다. 그리고 머리카락처럼 가는 균열들이 갈색 거미줄처럼 들어가 복잡하고 커다란 도시의 도로망처럼 보였다.

에스타가 경련을 일으켰지만 아무것도 나오지 않았다. 이런저런 생각뿐이었다. 그리고 생각들은 흘러나왔다가 다시 흘러들어갔다. 암무에겐 보이지 않았다. 그 생각들은 폭풍의 구름처럼 '세면대 도시' 위를 서성였다. 그러나 세면대의 남자들과 여자들은 평소대로 세면대의 일을 계속했다. 세면대 자동차, 그리고 세면대 버스도 여전히 씽씽 돌아다녔다. '세면대 도시'의 삶은 계속되었다.

"안 돼?" 암무가 물었다.

"안 돼." 에스타가 말했다.

안 돼? 안 돼.

"그럼 얼굴을 씻어라." 암무가 말했다. "물은 늘 효과가 있으니까.

세수를 하고 레몬드링크를 마시러 가자."

에스타가 얼굴과 손과 얼굴과 손을 씻었다. 속눈썹이 젖어서 한데 뭉쳤다.

'오렌지드링크 레몬드링크 맨'이 그 녹색 사탕 포장지를 접어 매니큐어를 칠한 엄지손톱으로 접힌 자국을 눌렀다. 그는 잡지를 둘둘 말아 파리를 쳐서 기절시켰다. 그 파리를 세심하게 툭 쳐서 카운터 가장자리에서 바닥으로 떨어뜨렸다. 파리는 자빠져서는 그 가느다란 다리들을 떨었다.

"귀여운 아이더군요, 얘가." 그가 암무에게 말했다. "노래도 잘하고요."

"제 아들이에요." 암무가 말했다.

"정말요?" '오렌지드링크 레몬드링크 맨'이 이를 드러내며 암무를 바라보았다. "정말로요? 그렇게 나이들어 보이지 않는데요!"

"얘가 속이 좋지 않아요." 암무가 말했다. "차가운 음료수를 마시면 좀 나아질 것 같네요."

"물론이죠." 남자가 말했다. "물론물론이죠. 오렌지레몬? 레몬오렌지?"

끔찍하고 끔찍한 질문.

"아뇨, 괜찮아요." 에스타가 암무를 쳐다보았다. 녹색 물결, 해초, 바닥 없는 바닥 가득.

"당신은요?" '오렌지드링크 레몬드링크 맨'이 암무에게 물었다.

"코카콜라환타? 아이스크림로즈밀크?"

"아뇨, 전 안 마셔요. 고맙습니다." 암무가 말했다. 볼우물이 깊게 파이는, 빛이 나는 여인.

"자, 받으렴." '남자'가 마치 마음씨 좋은 스튜어드처럼 사탕을 한 주먹 내밀며 말했다. "이건 당신의 어린 몬에게 주는 겁니다."

"아뇨, 괜찮아요." 에스타가 말하며 암무를 쳐다보았다.

"받아라, 에스타." 암무가 말했다. "무례하게 굴지 말고."

에스타가 사탕을 받았다.

"고맙습니다, 해야지." 암무가 말했다.

"고맙습니다." 에스타가 말했다. (사탕을, 하얀 달걀흰자를 주셔서.)

"괜찮다." '오렌지드링크 레몬드링크 맨'이 영어로 말했다.

"참!" 그가 말했다. "몬이 그러던데 아예메넴에서 오셨다고요?"

"네." 암무가 말했다.

"저도 거기 자주 갑니다." '오렌지드링크 레몬드링크 맨'이 말했다. "처가 식구들이 아예메넴 사람들이거든요. 당신네 공장이 어딘지 알아요. 파라다이스 피클, 그렇죠? 쟤가 말해줬어요. 당신의 몬이."

그는 에스타가 어디 사는지 안다. 그 말을 하려는 거였다. 경고였다.

암무는 아들의 열로 타는 듯한 단추 같은 눈을 보았다.

"가야겠네요." 그녀가 말했다. "열은 무시해선 안 되거든요. 애들 사촌이 내일 오거든요." 그녀가 '아저씨'에게 설명했다. 그러고는 아무렇지 않게 덧붙였다. "런던에서요."

"런던에서요?" '아저씨'의 눈에서 새삼 존경의 빛이 발했다. 런던에 연줄이 있는 가족에 대한 존경이었다.

"에스타, '아저씨'와 여기 있어라. 가서 베이비 코참마와 라헬을 데려올게." 암무가 말했다.

"이리 와라." '아저씨'가 말했다. "이리 와서 나랑 높은 스툴에 앉자."

"싫어요, 암무! 싫어요, 암무, 싫어요! 저도 같이 갈래요!"

평소에는 조용하던 아들이 평소답지 않게 새된 소리로 말하자 암무는 깜짝 놀랐고 '오렌지드링크 레몬드링크 아저씨'에게 사과를 했다.

"평소엔 이런 애가 아니랍니다. 그럼 같이 가자꾸나, 에스타펜."

다시 실내의 냄새. 선풍기 그림자. 사람들 뒤통수. 목. 옷깃. 머리카락. 쪽찐 머리. 땋은 머리. 포니테일.

'도쿄의 사랑'으로 묶은 분수. 어린 소녀와 전직 수녀.

폰 트랩 대령의 일곱 명의 페퍼민트 같은 아이들이 페퍼민트 목욕을 하고 머리카락을 차분하게 뒤로 넘겨 빗은 채 페퍼민트처럼 일렬로 서서 대령이 결혼할 듯한 여자에게 순진한 페퍼민트 목소리로 노래를 부르고 있었다. 금발의 남작부인이 다이아몬드처럼 빛났다.

언덕은 살아 있네
음악의 소리로.

"가야겠어요." 암무가 베이비 코참마와 라헬에게 말했다.

"하지만 암무!" 라헬이 말했다. "'본격적인 장면'은 아직 시작도 안 했어요! 아직 저 여자에게 키스도 하지 않았다고요! 아직 히틀러 깃발도 찢지 않았고요! 아직 우편배달부 롤프에게 배신당하지도 않았어요!"

"에스타가 아파." 암무가 말했다. "자, 가자!"

"나치 병사들도 아직 안 왔는데!"

"어서." 암무가 말했다. "일어나!"

"아직 〈언덕 높이 외로운 염소치기가 있었네High on a hill was a lonely goatherd〉도 안 나왔다고요!"

"에스타가 소피 몰을 만나려면 좋아져야지, 안 그러니?" 베이비 코참마가 말했다.

"좋지 않아도 돼." 라헬이 혼잣말처럼 말했다.

"뭐라고 했니?" 베이비 코참마가 물었다. 전체적인 분위기는 알아챘지만 정확하게 뭐라고 했는지는 못 들은 것이다.

"아무것도 아니에요." 라헬이 말했다.

"다 들었다." 베이비 코참마가 말했다.

밖에서 '아저씨'는 어두운 병들을 재정돈하고 있었다. 더러운 걸레로 사람들이 매점의 대리석 카운터에 남긴 동그란 물자국들을 닦으면서. 상영 휴식 시간을 기다리며. 그는 '깔끔한 오렌지드링크 레몬드링크 아저씨'였다. 곰의 몸에 비행기 승무원의 마음이 갇혀 있었다.

"가시는 겁니까?" 그가 물었다.

"네." 암무가 말했다. "어디서 택시를 탈 수 있죠?"

"문을 나가서 도로 위쪽으로 가서 왼편에 있어요." 그가 라헬을 바라보며 말했다. "이렇게 어린 몰도 있다는 얘기는 안 하시더니." 그가 사탕을 또 한 움큼 내밀었다. "자, 몰, 네게 주는 거다."

"내 거 가져!" 라헬이 그 남자 가까이 가는 게 싫었던 에스타가 재빨리 말했다.

하지만 라헬은 이미 남자에게 다가가고 있었다. 라헬이 가까이 가자 그는 라헬에게 미소를 지었는데, 그 피아노 건반 같은 미소의 무언가가, 그 강렬한 시선의 무언가가 라헬을 뒷걸음질치게 했다. 그때까지 라헬이 본 것 중 가장 오싹한 것이었다. 라헬은 재빨리 몸을 돌려 에스타를 쳐다봤다.

라헬은 그 털북숭이 남자에게서 물러섰다.

에스타가 갖고 있던 패리 사탕을 라헬의 손에 꽉 쥐여주었고, 라헬은 에스타의 손가락에 열기는 있지만 그 끝은 죽음처럼 차가운 것을 느꼈다.

"안녕, 몬." '아저씨'가 에스타에게 말했다. "언제 아예메넴에서 보자."

그리고 다시 그 붉은 계단이었다. 이번에는 라헬이 꾸물거렸다. 천천히. 아니, 난 안 가고 싶은데. 줄에 묶인 육중한 벽돌 꾸러미.

"다정한 사람이구나, 저 '오렌지드링크 레몬드링크' 아저씨." 암무가 말했다.

"쳇!" 베이비 코참마가 말했다.

"그렇게 안 보이는데, 에스타에게는 놀라울 정도로 다정하더라고요." 암무가 말했다.

"그럼 그 남자랑 결혼하지 그래요?" 라헬이 심술궂게 말했다.

시간이 붉은 계단 위에서 멈춰 섰다. 에스타가 멈춰 섰다. 베이비 코참마가 멈춰 섰다.

"라헬." 암무가 말했다.

라헬이 얼어붙었다. 그런 말을 해서 몹시 미안했다. 도대체 어디서 그런 말이 나왔는지 알 수 없었다. 그런 말이 마음속에 있었다는 것도 알지 못했다. 하지만 그 말은 이미 밖으로 나왔고 되돌아가지 않을 것이다. 마치 관공서 직원들처럼 붉은 계단을 배회할 것이다. 서 있기도, 앉기도, 그리고 다리를 떨기도 하면서.

"라헬." 암무가 말했다. "지금 네가 무슨 말을 한 건지 아니?"

겁에 질린 눈과 분수 머리가 암무를 쳐다봤다.

"괜찮다. 겁먹지 말고." 암무가 말했다. "그냥 대답해봐. 아는 거니?"

"뭘요?" 라헬이 가능한 한 가장 작은 목소리로 말했다.

"네가 지금 무슨 행동을 했는지 아느냐고 물었다." 암무가 말했다.

겁에 질린 눈과 분수 머리가 암무를 쳐다봤다.

"사람에게 상처를 주면 어떻게 되는지 아니?" 암무가 말했다. "네가 사람에게 상처를 입히면 사람들은 너를 조금 덜 사랑하게 된단다. 부주의한 말을 하면 그렇게 돼. 그런 말들이 사람들이 너를 지금보다 덜 사랑하게 하는 거야."

유난히 등에 털이 빽빽한 차가운 나방 한 마리가 가볍게 라헬의 마음에 내려앉았다. 나방의 얼음 같은 다리가 닿자 소름이 돋았다. 라헬의 부주의한 마음에 여섯 개의 소름이 돋아났다.

라헬의 암무가 그녀를 조금 덜 사랑했다.

그리고 문밖으로 나가 도로 위쪽으로 간 다음 왼쪽으로. 택시 정거장. 상처받은 어머니, 전직 수녀, 뜨거운 아이와 차가운 아이. 여섯 개의 소름과 나방 한 마리.

택시에서 잠의 냄새가 났다. 둘둘 말린 오래된 옷가지들. 눅눅한 수건들. 겨드랑이. 어쨌든 그곳은 택시 기사에겐 집이었다. 그는 거기서 살았다. 그가 자신의 냄새를 담아둘 수 있는 유일한 공간이었다. 택시

좌석은 죽임을 당했다. 찢겼다. 뒷좌석에서 더러워진 누런 스펀지가 기다랗게 삐져나와 황달에 걸린 거대한 간처럼 흔들거렸다. 기사에겐 작은 설치류 같은 교활한 민첩성이 있었다. 로마인 같은 매부리코에 리틀 리처드* 같은 콧수염을 하고 있었다. 그는 너무 작아 운전대 사이로 도로를 내다봤다. 지나가는 차에서 보면 승객만 탄, 기사는 없는 택시처럼 보였다. 그는 빠르게, 공격적으로 운전을 하며 빈자리로 쏜살같이 들어갔고 다른 차선에 있는 차들을 제치며 앞으로 나아갔다. 횡단보도에서 속도를 냈다. 신호를 무시했다.

"쿠션이나 방석이나 뭐 그런 걸 사용하지 그래요?" 베이비 코참마가 친절하게 말을 걸었다. "그럼 더 잘 보일 텐데."

"댁의 일이나 신경쓰시죠, 자매님?" 기사가 냉담한 목소리로 대꾸했다.

잉크빛 바다를 지나가면서 에스타가 차창 밖으로 머리를 내밀었다. 뜨거운 소금기를 머금은 바람의 맛이 입에서 느껴졌다. 머리카락을 날리는 바람도 느껴졌다. 에스타는 자신이 그 '오렌지드링크 레몬드링크 맨'과 무슨 짓을 했는지 암무가 알면 자신을 덜 사랑하게 될 것임을 알았다. 훨씬 덜. 뱃속 깊은 곳에서 수치감이 휘돌아 올라오며 구역질로 바뀌는 것이 느껴졌다. 강에 가고 싶었다. 물은 언제나 효과가 있으니까.

끈끈한 네온사인에 물든 밤이 차창을 지나갔다. 택시 안은 무덥고 조용했다. 베이비 코참마는 얼굴을 붉히고 흥분한 듯했다. 그녀는 악

---

* 미국의 로큰롤 가수 겸 피아니스트.

160

감정의 원인이 자신이 아니라 좋았다. 떠돌이 똥개가 도로에 잘못 들어설 때마다 기사는 그 개를 죽이려고 꽤나 애를 썼다.

라헬의 마음에 내려앉은 나방이 벨벳 날개를 펼쳤고, 이제 그 냉기는 뼛속 깊이 스며들었다.

시 퀸 호텔의 주차장에서는 하늘색 플리머스가 다른, 더 작은 자동차들과 수다를 떨고 있었다. 흐슬립 흐슬립 흐스누-스나. 작은 여인들의 파티에 간 덩치 큰 여인. 테일핀을 팔락거리며.

"313호와 327호입니다." 안내데스크의 남자가 말했다. "에어컨은 없습니다. 트윈 베드구요. 엘리베이터는 수리중입니다."

그들을 위층으로 안내한 벨보이는 보이도 아니었고 벨도 없었다. 눈빛은 흐릿했고 해진 고동색 재킷에는 단추가 두 개 떨어져나갔다. 회색이 되어버린 속옷이 엿보였다. 그는 그 우스꽝스러운 벨보이 모자를 반드시 옆으로 비껴써야 했는데, 바짝 조인 플라스틱 끈이 그의 늘어진 목살을 파고들었다. 나이든 사람에게 모자를 그렇게 옆으로 비껴쓰게 해서 턱의 나잇살이 제멋대로 매달리도록 만들다니 불필요하고 잔인한 일로 보였다.

올라가야 할 붉은 계단이 더 있었다. 극장 홀에 깔렸던 것과 같은 붉은 카펫이 그들을 계속 따라다녔다. 하늘을 나는 마법의 양탄자.

차코는 자신의 방에 있었다. 진수성찬을 즐기다 들켰다. 로스트치킨, 감자튀김, 스위트콘과 닭고기 수프, 파라타빵 두 개와 초콜릿 소스를 곁들인 바닐라 아이스크림. 배 모양의 소스 그릇에 담긴 소스. 차코는 종종 자신의 야망은 과식하다 죽는 것이라 말하곤 했다. 맘마치는 그것이 억압된 불행을 보여주는 확실한 징후라고 말했다. 차코는 그런 게 아니라고 말했다. 그저 '식탐이 많을 뿐'이라고.

차코는 모두 생각보다 일찍 돌아와 당황했지만 그렇지 않은 척했다. 계속 먹었다.

원래 계획은 에스타가 차코와 자고, 라헬은 암무 그리고 베이비 코참마와 자려 했다. 하지만 에스타가 몸이 좋지 않은데다 '애정'이 재분배되었기에(암무가 라헬을 조금 덜 사랑하게 되었기에) 라헬이 차코와 자고, 에스타가 암무 그리고 베이비 코참마와 자게 되었다.

암무가 라헬의 파자마와 칫솔을 슈트케이스에서 꺼내어 침대 위에 올려놓았다.

"여기." 암무가 말했다.

슈트케이스를 닫는 소리가 두 번.

찰칵. 그리고 찰칵.

"암무." 라헬이 말했다. "벌로 저녁을 굶나요?"

라헬은 벌과 맞바꾸고 싶었다. 저녁을 굶고, 그 대신 암무가 예전과 똑같이 그녀를 사랑해주는 걸로.

"좋을 대로 해." 암무가 말했다. "하지만 먹는 게 나을 게다. 키가 크고 싶다면 말이지. 어쩌면 차코의 닭을 좀 나눠 먹을 수도 있겠지."

"그럴 수도 있고 아닐 수도 있지." 차코가 말했다.

"그럼 제 벌은 어쩌고요?" 라헬이 말했다. "아직 벌을 안 줬잖아요!"

"어떤 것들은 그 자체에 벌이 딸려 있지." 베이비 코참마가 말했다. 라헬이 이해할 수 없는 어떤 계산에 대해 설명이라도 하듯이.

어떤 것들은 그 자체에 벌이 딸려 있다. 붙박이 옷장이 달린 침실처럼. 곧 그들 모두 그 벌에 관해 알게 될 것이다. 벌이 각기 다른 크기로 온다는 것을. 어떤 벌은 침실의 붙박이 옷장처럼 너무나 크다는 것을. 평생을 그 안에서, 어두운 선반 사이를 헤맬 수도 있다는 것을.

베이비 코참마가 굿나이트 키스를 하자 라헬의 뺨에 침이 조금 묻었다. 라헬은 어깨로 침을 닦았다.

"잘 자라, 하느님의 축복이 있기를." 암무가 말했다. 하지만 등을 돌린 채 한 말이었다. 그녀는 벌써 나가버리고 없었다.

"잘 자." 너무 아파 누이를 사랑할 기운도 없는 에스타가 말했다.

'외톨이' 라헬은 그들이 조용하지만 실체가 있는 유령들처럼 호텔 복도를 걸어가는 모습을 지켜보았다. 큰 유령 둘, 베이지색 뾰족한 신발을 신은 작은 유령 하나. 붉은 카펫이 그들의 발소리를 삼켰다.

라헬은 슬픔으로 가득 차올라 호텔방 문간에 서 있었다.

소피 몰이 온다는 것에 대한 슬픔을 안고 있었다. 암무가 자신을 조금 덜 사랑한다는 슬픔도. 그리고 '오렌지드링크 레몬드링크 맨'이 아브릴라시 탈키스에서 에스타에게 한 짓이 무엇이든 그로 인한 슬픔도.

찌르는 듯한 바람이 라헬의 건조하고 아픈 눈에 불어왔다.

차코가 닭다리 하나와 감자튀김 몇 개를 작은 접시에 덜어 라헬에게 주었다.

"됐어요." 자신이 어떤 식으로든 스스로를 벌한다면 암무가 용서해줄지도 모른다는 희망을 품고 라헬이 말했다.

"아이스크림과 초콜릿 소스는 어때?" 차코가 물었다.

"괜찮아요." 라헬이 말했다.

"알았다." 차코가 말했다. "하지만 아주 근사한 걸 놓치는 거란다."

그는 닭을 전부 먹고는 아이스크림도 다 먹어치웠다.

라헬은 파자마로 갈아입었다.

"왜 벌을 받는지는 얘기하지 마라." 차코가 말했다. "들으면 못 견딜 것 같으니까." 그가 파라타빵 조각으로 소스 그릇에 남은 마지막 초콜릿 소스를 닦고 있었다. 그의 지독한, 디저트 후의 디저트. "뭔데? 모기 물린 곳을 피가 날 때까지 긁었어? 택시 기사에게 '고맙습니다' 하고 인사를 안 했니?"

"훨씬 더 나쁜 짓이었어요." 암무에 대한 애정을 지키며 라헬이 말했다.

"말하지 마라." 차코가 말했다. "알고 싶지 않아."

그는 룸서비스를 불렀고, 피곤한 종업원이 와서 접시와 뼈들을 가져갔다. 그는 저녁식사 냄새를 맡아보려 했지만, 냄새는 사라져 축 처진 갈색 호텔 커튼을 타고 올라갔다.

저녁을 먹지 않은 조카딸과 저녁을 양껏 먹은 외삼촌이 시 퀸 호텔 욕실에서 함께 양치질을 했다. 라헬은 줄무늬 파자마를 입고 '도쿄의 사랑'으로 묶은 '분수' 머리의 비참하고 짜리몽땅한 죄수. 차코는 면으로 된 러닝셔츠에 팬티 차림으로. 그의 러닝셔츠는 불룩한 배 위에서 팽팽하게 당겨져 제2의 피부처럼 보였는데 배꼽이 쑥 들어간 자리에선 느슨해졌다.

라헬이 거품투성이인 칫솔은 가만히 두고는 대신 자신의 이를 왔다갔다 움직였지만, 차코는 그러지 말라고 말하지 않았다.

그는 파시스트가 아니었다.

그들은 돌아가며 입에 있던 것을 뱉었다. 라헬은 하얀 비나카 치약

164

거품이 세면대 옆면으로 똑똑 떨어지는 것을 주의깊게 살피며 무엇이 보이는지 주의깊게 관찰했다.

어떤 색깔과 어떤 이상한 생명체가 이빨 사이에 있는 공간에서 나오는 거지?

오늘밤엔 아무것도 없었다. 평소와 다른 것은 아무것도. 비나카 거품뿐.

차코가 '커다란 전등'을 껐다.

침대에서 라헬은 '도쿄의 사랑'을 풀어서 선글라스 옆에다 놓았다. 분수 머리는 조금 주저앉긴 했지만 여전히 서 있었다.

차코가 침대 옆 전등에서 쏟아지는 불빛 아래에 누워 있었다. 어두운 무대 위 뚱뚱한 한 남자. 그는 침대 발치에 구겨진 채 놓인 셔츠에 손을 뻗었다. 주머니에서 지갑을 꺼내 마거릿 코참마가 2년 전에 보내온 소피 몰의 사진을 들여다보았다.

라헬은 그를 바라보며 그 차가운 나방이 다시 날개를 펴는 것을 느꼈다. 천천히 폈다가. 천천히 접었다가. 포식자의 느릿한 깜박임.

침대 시트는 거칠었지만 깨끗했다.

차코가 지갑을 닫고 불을 껐다. 어둠 속에서 담배에 불을 붙이며 자기 딸이 지금은 어떻게 생겼을까 생각해보았다. 아홉 살. 마지막으로 봤을 때 아이는 빨갛고 주름으로 쭈글쭈글했다. 간신히 인간의 모습을 유지했었다. 삼 주 후, 그의 아내인 마거릿, 그의 유일한 사랑이었던 그녀가 울면서 조에 관해 털어놓았다.

마거릿은 차코에게 더이상 함께 살 수 없다고 말했다. 자신만의 공간이 필요하다고 말했다. 마치 차코가 그녀의 선반에 그의 옷을 놓기라도 했던 것처럼. 그런데 그라면 아마 그랬을지도 모른다.

그녀는 이혼을 요구했다.

그녀를 떠나기 전의 고통스러운 마지막 며칠 밤 동안 차코는 전등을 들고 침대를 빠져나가 잠든 아이를 보곤 했다. 아이를 알기 위해. 아이를 기억에 새기기 위해. 아이를 떠올릴 때 아이의 모습이 틀림없도록. 그는 아이의 부드러운 머리에 난 갈색 배냇머리를 기억에 새겼다. 아이의 오므린, 끊임없이 오물거리는 그 입 모양을. 발가락 사이 틈새를. 희미한 점 하나를. 그러다 무의식적으로 아기에게서 조의 모습을 찾는 자신을 발견했다. 그가 미친듯이, 상처 입은 마음으로, 질투에 불타 전등을 비추며 살필 때 아기가 그의 검지손가락을 움켜쥐었다. 포만한 새틴처럼 부드러운 배 위에 배꼽이 언덕 위에 세워진 돔 모양 기념물처럼 튀어나와 있었다. 차코는 거기에 귀를 대고 그 안에서 들리는 꾸르륵거리는 소리에 경이로워했다. 여기저기로 보내지는 메시지. 서로에게 익숙해지는 새 장기들. 제도를 확립하는 새 정부. 누가 무엇을 할지 결정하며 분업을 조직하고 있었다.

아이에게서 젖과 오줌 냄새가 났다. 차코는 그렇게 작고 윤곽도 뚜렷하지 않은, 닮은 점도 모호한 누군가가 성인 남자에게 주의를, 사랑을, 온전한 정신 그 모두를 완벽하게 요구할 수 있음에 감탄했다.

아이를 떠날 때, 그는 뭔가가 자신에게서 찢겨나가는 것을 느꼈다. 뭔가 커다란 것이.

하지만 이제 조는 죽고 없다. 교통사고로 죽었다. 확실히 죽었다. 우주에 조 모양의 구멍 하나로만 남았다.

166

차코의 사진 속에서 소피 몰은 일곱 살이었다. 하얗고 파란. 장밋빛 입술을 하고 어디에도 시리아 정교회 신자의 모습은 없었다. 그 사진을 찬찬히 보던 맘마치가 아이의 코가 파파치를 닮았다고 말하긴 했지만.

"차코?" 라헬이 어둠으로 물든 침대에서 말했다. "뭐 하나 물어봐도 돼요?"

"두 개 물어봐도 돼." 차코가 말했다.

"차코, '세상'에서 소피 몰을 '가장' 사랑해요?"

"내 딸이니까." 차코가 말했다.

라헬은 그 의미를 곰곰이 생각했다.

"차코? 사람들이 자기 자식을 '세상'에서 '가장' 사랑'해야 하는' 게 꼭 필수적인 일인가요?"

"규칙은 없어," 차코가 말했다. "하지만 대개 그렇지."

"차코, 예를 들어서요." 라헬이 말했다. "그냥 예를 드는 건데요, 암무가 나와 에스타보다 소피 몰을 더 사랑할 수도 있나요? 아니면 차코가 소피 몰보다 날 더 사랑한다던가요, 예를 들면 말이에요."

"'인간 본성'에선 무엇이든 가능하단다." 차코가 예의 '낭독조'로 말했다. 갑자기 분수 머리를 한 어린 조카딸은 의식하지 않고서 이제 어둠에 대고 이야기를 했다. "사랑. 광기. 희망. 무한한 기쁨."

그 '인간 본성에서 가능한' 네 가지 중에서 무하아한 기쁨이 가장 슬프게 들린다고 라헬은 생각했다. 어쩌면 차코의 말투 때문일지도 몰랐다.

무하한 기쁨. 거기엔 교회의 어감이 묻어 있었다. 온몸에 지느러미가 난 슬픈 물고기처럼.

차가운 나방이 차가운 다리를 들어올렸다.

담배 연기가 구불구불 밤으로 스며들었다. 그리고 뚱뚱한 남자와 어린 소녀는 잠들지 못하고 침묵 속에서 누워 있었다.

몇 칸 건너 다른 방에서, 베이비 대고모가 코를 골고 있었지만, 에스타는 깨어 있었다.

암무는 잠들어 있었고 창살 달린 푸른 격자창으로 들어온 창살 무늬의 푸른 가로등 불빛 속에서 아름다워 보였다. 그녀는 돌고래와 줄무늬 짙은 푸른빛을 꿈꾸며 잠결미소를 짓고 있었다. 그런 미소를 짓는 사람이 시한폭탄임을 전혀 짐작할 수 없는 그런 미소였다.

'외톨이' 에스타는 비틀비틀 욕실로 걸어갔다. 맑고, 쓰고, 레몬맛이 나고, 거품이 이는, 탄산음료를 토해냈다. '작은 사람'이 '두려움'과 처음 맞닥뜨린 씁쓸한 뒷맛. 짠 짠.

에스타는 기분이 조금 나아졌다. 에스타는 신발을 신고 방에서 걸어나와 신발끈을 질질 끌며 복도를 내려가 라헬의 방문 앞에 조용히 멈춰 섰다.

라헬이 의자에 올라가 걸쇠를 벗겨 문을 열었다.

차코는 어떻게 라헬이 문밖에 에스타가 있는 것을 알았는지 궁금해하지도 않았다. 두 아이가 때때로 보이는 그런 기이함이 이젠 익숙했다.

그는 좁은 호텔 침대 위에 해안으로 밀려온 고래처럼 누워 라헬이 본 사람이 벨루타였을까 하는 생각에 한가로이 잠겼다. 그랬을 거 같지 않았다. 그러기엔 벨루타는 너무나 많은 것을 가지고 있었다. 그는 유망한 파라반이었다. 벨루타가 공산당의 정식 당원이 된 건지 궁금했다. 그리고 그가 최근에 K. N. M. 필라이 동지를 만났던 것인지도.

그해 초에 필라이 동지의 정치적 야심이 예상치 못한 추진력을 얻게 되었다. 지역 당원 두 사람 그러니까 J. 카투카란 동지와 구한 메논 동지가 낙살라이트로 의심돼 당에서 퇴출되었다. 그중 한 사람—구한 메논 동지—이 이듬해 3월로 예정된 의회 코타얌 지역 보궐선거에 당의 후보가 될 것이라고 예상됐었다. 그가 당에서 퇴출되자 공석이 생겼고 기대에 찬 몇몇 후보자가 그 빈자리를 두고 경합을 벌였다. K. N. M. 필라이 동지도 그중 하나였다.

필라이 동지는 축구 경기의 교체선수 같은 예리한 눈으로 파라다이스 피클에서 일어나는 일들을 주시했다. 미래의 선거구로 희망하는 곳에서 그 규모가 아무리 작더라도 새로운 노동조합이 생긴다는 것은 의회로 향한 여정의 훌륭한 시작이 될 것이었다.

그때까지 파라다이스 피클에서 동지! 동지!(암무의 표현을 따르자면)는 근로 시간 외에 벌어지는 무해한 게임에 불과했다. 하지만 게임의 판돈이 올라가고, 지휘봉이 차코의 손에서 떨어져나간다면, 이미 빚더미에 올라앉은 이 공장에 문제가 생기리라는 것을 모두(차코만 제외하고) 알고 있었다.

재정상태가 좋지 않았기에, 근로자들은 노동조합에서 명시한 최저임금보다 적은 액수를 받고 있었다. 물론 이 사실을 차코가 직접 그들에게 알려줬고 상황이 좋아지면 임금을 올려주겠다고 약속도 했다. 차코는 근로자들이 자신을 신뢰하며 자신이 진심으로 그들이 잘되기를 바란다는 것도 안다고 믿었다.

그러나 다르게 생각하는 사람도 있었다. 공장 근무 교대 시간이 지난 저녁이면, K. N. M. 필라이 동지는 파라다이스 피클의 근로자들을 불러 세웠고 그들을 자신의 인쇄소로 이끌었다. 그는 고음의 새된 목소리로 그들에게 혁명을 일으키라고 독려했다. 연설을 하면서 지역 현안 문제와 마오쩌둥주의자의 웅변술을 영리하게 섞었는데 말라얄람어로는 더욱 거창하게 들렸다.

"'세계'의 인민이여," 그가 소리를 높였다. "용기를 가져라, 과감히 투쟁하라, 난관을 견뎌내고 파도를 넘고 넘어 앞으로 나아가라. 그러면 온 세계가 '인민'의 것이 될 것이다. 온갖 종류의 괴물들이 다 파괴될 것이다. 여러분의 권리를 요구해야 한다. 연말 보너스. 준비 기금. 상해보험." 이 연설들은 부분적으로 의회의 지역 '의원'으로서 필라이 동지가 군집한 수백만 군중 앞에서 할 연설의 리허설이었기에 그 억양과 흐름이 뭔가 어색했다. 그의 목소리에는 작고 뜨거운 방과 프린트 잉크 냄새가 아닌, 초록의 논과 푸른 하늘을 곡선을 그리며 가로지르는 붉은 현수막들이 가득차 있었다.

K. N. M. 필라이 동지는 절대 공공연하게 차코와 대립하지는 않았다. 연설에서 차코를 언급할 때면 언제나 주의깊게 차코에게서 어떤 인간적인 특질들을 벗겨내고, 무언가 커다란 계획 가운데 하나의 추상적인 존재로 표현했다. 하나의 이론적인 구성물로. 무시무시한 부르주아의 음모 속에서 혁명을 와해시키려는 앞잡이로. 그는 결코 차코의 이름을 언급하지 않았고, 언제나 '경영진'이라 불렀다. 마치 차코가 여러 사람인 것처럼. 전술적으로도 옳은 처사였거니와, 사람과 그 사람의 일을 분리함으로써 필라이 동지는 차코와의 개인적인 사업상 거래를 떳떳하게 유지할 수 있었다. 파라다이스 피클의 상표를 인쇄하는 계약

은 그의 절실한 수입원이었던 것이다. 그는 '고객 차코'와 '경영진 차코'가 별개라고 생각하려 했다. 물론 '동지 차코'와도 전혀 별개였고.

K. N. M. 필라이 동지의 계획에서 유일하게 거슬리는 것은 벨루타였다. 파라다이스 피클의 전체 근로자 중 유일한 정식 당원이었고, 필라이 동지에게는 차라리 없는 편이 나을 동맹자였다. 공장의 다른 가촉민 노동자들은 모두 그들 나름의 오랜 이유들로 벨루타에게 반감을 품고 있었다. 필라이 동지는 세심하게 주의를 기울여 이 감정의 골에 대해 생각을 하고 이를 다림질할 적당한 기회를 엿보고 있었다.

그는 지속적으로 근로자들과 연락을 취했다. 공장에서 무슨 일이 일어나고 있는지 정확하게 알아내려 노력했다. 근로자들이 그들의 정부, 즉 '인민의 정부'가 정권을 잡았음에도 그들이 받는 임금을 수용하는 것을 비웃었다.

아침마다 맘마치에게 신문을 읽어주는 회계사 푼나첸이 근로자들 사이에서 임금 인상 요구에 대한 이야기가 돈다고 전하자 맘마치는 분노했다. "걔들한테 신문 좀 읽으라고 해. 기근이 계속되고 있다고. 일자리도 없고. 사람들이 굶어죽어가. 일자리 있는 걸 고마워해야지."

공장에서 뭔가 중대한 일이 일어나면, 그 소식을 전해 듣는 사람은 언제나 차코가 아닌 맘마치였다. 어쩌면 전통적인 제도라는 관점에서 보면 맘마치가 적격이었기 때문일지도 모른다. 그녀는 모달랄리였다. 그녀는 자신의 역할을 다했다. 그것이 얼마나 거칠든 간에 그녀의 반응은 직설적이었고 예측 가능했다. 반면 차코는 이 집안의 '가장'임에도, '내 피클, 내 잼, 내 카레 가루'라고 말하고 다녔음에도, 너무나 분주히 이런저런 다른 역할로 탈바꿈하다보니 전선이 모호해지곤 했다.

맘마치는 차코에게 주의를 주려 했다. 차코는 그녀의 이야기를 듣기는 들었지만 정말로 귀기울이지는 않았다. 그래서 처음에 불만이 끓어오른 게 파라다이스 피클 부지 내였음에도 불구하고 차코는 혁명의 전초전 중에도 계속해서 동지! 동지!를 외쳤다.

그날 밤, 좁은 호텔 침대 위에서 차코는 졸음에 겨운 채 자신의 공장 근로자들로 일종의 사적인 노동조합을 조직해서 필라이 동지에게 선수를 치면 어떨까 생각했다. 그들을 위해 선거를 실시할 것이다. 투표를 권할 것이다. 그들은 번갈아가며 대표로 선출될 것이다. 수마티 동지와, 혹은 머리가 훨씬 근사한 루시쿠티 동지라면 더 좋고, 그들과 테이블에 둘러앉아 협상하는 장면을 상상하며 미소를 지었다.

그의 생각은 마거릿 코참마와 소피 몰에게로 되돌아갔다. 사랑이라는 지독한 끈이 거의 숨쉬기 어려울 정도로 그의 가슴을 조였다. 그는 잠들지 못하고 누워서 공항으로 떠날 시간을 헤아려보았다.

옆 침대에는 조카와 조카딸이 서로에게 팔을 두르고 잠들어 있었다. 뜨거운 쌍둥이와 차가운 쌍둥이. '그'와 '그녀'. '우리we'와 '우리Us'. 어떻게든 불행한 운명의 암시를, 그들 앞에 기다리는 그 모든 것을 전적으로 모르지는 않았다.

그들은 꿈에서 그들의 강을 보았다.

강 위로 몸을 굽히고 코코넛 눈으로 미끄러져가는 배를 지켜보는 코코넛 나무들을. 아침나절 상류를. 저녁나절 하류를. 그리고 기름칠한 검은 목재를 두드리는 뱃사람들의 대나무 장대가 내는 그 둔탁하고 음침한 소리를.

따뜻했다. 물은. 회녹색. 물결치는 실크 같은.

안에 물고기가 담긴.

안에 하늘과 나무가 담긴.

그리고 밤이면 안에 부서진 노란 달이 담긴.

그들이 기다림에 지쳐갈 때, 저녁식사 냄새가 커튼을 타고 올라와 시 퀸 호텔의 창문을 지나 저녁식사 냄새 나는 바다 위에서 밤새도록 춤을 추었다.

두시 십 분 전이었다.

5
신의 나라

오랜 세월이 흐른 후 라헬이 강으로 돌아왔을 때, 강은 이빨이 있던 자리에 구멍이 난 섬뜩한 해골 같은 미소를 지으며 병원 침대에서 들어올린 힘없는 팔로 그녀를 반겼다.

두 가지 일이 일어났다.

강이 작아졌다. 그리고 그녀가 자랐다.

강 하류에는 정치적으로 영향력 있는 쌀 농장주 단체의 표와 맞바꾼 바닷물을 막는 보가 건설되어 있었다. 보는 아라비아 해로 이어지는 강 후미에서 바닷물이 유입되는 것을 막아주었다. 그래서 지금까지는 한 번 하던 수확을 두 번 하고 있었다. 더 많은 쌀을 얻고 강으로 값을 치렀다.

6월임에도, 그리고 비가 내렸음에도 강은 불어난 배수구에 불과했다. 탁한 물의 가느다란 띠가 진흙보 양옆을 지친 몸짓으로 두드렸고, 이따금 비스듬히 떠오른 죽은 은빛 물고기로 반짝였다. 갈색 수염뿌리들이 가느다란 촉수처럼 물 아래서 흔들리는 다즙질의 수초에 강은 질식했다. 구릿빛 날개를 한 자카나 새들이 그 위를 걷고 있었다. 벌어진 발로, 조심스럽게.

한때 강은 두려움을 불러일으키는 힘을 갖고 있었다. 삶을 바꾸는 힘이. 하지만 이제 강은 이빨이 다 뽑혔고, 기운이 쇠했다. 이젠 악취가 진동하는 쓰레기들을 바다로 나를 뿐인, 그저 느릿느릿 흘러가는 녹색의 기다란 풀밭이었다. 선명한 비닐봉지들이 하늘을 나는 아열대의 꽃들처럼 끈끈한 잡초로 뒤덮인 수면을 날아갔다.

한때 헤엄을 치러 온 사람들을 물로, '물고기 잡는 사람들'을 물고기에게로 데려다주던 돌계단은, 이제 아무데서 아무데로도 데려다주는 일 없이 완전히 몸을 드러내고 있었는데, 그 모습이 마치 아무것도 기념하지 않는 우스꽝스러운 기념물 같았다. 양치식물들이 갈라진 틈새로 비집고 나와 있었다.

강 저편에서는 가파르던 진흙보가 급격히 낮아지며 초라한 오두막들의 진흙 벽으로 변해 있었다. 아이들이 강 가장자리에 엉덩이를 내밀고는 드러나 있는 강바닥의 질척이고 뭐든 빨아들일 것 같은 진흙 위에 곧장 대변을 보았다. 더 어린 아이들은 머스터드같이 묽은 변을 줄줄 흘렸고 그것들도 아래로 길을 찾아갔다. 종국에는, 저녁이 되면, 강은 몸을 불리며 낮 동안 받아들인 것과 오니를 바다로 실어나를 것이고 지나간 자리엔 탁하고 허연 거품이 구불구불한 띠를 남길 것이다. 상류에서는 깔끔한 어머니들이 순전히 공장 폐수인 물로 빨래를 하고 설거지를 했다. 사람들이 목욕을 했다. 잘린 듯 나와 있는, 비누 칠하는 상체들이 가늘게 흔들리는 띠 같은 풀밭 위에 놓인 검은 흉상들 같았다.

따뜻한 날이면 강에서 오물 냄새가 떠올라 모자처럼 아예메넴을 덮었다.

더 내륙으로, 그러고도 더 들어가면 나타나는 오성급 호텔 체인이 그 '어둠의 심연'을 매입했다.

'역사의 집'(지도 냄새 같은 숨결을 풍기는 튼튼한 발톱을 한 조상들이 한때 속삭이던 곳)은 이제 강 쪽에서는 다가갈 수가 없었다. 아예메넴을 등졌다. 호텔 손님들은 곧장 코친에서 강 후미를 횡단해서 이동했다. 그들은 수면을 브이자 거품으로 가르며 뒤에는 무지갯빛 휘발유 막을 남기는 쾌속정으로 도착했다.

호텔에서 보는 전망은 아름다웠지만, 이곳 역시 물은 탁하고 유독했다. 멋진 서체로 '수영 금지'라고 쓴 표지판이 세워져 있었다. 높은 벽을 세워 빈민가를 가렸고, 빈민가가 카리 사이푸의 사유지를 침범하는 것을 막았다. 냄새는 어쩔 도리가 없었다.

하지만 거기엔 수영할 수 있는 수영장이 있었다. 메뉴엔 신선한 탄두르 병어와 크레프 쉬제트가 있었고.

나무는 여전히 초록이었고 하늘도 여전히 푸르렀으며 그건 뭔가 가치 있는 것을 의미했다. 그래서 그들은 더 나아가 그 냄새나는 파라다이스—그들은 브로슈어에서 '신의 나라'라고 불렀다—를 선전했는데, 그 꾀바른 '호텔 사람들'은 싫은 냄새도 결국 다른 사람의 빈곤과 마찬가지로 순전히 익숙해짐의 문제임을 알았던 것이다. 길들임의 문제.

'단호함', 그리고 '에어컨'의 문제. 그 이상은 아니었다.

   카리 사이푸의 집은 보수되고 페인트도 새로 칠했다. 우아한 호텔 단지의 중심부가 되어, 인공 운하와 연결 다리들이 교차하는 한가운데 놓였다. 작은 배들이 물위에서 흔들거렸다. 깊숙한 베란다와 도리아식 기둥으로 이뤄진 오래된 식민지 시절의 대저택이 더 작고, 더 오래된 목조 주택들—선조의 집들—에 둘러싸여 있었는데, 호텔 체인이 오래된 가문들로부터 사들여 '어둠의 심연'으로 옮겨놓은 주택들이었다. 부유한 관광객들이 가지고 놀 '놀잇감 역사'. 요셉의 꿈에 나타난 볏단처럼, 영국 치안판사에게 열심히 탄원하는 현지인 무리처럼, 그 오래된 집들은 '역사의 집'에 경의를 표하는 구도로 배치되었다. '문화유산', 호텔은 그렇게 불렸다.

   '호텔 사람들'은 손님들에게 가장 오래된 목조 주택은 '케랄라의 마오쩌둥'인 E. M. S. 남부디리파드 동지의 선조가 살던 집으로, 거기에는 공기가 통하지 않게 판자로 만든 저장실이 있었는데, 군인들을 1년 동안 먹여 살릴 수 있는 쌀을 저장할 수 있었다고 설명하곤 했다. 원래부터 있었던 가구와 작은 장식품들이 전시되었다. 갈대 우산, 등나무 소파. 목재 예단함. 그 물건들에는 '케랄라 전통 우산' '케랄라 전통 신부 예단함'이라는 안내판이 붙어 있었다.

   그렇게 거기 그때, '역사'와 '문학'이 상업적 목적으로 소환되어 있었다. 쿠르츠와 카를 마르크스가 손바닥을 맞대고 배에서 내리는 부자 손님들을 맞이하는 격이었다.

   남부디리파드 동지의 집은 호텔의 식당으로 쓰였는데, 거기서 햇볕에 반쯤 그을린 수영복 차림의 관광객들이 (코코넛 껍데기에 담겨서 나오는) 코코넛의 부드러운 과즙을 마셨고, 나이든 공산주의자들이 이제는 화려한 민속의상을 입고 비굴한 종업원이 되어 음료수 쟁반을 들고 살짝 몸을 굽히고 있었다.

저녁이면 ('지방색'을 맛보기 위해) 관광객들에게 약식으로 줄인 카타칼리 댄스 공연이 제공됐다('손님들은 오래 집중을 못하니까'라고 '호텔 사람들'이 댄서들에게 설명했다). 그래서 고대의 이야기는 엉망이 되고 잘려나갔다. 여섯 시간짜리 고전이 이십 분짜리 명장면 모음으로 축약되었다.

공연은 수영장 옆 무대에서 진행됐다. 고수들이 북을 치고 댄서들이 춤을 추는 동안, 호텔 손님들은 물속에서 아이들과 장난치며 놀았다. 쿤티가 강둑에서 카르나에게 자신의 비밀을 털어놓는 동안 연인들은 서로에게 선탠오일을 발라주었다. 아버지들이 매력적인 십대 딸과 성욕을 드러내지 않는 척하며 성적 희롱을 즐기는 동안 푸타나는 자신의 독이 퍼진 젖가슴을 어린 크리슈나에게 물리고 있었다. 비마가 두샤사나의 배를 갈라 내장을 꺼내고 그 피로 드라우파디의 머리를 적셨다.

'역사의 집' 뒷베란다(가족민 경찰관 패거리가 모였고, 거위 튜브가 터져버린 곳)는 벽이 둘러쳐지고 통풍이 잘되는 호텔 주방으로 바뀌었다. 이제 그곳에선 케밥과 캐러멜 커스터드보다 더 나쁜 일은 일어나지 않았다. '공포'는 지난 일이었다. 음식 냄새에 압도당했다. 요리사들의 콧노래에 침묵당했다. 생강과 마늘을 탁탁 써는 경쾌한 소리에. 작은 포유류, 돼지며 염소의 배를 가르는 소리에. 고기 다지는 소리에. 생선 비늘 벗기는 소리에.

무언가 땅 밑에 묻혀 있다. 풀밭 아래. 23년간 내린 6월의 비 아래. 잊힌 작은 것.

세상이 전혀 그리워하지 않을 것.

시곗바늘이 그려진 어린아이의 플라스틱 손목시계.

두시 십 분 전.

어린아이들 한 무리가 걷고 있는 라헬을 뒤따랐다.

"안녕, 히피" 하며 아이들이 25년이나 늦어버린 질문을 던졌다. "이름이뭐예요?"

그때 누군가 라헬에게 작은 돌을 던졌고, 그녀의 어린 시절은 그 가느다란 두 팔을 마구 흔들면서 달아났다.

돌아오는 길에 라헬은 아예메넴 저택을 한 바퀴 돌고 큰길가로 나갔다. 이곳 역시, 집들이 우후죽순 늘어나 있었기에, 그 집들이 나무 아래에 자리잡았다는 것, 큰길에서 갈라져나와 그 집들로 이어지는 좁은 길에 차가 드나들 수 없다는 것 외에는 아예메넴에서 조용한 시골의 모습은 찾을 수 없었다. 사실 이곳은 작은 도시 정도로 인구가 불어나 있었다. 저 허물어지기 쉬운 녹색 수목의 가림판 뒤에는 당장이라도 모여들 사람들의 무리가 살고 있었다. 조심성 없는 버스 기사를 때려죽이기 위해. 야당의 파업이 있는 날 감히 차를 끌고 나온 자동차의 앞유리를 부수기 위해. 베이비 코참마의 수입 인슐린과 코타얌의 베스트베이커리에서 멀고먼 길을 온 크림빵을 훔치기 위해.

러키 인쇄소 밖에서 K. N. M. 필라이 동지가 담장 옆에 서서 맞은편 남자와 이야기하고 있었다. 필라이 동지는 가슴 위로 팔짱을 긴 채 자신의 겨드랑이가 자신의 소유라고 말하는 양 꼭 안고 있었는데, 누군가가 겨드랑이를 빌려달라고 하자 막 거절한 것 같은 모습이었다. 담장 맞은편의 남자는 부자연스럽게 관심 있는 척하는 비닐봉지에 든 사진 뭉치를 이리저리 넘기며 보고 있었다. 사진은 대부분 K. N. M. 필라이 동지의 아들 레닌을 찍은 것이었는데, 그는 델리에서 네덜란드와 독일 대사관의 페인트칠, 배관, 전기 수리 일체를 처리하며 먹고살고 있었다. 자신의 정치적 성향 때문에 고객들이 느낄지도 모를 두려움을 누그러뜨리기 위해 살짝 이름을 바꿨다. 그는 자신을 레빈이라고 소개했다. P. 레빈.

라헬은 눈에 띄지 않게 지나가려 애썼다. 그럴 수 있을 거라는 생각 자체가 터무니없는 일이었다.

"아이요, 라헬 몰!" 단번에 그녀를 알아본 K. N. M. 필라이 동지가 말했다. "오르쿤닐레이? 동지 아저씨?"

"오웨르." 라헬이 말했다.

그를 기억하느냐고? 기억하고말고.

질문도 답도 대화에 앞서 예의상 나눈 말 이상의 의미는 없었다. 그녀도 그도 모두 잊힐 수 있는 일들도 있음을 알았다. 그리고 잊힐 수 없는 것들도. 먼지 쌓인 선반 위에 놓인 채 심술궂게 곁눈질하는 박제된 새들처럼.

"그래!" 필라이 동지가 말했다. "지금 아메이리카에 있는 줄 알았는데?"

"아뇨," 라헬이 말했다. "여기 있어요."

"그래, 그래," 그는 좀 안달내는 듯했다. "근데 그렇지 않았으면 아메이리카에 있는 거고?"

필라이 동지가 팔짱을 풀었다. 그의 젖꼭지가 마치 세인트버나드의 슬픈 눈처럼 담장 너머에 있는 라헬을 향했다.

"알아보겠어?" 필라이 동지가 사진을 든 남자에게 턱짓으로 라헬을 가리키며 물었다.

남자는 모르는 눈치였다.

"'옛날' 파라다이스 피클 코참마의 딸의 딸." 필라이 동지가 말했다.

남자는 어리둥절해 보였다. 전혀 모르는 것이 분명했다. 게다가 피클을 먹는 사람도 아니었고. 필라이 동지가 다른 방향으로 접근했다.

"푼냔 쿤주는?" 그가 물었다. 시리아의 안티오크 대주교가 하늘에서 잠깐 나타나 쇠약한 손을 흔들었다.

사진을 든 남자는 그제야 사정을 이해하기 시작했다. 그는 고개를 크게 끄덕였다.

"푼냔 쿤주의 아들? 베난 존 이페 있잖아? 델리에 살던?" 필라이 동지가 말했다.

"오웨르, 오웨르, 오웨르." 남자가 말했다.

"그 사람의 딸의 딸이 얘야. 지금은 아메이리카에 있지."

라헬의 혈통이 이해되자 고개를 끄덕이던 남자가 수긍했다.

"오웨르, 오웨르, 오웨르. 지금은 아메이리카에 산다는 거네?" 그것은 질문이 아니었다. 순전히 감탄이었다.

그는 어렴풋하게 그 스캔들의 냄새를 기억했다. 자세한 내용은 잊었지만, 섹스와 죽음이 연관됐었다는 사실은 기억했다. 신문에도 났다. 잠깐의 침묵, 그리고 몇 번의 가벼운 끄덕임 뒤에 남자는 필라이 동지에게 사진 뭉치를 건넸다.

"알았어요, 동지. 그만 가야 해요."

버스 시간이 되었다고 했다.

"그래!" 서치라이트를 비추듯 모든 관심을 라헬에게 돌리며 필라이 동지의 미소가 커졌다. 그의 잇몸은 놀라울 정도로 선명한 분홍빛이었는데, 평생 고집스럽게 채식을 해온 보상이었다. 필라이 동지는 그도 한때는 어린 소년이었음을 상상하기 어려운 그런 사람이었다. 아기였다는 것도. 태어났을 때부터 중년이었던 것 같았다. 그렇게 머리가 벗어져서.

"몰의 남편은?" 그가 궁금해했다.

"안 왔어요."

"사진 같은 건?"

"없어요."

"이름은?"

"래리. 로런스."

"오웨르. 로런스인가." 필라이 동지가 그 이름이 마음에 든다는 듯고개를 끄덕였다. 선택할 기회가 있었다면 바로 그 이름을 골랐을 거라는 듯이.

"아이는?"

"없어요." 라헬이 말했다.

"아직 계획중인가? 아님 임신한 건가?"

"아뇨."

"하나는 있어야 해. 아들이든 딸이든." 필라이 동지가 말했다. "물론 둘째는 선택이고."

"이혼했어요." 라헬은 그가 놀라서 입을 닫기를 바랐다.

"이-혼?" 그의 목소리가 너무 높게 올라간 바람에 물음표가 나올 부분에서는 목소리가 갈라졌다. 심지어 그 단어가 죽음의 한 형태인 양 발음했다.

"그거 정말 불행한 일이구나." 충격에서 회복된 그가 말했다. 왠지 그답지 않은, 딱딱한 표현을 썼다. "아-주불행한."

어쩌면 이 세대는 선조들의 부르주아적 타락에 대한 대가를 치르고 있는 걸지도 모른다는 생각이 필라이 동지에게 떠올랐다.

'한 아이는 미쳤어. 다른 아이는 이-혼했고. 분명 불임일 거야.'

어쩌면 이것이 진짜 혁명인지도 몰랐다. 크리스천 부르주아가 자멸하기 시작했던 것이다.

주위에 아무도 없는데도 필라이 동지는 마치 누가 듣고 있는 양 목소리를 낮추었다.

"그리고 몬은?" 그가 은밀하게 속삭였다. "어떠냐?"

"괜찮아요." 라헬이 말했다. "오빠는 괜찮아요."

'괜찮다. 야위었고 꿀빛이고. 흐슬부슬한 비누로 자기 옷을 빤다.'

"아이요 파밤." 필라이 동지가 속삭였고 그의 젖꼭지도 실망한 시늉을 하며 고개를 숙였다. "불쌍한 녀석."

라헬은 그가 자신에게 그렇게 면밀히 질문하고선 그 대답을 완전히 무시함으로써 무엇을 얻는 걸까 궁금했다. 그가 그녀에게 진실을 기대하지 않는 것은 너무나 명백했지만, 왜 조금이라도 그렇지 않은 척을 하지 않았을까?

"레닌은 지금 델리에 있어." 필라이 동지가 마침내 그 이야기를 꺼내며 자랑스러움을 감추지 않았다. "외국 대사관 일을 하고 있지. 봐!"

그는 라헬에게 셀로판에 싸인 사진 뭉치를 건넸다. 대부분 레닌과 그의 식구들 사진이었다. 그의 아내, 그의 아이, 그의 새 바자지 스쿠터. 레닌이 옷을 아주 잘 차려입은, 아주 분홍빛 피부인 남자와 악수하는 사진이 있었다.

"독일의 일등 서기관이야." 필라이 동지가 설명했다.

그들은, 그러니까 레닌과 그의 아내는 사진 속에서 즐거워 보였다. 응접실에 새 냉장고를 갖추고 델리개발공사의 아파트 계약금을 지급하기라도 한 것처럼.

라헬은 레닌이 살아 있는 한 사람으로서 그녀와 에스타의 시야로 헤엄쳐 들어왔던 일을 기억했는데, 그때부터 그들은 레닌을 그 아이의 어머니가 입은 사리의 또다른 주름처럼 간주하지 않게 됐다. 그녀와 에스타는 다섯 살이었고, 레닌은 아마도 서너 살 정도였다. 그들은 베르기스 베르기스 박사(코타얌에서 가장 잘나가는 소아과 의사이자 어머니들의 몸을 더듬는 사람)의 병원에서 만났다. 라헬은 암무와 에스타(함께 가겠다고 우겼던)와 함께였다. 레닌은 그의 어머니 칼야니와 있었다. 라헬과 레닌 둘 다 같은 증상으로, '코에 이물질을 집어넣어' 병원을 찾았었다. 이제 와 생각해보니 대단한 우연이었지만 그땐 왠지 그렇게 생각지 않았었다. 어린아이가 코에 뭘 넣을지 선택하는 일에까지 어떻게 정치가 개입할 수 있을까 신기했다. 라헬은 영국 제국 곤충학자의 손녀였고, 레닌은 풀뿌리 공산당 노동자의 아들이었다. 그래서 그녀는 유리구슬을, 그는 녹두를 넣었다.

대기실은 만원이었다.

진찰실 커튼 뒤에서 불길한 목소리가 속삭이다가 야만적인 아이들의 울부짖음으로 중단되곤 했다. 금속이 유리에 맞닿아 쨍그랑거리는 소리, 물이 끓을 때 거품이 보글거리는 소리가 났다. 사내아이 하나가 벽에 걸린 나무로 된 '진료중, 진료 종료' 표시판의 놋쇠 틀을 아래위로 밀며 놀고 있었다. 열이 있는 아기가 엄마의 품에서 딸꾹질을 했다. 천천히 돌아가는 천장의 선풍기가 겁에 질린 탁한 공기를 가르자, 바람은 끝없이 벗겨지는 감자 껍질처럼 바닥으로 천천히 둥글게 떨어졌다.

잡지를 읽는 사람은 아무도 없었다.

곧장 거리로 통하는 출입구도 채 못 가릴 정도로 모자란 커튼이 가로쳐져 있었고, 그 아래로 몸은 보이지 않는 슬리퍼를 신은 발들이 쉴 새없이 탁탁거리며 돌아다녔다. '콧속에 아무것도 넣지 않은 자들'의 그 소란스럽고 태평한 세상.

암무와 칼야니는 서로 아이들을 바꿔서 살폈다. 코를 들어올리고, 머리도 뒤로 젖혀서, 빛이 있는 쪽으로 향하게 해 혹시 한 어머니가 다른 어머니는 놓친 것을 볼 수 있지 않을까 시도해봤다. 그래도 보이지 않자, 택시처럼 옷을 입었던—노란 셔츠에 검은 스트레치론 반바지 차림—레닌은 제 어머니의 나일론 무릎(그리고 그의 시크레츠 껌통)을 되찾았다. 그는 사리의 꽃 위에 앉아 그 강력한 난공불락의 자리에서 무심하게 주변을 살폈다. 왼쪽 집게손가락을 막히지 않은 쪽 콧구멍에 깊이 넣고서 입으로 요란스레 숨을 쉬었다. 머리는 깔끔하게 옆가르마를 타고 있었다. 아유르베딕 기름으로 머리를 말끔히 넘겼다. 시크레츠 껌은 진찰을 받기 전까지 들고 있다가 끝나면 씹을 수 있었다. 모든 것이 다 잘 돌아갔다. 어쩌면 '대기실 분위기'와 '커튼 뒤 비명'이 더해져 결국 박사에 대한 '건전한 두려움'이 된다는 것을 파악하기엔 너무 어렸을 수도 있었다.

어깨에 빽빽하게 털이 난 쥐 한 마리가 진료실과 대기실의 벽장 아래 공간 사이를 몇 차례 분주히 오갔다.

한 간호사가 너덜너덜한 커튼이 쳐진 진료실 문으로 나타났다 사라졌다. 그녀는 낯선 무기들을 휘둘렀다. 조그만 물약병. 피로 얼룩진 직사각형 유리 조각. 역광을 받은, 거품 이는 소변이 든 시험관. 끓는 물에 소독한 주삿바늘들이 담긴 스테인리스 쟁반. 그녀의 다리털들은 반투명한 하얀 스타킹 안에서 눌려 둥글게 말아놓은 철사 같았다. 흠집 난 하얀 샌들의 굽은 안쪽이 닳아서 양발이 서로를 향해 기울어져 있었다. 반짝이는 검은 머리핀들이 몸을 곧게 편 뱀처럼 그녀의 기름기 흐르는 머리칼에 풀 먹인 간호사 모자를 고정시켜 주었다.

그녀는 안경에 쥐 필터라도 달고 있는지, 어깨털이 빽빽한 쥐가 발밑을 종종걸음으로 지나쳐도 전혀 눈치채지 못하는 것 같았다. 그녀가 남자처럼 굵직한 목소리로 이름을 불렀다. "A. 니난…… S. 쿠수말라타…… B. V. 로시니…… N. 암바디." 그녀는 불안해하며 급속히 소용돌이치는 분위기를 무시했다.

에스타의 눈이 겁을 먹어 왕방울만해졌다. 그는 '진료중, 진료 종료' 표시판에 넋이 빠져 있었다.

불안이 파도처럼 라헬에게 밀려들었다.

"암무, 다시 한번 해봐요."

암무가 라헬의 뒤통수를 한 손으로 잡았다. 엄지손가락을 손수건에 싸서 구슬이 들어가지 않은 쪽 콧구멍을 막았다. 대기실 안 모든 이의 시선이 라헬에게 집중됐다. 그녀에게 일생일대의 공연이 될 것이었다. 에스타의 표정은 곧 코를 불 기세였다. 미간을 찌푸리며 깊게 숨을 들이마셨다.

라헬은 온 힘을 끌어모았다. '신이시여, 제발 나오게 해주세요.' 저 발바닥에서부터, 저 가슴 밑바닥에서부터, 라헬은 제 어머니의 손수건에 힘껏 코를 불었다.

그리고 콧물과 안도가 함께 밀려나오며 구슬도 나왔다. 반짝이는 콧물에 싸인 작은 담자색 구슬. 조개 안의 진주처럼 고고한. 아이들이 모여들어 그것을 보며 감탄했다. 표시판을 가지고 놀던 사내아이가 경멸의 눈길을 던지며 선언했다.

"나 같으면 금방 했겠다!"

"어디 한번 그래 봐. 아주 매를 버는구나." 그 아이의 어머니가 말했다.

"라헬!" 간호사가 소리치며 주위를 둘러보았다.

"나왔어요!" 암무가 간호사에게 말했다. "벌써 나왔어요." 그녀가 자신의 구겨진 손수건을 들어 보였다.

간호사로서는 무슨 일인지 알 수 없었다.

"괜찮아요. 그냥 갈게요." 암무가 말했다. "구슬이 나왔거든요."

"다음 분" 하고 말하며 간호사는 쥐 필터 뒤에서 눈을 감았다. ('별의별 사람이 다 있다니까.' 그녀는 혼잣말을 했다.) "S. V. S. 쿠루프!"

경멸하던 사내아이가 엄마에게 떠밀려 진료실에 들어가면서 울음을 터뜨렸다.

라헬과 에스타는 의기양양하게 병원을 나섰다. 어린 레닌은 병원에 남아 베르기스 베르기스 박사의 차가운 금속 기구로 콧구멍을 속속들이 검사받았고, 그의 어머니는 다른 종류의, 더 부드러운 것으로 속속들이 검사받았다.

그게 그 시절의 레닌이었다.

지금은 집도 바자지 스쿠터도 있다. 아내와 자식도.

라헬은 필라이 동지에게 사진 뭉치를 돌려주며 자리를 뜨려 했다.

"잠깐." 필라이 동지가 말했다. 그는 수풀에 숨어 있는 바바리맨 같았다. 젖꼭지로 사람들을 유혹하곤 아들의 사진을 강제로 보여주었다. 사진 뭉치(레닌의 삶을 '한눈에' 보여주는 사진 가이드)를 빠르게 넘겨 마지막 사진을 꺼냈다. "오르쿤눈도?"*

오래된 흑백사진이었다. 마거릿 코참마가 크리스마스 선물로 준 롤라이플렉스 카메라로 차코가 찍은 사진이었다. 네 아이 모두가 그 사진에 있었다. 레닌, 에스타, 소피 몰, 라헬이 아예메넴 저택 현관 베란다에 서 있었다. 그 뒤에는 베이비 코참마의 크리스마스 장식이 천장에서부터 고리에 매달려 있었다. 마분지 별이 전구에 달려 있었다. 레닌, 라헬, 에스타는 자동차 헤드라이트에 비쳐서 놀란 짐승들 같았다. 서로 무릎을 맞대고, 미소는 얼굴에서 굳어 있고, 팔은 옆구리 쪽에 바

---

* "기억하니?"

188

짝 붙이고, 가슴은 사진 쪽으로 쭉 내밀었다. 마치 나란히 선 것이 무슨 죄라도 되는 듯이.

소피 몰만이 '선진국'다운 당당한 태도로 생부가 사진을 찍게끔 표정을 준비하고 있었다. 눈꺼풀을 까뒤집어 눈은 분홍빛 혈관을 가진 살의 꽃잎 같았다(흑백사진에서는 회색이었지만). 스위트 라임의 노란 껍질을 잘라 만든 가짜 이를 입에 끼우고 있었다. 이 사이로 내민 혀 끝에는 맘마치의 은골무가 끼워져 있었다. (도착하던 날 그 골무를 억지로 손에 넣은 소피 몰은 휴가 내내 무엇이든 그 골무로만 마시겠다고 맹세했었다.) 그녀는 불 밝힌 양초도 하나씩 손에 들고 있었다. 데 님 나팔바지의 한쪽을 걷어올려 하얗고 앙상한 무릎을 드러냈는데, 거기에는 얼굴이 그려져 있었다. 그 사진을 찍기 몇 분 전, 그녀는 에스타와 라헬에게 (사진이든 기억이든 반대되는 증거는 뭐든 다 반박해가며) 그들이 사생아일 가능성이 얼마나 큰지, 그리고 사생아란 말의 진짜 의미가 무엇인지 끈기 있게 설명했다. 저절로 그와 관련되는 다소 부정확한 섹스에 대한 묘사까지 곁들였었다. "사람들이 하는 건 말이지……"

그녀가 죽기 며칠 전의 일이었다.

소피 몰.

골무로 음료를 마시던 아이.

관 속에서 재주넘던 아이.

그녀는 봄베이-코친 항공편으로 도착했다. 모자를 쓰고, 나팔바지를 입고, '처음부터 사랑받으며'.

6
코친 공항의 캥거루

코친 공항에서 라헬은 물방울 무늬에 아직 구김 없는 새 속바지를 입고 있었다. 리허설의 리허설을 했다. '공연 당일'이었다. 소피 몰이 어떻게 생각할까 주간의 정점.

시 퀸 호텔에서의 아침, 암무—밤에 돌고래와 짙은 푸른빛 꿈을 꿨던—가 라헬이 하늘하늘한 '공항용 드레스'를 입는 것을 도와주었다. 암무 취향의 이해할 수 없는 일탈 중 하나로, 작은 은색 스팽글이 달린 빳빳한 노란 레이스가 잔뜩인데다 양어깨에 리본도 하나씩 달려 있다. 프릴이 달린 치마는 플레어 스커트로 만들기 위해 버크램 천을 덧댔다. 라헬은 선글라스와 드레스가 별로 안 어울릴까봐 걱정했다.

암무는 구김 하나 없는 드레스와 한 벌인 속바지를 내밀었다. 라헬은 암무의 어깨를 잡고(왼다리 넣고, 오른다리 넣고) 새 속바지를 입은 후 암무의 보조개에(왼뺨에, 오른뺨에) 각각 입을 맞추었다. 고무줄이 배에 부드럽게 착 닿았다.

"고마워요, 암무." 라헬이 말했다.

"뭐가?" 암무가 물었다.

"새 드레스와 속바지요." 라헬이 말했다.

암무가 미소를 지었다. "그래, 우리 예쁜이" 하고 암무가 답했지만 슬프게 들렸다.

그래, 우리 예쁜이.

라헬의 마음에 내려앉은 나방이 털이 빽빽한 다리를 들어올렸다. 그러고는 다시 내렸다. 그 작은 다리는 차가웠다. 그녀의 어머니가 그녀를 조금 덜 사랑했다.

시 퀸 호텔의 방에서 달걀과 필터커피 냄새가 났다.

차까지 가는 길에 에스타는 수돗물이 담긴 이글 보온병을 들었다. 라헬은 끓인 물이 담긴 이글 보온병을 들었다. 이글 보온병에는 날개를 활짝 펴고 발톱으로 지구를 움켜쥔 '보온병 이글'의 모습이 그려져 있었다. '보온병 이글'은 낮 동안에는 세상을 지켜보고 밤 동안에는 보온병 주위를 날아다닐 거라고 쌍둥이는 믿었다. 날개에 달빛을 받으며 올빼미처럼 조용히 날 거라고.

에스타는 뾰족한 칼라가 달린 빨간 긴팔 셔츠에 검은 홀태바지를 입었다. 올려 빗은 머리가 힘있게 서 있어 놀란 것처럼 보였다. 잘 휘저은 달걀흰자처럼.

에스타는 공항용 드레스를 입은 라헬이 바보 같아 보인다고—근거

가 있으니까 인정해야 한다며—말했다. 라헬이 그를 찰싹 때렸고 그
도 그녀를 찰싹 때렸다.

두 아이는 공항에서 서로 말도 하지 않았다.

차코는 평소에는 문두 차림이었지만, 그날은 우스꽝스럽게 꽉 끼는
양복을 입고 빛나는 미소를 띠고 있었다. 암무가 어색해 보이고 한쪽
으로 비뚤어진 그의 넥타이를 매만져주었다. 넥타이도 아침을 잔뜩 먹
어서 만족한 모양새였다.

"갑자기 무슨 일일까, 우리 '민중의 아버지'께서?" 암무가 빈정거
렸다.

하지만 그 말을 하면서 암무의 뺨에는 보조개가 패었는데, 차코가
너무나도 터질 듯해 보였기 때문이었다. 너무나도 행복해 보였다.

차코는 그녀를 찰싹 때리지 않았다.

그래서 그녀도 그를 찰싹 때리지 않았다.

차코는 시 퀸 호텔의 꽃집에서 빨간 장미를 두 송이 사서 조심스럽
게 들고 있었다.

서투르게.

애정이 넘치게.

케랄라 관광개발공사에서 운영하는 공항 상점엔 인도항공의 마스코
트인 마하라자(소, 중, 대), 백단으로 만든 코끼리(소, 중, 대) 그리고
종이로 만든 카타칼리 댄서 가면(소, 중, 대)이 가득차 있었다. 백단향
과 테리면 셔츠 안의 겨드랑이(소, 중, 대)에서 나는 역겨운 냄새가 공

기 중에 배어 있었다.

도착 라운지에는 실물 크기로 만든 시멘트 캥거루가 네 마리 있었고 시멘트 아기주머니에는 '나를 사용하세요'라고 쓰여 있었다. 주머니 안에는 시멘트 캥거루 새끼들 대신 담배꽁초며, 타버린 성냥개비, 병 뚜껑, 땅콩 껍데기, 구겨진 종이컵, 바퀴벌레가 들어 있었다.

구장나뭇잎을 씹고 뱉은 붉은 자국이 캥거루 배에 마치 갓 생긴 상처처럼 흩뿌려져 있었다.

'공항 캥거루'의 붉게 물든 입으로 지은 미소.

그리고 가장자리가 분홍빛인 귀.

그들을 꾹 누르면 배터리가 다된 목소리로 '엄-마'라고 말할 것만 같았다.

소피 몰이 탄 비행기가 하늘빛 봄베이-코친의 하늘에 나타나자, 사람들이 하나도 놓치지 않겠다는 양 쇠난간으로 몰려갔다.

도착 라운지는 사랑과 열성으로 가득찼는데 봄베이-코친 항공편이 '해외 귀국자'가 타는 항로였기 때문이었다.

그들의 가족들이 마중나와 있었다. 케랄라 전 지역에서. 긴 시간 버스를 타고. 란니에서, 쿠밀리에서, 비진얌에서, 우즈하부르에서. 공항에서 밤을 새운 사람들도 있었고, 음식을 싸들고 온 사람들도 있었다. 그리고 돌아갈 때 먹을 타피오카 칩과 차카 벨라이차투 과자도.

그들은 모두 거기 있었다—귀머거리 할머니, 관절염을 앓는 성미 고약한 할아버지, 남편을 그리워하는 아내, 꿍꿍이가 있는 삼촌, 사방으로 뛰어다니는 아이들. 재평가받게 될 약혼녀들. 아직도 사우디아라

비아 비자를 기다리는 교사의 남편. 지참금을 기다리고 있는 교사의 남편의 누이들. 전선공의 임신한 아내.

"대부분 청소부 계층이야"라고 베이비 코참마가 불쾌하게 말하고는, 난간에서 가까운 '좋은 자리'를 놓치기 싫어서 아이가 웃으며 주변 사람들에게 손을 흔드는 동안 주의가 산만한 아이의 고추를 빈병 안에 조준시키는 어떤 엄마 쪽으로 고개를 돌렸다.

"쉬……" 하고 아이의 엄마가 말했다. 처음에는 달래듯이, 그러다 성내듯이. 하지만 아이는 자기가 교황인 줄 알았다. 몇 번이고 미소를 짓고 손을 흔들었다. 고추를 병에 넣은 채.

"너희가 '인도 대사'라는 것 잊지 마라." 베이비 코참마가 라헬과 에스타에게 말했다. "네 나라에 대한 '첫인상'을 너희가 심어주는 거다."

'이란성 쌍둥이 대사.' '친애하는 E(lvis, 엘비스). 골반 대사님'과 'S(tick, 대). 벌레 대사님.'

빳빳한 레이스가 달린 드레스에 '도쿄의 사랑'으로 묶은 분수 머리를 한 라헬은 취향이 끔찍한 '공항 요정' 같았다. 그녀는 (노란 성당에서 장례식을 치를 때 다시 한번 같은 상황에 놓이겠지만) 축축한 엉덩이들과 엄숙한 열망에 둘러싸여 있었다. 라헬은 할아버지의 나방을 가슴에 품고 있었다. 라헬은 하늘빛 하늘에서 소리지르는, 사촌이 탄 그 강철 새에게서 시선을 돌렸고, 그러자 루비 같은 미소를 짓는 붉은 입의 캥거루가 공항 바닥을 시멘트처럼 가로질러갔다.

발꿈치 다음 발가락
발꿈치 다음 발가락

기다란 평발.

그들의 아기주머니 속엔 공항의 쓰레기.

가장 작은 캥거루가 영국 영화 속에서 퇴근길에 넥타이를 느슨하게 푸는 사람들처럼 목을 길게 뽑았다. 중간 크기의 캥거루가 자기 주머니를 뒤져 피울 수 있을 정도의 장초를 찾았다. 그 캥거루는 칙칙한 비닐봉지에서 오래된 캐슈너트를 발견했다. 설치류처럼 앞니로 그것을 깨물었다. 큰 캥거루가 합장을 하고서 인사를 하는 카타칼리 댄서의 그림과 함께 '케랄라 관광개발공사가 여러분을 환영합니다'라고 쓰인 입간판을 흔들어댔다. 캥거루가 흔들지 않는 쪽의 표지판에는 '다니합 영환 걸 신오 에안해 의료신향 도인'이라고 쓰여 있었다.

급히 라헬 대사는 인파를 파고들어가 공동 대사인 오빠에게 향했다.

'에스타 저거 봐! 에스타 저거 보라고!'

에스타 대사는 그러려고 하지 않았다. 그러고 싶지도 않았다. 수돗물이 든 이글 보온병을 메고 비행기가 덜컹거리며 착륙하는 것을 바라보며 끝없이 바닥으로 내려가는 기분이 들었다. 그 '오렌지드링크 레몬드링크 맨'이 어디서 자신을 찾을지 알기에. 아예메넴 공장에서. 미나찰 강둑에서.

암무는 핸드백을 들고 지켜보고 있었다.

차코는 장미를 들고서.

베이비 코참마는 툭 튀어나온 목사마귀와 함께.

이윽고 봄베이-코친 편 승객들이 나왔다. 시원한 공기에서 더운 공기로. 움츠렸던 몸을 펴고 도착 라운지로.

그리고 그들이, '해외 귀국자들'이, 링클프리 양복에 무지갯빛 선글라스를 쓰고 돌아왔다. '근사한' 슈트케이스에 끝없이 계속되는 빈곤을 끝낼 것들을 담고서. 초가지붕을 시멘트 지붕으로, 부모님 욕실에는 순간온수기를. 하수도와 정화조를. 긴 드레스와 하이힐을. 퍼프 소매와 립스틱을. 믹서와 카메라용 자동 플래시를. 몇 개인지 세어볼 열쇠들과 잠가둘 옷장들도 함께. 너무나도 오랫동안 맛보지 못했던 카파민 베비차투*를 빨리 먹고 싶다는 갈망과 함께. 사랑과 약간의 창피함과 함께, 마중나온 그들의 가족이 너무나…… 너무나…… 꼴사나웠다. '옷 입은 꼬락서니하고는! 공항에 나올 때 좀더 적합한 옷이 분명 있을 텐데! 왜 말라얄람 사람들은 치열이 저렇게 엉망이지?'

게다가 공항도 그래! 무슨 동네 버스 정류장 같다니까! 건물에 새똥이 있질 않나! 아, 캥거루에는 누가 침까지 뱉어놨네!

'으이구! 인도가 개판이네.'

긴 시간 버스를 타고 공항에서 하룻밤을 보내고, 사랑과 약간의 창피함이 섞이면 마음에 작은 균열이 생기고, 그 균열은 점점 커져 미처 알아차리기도 전에 '해외 귀국자들'은 '역사의 집' 밖에서 붙들려 자기네들의 꿈을 다시 꾸게 될 것이었다.

그리고, 거기, 링클프리 양복과 반짝이는 슈트케이스들 사이에 소피몰이 있었다.

골무로 음료를 마시던 아이.

---

* 타피오카와 민이라는 생선과 카레로 만든 케랄라 지역 음식.

관 속에서 재주넘던 아이.

소피 몰이 활주로를 걸어내려왔고, 머리에선 런던 냄새를 풍겼다.
노란 나팔바지 아랫단이 발목에 감겨 뒤로 팔락였다. 긴 머리가 밀짚
모자 아래로 흘러내렸다. 한 손은 어머니의 손을 잡고서. 다른 손은 병
사처럼 흔들며(왼, 왼, 왼오른왼).

> 저기
> 소녀가 있네
> 큰 키에
> 마른 그리고
> 하얀 피부
> 그녀의 머리는
> 그녀의 머리는
> 연한 빛깔이라네
> 새―앵―강 (왼왼, 오른)
> 저기
> 소녀가 있네―

마거릿 코참마가 '그만하라'고 했다.
그래서 소피 몰은 '그만뒀다'.

"걔가 보이니, 라헬?" 암무가 물었다.
고개를 돌리니 구김 없는 새 속바지를 입은 딸이 시멘트 유대류와

어울려 지내고 있었다. 그녀는 가서 꾸짖으며 라헬을 데려왔다. 차코
는 이미 다른 걸 들고 있어서 라헬을 목말을 태울 수 없다고 말했다.
빨간 장미 두 송이.

서투르게.

애정이 넘치게.

소피 몰이 도착 라운지로 걸어들어왔을 때, 라헬은 흥분과 미움
을 참지 못하고 에스타를 세게 꼬집었다. 손톱과 손톱 사이의 에스타
의 살. 에스타가 라헬의 손목을 양손으로 움켜쥐고 서로 다른 방향으
로 비틀어 라헬에게 '중국식 팔찌'를 채웠다. 피부가 부풀어올랐고 아
팠다. 부푼 자국을 핥자 짠맛이 났다. 손목 위의 침은 시원했고 아픔을
덜어주었다.

암무는 전혀 몰랐다.

'마중나온 사람들'과 '마중받을 사람들'을, '환영 나온 사람들'과 '환
영받을 사람들'을 높은 쇠난간이 가로지르는 가운데, 차코가 환한 얼
굴로 양복과 삐뚤어진 넥타이가 터질 지경으로 몸을 숙여 새 딸과 전
처에게 인사를 했다.

에스타가 속으로 말했다. '인사.'

"안녕하신가, 우리 숙녀님들." 차코가 '낭독조'의 목소리(지난밤 사
랑, 광기, 희망, 무하안 기쁨이라고 말했던 그 목소리)로 말했다. "그
래, 여행은 어땠어?"

그리고 '공기'는 '생각'과 '할말들'로 가득찼다. 하지만 이런 때에는
오직 '작은 것들'만 말해지는 법이다. '큰 것들'은 말해지지 않은 채 안
으로 몸을 숨긴다.

"안녕하세요, 반갑습니다 해야지?" 마거릿 코참마가 소피 몰에게 시켰다.

"안녕하세요, 반갑습니다." 소피 몰이 쇠난간 건너편에서 특별히 누구에게랄 것도 없이 모두에게 말했다.

"하나는 당신 거고 하나는 네 거야." 차코가 장미를 들고 말했다.

"그럼 고맙습니다?" 마거릿 코참마가 소피 몰을 부추겼다.

"그럼 고맙습니다?" 소피 몰이 어머니의 물음표 부분까지 따라서 차코에게 말했다.

마거릿 코참마가 소피 몰의 버릇없음을 꾸짖으려 그녀를 살짝 흔들었다.

"천만에." 차코가 말했다. "이제 모두 소개해야지." 그러고 나서 실은 마거릿 코참마는 소개할 필요가 없는데도 옆에서 구경하는 사람들과 엿듣는 사람들에게 보란듯이 말했다. "내 처, 마거릿."

마거릿 코참마는 미소 지으며 그에게 장미를 흔들어 보였다. '전처겠지, 차코!' 입술로는 그렇게 말했지만 소리 내진 않았다.

차코가 마거릿 같은 아내를 뒀음을 자랑스러워하고 행복해한다는 것을 누구라도 알 수 있었다. 백인. 꽃무늬 드레스에 가려진 두 다리. 등에는 갈색 등주근깨. 팔에는 팔주근깨.

하지만 그녀 주위에는 어쩐지 슬픈 공기가 감돌았다. 그리고 그녀의 눈웃음 뒤로 '비애'가 새로이 푸르게 빛나고 있었다. 불행을 가져온 그 자동차 사고 때문에. 우주에 조 모양으로 남은 구멍 때문에.

"모두들 안녕하세요?" 그녀가 말했다. "아주 오래전부터 알고 지낸 기분이네요."

안녕하세요, 벽.

"내 딸, 소피" 하며 차코는 작게 웃었는데, 마거릿 코참마가 "딸이었 겠지"라고 할까봐 염려하는 불안한 웃음이었다. 하지만 그녀는 아무 말도 하지 않았다. 차코의 웃음은 충분히 이해할 수 있는 웃음이었다. 에스타가 이해할 수 없었던 '오렌지드링크 레몬드링크 맨'의 웃음과는 달랐다.

"녕하세요." 소피 몰이 말했다.

그녀는 에스타보다 키가 컸다. 덩치도 컸다. 소피 몰의 눈은 푸른잿 빛푸른빛이었다. 흰 피부는 해변의 백사장 빛깔이었다. 하지만 모자 아래의 머리카락은 아름답고 짙은 적갈색이었다. 그리고 정말로(그래 정말로!) 파파치의 코가 그녀의 코 안에 대기하고 있었다. 영국 제국 곤충학자의 코를 숨겨둔 코. 나방 애호가의 코. 그녀는 가장 아끼는 영 국제 고고 핸드백을 들고 있었다.

"암무, 내 여동생." 차코가 말했다.

암무가 마거릿 코참마에게는 어른답게 안녕하세요 하고, 소피 몰에 게는 아이에게 하듯 안녕 하고 인사했다. 라헬은 매처럼 눈을 날카롭 게 뜨고 암무가 소피 몰을 얼마나 사랑하는지 가늠해보려 했지만 알 수 없었다.

갑자기 불어온 바람처럼 웃음소리가 도착 라운지를 휘감았다. 말라 얄람 영화계에서 가장 유명하고 가장 사랑받는 코미디언인 아두르 바 시가 방금 (봄베이-코친 편으로) 도착한 것이다. 감당할 수 없이 많은 작은 짐과 부끄러운 줄 모르는 대중의 아첨을 떠안은 그는 뭔가 보여 줘야 할 것만 같았다. 계속해서 짐꾸러미를 떨어뜨리며 "엔데 데이보마이! 에 사단안갈!"*이라고 말했다.

에스타가 높은 소리로 즐거운 웃음을 터뜨렸다.

"암무, 저기 봐요! 아두르 바시가 자기 물건을 떨어뜨려요!" 에스타가 말했다. "자기 물건 하나 제대로 못 드네!"

"일부러 그러는 거다." 베이비 코참마가 낯설고 새삼스러운 영국식 억양으로 말했다. "그냥 무시하거라."

"저 사람은 필름액터다." 그녀가 마거릿 코참마와 소피 몰에게 설명했는데, 그녀가 '필 맥터'라고 발음하는 것을 듣노라면 아두르 바시가 마치 때때로 'fil(채우는)하는 맥터'같이 들렸다. "그냥 관심 끌려는 것뿐이야." 베이비 코참마는 그러고는 단호하게 주의를 기울이기를 거부했다.

하지만 베이비 코참마는 틀렸다. 아두르 바시는 관심을 끌려는 것이 아니었다. 단지 이미 끌고 있던 관심을 받아들이려 하는 것뿐이었다.

"우리 고모 베이비야." 차코가 말했다.

소피 몰은 곤혹스러웠다. 두 눈을 반짝이며 흥미롭게 베이비 코참마를 바라보았다. 그녀는 소의 베이비도 개의 베이비도 알았다. 곰의 베이비도, 그래. (곧 라헬에게 박쥐 베이비도 보여줄 것이다.) 하지만 고모 베이비라니 당황스러웠다.

베이비 코참마가 "안녕, 마거릿" "안녕, 소피 몰" 하고 말했다. 그녀는 소피 몰이 아주 예뻐서 나무의 요정이 떠오른다고 했다. 에어리얼이.

"너 에어리얼이 누군지 아니?" 베이비 코참마가 소피 몰에게 물었

---

* "맙소사! 이 녀석!"

다. "『템페스트』에 나오는 에어리얼 아니?"

소피 몰은 모른다고 답했다.

"'벌이 꿀을 빠는 곳, 거기서 나도 꿀을 빠네'는?" 베이비 코참마가
물었다.

소피 몰은 모른다고 답했다.

"'카우슬립 꽃봉오리 속에 나도 눕네'는?"

소피 몰이 모른다고 답했다.

"셰익스피어의 『템페스트』는?" 베이비 코참마는 끈질겼다.

물론 이 모든 것은 마거릿 코참마에게 자신의 권위를 알리기 위해서
였다. 자신은 청소부 계층과는 다르다는 것을.

"잘난 척하려는 거야." E. 골반 대사가 S. 벌레 대사의 귀에 속삭였
다. 라헬 대사의 킬킬거리는 웃음소리가 청록색(잭프루트 청파리의 색
깔) 거품방울에 든 채 빠져나왔고 공항의 뜨거운 공기 속에서 터졌다.
팟! 하는 소리가 났다.

베이비 코참마가 그것을 보았고 원흉이 에스타임을 알아차렸다.

"자, 이제 VIP들 차례." 차코가 (여전히 '낭독조'로) 말했다.

"우리 조카 에스타펜."

"엘비스 프레슬리" 하고 베이비 코참마가 되돌려줬다. "유감스럽지
만 여기는 시대에 좀 뒤떨어져서 말이야." 모두들 에스타를 보며 웃음
을 터뜨렸다.

에스타 대사의 베이지색 뾰족한 신발 바닥에서 성난 감정이 올라와
가슴께에서 멈췄다.

"반갑구나, 에스타펜?" 마거릿 코참마가 말했다.

"괜찮아요고맙습니다." 에스타의 목소리가 뚱했다.

"에스타," 암무가 다정하게 말했다. "누가, 반갑습니다 하면 너도 반갑습니다라고 하는 거야. '괜찮아요, 고맙습니다'가 아니고. 자, 말해 봐, 반갑습니다."

에스타 대사가 암무를 쳐다보았다.

"어서," 암무가 에스타에게 말했다. "반갑습니다?"

에스타의 졸린 눈은 완강했다.

말라얄람어로 암무가 말했다. "내가 한 말 못 들었니?"

에스타 대사는 푸른잿빛푸른빛 눈과 영국 제국 곤충학자의 코가 자신을 향하는 것을 느꼈다. 에스타 안에 반갑습니다는 없었다.

"에스타펜!" 암무가 말했다. 성난 감정이 올라와 가슴께에서 멈췄다. '필요 이상으로 성난 감정'이었다. 그녀는 자신의 관할권 안에서 행해진 이 공개적인 반항이 어쩐지 굴욕스러웠다. 그녀는 순조롭게 진행되길 원했었다. '인도-영국 예의범절대회'에서 아이들이 상을 받기를 바랐다.

차코가 암무에게 말라얄람어로 말했다. "제발. 나중에. 지금 그러지 말고."

그러자 암무의 성난 눈길이 에스타에게 꽂히며 말했다. 좋아. 나중에.

그리하여 '나중에'는 무섭고, 위협적인, 소름을 돋게 하는 단어가 되었다.

'나. 중. 에.'

이끼 긴 우물 깊은 곳에서 들려오는 듯한 종소리. 사시나무 떨듯 떠는, 그리고 털로 뒤덮인. 나방의 발처럼.

공연은 망쳐졌다. 몬순 때의 피클처럼.

"그리고 우리 조카딸." 차코가 말했다. "라헬 어디 있지?" 주위를 둘러보았지만 보이지 않았다. 라헬 대사는 자신의 인생이 시소처럼 오락가락하는 것을 감당할 수 없어서 더러운 공항 커튼으로 제 몸을 소시지처럼 말았는데 풀 수가 없었던 것이다. 바타 샌들을 신은 소시지.

"그냥 무시해요." 암무가 말했다. "관심 끌려는 것뿐이니까."

암무도 틀렸다. 라헬은 받아 마땅한 관심을 끌지 않으려 했던 것뿐이다.

"안녕, 라헬." 마거릿 코참마가 더러운 공항 커튼 쪽으로 인사를 건넸다.

"반갑습니다." 더러운 커튼이 웅얼거리는 소리로 대답했다.

"나와서 인사하지 않을래?" 마거릿 코참마가 친절한 교사 같은 목소리로 말했다. (그들의 눈에서 악마를 보기 전의 미튼 양처럼.)

라헬 대사가 커튼에서 나오지 않는 것은 나올 수 없기 때문이었다. 나올 수 없기 때문에 나올 수 없는 것이다. '모든 것'이 잘못됐기 때문이었다. 그리고 곧 라헬과 에스타 모두에게 '나. 중. 에'가 있을 것이다.

털이 빽빽한 나방과 얼음 같은 나비들이 가득. 그리고 깊이 울리는 종. 그리고 이끼.

그리고 '간올빼미Now!'도.

더러운 공항 커튼은 커다란 위안이자 어둠이자 방패였다.

"그냥 무시해요." 암무가 말하면서 굳은 미소를 지었다.

라헬의 마음은 푸른잿빛푸른빛 눈을 한 맷돌들로 가득찼다.

암무는 이젠 라헬을 아까보다도 덜 사랑했다. 그리고 차코는 '본론'

으로 들어갔다.

"저기 가방이 나오는군!" 차코가 쾌활하게 말했다. 그 자리를 뜰 수 있는 게 기뻐서.

"가자, 소피킨스Sophiekins, 네 가방을 가지러 가자."

소피킨스.

에스타는 그들이 난간을 따라 인파를 헤치며 가는 모습을 보았는데, 사람들은 차코의 양복과 삐뚤어진 넥타이와 터질 것 같은 몸집에 겁을 먹고 비켜섰다. 배가 워낙 커서 차코의 걸음걸이는 늘 언덕길을 오르는 사람처럼 보였다. 삶의 가파르고 미끄러운 비탈길을 낙관적으로 헤쳐나가는. 그는 난간의 이쪽을, 마거릿 코참마와 소피 몰은 저쪽을 따라 걸었다.

소피킨스.

모자를 쓰고 견장을 달고서 '앉아 있던 남자'도 차코의 양복과 삐뚤어진 넥타이에 겁먹고 수하물 찾는 곳으로 들어가게 해주었다.

그들 사이에 더이상 난간이 없어지자 차코는 마거릿 코참마에게 키스하고는 소피 몰을 안아올렸다.

"마지막으로 이렇게 안았을 때는 괴로워서 셔츠를 적셨었지" 하고 차코는 웃음을 터뜨렸다. 소피 몰을 안고, 안고, 또 안았다. 소피 몰의 푸른잿빛푸른빛 눈에, 곤충학자의 코에, 모자를 쓴 적갈색 머리칼에 키스를 했다.

그러자 소피 몰이 차코에게 "음…… 잠깐만요. 이제 내려줄래요? 저는 음…… 이렇게 안기는 게 정말 익숙지 않아서요."

그래서 차코는 소피 몰을 내려줬다.

에스타 대사는 (완강한 눈으로) 차코의 양복이 갑자기 헐렁해진 것을, 덜 터질 듯해진 것을 보았다.

그리고 차코가 가방들을 찾는 동안, 더러운 커튼이 쳐진 창문에서 '나. 중. 에'는 '지금'이 되었다.

에스타는 베이비 코참마의 목사마귀가 입맛을 다시고, 맛있으리라는 기대감에 떠는 것을 보았다. 둥두둥, 둥두둥. 카멜레온처럼 둥녹색, 둥청흑색, 둥황갈색으로 색깔이 바뀌었다.

쌍둥이를 먹잇감으로
그렇게 하기로

"좋아," 암무가 말했다. "그만해라. 둘 다. 거기서 나와, 라헬!"

커튼 안에서 라헬은 눈을 감고 초록빛 강을, 고요히 깊게 헤엄치는 물고기를, 그리고 햇빛을 받은 잠자리의 거미줄처럼 얇은(그래서 뒤가 비치는) 날개를 생각했다. 벨루타가 만들어준 고기가 가장 잘 낚인 행운의 낚싯대를 생각했다. 어리석은 물고기가 입질할 때마다 살짝 잠기던 찌가 달린 노란 대나무. 라헬은 벨루타를 생각하며 지금 함께 있었으면 좋겠다고 생각했다.

그때 에스타가 그녀를 커튼에서 풀어주었다. 시멘트 캥거루들이 지켜보고 있었다.

암무가 그들을 바라보았다. 베이비 코참마의 떨리는 목사마귀가 내는 소리 외엔 '공기'가 쥐죽은듯했다.

"그래서." 암무가 말했다.

사실 그건 질문이었다. 그래서?

그리고 대답은 없었다.

에스타 대사는 아래를 내려다보았고, 자신의 신발(성난 감정이 올라오던)이 베이지색이고 뾰족한 게 보였다. 라헬 대사가 아래를 내려다보았고, 자신의 발가락이 바타 샌들 속에서 서로 떨어지려 한다는 게 보였다. 다른 사람의 발에 가서 붙으려고 씰룩거렸다. 그런데 멈출 수가 없었다. 곧 라헬은 발가락을 잃고 철도 건널목의 문둥이처럼 붕대를 감게 될 것이다.

"다시 한번," 암무가 말했다. "정말이다. **다시 한번**, 또 한번 '사람들' 앞에서 내 말을 어기면, 반드시 너희들이 예의범절을 기필코 배우게 될 어딘가로 보내버릴 거다. 알았니?"

암무는 정말 화가 날 때면 '기필코'라고 말하곤 했다. '기필코'는 그 안에 죽은 사람들이 웃고 있는 깊고 깊은 우물이다.*

"알. 았. 니?" 암무가 다시 물었다.

겁먹은 눈과 분수가 암무를 쳐다보았다.

졸린 눈과 소스라친 부풀린 머리가 암무를 쳐다보았다.

두 개의 머리가 세 번 끄덕였다.

네. 알았. 어요.

하지만 베이비 코참마는 무한한 가능성을 가진 이 상황이 이렇게 흐지부지되어 못마땅했다. 그녀가 고개를 획 쳐들었다.

---

* '기필코'란 뜻의 구식 영어 jolly well을 문자 그대로 직역하면 즐거운 우물이 되는 것에 기인한 말장난.

"잘도!" 그녀가 말했다.

잘도!

암무가 그녀를 돌아다봤는데, 그건 질문과 마찬가지였다.

"소용없다." 베이비 코참마가 말했다. "쟤들은 교활해. 쟤들은 무례해. 기만적이고. 제멋대로 크고 있어. 넌 쟤들 못 다뤄."

암무가 다시 에스타와 라헬을 돌아다봤고, 그녀의 눈은 뿌얘진 보석이었다.

"모두 아이들에겐 바바가 필요하다고 말해. 하지만 나는 아니라고 대답해. 우리 애들은 아니라고. 왠지 아니?"

두 개의 머리가 끄덕였다.

"왠데. 말해보렴." 암무가 말했다.

그러자 완전히 동시에는 아니었지만 거의 동시에, 에스타펜과 라헬이 말했다. "왜냐하면 암무는 우리의 암무이자 우리의 바바이고, 암무는 우리를 '두 배'로 사랑하니까요."

"'두 배' 이상이지." 암무가 말했다. "그러니 내가 한 말을 기억하렴. 사람들의 감정은 소중한 거야. 너희들이 '사람들' 앞에서 내 말을 듣지 않으면 모든 사람이 너희에게 잘못된 인상을 갖게 된단다."

"참 대단한 대사 노릇들 했다!" 베이비 코참마가 말했다.

E. 골반 대사와 S. 벌레 대사가 고개를 떨구었다.

"그리고 또하나, 라헬." 암무가 말했다. "이젠 '깨끗하다'와 '더럽다'의 차이를 알 때도 된 것 같구나. 특히 이 나라에서는."

라헬 대사가 아래를 내려다보았다.

"네 원피스는 깨끗해, 아니 '깨끗했었다'." 암무가 말했다. "저 커튼은 더럽다. 저 캥거루들은 '더럽다'. 네 손은 '더럽다'."

라헬은 암무가 '깨끗하다'와 '더럽다'를 너무나 크게 말해 무서워졌다. 마치 귀머거리에게 말하는 것만 같았다.

"자, 가서 제대로 인사하렴." 암무가 말했다. "할 거니, 말 거니?"

머리 두 개가 두 번 끄덕였다.

에스타 대사와 라헬 대사가 소피 몰 쪽으로 걸어갔다.

"예의범절을 '기필코 배우게 될 어딘가'로 보내진다는 게 어딜 것 같아?" 에스타는 라헬에게 속삭였다.

"'정부'로." 라헬은 어딘지 알고 있었기에 그렇게 다시 속삭였다.

"반갑다." 에스타가 암무에게 들릴 만큼 큰 소리로 소피 몰에게 인사했다.

"라두 과자 하나, 파이스 동전 두 개만큼." 소피 몰이 에스타에게 속삭였다. 학교에서 파키스탄인 반 친구에게 배운 말이었다.

에스타가 암무를 쳐다봤다.

암무의 표정은 '걔가 무슨 말을 하든 너는 올바른 일을 해라'라고 말하고 있었다.

공항 주차장을 가로지르는 동안 더위가 그들의 옷으로 기어들어가 구김 없던 속바지를 땀으로 적셨다. 아이들은 뒤처져서 주차된 승용차와 택시 사이를 누볐다.

"'너희 집'에선 너희를 때리니?" 소피 몰이 물었다.

라헬과 에스타는 무슨 속셈으로 묻는지 확실치 않아 아무 말도 하지 않았다.

"'우리집'은 때려." 소피 몰이 어서 말해보라는 듯이 말했다. "심지어 철썩 '갈기기도' 해."

"'우리는' 그러지 않아." 에스타가 충성스럽게 말했다.

"운이 좋구나." 소피 몰이 말했다.

용돈을 받는 운좋은 부잣집 아이. 그리고 물려받을 할머니 공장도 있고. 아무 걱정도 없구나.

그들은 형식적인 1일 단식 파업중인 3급 공항노동자조합원들을 지나갔다. 그리고 형식적인 1일 단식 파업중인 3급 공항노동자조합원들을 바라보는 사람들을 지나갔다.

그리고 그 사람들을 바라보는 사람들을 바라보는 사람들도 지나갔다.

커다란 벵골보리수에 주석으로 만든 작은 표지판이 있었다. '성병 섹스 고민은 O. K. 조이 박사와 상담하세요.'

"'세상'에서 '누구'를 '가장' 사랑해?" 라헬이 소피 몰에게 물었다.

"조." 소피 몰이 망설임 없이 대답했다. "우리 아빠. 두 달 전에 죽었어. 우리는 그 '충격'에서 '벗어나려고' 온 거야."

"하지만 차코가 네 아빠야." 에스타가 말했다.

"그 사람은 그냥 내 진짜 아빠고." 소피 몰이 말했다. "조가 우리 아빠야. 아빠는 절대 때리지 않아. 거의."

"죽었는데 어떻게 때릴 수 있어?" 에스타가 논리적으로 물었다.

"너희 아빠는 어디 있어?" 소피 몰이 궁금해했다.

"우리 아빠는……" 라헬이 도움을 청하려 에스타를 보았다.

"……여기 없어." 에스타가 말했다.

"내 리스트를 말해볼까?" 라헬이 소피 몰에게 물었다.

"좋을 대로 해." 소피 몰이 말했다.

라헬의 '리스트'는 혼란을 정리하려는 시도였다. 라헬은 사랑과 의무감 사이에서 늘 갈등하며 계속해서 수정했다. 결코 그녀의 감정의 진실한 척도는 아니었다.

"첫째는 암무와 차코." 라헬이 말했다. "다음은 맘마치—"

"우리 외할머니야." 에스타가 명확히 했다.

"네 오빠보다 더?" 소피 몰이 물었다.

"우리는 리스트에 넣지 않아." 라헬이 말했다. "그리고 오빠도 변할지 몰라. 암무가 그랬어."

"무슨 말이야? 뭘로 바뀐다는 거야?" 소피 몰이 물었다.

"돼지 같은 남성우월주의자로." 라헬이 말했다.

"그럴 일 없어." 에스타가 말했다.

"어쨌든, 맘마치 다음은 벨루타, 그다음엔—"

"벨루타가 누구야?" 소피 몰이 알고 싶어 했다.

"우리가 사랑하는 사람." 라헬이 말했다. "그리고 벨루타 다음엔, 너야." 라헬이 말했다.

"나? 나를 왜 사랑해?" 소피 몰이 물었다.

"왜냐하면 우리는 사촌이니까. 그러니까 그래야만 해." 라헬이 경건하게 말했다.

"하지만 넌 나를 알지도 못하잖아." 소피 몰이 말했다. "그리고 어쨌든 난 너를 사랑하지 않아."

"하지만 나를 알게 되면 그렇게 될 거야." 라헬이 확신했다.

"과연 그럴까." 에스타가 말했다.

"왜?" 소피 몰이 물었다.

"왜냐하면," 에스타가 말했다. "어쨌든 잰 틀림없이 난쟁이가 될 거
니까."

난쟁이를 사랑하는 것은 절대 불가능하다는 듯이.

"그렇게 되지 않아." 라헬이 말했다.

"될 거야." 에스타가 말했다.

"되지 않아."

"될 거야."

"되지 않아."

"될 거야. 우리는 쌍둥이야." 에스타가 소피 몰에게 설명했다. "근데
얘가 얼마나 더 작은지 봐봐."

라헬이 친절하게도 숨을 깊게 들이쉬더니 가슴을 내밀며 공항 주차
장에서 에스타와 등을 맞대고 서서 소피 몰에게 자신이 얼마나 더 작
은지 볼 수 있도록 했다.

"어쩌면 소인이 될지도 모르겠다." 소피 몰이 넌지시 말했다. "그건
난쟁이보다는 크지만 어…… '사람'보다는 작은 거야."

이 타협안을 어떻게 받아들여야 할지 몰라 둘은 잠자코 있었다.

도착 라운지 입구에서는, 희미한 붉은 입을 가진 캥거루 모양의 실
루엣이 라헬에게만 시멘트 발을 흔들었다. 시멘트 키스는 작은 헬리콥
터처럼 허공을 휘르르 날아왔다.

"너네 뽐내면서 걷는 법 알아?" 소피 몰이 물었다.

"아니. 인도에서는 뽐내며 걷지 않아." 에스타 대사가 말했다.

"영국에서는 그렇게 걸어." 소피 몰이 말했다. "모델들은 다 그래.

텔레비전에서. 봐봐. 쉬워."

그리고 세 아이는 소피 몰을 선두로 패션모델처럼 몸을 흔들며 공항 주차장을 뽐내며 걸었고, 이글 보온병과 영국제 고고 핸드백이 아이들의 엉덩이 여기저기에 부딪쳤다. 땀에 젖은 난쟁이들이 뻐기면서 걸어갔다.

그림자들이 뒤를 따랐다. 푸른 교회 하늘 위의 은빛 제트비행기들, 빛줄기 속 나방들처럼.

테일핀 달린 하늘색 플리머스가 소피 몰에게 미소 지었다. 크롬범퍼의 상어미소.

파라다이스 피클 자동차미소.

페인트로 그려진 피클병과 파라다이스 사의 상품 목록이 담긴 광고판을 보고 마거릿 코참마는 "어머나! 내가 광고 속에 있는 것 같네"라고 말했다. 그녀는 어머나!를 연발했다.

어머나! 어머나어머나!

"파인애플 슬라이스도 만드는 줄 몰랐어요!" 그녀가 말했다. "소피가 파인애플 좋아하는데, 그치, 소피야?"

"가끔요." 소피가 말했다. "가끔 싫을 때도 있고요."

마거릿 코참마가 갈색 등주근깨와 팔주근깨와 다리를 가린 꽃무늬 드레스와 함께 광고 속에 올라탔다.

소피 몰이 앞좌석에 차코와 마거릿 코참마 사이에 앉아서 그녀의 모자만 보였다. 그녀는 그들의 딸이라 앞에 앉았다.

라헬과 에스타는 뒤에 앉았다.

가방은 부트에 실렸다.

부트boot는 참 괜찮은 말이었다. 스터디sturdy는 형편없는 말이었다.

에투마누르 근처에서 죽은 사원 코끼리*를 지나쳤는데, 도로에 떨어진 고압선에 감전된 것이었다. 에투마누르 시청에서 기술자가 나와 사체 처리를 감독하고 있었다. 이번 결정이 앞으로 '정부의 후피동물 사체 처리'시 선례가 될 것이기 때문에 주의를 기울여야만 했다. 가볍게 처리할 문제가 아니었다. 소방차 한 대와 어쩔 줄 몰라하는 소방관들이 있었다. 시청 공무원은 서류를 들고서 뭐라고 자꾸 외쳐댔다. '조이 아이스크림' 차가 있었고, 땅콩이 여덟아홉 알 이상 들어가지 않도록 종이를 교묘하게 가는 원뿔 모양으로 말아서 파는 땅콩장수 한 사람이 있었다.

소피 몰이 말했다. "저기 봐요, 죽은 코끼리네."

차코가 차를 멈추고 혹시 그 코끼리가 한 달에 한 번 코코넛을 가지러 아예메넴 저택에 오는 아예메넴 사원의 코끼리인 코추 톰반('작은 상아를 가진 동물')인지 물었다. 다른 코끼리라고 했다.

전혀 모르는 코끼리라는 것에, 아는 코끼리가 아니라는 것에 안심한 그들은 계속 차를 몰았다.

"다항이다." 에스타가 말했다.

"다행이다겠지, 에스타." 베이비 코참마가 발음을 고쳐주었다.

도중에 소피 몰은 미처리된 고무의 악취가 다가올 때 처음에 훅 끼치는 냄새를 알아차리는 법을 배웠고, 그것을 운반하는 트럭이 지나가

_____

* 인도 힌두 사원 소유의 코끼리로 제식이나 축제에서 우산과 깃털로 장식하고 행진하거나 신상(神像)을 운반한다.

214

고도 한참 동안 코를 틀어막고 있어야 한다는 것도 배웠다.

베이비 코참마가 자동차 노래를 부르자고 제안했다.

에스타와 라헬은 고분고분한 목소리로 영어 노래를 불러야 했다. 경쾌하게. 일주일 내내 연습했던 티가 나지 않게. E. 골반 대사와 S. 벌레 대사가.

집-뻐하라 신- 안에서 느-을

다시 말하노니 집-뻐하라

그들의 '프레르 **넌** 씨 에이션'은 완벽했다.

플리머스는 초록의 한낮 열기를 지나, 차 지붕에 피클 광고판을 이고서, 테일핀에 하늘빛 하늘을 담고서 달려갔다.

아예메넴 바로 외곽에서 그들은 배추색 나비와 부딪쳤다. (아니 어쩌면 나비가 차에 부딪친 걸지도.)

7
지혜 연습장

파파치의 서재에는 바스러진 나비와 나방 표본이 유리 진열상자 바닥에 무지갯빛 작은 먼지 더미로 쌓여 있었고, 그것들을 꽂았던 핀에는 아무것도 남아 있지 않았다. 잔혹한. 서재는 곰팡이와 사용하지 않는 방 특유의 냄새로 진동했다. 오래된 형광초록색 훌라후프 하나가 벽의 나무걸이에 걸려 있었는데, 버려진 거대한 성자의 후광 같았다. 검고 빛나는 개미 행렬이 창턱을 지나가고 있었고, 개미들의 엉덩이는 치켜들려 있어서 버스비 버클리의 뮤지컬에서 짧은 스텝으로 걷는 코러스걸처럼 보였다. 태양을 등지고 그림자가 늘어섰다. 광택이 흘러 아름다웠다.

(테이블 위에 스툴을 놓고 그 위에 선) 라헬이 흐릿하고 지저분한 유리문이 달린 책장을 뒤지고 있었다. 그녀의 맨발 자국이 바닥의 먼지

위에 또렷이 찍혀 있었다. 발자국은 문에서 (책장까지 끌고 간) 테이블로, (테이블로 끌고 가서 그 위에 들어올려진) 스툴로 이어졌다. 그녀는 뭔가를 찾고 있었다. 그녀의 삶은 이제 어느 정도 크기와 모양을 갖추고 있었다. 눈 밑에는 반달 모양의 주름이 져 있었고, 그녀의 지평선에는 트롤들이 한 무리 있었다.

책장의 맨 위 칸에는 파파치의 『인도의 곤충 재산』 세트의 가죽 장정이 책마다 솟아올라서 물결 모양의 석면슬레이트처럼 휘어져 있었다. 좀벌레가 책장을 지나가며 터널을 뚫었고, 종種에서 종으로 변덕스럽게 굴을 파서 체계화된 정보들을 누런 레이스로 바꾸어놓았다.

라헬은 늘어선 책들 뒤편을 더듬어 숨겨진 것들을 꺼냈다.

매끈한 조개껍데기 하나와 뾰족뾰족한 조개껍데기 하나.

콘택트렌즈를 넣는 플라스틱 케이스 하나. 오렌지색 피펫 하나.

구슬 줄에 달린 은 십자가상. 베이비 코참마의 묵주.

그녀는 그것을 들고 햇빛에 비춰보았다. 탐욕스러운 구슬 한 알 한 알이 제 몫의 햇빛을 움켜쥐었다.

그림자 하나가 서재 바닥에 햇빛이 비춰드는 직사각형으로 떨어졌다. 라헬은 그녀의 빛줄기와 함께 문 쪽으로 향했다.

"생각해봐. 이게 아직 여기 있어. 내가 훔쳤지. 네가 '돌려보내진' 다음에."

그 말이 너무도 쉽게 흘러나왔다. 돌려보내지다. 마치 그것이 쌍둥이의 운명인 것처럼. 빌려가고 돌려보내지고. 도서관의 책처럼.

에스타는 고개를 들지 않았다. 그의 마음엔 기차가 가득차 있었다. 그가 문간에서 빛을 막아섰다. 우주에 생긴 에스타 모양의 구멍.

책 뒤에서 라헬의 어리둥절한 손가락에 뭔가 다른 것이 걸렸다. 같은 생각을 가진 또다른 까치*가 있었던 것이다. 손에 잡힌 것을 꺼내 셔츠 소매로 먼지를 닦았다. 투명한 비닐에 싸서 셀로판테이프로 봉한 납작한 꾸러미였다. 안에 든 하얀 종이에 에스타펜과 라헬이라고 쓰여 있었다. 암무의 필체였다.

안에는 너덜너덜한 공책 네 권이 들어 있었다. 표지에는 이름, 학교/대학, 학급, 과목 쓰는 칸과 함께 지혜 연습장이라고 쓰여 있었다. 두 권에는 그녀의 이름이, 두 권에는 에스타의 이름이 적혀 있었다.

그중 한 권의 뒤표지 안쪽에 어린아이 글씨로 뭔가가 쓰여 있었다. 한 글자 한 글자 공들여 쓴 것으로 단어 사이의 간격이 불규칙했고, 제멋대로 엇나가는 연필을 통제하려 애쓴 흔적이 역력했다. 반대로 거기에 담긴 감정은 아주 명료했다. "나는 미튼 양이 싫다. 그 여자 슈바지가 **찢어진** 것 같다."

그 공책의 표지에는 에스타가 자신의 성姓을 침으로 문질러 지워서 그걸로 종이의 절반이 채워져 있었다. 엉망이 된 그 자리에 그는 연필로 무명이라고 썼다. 에스타펜 '무명'. (그의 성은 암무가 남편의 성과 아버지의 성 중에서 선택할 때까지 '당분간' 결정이 미뤄졌다.) 학급 옆에는 여섯 살. 과목 옆에는 이야기 쓰기라고 쓰여 있었다.

라헬은 다리를 꼬고(테이블 위의 스툴에) 앉았다.

"에스타펜 '무명'" 하고 그녀가 말했다. 그녀는 공책을 열어 소리 내어 읽었다.

---

* 까치는 반짝이는 것들을 모아 숨겨두는 버릇이 있다고 알려져 있다.

"율리에시스가 집에 돌아오자 그의 아들이 와서는 아버지 나는 아버지가 돌아오지 않을 거라고 생각했어요라고 말했다. 많은 왕자들이 왔고 하나같이 펜 로페와 결혼하고 싶어했지만, 펜 로페는 열두 개의 반지 사이로 쏘울 수 있는 사람이 저와 결혼할 수 있어요라고 했다. 그러나 모두 실패했다. 그러다 율리에시스가 거지처럼 옷을 입고 와서 그도 한번 해볼 수 있겠느냐고 물었다. 남자들이 모두 그를 비웃었고 우리가 못하면 당신도 못한다고 말했다. 율리에시스의 아들은 그들을 막으며 하게해보자고 말했고 그는 활을 꺼내 쏘았고 반지 열두 개 사이를 똑바로 통과했다."

글 아래에는 앞의 수업에서 틀린 철자 다시 쓰기가 있었다.

Ferus Learned Neither Carriages Bridge Bearer Fastened
Ferus Learned Niether Carriages Bridge Bearer Fastened
Ferus Learned niether
Ferus Learned Nieter

라헬의 목소리 가장자리가 웃음으로 휘감겼다. "'안전 제일'" 하고 그녀가 말했다. 암무가 빨간펜으로 공책 아래쪽에 물결무늬 선을 가로로 길게 그린 다음 이렇게 썼다. "여백은? 그리고 앞으로는 필기체로 쓸 것, 꼭!"

'시내에서 길을 걸을 때는' 조심성 많은 에스타의 이야기가 이어졌다. '늘 <u>인도</u>로 걸어야 한다. 인도로 가면 거기에는 차들이 없어 사고가 나지 않지만, 큰 도로에는 위험한 차들이 많아서 쉽게 차에 치여 <u>의식</u>을 잃거나 <u>불구</u>가 된다. 머리나 등뼈가 부러지면 매우 <u>불운</u>할 것이다. 경찰관들이 교통정리를 하면 병원에 가야 할 환자들이 너무 많이 생기지는 않을 것이다. 버스에서 내릴 때도 <u>차장</u>에게 물어보고서만 내려야 하지 안 그러면 <u>부상</u>을 입고 의사를 바쁘게 만들 것이다. 운전사가 하는 일은 매우 <u>지명적</u>이다. 운전사는 죽기 쉽기 때문에 가족은 매우 염려해야 한다.'

"죽음에 관심 많은 아이로군." 라헬이 에스타에게 말했다. 페이지를 넘기는 동안 무언가가 목 안으로 들어와 그녀의 목소리를 잡아채더니 흔들고 털어 웃음기를 빼고 돌려주었다. 에스타의 다음 이야기는 '작은 암무'라는 제목이었다.

필기체로. Y와 G의 꼬리들이 말려서 고리를 만들고 있었다. 문가의 그림자는 그대로 멈춰 서 있었다.

'토요일에는 암무의 선물을 사기 위해 코타얌에 있는 서점에 갔다. 왜냐하면 암무의 생일이 11월 17일이었기 때문이다. 우리는 일기장을 샀다. 우리는 그것을 옷장에 숨겼고 어두워지기 시작했다. 그래서 우리는 선물을 보고 싶어요라고 물었고 암무는 그래 보고 싶구나라고 했다. 그래서 우리는 종이에 '작은 암무에게 사랑을 담아 에스타와 라헬'이라고 써서 암무에게 주었고 암무는 예쁜 선물이라고 갖고 시퍼던 거라고 말하고 나서 우리는 잠시 이야기를 했고 우리는 일기장에 대해 이야기했고 그러고서 우리는 암무에게 키스를 하고 자러 갔다.

우리는 잠시 이야기를 했고 잠에 들었다. 우리는 작은 꿈을 꾸었다.

얼마쯤 지난 후 나는 잠에서 깼고 아주 목이 말라서 암무의 방에 가서 목이 마르다고 말했다. 암무가 물을 주었고 내가 막 내 침대로 가려는데 암무가 나를 부르고는 이리 와서 나랑 같이 자자고 말했다. 그리고 나는 암무 등뒤에 누웠고 암무에게 이야기를 했고 잠에 들었다. 조금 있다가 나는 잠에서 깼고 우리는 다시 이야기를 했고 그다음 우리는 한밤중에 잔치를 벌였다. 우리는 오렌지 커피 바나나를 먹었다. 그러고서 라헬이 왔고 우리는 바나나를 두 개 더 먹었고 암무에게 키스를 했는데 왜냐면 암무의 생일이었기 때문이고 그다음에 우리는 생일 축하 노래를 불렀다. 그러고 나서 아침에 우리는 암무에게서 답례 선물로 받은 새 옷을 입었는데 라헬은 마하라니였고 나는 리틀 네루였다.'

암무가 철자 틀린 단어를 고치고, 작문 아래에 썼다. "내가 누군가와 이야기할 때에는 아주 급한 일이 아니면 끼어들어서는 안 된다. 그리고 그럴 때는 실례합니다, 라고 꼭 얘기를 해야 해. 이 가르침을 어기는 경우 아주 엄하게 혼낼 거야. 그리고 틀린 철자 고쳐 쓰기는 끝까지 할 것."

작은 암무.

자기의 고쳐 쓰기는 결국 끝까지 못한 사람.

가방을 싸서 떠나야 했던 사람. 왜냐하면 그녀에겐 '로커스트 스탠드 I'가 없었기에. 왜냐하면 차코가 말하길 그녀는 이미 충분히 파괴했기에.

천식과 먼 곳에서 남자가 외치는 듯한 앓는 기침 소리를 가슴에 담고 아예메넴으로 돌아왔던 사람.

에스타는 그런 그녀를 한 번도 본 적이 없었다.

격한. 아픈. 슬픈.

암무가 마지막으로 아예메넴으로 돌아왔을 때, 라헬은 나자렛 수녀원 학교에서 (소똥에 장식을 하고 상급생에게 부딪쳐) 막 퇴학당했었다. 암무는 이런저런 일을 전전하다 마지막 일자리—싸구려 호텔의 프런트 담당—를 잃었는데, 아파서 너무 많이 결근했기 때문이었다. 호텔은 이를 받아들일 수 없었기에 그녀에게 통보했다. 더 건강한 직원이 필요하다고.

마지막으로 찾아왔을 때, 암무는 방에서 라헬과 함께 아침 시간을 보냈다. 마지막으로 받은 변변찮은 월급으로 딸에게 줄, 색지로 만든 하트들이 붙어 있는 갈색 종이로 포장한 작은 선물을 샀다. 담배 모양의 사탕 한 봉지, 판톰 주석 필통, 주니어 명작 만화책인 『폴 버니언』 한 권이었다. 일곱 살짜리 아이를 위한 선물이었는데 라헬은 거의 열한 살이었다. 마치 암무는 자신이 시간의 흐름을 인정하지 않는다면, 쌍둥이의 인생을 멈추려고 생각한다면, 그렇게 되리라 믿는 사람 같았다. 마치 순전히 의지의 힘만으로 충분히 아이들의 어린 시절을 그녀가 아이들과 함께 살 수 있는 경제적 여유를 찾을 때까지 붙잡아둘 수 있는 것처럼. 그때가 되면 멈추었던 자리에서 시작할 수 있게 되는 것처럼. 일곱 살부터 다시 시작할 수 있는 것처럼. 암무는 라헬에게 에스타의 만화책도 샀지만 다른 일자리를 갖고 셋이 함께 살 방을 빌릴 만큼 수입이 생길 때까지는 잘 보관하고 있겠다고 말했다. 그때가 되면 캘커타로 가서 에스타를 데려올 것이고, 그때 그는 자신의 만화책을 받을 것이라고. 그날이 멀지 않았다고 암무가 말했다. 언제라도 그렇게 될 거라고. 곧 집세도 문제가 안 될 거라고. UN에 일자리가 있어 지원을 했다고, 셋서 함께 헤이그에서 네덜란드인 가정부를 고용해 살게 될 거라고 말했다. 아니면 인도에 계속 머물면서 줄곧 계획했던 일—학교를 세우는 일을 할지도 모르겠다고 말했다. 교육계 일과 UN 일 중에서 선택하기가 쉽지 않지만 선택권이 있다는 사실 자체가 대단한 특권임을 기억해야 한다고 말했다.

그러나 자신이 결정을 내릴 때까지 '당분간'은 에스타의 선물은 따로 보관해야 한다고 말했다.

그날 아침 내내 암무는 쉴새없이 이야기를 했다. 암무는 라헬에게 질문을 던졌지만 대답할 여유는 주지 않았다. 라헬이 뭔가 말하려 하면, 암무는 새로운 생각이나 의문으로 그 말을 끊었다. 암무는 딸이 어떤 어른스러운 생각을 이야기할까봐, '얼어붙은 시간'을 녹일까봐 두려워하는 것 같았다. 두려움이 그녀를 수다스럽게 했다. 계속 떠들어대면서 공포를 막아내고 있었다.

코르티손 복용으로 퉁퉁 부어서 달처럼 둥근 얼굴이 되어 더이상 라헬이 알았던 가녀린 어머니가 아니었다. 그녀의 피부는 오래된 예방주사 자국을 덮은 반들거리는 흉터처럼 부푼 두 뺨 위에서 팽팽히 당겨져 있었다. 미소 지을 때면 보조개가 아파하는 것처럼 보였다. 그녀의 곱슬머리는 윤기를 잃었고 부은 얼굴에 칙칙한 커튼처럼 걸려 있었다. 그녀는 유리흡입기에 자신의 숨을 담아 너덜너덜한 핸드백에 넣고 다녔다. 갈색 브로본* 연기. 그녀가 쉬는 숨 하나하나는 폐에서 공기를 짜내려는 강철 주먹과 전쟁을 치르며 얻어낸 것 같았다. 라헬은 어머니가 숨쉬는 모습을 보았다. 숨을 들이마실 때마다 쇄골 근처의 푹 파인 곳이 더 깊어지며 그늘로 채워졌다.

암무가 기침을 하고 가래 한 덩이를 손수건에 뱉어내 라헬에게 보여주었다.

"항상 확인해야 한다." 그녀는 가래가 제출하기 전에 고쳐 써야만 하는 수학 답안지라도 되는 양 쉰 목소리로 속삭였다. "희면 아직 안 익은 거란다. 누런색에 썩은 냄새가 나면 익은 것이고 기침을 해서 뱉어내야 하지. 가래는 과일 같다. 익었거나 날것이거나. 그걸 구분할 줄 알아야 해."

점심을 먹으면서 그녀는 트럭 운전사처럼 트림하고서 "실례"라고 저음의 이상한 목소리로 말했다. 새롭게, 두꺼운 털이 암무의 눈썹에 길게—촉수처럼 자란 것을 라헬은 알아차렸다. 암무는 튀긴 갈돔의 가시를 발라내며 식탁을 감도는 침묵에 미소 지었다. 자신이 새똥이 붙은 도로표지판처럼 느껴진다고도 말했다. 그녀의 눈에는 이상한, 열기 어린 번득임이 있었다.

맘마치는 그녀에게 술을 마시냐고 묻고는 가능한 한 라헬을 자주 만나지 않는 것이 좋겠다고 말했다.

---

* 흡입기 상표.

암무가 식탁에서 일어나 아무 말도 없이 자리를 떴다. 안녕이란 말 조차 없이. "가서 배웅하렴." 차코가 라헬에게 말했다.

라헬은 그 말을 못 들은 척했다. 계속해서 생선을 먹었다. 가래 생각 에 토할 것 같았다. 그때는 어머니가 미웠다. 그녀를 미워했다.

그후 두 번 다시 어머니를 보지 못했다.

암무는 알레피에 위치한 바라트 여인숙의 어느 지저분한 방에서 죽 었는데, 누군가의 비서 일자리 면접을 보러 갔던 곳이었다. 그녀는 홀 로 죽었다. 천장 선풍기의 소음을 벗삼아, 등뒤에 누워 그녀에게 이야 기할 에스타도 없이. 서른한 살이었다. 늙지도 않은 젊지도 않은, 하지 만 살아도 죽어도 이상할 것 없는 나이.

그녀는 자신의 머리카락을 자르려고 경찰들이 가위를 짤깍거리며 다가오는, 늘 꾸는 익숙한 꿈에서 빠져나오려 한밤중에 잠에서 깼다. 코타얌 경찰들은 시장거리에서 체포한 창녀들에게 그렇게 했다. 그들 이 누구인지 모두가 알도록 일종의 낙인을 찍는 것이었다. 베시야. 그 래야 그 구역을 순찰하는 신참 경찰관들이 누구를 괴롭혀야 할지 굳이 확인하지 않아도 되니. 암무는 시장에서 늘 그녀들을 보곤 했다. 머릿 기름을 바른 긴 머리는 도덕적으로 올바른 여인들에게만 허락된 땅에 서 강제로 머리를 깎인 얼빠진 눈을 한 여자들을.

그날 밤 여인숙에서 암무는 낯선 도시의 낯선 방의 낯선 침대에 일 어나 앉아 있었다. 자신이 어디 있는지 알지 못했고, 주위의 아무것도 알아볼 수 없었다. 두려움만이 낯익었다. 그녀 안의 저멀리 있는 남자 가 고함을 쳐댔다. 이번에는 강철 주먹이 느슨해지지 않았다. 쇄골 근 처 깊이 팬 자국들로 그림자가 박쥐처럼 모여들었다.

다음날 아침 청소부가 그녀를 발견했다. 그는 선풍기를 껐다.

그녀의 한쪽 눈 아래에는 거품처럼 부풀어오른 시퍼런 혹 같은 것이 솟아 있었다. 마치 그녀의 폐가 할 수 없었던 것을 눈이 대신하려고 애쓴 양. 자정 가까운 언젠가, 그녀의 가슴속에 살던 저멀리 있는 남자가 고함을 멈췄다. 개미 한 무리가 죽은 바퀴벌레 하나를 조용히 운반해 문을 지나가고 있었다. 사체를 어떻게 해야 하는지 본을 보이듯이.

성당은 암무의 매장을 거부했다. 여러 가지 이유로. 그래서 차코가 밴을 빌려 시신을 전기화장장으로 운구했다. 그는 더러운 침대보로 그녀를 싸서 들것에 눕혔다. 라헬은 그녀가 로마 원로원 의원처럼 보인다고 생각했다. 에트 투, 암무! 그런 생각을 하며 에스타를 떠올리고 미소를 지었다.

밴의 바닥에 죽은 로마 원로원 의원을 싣고, 환하고 복잡한 거리를 달리려니 묘했다. 푸른 하늘이 더 푸르러 보였다. 차창 밖에는 사람들이, 오려낸 종이인형처럼 종이인형의 삶을 계속 살아가고 있었다. 진짜 삶은 밴 안에 있었다. 진짜 죽음이 있는 곳. 울퉁불퉁하고 움푹 팬 도로를 지나면서 덜컹대다가 암무의 시신이 흔들려 들것에서 미끄러졌다. 암무의 머리가 바닥에 있는 쇠 볼트에 부딪혔다. 그녀는 움찔하지도 깨어나지도 않았다. 라헬의 머릿속에서는 윙윙거리는 소리가 났고, 그날 온종일 차코는 라헬에게 말하려면 소리를 질러대야 했다.

화장장은 기차역과 마찬가지로 썩어가는 황폐한 분위기였는데, 휑하다는 점만 달랐다. 기차도, 군중도 없었다. 거지, 부랑자, 경찰에 구금됐다가 죽은 사람들의 시신만이 거기서 화장되었다. 등뒤에 누워 이야기를 해줄 사람 없이 죽은 그런 사람들. 암무의 차례가 되자, 차코가 라헬의 손을 꼭 잡았다. 라헬은 손을 잡히기 싫었다. 화장장에서는 땀이 나서 미끌거리는 것을 이용해 잡힌 손을 스르르 빼냈다. 다른 가족은 아무도 오지 않았다.

소각로의 철문이 올라가자 영원히 타오르는 불길의 낮은 웅웅거림이 붉은 포효가 되었다. 열기가 굶주린 짐승처럼 달려들었다. 그뒤 라헬의 암무는 먹이가 되었다. 그녀의 머리카락, 그녀의 피부, 그녀의 미소. 그녀의 목소리. 아이들을 재우기 전에 키플링을 인용해서 애정을 표현하던 방식, 우리는 한 핏줄이다, 너와 나. 그녀의 굿나이트 키스. 한 손으로 그들의 얼굴을 단단히 잡고(뺨은 눌리고 입은 물고기 같아진) 다른 손으로 머리 가르마를 타고 빗질을 해주던 방식. 라헬이 다리를 넣을 수 있도록 속바지를 들고 있던 방식. 왼다리, 오른다리. 이 모든 것이 짐승에게 먹이로 던져졌고 짐승은 흡족해했다.

그녀는 그들의 암무였고 그들의 바바였으며 그들을 '두 배'로 사랑했다.

소각로의 문이 쾅 하고 닫혔다. 눈물은 나지 않았다.

화장장 '책임자'는 차 한잔 마신다고 도로를 내려가더니 이십 분간 돌아오지 않았다. 그동안 차코와 라헬은 암무의 유해를 수습할 권리를 부여하는 분홍색 수령증을 받기 위해 기다려야만 했다. 그녀의 재. 그녀의 뼈에서 남은 가루. 그녀의 미소에서 남은 치아. 그녀의 전부가 들어간 작은 점토 단지. 수령 번호 Q498673.

라헬이 화장장 관리인들은 어느 재가 누구 것인지 어떻게 아느냐고 차코에게 물었다. 차코는 틀림없이 어떤 시스템이 있을 거라고 말했다.

에스타가 함께 있었더라면 그가 수령증을 보관했을 것이다. 그는 '기록의 보관자'였다. 버스표, 은행 영수증, 현금 메모, 수표책 남은 부분을 보관하는 타고난 관리자. '작은 사람'. 그는 카라-반에 살았다네. 짠 짠.

그러나 에스타는 함께 있지 않았다. 모두 그게 더 나을 것이라 판단했다. 그들은 대신 그에게 편지를 썼다. 맘마치는 라헬도 편지를 써야 한다고 말했다. 뭘 쓰겠는가? '사랑하는 에스타, 잘 있니? 나도 잘 있어. 암무가 어제 죽었어.'

라헬은 그에게 한 번도 편지를 쓰지 않았다. 인간에게는 할 수 없는 일이 있는 법이다. 자신의 일부에게 편지를 쓰는 일처럼. 자신의 발이나 머리에게. 심장에게.

파파치의 서재에서 (늙지도 젊지도 않은) 라헬이 발에 바닥의 먼지를 묻힌 채 '지혜 연습장'에서 고개를 들었고, 에스타펜 '무명'은 사라지고 없었다.

그녀는 (스툴에서, 테이블에서) 내려와 베란다로 걸어나갔다.

에스타의 뒷모습이 대문으로 사라지는 것이 보였다.

아침이 절반쯤 지났는데 다시 비가 내릴 것 같았다. 초록이—그 기이한, 빛나는, 소나기가 내리기 전의 마지막 순간의 빛으로—격렬했다.

저멀리서 수탉 한 마리가 길게 울음을 울었고, 그 소리가 둘로 갈라졌다. 낡은 신발에서 밑창이 떨어지듯.

라헬은 너덜너덜한 '지혜' 연습장을 들고 거기에 서 있었다. 오래된 집의 현관 베란다에, 단추 눈을 한 들소 머리 아래, 오래전 소피 몰이 왔던 날, '환영, 우리의 소피 몰'을 공연했던 그날처럼.

단 하루 만에 모든 것이 바뀔 수도 있다.

8
환영, 우리의 소피 몰

으리으리하고 오래된 주택이었지만 아예메넴 저택은 냉담하게 보였
다. 거기서 살았던 사람들과 전혀 무관한 것처럼. 아이들이 노는 모습
을 눈곱 낀 눈으로 바라보는, 아이들이 기뻐 소리지르고 온전히 삶에
몰두하는 모습에서 그저 무상함만을 보는 노인처럼.

급경사진 기와지붕은 세월과 비로 인해 이끼가 끼어 어둡게 변해 있
었다. 박공에 고정된 세모난 나무틀에는 복잡한 조각이 새겨져 있었
고, 그 사이로 비껴들어 바닥에 닿아 갖가지 무늬를 이루는 햇빛은 비
밀로 가득했다. 늑대. 꽃. 이구아나. 태양이 하늘에서 자리를 옮기면서
모습도 바뀌었다. 해질녘이면 시간을 어기지 않고 죽어가며.

문마다 티크 판으로 된 덧창이 두 쪽이 아닌 네 쪽씩 달려 있어서 예
전에는 부인들이 아래쪽 절반은 닫아둔 채 창턱에 팔꿈치를 괴고서 군

이 허리 아래를 드러내 보이지 않고도 방물장수들과 흥정할 수 있었다. 엄밀히 말하자면 가슴만 가리고 아래는 벗은 채로도 카펫이나 팔찌를 살 수 있었다. 엄밀히 말하자면.

아홉 단의 가파른 계단이 차도부터 현관 베란다까지 이어졌다. 그렇게 높직했기에 베란다는 무대 같은 위엄을 풍겼고, 거기서 일어난 모든 일은 공연 같은 분위기와 중대성을 띠었다. 그 베란다는 베이비 코참마의 관상용 정원과, 그 정원을 한 바퀴 휘돌아 저택이 서 있는 야트막한 언덕 기슭 아래로 비탈져 내려가는 진입로를 내려다보고 있었다.

베란다가 안쪽으로 깊숙이 들어가 있어 태양이 가장 이글거리는 한낮에도 시원했다.

붉은 시멘트 바닥을 깔 때 거의 900개 분량의 달걀흰자가 사용되었다. 그 때문에 광택이 매우 좋았다.

단추 눈을 한 박제된 들소 머리 아래, 시아버지와 시어머니 초상화를 양옆으로 두고, 맘마치가 보랏빛 난초가 머리를 숙이고 있는 초록빛 유리 꽃병이 놓인 등나무 테이블 앞의 나지막한 등나무 의자에 앉았다.

그 오후는 고요하고 더웠다. '공기'도 기다리고 있었다.

맘마치가 윤이 흐르는 바이올린을 턱밑에 괴었다. 그녀가 쓴 불투명한 50년대식 선글라스는 검고 눈꼬리가 치켜올라갔고 라인스톤이 테 모퉁이에 박혀 있었다. 사리는 빳빳하게 풀을 먹었고 향수가 뿌려졌다. 회백색과 금색. 다이아몬드 귀고리가 귀에서 작은 샹들리에처럼 빛났다. 루비 반지들은 헐거웠다. 희고 고운 피부는 식은 우유 위에 뜬 유지처럼 주름졌고 작고 붉은 점들이 흩뿌려져 있었다. 그녀는 아름다왔다. 나이가 지긋하고, 범상치 않고, 당당한.

바이올린을 든 '눈먼 과부 어머니'.

젊은 시절, 선견지명이 있고, 관리를 잘했던 맘마치는 빠진 머리카락을 수가 놓인 작은 주머니에 모아서 화장대에 보관했다. 충분한 양이 모이면 그 머리카락들을 엮어 둥글게 쪽을 만들어 패물과 함께 금고에 숨겨두었다. 머리가 빠지고 세기 시작한 몇 년 전부터 숱이 풍성해 보이도록 새까만 그 가발을 작고 은빛인 머리에 핀으로 고정시켰다. 그녀 생각에는 그 머리카락은 모두 자신의 것이었으므로 전혀 문제될 게 없었다. 밤이면 그 가발을 벗고 손주들이 그녀의 남은 머리카락에 기름을 발라 잿빛 쥐꼬리 모양으로 땋아서 끝을 고무줄로 묶도록 허락해주었다. 한 아이가 머리를 땋는 동안 다른 아이는 셀 수 없이 많은 그녀의 점을 세었다. 번갈아가면서.

맘마치의 성근 머리카락에 조심스레 감춰져 있었지만, 두피에는 초승달 모양의 이랑들이 있었다. 오랜 결혼생활이 남긴 오랜 구타의 상처. 놋쇠 꽃병이 남긴 상처.

그녀는 '랑트망'—헨델의 〈수상음악〉 D/G장조 모음곡 중 한 부분인—을 연주했다. 눈꼬리가 치켜올라간 선글라스 뒤에서 도움이 되지 않는 눈들은 감겨 있었지만 자신의 바이올린을 떠나 오후 속으로 연기처럼 퍼지는 음악은 볼 수 있었다.

그녀의 머릿속은 환한 낮에 어두운 휘장을 드리운 방 같았다.

연주를 하는 동안 그녀의 생각은 몇 년이나 거슬러올라가 판매용으로 처음 피클을 만들었던 시절에 이르렀다. 얼마나 아름다워 보였던가! 병에 담아 밀봉해서는 아침에 일어났을 때 맨 처음 손에 닿게끔 그

병들을 침대 머리맡 테이블에 올려놓았다. 그녀는 그날 밤 일찍 잠자리에 들었지만 자정이 조금 지나 잠에서 깼다. 그녀는 손으로 더듬어 병을 찾았고, 걱정 어린 손가락에 기름기가 스쳤다. 피클 병들 아래에 기름이 한가득 고여 있었다. 사방이 기름투성이였다. 보온병 아래에도 동그랗게. 성경 아래에도. 침대 옆 테이블 위에는 온통. 절인 망고가 기름을 흡수하면서 팽창해 병에서 샌 것이었다.

맘마치는 차코가 사준 『가정에서 만드는 보존식품』이라는 책을 뒤져봤지만 해결책은 나와 있지 않았다. 그래서 그녀는 다른 사람에게 받아쓰게 해서 봄베이에 본사를 둔 파드마 피클의 지점장인 안남마 찬디의 형부에게 편지를 보냈다. 그는 방부제의 비율을 늘려보라고 제안했다. 소금도. 그 방법은 도움은 됐지만 문제를 완전히 해결하지는 못했다. 그 오랜 세월이 지난 지금도, 파라다이스 피클의 병들은 조금씩 새고 있었다. 미미한 정도였지만 여전히 새고 있었고, 오래 지나면 상표에 기름이 스며서 투명해졌다. 피클 자체도 줄곧 좀 짠 편이었다.

맘마치는 자신이 언젠가는 완벽하게 보존법에 통달할 수 있을지, 그리고 소피 몰이 얼음을 넣은 포도 크러시를 좋아할지 궁금했다. 유리컵에 담긴 차가운 보랏빛 주스.

그러고는 마거릿 코참마에 대해 생각했고 느릿하고 청아한 헨델의 음악이 새된 소리로 변하고 격해졌다.

맘마치는 마거릿 코참마를 만난 적이 없었다. 하지만 어쨌든 그녀를 경멸했다. 장사꾼의 딸─마거릿 코참마는 맘마치의 마음속에 그렇게 남아 있었다. 맘마치의 세계는 그런 식으로 정리됐다. 만일 그녀가 코타얌의 어느 결혼식에 초대받으면, 동행인이 누구든 그에게 결혼식 내내 "신부의 외할아버지가 우리 아버지의 목수였어. 쿤주쿠티 이아펜이라고? 그 사람 증조모의 여동생은 트리반드룸에서 산파나 했었다니까. 예전엔 이 언덕 전체가 우리 남편 집안 소유였다고"라고 속삭여댈 것이다.

물론 맘마치는 마거릿 코참마가 설사 영국 왕위 계승자였대도 경멸했을 것이다. 단지 그녀가 노동자 계층 출신이라는 것 때문에 맘마치가 분개했던 것은 아니다. 차코의 아내였기에 미워했다. 그녀가 그를 떠난 것도 미웠다. 그러나 떠나지 않고 머물렀더라면 더욱 미워했을 것이다.

파파치가 맘마치를 때리던 것을 차코가 막았던(그래서 파파치가 그 대신 의자를 박살냈던) 그날, 맘마치는 아내로서의 짐을 꾸려 차코의 보살핌에 의탁하게 되었다. 그때부터 차코는 그녀가 품는 모든 여성스러운 감정의 대상이 되었다. 그녀의 '남자'. 그녀의 유일한 '사랑'.

그가 공장 여자들과 허랑방탕하게 지낸다는 걸 알았지만 그런 일로는 더이상 상처받지 않았다. 베이비 코참마가 그 얘기를 꺼내자 맘마치는 신경을 곤두세우며 입술을 꽉 다물었다.

"걔도 '남자의 욕구'가 있는 걸 어쩌겠어" 하며 새침하게 말했다.

놀랍게도 베이비 코참마는 이 설명에 납득했고, '남자의 욕구'라는 수수께끼 같은, 은밀하게 흥분시키는 그 개념은 아예메넴 저택에서 암묵적으로 승인되었다. 맘마치도 베이비 코참마도 차코의 마르크스주의적 정신과 봉건적 성욕 사이에 어떤 모순이 있다고 생각지 않았다. 그들은 단지 낙살라이트에 대해서만 걱정했는데, 낙살라이트가 '좋은 가문'의 남자들에게 그들이 임신시킨 여자 하인들과 결혼하도록 강요한다고 알려져 있어서였다. 물론 일단 그 미사일이 발사된다면, 가문의 '명성'을 영원히 절멸시킬 그 미사일이 전혀 예상도 못했던 쪽에서 날아오리라는 사실을 그들은 조금도 생각지 못했다.

맘마치는 저택의 동쪽 끝에 위치한 차코의 방에 별개의 출입구를 만들도록 해서 그의 '욕구'의 대상들이 집안을 통과해 그 방으로 갈 필요가 없도록 했다. 그녀는 여자들에게 몰래 돈을 건넸고 그들은 흡족해했다. 그들은 그 돈이 필요했기에 받았다. 그들에겐 어린아이들과 연로한 부모가 있었다. 혹은 돈을 버는 족족 토디* 바에서 다 써버리는 남편이 있거나. 그렇게 수습하는 게 수고비로 일이 깔끔해진다고 여기는 맘마치에게는 잘 맞았다. 사랑과 섹스를 구별짓는. '감정'과 '욕구'를 구별짓는.

하지만 마거릿 코참마는 완전히 별개의 문제였다. 그녀로서는 알아낼 방법이 없었기에(한번은 코추 마리아에게 침대보에 얼룩이 있는지 살펴보게 시켰지만) 맘마치는 마거릿 코참마가 차코와의 성관계를 재개할 의향이 없기만을 바랄 뿐이었다. 마거릿 코참마가 아예메넴에 있는 동안, 맘마치는 빨래통에 담긴 마거릿 코참마의 옷 주머니에 돈을 넣음으로써 다른 방법으로는 제어하지 못했을 감정들을 억눌렀다. 마거릿 코참마는 한 번도 그 돈을 돌려주지 않았는데, 그 돈을 본 적이 없었기 때문이었다. 도비 아니얀이 으레 주머니를 비웠던 것이다. 맘마치도 그것을 알았지만, 마거릿 코참마의 침묵을 마거릿이 자기의 아들에게 제공한 친절한 행위에 대한 지불을 암묵적으로 받아들인 거라

---

* 야자로 만든 술.

고 해석하고 싶었다.

그래서 맘마치는 마거릿 코참마를 그저 또다른 창녀로 간주하며 만
족스러워했고, 도비 아니얀은 매일 팁을 받아서 흡족해했고, 그리고
물론 마거릿 코참마도 일이 이렇게 돌아가는지 전혀 몰랐기에 더없이
행복할 수 있었다.

우물 위에 있는 횃대에서 후프 후프라고 불리는 지저분한 쿠칼* 한 마
리가 녹슨 듯한 붉은 날개를 퍼덕였다.

까마귀가 비누를 훔쳐서 부리에 거품을 물고 있었다.

연기로 가득한 어두운 부엌에서 키 작은 코추 마리아가 까치발로 서
서 그 높다란 이 단짜리 '환영, 우리의 소피 몰' 케이크에 아이싱 장식
을 하고 있었다. 그때만 해도 시리아 정교회 신자 여성들은 대부분 사
리를 입기 시작했지만 코추 마리아는 여전히 새하얀 브이넥 반팔 차타
와 엉덩이 부분에 부채꼴로 주름이 잡힌 하얀 문두를 입었다. 코추 마
리아의 부채꼴은 맘마치가 집안에서 입고 있으라 지시한, 파란색과 하
얀색으로 된 체크무늬에 프릴이 달린, 우스꽝스럽게 안 어울리는 가정
부용 앞치마에 거의 가려져 있었다.

코추 마리아는 팔뚝이 짧고 두툼했으며, 손가락은 칵테일 소시지 같
았고, 넙데데하고 통통한 코 아래에는 평퍼짐한 콧구멍이 있었다. 코
에서 양쪽 턱으로 이어지는 깊게 팬 주름 때문에 그 부분이 돼지코처
럼 얼굴의 다른 부분과 뚜렷하게 구분되었다. 머리는 몸에 비해 너무

---

* 뻐꾸기목 두견과에 속하는 조류. 꺼칠꺼칠한 깃털과 긴 비수 모양의 고리발톱을 지녔다.

컸다. 생물학 실험실에 있는 포름알데히드 병에서 도망쳐나와 나이가 들면서 주름이 펴지고 살이 붙은 태아처럼 보였다.

그녀는 기독교인답지 않은 큰 가슴을 평평하게 보이게 하기 위해 가슴 주변을 단단히 속옷으로 동여매고 그 안에 눅눅한 현금을 감췄다. 두껍고 금으로 된 쿠누쿠 귀고리를 하고 있었다. 그 무게에 귓불이 둥근 고리를 이루며 늘어져 목 부근까지 내려와 흔들렸고, 귀고리는 마치 (온전히 한 바퀴는 못 도는) 회전목마에 올라탄 신난 아이들처럼 거기에 자리잡고 있었다. 한번은 오른쪽 귓불이 찢어져 베르기스 베르기스 박사에게 가서 꿰맨 적도 있었다. 코추 마리아로서는 쿠누쿠 귀고리를 포기할 수 없었는데, 만약 귀고리가 없다면 (한 달에 칠십오 루피를 받고) 요리사라는 하찮은 일을 하지만 그녀가 시리아 정교회 신자, 마르 토미트파라는 것을 사람들이 어떻게 알겠는가? 펠라야도 풀라야도 파라반도 아님을. 가족민임을, (티백의 차처럼 그렇게 기독교가 스며든) 카스트 계급 상층의 그리스도인임을 어떻게 알겠는가. 찢어진 귓불을 다시 꿰매는 것이 훨씬 나았다.

코추 마리아는 아직 자신에게 텔레비전 중독이 숨어 있다는 걸 몰랐다. 헐크 호건 중독이. 아직 텔레비전을 본 적도 없었다. 텔레비전의 존재도 믿지 않았을 것이다. 누군가 그런 얘기를 했다면 코추 마리아는 그 사람이 자신의 지성을 무시한다고 받아들였을 것이다. 코추 마리아는 바깥세상에 대한 다른 사람들의 설명을 경계했다. 대개 자신이 교육을 못 받았고 (예전에) 잘 속아넘어갔던 것을 알고 일부러 모욕하는 거라고 받아들였다. 천성을 바꾸기로 결심한 코추 마리아는 이제 누가 무슨 말을 해도 절대 믿지 않는 것을 원칙으로 삼았다. 몇 달 전인 7월, 라헬이 닐 암스트롱이라는 미국인 우주비행사가 달 위를 걸었다고 말하자 그녀는 냉소적으로 웃으며 O. 무타첸이라는 말라얄리 곡예사가 태양에서 공중돌기를 했다더라고 대꾸했다. 그것도 코에 연필을 꽂고서. 미국인을 한 번도 본 적은 없었지만 그래도 존재한다는 것은 인정할 준비가 되어 있었다. 나아가 닐 암스트롱이 어딘가 터무니없는 이름처럼 여겨지기도 했지만 믿을 준비도 되어 있었다. 하지만 달 위를 걸었다고? 그건 아니지. 읽을 줄도 모르지만 그래도 〈말라얄라 마노라마〉에 실린 그 흐릿한 흑백사진들을 믿을 수 없었다.

그녀는 에스타가 '에트 투, 코추 마리아!'라고 말했을 때 영어로 자신을 모욕하는 거라고 확신했다. 그 말이 "코추 마리아, 이 못생긴 까만 난쟁이야" 같은 뜻이라고 생각했다. 그녀는 때를, 에스타에 대한 불만을 얘기할 적당한 기회를 기다리고 있었다.

그녀는 그 높다란 케이크에 아이싱 장식을 끝마쳤다. 그러고 나서 머리를 뒤로 젖히고 남은 아이싱 재료를 혀에 짜넣었다. 코추 마리아의 분홍빛 혓바닥 위에 올라앉은 초콜릿 치약의 끝없는 똬리. 맘마치가 베란다에서 불렀을 때("코추 마리예! 차 소리가 나!"), 입안에 아이싱이 한가득이라 대답할 수가 없었다. 입에 있던 것을 다 삼키고 혀로 이를 한 번 훑고서 마치 신 것이라도 먹은 양 혀로 입천장 차는 소리를 계속 냈다.

멀리서 하늘색 차 소리가 (버스 정류장을 지나, 학교를 지나, 노란 성당을 지나고 고무나무 사이로 난 울퉁불퉁한 붉은 도로를 지나) 어둑하고 거무튀튀한 파라다이스 피클 공장 구내에 웅웅거리며 퍼졌다.

피클을 만드는 작업(그러니까 으깨기, 저미기, 끓이고 젓기, 갈기, 소금에 절이기, 말리기, 계량하고 병을 밀봉하기)이 멈췄다.

"차코 사르 바누"* 하는 속삭임이 전해졌다. 식칼들이 내려놓아졌다. 채소가 반쯤 잘린 채 큰 쇠쟁반에 나뒹굴었다. 비참하게 놓인 쓸쓸한 박, 썰다 만 파인애플. 사람들이 색색의 고무 손가락 보호대(밝고, 생기 넘치는 두꺼운 콘돔 같은)를 벗었다. 피클 물이 든 손을 씻고 코발트색 앞치마에 닦았다. 삐져나온 머리가닥들을 다시 매만져 하얀 머릿수건에 밀어넣었다. 앞치마 아래로 쑤셔넣었던 문두를 다시 내렸다. 공장 방충망문은 스프링 경첩이 달려 있어 시끄러운 소리를 내며 저절로 닫혔다.

그리고 차도의 한편에 있는 오래된 우물가 옆 코담풀리 나무 그늘에는 푸른 앞치마 군대가 아무 말 없이 초록 열기 속에 모여서 지켜보고 있었다.

푸른 앞치마를 두르고, 하얀 머릿수건을 쓴 이들은 마치 한 뭉치의 선명한 푸른색과 흰색의 깃발 같았다.

아추, 조세, 야코, 아니안, 엘라얀, 쿠탄, 비자얀, 바와, 조이, 수마티, 아말, 아나마, 카나카마, 라타, 수실라, 비자암마, 졸리쿠티, 몰리쿠티, 루시쿠티, 비나 몰(버스 이름을 가진 여자들). 열렬한 충성심에 감춰졌던 불만의 목소리가 빠르게 웅성거렸다.

하늘색 플리머스가 대문 안으로 꺾어들어와서 자갈이 깔린 진입로를 지나 작은 조개껍데기들을 부수며 작고 붉고 노란 자갈들을 산산

* "차코 씨가 오셨다."

조각내며 요란스레 굴러왔다. 아이들이 먼저 굴러떨어지듯 차에서 내렸다.

주저앉은 분수 머리.

납작해진 앞머리.

구겨진 노란 나팔바지와 아끼는 고고 핸드백. 시차 때문에 녹초가 되어 비몽사몽인 채. 그러고 나서 발목이 부은 어른들. 너무 오래 앉아 있어 느릿느릿하게.

"도착들 했느냐?" 맘마치는 눈꼬리가 치켜올라간 검은 안경을 새로 소리가 들리는 쪽으로 돌리며 말했다. 차문이 쾅 닫히는 소리, 차에서 내리는 소리 쪽으로. 그녀는 바이올린을 내려놓았다.

"맘마치!" 라헬이 아름다운 눈먼 외할머니에게 말했다. "에스타가 토했어요! 〈사운드 오브 뮤직〉 중간에요! 그리고……"

암무가 부드럽게 딸을 잡았다. 어깨를. 그리고 이는 '쉿……' 하는 뜻이었다. 라헬은 주위를 돌아보고는 자신이 '연극' 속에 있음을 알았다. 하지만 그저 단역에 불과했다.

그녀는 배경과 다름없었다. 어쩌면 꽃 한 송이. 아니면 나무 한 그루.

군중 속의 얼굴 하나. 마을 사람 1.

아무도 라헬에게 '인사'하지 않았다. 심지어 그 초록 열기 속 '푸른 앞치마 군대'조차도.

"그앤 어디 있나?" 맘마치가 차 소리가 나는 쪽을 향해 물었다. "우리 소피 몰이 어디 있지? 이리로 와서 얼굴 좀 보여주렴."

그 말을 하는 동안 사원 코끼리의 빛나는 우산처럼 위에 걸려 있던 '기다림의 멜로디'가 바스러져 고운 먼지처럼 조용히 내려앉았다.

차코는 '갑자기 무슨 일일까, 우리 민중의 아버지께서?' 양복을 입고 잘 매어진 넥타이 차림으로 자신이 최근 테니스 경기에서 받은 한 쌍의 트로피인 양 마거릿 코참마와 소피 몰을 데리고 의기양양하게 아홉 단의 붉은 계단을 올라갔다.

그리고 다시 한번, '작은 것들'만이 말해졌다. '큰 것들'은 말해지지 않은 채 안에 숨어 있었다. "안녕하세요, 맘마치." 마거릿 코참마가 친절한 교사(때로는 때리지만) 같은 목소리로 말했다. "초대해주셔서 감사해요. 저희에겐 정말이지 기분전환이 필요했었답니다."

맘마치는 비행기에서 흘린 땀 때문에 향기의 가장자리가 시큼해진 저렴한 향수 냄새를 맡을 수 있었다. (그녀도 디오르 향수 한 병을 부드러운 초록 가죽 주머니에 넣어 금고에 보관중이었다.)

마거릿 코참마가 맘마치의 손을 잡았다. 손가락은 부드러웠고 루비 반지는 단단했다.

"어서 오너라, 마거릿." 맘마치가 검은 안경을 쓴 채 (무례하지도, 공손하지도 않게) 말했다. "아예메넴에 잘 왔다. 너를 볼 수 없어 안타깝구나. 너도 알겠지만 나는 눈이 거의 안 보인단다." 그녀는 천천히 신중한 태도로 말했다.

"아, 괜찮아요." 마거릿 코참마가 말했다. "어쨌든 제 꼴이 말이 아니라서요." 그녀는 적절히 대답했는지 확신할 수 없어 자신 없게 웃었다.

"아니야." 차코가 말했다. 그는 맘마치 쪽을 향해, 비록 그의 어머니는 볼 수 없었지만 자랑스러워하는 양 미소 지었다. "어느 때보다 아름답답니다."

"얘기 들었다. 아주 안된 일이야…… 조에 대한 일은." 맘마치가 말했다. 아주 조금 안됐다고 생각하는 것처럼 들렸다. 그렇게 많이는 아니고.

잠시 짧은 순간, '조 일은 슬프긴 하지' 하는 침묵이 흘렀다.

"우리 소피 몰은 어디 있냐?" 맘마치가 말했다. "이리 와서 이 할머니에게 얼굴 좀 보여주렴."

소피 몰이 맘마치 쪽으로 보내졌다. 맘마치가 검은 선글라스를 머리 위까지 밀어올렸다. 선글라스는 케케묵은 들소 머리에 얹힌 치켜올라간 고양이 눈 같았다. 케케묵은 들소가 말했다. "아니군, 절대 아니야." 케케묵은 들소의 언어로.

각막 이식 수술 후에도 맘마치는 빛과 그림자만 구분할 뿐이었다. 누군가가 문간에 서 있으면 문간에 누군가 서 있구나 정도는 알았다. 하지만 그게 누군지는 몰랐다. 수표나 영수증, 지폐의 경우, 속눈썹이 닿을 정도로 가까이 갖다대면 읽을 수 있었다. 그럴 때면 손에 바짝 쥐고서 눈을 움직였다. 한 단어 한 단어 눈을 굴려가며.

(요정 드레스를 입은) '마을 사람 1'은 맘마치가 소피 몰을 잘 보려고 눈 가까이 끌어당겨 살피는 모습을 보았다. 수표를 읽듯 그녀를 읽기 위해. 지폐를 확인하듯 그녀를 살피기 위해. 맘마치는 (조금 더 나은 쪽 눈으로) 적갈색 머리카락을(음…… 거의 금발이군), 주근깨가 난 통통한 두 뺨의 굴곡을(으으음…… 거의 장밋빛이군), 푸른잿빛푸른빛 눈을 보았다.

"파파치의 코를 닮았네." 맘마치가 말했다. "말해보렴, 너, 예쁘니?" 하고 소피 몰에게 물었다.

"네." 소피 몰이 대답했다.

"키도 크고?"

"나이에 비해서는요." 소피 몰이 대답했다.

"아주 커요." 베이비 코참마가 말했다. "에스타보다 훨씬 크네요."

"소피 몰이 나이가 더 많아요." 암무가 말했다.

"그래도……" 베이비 코참마가 말했다.

조금 떨어진 곳에서 벨루타가 고무나무숲 사이로 난 지름길을 걸어오고 있었다. 상반신을 드러내고. 절연 처리가 된 전깃줄 한 다발을 한쪽 어깨에 걸고서. 날염된 짙은 푸른색과 검은색 무늬의 문두를 무릎 위로 느슨하게 접어올린 차림이었다. 등에는 나무처럼 생긴 모반에 달린 행운의 잎(몬순이 제때에 오도록 해주는). 밤에는 그의 가을 나뭇잎.

그가 나무 사이에서 나와 진입로에 발을 내딛기 전, 라헬이 그를 보았고, 그 '연극'에서 빠져나와 그에게 다가갔다.

암무는 라헬이 가는 것을 보았다.

무대 밖에서, 그녀는 그들이 정중하게 '공식 인사'를 나누는 것을 보았다. 벨루타는 배운 대로, 「왕의 아침식사」*에 나오는 영국인 우유 짜는 여자처럼 문두를 치마처럼 펼치고 한 발을 뒤로 빼며 무릎을 구부려 인사를 했다. 라헬도 머리 숙여 인사했다(그리고 속으로 '인사'라고 말했다). 그러고서 두 사람은 새끼손가락을 걸고 회의에 참석한 은행가들처럼 정중하게 악수를 했다.

암녹색 나무 사이로 비치는 어룽거리는 햇빛 속에서 벨루타가 자기

---

* 영국 작가 A. A. 밀른의 시.

딸을 마치 바람 넣은 아이 모양의 튜브처럼 전혀 힘들이지 않고 들어 올리는 것을 암무는 바라보았다. 그가 자신의 딸을 던져올리고 딸이 다시 그의 팔에 내려앉을 때, 암무는 라헬의 얼굴에서 공중에 떠오른 아이의 강렬한 기쁨을 읽을 수 있었다.

벨루타의 복근 이랑이 판 초콜릿 하나하나처럼 피부 아래에서 솟아 오르는 것이 보였다. 그의 몸이 어떻게 어느샌가 밋밋한 소년의 몸에 서 남자의 몸으로 바뀌었을까 신기했다. 울룩불룩하고 단단하게. 수영 하는 사람의 몸. 수영하는 사람이자 목수의 몸. 진한 왁스로 몸에 윤을 낸 것만 같은.

그의 높은 광대뼈 아래로 갑자기 하얀 미소가 떠올랐다.

그 미소에 암무는 소년 시절 벨루타의 모습이 떠올랐다. 벨리아 파 펜을 도와 코코넛을 세던. 그녀를 위해 만든 작은 선물을 내밀던, 그에 게 살이 닿지 않고 선물을 집을 수 있게 자신의 손바닥 위에 올려서 주 던. 배, 상자, 작은 풍차. 그녀를 암무쿠티라 부르던. 작은 암무. 그녀가 그보다 어리지 않았음에도. 이제 그를 보며 남자가 된 그와 소년이었 던 그가 닮은 점이 거의 없다는 생각을 하지 않을 수 없었다. 그의 미 소만이 소년에서 남자로 넘어오면서 가져온 유일한 소지품 같았다.

갑자기 암무는 라헬이 가두행진에서 본 사람이 그였기를 바라게 되 었다. 깃발을 높이 들고 분노로 팔 근육이 불끈 솟았던 사람이 그였기 를 바라게 되었다. 주의깊게 쓴 쾌활함이라는 가면 아래에 그녀가 너 무나도 격분하는 이 독선적이고 질서정연한 세계에 대항하여 살아 숨 쉬는 분노가 감춰져 있기를 바라게 되었다.

그녀는 그 남자가 벨루타였기를 바랐다.

그녀는 자신의 딸이 그와 함께 있는 것을 저렇게나 편안해하다니 놀라웠다. 그녀를 완전히 배제한 또다른 작은 세계를 아이가 가진 듯하다는 사실도 놀라웠다. 어머니인 그녀도 전혀 끼어들 수 없는, 미소와 웃음으로 이루어진 감촉을 가진 세계. 암무는 이런 생각을 하며 자신이 미묘한 보랏빛 부러움을 느끼는 것을 막연하게나마 알아차렸다. 누굴 부러워하는 건지는 숙고할 수 없었다. 그 남자인지 자신의 딸인지. 혹은 손가락을 걸고 갑자기 미소를 짓는 그들의 세계인지.

몸에는 동전만한 햇빛들이 점점이 춤추는 가운데 고무나무 그늘에 서서 딸을 팔에 안은 남자가 고개를 들어 암무와 눈길이 마주쳤다. 수백 년의 시간이 덧없는 한순간으로 응결되었다. 역사는 방심하고 있던 곳에서 허를 찔렸다. 오래된 뱀이 허물 벗듯 벗겨졌다. 오랜 전쟁의 그 흔적, 그 상처, 그 흉터와 뒤로 걷던 나날들이 모두 떨어져나갔다. 그 빈자리에 어떤 독특한 기운이, 감지할 수 있는 빛나는 무언가가 강에서 물을 보듯, 하늘에서 태양을 보듯 분명하게 보였다. 더운 날 열기처럼, 팽팽해진 낚싯줄에서 느껴지는 물고기의 세찬 끌어당김처럼 분명했다. 너무나 명백했기에 누구도 알아차리지 못했다.

그 짧은 순간, 고개를 들자 벨루타는 그전까지 본 적이 없었던 것을 보았다. 너무나도 까마득하게 한계를 벗어나 있었던 것들, 역사라는 눈가리개에 가려져 있어 보기 힘들었던 것들을.

간단한 것들.

예를 들면, 라헬의 어머니가 여자라는 것을 알았다.

그녀가 미소를 지을 때면 깊게 볼우물이 패고 눈에서 미소가 사라지고도 오래도록 남아 있다는 것을. 그녀의 갈색 팔이 둥글고 탄탄하고 완벽하다는 것을 알았다. 그녀의 어깨는 빛이 났지만 눈은 어딘가 먼 곳을 바라본다는 것도. 그녀에게 선물을 줄 때 이젠 더이상 자신에게 손이 닿지 않도록 손바닥 위에 올려서 줄 필요가 없다는 것도 알았다. 배와 상자. 작은 풍차. 그만이 선물을 주는 것이 아님도 알았다. 그녀 역시 그에게 줄 선물이 있음을.

이러한 깨달음이 날카로운 칼날처럼 단번에 그를 베었다. 차갑고, 또한 뜨거웠다. 한순간의 일이었다.

암무는 그가 알았음을 알았다. 그녀는 고개를 돌렸다. 그도 시선을 돌렸다. 역사라는 악귀가 다시 돌아와 그들을 사로잡았다. 그들을 다시 그 오래된 상처투성이 가죽으로 포장해서 그들이 진짜 살던 곳으로 끌고 갔다. '사랑의 법칙'이 누구를 사랑해야 하는지 정해주는 곳으로. 그리고 어떻게. 그리고 얼마나.

암무는 베란다로, 다시 '연극'으로 되돌아갔다. 몸을 떨면서.

벨루타는 자신의 팔에 안긴 S. 벌레 대사를 내려다보았다. 그는 아이를 내려놓았다. 역시 몸을 떨면서.

"와, 근사하네!" 그가 라헬의 우스꽝스럽게 부풀어오른 드레스를 보며 말했다. "정말 예쁘구나! 결혼하니?"

라헬이 그의 겨드랑이 쪽으로 달려들어 사정없이 간지럼을 태웠다. 이키리 이키리 이키리!

"어제 아저씨 봤어." 라헬이 말했다.

"어디서?" 벨루타가 놀란 듯 높은 목소리로 물었다.

"거짓말쟁이," 라헬이 말했다. "거짓말쟁이에다 가식쟁이. 아저씨

봤단 말이야. 공산주의자였고 셔츠를 입고 깃발 들고 있었잖아. 그리고 나도 못 본 척하고."

"아이요 카쉬탐." 벨루타가 말했다. "내가 그럴 사람이니? 네가 말해 봐, 벨루타가 그럴 사람인지. 분명히 '오래전에 잃어버린 내 쌍둥이' 동생일 거야."

"'오래전에 잃어버린 쌍둥이' 동생이라니 누구?"

"우룸반, 이 바보야…… 코치에 사는 애야."

"우룸반이라고?" 그때 라헬은 그의 눈이 반짝 빛나는 것을 알아챘다. "거짓말쟁이! 쌍둥이 동생 없으면서! 우룸반 아니었어! 아저씨였다고!"

벨루타가 웃음을 터뜨렸다. 정말 진심으로 기쁜 듯 웃었다.

"나 아니었어." 그가 말했다. "아파서 누워 있었거든."

"봐, 웃잖아! 그건 아저씨였다는 증거야. 웃는 건 '그건 아저씨야'라는 뜻이라고." 라헬이 말했다.

"영어에서나 그렇지!" 벨루타가 말했다. "말라얄람어로는 '웃는 건 내가 아니다'라는 뜻이라고 우리 선생님이 늘 그랬어."

라헬이 그 말을 이해하는 데 잠깐 시간이 걸렸다. 라헬은 다시 한번 그에게 달려들었다. 이키리 이키리 이키리!

계속 웃으면서 벨루타는 소피를 위한 '연극' 쪽을 쳐다보았다. "우리 소피 몰은 어디 있지? 어디 한번 보자. 까먹지 않고 데리고 왔니, 아니면 버리고 왔니?"

"거기 보지 마." 라헬이 황급히 말했다.

라헬은 고무나무숲과 진입로의 경계에 있는 시멘트 난간에 올라서서 벨루타의 눈 앞에다가 박수를 쳤다.

"왜?" 벨루타가 물었다.

"왜냐면, 아저씨가 안 봤으면 좋겠으니까." 라헬이 답했다.

"에스타 몬은 어디 있지?" 하고 벨루타가 물었는데, ('공항 요정'처럼 변장한 '대벌레'로 변장한) 대사가 그의 등에 매달려 두 다리로 허리를 감싸안고 끈적거리는 작은 손으로 그의 눈을 가렸다. "아직 걜 못본 것 같네."

"아, 코친에서 팔아버렸어." 라헬이 대수롭지 않게 말했다. "쌀 한자루에. 손전등하고."

라헬의 뻣뻣한 원피스에 풍성하게 달린 까칠한 레이스 꽃이 벨루타의 등을 눌렀다. 레이스 꽃이 행운의 잎을 달고서 검은 등에서 피어났다.

하지만 라헬이 '연극'에 에스타가 있는지 찾아보았을 때 그는 거기 없었다.

다시 '연극'으로 돌아가, 높다란 케이크 뒤에서 코추 마리아가 작은 키로 등장했다.

"케이크가 왔어요." 그녀가 맘마치에게 좀 목소리를 높여서 말했다.

코추 마리아는 늘 맘마치에게 좀 목소리를 높여서 말했는데, 눈이 잘안 보이게 되면 다른 감각도 저절로 무뎌진다고 단정했기 때문이었다.

"칸도, 코추 마리예?" 맘마치가 물었다. "우리 소피 몰이 보이나?"

"칸도, 코참마." 코추 마리아가 유독 더 크게 말했다. "보여요."

그녀가 소피에게 유독 더 활짝 웃어 보였다. 그녀는 소피와 키가 똑같았다. 시리아 정교회 신자보다는 작은 법이지, 아무리 노력을 해도.

"제 엄마랑 피부색이 같네요." 코추 마리아가 말했다.

"코는 파파치야." 맘마치가 고집했다.

"그건 잘 모르겠고요, 어쨌든 아주 예뻐요." 코추 마리아가 소리쳤다. "순다리쿠티. 이애는 작은 천사예요."

작은 천사들은 백사장 빛깔을 하고 나팔바지를 입었다.

작은 악마들은 진흙 같은 갈색에 '공항 요정' 드레스를 입고 이마에는 뿔로 변할지도 모를 혹이 나 있다. '도쿄의 사랑'으로 묶은 '분수 머리'. 그리고 글자를 거꾸로 읽는 버릇.

그리고 주의를 기울인다면, 그들 눈에서 악마를 볼 수 있었다.

코추 마리아가 소피의 양손을 붙잡고 손바닥을 위로 향하게 해 자신의 얼굴까지 들어올리고서 깊이 숨을 들이마셨다.

"지금 뭐하는 거예요?" 소피 몰이 부드러운 런던의 손을 굳은살이 박인 아예메넴의 손에 붙잡힌 채 물었다. "이 여자는 누구고 왜 내 손 냄새를 맡아요?"

"우리 요리사란다." 차코가 답했다. "자기 방식으로 키스하는 거야."

"키스요?" 소피 몰은 납득되지는 않지만 흥미를 느꼈다.

"훌륭하네요!" 마거릿 코참마가 말했다. "일종의 냄새 맡기잖아요! 남자들과 여자들 사이에서도 서로 그렇게 하나요?"

그런 식으로 말할 의도는 아니었던 터라 그녀는 얼굴을 붉혔다. 우주에 생긴 당황한 교사 모양의 구멍.

"아, 늘 그렇게 하죠!" 암무가 빈정댔는데, 원래 중얼거리듯 작게 말하려 했으나 의도하지 않게 좀더 큰 소리로 나왔다. "우리는 그렇게 아기를 만들거든요."

차코는 그녀를 찰싹 때리지 않았다.

그래서 그녀도 그를 찰싹 때리지 않았다.

하지만 '기다리는 공기'에는 점점 '분노'가 쌓여갔다.

"암무, 내 처에게 사과해야 할 것 같은데" 하고 차코는 보호자처럼 돌보려는 듯한 분위기로 (마거릿 코참마가 '전처겠지, 차코!'라고 말하며 그에게 장미를 흔들지 않기를 바라며) 말했다.

"아녜요!" 마거릿 코참마가 말했다. "내 잘못이에요! 그런 식으로 말할 생각은 아니었는데…… 내 말은, 그러니까, 생각해보면 멋지다는—"

"지극히 타당한 질문이었어." 차코가 말했다. "그리고 난 암무가 사과해야 한다고 생각해."

"우리가 이제 막 발견된 무슨 신에게 버림받은 빌어먹을 종족인 양 행동했으니까?" 암무가 물었다.

"어머나!" 마거릿 코참마가 말했다.

'연극'이 분노를 머금은 침묵에 사로잡힌 동안('푸른 앞치마 군대'가 초록 열기 속에서 여전히 지켜보는 가운데), 암무는 플리머스로 돌아가 자신의 슈트케이스를 꺼낸 뒤, 차문을 쾅 닫고서 빛이 나는 어깨로 자신의 방으로 향했다. 그녀가 어디서 그런 몰염치를 배웠을까 궁금해하는 모두를 남겨둔 채.

그런데 사실을 말하자면, 그것은 결코 작은 궁금거리가 아니었다.

왜냐하면 암무는 사고방식에 영향을 주었을지도 모를 그런 식의 교육을 받지 않았고, 그런 식의 책을 읽지 않았으며, 그런 식의 사람도 만나지 않았기 때문이다.

그녀는 그냥 그런 종류의 동물이었다.

어린아이였을 때, 그녀는 읽으라고 받은 '아빠 곰 엄마 곰' 이야기를 곧 무시하게 되었다. 그녀가 만들어낸 이야기 속에서 '아빠 곰'은 '엄마 곰'을 놋쇠 꽃병으로 때렸다. '엄마 곰'은 조용히 체념하고 그 구타를 겪어냈다.

암무는 크면서 자신의 아버지가 무서운 거미줄을 잣는 모습을 지켜보았다. 그는 손님들에겐 매력적이고 세련된 사람으로 처신했고, 손님들이 어쩌다 백인일 때는 거의 아첨에 가깝게 행동했다. 그는 고아원과 나환자 진료소에 기부를 했다. 자신을 교양 있고 관대하며 도덕적인 사람으로 대중에게 알리고자 상당히 애썼다. 그러나 아내와 아이들뿐일 때면 엄청나게 의심 많고 흉포하고 교활하게 변했다. 그들은 구타를 당했고 모욕을 당했으며, 훌륭한 남편과 아버지를 두었다고 친구와 지인들에게 부러움을 받아야만 했다.

암무는 델리에서 집 근처에 심어진 멘디 나무 생울타리에 숨어('좋은 가문' 사람들의 눈에 띄지 않게) 추운 겨울밤을 견뎌내곤 했는데, 파파치가 언짢은 기분으로 퇴근해서는 그녀와 맘마치를 때리고 집밖으로 내쫓았기 때문이었다.

그런 어느 밤, 아홉 살이었던 암무는 어머니와 함께 생울타리에 숨어서 불 밝힌 창 너머로 이 방 저 방 돌아다니는 파파치의 말쑥한 실루엣을 지켜보고 있었다. 아내와 딸을 (차코는 멀리서 학교를 다니고 있었다) 때린 것만으로는 성이 차지 않았던 그는, 커튼을 찢어발기고 가구를 걷어차고 스탠드를 박살냈다. 집안의 불이 모두 꺼지고 한 시간쯤 후, 겁에 질려 애원하는 맘마치를 경멸하면서 어린 암무는 그 무엇보다 좋아했던 새 고무장화를 구출하려 환풍기를 통해 집안으로 기어들어갔다. 그것을 종이가방에 넣고서 다시 거실로 살금살금 간 순간 갑자기 불이 켜졌다.

파파치가 줄곧 마호가니 흔들의자에 앉아 어둠 속에서 말없이 흔들대며 있었던 것이었다. 그녀를 잡자 그는 한마디도 하지 않았다. 상아 손잡이가 달린 승마용 채찍(사진관에서 찍은 사진에서 그의 무릎 위에 놓여 있던 그것)으로 암무를 내리쳤다. 암무는 울지 않았다. 매질을 마친 그는 맘마치의 반짇고리에서 핑킹가위를 가지고 오게 했다. 암무가 지켜보는 앞에서 영국 제국 곤충학자는 암무의 새 고무장화를 그 핑킹가위로 조각조각 잘랐다. 검은 고무 조각이 바닥으로 떨어졌다. 가위는 싹둑싹둑 가위 소리를 냈다. 암무는 겁에 질려 일그러진 어머니의 얼굴이 창가에 나타나는 것을 무시했다. 암무가 가장 좋아하는 고무장화가 완전히 조각나는 데는 십 분이 걸렸다. 마지막 고무 조각이 바닥으로 흔들리며 떨어지자 그녀의 아버지는 차갑고 단호한 눈으로 그녀를 보고는 흔들의자에 앉아 흔들, 흔들, 또 흔들거렸다. 비틀린 고무 뱀들의 바다에 둘러싸인 채.

더 자라면서 암무는 이 차갑고 계산적인 잔인함과 함께 살아가는 법을 터득했다. 부당함을 용서하지 않는 고결한 판단력을, 그리고 '누군가 큰 사람'에게 평생 괴롭힘을 당해온 '누군가 작은 사람'에게서 나타나기 마련인 고집스럽고 무모한 성격을 갖게 되었다. 그녀는 다툼이나 대립을 피하기 위한 그 어떤 일도 하지 않았다. 사실은 그러한 것을 찾아냈고, 어쩌면 즐기기까지 했다고도 할 수 있었다.

"걔는 갔냐?" 맘마치가 자신을 둘러싼 침묵에다 물었다.

"갔어요." 코추 마리아가 큰 소리로 답했다.

"인도에서는 '빌어먹을'이라고 말해도 돼요?" 소피 몰이 물었다.

"누가 '빌어먹을'이라고 했는데?" 차코가 되물었다.

"암무 고모가요." 소피 몰이 말했다. "암무 고모가 '신에게 버림받은 빌어먹을 종족'이라고 했어요."

"케이크를 잘라서 모두에게 한 조각씩 줘." 맘마치가 말했다.

"영국에서는 그러면 안 되거든요." 소피 몰이 차코에게 말했다.

"뭐가 안 되는데?" 차코가 물었다.

"빌, 어, 먹, 을이라고 하는 거요." 소피 몰이 말했다.

맘마치가 환하게 빛나는 오후를 보이지 않는 눈으로 보았다. "다들 거기 있나?" 그녀가 물었다.

"오웨르, 코참마." '푸른 앞치마 군대'가 초록 열기 속에서 답했다. "모두 있습니다."

'연극' 밖에서 라헬이 벨루타에게 말했다. "우리는 여기 없는 거야, 그렇지? '연극'도 하지 않은 거야."

"아주 '지당한' 말이야." 벨루타가 말했다. "'연극'도 하지 않아. 하지만 내가 알고 싶은 건, 우리 에스타파피차첸 쿠타펜 피터 몬은 어디 있지?"

그리고 그 말은 고무나무들 사이에서 유쾌하고 숨가쁘게 하는 룸펠 슈틸츠킨* 같은 춤이 되었다.

오 에스타파피차첸 쿠타펜 피터 몬

어디로, 오, 어디로 가버렸니?

그리고 그 춤은 룸펠슈틸츠킨에서 스칼렛 펌퍼넬**이 되었다.

우리는 여기서 그를 찾는다네, 우리는 저기서 그를 찾는다네,

저 프랑스인들도 사방에서 그를 찾는다네.

그는 천국에 있나? 그는 지옥에 있나?

그 빌어먹을 잘도 빠-져나가는 에스타-펜은?

코추 마리아가 샘플로 케이크를 한 조각 잘라 맘마치의 승낙을 구했다.

"한 사람에 한 조각씩." 맘마치가 루비 반지를 낀 손가락으로 그 조각을 가볍게 만져서 크기가 충분히 작은지 확인한 후 코추 마리아에게 허락했다.

코추 마리아가 남은 케이크를 너저분하게, 마치 양고기 구이 덩어리라도 썰듯이 숨을 몰아쉬며 힘겹게 잘랐다. 그녀는 그 조각들을 커다란 은쟁반에 담았다. 맘마치가 바이올린으로 〈환영, 우리 소피 몰〉 멜로디를 연주했다. 지나치게 감상적인, 초콜릿 같은 멜로디. 끈끈하게 단 것, 눅진한 갈색. 초콜릿 해안으로 몰려드는 초콜릿 물결.

---

* 그림 형제의 동화에 등장하는 난쟁이.

** 프랑스혁명을 배경으로 한 고전 연극.

그 멜로디 중간 즈음에 차코가 그 초콜릿 소리보다 크게 목소리를 냈다. (예의 그 '낭독조'로) "어머니!" 하고 말했다. "어머니! 충분해요. 바이올린은 이제 충분하다고요!"

맘마치가 연주를 멈추고 활은 허공에 든 채로 차코가 있는 방향을 바라보았다.

"충분해? 네 생각엔 충분한 것 같으냐, 차코?"

"충분하고도 남아요." 차코가 말했다.

"충분하다면 충분한 거지" 하고 맘마치가 중얼거렸다. "그만해야겠네." 그런 생각이 갑자기 들었다는 듯이.

그녀는 바이올린을 바이올린 모양의 검은 상자에 넣었다. 상자는 마치 슈트케이스처럼 닫혔다. 그리고 음악도 함께 닫혔다.

찰칵. 또 찰칵.

맘마치가 다시 검은 안경을 썼다. 그 더운 날에 커튼이 쳐진 것이다.

암무가 집에서 나와 라헬을 불렀다.

"라헬! 낮잠 자야지! 케이크 다 먹으면 들어와!"

라헬의 가슴이 철렁 내려앉았다. '낮잠'. 그런 거 싫었다.

암무가 다시 집안으로 들어갔다.

벨루타가 라헬을 내려놓았고, 라헬은 비참하게 진입로 가장자리에, '연극'과의 경계에 섰는데, '낮잠'이 지평선 위에 크게, 고약하게 다가오고 있었다.

"그리고 그 녀석과 그렇게 너무 친하게 지내지 마!" 베이비 코참마가 라헬에게 말했다.

"너무 친하다니?" 맘마치가 물었다. "그게 누구냐, 차코? 누가 너무 친하게 지낸다고?"

"라헬이요." 베이비 코참마가 말했다.

"누구한테 너무 친하다고?"

"누구와." 차코가 어머니의 말을 정정했다.

"그래, 걔가 누구와 너무 친하다고?" 맘마치가 물었다.

"그렇게 '좋아하시는' 벨루타죠. 또 누가 있겠어요?" 베이비 코참마가 말하며 차코를 향했다. "어제 어디 있었는지 저 녀석에게 물어봐라. 확실하게 고양이 목에 방울을 달자고."

"지금 말고요." 차코가 말했다.

"너무 친한 게 뭐예요?" 소피 몰이 마거릿 코참마에게 물었지만, 그녀는 대답하지 않았다.

"벨루타? 벨루타 여기 있니? 여기 있는 거냐?" 맘마치가 오후에 대고 물었다.

"오웨르, 코참마." 그가 나무 사이에서 나와 '연극'으로 걸어들어왔다.

"뭐가 문제였는지 알아냈니?" 맘마치가 물었다.

"풋밸브에 있는 워셔였어요." 벨루타가 말했다. "교체했습니다. 지금은 제대로 작동해요."

"그럼 스위치를 켜라." 맘마치가 말했다. "탱크가 비었어."

"저 녀석은 우리의 네메시스*가 될 거야." 베이비 코참마가 말했다. 예지력이 있거나 갑자기 예언자처럼 미래상이 떠올라서가 아니었다.

---

* 그리스신화에 나오는 율법과 복수의 여신.

그저 벨루타를 곤경에 빠뜨리고 싶었던 것뿐이다. 아무도 그녀의 말에 주의를 기울이지 않았다.

"내 말 기억해두라고." 그녀가 못마땅해하며 말했다.

"걔 봤어?" 케이크 쟁반을 들고 라헬에게 간 코추 마리아가 물었다. 소피 몰 얘기였다. "크면 걔가 코참마가 될 거고, 월급을 올려줄 거고, 오남*에 입을 나일론 사리를 사줄 거야." 코추 마리아는 사리를 모았지만 지금껏 입은 적도 없었고 앞으로도 절대 입지 않을 것이었다.

"그래서 뭐?" 라헬이 말했다. "그때쯤이면 난 아프리카에서 살고 있을 거야."

"아프리카에서?" 코추 마리아가 킬킬거렸다. "아프리카엔 못생긴 흑인과 모기가 득실득실해."

"못생긴 건 아줌마지." 라헬은 그렇게 말하고는 (영어로) 덧붙였다. "멍청한 난쟁이!"

"뭐라고 그랬어?" 코추 마리아가 위협하듯 말했다. "말 안 해도 안다. 다 알아. 들었어. 맘마치에게 이를 테다. 두고 봐!"

라헬은 개미들이 자주 다녀 죽이곤 하는 오래된 우물 쪽으로 걸어갔다. 빨간 개미들은 짓이기면 어쩐지 싫은 시큼한 냄새가 났다. 코추 마리아가 케이크 쟁반을 들고 뒤따라왔다.

라헬이 그 이상한 케이크는 필요 없다고 말했다.

"쿠숨비**" 하고 코추 마리아가 말했다. "질투 많은 사람은 곧장 지

---

* 인도의 추수감사제.

옥에 떨어지는 법이야."

"누가 질투하는데?"

"몰라. 난 모르겠는데." 코추 마리아는 프릴이 달린 앞치마를 입고 심술궂게 말했다.

라헬은 선글라스를 끼고, '연극' 쪽을 돌아보았다. 모든 것이 '분노의 빛깔'로 보였다. 마거릿 코참마와 차코 사이에 선 소피 몰은 한 대 맞는 게 당연한 아이처럼 보였다. 라헬은 통통한 개미들이 줄지어 가는 것을 발견했다. 개미들은 성당에 가는 길이었다. 모두 붉은 옷을 입고 있었다. 성당에 도착하기 전에 모두 죽어야만 했다. 돌로 짓눌리고 짓밟혀야 했다. 성당엔 냄새나는 개미가 있어서는 안 되는 법이니까.

목숨이 끊어질 때 개미들은 희미하게 바삭거리는 소리를 냈다. 엘프 요정이 토스트나 바삭한 비스킷을 먹는 것 같았다.

'개미 성당'은 텅 빌 것이고, '개미 주교'는 우스꽝스러운 '개미 주교' 옷을 입고서 은 향로에 든 '유향'을 흔들며 기다릴 것이다. 그리고 아무도 오지 않을 것이다.

'개미' 시간으로는 충분히 기다린 후 우스꽝스러운 '개미 주교'는 이맛살을 찌푸리며 머리를 슬프게 흔들 것이다. 빛나는 '개미' 스테인드글라스 창문들을 바라볼 것이고, 그렇게 보기를 마친 후 거대한 열쇠로 성당을 잠가 캄캄하게 만들 것이다. 그러고는 집으로, 아내에게로 돌아갈 것이고, (만일 아내가 죽지 않았다면) 둘은 '개미의 낮잠'을 잘 것이다.

** 말라얄람어로 '질투심 많은 여자'라는 뜻.

모자를 쓰고, 나팔바지를 입고, '처음부터 사랑을 받은' 소피 몰이 '연극'에서 빠져나와 라헬이 우물 뒤에서 무엇을 하는지 보러 왔다. 하지만 '연극'은 뒤따라왔다. 소피 몰이 걸을 때 걸었고, 멈출 때 멈추었다. 애정이 담긴 미소들이 뒤따랐다. 소피 몰이 우물가 진창(노란 나팔바지의 아랫단이 이제 진흙으로 더러워졌다)에 쪼그리고 앉자, 코추 마리아는 케이크 쟁반을 치우고 아래를 내려다보며 애정 어린 미소를 지었다.

　소피 몰은 그 냄새나는 아수라장을 냉담하게 거리를 두고 살폈다. 돌에는 으깨진 빨간 사체와 아직 미약하게 흔들리는 다리가 몇 개 붙어 있었다.

　코추 마리아가 케이크 부스러기를 든 채 바라보았다.

　'애정 어린 미소들'이 '애정 어리게' 바라보았다.

　'어린 소녀들이 노는 모습'을.

　귀엽네.

　하나는 백사장 빛깔.

　하나는 갈색.

　하나는 '사랑받고'.

　하나는 '사랑을 조금 덜 받고'.

　"하나는 살려둬. 혼자면 외로울 거니까." 소피 몰이 말했다.

　라헬은 그 말을 무시하고 모두 죽여버렸다. 그러고 나서 그 풍성한 '공항용 드레스'와 세트인 속바지(이제 빳빳하지 않은)를 입고 어울리지 않는 선글라스를 낀 채 뛰어가버렸다. 초록 열기 속으로 사라져버렸다.

'애정 어린 미소들'은 스포트라이트처럼 소피 몰에게 머무르며 아마도 귀여운 사촌 자매들이 종종 그러듯이 둘이서 숨바꼭질을 하나보다 하고 생각했다.

9
필라이 부인, 에아펜 부인, 라자고팔란 부인

그날 하루치의 초록이 나무에서 다 배어나왔다. 몬순기의 하늘을 배경으로 검은 야자나무 잎들이 축 늘어진 빗처럼 보였다. 구부러져 맞물린 이빨 같은 그 잎들 사이로 오렌지빛 태양이 지나갔다.

과일박쥐 한 무리가 그 어둠 속을 가로질렀다.

버려진 관상용 정원에서 라헬은 빈둥대는 난쟁이들과 버림받은 아기천사들이 지켜보는 가운데, 탁한 연못가에 쪼그리고 앉아 두꺼비가 돌에서 더껑이 낀 돌로 건너뛰는 모습을 지켜보았다. '아름답고 못생긴 두꺼비들'.

미끈미끈. 우툴두툴. 개골개골.

간절히 기다리지만 키스 받지 못한 왕자들이 두꺼비 안에 갇혀 있었다. 기다란 6월의 풀숲에 잠복해 있는 뱀들의 먹잇감. 부스럭부스럭.

달려들기. 돌에서 더껑이 낀 돌로 건너뛸 두꺼비들은 이제 없다. 키스를 해줄 왕자도.

라헬이 여기 온 후 처음으로 비가 내리지 않는 밤이었다.

'지금쯤,' 라헬은 생각했다. '여기가 워싱턴이라면 출근중일 텐데. 버스를 타고. 가로등. 배기가스. 주유소 계산대 방탄유리에 서린 사람들의 입김 모양. 금속 쟁반 위에 떨어져 내 쪽으로 밀어넣어지는 동전들의 쩽그랑거리는 소리. 손가락에 밴 돈냄새. 정확히 밤 열시면 찾아오는 눈은 취하지 않은 술꾼. "야, 너! 깜둥이년! 내 좆이나 빨아!"'

그녀는 칠백 달러를 갖고 있었다. 그리고 뱀머리가 달린 금팔찌를. 하지만 베이비 코참마는 벌써 얼마나 더 있을 계획이냐고 물었다. 그리고 에스타를 어쩔 계획이냐고도.

아무런 계획도 없었다.

무계획.

'로커스트 스탠드 I' 없음.

그녀는 어렴풋하게 보이는, 박공지붕을, 우주에 난 집 모양의 구멍을 뒤돌아보며 베이비 코참마가 지붕에 설치한 은빛 접시 안테나에서 사는 상상을 했다. 안에 사람이 살아도 될 만큼 커다랗게 보였다. 분명 그보다 작은 집에 사는 사람도 많을 것이다. 예를 들자면 코추 마리아의 비좁은 숙소보다도 그게 더 컸다.

만일 그들이, 그녀와 에스타가 그곳에서, 얇은 강철 자궁 속의 태아들처럼 서로 엉켜서 잔다면, 헐크 호건과 밤 밤 비글로*는 어떻게 할

---

* 미국 프로레슬링 선수.

까? 이 접시를 누군가 차지한다면 그들은 어디로 갈까? 굴뚝을 통해서 베이비 코참마의 생활과 TV로 미끄러져 들어갈까? 히이야! 하는 소리를 대며 오래된 난로 위에 내려앉을까, 반짝이 의상을 입은 근육질 몸으로? 마른 사람들—기근 희생자와 난민—은 문 사이에 난 틈으로 미끄러져 들어갈까? 집단학살 희생자들은 기왓장 사이로 미끄러져 들어갈까?

하늘이 TV 전파로 두껍게 덮여 있었다. 특수 안경을 쓰면, 공중에서 박쥐와 집으로 돌아오는 새들 사이에서 그들—금발머리 여자, 전쟁, 기근, 풋볼, 요리쇼, 쿠데타, 헤어스프레이로 빳빳하게 만든 헤어스타일—이 도는 것이 보일 것이다. 디자이너의 흉근도. 아예메넴을 향해 미끄러지듯 내려오는 스카이다이버들처럼. 하늘에 무늬를 그리며. 바퀴들. 풍차들. 피어나고 지는 꽃들.

히이야!

라헬은 가만히 생각에 잠긴 두꺼비들에게로 시선을 돌렸다.

뚱뚱한. 누런. 돌에서 더껑이 낀 돌로. 그녀는 한 마리를 부드럽게 건드렸다. 눈꺼풀을 위로 움직였다. 우스꽝스러울 정도로 자신만만했다.

닉티테이팅 멤브레인*, 그녀와 에스타가 꼬박 하루종일 이 단어를 말했던 기억이 떠올랐다. 그녀와 에스타와 소피 몰이.

닉티테이팅

익티테이팅

---

* Nictitating membrane. 깜빡거리는 막이라는 뜻으로 눈의 각막을 보호하는 순막(깜박막)을 의미한다.

티테이팅

이테이팅

테이팅

에이팅

팅

잉

세 아이는 모두 그날 사리(오래된, 반으로 찢어진)를 입고 있었고, 에스타는 사리를 휘감아주는 전문가였다. 에스타는 소피 몰의 사리 주름을 잡아주었다. 라헬의 팔루*를 정리한 뒤 자신의 것도 정돈했다. 아이들은 이마에 붉은 빈디**를 찍었다. 만져서는 안 되는 암무의 콜을 칠하고서 씻어내려다 눈가에 지저분하게 번지는 바람에 힌두 여인 행세를 하려는 세 마리 너구리처럼 보이게 되었다. 소피 몰이 도착한 지 일주일 정도 됐을 때였다. 그녀가 죽기 일주일 전이었다. 그때쯤 소피 몰은 쌍둥이의 투철한 조사를 흔들림 없이 견디며 그들의 예상을 모두 뒤엎고 당혹스럽게 했다.

그녀는

(a) 차코에게 그가 비록 자신의 '진짜 아버지'일지라도 조보다 덜 사랑한다고 말했다. (그래서 차코는―내키지는 않을지라도―그의 애정을 바라는 이란성 쌍둥이의 대리 아버지 노릇을 계속할 수 있게 되었다.)

---

* 사리의 끝부분.

** 힌디어로 방울, 작은 조각, 점을 뜻하는데, 양쪽 눈썹 중간 부분에 장식한다.

(b) 맘마치가 에스타와 라헬 대신 매일 밤 자신의 머리를 쥐꼬리처럼 땋고 점을 세는 특권을 주겠노라고 제안했으나 이를 거절했다.

(c) (그리고 '가장 중요한') 그때의 주된 분위기를 기민하게 간파한 후, 베이비 코참마의 접근과 작은 유혹들을 그냥 거절하는 것이 아니라 단칼에, 극도로 무례하게 거절해버렸다.

그 정도로는 충분하지 않다는 듯이, 자신이 인간적임을 드러내 보이기도 했다. 하루는 쌍둥이가 (소피 몰은 빼놓고) 몰래 강에 다녀왔을 때, 소피 몰이 정원에서 울면서 베이비 코참마의 '허브 곡선' 제일 높은 곳에서, 그녀 표현에 따르면 '외로이 있'는 것을 발견하기도 했다. 다음날 에스타와 라헬은 벨루타를 만나러 가면서 소피 몰도 데려갔다.

그들은 사리를 입고 붉은 진흙 땅과 키 큰 풀숲을(닉티테이팅 익티테이팅 테이팅 에이팅 팅 잉) 품위 없게 쿵쾅거리면서 지나 벨루타에게 가서 자신들을 필라이 부인, 에아펜 부인, 라자고팔란 부인이라고 소개했다. 벨루타도 자신과 마비된 형 쿠타펜을(그는 비록 깊이 잠들었지만) 소개했다. 그는 최대한 정중하게 인사했다. 그들 모두를 코참마라 불렀고, 신선한 코코넛 물을 음료로 내왔다. 그는 날씨에 관해 이야기를 나눴다. 강에 대해서도. 자기 생각에는 코코넛 나무가 해가 갈수록 점점 작아진다는 사실도. 아예메넴의 여인들처럼. 그는 자신의 성질 사나운 암탉을 소개했다. 그는 자신의 목공 도구들을 보여주었고 각자에게 작은 나무 숟가락을 만들어주었다.

그 많은 세월이 흘러 지금에야 라헬은 어른의 시선으로 되돌아보고 그의 행동이 다정했음을 깨달았다. 성인 남자가 세 마리 너구리를 환대해 진짜 숙녀처럼 대해주었던 것이다. 아이들이 꾸며낸 공상에 직관적으로 대응해 어른의 무신경함으로 그것이 훼손되지 않게 주의를 기울였던 것이다. 혹은 애정으로.

이야기를 산산조각내기란 얼마나 쉬운가. 일련의 생각을 끊는 일도. 도자기 조각처럼 조심스럽게 지니던 꿈의 단편을 부수는 일도.

벨루타가 그랬듯 그냥 있는 그대로, 아이들과 함께 행동하는 것이 훨씬 어려운 일이었다.

'공포의 날' 사흘 전, 그는 암무가 버린 빨간 큐텍스 매니큐어를 아이들이 자신의 손톱에 칠하게 내버려뒀다. '역사'가 뒷베란다로 그들을 방문했던 날, 그는 그런 모습이었다. 화려한 손톱을 한 목수. 가촉민 경찰관들은 그 손톱을 보고 웃음을 터뜨렸다.

"이게 뭐야?" 한 경찰관이 말했다. "양성애자야?"

다른 경찰관이 밑창 사이에 노래기가 끼어 있는 부츠를 들어올렸다. 녹이 슨 듯 진한 갈색. 수도 없이 많은 다리.

아기천사의 어깨에 머물던 마지막 빛 한줄기가 미끄러지듯 떨어졌다. 어둠이 정원을 삼켰다. 통째로. 비단뱀처럼. 집안에 불이 켜졌다.

라헬은 에스타가 자기 방에, 깔끔한 침대 위에 앉아 있는 것을 보았다. 그는 격자창으로 어둠을 내다보고 있었다. 그는 바깥의 어둠 속에 앉아 빛을 들여다보는 그녀를 볼 수 없었다.

줄거리나 이야기에 대한 아무런 힌트도 없이 난해한 연극에 말려든 한 쌍의 배우. 자신이 맡은 배역을 더듬더듬 해나가며 다른 누군가의 슬픔을 돌보면서. 다른 누군가의 비탄을 애통해하며.

어째서인지 연극은 변경할 수가 없었다. 혹은 돈을 좀 지불하고 좋은 학위를 가진 카운슬러에게 값싼 푸닥거리라도 할 수가 없었다. 그런 카운슬러라면 두 사람을 앉혀놓고 이런저런 방식으로 이렇게 말했을 수도 있다. "너희는 '죄인'이 아니다. 사람들이 '너희에게 죄를 지은' 것이다. 너희는 아직 어린아이들이었다. 어쩔 수 없었다. 너희들은 피해자이지 가해자가 아니다."

그들이 그렇게 이쪽에서 저쪽으로 건너갈 수 있었더라면 도움이 됐을 것이다. 아주 잠깐 동안이라도, 피해자라는 비극의 두건을 쓸 수 있었더라면. 그랬더라면 그들은 그 일과 대면하고 그때 일어났던 그 일에 분노할 수 있었을 것이다. 혹은 바로잡으려 노력하거나. 그러면 아마 결국에는 그들에게 맴도는 기억이란 악령을 쫓아낼 수도 있었을 것이다.

그러나 분노는 그들에게 허용되지 않았고, 그들의 끈끈한 '다른 손들'에 쥐고 있던 이 '다른 것'을 상상 속의 오렌지처럼 직시할 수 없었다. 그 어디에도 내려놓을 곳이 없었다. 버릴 수도 없었다. 붙들고 있을 수밖에 없었다. 조심스럽게 그리고 영원히.

에스타펜과 라헬 둘 다 그날 (그들 외에도) 여러 가해자가 있었다는 것을 알았다. 하지만 피해자는 한 사람뿐이었다. 그리고 그는 핏빛 빨간 손톱을 하고 등에는 몬순기가 때맞춰 오게 하는 갈색 잎을 지니고 있었다.

그는 우주에 구멍 하나를 남겼고, 거기로 어둠이 타르처럼 흘러내렸다. 그들의 어머니는 뒤돌아 손을 흔들며 인사도 하지 않고 그 구멍으로 따라갔다. 어머니는 그들을 남기고 떠났고, 그들은 어둠 속에서, 바닥도 없는 곳에서, 계류용 밧줄도 없이 빙글빙글 돌고 있었다.

몇 시간이 흘러 달이 뜨더니 어둠의 비단뱀이 삼켰던 것을 토해냈다. 정원이 다시 모습을 드러냈다. 통째로 토해냈다. 그 안에 앉아 있는 라헬도.

바람의 방향이 바뀌며 북소리가 들려왔다. 선물. 이야기에 대한 약속. 옛날 옛적에, 살고 있었지.

라헬이 고개를 들고 귀를 기울였다.

날씨가 맑은 밤이면 카타칼리 공연을 알리는 첸다* 소리가 아예메넴 사원에서부터 1킬로미터 떨어진 먼 곳까지 들렸다.

라헬은 그곳으로 갔다. 가파른 지붕과 하얀 벽의 기억에 이끌려. 불을 밝힌 놋쇠 램프와 기름 먹인 어두운 나무의 기억에 이끌려. 코타얌-코친 고속도로에서 감전사당하지 않은 늙은 코끼리를 만나면 좋겠다는 희망을 품고 걸음을 옮겼다. 그녀는 코코넛 하나를 챙기러 부엌에 들렀다.

그녀는 나가는 길에 공장의 방충망문 하나가 경첩이 떨어진 채 문간에 기대어 세워져 있는 것을 보았다. 문을 옆으로 치우고 공장 안으로 발을 디뎠다. 공기는 습기로 무거웠고 물고기가 헤엄을 칠 수 있을 정도로 젖어 있었다.

신발 아래의 바닥은 몬순기라 생겨난 더껑이로 미끄러웠다. 작은 박쥐 한 마리가 불안해하며 천장 들보 사이에서 퍼덕거렸다.

---

* 인도의 전통 타악기. 원통형 북.

어둠 속에서 윤곽을 드러내는 낮은 시멘트 피클통들 때문에 공장 바닥은 원통 안에 시신이 담긴 실내 묘지처럼 보였다.

파라다이스 피클 & 보존식품의 잔해들.

오래전, 소피 몰이 왔던 그날, E. 골반 대사가 새빨간 잼 단지를 저으면서 '두 가지 생각'을 했던 곳. 빨간, 부드러운 망고 모양의 비밀이 피클이 되어 밀봉되어 저장된 곳.

틀림없다. 단 하루 만에 모든 것이 바뀔 수도 있다.

10
배 안의 강

'환영, 우리 소피 몰' '연극'이 현관 베란다에서 공연되고 코추 마리아가 초록 열기 속 '푸른 앞치마 군대'에게 케이크를 나눠주는 동안, E. 골반/S. 핌퍼넬(머리를 부풀려 세운) 대사는 베이지색 뾰족한 신발을 신고 파라다이스 피클 공장의 방충망문을 밀어젖히고 축축하고 피클 냄새가 진동하는 안으로 들어갔다. 그는 거대한 시멘트 피클통 사이를 걸으며 '생각'할 공간을 찾아보았다. 천장 채광창 가까이 시커메진 들보에 사는(그리고 때때로 파라다이스 제품의 맛에 공헌하는) '헛 간올빼미Bar Nowl*' 우사가 그 모습을 지켜보았다.

가끔 쑤석거려줘야 하는(그러지 않으면 맑은 국물 안에 주름진 버섯

---

* barn owl(헛간 올빼미)의 띄어쓰기를 변형시킨 언어유희.

같은 검은 곰팡이 섬들이 생겼다) 소금물에 떠 있는 노란 라임을 지나

갔다.

잘라서 강황과 고춧가루로 속을 채우고 삼실로 동여맨 초록 망고를

지나갔다. (한동안은 신경쓸 필요가 없다.)

코르크 마개를 한 식초가 담긴 유리병들을 지나서.

펙틴과 방부제가 놓인 선반을 지나서.

여주와 칼과 색색의 손가락 보호대가 놓인 쟁반들을 지나서.

마늘과 작은 양파로 불룩한 마대를 지나서.

신선한 초록색 후추 열매 더미를 지나서.

바닥에 쌓인 바나나 껍질 무더기(돼지 저녁거리로 남겨둔)를 지나서.

상표로 가득찬 상표 보관장을 지나서.

접착제를 지나.

접착제를 칠하는 솔을 지나.

비누거품이 있는 물에 빈병들이 떠 있는 철제통을 지나.

레몬 스쿼시도 지나.

포도 크러시도 지나.

그리고 돌아섰다.

공장 안은 먼지가 달라붙은 방충망문을 거쳐 들어온 빛과 천장 채광

창으로 들어온 먼지 가득한 (우사는 사용하지 않은) 빛뿐이라 어두웠

다. 식초와 아위* 냄새가 콧구멍을 자극했지만, 에스타는 그 냄새에 익

숙했고 좋아하기도 했다. 그가 '생각'할 장소로 찾아낸 곳은 갓 끓인

---

* 산형과 식물로 수액을 채취해 수지로 굳혀 사용하는데, 수지 상태일 때는 불쾌한 악취
를 내나 강한 열을 받으면 악취가 사라진다. 인도에서 각종 요리에 향신료로 사용한다.

(불법) 바나나 잼을 천천히 냉각시키고 있는 철제 검은 가마솥과 벽 사이였다.

잼은 아직 뜨거웠고, 끈적끈적한 진홍색 표면에 걸쭉한 분홍색 거품이 천천히 사그라들고 있었다. 조그만 바나나 거품들이 잼 속 깊이 빠졌지만 아무도 돕지 않았다.

'오렌지드링크 레몬드링크 맨'이 언제라도 들이닥칠 수 있었다. 코친-코타얌 간 버스를 타고 거기 올 수 있었다. 그리고 암무가 그에게 차를 대접할 수도 있었다. 어쩌면 파인애플 스퀴시일지도. 얼음을 넣어서. 유리잔에 노랗게.

긴 쇠막대로. 에스타는 걸쭉하고 갓 만든 잼을 저었다.

사그라지던 거품이 이런저런 모양의 사그라지는 거품을 만들었다.

한쪽 날개가 짓이겨진 까마귀 한 마리.

꽉 움켜쥔 닭의 발톱.

느글느글한 잼에 빠진 '간올빼미Nowl'(우사는 아니고).

슬퍼 보이는 소용돌이.

그리고 아무도 돕지 않는.

에스타는 그 진한 잼을 저으면서 다음과 같은 '두 가지 생각'을 했다.

(a) 누구에게든 무슨 일이든 일어날 수 있다.

그리고

(b) 준비해두는 게 상책이다.

그런 생각을 하면서 '외톨이' 에스타는 자신의 지혜에 혼자 흡족해했다.

그 뜨거운 자홍색 잼이 빙빙 돌 동안 에스타는 앞머리가 무너지고 이가 고르지 못한 '잼 젓는 마법사'가 되었고, 그러고 나서 '맥베스의 마녀'가 되었다.

불이여 타올라라, 바나나여 거품이 되어라.

암무는 에스타에게 맘마치의 바나나 잼 레시피를 책등은 하얗고 표지는 까만 새 레시피 공책에 옮겨 적어도 좋다고 허락했었다.

암무가 대단한 명예를 부여해준 것임을 잘 알았던 에스타는 자신의 가장 훌륭한 필체 두 가지를 모두 사용했다.

바나나 잼 (예전의 가장 훌륭한 필체로)

잘 익은 바나나를 으깬다. 잠길 정도로 물을 붓고 <u>아주</u> 센 불로 바나나가 물렁해질 때까지 끓인다.

꺼진 모슬린으로 걸러내고서 과즙을 짜낸다.

동량의 설탕을 계량해 <u>준비해둔다.</u>

과즙이 진홍색이 될 때까지, 양이 절반 정도로 증발될 때까지 줄인다.

젤라틴(펙틴)을 다음과 같이 준비한다.

비율 1 대 5

즉, 펙틴 4티스푼 대 설탕 20티스푼

에스타는 늘 펙틴을 망치를 든 삼 형제, 펙틴, 헥틴, 아베드네고 가운데 막내라고 생각했다. 에스타는 그들 삼 형제가 약해지는 빛과 가랑비 속에서 나무배를 만드는 모습을 상상했다. 노아의 아들들처럼. 머릿속에서 그들의 모습을 선명하게 떠올릴 수 있었다. 시간과의 싸움을 벌이는. 음침한, 폭풍이 몰려오는 하늘 아래에 둔탁하게 울려퍼지는 그들의 망치질 소리. 그리고 근처 정글에서는 으스스하고 폭풍이 몰려오는 빛 속에서 짐승들이 쌍쌍이 줄지어 기다렸다.

암놈수놈.

암놈수놈.

암놈수놈.

암놈수놈.

쌍둥이는 허락되지 않았다.

그 레시피의 나머지 부분은 에스타가 새로 습득한 가장 훌륭한 필체로 적었다. 모나게, 뾰족뾰족. 한 글자 한 글자가 단어가 되기를 꺼리는 듯, 단어들은 문장이 되길 꺼리는 듯 몸을 뒤로 뺀 모습.

농축된 과즙에 펙틴을 넣는다. 몇 분(5분) 정도 끓인다.

사방에서 활활 타오르는 센 불을 사용한다.

설탕을 넣는다. 농도가 고르게, 되직할 때까지 끓인다.

천천히 식힌다.

이 레시피가 마음에 들었기 바람.

맞춤법이 틀린 부분들을 제외하면, 마지막 줄—"이 레시피가 마음에 들었기 바람"—이 에스타가 원 글에서 추가한 유일한 부분이었다.

에스타가 젓는 동안 차츰 바나나 잼은 걸쭉해지며 식어갔고, 그의 베이지색 뾰족한 신발에서 예기치 않게 '생각 3호'가 등장했다.

그 '생각 3호'는 이것이었다.

(c) 배.

강을 건너갈 배. 아카라로. 강 '저편'으로. '식량'을 싣고 갈 배. 성냥. 옷. 냄비와 팬. 필요하지만 헤엄쳐서 옮길 수는 없는 것들.

에스타의 팔에 난 털들이 곤두섰다. 잼을 젓는 일이 배를 젓는 일이 되었다. 빙빙 돌리는 동작이 앞뒤로 젓는 동작이 되었다. 끈적끈적한 진홍빛 강을 건너서. 오남 보트 경기에서 부르던 노래가 공장을 가득 채웠다. "타이 타이 타카 타이 타이 톰!"

엔다 다 코란가차, 찬디 이트라 텐자두?
(어이, 원숭이 아저씨, 엉덩이가 왜 그렇게 빨간가?)
판디일 투란 포아폴 네라카무티리 네란기 은잔.
(똥을 싸러 마드라스에 갔다가 피가 나도록 긁어댔다네.)

그 뱃노래의 다소 상스러운 질문과 대답 너머로 라헬의 목소리가 공장으로 흘러들어왔다.

"에스타! 에스타! 에스타!"

에스타는 대답하지 않았다. 뱃노래의 코러스가 걸쭉한 잼 속으로 잦

아들었다.

티이욤

티톰

타라카

티톰

팀

방충망문이 삐걱거렸고, 자라서 뿔이 될 혹이 있고 노란 테의 빨간 플라스틱 선글라스를 낀 '공항 요정'이 햇빛을 등지고 안쪽을 들여다보았다. 공장은 '분노의 빛깔'로 물들어 있었다. 소금에 절인 라임들이 빨갰다. 부드러운 망고도 빨갰다. 상표 보관장도 빨갰다. (우사가 한 번도 이용한 적 없는) 먼지 가득한 빛도 빨갰다.

방충망문이 닫혔다.

라헬이 빈 공장에서 '도쿄의 사랑'으로 묶은 '분수 머리'를 하고 서 있었다. 뱃노래를 부르는 수녀의 목소리가 들려왔다. 맑은 소프라노 목소리가 식초 냄새와 피클통 위를 떠돌았다.

라헬은 검은 가마솥 안의 진홍색 잼 위에 몸을 숙이고 있는 에스타 쪽으로 향했다.

"왜 불렀어?" 에스타가 고개도 들지 않고 물었다.

"그냥." 라헬이 말했다.

"그럼 여긴 왜 왔어?"

라헬은 대답하지 않았다. 잠시 적대적인 침묵이 흘렀다.

"왜 잼을 노 젓듯 저어?" 라헬이 물었다.

"인도는 '자유 국가'야." 에스타가 말했다.

누구도 거기에 반박할 수 없었다.

인도는 '자유 국가'였다.

소금을 만들 수도 있었다. 잼을 노 젓듯 저을 수도 있었다. 원한다면.

'오렌지드링크 레몬드링크 맨'이 저 방충망문으로 곧장 걸어들어올 수도 있었다.

그가 원한다면.

그러면 암무는 그에게 파인애플 주스를 줄 것이다. 얼음을 넣어서.

라헬이 시멘트통 가장자리에 앉아 (버크램과 레이스의 하늘하늘한 가장자리를 부드러운 망고 피클에 살짝 담그고서) 고무 손가락 보호대를 끼워보았다. 청파리 세 마리가 안으로 들어오려고 기를 쓰고 방충망문에 몸을 부딪쳤다. 그리고 우사, '헛 간올빼미'가 쌍둥이 사이에 멍처럼 놓인 피클 냄새가 밴 침묵을 지켜보고 있었다.

라헬의 손가락들이 '노랑 초록 파랑 빨강 노랑'이었다.

에스타의 잼은 휘저어졌다.

라헬이 가려고 일어섰다. '낮잠'을 자려고.

"어디 가?"

"어딘가."

라헬이 새 손가락들을 벗고, 손가락 색깔인 예전 손가락으로 돌아왔다. 노랑도 아니고, 초록도 아니고, 파랑도 아니고, 빨강도 아니고. 노랑도 아니고.

"난 아카라에 갈 거야" 하고 에스타가 말했다. 고개도 들지 않고서. "'역사의 집'에."

라헬이 걸음을 멈추고 돌아서자, 등에 털이 유난히 **빽빽한** 암갈색 나방 한 마리가 약탈을 위해 그녀의 가슴에서 날개를 펼쳤다.

천천히 펼쳤다가.

천천히 접었다.

"왜?" 라헬이 물었다.

"왜냐면, '누구에게든 무슨 일이든 일어날 수 있'으니까." 에스타가 말했다. "'준비해두는 게 상책'이야."

거기에 반박할 수 없었다.

이제 아무도 카리 사이푸의 집에 가지 않았다. 벨리아 파펜은 자신이 그 집을 직접 본 마지막 사람이라고 말했다. 그 집이 귀신 들렸다고도 했다. 그는 쌍둥이에게 카리 사이푸의 귀신과 마주쳤던 이야기를 들려주었다. 2년 전이었다고 했다. 결핵으로 죽어가던 아내 첼라에게 육두구와 신선한 마늘로 페이스트를 만들어주기 위해 육두구나무를 찾아 강을 건너갔었다. 갑자기 시가 연기 냄새가 났다(파파치가 같은 브랜드의 시가를 피웠기 때문에 즉시 알아차렸다). 벨리아 파펜은 주위를 휙 돌아보며 그 냄새를 향해 낫을 던졌다. 그렇게 그 귀신을 어느 고무나무에 꽂았고, 그의 말에 따르면 그 귀신은 여전히 그 자리에 남아 있었다. 낫에 찍힌 냄새는 맑은 호박색 피를 흘리며 시가를 달라고 애원했다고 한다.

벨리아 파펜은 육두구나무도 못 찾았고 낫만 새로 사야 했다. 그러나 그는 (저당잡힌 한쪽 눈에도 불구하고) 자신의 번개같이 빠른 반사

신경과 침착함 덕분에 피에 목말라 방황하는 그 소아성애자 귀신을 끝장낼 수 있었다고 만족스러워했다.

누군가 귀신의 계략에 넘어가 시가를 줌으로써 낮에서 풀려나게 하지 않는 한은.

벨리아 파펜은 (무엇이든 아는 사람임에도) 카리 사이푸의 집이 '역사의 집'(문은 잠겼지만 창문들은 열려 있는)이었음을 알지 못했다. 그리고 그 안에서 지도 냄새 같은 숨결을 풍기는 튼튼한 발톱을 가진 선조들이 벽을 기어다니는 도마뱀들에게 속삭인다는 것도. 그 '역사'가 뒷베란다에서 조건을 교섭하고 벌금을 거둬들인다는 것도. 채무불이행은 비참한 결과로 이어진다는 것도. 그 '역사'가 그 장부를 청산하기로 한 날, 벨루타가 치른 벌금 영수증을 에스타가 보관하리라는 것도.

벨리아 파펜은 카리 사이푸가 꿈들을 붙잡아 그 꿈들을 다시 꾼다는 사실을 전혀 알지 못했다. 아이들이 케이크에서 건포도를 뽑아내듯 그도 지나가는 사람들의 머릿속에서 꿈을 빼낸다는 것을. 그가 가장 좋아하는 꿈, 가장 다시 꾸고 싶어하는 꿈이 이란성 쌍둥이의 부드러운 꿈임을.

불쌍한 벨리아 파펜 노인이 그때 '역사'가 그를 대리인으로 선택할 것임을, 그의 눈물이 '공포'를 가져오리라는 것을 알았더라면, 그가 어떻게 입에 낫을 물고(시큼한, 혀에 닿던 그 쇠맛) 강을 헤엄쳐 건넜는지를 떠벌리면서 아예메넴 시장에서 어린 수탉처럼 으스대지 않았을지도 모른다. 잠시 낫을 내려놓고 무릎을 꿇고 그의 저당잡힌 눈에서 강모래(때로, 특히 우기에는 강에 모래가 있었다)를 씻어내던 그 순간, 시가 연기 냄새를 처음으로 맡았는지를. 그래서 낫을 들고 주위를 돌다가 그 냄새를 낮으로 찍어 귀신을 영원토록 꼼짝 못하게 만들었는지를. 그 모든 일을 한순간의 흐르는 듯 힘있는 동작으로 처리했는지를.

그가 '역사의 계획'에서 자신이 맡은 역할이 뭔지 이해했을 때는 발걸음을 되짚기에는 이미 늦어 있었다. 자신의 발자국을 스스로 다 지워버렸던 것이다. 빗자루를 들고 뒷걸음질하며.

공장 안에 다시 한번 침묵이 덮쳐 쌍둥이 주변을 조여들었다. 하지만 이번엔 다른 종류의 침묵이었다. 오래된 강의 침묵. '고기 잡는 사람들'과 밀랍 같은 인어들의 침묵.

"하지만 공산주의자들은 귀신을 믿지 않아." 에스타가 마치 귀신 문제에 대한 해결책을 모색하던 중인 양 이야기를 이어갔다. 아이들의 대화는 산속을 흐르는 시냇물처럼 지표면에 올라왔다 내려가곤 했다. 때로는 다른 이들에게 들리게. 때로는 들리지 않게.

"우린 공산주의자가 되는 거야?" 라헬이 물었다.

"그래야 할지도."

'현실주의자 에스타'.

멀리서 케이크 부스러기가 묻은 목소리들이 들려오고 '푸른 앞치마 군대'의 발소리가 가까이 다가오자 두 동지는 비밀을 밀봉했다.

비밀은 절여지고 밀봉되어 치워졌다. 큰 통에 담긴 빨갛고 부드러운 망고 모양의 비밀. 위에서 '간올빼미'가 주재했던 회의.

'빨간 의제'가 논의되고 동의가 이루어졌다.

라헬 동지는 '낮잠'을 자러 갈 것이고, 암무가 잠들 때까지 그냥 누워 있을 것이다.

에스타 동지는 (베이비 코참마가 어쩔 수 없이 흔들어야 했던) 깃발을 찾아 강가에서 라헬을 기다릴 것이고, 거기서 그들은,

(b) 준비되어 있기를 준비하려는 준비를 할 것이다.

벗어둔 (반쯤 절여진) 요정 드레스가 암무의 어두운 침실 바닥 한가운데 혼자 빳빳하게 서 있었다.

밖은 '공기'가 '민감'하고 '밝고' '뜨거웠다'. 라헬은 드레스에 어울리는 공항 속바지 차림으로 말똥말똥하게 암무 옆에 누워 있었다. 라헬은 암무 뺨 위에서 파란 십자수 침대보의 십자수 꽃들이 만들어낸 무늬를 볼 수 있었다. 그 파란 십자수 오후의 소리를 들을 수 있었다.

느릿느릿 도는 천장 선풍기. 커튼 뒤 태양.

즈즈즈 위험한 소리를 내며 창유리를 공격하는 노란 말벌.

의심 많은 도마뱀의 눈 끔벅임.

마당에서 발을 높이 들고 걸어다니는 닭들.

태양이 빨래를 바싹 말리는 소리. 하얀 침대보를 빳빳하게 말리는. 풀 먹인 사리를 판판하게 하는. 회백색과 금빛 사리.

노란 돌들 위 빨간 개미들.

더위에 지친 소. 암무우. 멀리서 들려오는.

그리고 교활한 영국인 귀신의 냄새, 낫으로 고무나무에 박혀서는, 시가를 정중히 청하는.

'음…… 실례합니다. 혹시 저 음…… 시가 한 대 빌려주실 수 있을까요?'

친절한 교사 같은 목소리로.

어머나.

그리고 라헬을 기다릴 에스타. 강가에서. E. 존 이페 신부가 만달레이를 방문했다가 가지고 돌아온 망고스틴 나무 아래에서.

에스타가 뭐에 올라앉은 거지?

망고스틴 나무 아래에서 둘이 늘 깔고 앉던 그것. 잿빛에 희끗희끗한 무언가. 이끼와 지의류에 뒤덮이고, 양치류에 질식할 듯한. 대지의 일부가 되어버린 그것. 통나무도 아닌. 바위도 아닌……

그 생각을 하다 말다 라헬은 일어나 달렸다.

부엌을 지나, 곤히 잠든 코추 마리아를 지나. 두꺼운 주름을 잡고서 프릴 달린 앞치마를 입은 성급한 코뿔소처럼 보이는.

공장을 지나.

초록 열기 속으로 구르듯 달리는 맨발, 그 뒤를 따르는 노란 말벌 한 마리.

에스타 동지는 거기 있었다. 망고스틴 나무 아래. 붉은 깃발을 옆쪽 땅에 꽂고서. '유동적인 공화국'. '앞머리를 부풀린' '쌍둥이 혁명'.

그리고 에스타가 무엇에 앉아 있었다고?

이끼로 뒤덮인, 양치류에 숨겨진 무엇.

가볍게 두드리면 텅 빈 두드림의 소리가 울렸다.

침묵이 가라앉았다가 솟아오르더니 다시 덮치며 팔자 모양으로 원을 그렸다.

보석 박힌 잠자리들이 햇볕을 받는 아이들의 새된 목소리처럼 맴돌았다.

손가락 색깔의 손가락들이 양치류와 싸우며, 돌멩이들을 치우며, 길을 냈다. 가장자리를 붙잡기 위한 땀투성이 격투가 있었다. 그리고 '하나둘' 그리고.

단 하루 만에 모든 것이 바뀔 수도 있다.

그것은 바로 배였다. 작은 나무 발롬*.

에스타가 앉았던, 그리고 라헬이 발견했던 배.

암무가 강을 건널 때 사용하게 될 그 배. 아이들이 낮에 사랑했던 그 남자를 밤에 사랑하기 위해서.

너무나 오래되어 뿌리를 내린 배. 거의.

배 꽃이 피고 배 열매가 열린 잿빛의 오래된 배 나무. 그리고 그 아래에는 배 모양으로 시든 풀밭 한 조각. 허둥지둥 서두르는 배 세상.

어둡고 메마르고 시원했던. 이제 지붕이 벗겨지고. 눈도 먼.

일하러 가던 하얀 흰개미들.

집으로 가던 하얀 무당벌레들.

빛을 피해 땅을 파는 하얀 딱정벌레들.

하얀 나무 바이올린을 든 하얀 메뚜기들.

슬픈 하얀 음악.

하얀 말벌 한 마리. 죽은.

바삭바삭하얀 뱀허물, 어둠 속에 보존되어 있다가 태양에 바스러진.

하지만 이걸로 될까, 이 작은 발롬으로? 너무 오래된 건 아닐까? 너

---

* 인도 케랄라 지역 전통 양식의 배.

무 삭은 건 아닐까? 이걸로 가기엔 아카라는 너무 먼 게 아닐까?

이란성 쌍둥이는 그들의 강 건너편을 바라보았다.

미나찰 강.

잿빛녹색. 물고기가 안에 있는. 하늘과 나무가 안에 있는. 그리고 밤이면 부서진 노란 달이 안에 있는.

파파치가 소년이었을 때, 타마린드 고목 한 그루가 폭풍에 강으로 쓰러졌다. 그 나무는 아직도 거기 있었다. 녹색 강물에 너무 잠겨 검어진 나무껍질 없이 매끈한 나무가. 떠다니지 않는 유목流木으로.

강의 삼분의 일은 아이들에게 친숙했다. '정말로 깊은 곳'이 시작되기 전에는. 아이들은 끈끈한 진흙탕이 시작되기 전에 있는 미끄러운 (열세 단) 돌계단을 알고 있었다. 아이들은 코마라콤의 잔잔한 후미에서 오후가 되면 안쪽으로 떠내려오는 잡초를 알고 있었다. 작은 물고기도 알고 있었다. 납작하고 어리석은 팔라티, 은빛 파랄, 약삭빠르고 수염이 달린 쿠리, 가끔씩 보이는 카리민.

여기서 차코가 아이들에게 헤엄치는 법을 가르쳤다(외삼촌의 넉넉한 배 주위에서 도움을 받지 않고 첨벙첨벙). 여기서 아이들은 물속에서 방귀 뀌는 일이 즐겁다는 걸 스스로 발견했다.

여기서 아이들은 낚시하는 법을 배웠다. 벨루타가 가느다란 노란 대나무대로 만들어준 낚싯대 바늘에 몸을 굼틀거리는 보라색 지렁이를 꿰는 법을.

여기서 아이들은 '침묵'을 ('고기 잡는 사람들'의 자식들처럼) 배웠고, 잠자리의 밝은 언어를 배웠다.

여기서 아이들은 '기다리는 법'을 배웠다. '지켜보는 법'도. 이런저런 것들을 생각하고 입 밖에 내지 않는 법도. 유연한 노란 대나무가 아래로 활 모양을 그리며 휘어지면 번개처럼 반응하는 법을 배웠다.

그랬기에 강의 삼분의 일 부분은 잘 알았다. 나머지 삼분의 이는 그렇지 않았다.

강의 삼분의 이 부분에서 '정말로 깊은 곳'이 시작했다. 물살은 빠르고 일정했다(썰물일 때는 하류로, 밀물일 때는 후미에서 밀려와 상류로).

삼분의 삼 부분은 다시 얕아졌다. 물은 갈색으로 탁했다. 물풀투성이인데다 잽싼 뱀장어들과 느릿느릿한 진흙이 발가락 사이로 치약처럼 빠져나갔다.

쌍둥이는 물개처럼 헤엄칠 수 있었고, 차코의 감독하에 몇 번이나 강을 건넜는데, 자신들의 위업을 증명하고자 저 '건너편'에서 돌멩이 하나, 나뭇가지 하나 혹은 나뭇잎 하나를 가지고는 힘에 겨워 헉헉대며 사팔뜨기 눈을 하고 돌아오곤 했다. 그러나 존경하는 강 한가운데는, 혹은 저 '건너편'은 아이들이 '머무르고', '빈둥대고', '무언가를 배울' 곳이 못 되었다. 에스타와 라헬은 미나찰 강의 삼분의 이와 삼분의 삼 부분에 그 강에 걸맞은 경의를 표했다. 하지만 그렇다 해도 헤엄쳐 강을 건너는 일은 문제가 아니었다. '물건들'을 싣고 배를 타는 것이 (그렇게 해서 (b) 준비되어 있기를 준비하려는 준비) 문제였다.

아이들은 '오래된 배'의 시선으로 강 건너편을 바라보았다. 그들이 선 자리에서 '역사의 집'은 보이지 않았다. 버려진 고무 농장 한가운데에서 귀뚜라미 소리가 점점 커지는 늪 너머의 어둠일 뿐이었다.

에스타와 라헬은 그 작은 배를 들어올려 물가로 가져갔다. 배는 깊은 곳에서 수면으로 올라와 잿빛이 된 물고기처럼 놀란 듯 보였다. 절실하게 햇볕을 쬐어야 할. 긁어내기도, 어쩌면 닦기도 해야 할, 하지만 그 정도만 해도 될.

두 개의 행복감이 하늘빛 하늘에 색색의 연처럼 높이 솟아올랐다. 그런데 그때, 느릿한 초록 속삭임이 있더니 강이(물고기가 안에 있고, 하늘과 나무들도 안에 있는) 거품을 일으키며 들어왔다.

그 오래된 배가 서서히 가라앉아 여섯번째 계단에 자리잡았다.

그리고 이란성 쌍둥이의 마음도 가라앉아 여섯번째 계단 위쪽에 자리잡았다.

깊은 곳을 헤엄치는 물고기가 지느러미로 입을 가리고는 그 광경을 곁눈질하면서 웃어댔다.

하얀 배 거미가 배 안에서 강물에 떠올라 잠시 애를 쓰다가 빠져 죽었다. 그 거미의 하얀 알주머니가 너무 때 이르게 터졌고, 수많은 새끼 거미들이(빠져 죽기엔 너무 가볍고 헤엄치기엔 너무 작은) 초록의 잔잔한 수면 위에 점점이 있다가 바다로 쓸려내려갔다. 마다가스카르로, '말라얄리헤엄거미'라는 새로운 종이 되기 위해.

잠시 후, 마치 이미 의논이라도 했던 것처럼(그러지 않았지만) 쌍둥이는 강에서 배를 닦기 시작했다. 거미줄, 진흙, 이끼, 지의류가 떠내려갔다. 깨끗해지자 배를 뒤집어 머리 위로 들어올렸다. 물이 뚝뚝 떨어지는 합체된 모자처럼. 에스타가 붉은 깃발을 뽑아냈다.

작은 대열(깃발 하나, 말벌 한 마리, 다리가 달린 배 한 척)이 덤불 사이로 난 익숙한 오솔길로 이동했다. 쐐기풀 수풀을 피해서, 이미 아는 도랑과 개미집을 비켜 가면서. 가파르고 깊은 구덩이 가장자리를 돌아가며. 그 구덩이는 홍토를 파내어 생긴 것으로 이젠 오렌지빛 둑이 가파른 경사를 이루며 물이 고인 못이 되었고, 그 탁하고 찐득한 물 위로는 반짝이는 초록 더껑이가 층을 이루며 뒤덮여 있었다. 초록의, 위험천만한 풀밭에서 모기는 알을 까고 물고기는 살쪘지만 사람은 접근할 수 없었다.

강 옆에 나란히 난 그 오솔길은 코코넛, 캐슈, 망고, 빌림비 등의 나무로 둘러싸인 풀이 우거진 작은 공터로 이어졌다. 공터 가장자리에는 벽에 오렌지빛 홍토와 진흙을 바르고 땅에 닿을 정도로 초가지붕을 이은 나지막한 오두막 한 채가 강을 등진 채 지하에서 속삭이듯 들려오는 비밀에 귀기울이듯 자리했다. 오두막의 낮은 벽은 땅과 같은 색이라 마치 땅에 심은 집의 씨가 싹을 틔우고, 거기에서 땅의 갈비뼈들이 똑바로 올라와 공간을 둘러싼 것만 같았다. 야자나뭇잎을 엮어 만든 판으로 울타리를 친 작은 앞마당에는 바나나 나무 세 그루가 제멋대로 자라 있었다.

다리 달린 배가 그 오두막에 다가갔다. 문 옆의 벽에는 불 꺼진 기름 램프가 걸려 있었고, 그 뒷벽은 까맣게 그을려 있었다. 문이 조금 열려 있었다. 안은 어두웠다. 검은 암탉 한 마리가 문가에 나타났다. 배가 방문했음에도 무심하게 다시 안으로 들어갔다.

벨루타는 집에 없었다. 벨리아 파펜도. 하지만 누군가 있었다.

남자 목소리가 집안에서 흘러나왔고, 그 소리는 공터 주변을 메아리치며 외롭게 울렸다.

그 목소리는 몇 번씩이고 같은 말을 외쳤고, 그럴 때마다 그 소리는 더 높이, 더 히스테릭해지며 올라갔다. 너무 익어 금방이라도 나무에서 떨어져 바닥을 엉망으로 만들 것 같은 구아버에게 하는 호소였다.

파 페라-페라-페라-페라카
(구가-구그-구그-구아버 씨.)
엔데 파람빌 토오랄레이
(여기 내 마당에 똥 싸지 마라.)
체텐데 파람빌 토오리코
(옆집 동생네 마당에다 싸.)
파 페라-페라-페라-페라카
(구가-구그-구그-구아버 씨.)

    그렇게 소리치는 사람은 벨루타의 형 쿠타펜이었다. 그는 가슴 아래
로 마비되어 있었다. 매일매일 매달매달 동생이 집을 비우고 아버지가
일하러 간 동안, 쿠타펜은 바닥에 등을 대고 누운 채 자신의 젊음이 인
사도 없이 그냥 스쳐지나가는 것을 봤다. 하루종일 거기 그렇게 누워
서 거들먹대는 검은 암탉만을 상대하며 군집한 나무들의 침묵에 귀를
기울였다. 그는 지금 자신이 누워 있는 곳과 같은 방 구석에서 숨을 거
둔 어머니 첼라를 그리워했다. 그녀는 기침을 하고, 침을 흘리고, 아파
하며 가래를 뱉다가 죽었다. 쿠타펜은 그녀가 죽기 오래전에 두 발이
죽어가는 걸 알아차렸던 기억을 떠올렸다. 발의 피부가 잿빛으로 변해
가며 죽은 일을. 죽음이 아래에서부터 그녀에게 기어오르는 모습을 얼
마나 두려워하며 지켜봤는지를. 쿠타펜은 커져가는 공포심으로 자신
의 감각 없는 발을 밤새 지켰다. 때로는 뱀에게서 몸을 지키기 위해 구

석에 세워놓은 막대기로 어떤 기대를 품고 자신의 발을 찔러봤다. 발에는 전혀 감각이 없었고, 그저 눈으로만 두 발이 여전히 자신의 몸에 붙어 있음을 자신의 일부임을 확인할 수 있었다.

첼라가 죽고서 그는 어머니가 있던 구석자리로 옮겨졌는데 쿠타펜은 그 구석자리를 '죽음의 신'이 죽음을 위한 의식을 거행하기 위해 맡아둔 자리라고 여겼다. 한쪽 구석은 요리하는 곳, 한쪽 구석은 옷을 보관하는 곳, 한쪽 구석은 이불을 개켜놓는 곳, 한쪽 구석은 죽어가는 곳.

그는 자신이 얼마나 견딜지 궁금했고, 구석자리가 네 개 이상인 집에 사는 사람들은 나머지 구석자리에서 무엇을 할지도 궁금했다. 그런 집에선 어느 구석자리에서 죽을지도 선택할 수 있을까?

그는, 그럴 이유도 없지 않기에, 으레 자신이 가족 중 첫번째로 어머니를 뒤따를 것이라 생각했다. 그는 그렇지 않다는 것을 알게 될 것이다. 머지않아. 곧.

때때로(습관적으로, 그녀가 그리워서) 쿠타펜은 어머니처럼 기침을 했고, 그러면 그의 상체는 갓 잡힌 물고기처럼 튀어올랐다. 그의 하체는 납처럼 무겁게 다른 사람의 몸뚱이인 양 놓여 있었다. 죽은 누군가의 영혼이 거기 갇혀서 빠져나가지 못하는 것처럼.

벨루타와 달리 쿠타펜은 선량하고 안전한 파라반이었다. 읽을 줄도 쓸 줄도 몰랐다. 그가 거기 딱딱한 침대에 누워 있을 때, 천장에서 지푸라기와 흙가루가 떨어져내려 그의 땀과 뒤섞였다. 때때로 개미와 다른 벌레들도 함께 떨어졌다. 상태가 안 좋을 때에는 오렌지빛 벽이 손을 내밀고 그를 들여다보며 마치 고약한 의사들처럼 천천히 신중하게 살피면서 숨을 쥐어짜 비명을 지르게 했다. 때때로 그 벽들은 자진해서 뒤로 물러났는데, 그러면 그가 누운 방이 엄청나게 커져서 그는 자기 존재의 무의미함이라는 유령과 마주하게 되어 겁에 질렸다. 그럴 때도 역시 그는 비명을 질러댔다.

광기가 고급 레스토랑의 열성적인 웨이터처럼(담배에 불을 붙여주며, 물잔을 다시 채워주며) 가까이서 서성거렸다. 쿠타펜은 걸을 수 있는 미치광이를 부러워했다. 그는 그 거래가 공평하다는 것을 의심하지 않았다. 제정신을 주고 쓸 만한 다리를 얻는 것.

쌍둥이가 배를 내려놓았고, 그 덜커덕거리는 소리에 갑자기 문안에서 나던 소리가 그쳤다.

쿠타펜은 누가 올 거라고 생각지 않았다.

에스타와 라헬이 문을 밀어 열고 안으로 들어갔다. 둘 다 키가 작았음에도 들어가면서 몸을 조금 숙여야 했다. 말벌은 바깥쪽 램프에서 기다렸다.

"우리야."

방은 어두웠지만 깨끗했다. 피시커리와 나무 연기 냄새가 났다. 미열 같은 열기가 사방에 들러붙어 있었다. 하지만 라헬의 맨발에 닿은 진흙 바닥은 시원했다. 벨루타와 벨리아 파펜의 이부자리는 개켜서 벽에 기대어져 있었다. 옷들은 줄에 걸려 있었다. 나지막한 나무 부엌 선반에는 뚜껑 덮은 테라코타 단지와 코코넛 껍질로 만든 국자가 놓여 있었고, 암청색 테두리에 이가 빠진 에나멜 접시 세 개가 정돈되어 있었다. 방 한가운데에서는 성인 남자가 똑바로 설 수 있을 정도였지만, 가장자리에선 그러기 힘들었다. 또하나의 야트막한 문은 뒷마당으로 통했는데, 거기엔 더 많은 바나나 나무가 있었고, 나뭇잎 사이로 반짝이는 강이 보였다. 목수의 작업실이 그곳 뒷마당에 세워져 있었다.

열쇠도 없었고 잠가야 할 옷장도 없었다.

검은 암탉이 그 뒷문으로 나가 구불구불한 금발머리 같은 대팻밥이 날리는 마당 바닥을 무심하게 긁어댔다. 암탉의 성격으로 미뤄보건대 철물이며, 걸쇠며 잠금쇠며 못이며 오래된 나사 같은 것을 먹여 키운 것 같았다.

"아이요, 몬! 몬! 뭘 생각하고 있는 거야? 쿠타펜은 몸을 못 움직인다고!" 당혹스러워하는, 육신을 떠난 것 같은 목소리가 들려왔다.

쌍둥이의 눈이 어둠에 익숙해지는 데 시간이 좀 걸렸다. 그리고 나자 어둠이 사라지며 침대에 누운 쿠타펜의 모습이, 어둠 속에서 번득이는 요괴 같은 모습이 드러났다. 눈의 흰자위는 어두운 노란색이었다. (누워만 있어 부드러운) 발바닥이 다리를 덮은 천 아래로 삐죽이 나와 있었다. 오랜 세월 동안 붉은 진흙 위를 맨발로 걸어다녀서 아직 희미하게 물든 오렌지색이 남아 있었다. 발목에는 파라반들이 코코넛 나무를 기어오를 때 발을 묶었던 밧줄에 쏠려 생긴 잿빛 굳은살이 있었다.

그의 뒤편 벽에는 유순하고 갈색 쥐 같은 머리를 하고 립스틱과 볼연지를 바르고 심장은 화려하게 보석으로 장식해서 옷을 뚫고 빛을 뿜고 있는 예수가 그려진 달력이 있었다. 달력 아랫부분(날짜가 쓰인 부분)에는 스커트처럼 주름 장식이 둘러져 있었다. 미니스커트를 입은 예수. 1년 열두 달분의 열두 겹 페티코트. 한 장도 떼어내지 않았다.

아예메넴 저택에서 가져온 다른 물건들도 있었는데, 받은 것도 쓰레기통에서 주워 온 것도 있었다. 가난한 집에 있는 호사스러운 물건들. 고장난 시계. 꽃무늬 양철 휴지통. 안에 구두 틀이 그대로 들어 있는 파파치의 낡은 승마화(녹색 곰팡이가 핀 갈색). 영국의 성城과 치마받이 틀을 해서 치마를 부풀리고 곱슬머리를 한 여인들의 모습이 화려하게 그려진 비스킷통.

작은 포스터(베이비 코참마의 것이었으나 젖은 얼룩 때문에 줘버린)가 예수 옆에 걸려 있었다. 금발머리 여자아이가 두 뺨에 눈물을 흘리며 편지를 쓰는 그림이었다. 아래에는 '보고 싶다는 말을 전하려 편지를 씁니다'라고 쓰여 있었다. 그 아이가 머리카락을 잘랐고, 그래서 그 잘린 곱슬머리가 벨루타의 뒷마당에서 날리는 것만 같았다.

쿠타펜을 덮고 있는 낡은 홑이불 아래에서 빠져나온 투명한 비닐 튜브가 노란 액체가 담긴 병과 이어진 모습이 문 너머로 새어들어온 빛줄기에 드러나자 라헬은 줄곧 마음속에서 들끓던 의문을 해결할 수 있었다. 라헬은 금속 컵으로 점토 쿠자에서 물을 떠서 쿠타펜에게 가져다줬다. 라헬은 이 방에 익숙한 듯했다. 쿠타펜이 머리를 들고 물을 마셨다. 턱을 타고 조금 흘렀다.

쌍둥이가 아예메넴 시장의 어른 수다쟁이들처럼 엉덩이를 내리고서 쪼그려 앉았다.

아이들은 한동안 아무 말 없이 앉아 있었다. 쿠타펜은 당황스러워했고, 쌍둥이는 배 생각에 사로잡혀 있었다.

"차코 사르의 몰은 왔어?" 쿠타펜이 물었다.

"왔겠지." 라헬이 간단하게 답했다.

"어디 있어?"

"알 게 뭐야. 어딘가 있겠지. 몰라."

"여기 데려와서 보여주면 안 돼?"

"안 돼." 라헬이 말했다.

"왜?"

"걘 집안에 있어야 해. 아주 약하거든. 더러워지면 죽을 거야."

"그렇구나."

"여기 데려올 수가 없어…… 게다가 데려와도 볼 것도 없어." 라헬은 쿠타펜을 납득시키려 했다. "머리카락 있고, 다리 있고, 이 있고 뭐 알잖아, 평범한…… 그냥 키가 좀 큰 정도야." 그리고 그 점을 라헬은 유일하게 인정할 수 있었다.

"그게 다야?" 쿠타펜이 곧바로 알아채고 말했다. "그럼 걔를 봐야 할 특별한 이유가 뭐야?"

"없어, 그런 거." 라헬이 말했다.

"쿠타파, 발롬에 물이 새면 고치기 까다로워?" 에스타가 물었다.

"그렇지 않을걸." 쿠타펜이 말했다. "경우에 따라 다르지. 왜, 누구 발롬이 새?"

"우리 거─우리가 발견한 거. 보고 싶어?"

쌍둥이는 밖으로 나가 몸이 마비된 남자가 살펴보도록 잿빛 배를 가지고 돌아왔다. 아이들은 그걸 지붕처럼 쿠타펜의 몸 위로 들어올렸다. 물이 그에게 떨어졌다.

"우선 어디가 새는지 찾아야 해." 쿠타펜이 말했다. "그다음에는 막아야 하고."

"그다음엔 사포." 에스타가 말했다. "그다음엔 칠을 하고."

"그다음엔 노." 라헬이 말했다.

"그다음엔 노지." 에스타가 동의했다.

"그러고선 추울발." 라헬이 말했다.

"어디로?" 쿠타펜이 물었다.

"그냥 여기저기." 에스타가 대수롭지 않게 말했다.

"조심해야 해." 쿠타펜이 말했다. "우리의 이 강은—그녀는 늘 겉모습 그대로 있지 않거든."

"겉모습이 어떤데?" 라헬이 물었다.

"음…… 조용하고 청결한 좀 나이든 교회에 다니는 할머니 같은…… 아침밥으로 이디 아팜스, 점심으로는 칸지에 멘. 자기 일만 신경쓰고. 좌우 신경 안 쓰고."

"그럼 실제로는?"

"실제로는 정말 거칠지…… 밤이면 그녀의 소리를 들을 수 있어— 달빛 사이를 급하게 흘러가는, 늘 서두르는. 정말 조심해야 해."

"그럼 실제로는 뭘 먹는데?"

"뭘 먹느냐고? 아…… 스투Stoo…… 그리고……" 그는 사악한 강이 먹을 만한 뭔가 영국적인 것을 궁리했다.

"파인애플 슬라이스……" 라헬이 말을 꺼냈다.

"그래! 파인애플 슬라이스와 스투. 게다가 마시기도 해. 위스키."

"브랜디도."

"브랜디도. 그래."

"그리고 왼쪽도 오른쪽도 살피고."

"맞아."

"그리고 다른 사람들 일도 신경쓰고."

에스타펜은 뒷마당에 있는 벨루타의 작업실에서 몇 개의 나뭇조각을 찾아내 울퉁불퉁한 땅바닥 사이에 고여서 작은 배를 고정시켰다. 에스타펜은 코코넛 껍질을 반으로 갈라서 다듬고 나무 손잡이를 달아 만든 국자를 라헬에게 건넸다.

쌍둥이는 발롬에 올라탄 다음, 넓디넓은, 물결이 일렁이는 강으로 노를 저었다.

타이 타이 타카 타이 타이 톰과 함께. 그리고 보석 박힌 예수가 지켜보는 가운데.

그는 물위를 걸었다. 아마도. 하지만 그는 땅 위에서 헤엄칠 수 있었을까?

세트인 속바지를 입고 검은 안경을 쓰고서? '도쿄의 사랑'으로 묶은 '분수 머리'를 하고서? 뾰족한 신발을 신고 앞머리를 부풀리고서? '그'는 그런 상상을 해봤을까?

쿠타펜에게 뭔가 필요한 게 있나 살피러 벨루타가 돌아왔다. 멀리서 떠들썩한 노랫소리가 들려왔다. 어린 목소리가, 똥과 관련된 말을 신나서 강조하는.

어이, 원숭이 아저씨,

엉덩이가 왜 그렇게 **빨간가**?

똥을 싸러 마드라스에 갔다가

피가 나도록 긁어댔다네.

잠시나마 행복한 순간 동안, '오렌지드링크 레몬드링크 맨'은 누런 미소 짓던 입을 다물고 가버렸다. 두려움이 가라앉아 깊은 물속 바닥에 자리잡았다. 개처럼 잠자기. 언제든 일어나 일순간에 모든 것을 어둡게 할 수 있는 그런 잠.

마르크스주의자 깃발이 문 바깥에 꽃을 피운 나무처럼 서 있는 모습을 보고 벨루타는 미소 지었다. 그는 집안으로 들어가기 위해 몸을 낮게 숙여야 했다. 열대의 에스키모. 아이들을 보자 마음속에서 뭔가가 꽉 조여들었다. 이해할 수 없었다. 그는 아이들을 매일 보았다. 자신도 모르는 새 아이들을 사랑하고 있었다. 하지만 갑자기 뭔가 달라졌다. 이제는. '역사'가 너무나 지독한 실수를 해버린 것이다. 전에는 한 번도 마음속에서 뭔가가 조여든 적이 없었다.

그녀의 아이들이야, 광기 어린 목소리가 그에게 속삭였다.

그녀의 눈, 그녀의 입. 그녀의 이.

그녀의 부드러운, 빛나는 피부.

성을 내듯 그 생각을 떨쳤다. 그러나 그 생각은 되돌아와 그의 머리 바깥에 앉았다. 개처럼.

"하!" 그가 어린 손님들에게 말했다. "이 '고기 잡는 사람'들이 누구신지 여쭤봐도 될까요?"

"에스타파피차첸 쿠타펜 피터 몬입니다. '만나서반갑습니다 부부'랍니다." 라헬이 악수를 나누기 위해 국자를 내밀었다.

흔들리며 국자가 악수를 받았다. 라헬의 것, 다음엔 에스타의 것.

"그런데 배를 타고 어디로 가시는 건지 여쭤도 될까요?"

"아프리카죠!" 라헬이 소리쳤다.

"소리지르지 마." 에스타가 말했다.

벨루타가 배 주변을 빙 돌았다. 아이들은 그 배를 어디서 찾아냈는지 이야기했다.

"그럼 이거 임자가 없는 건가." 라헬이 조금 미심쩍어하면서 말했다. 갑자기 임자가 있을지도 모른다는 생각이 들었던 것이다. "경찰에 신고해야 할까?"

"바보 같은 소리 마." 에스타가 잘랐다.

벨루타가 나무를 두드려보고 손톱으로 작은 부분을 긁어내서 깨끗하게 했다.

"좋은 나무네." 그가 말했다.

"가라앉아." 에스타가 말했다. "물이 새."

"고쳐줄 수 있어, 벨루타파피차첸 피터 몬?" 라헬이 물었다.

"그건 생각해봐야지." 벨루타가 말했다. "너희가 강에서 어리석은 장난 같은 걸 하며 놀지 않았으면 좋겠거든."

"안 할 거야. 약속해. 아저씨랑 같이 있을 때만 탈게."

"우선 어디서 새는지 찾아야 해⋯⋯" 벨루타가 말했다.

"그다음에는 막아야 하고!"라고 마치 유명한 시의 두번째 구절인 양 쌍둥이가 외쳤다.

"얼마나 걸릴까?" 에스타가 물었다.

"하루." 벨루타가 말했다.

"하루! 한 달은 걸린다고 할 줄 알았어!"

에스타가 기뻐서 어쩔 줄 몰라하며 벨루타에게로 뛰어올라 자신의 다리로 벨루타의 허리를 감싸고 키스했다.

사포를 정확하게 반씩 나눈 다음, 쌍둥이는 다른 무엇도 끼어들 수 없게, 무서울 정도로 집중해 일을 시작했다.

뱃가루가 방안에 날리며 머리와 눈썹 위에 내려앉았다. 쿠타펜 위에는 구름처럼, 예수 위에는 제물처럼. 벨루타가 아이들의 손에서 사포를 빼앗아야 했다.

"여기서는 안 돼." 단호하게 말했다. "밖에서."

그는 배를 들어올려 밖으로 가지고 나갔다. 쌍둥이는 잠시도 자기들의 배에서 눈을 떼지 않고, 먹이를 기다리는 굶주린 강아지처럼 뒤따라갔다.

벨루타가 아이들이 일할 수 있도록 배를 내려놓았다. 에스타가 앉아 있던, 라헬이 발견했던 그 배를. 벨루타는 아이들에게 나뭇결을 따라 사포질하는 법을 알려주었다. 아이들에게 사포질을 하게끔 했다. 그가 집안으로 돌아가자 검은 암탉이 배가 없는 곳이면 어디든 가겠다는 듯 그를 뒤따랐다.

벨루타는 물항아리에 얇은 면수건을 담갔다. 수건에서 물을 짜내고는(마치 물이 원치 않는 생각인 양 거칠게) 쿠타펜에게 얼굴과 목의 톱밥을 닦으라고 건넸다.

"그들이 아무 말 안 하던?" 쿠타펜이 물었다. "행진에서 너를 본 일에 대해."

"아니," 벨루타가 말했다. "아직은. 나중에 하겠지. 알고 있으니까."

"확실해?"

벨루타가 어깨를 으쓱하고는 수건을 받아 빨았다. 그리고 헹궜다. 그리고 두드렸다. 그리고 짰다. 수건이 자신의 어리석은, 반항적인 뇌라도 되는 양.

그는 그녀를 미워하려 했다.

'그녀도 그들 중 하나야.' 그는 스스로에게 말했다. '다른 사람과 다르지 않다고.'

그는 그럴 수 없었다.

'그녀는 미소를 지을 때 깊게 볼우물이 패지. 그녀의 눈은 늘 어딘가 다른 곳을 바라보고.'

'역사'의 좁은 틈 사이로 광기가 슬그머니 들어왔다. 한순간의 일이었다.

한 시간 동안 사포질을 했을 때, 라헬은 '낮잠'을 떠올렸다. 그래서 벌떡 일어나 달렸다. 초록 오후 열기 속으로 구르듯. 그 뒤로 라헬의 오빠가, 그 뒤로 노란 말벌이 따라갔다.

암무가 아직 잠에서 깨지 않았기를, 그래서 라헬이 사라진 것을 발견하지 않았기를 바라면서, 기도하면서.

11
작은 것들의 신

그날 오후, 암무는 꿈속을 거슬러올라가는 여행을 했다. 꿈에 팔이
하나뿐인 쾌활한 남자가 기름 램프 불빛 옆에서 그녀를 꼭 끌어안았
다. 바닥에서 그를 둘러싸고 너울거리는 그림자와 싸울 다른 팔이 없
었다.

그만이 볼 수 있는 그림자들.

그의 피부 아래 복근은 판 초콜릿의 분할선처럼 굴곡을 이루고 있
었다.

그는 기름 램프 불빛 옆에서 그녀를 꼭 끌어안고서 진한 왁스를 몸
에 칠한 것처럼 빛나고 있었다.

그는 한 번에 한 가지밖에 할 수 없었다.

그녀를 안고 있으면 그녀에게 키스할 수 없었다. 키스를 하면 그녀

를 볼 수 없었다. 그녀가 보이면 그녀를 느낄 수 없었다.

그녀는 손가락으로 가볍게 그의 몸을 만져보며 매끈한 피부에 소름이 돋는 것을 느낄 수도 있었다. 손가락을 천천히 그의 평평한 배 아랫부분으로 옮길 수도 있었다. 무심하게, 광택이 흐르는 초콜릿 같은 굴곡으로. 그리고 칠판 위의 얇은 분필 자국처럼, 논을 스치는 산들바람처럼, 푸른 교회 하늘에 남은 항적처럼 그의 몸에 울퉁불퉁한 소름의 흔적을 남길 수 있었다. 너무나도 쉽게 그럴 수 있었지만 그녀는 그러지 않았다. 그 역시 그녀를 만질 수 있었다. 하지만 그 기름 램프 너머 어둠 속에, 그림자 속에 접이식 금속의자가 원형으로 놓여 있었고, 그 의자에는 눈꼬리가 치켜올라간 라인스톤 선글라스를 쓰고 지켜보는 사람들이 앉아 있었기에 그는 그러지 않았다. 그들은 모두 턱 아래에 윤이 나는 바이올린을 괴고, 모두 같은 각도로 활을 들고 있었다. 모두 왼다리를 오른다리 위로 꼬고서 그 왼다리들을 모두 떨고 있었다.

몇몇은 신문을 가지고 있었다. 몇몇은 신문이 없었다. 몇몇은 침 풍선을 불었다. 몇몇은 불지 않았다. 하지만 그들 모두의 선글라스 렌즈에는 너울대는 기름 램프의 빛이 비쳤다.

원형으로 놓인 접이식 의자들 너머엔 깨진 푸른 유리병이 흩어진 모래사장이 있었다. 파도가 말없이 깨뜨릴 새 푸른 병들을 싣고 왔다가 밀려가는 파도에 오래된 유리병들을 싣고 갔다. 유리에 유리가 부딪치는 날카로운 소리가 났다. 바다에 돌출된 바위에 한줄기 보랏빛 빛줄기가 비치고 마호가니와 등나무로 만든 흔들의자가 놓여 있었다. 산산이 부서진.

바다는 검었고, 포말이 초록색을 토해냈다.

물고기가 깨진 유리를 먹었다.

밤이 수면 위에 팔꿈치를 기댔고, 별똥별이 물의 부서진 파편을 스쳤다.

나방들이 하늘에서 빛났다. 달은 없었다.

그는 헤엄을 칠 수 있었다, 팔 하나로도. 그녀는 두 팔로.

그의 피부에 소금기가 배었다. 그녀의 피부에도.

그는 모래에 발자국을, 물에 물결을, 거울에 반사상을 남기지 않았다.

그녀는 손가락으로 그를 만질 수도 있었지만 그러지 않았다. 그들은 그저 함께 서 있었다.

가만히.

피부와 피부를 맞대고.

분가루 같은 색으로 물든 바람이 그녀의 머리카락을 들어올려 물결처럼 일렁이는 숄이 되어 그의 팔이 없는, 절벽처럼 뚝 끝나는 어깨를 감쌌다.

골반뼈가 튀어나온 비쩍 마른 붉은 암소가 나타나 뿔을 적시지 않고 뒤돌아보지도 않으며 곧장 바다로 헤엄쳐 나갔다.

암무는 무겁고 떨리는 날개로 꿈속을 날다가 쉬려고 멈추었다. 꿈의 표면 바로 아래에서.

푸른 십자수 침대보의 장미들이 그녀의 뺨을 누르고 있었다.

아이들의 얼굴이 그녀의 꿈 위에, 마치 두 개의 어둡고 근심 가득한 달처럼, 들여보내주기를 기다리며 걸려 있음을 알아차렸다.

"엄마가 죽을 거 같아?" 라헬이 에스타에게 속삭이는 것이 들렸다.

"오후 악몽이야." '정확한 아이 에스타'가 대답했다. "엄마는 꿈을 많이 꿔."

만일 그가 그녀를 만지면 그녀에게 말을 걸 수 없었고, 그가 그녀를 사랑하면 떠날 수가 없었고, 그가 말을 하면 들을 수가 없었고, 그가 싸우면 이길 수가 없었다.

그는, 외팔이 남자는 누구였을까? 누구일 수 있었을까? '상실의 신?' '작은 것들의 신?' '소름과 문득 떠오르는 미소의 신?' '시큼한 쇠냄새—버스의 쇠 손잡이 그리고 그 손잡이를 잡았던 버스 차장의 손냄새 같은—의 신?'

"깨워야 할까?" 에스타가 물었다.

늦은 오후의 햇살이 커튼 사이로 숨어들어 암무가 늘 강에 갈 때 가져가는 탄제린 모양의 트랜지스터 라디오를 비췄다. (에스타가 끈적거리는 '다른 손'으로 〈사운드 오브 뮤직〉을 볼 때 가지고 들고 들어간 '것'도 탄제린 모양이었다.)

밝은 햇살이 암무의 헝클어진 머리카락을 빛나게 했다. 그녀는 자신의 꿈의 표면 아래에서 기다렸다. 아이들을 들이고 싶지 않았기에.

"엄마가 꿈꾸는 사람은 갑자기 깨우면 안 된다고 그랬어." 라헬이 말했다. "그럼 '심장마비'를 일으키기 쉽대."

둘은 그녀를 갑자기 깨우기보다는 조심스럽게 잠을 방해하는 것이 낫겠다고 결론내렸다. 그래서 서랍을 열고, 목청을 가다듬고 큰 소리로 속삭이고 노래를 흥얼거렸다. 신발을 정돈했다. 그리고 삐거덕거리는 옷장 문을 찾았다.

암무는 꿈의 표면 아래에서 쉬면서 아이들을 바라보다가 아이들에 대한 애정에 가슴이 아려왔다.

외팔이 남자가 램프를 불어 끄고, 톱날 같은 모양의 해변을 가로질러 그에게만 보이는 그림자 속으로 멀어져갔다.

그는 해안에 발자국을 남기지 않았다.

접이식 의자들이 접혔다. 검은 바다가 잔잔해졌다. 물결치던 파도가 다림질한 듯 매끈해졌다. 포말이 다시 병에 담겼다. 병은 코르크 마개로 막혔다.

밤은 다시 연락이 있을 때까지 연기되었다.

암무가 눈을 떴다.

기나긴 여행이었다. 외팔이 남자의 품에서 서로 닮지 않은 이란성 쌍둥이에게로 돌아오는.

"엄마는 오후 악몽을 꿨어요." 딸이 말했다.

"악몽이 아니었어." 암무가 말했다. "그냥 꿈이었어."

"에스타는 엄마가 죽는다고 생각했어요."

"엄마가 너무 슬퍼 보였거든." 에스타가 말했다.

"난 행복했단다." 암무는 그렇게 말하면서 정말로 그랬음을 깨달았다.

"암무, 꿈속에서 행복했다면 그것도 인정돼요?" 에스타가 물었다.

"인정되다니?"

"그 행복이요, 그것도 인정되는 거냐고요?"

앞머리가 흐트러진 아들이 무슨 말을 하는지 그녀는 잘 알았다.

왜냐하면 진실은 인정되는 것만 인정되니까.

아이들의 단순하고 변함없는 지혜.

꿈에서 물고기를 먹으면 그건 인정되는 건가? 물고기를 먹은 게 되는 건가?

발자국을 남기지 않은 쾌활한 남자, 그는 인정되는 건가?

암무는 손을 더듬어 탄제린 모양의 트랜지스터를 찾아 스위치를 켰다. 〈쳄민〉이라는 영화에 나온 노래가 흘러나왔다.

영화는 사랑하는 사람이 따로 있는데도 이웃 바닷가에 사는 어부와 결혼해야 했던 어느 가난한 아가씨의 이야기였다. 어부가 자신의 아내에게 애인이 있었음을 알고서 폭풍이 일 것을 알면서도 작은 배를 타고 바다로 나간다. 날은 어둡고 바람은 거칠어진다. 바다 밑바닥에서 소용돌이가 휘돌아 올라온다. 폭풍을 나타내는 음악이 흐르고, 어부는 물에 빠지고 소용돌이에 휘말려 바다 밑바닥으로 끌려들어간다.

연인은 동반 자살하고, 다음날 아침 서로 끌어안은 채 바닷가로 떠밀려온다. 그러니까 모두 죽는다. 어부도, 어부의 아내도, 그녀의 연인도, 그리고 이야기와 별 상관은 없었지만 상어 한 마리도 어쨌든 죽는다. 바다는 모든 것을 삼켜버린다.

빛으로 가장자리를 두른 푸른 십자수의 어둠 속에서 졸음에 겨운 뺨에 십자수 장미를 댄 암무와 쌍둥이(암무 옆에 하나씩)가 탄제린 라디오를 따라 부드럽게 노래했다. 사랑하지 않는 남자와의 결혼식 준비를 위해 슬프고 어린 신부의 머리를 땋아주며 어부 아낙들이 부르는 노래를.

판도루 무쿠반 무티누 포이,

(언젠가 어부가 바다에 나갔네,)

파딘자란 카타투 문지 포이,

(서풍이 불어와 어부의 배를 삼켰네,)

'공항 요정' 드레스가 풍성하고 빳빳한 레이스의 힘으로 바다에 서 있었다. 바깥쪽 미탐*에는 빳빳한 사리가 줄줄이 누워 햇볕을 받아 파삭파삭해지고 있었다. 회백색과 금빛. 풀 먹인 주름에 놓인 작은 조약돌들을 털어낸 후 개켜서 다림질을 하러 가져갈 것이다.

아라야티 펜누 피자추 포이,

(해안에 있는 그의 아내는 바람을 피웠다네,)

에투마누르에서 감전사한 코끼리(코추 톰반은 아닌)는 화장되었다. 거대한 화장터가 고속도로에 세워졌다. 관련 지자체의 기사들이 몰래 상아를 잘라 나눠 가졌다. 공평하지 않게. 코끼리를 잘 타게 하기 위해 여든 통의 순정 기ghee가 부어졌다. 짙은 연기가 피어올라 하늘에 복잡한 문양을 그렸다. 안전하게 거리를 두고 모여든 사람들이 그 문양에서 의미를 읽어내려 했다.

파리가 잔뜩 몰려들었다.

---

* 마당.

아바네이 카달람마 콘두 포이.

(그래서 '거대한 바다'는 솟아올라 그를 데려갔네.)

파리아 솔개들이 죽은 코끼리의 마지막 의식을 감독하기 위해 근처 나무에 내려앉았다. 솔개들은 당연히 거대한 내장 남은 것을 먹기 위해 껑충껑충 걸어다녔다. 아마도 거대한 쓸개를. 혹은 새까맣게 탄 거대한 비장을.

그 솔개들은 실망하지 않았다. 그렇다고 아주 만족하지도 않았다.

암무는 두 아이 모두 고운 먼지를 뒤집어썼음을 알아차렸다. 마치 살짝 설탕 가루를 뿌린, 종류가 다른 두 조각의 케이크처럼. 라헬의 검은 머리카락 사이에 금발의 곱슬머리가 있었다. 벨루타의 뒷마당에서 나온 대팻밥. 암무가 그것을 떼어냈다.

"전에 말하지 않았니," 그녀가 말했다. "그 사람 집에 가지 말라고. 문제만 생길 뿐이야."

무슨 문제인지는 말하지 않았다. 그녀도 몰랐다.

어쨌든 그의 이름을 입에 올리지 않음으로써, 그녀는 자신이 그 푸른 십자수의 오후와 탄제린 트랜지스터에서 나온 노래처럼 헝클어진 관계에 그를 끌어들였음을 알게 되었다. 그의 이름을 입에 올리지 않음으로써 그녀는 자신의 '꿈'과 '세상' 사이에 협정이 맺어졌음을 깨달았다. 그리고 그 협정의 산파 역할을 했거나 하게 될 사람은 톱밥을 뒤집어쓴 이란성 쌍둥이임을.

그―'상실의 신', '작은 것들의 신'―가 누구인지를 그녀는 알고 있었다. 물론 잘 알았다.

그녀는 탄제린 라디오의 스위치를 껐다. 오후의 (빛으로 가장자리를 장식한) 침묵 속에서, 아이들은 그녀의 따뜻한 품속을 파고들었다. 그녀의 냄새. 아이들은 그녀의 머리카락으로 자신들의 머리를 덮었다. 아이들은 어쩐지 그녀가 꿈속에서 자신들로부터 먼 곳으로 떠났음을 느꼈다. 이제 아이들은 그녀의 몸통 맨살에 작은 손바닥을 평평하게 펴서 올려놓음으로써 그녀를 다시 불러들였다. 페티코트와 블라우스 사이의 배. 아이들은 자신들의 갈색 손등이 어머니 배의 색과 똑같아서 좋아했다.

"에스타, 봐." 라헬이 암무의 배꼽에서 아래로 선을 이루며 이어지는 부드러운 솜털을 잡으며 말했다.

"여기가 우리가 발로 찼던 데야." 에스타가 손가락으로 구불구불한 은빛 임신선을 더듬어가며 말했다.

"버스 안이었어요, 암무?"

"구불구불한 농장 도로였어요?"

"바바가 엄마 배를 잡아야 했어요?"

"버스표를 사야 했어요?"

"우리 때문에 아팠어요?"

그리고 그때, 라헬이 무심하게 들리도록 목소리를 가다듬고 질문했다. "바바가 우리 주소를 잃어버린 것 같아요?"

암무의 숨결이 잠시 끊기자 에스타는 라헬의 가운뎃손가락에 자신의 가운뎃손가락을 댔다. 그리고 아름다운 엄마의 몸통 위에서 가운뎃

손가락끼리 신호를 주고받은 후 그 질문을 그만뒀다.

"여긴 에스타가 찬 데, 여긴 내가 찬 데." 라헬이 말했다. "……그리고 여긴 에스타가 여긴 내가."

둘은 자기들끼리 어머니의 임신선 일곱 개를 할당했다. 그러고 나서 라헬은 암무의 배에 입을 대고 부드러운 살을 입안으로 빨아당겼고, 고개를 뒤로 빼고 어머니의 피부에 남아 반짝이는 타원형 침과 희미한 붉은 잇자국을 감상했다.

암무는 그 키스의 투명함에 놀랐다. 유리처럼 맑은 키스였다. 열정이나 욕망—아이들이 성장하기를 기다리며 아이들 내면에 깊이 잠든 한 쌍의 개—에 흐려지지 않은. 돌려받기를 요구하지 않는 키스였다.

대답을 원하는 질문들로 가득한 구름 낀 흐린 키스도 아니었다. 꿈속의 쾌활한 외팔이 남자의 키스처럼.

아이들이 그녀를 자기네들의 소유인 양 다루는 것에 암무는 점점 피곤해졌다. 그녀는 자신의 몸을 돌려받고 싶었다. 자신의 몸이었다. 암캐가 새끼들에게 지쳤을 때처럼 아이들을 뿌리쳤다. 그녀는 일어나 앉아서 머리를 틀어 목덜미에 쪽을 졌다. 그러고 나서 침대에서 다리를 내린 다음 창가로 걸어가 커튼을 열었다.

기울어진 오후의 햇살이 방안에 넘쳐들어 침대 위 아이들을 비췄다.

쌍둥이는 암무의 욕실 문 자물쇠가 돌아가는 소리를 들었다.

찰칵.

암무는 욕실 문에 달린 긴 거울에 자신의 모습을 비춰보았고, 그러자 거울에 자신의 미래라는 유령이 나타나 그녀를 비웃었다. 피클이 된. 잿빛. 물기로 흐릿한 눈. 늘어지고 푹 꺼진 뺨에 남은 십자수 장미들. 묵직한 양말처럼 매달린 시든 젖가슴. 뼈처럼 메마른 다리 사이, 깃털처럼 허옇게 세어버린 음모. 쓸모없는. 짓밟힌 양치식물처럼 곧 바스러질 것만 같은.

각질이 일어나 눈처럼 떨어지는 피부.

암무는 몸서리쳤다.

뜨거운 오후인데도 '인생'이 '끝났다'는 그 차가운 느낌. 자신의 컵이 먼지로 가득찼다는 기분. 공기가, 하늘이, 나무가, 태양이, 비가, 빛이, 그리고 어둠이 모두 천천히 모래로 변하는 것 같은. 그 모래가 그녀의 콧구멍을, 폐를, 입을 채우리라는. 게가 모래사장을 팔 때 남길 것 같은 빙글빙글 도는 소용돌이 모양을 남기며 그녀를 잡아당기는.

암무는 옷을 벗고 빨간 칫솔이 떨어질지 말지 보려고 한쪽 젖가슴 아래에 끼웠다. 떨어졌다. 그녀가 손댄 곳은 살이 팽팽했고 매끈했다. 두 손 아래에 있는 젖꼭지는 주름졌고 검은 견과처럼 단단해져 젖가슴의 부드러운 피부를 잡아당겼다. 가는 줄기의 솜털이 그녀의 배꼽에서부터 하복부의 완만한 곡선을 지나 검은 삼각형으로 이어졌다. 마치 길 잃은 여행자를, 미숙한 애인을 안내하는 화살표처럼.

그녀는 머리를 풀고 얼마나 길었는지 보기 위해 돌아섰다. 구불구불 물결치며 동그랗게 말려 제멋대로 꼬불거리는—안쪽은 부드럽고 바깥쪽은 거친—머리카락이 가늘고 강인한 허리가 엉덩이를 향해 굴곡을 그리기 시작하는 그 부분 바로 아래까지 떨어졌다. 욕실은 더웠다. 작은 땀방울들이 다이아몬드처럼 피부에 알알이 박혀 있었다. 그리고 떨어져나와 흘러내렸다. 땀은 그녀의 등에 있는 우묵한 선을 흘러내렸다. 그녀는 자신의 둥글고 육중한 엉덩이를 좀 못마땅한 눈길로 바라보았다. 엉덩이 자체는 그렇게 크지 않았다. 엉덩이 퍼 세이*(옥스퍼드 출신의 차코라면 분명 그렇게 표현했을). 몸의 다른 부분이 아주 가녀리기에 커 보일 뿐이었다. 훨씬 육감적인 몸매에 어울릴 만한 것이었다.

그녀는 엉덩이에 칫솔을 하나씩 올려놔도 기꺼이 그대로 있을 것임을 인정했다. 어쩌면 두 개도. 그녀는 엉덩이 양쪽에 색색의 칫솔을 올려놓고 벌거벗은 채 아예메넴을 걷는 모습을 상상하며 큰 소리로 웃었다. 그녀는 재빨리 웃음을 멈췄다. 광기 한줄기가 병에서 빠져나와 의기양양하게 욕실을 뛰어다니는 모습을 보았기 때문이었다.

암무는 광기를 두려워했다.

맘마치는 자신들의 집안 혈통에 광기가 흐른다고 말했다. 그것은 갑자기 덮쳐오며 자신도 모르게 거기에 사로잡힌다고 했다. 파틸 암마이는 예순다섯 살 때 갑자기 옷을 벗고 나체로 강을 따라 달리며 물고기에게 노래를 불러줬다. 탐피 차첸은 몇 년 전에 삼킨 금니를 찾는다며 아침마다 뜨개바늘로 자신의 똥을 헤집었다. 그리고 무타첸 박사는 자신의 결혼식장에서 자루에 담겨 끌려나왔다. 훗날 자손들이 말하지는 않을까, "암무라고 있었어. 암무 이페. 벵골 사람과 결혼했지. 제대로 미쳤지. 젊어서 죽었어. 어딘가 싸구려 여인숙에서."

차코는 시리아 정교회 신자 가운데 정신이상자 발생률이 높은 것은 '근친교배'의 대가라고 말했다. 맘마치는 그렇지 않다고 말했다.

암무는 풍성한 머리를 모아 얼굴을 감싸고는 그 갈라진 머리카락 사이로 '늙음'과 '죽음'으로 향하는 길을 들여다보았다. 마치 중세의 사

---

* per se. '그 자체로서' '본질적으로'를 뜻하는 라틴어.

형집행인이 뾰족한 검은 복면의 치켜올라간 구멍을 통해 사형수를 내다보는 것처럼. 검은 젖꼭지를 가졌고 미소 지을 때면 볼우물이 패는 가녀리고 벌거벗은 사형집행인. 패전 뉴스 와중에 촛불 옆에서 이란성 쌍둥이를 낳아 일곱 개의 은빛 임신선이 있는.

그녀가 두려워하는 것은 길 끝에 놓인 것보다 길 자체의 상태였다. 얼마큼 왔는지 알려주는 이정표도 없었다. 길을 따라 자라는 나무도 없었다. 길에 그늘을 드리우는 어룽거리는 그림자도 없었다. 길 위를 흐르는 안개도 없었다. 길 위를 맴도는 새들도 없었다. 한순간이라도 앞이 보이지 않는 구불구불한 곳도, 꺾이는 곳도, 휘어진 곳도 없이, 저 끝이 훤히 보였다. 그녀는 미래를 미리 알고 싶어하는 여자가 아니었기에 그것이 끔찍하게 두려웠다. 너무나도 두려웠다. 그래서 만일 작은 소원 하나를 빌 수 있다면, '알고 싶지 않습니다'라고 했을 것이다. 하루하루 무엇이 자신을 기다리고 있는지 알고 싶지 않았다. 다음 달에, 내년에 어디쯤 있을지 알고 싶지 않았다. 10년 후에도. 길이 어느 쪽으로 굽을지, 그 굽은 모퉁이 너머에 무엇이 있는지 알고 싶지 않았다. 그리고 암무는 알았다. 아니면 알고 있다고 생각했는데, 그것 역시 마찬가지로 나빴다(왜냐하면 꿈속에서 물고기를 먹은 것은 물고기를 먹었음을 의미하니까). 그리고 암무가 아는 것(혹은 안다고 생각한)이 파라다이스 피클의 시멘트통에서 피어오르는 김빠지고 시큼한 냄새를 맡았다. 젊음을 주름지게 하고 미래를 피클로 만든 냄새.

자신의 머리카락을 복면처럼 쓰고, 암무는 욕실 거울에 기댄 채 울려 했다.

자신을 위해서.

'작은 것들의 신'을 위해서.

설탕 같은 먼지를 뒤집어쓴 자기 꿈의 산파인 쌍둥이를 위해서.

그날 오후—욕실에서 이런저런 운명이 그들의 신비로운 어머니가 갈 길을 끔찍하게 바꾸려는 음모를 꾸미는 동안, 벨루타의 뒷마당에서 오래된 배가 그들을 기다리는 동안, 노란 성당에서 어린 박쥐가 태어나려 하는 동안—에스타는 어머니의 침실에서 라헬의 엉덩이 위에 머리를 대고 물구나무서기를 하고 있었다.

푸른 커튼이 걸려 있고 노란 말벌이 창유리를 성가시게 하는 침실. 벽들이 곧 그들의 참혹한 비밀을 알게 될 침실.

암무가 처음에는 잠긴 문 뒤로 갇히고, 그러고는 스스로를 가두게 될 침실. 소피 몰의 장례식이 끝나고 나흘 후 슬픔에 겨워 미쳐 날뛰던 차코가 박살낼 문이 있는 침실.

"네 몸의 뼈란 뼈는 다 부숴버리기 전에 내 집에서 나가!"

내 집, 내 파인애플, 내 피클.

그후 수년간 라헬은 이 꿈을 꿀 것이다. 한 여인의 시신 옆에 무릎을 꿇은 얼굴이 보이지 않는 뚱뚱한 남자. 시신의 머리카락을 거칠게 잘라내는. 시신의 뼈는 모조리 부수는. 작은 뼈까지 하나하나 다 분질러버리는. 손가락도. 귀 뼈가 잔가지처럼 부서졌다. 뚝뚝 뼈를 분지르는 낮은 소리. 피아니스트가 피아노 건반을 망가뜨리는. 검은 건반까지도. 그리고 라헬(몇 년 후, 전기화장장에서 땀이 난 것을 이용해 차코의 손아귀에서 벗어나지만)은 그 두 가지를 모두 좋아했다. 피아니스트도 피아노도.

살인자도 시신도.

문이 서서히 박살날 동안, 떨리는 손을 진정시키기 위해 암무는 감칠 필요가 없는 라헬의 리본 가장자리를 감칠 것이다.

"약속해다오, 너희 둘은 늘 서로 사랑하겠다고" 하고 아이들을 끌어안으며 말할 것이다.

"약속해요"라고 에스타와 라헬이 말할 것이다. 자기들에겐 '각자'도 '서로'도 '없음'을 어떻게 전할지 찾지 못하고.

쌍둥이 맷돌과 그들의 어머니. 망연자실한 맷돌. 그들이 행한 일이 되돌아와 그들을 비울 것이다. 그러나 그건 '나중' 일이었다.

'나. 중. 에.' 이끼 낀 우물 안에서 깊게 울리는 종. 나방의 발처럼 떨리는, 털이 난.

그때는 모순만이 있을 것이다. 마치 사물에서 의미가 살짝 빠져나오며 그것들을 조각조각 부순 것처럼. 단절시킨 것처럼. 암무의 바늘에 어린 번득거림. 리본의 색깔. 십자수로 만든 침대보 무늬. 서서히 박살나는 문. 아무 의미도 없는 뿔뿔이 흩어진 것들. 삶의 숨겨진 무늬를 해독하는 지성—생각을 이미지에, 번득거림을 빛에, 십자수 무늬를 직물에, 바늘을 실에, 벽을 방에, 사랑을 두려움에 분노에 후회에 연결하는—을 갑자기 잃어버렸다.

"짐 싸서 나가" 하고 차코가 박살난 문 조각들을 넘어오며 말할 것이다. 위에서 그들을 굽어보며. 손에는 크롬 문손잡이를 든 채. 갑자기 기이한 침묵. 자신의 힘에 놀라. 자신의 커다란 덩치에. 사나운 힘에. 끔찍한 슬픔의 거대함에.

빨강, 부서진 나무문의 색깔.

암무는 겉으로는 침착하게 속으로는 떨면서 감칠 필요가 없는 감침질감에서 고개를 들지 않을 것이다. 색색깔 리본이 든 통을 무릎 위에 열어둔 채 그녀가 '로커스트 스탠드 I'를 잃었던 그 방에 있을 것이다.

(하이데라바드의 '쌍둥이 전문가'의 답변을 받은 후) 암무가 에스타의 작은 트렁크와 카키색 여행가방을 꾸릴 그 방에서. 민소매 면 조끼 열두 벌, 반팔 면 조끼 열두 벌. "에스타, 여기 네 이름이 잉크로 적혀 있어." 양말. 홀태바지. 칼라 끝이 뾰족한 셔츠. 앞이 뾰족한 베이지색 신발('성난 감정'이 거기에서 나온). 엘비스 레코드. 칼슘약과 바이달린 시럽. 경품으로 받은 기린(바이달린 시럽에 따라온 것). '지혜 연습장' 1~4권. "아니란다, 아가, 거긴 물고기를 잡을 강이 없단다." 영국 제국 곤충학자의 자수정 커프스버튼이 지퍼에 달린, 지퍼로 여닫는 하얀 가죽 장정 성경. 머그잔. 비누. 아직 열어보면 안 되는 '미리 받은 생일 선물'. 초록색 국내우편 편지지 사십 장. "에스타, 우리 주소를 써놨어. 그냥 이걸 접기만 하면 돼. 혼자 접을 수 있는지 보자꾸나." 그리고 에스타는 '여기를 접으시오'라고 쓰인 점선을 따라 단정하게 초록 편지지를 접고 암무를 쳐다보며 미소 지을 것이고, 그 미소에 암무의 가슴은 무너질 것이다.

"편지 쓰겠다고 약속해줄래? 별일 없을 때도 쓴다고?"

"약속해요"라고 에스타가 말할 것이다. 자신의 상황을 완전히 인식하지 못한 채. 에스타의 날카로운 판단력의 날은 갑작스럽게 부자가 된 듯 눈앞에 쌓인 세속적인 소유물에 무뎌졌다. 모두 '에스타의 것'이었다. 그리고 잉크로 에스타의 이름이 쓰여 있었다. 침실 바닥에 열린 채 놓여 있는 트렁크(에스타의 이름이 쓰인)에 넣어질 것이다.

오랜 세월 후, 라헬이 돌아와 침묵하는 낯선 이가 목욕하는 모습을 보게 될 그 방에. 그리고 흐슬부슬한 연푸른색 비누로 옷을 빠는 모습을 보게 될 그 방에.

매끈한근육에 꿀빛. 눈에는 바다의 비밀을 담고서. 귀에는 은색 빗방울을 담고서.

에스타파피차첸 쿠타펜 피터 몬.

12
코추 톰반

첸다 소리가 사원 너머로 퍼져나가며, 밤을 에워싼 침묵은 더욱 두드러졌다. 외로운, 젖은 도로. 지켜보는 나무들. 라헬은 숨을 죽인 채 코코넛을 손에 들고 높다란 흰색 담장에 난 나무문을 통해 사원 경내로 들어갔다.

경내에 있는 모든 것은 흰 벽에 둘러싸여 이끼 낀 기와를 이고서 달빛을 받아 빛나고 있었다. 모든 것에서 갓 내린 비냄새가 났다. 여윈 사제가 높다란 돌 베란다에 자리를 펴고 잠들어 있었다. 그의 베개 옆에는 놋쇠 동전 접시 하나가 그의 꿈을 만화로 그린 것처럼 놓여 있었다. 사원 경내에는 진흙 웅덩이마다 하나씩, 달이 새겨져 있었다. 코추 톰반은 의식 절차를 마치고, 김이 피어나는 자기 똥 무더기 옆 나무 말뚝에 매인 채 누워 있었다. 할 일을 마쳤고, 창자를 비워냈고, 상아 하나는 땅바닥에 받치고 다른 하나는 별들을 가리키면서 잠들어 있었다. 라헬은 조용히 다가갔다. 코끼리의 피부가 기억했던 것보다 더 늘어져 있었다. 그는 더이상 코추 톰반이 아니었다. 그의 상아는 크게 자라 있었다. 그는 이제 벨리아 톰반이었다. '커다란 상아를 가진 코끼리'. 그의 옆쪽 땅바닥에 코코넛을 내려놓았다. 가죽 주름이 갈라지면서 물기 어려 반짝이는 코끼리의 눈이 드러났다. 그러고 나서 눈은 감겼고, 길게 곡선을 이루는 속눈썹이 다시 잠을 불러들였다. 상아 하나가 별들을 향했다.

6월은 카타칼리 공연의 비수기였다. 하지만 극단에서 빼놓지 않고 공연을 하려고 들르는 사원들이 있었다. 아예메넴 사원은 그런 사원에 속하지 않았지만, 요즘에는 지리적인 이유로 사정이 좀 바뀌었다.

아예메넴 사원에서 '어둠의 심연'에서 당한 굴욕감을 떨치기 위해서 춤을 췄다. 불완전하게 축약된 수영장 공연을. 배고픔을 피하기 위해 관광업으로 전향한 것을.

'어둠의 심연'에서 돌아오는 길에 그들은 그 사원에 들러 신에게 용서를 구했다. 그들의 이야기를 타락시킨 것을 사죄하기 위해. 그들만의 아이덴티티를 돈과 맞바꾼 것을. 그들의 삶을 유용한 것을.

그럴 때 인간 관객이 보러 와도 환영은 받았지만 그저 어쩌다 있는 일일 뿐이었다.

천장을 씌운 널찍한 회랑—피리를 가진 '푸른 신'*의 사원 중심에 인

---

* 힌두교 신화에 나오는 영웅신인 크리슈나 신을 의미한다.

접한, 돌기둥들이 늘어선 쿠탐발람*—에서 고수들은 북을 쳤고 무용수들은 춤을 추었고, 그들의 빛깔에 밤이 천천히 물들어갔다. 라헬은 하얀 원기둥에 등을 대고 책상다리를 하고 앉았다. 놋쇠 램프의 깜박이는 불빛 속에서 기다란 코코넛 기름통이 어슴푸레 빛났다. 기름이 불빛을 계속 밝혔다. 불빛이 기름통을 비췄다.

이야기가 이미 시작되었어도 문제될 건 없었는데, 카타칼리는 '위대한 이야기들'의 비밀이란 거기에 아무런 비밀이 없다는 것임을 이미 오래전에 알아냈기 때문이다. '위대한 이야기들'은 이미 들은 것이고 다시 듣고 싶은 것이다. 어느 부분에서든 이야기로 들어가 편안하게 머물 수 있는 것이다. 스릴과 교묘한 결말로 현혹하지 않는다. 예상치 못한 내용으로 놀래키지도 않는다. '위대한 이야기들'은 지금 사는 집처럼 친숙하다. 혹은 연인의 살냄새처럼. 결말을 알면서도 모르는 것처럼 귀기울인다. 언젠가 죽을 것을 알지만 그럼에도 죽지 않을 것처럼 살아가는 것과 마찬가지다. '위대한 이야기들'에서 우리는 누가 살고, 누가 죽고, 누가 사랑을 찾고, 누가 사랑을 찾지 못하는지 알고 있다. 그럼에도 우리는 또다시 알고 싶어한다.

그것이 '위대한 이야기들'의 신비이자 마법이다.

'카타칼리 배우'에게 이런 이야기들은 그의 자식이자 어린 시절이다. 그는 그 이야기들 속에서 자랐다. 그 이야기들은 그가 자라난 집이며 그가 뛰놀던 풀밭이다. 그의 창문이자 그가 세상을 보는 방식이었다. 그래서 그가 이야기를 들려줄 때는 자신의 아이 대하듯 한다. 놀린

---

* 공연무대.

다. 벌을 준다. 비눗방울처럼 띄워올린다. 바닥에서 몸싸움을 하고 다시 놓아준다. 그는 사랑하기 때문에 조소하기도 한다. 그는 우리를 몇 분 만에 온 세상을 가로질러 날게 할 수도 있고, 몇 시간이고 멈춰 서서 시들어가는 잎 하나를 들여다보게도 한다. 혹은 잠든 원숭이의 꼬리를 만지며 장난친다. 전쟁의 대학살을 계곡에서 머리를 감는 한 여인의 더할 나위 없는 행복으로 손쉽게 바꿀 수도 있다. 새로운 생각을 품고 그것을 교활하게 표현하는 락샤사*를 추문 퍼뜨리기를 좋아하는 수다스러운 말라얄리로 바꿀 수도 있다. 아기를 가슴에 안은 여인의 매혹적인 아름다움을 크리슈나의 유혹적인 장난기 어린 미소로 바꾸어놓을 수도 있다. 행복이 감싸고 있는 슬픔의 알맹이를 드러낼 수도 있다. 영광의 바다에 숨은 물고기의 수치도 드러낼 수 있다.

그는 신들의 이야기를 하지만, 그가 이야기를 잣는 실은 신과는 다른 인간의 마음에서 나온 것이다.

'카타칼리 배우'는 남자들 중에서 가장 아름다운 이다. 그의 육체가 곧 그의 영혼이기에. 그의 유일한 악기이기에. 세 살 때부터 대패질하고, 연마하고, 다듬어서 이야기 들려주기라는 임무만을 위해 살아간다. 색칠한 가면을 쓰고 빙빙 돌아가는 치마를 입은 이 남자는, 자기 안에 마력을 품고 있었다.

그러나 오늘날 그는 살아남을 수 없게 되었다. 경제력을 잃었다. 폐기된 상품. 그의 아이들은 그를 조롱했다. 아이들은 그와 다르다면 뭐든 되고자 했다. 아이들이 성장해 사무원이 되고 버스 차장이 되는 것

---

* 인도 신화에 등장하는 악마족. 호색, 난폭, 기만적인 성격을 지녔으며 인간을 습격할 때가 많았다.

을 지켜보았다. 임명이 관보에 공시도 되지 않는 말단 공무원이 되는 것을. 그들만의 노조에 소속된.

그러나 그 자신은 하늘과 땅 사이 어딘가에 매달린 채 남겨져, 그들이 하는 일을 할 수 없다. 버스의 통로를 오르내리며 잔돈을 세고 버스표를 팔 수 없다. 그를 부르는 벨소리에 응답할 수 없다. 찻잔과 마리 비스킷이 담긴 쟁반을 들고 굽실거릴 수도 없다.

절망에 빠져 관광업 쪽으로 돌아선다. 시장에 들어간다. 자신이 가진 유일한 것을 소리쳐 판다. 그의 몸이 들려줄 수 있는 이야기들을.

'지역의 명물'이 된다.

'어둠의 심연'에서 관광객들은 옷을 벗고 나른하게 누워서 열심히 보는 척하고는 그를 조롱한다. 그는 분노를 억누르며 그들을 위해 춤을 춘다. 수고비를 받는다. 술에 취한다. 아니면 대마초를 피운다. 케랄라의 질 좋은 풀. 그게 그를 웃게 한다. 그러고는 아예메넴 사원에서 발길을 멈춰, 그는 일행들과 함께 신의 용서를 구하는 춤을 춘다.

('계획'도, '로커스트 스탠드 I'도 없는) 라헬은 기둥에 등을 기대고, 카르나*가 강가 강** 강둑에서 기도를 올리는 모습을 바라보았다. 카르나, 빛의 갑옷에 몸을 감춘. 카르나, 태양신 수리야의 우울한 아들. 카르나, 자비로운 자. 카르나, 버려진 아이. 카르나, 가장 존경받는 전사.

그날 밤 카르나는 대마초에 취해 있었다. 그의 낡을 대로 낡은 스커트는 기운 것이었다. 왕관에 보석이 박혔던 자리들은 비어 있었다. 벨벳 블라우스는 오래 입은 탓에 닳아 있었다. 그의 발꿈치는 갈라져 있

---

* 고대 인도 서사시에 등장하는 영웅.
** 갠지스 강의 다른 이름.

었다. 거칠었다. 그는 피우던 대마초를 발꿈치로 비벼 껐다.

그러나 만일 그에게 무대 옆에서 대기하는 많은 분장사들이며, 대리인이며, 계약이며, 수익 배분이 있었다면, 그는 무엇이었을까? 사기꾼. 돈 많은 위선자. 그저 하나의 배역만 연기하는 배우. 그가 카르나일 수 있을까? 부의 껍질 속에 지나치게 안주하게 되지 않을까? 그 자신과 이야기 사이에서 돈이 껍질처럼 자라지 않을까? 지금껏 그랬듯 이야기의 핵심을, 그 숨겨진 비밀을 다룰 수 있을까?

아마 아닐 것이다.

오늘밤 이 남자는 위태롭다. 완전한 절망. 이 이야기는 파산한 서커스단의 뛰어난 광대처럼 그가 몸을 날려 뛰어내릴 때 그 아래에서 안전망이 되어준다. 그가 낙석처럼 이 세상을 뚫고 지나가는 일을 막아주는 유일한 것이다. 그의 빛깔이며 빛이다. 자신을 쏟아붓는 그릇이다. 그에게 형태를 부여한다. 구조를 부여한다. 그를 붙들어맨다. 그를 품어준다. 그의 '사랑'을. '광기'를. '희망'을. '무한아한 기쁨'을. 아이러니하게도 그의 분투는 배우의 분투와 정반대다. 그는 어떤 배역에 들어가기 위해서가 아니라 그 배역에서 벗어나기 위해 애쓴다. 그러나 그로서는 할 수 없는 일이다. 비참한 패배 속에 그의 궁극의 승리가 존재한다. 그는 카르나, 세상이 저버린 자다. '외톨이' 카르나. 폐기된 상품. 빈곤 속에서 자란 왕자. 형제의 손에 부당하게, 무기도 없이, 홀로 죽어야 할 운명으로 태어난. 완전히 절망했지만 위풍당당한. 강가 강 강둑에서 기도를 올리는. 정신없이 취한 채로.

그때 쿤티가 나타났다. 그녀도 남자였지만, 부드럽고 여성스럽게 키워진 남자, 오랜 세월 여자 역할을 해서 가슴 달린 남자였다. 그녀의 동작은 흐르는 듯했다. 여성성으로 가득했다. 쿤티 역시 취해 있었다. 대마초를 나눠 피워 몽롱한 상태. 그녀는 카르나에게 이야기를 들려주러 왔다.

카르나가 아름다운 머리를 숙여 귀기울였다.

눈이 벌게진 쿤티가 그를 위해 춤을 추었다. 그에게 신의 은총을 받은 젊은 여인에 대해 이야기했다. 신들 가운데 연인을 선택하기 위해 사용할 수 있었던 비밀의 만트라. 젊었기에 경솔했던 여인은 그 주문이 진짜 효험이 있는지 시험해보기로 했다. 그녀는 텅 빈 들판에 홀로 서서 얼굴을 하늘로 향하고서 그 만트라를 외웠다. 그 말이 그녀의 어리석은 입술을 떠나자마자 태양신인 수리야가 앞에 나타났다고 쿤티는 말했다. 그 젊은 여인은 환하게 빛나는 젊은 신의 아름다움에 넋이 나가 자신을 그에게 맡겼다. 열 달 후, 그녀는 그의 아들을 낳았다. 아기는 귀에 금귀고리를 하고 가슴에 태양의 문장이 새겨진 황금 흉갑을 한 채 빛에 싸여 태어났다.

어린 어머니는 첫아들을 깊이 사랑했지만 결혼을 하지 않은 처지였기에 데리고 있을 수 없었다고 쿤티는 말했다. 그녀는 아기를 갈대로 엮은 바구니에 담아 강물에 띄워 보냈다. 아이는 강 하류에서 마부 아디라타에게 발견되었다. 그리고 카르나라고 이름 지어졌다.

카르나가 쿤티를 쳐다보았다. '그녀는 누굽니까? 제 어머니는 누굽니까? 어디 있는지 말씀해주십시오. 저를 그녀에게 데려다주십시오.'

쿤티가 고개를 숙였다. '그녀는 여기 있다. 바로 네 앞에.' 그녀가 말했다.

뜻밖의 사실을 알게 된 카르나의 기쁨과 분노. 혼란과 절망의 춤. 그는 그녀에게 물었다. '어디 있었습니까, 내가 당신을 가장 필요로 했을 때? 나를 당신 품에 안은 적은 있습니까? 내게 젖을 물리기는 했습니까? 한 번이라도 나를 찾으려고는 했습니까? 내가 어디 있을까 궁금해하기는 했습니까?'

그 대답으로 쿤티는 그의 위엄 있는 얼굴을 양손으로 잡고, 퍼런 얼굴에 붉은 눈으로 그의 이마에 입을 맞추었다. 카르나는 기쁨에 몸을 떨었다. 어린아이로 돌아간 전사. 입맞춤의 희열. 그의 몸 구석구석까지 퍼져나갔다. 발가락까지. 손가락 끝까지. 사랑스러운 어머니의 입맞춤. '내가 당신을 얼마나 그리워했는지 압니까?' 그 입맞춤이 마치 타조의 목을 타고 알이 내려가는 것처럼 분명하게 그의 핏줄을 따라 흘러가는 것을 라헬은 볼 수 있었다.

핏줄을 따라 흘러가던 입맞춤이, 자기 어머니가 모습을 드러낸 까닭이 그저 그녀가 더욱 사랑하는 다섯 명의 다른 아들, 즉 백 명의 사촌들과 서사시적인 전투를 눈앞에 둔 판다바 형제들의 안전을 확보하기 위해서임을 깨닫자 카르나는 실망감에 돌연 멈췄다. 쿤티가 카르나에게 자신이 어머니임을 밝혀 보호하려 했던 것은 바로 그들이었다. 그녀는 받아내야 하는 약속이 있었다.

그녀는 '사랑의 법칙'을 언급했다.

'그들은 네 형제다. 네 살과 피다. 그들과 전쟁하지 않겠다고 약속해다오. 약속해다오.'

'전사 카르나'는 만일 그가 그런 약속을 한다면 다른 약속을 깨야 하기 때문에 그렇게 할 수 없었다. 내일이면 그는 전쟁터로 떠날 것이고, 그의 적은 판다바 형제들일 것이다. 그들은, 특히 아르주나는, 카르나를 비천한 마부의 아들이라고 공개적으로 모욕했었다. 그리고 백 명의 카우라바 형제들 중 맏이인 두료다나는 자신의 왕국을 카르나에게 내려줘 그를 구해주었다. 그 보답으로 카르나는 두료다나에게 영원히 충성하겠노라 서약했었다.

그러나 '너그러운 카르나'는 어머니의 부탁을 거절할 수 없었다. 그래서 약속을 수정했다. 모호하게 얼버무렸다. 살짝 조정해 다소 변경했다.

'이건 약속하겠습니다.' 카르나가 쿤티에게 말했다. '언제나 아들은 다섯일 것입니다. 유디슈티라, 그를 해치지 않겠습니다. 비마도 내 손에 죽지 않을 것입니다. 쌍둥이 나쿨라와 사하데바도 건드리지 않겠습니다. 하지만 아르주나, 그에 대해서는 약속할 수 없습니다. 내가 그를 죽이거나, 그가 나를 죽일 것입니다. 둘 중 하나는 죽을 것입니다.'

뭔가 주변 공기가 변했다. 라헬은 에스타가 왔음을 알아챘다.

고개를 돌리지 않았지만, 마음이 밝아졌다. '그가 왔구나.' 그녀는 생각했다. '그가 여기 있어. 나와 함께.'

에스타는 멀리 떨어진 기둥에 기대어 자리를 잡았고, 그들은 이렇게 쿠탐발람의 너비만큼 떨어져 앉긴 했지만 이야기로 하나가 되었다. 그리고 또다른 어머니에 대한 기억으로 하나가 되어.

공기가 점점 따뜻해졌다. 덜 꿉꿉했다.

어쩌면 그날 저녁 '어둠의 심연'에서 특히 더 안 좋은 일이 있었던 걸지도 모른다. 아예메넴에서 그 남자들은 못 멈추겠다는 듯 춤을 추었다. 폭풍을 피해 따뜻한 집안에 있는 아이들처럼. 밖에 나가 궂은 날씨를 확인하기를 거부하는. 바람과 천둥. 눈에 달러 표시를 하고 황폐한 풍경을 가로질러 달리는 쥐들. 세상이 그들 주위에 부딪치고 덜컹거렸다.

그들은 하나의 이야기에서 벗어나는가 싶더니 또다른 이야기로 깊이 파고들어갔다. 카르나의 맹세 이야기인 '카르나 샤바담'에서 두료다나와 그의 형 두샤사나의 죽음 이야기인 '두료다나 바담'으로.

비마가 비열한 두샤사나를 추적해 잡은 때는 새벽 네시 무렵이었다. 카우라바 형제들이 주사위 게임으로 판다바 형제들의 아내인 드라우파디를 따낸 후, 모두가 보는 앞에서 그녀를 발가벗기려 했던 자였다. 드라우파디(이상하게도 자신을 내기에 건 남자들이 아닌, 자신을 손에 넣은 남자들에게만 분노하던)는 두샤사나의 피로 씻기 전에는 결코 머리를 묶지 않으리라 맹세했다. 비마는 그녀의 명예를 위해 복수하겠노라 서약했다.

비마는 이미 시신이 널린 전장에서 두샤사나를 궁지로 몰았다. 한시간 동안 그들은 칼을 맞댔다. 모욕적인 말을 주고받았다. 상대가 자신에게 했던 악행을 모두 열거했다. 놋쇠 램프의 불빛이 깜박거리며 꺼져가자 잠시 휴전했다. 비마가 기름을 붓고 두샤사나가 그을린 심지를 청소했다. 그러고 나서 두 사람은 다시 전투로 돌아갔다. 숨가쁜 싸움은 쿠탐발람을 벗어나 사원 주위를 돌며 이어졌다. 두 사람은 사원 경내를 가로질러 서로 쫓고 쫓기며 종이로 만든 철퇴를 휘둘렀다. 잠든 거대한 코끼리의 주위를 맴돌며 흩어진 달들과 똥 무더기를 뛰어넘는, 부풀린 스커트에 닳아빠진 벨벳 블라우스 차림의 두 남자. 잠시 허세에 찬 두샤사나. 다음 순간 움찔한다. 비마가 그를 가지고 논다. 둘다 마리화나에 취한 채.

하늘은 장밋빛 대접이었다. 우주에 난 잿빛 코끼리 모양의 구멍이 잠결에 뒤척였다가 이내 다시 잠에 빠져들었다. 비마 안의 야수성이 일어난 것은 막 동틀 무렵이었다. 북소리는 커졌지만 분위기는 더 조용해지며 위태로움으로 가득찼다.

이른 아침 빛 속에서, 에스타펜과 라헬은 비마가 드라우파디에게 했던 맹세를 지키는 모습을 지켜보았다. 그는 두샤사나를 바닥에 쓰러뜨렸다. 죽어가는 몸의 미세한 떨림 하나하나를 좇으며 철퇴를 내리쳤고, 더이상 움직이지 않을 때까지 두들겨댔다. 다루기 힘든 쇠판을 판판하게 두들겨 펴는 대장장이. 오목하고 볼록한 모든 곳을 체계적으로 다듬질하는. 상대가 죽은 뒤에도 한참 죽이기를 계속했다. 그러고 나서 맨손으로 시신을 찢어 열었다. 내장을 뜯어 끄집어냈고 몸을 숙여 찢긴 시신 안에 고인 피를 마셨는데, 그 가장자리 너머로 보이는 광기 어린 눈은 분노와 증오와 미치광이 같은 성취감으로 번득이고 있었다. 이 사이에는 연붉은 피 거품이 흘러나왔다. 분장한 그의 얼굴을, 턱과 목을 타고 흘러내렸다. 만족할 때까지 피를 마시고 나서, 목에 피투성이 창자를 스카프처럼 두른 채 일어나 드라우파디를 찾아가 그녀의 머리를 신선한 피로 감겼다. 살인으로도 누그러뜨릴 수 없는 분노의 기운에 휩싸여 있었다.

그날 아침 거기엔 광기가 있었다. 그 장밋빛 대접 아래에. 공연이 아니었다. 에스타펜과 라헬은 그 사실을 알아차렸다. 전에도 그런 작품을 본 적이 있었다. 또다른 아침에. 또다른 무대에서. 또다른 종류의 광기를(신발 밑창에 노래기가 붙어 있는). 이번에 본 잔혹한 방종은 전에 본 야만적인 질서에 버금갔다.

그들은 거기 앉아 있었다. '정적'과 '공허', 미처 뿔로 자라나지 않은 혹이 달린, 얼어붙은 이란성 쌍둥이 화석은. 쿠탐발람의 너비만큼 떨어져 앉아서. 그들의 것이기도 하고 그렇지 않기도 한 이야기의 수렁에 빠져서. 구조와 질서를 갖춘 모습으로 시작했다가, 겁에 질린 말처럼 날뛰며 난장판이 된 이야기.

코추 톰반이 깨어나 우아하게 아침 코코넛을 쪼겠다.

'카타칼리 배우들'이 분장을 지우고 아내들을 구타하러 집으로 돌아갔다. 가슴 달린 부드러운 쿤티마저도.

사원 밖에서는, 촌락 같아 보이는 작은 도시가 꿈틀대며 활기를 띠었다. 한 노인이 잠에서 깨어 후추가 든 코코넛 오일을 데우러 휘청휘청 스토브 쪽으로 다가갔다.

필라이 동지. 아예메넴의 달걀 깨는 사람이자 전문적으로 오믈렛을 만드는 사람.

묘하게도, 쌍둥이에게 카타칼리를 처음 알려준 사람은 바로 그였다. 베이비 코참마가 좋은 생각이 아니라고 반대했음에도, 쌍둥이를 레닌과 함께 사원에서 열리는 밤샘 공연에 데리고 갔고, 동이 틀 때까지 함께 앉아 카타칼리의 언어와 몸동작을 설명해주었다. 여섯 살이었으나 그들은 이 이야기가 진행되는 동안 쭉 그와 함께 앉아 있었다. 라우드라 비마—광기 어린, 피에 굶주린, 죽음과 복수를 갈망하는 비마—를 그들에게 소개한 것은 바로 그였다. "그는 자신 안에 사는 짐승을 찾고 있어." 평소에는 선량한 비마가 울부짖고 으르렁거리자, 필라이 동지는 그들―겁에 질려 눈이 휘둥그레진 아이들―에게 그렇게 설명했었다.

그게 정확히 어떤 짐승인지 필라이 동지는 말하지 않았다. 자기 안에 살고 있는 인간을 찾는 일이 아마 그의 진의였을 텐데, 어떤 짐승도 인간의 증오라는 끝없고 한없이 창의적인 행위를 시도하지 않았기 때문이다. 어떤 짐승도 그 범위와 힘에서 인간의 증오에 필적할 수 없었다.

장밋빛 대접이 흐릿해지며 따스한 잿빛 부슬비가 내렸다. 에스타와 라헬이 사원 문을 나서려는데, K. N. M. 필라이 동지가 기름 목욕을 해 번드르르한 모습으로 들어섰다. 이마에는 백단유 반죽을 붙이고 있었다. 빗방울들이 기름 바른 피부 위에 장식용 단추처럼 도드라졌다. 오므린 손바닥에는 신선한 재스민꽃 한 무더기를 받쳐들고 있었다.

"오호!" 그가 특유의 새된 목소리로 말했다. "너희들 여기 있었구나! 그러니까 여전히 인도 문화에 관심이 있구나? 좋아좋아. 아주 좋아."

쌍둥이는 무례하지도 공손하지도 않게, 아무 말도 하지 않았다. 그들은 함께 집을 향했다. '그'와 '그녀'. '우리we'와 '우리Us'.

13
비관주의자와 낙관주의자

차코는 소피 몰과 마거릿 코참마가 자기 방에서 지낼 수 있도록 방을 옮겨 파파치의 서재에서 잠을 잤다. 창문으로는 E. 존 이페 신부가 이웃에게서 사들였으나 다소 방치한 듯 쇠락해가는 고무 플랜테이션 농장이 내려다보이는 작은 방이었다. 문 하나는 집 본채와 연결되어 있었고, 또다른 문(차코가 '남자의 욕구'를 은밀하게 해소하도록 맘마치가 설치했던)은 곧장 옆 마당으로 통해 있었다.

소피 몰은 커다란 침대 옆에 그녀를 위해 가져다놓은 작은 간이침대에서 잠들었다. 천천히 돌아가는 천장 선풍기의 단조로운 윙윙거림이 그녀의 머릿속을 가득 채웠다. 푸른잿빛푸른빛 눈이 번쩍 열렸다.

'깨어 있고'

'살아 있고'

'초롱초롱한'

잠은 즉시 사라졌다.

소피 몰이 잠에서 깨어 맨 먼저 조를 생각하지 않은 건, 그가 죽은 후 처음이었다.

그녀는 방안을 둘러보았다. 몸은 움직이지 않고 그냥 눈동자만 굴려서. 극적인 탈출을 계획하는, 적진에 사로잡힌 스파이처럼.

차코의 테이블 위에는 이미 시들어 보기 흉한 히비스커스가 꽂힌 꽃병이 놓여 있었다. 벽에는 책들이 줄지어 꽂혀 있었다. 유리창이 달린 장식장에는 망가진 발사 나무 모형 비행기가 가득했다. 애원하는 눈빛의 바스러진 나비들. 사악한 왕의 나무 아내들은 사악한 나무의 마법에 걸려 쇠약해진다.

갇힌.

단 한 사람, 소피 몰의 어머니, 마거릿만이 영국으로 탈출했다.

은빛 천장 선풍기의 크롬으로 된 중앙부에서 방이 조용히 돌고 있었다. 덜 구워진 비스킷 색인 베이지색 도마뱀붙이가 호기심에 찬 눈길로 소피 몰을 바라보았다. 그녀는 조를 떠올렸다. 그녀 안에서 무언가가 흔들렸다. 눈을 감았다.

은빛 천장 선풍기의 크롬으로 된 중앙부가 그녀 머릿속에서 조용히 돌고 있었다.

조는 물구나무선 채 걸을 수 있었다. 그리고 자전거로 내리막길을 달릴 때 셔츠 안으로 바람을 넣을 수도 있었다.

옆 침대에서는 마거릿 코참마가 아직 잠들어 있었다. 두 손을 갈비뼈 바로 아래에서 깍지 끼고서 똑바로 누워 있었다. 손가락이 부어올라 결혼반지가 불편하게 꽉 끼어 있었다. 볼살이 얼굴 양쪽으로 처져 광대뼈가 높게 두드러져 보였고, 입이 아래로 처져 치아의 반짝임이 얼핏 드러난 억지 미소처럼 보였다. 숱이 무성하던 눈썹을 족집게로 뽑아내 요즘 유행하는, 연필로 그린 것처럼 가느다랗고 둥글게 만들었는데, 그 때문에 잠들었을 때도 약간 놀란 듯한 표정이었다. 나머지 표정은 새로 돋아나는 짧은 수염처럼 자라고 있었다. 얼굴엔 홍조를 띠었다. 이마가 환하게 빛났다. 그 상기된 얼굴 아래로 창백함이 서려 있었다. 간신히 감춰둔 슬픔.

진청색과 흰색 꽃무늬로 된 면 폴리에스테르 드레스의 얇은 소재가 축 늘어져 그녀의 몸 윤곽을 따라 젖가슴 위로 솟아올랐다가 길고 탄탄한 두 다리 사이의 선을 따라 내려오며 옷마저 더위에 익숙지 않아 낮잠이 필요하다는 듯 힘없이 들러붙어 있었다.

침대 머리맡 테이블 위에는 옥스퍼드의 교회 밖에서 찍은 차코와 마거릿 코참마의 흑백 결혼사진을 끼워둔 은으로 된 액자가 놓여 있었다. 눈도 조금 흩날리고 있었다. 갓 내린 첫 눈송이들이 차도와 인도를 살포시 덮었다. 차코는 네루 같은 옷차림이었다. 흰 추리다르 바지에 검은 셰르와니 상의를 입고 있었다. 어깨에는 눈이 흩뿌려져 있었다. 단춧구멍에 장미 한 송이가 꽂혀 있었고, 세모로 접은 손수건의 끝부분이 양복 윗주머니에 살짝 나와 있었다. 광을 낸 검은색 옥스퍼드화를 신고 있었다. 그는 마치 자신과 자신의 옷차림을 우스워하는 사람처럼 보였다. 가장무도회에 온 사람처럼.

마거릿 코참마는 길고 부풀린 드레스를 입고 구불구불한 단발머리에 싸구려 왕관을 쓰고 있었다. 베일은 얼굴 위로 올려져 있었다. 그녀는 그와 키가 비슷했다. 두 사람은 행복해 보였다. 눈을 찌르는 햇빛에 얼굴을 찌푸린, 마르고 젊은 두 사람. 그녀의 짙고 검은 눈썹은 풍성한 흰색 웨딩드레스와 왠지 근사하게 대조를 이루었다. 눈썹이 있는 찌푸린 구름. 두 사람 뒤에는 긴 오버코트의 단추를 모두 채운, 덩치 크고 발목이 굵은 여자가 서 있었다. 마거릿 코참마의 어머니. 그녀 양옆에는 타탄 체크무늬 주름치마에 스타킹을 신고 똑같은 술 장식을 한 어린 손녀딸 둘이 서 있었다. 둘 다 손으로 입을 가리고 키득거리고 있었다. 마거릿 코참마의 어머니는 그곳에 있고 싶지 않다는 듯이 사진 밖 어딘가로 눈길을 돌리고 있었다.

마거릿 코참마의 아버지는 결혼식 참석을 거부했다. 그는 인도인들을 음흉하고 부정직한 사람들로 여겨 싫어했다. 자신의 딸이 인도인과 결혼한다는 것이 믿기지가 않았다.

사진 오른쪽 구석에는, 도로변을 따라 자전거를 타고 가며 고개를 돌려 커플을 쳐다보는 남자가 있었다.

차코를 처음 만났을 때 마거릿 코참마는 옥스퍼드의 한 카페에서 웨이트리스로 일하고 있었다. 가족은 런던에 살고 있었다. 아버지는 제과점을 운영했다. 어머니는 여성용 모자 제조업자의 조수였다. 마거릿 코참마는 1년 전 부모 집에서 나왔는데, 젊어서 독립하겠다는 것 외에 대단한 이유는 없었다. 그녀는 일을 해서 돈을 충분히 모은 후, 교사 양성 과정을 거쳐 학교에서 일자리를 찾을 계획이었다. 옥스퍼드에서는 작은 아파트를 친구와 함께 쓰고 있었다. 다른 카페에서 일하는 웨이트리스와.

집을 나온 뒤, 마거릿 코참마는 자신이 부모가 원했던 것 같은 부류의 여자가 되어감을 발견했다. '현실 세계'와 맞부딪치며 각인되어 있던 낡은 규칙에 신경질적으로 집착했고, 자기 자신 이외에 반항할 대상도 없었다. 그래서 옥스퍼드에서조차, 집에서 허락했던 것보다 축음기를 좀더 크게 트는 것 외에는, 자신이 벗어났다고 생각했던 그 평범하고 갑갑한 생활을 이어가고 있었다.

어느 날 아침, 차코가 카페로 걸어들어오기 전까지는.

차코가 옥스퍼드에서 보내는 마지막 여름이었다. 그는 혼자 들어왔다. 구겨진 셔츠에는 단추가 잘못 채워져 있었다. 신발끈도 풀려 있었다. 머리카락 앞쪽은 세심하게 빗질해 말끔했지만, 뒤쪽은 빳빳한 깃털 왕관처럼 뻗쳐 있었다. 시복을 받은 추레한 고슴도치처럼 보였다. 키가 컸고, 옷차림은 흐트러져(어울리지 않는 넥타이, 허름한 코트) 있었지만, 그가 건장한 체격임을 마거릿 코참마는 알아봤다. 유쾌한 기운이 감돌았는데, 마치 깜박 잊고 안경을 두고 와서는 먼 곳의 표지판을 읽으려 애쓰는 사람처럼 두 눈을 가늘게 뜨곤 했다. 귀는 찻주전자의 손잡이처럼 머리 양쪽에 튀어나와 있었다. 탄탄한 몸과 헝클어진 모습 사이에는 뭔가 모순되는 점이 있었다. 안에 감춰진 비만의 징후는 밝게 빛나는, 행복해 보이는 두 뺨뿐이었다.

단정치 못한, 얼빠진 남자들에게서 흔히 볼 수 있는 모호함이나 왠지 사과하는 듯한 어색함이 없었다. 함께하면 즐거운 상상의 친구와 함께 있는 것처럼 명랑해 보였다. 창가에 자리를 잡고 앉아서는 팔꿈치를 테이블에 괴고 손바닥으로 얼굴을 감싼 채, 마치 가구와 대화를 나눠볼까 하는 사람처럼 미소 지으며 빈 카페를 둘러보았다. 여전히 다정한 미소를 머금은 채 커피를 주문했지만, 주문받는 그 키 크고 눈썹 숱 많은 웨이트리스에게 관심을 보이는 기색은 없었다.

그가 우유를 잔뜩 넣은 커피에 설탕을 두 숟가락 가득 떠넣자 그녀는 인상을 찌푸렸다.

그때 그가 달걀 프라이를 얹은 토스트를 시켰다. 커피도 좀더, 딸기잼도.

그녀가 주문받은 것들을 가져오자, 그는 하던 대화를 계속 이어가는 양 말했다. "쌍둥이 아들을 둔 남자 이야기 들어봤어요?"

"아뇨." 그녀가 그의 아침식사를 내려놓으며 대답했다. 무슨 이유에서인지(아마도 타고난 신중함, 그리고 외국인을 대할 때의 본능적인 과묵함 때문이리라) 그녀는 그가 기대했음직한 '쌍둥이 아들을 둔 남자'에 대해 별 관심을 보이지 않았다. 차코는 개의치 않는 것 같았다.

"어떤 남자에게 쌍둥이 아들이 있었어요." 차코가 마거릿 코참마에게 말했다. "피트와 스튜어트. 피트는 '낙관주의자', 스튜어트는 '비관주의자'였어요."

그는 잼에서 딸기들을 골라내 접시 한쪽에 놓았다. 나머지 잼은 버터가 발린 토스트 위에 두껍게 발랐다.

"아이들의 열세번째 생일에 아이들 아버지가 스튜어트—'비관주의자'—에게는 비싼 시계, 목공구 세트, 그리고 자전거를 사줬어요."

차코가 마거릿 코참마가 듣고 있는지 확인하려 고개를 들어 쳐다보았다.

"그리고 피트—'낙관주의자'—의 방은 말똥으로 가득 채웠어요."

차코가 달걀 프라이를 토스트 위에 올리더니, 흔들흔들하는 샛노란 노른자를 터뜨려 티스푼 뒷면으로 딸기잼 위에 발랐다.

"스튜어트가 선물을 열어보고는 아침 내내 투덜거렸어요. 목공구는 갖고 싶지 않았고, 시계는 마음에 들지 않았고, 자전거 타이어는 원하던 종류가 아니었던 거죠."

마거릿 코참마는 그의 접시 위에서 펼쳐지는 기이한 의식에 관심을 쏟느라 더이상 이야기를 듣지 않았다. 잼과 달걀 프라이를 바른 토스트가 정확히 작은 네모 모양으로 잘렸다. 잼에서 건져둔 딸기들은 하나하나 얇게 저며졌다.

"아버지가 피트—'낙관주의자'—의 방으로 가보니 피트는 보이지 않고, 미친듯이 삽질하는 소리와 거친 숨소리만 들렸어요. 말똥이 온 방안에서 날아다니고 있었죠."

차코는 그 우스갯소리의 결말을 떠올리고는 몸을 들썩이며 끅끅 웃어대기 시작했다. 웃느라 떨리는 손으로, 샛노랗고 빨간 토스트 한 조각 한 조각에 얇게 저민 딸기 조각을 올려놓았는데, 그 전체는 늙은 여인이 브리지 파티에 내놓을 법한 요란한 색의 스낵처럼 보였다.

"'너 대체 뭐하는 거냐?' 하고 아버지가 피트에게 소리쳤어요."

소금과 후추가 사각 토스트 조각에 뿌려졌다. 차코는 결정적인 구절을 꺼내기 전 잠시 말을 멈추고, 자신의 접시를 보며 미소 짓는 마거릿을 올려다보며 웃었다.

"똥더미 속 깊은 곳에서 피트의 목소리가 들려왔어요. '있잖아요, 아버지, 이렇게 똥이 많다면 분명 어딘가 망아지가 있을 거예요!'"

차코는 포크와 나이프를 양손에 들고 아무도 없는 카페에서 의자에 몸을 기댄 채, 높은 소리로 딸꾹질까지 하면서 두 뺨 위로 눈물이 흘러내릴 때까지 전염성 강한, 뚱뚱한 남자의 웃음을 웃어댔다. 그 우스갯소리를 거의 흘려들었던 마거릿 코참마는 그저 미소만 지었다. 그러다가 그의 웃음에 비로소 웃기 시작했다. 두 사람의 웃음은 서로를 더욱 부추기며 히스테릭한 상태까지 치달았다. 카페에 들어섰을 때, 카페 주인은 한 손님(딱히 호감이 안 가는)과 웨이트리스(그저 그런)가 폭소의 소용돌이에 갇혀 정신없이 웃어대는 것을 보았다.

그사이 주목받지 못한 채 카페에 들어온 다른 손님(단골)이 주문하려 기다리고 있었다.

카페 주인은 이미 닦아서 깨끗한 컵들을 쨍그랑거리며 요란스럽게 닦았고, 자신의 불쾌감을 마거릿 코참마에게 전하기 위해 카운터 위에 놓인 그릇들을 달가닥거렸다. 그녀는 새로 주문을 받으러 가기 전에 평정심을 되찾으려 애썼다. 그러나 눈에는 눈물이 고였고, 다시금 킥킥 터져나오는 웃음을 억누르자 주문을 하던 시장한 남자는 메뉴판에서 얼굴을 들고 그녀를 쳐다보며 말없이 얇은 입술을 내밀어 불만을 표했다.

그녀는 자신을 보며 미소를 짓는 차코를 슬쩍 훔쳐보았다. 유별나게 다정한 미소였다.

차코는 아침식사를 마치고, 돈을 치르고 나갔다.

마거릿 코참마는 사장에게 야단을 맞았고 카페의 '규범'에 대해 훈계를 들어야 했다. 그녀는 사과했다. 진심으로 자신이 잘못했다고 생각했다.

그날 저녁, 일을 마친 후 그녀는 그 사건에 대해 생각해보았고, 스스로가 싫어졌다. 그녀는 평소 경박스럽지 않았기에, 전혀 모르는 사람과 그렇게 미친듯이 웃은 건 옳지 못하다고 생각했다. 너무 친근하고 허물없이 군 것 같았다. 왜 그렇게 웃어댄 것인지 궁금했다. 그 우스갯소리 때문은 아니었다.

그녀는 차코의 웃음을 떠올렸고, 그러자 오랫동안 그녀의 눈에 미소가 머물렀다.

차코는 그 카페에 뻔질나게 드나들었다.

그는 늘 보이지 않는 친구와 함께 다정한 미소를 지으며 들어왔다. 주문을 받는 사람이 마거릿 코참마가 아닐 때에도 그의 눈길은 그녀를 따라다녔고, 두 사람은 함께 나눈 '웃음'에 대한 기억을 떠올리며 비밀스러운 미소를 주고받았다.

마거릿 코참마는 '흐트러진 고슴도치'의 방문을 기다리게 되었다. 불안이 아니라 차츰 애정을 느끼기 시작했다. 그가 인도에서 온 로즈 장학생임을 알게 되었다. 고전을 읽는다는 것도. 그리고 베일리얼 칼리지의 조정선수라는 것도.

결혼식 당일까지도 자신이 그의 아내가 되는 데 동의하리라 생각해본 적이 없었다.

사귀고서 몇 달 후, 그는 추방당한 무력한 왕자처럼 살던 자신의 방으로 그녀를 불러들이기 시작했다. 사환과 청소부가 지대한 노력을 했음에도 그의 방은 늘 지저분했다. 책, 빈 와인병, 더러운 속옷, 담배꽁초 등이 방바닥에 뒹굴고 있었다. 옷장을 열면 옷과 책, 신발 등이 폭포수처럼 쏟아져내릴 수 있었고, 몇몇 책은 진짜로 다치게 할 만큼 무거웠기에 열기가 겁났다. 마거릿 코참마의 작고 질서 있는 생활은, 따뜻한 몸이 차가운 바다에 들어갈 때처럼 헉 소리조차 못 낸 채, 참으로 기괴한 이 난장판에 자리를 내주었다.

그녀는 '흐트러진 고슴도치'의 모습 뒤에서, 괴로워하는 마르크스주의자가 구제불능인 낭만주의자—촛불 켜는 것을 잊어버리고, 와인 잔들을 깨고, 반지를 잃어버리는—와 싸우고 있음을 알게 되었다. 숨 막히게 하는 열정으로 그녀와 사랑을 나누는 낭만주의자와. 그녀는 늘 자신을 별 재미없는, 허리도 굵고 발목도 굵은 여자라고 생각했었다. 못생기지는 않은. 특별할 것 없는. 그러나 차코와 함께 있을 때면, 이전의 한계가 물러섰다. 지평이 확장되었다.

그녀는 그녀가 아는 다른 남자들이 일이나 친구, 해변에서 보낸 주말을 이야기하듯, 세계—그게 뭔지, 그리고 어떻게 생겨났는지, 혹은 앞으로 어떻게 될지—에 대해 이야기하는 남자를 이전에는 만나본 적이 없었다.

차코와 함께 있으면 마거릿 코참마는 자기 영혼이 섬나라의 좁은 경계 밖으로 탈출해 그의 거창하고 광대한 공간으로 나아가는 것 같았다. 그와 함께 있으면 세상이 자기네 것인 양 자기네 앞 해부대 위에 배가 갈라져 관찰당하기를 갈망하는 개구리처럼 느껴졌다.

결혼 전, 그를 알고 지내던 시기에, 그녀는 자신에게 작은 마력이 있음을 깨달았고, 한동안 램프에서 풀려나온 행복한 정령처럼 느껴졌다. 어쩌면 그녀는 차코에 대한 사랑이라 단정했던 것이 실제로는 스스로를 조심스럽고 소심하게 받아들인 것이었음을 깨닫기에는 너무 어렸던 건지도 모른다.

차코에게는 마거릿 코참마가 첫 여자친구였다. 처음으로 잔 여자였을 뿐 아니라 처음으로 사귄 진정한 친구였다. 차코가 가장 마음에 들어한 것은 그녀의 자족감이었다. 어쩌면 그것은 보통의 영국 여자들로서는 특별한 점이 아닐지 몰라도, 차코에게는 특별하게 보였다.

마거릿 코참마가 자기에게 집착하지 않는다는 사실이 좋았다. 그에 대한 감정에 확신을 갖지 못한다는 사실도. 마지막 순간까지 그녀가 자신과 결혼을 할지 안 할지 알 수 없었다는 사실도. 그녀가 자신의 침대에서 벗은 몸으로 일어나 앉아, 길고 하얀 등을 자기 쪽으로 돌린 채 손목시계를 보며 "어머, 가야 해요!"라고 그녀답게 현실적으로 말하는 모습이 좋았다. 그녀가 아침마다 자전거를 타고 뒤뚱거리며 출근하는 모습이 좋았다. 그는 자신들 사이의 의견 차이를 부추겼고, 그의 퇴폐적인 면에 그녀가 때로 짜증을 터뜨리는 것을 내심 흐뭇해했다.

그는 그녀가 자기를 돌봐주려 하지 않아서 고마웠다. 방을 정돈해주겠노라 나서지 않는 것도. 진저리나는 그의 어머니처럼 굴지 않는 것도. 마거릿 코참마가 그에게 의지하지 않기에 점점 더 그녀에게 의지하게 되었다. 그녀가 그를 흠모하지 않았기에 그녀를 흠모했다.

그의 가족에 대해 마거릿 코참마는 거의 알지 못했다. 그는 가족에 대해서는 거의 이야기하지 않았다.

사실 옥스퍼드에서 지낸 기간 동안, 차코는 가족에 대해 거의 생각하지 않았다. 자신의 삶에서 너무나 많은 일들이 일어났고 아예메넴은 너무나 멀게 느껴졌다. 강은 너무 작았다. 물고기는 너무 적었다.

그로서는 부모와 연락해야 할 급박한 이유가 없었다. 로즈 장학금은 후했다. 돈은 필요하지 않았다. 그는 마거릿 코참마에 대한 사랑에 깊이 빠져 있었고, 그의 마음엔 다른 사람을 위한 자리는 없었다.

맘마치는 남편과의 너저분한 다툼에 대해 상세히 묘사하고 암무의 미래를 걱정하는 편지를 써서 주기적으로 그에게 보냈다. 그가 편지를 끝까지 읽는 경우는 드물었다. 때로는 아예 편지를 뜯지조차 않았다. 답장도 전혀 보내지 않았다.

집에 돌아갔을 때(놋쇠 꽃병으로 맘마치를 때리는 파파치를 그가 막아서자 흔들의자가 달빛 아래에서 살해당했던 그때)도 있었지만, 그때 아버지가 얼마나 기분이 상했는지를, 그에 대한 어머니의 애정이 갑절로 커졌음을, 어린 여동생이 갑자기 아름다워졌음을 거의 알아채지 못했다. 그는 비몽사몽간에 왔다갔다했고, 집에 도착한 순간부터 그를 기다리고 있을 등이 긴 백인 여자에게 돌아가고 싶었다.

그 겨울에 베일리얼 칼리지를 마치고서(시험 성적은 형편없었다) 마거릿 코참마와 차코는 결혼했다. 그녀의 가족에게 동의를 얻지 못한 채. 그의 가족에게 알리지 않은 채.

두 사람은 그가 직장을 구할 때까지 마거릿 코참마의 아파트에서 ('다른' 카페에 다니던 '다른' 웨이트리스를 옮기게 하고) 함께 살기로 결정했다.

결혼의 타이밍은 정말이지 최악이었다.

함께 산다는 압박감에 궁핍이 더해졌다. 이젠 장학금도 없었고, 아파트 월세는 전액을 부담해야 했다.

조정선수 생활을 그만둠과 동시에, 갑자기 때 이르게 중년화가 진행되었다. 차코는 그의 웃음소리에 어울리는 '뚱뚱한 남자'가 되었다.

결혼생활이 1년째에 접어들면서, 학생 시절 차코의 매력이었던 나태함도 마거릿 코참마에게 더이상 매력적이지 않았다. 그녀가 일하러 간 동안, 아파트가 출근할 때 그대로 지저분하고 엉망인 상태라는 것이 더이상 재미있지 않았다. 침대를 정돈하거나 빨래를 하거나 설거지를 해야겠다고 생각하는 것조차 그에게는 불가능하다는 것도. 담뱃불로 새 소파에 구멍을 내고도 미안해하지 않는다는 것도. 구직 면접을 보러 가기 전에 셔츠 단추를 채우거나 넥타이를 매거나 신발끈을 묶는 일조차 제대로 못한다는 것도. 1년도 지나지 않아 그녀는 해부대의 개구리를 뭔가 작고 현실적인 것과 맞바꾸기로 마음먹게 되었다. 남편의 직장과 깨끗한 집 같은 것으로.

결국 차코는 인도 차※협회의 해외영업부에서 박봉의 단기직 일자리를 얻었다. 그 일이 다른 일로 이어지기를 바라며 차코와 마거릿 코참마는 런던으로 이사했다. 더 작고 더 형편없는 집으로. 마거릿 코참마의 부모는 그녀를 만나기를 거부했다.

그녀가 조를 만난 것은, 임신했음을 막 알게 된 무렵이었다. 조는 오빠의 옛 동창이었다. 두 사람이 만났을 때, 마거릿 코참마는 육체적으로 가장 매력적인 시기였다. 임신으로 볼은 생기가 돌았고, 숱 많고 검은 머리에는 윤기가 흘렀다. 결혼생활의 어려움에도 불구하고 임신한 여자에게서 종종 볼 수 있는 어딘가 기분이 들뜬 듯한 모습이, 자기 몸에 대한 애정의 기운이 감돌았다.

조는 생물학자였다. 작은 출판사에서 낼 생물학사전의 제3판 개정 작업을 하고 있었다. 조는 차코에게는 없는 모든 것을 지니고 있었다.

착실함. 경제력. 호리호리한 몸.

마거릿 코참마는 어두운 방안의 식물이 조그만 빛줄기를 향하듯 자신이 그에게 이끌린다는 것을 깨달았다.

차코는 맡았던 일이 끝나고 다른 일거리를 찾지 못하자, 맘마치에게 편지를 보내 결혼했음을 알리고 돈을 부탁했다. 맘마치는 엄청난 충격을 받았지만, 비밀리에 자신의 패물을 담보로 돈을 마련해 영국에 있는 차코에게 보냈다. 충분하지 못했다. 전혀 충분하지 못했다.

소피 몰이 태어나던 무렵, 마거릿 코참마는 자신과 딸을 위해 차코를 떠나야만 한다는 것을 깨달았다. 그녀는 이혼을 요구했다.

차코는 인도로 돌아갔고 거기서는 쉽게 일자리를 구했다. 몇 년 동안 마드라스 크리스천 칼리지에서 학생들을 가르쳤고, 파파치가 죽은 후에는 바라트 병입기와 베일리얼 칼리지의 노와 상처 입은 마음을 안고 아예메넴으로 돌아갔다.

맘마치는 그녀의 삶으로 되돌아온 그를 기꺼이 환영했다. 그의 식사를 챙기고, 바느질을 해주고, 그의 방에 매일 신선한 꽃이 있도록 했다. 차코에게는 어머니의 흠모가 필요했다. 사실상 그것을 요구하면서도, 그런 어머니를 경멸했고 은밀하게 벌했다. 차코의 비만과 신체 전반의 쇠퇴가 시작됐다. 프린트된 싸구려 테릴렌 부시 셔츠를 흰색 문두 위에 입고, 시장에서 살 수 있는 가장 흉측한 플라스틱 샌들을 신었다. 맘마치에게 손님이나 친척 혹은 델리에서 옛친구가 방문하기라도 하면, 차코는 그녀가 고상하게 차린 식사 자리—섬세한 난초 꽃꽂이와 최고급 도자기로 꾸민—에 나타나, 오래된 딱지에 대한 걱정을 늘어놓거나 팔꿈치에 생긴 커다랗고 시커먼 타원형 굳은살을 긁어댔다.

또한 그는 베이비 코참마의 손님들—가톨릭 주교나 순회 성직자들—이 간식을 먹으러 종종 들르는 것을 겨냥했다. 그들 앞에서 차코는 샌들을 벗고 발에 난, 고름으로 꽉 찬 역겨운 당뇨성 종기를 드러내곤 했다.

베이비 코참마가 그 광경에서 손님들의 주의를 돌리려고 그들의 수염에 붙은 비스킷 부스러기나 말린 바나나 조각을 떼어내는 동안, 그는 "주님께서 이 불쌍한 문둥이에게 자비를 내리시길"이라고 말하곤 했다.

그러나 차코가 맘마치를 괴롭히기 위한 은밀한 벌 중 가장 굴욕적이고 최악인 것은 마거릿 코참마에 대한 추억을 이야기하는 일이었다. 그는 종종 묘한 자부심을 띤 채 그녀에 대해 이야기했다. 자기와 이혼한 그녀를 찬탄이라도 하듯.

"그녀는 나를 팔아치우고 더 나은 남자를 택한 거라고요"라고 차코가 말하면, 맘마치는 그가 아닌 자신이 모욕당한 양 움찔하곤 했다.

마거릿 코참마는 꼬박꼬박 편지를 보내 차코에게 소피 몰의 소식을 알렸다. 그녀는 조가 훌륭하고 자상한 아버지 노릇을 하고 있으며 소피 몰도 조를 아주 잘 따른다—차코를 기쁘게 한 동시에 그만큼 슬프게 한 사실—고 그를 안심시켰다.

마거릿 코참마는 조와 행복하게 지냈다. 어쩌면 그녀가 차코와 함께 무모하고 불안정하게 몇 년간 지냈던 터라 더 행복하게 느낀 것이리라. 그녀는 차코에게 여전히 좋은 감정을 갖고 있었지만, 후회는 없었다. 그녀는 여전히 자신을 그저 평범한 여자로, 그를 매우 대단한 남자로 생각했기에, 자신만큼이나 그를 상처 입혔다는 사실을 전혀 생각지 못한 것이다. 게다가 그때나 그후로나 차코가 슬픔이나 상심을 드러내 보이지 않았기 때문에, 마거릿 코참마는 자신과 마찬가지로 그 역시 결혼이 실수였다고 느끼리라 짐작했다. 조에 대해 이야기했을 때, 그는 슬퍼했지만 조용히 떠났다. 보이지 않는 친구와 다정한 미소와 함께.

두 사람은 빈번히 서로에게 편지를 썼고, 해가 갈수록 두 사람의 관계도 성숙해졌다. 마거릿 코참마에게 그것은 편안하고 헌신적인 우정이었다. 차코에게 그것은 자신의 아이 엄마이자 그가 유일하게 사랑했던 여인과 이어지는 방법, 단 하나의 방법이었다.

소피 몰이 학교에 들어갈 나이가 되자 마거릿 코참마는 교사 양성 과정을 밟았고, 그후 클래펌에 있는 초등학교의 교사로 취직했다. 그녀는 조의 사고 소식을 교무실에서 들었다. 젊은 경찰관이 손에 헬멧을 든 채 침울한 표정으로 그 소식을 전했다. 그는 연극 속 근엄한 배역의 오디션을 보는 서툰 배우처럼 묘하게 우스꽝스러웠다. 그 경찰을 보자마자 본능적으로 웃을 수밖에 없었음을 마거릿 코참마는 기억했다.

자신을 위해서가 아니래도 소피 몰을 위해, 마거릿 코참마는 침착하게 그 비극에 맞서고자 최선을 다했다. 평정심을 잃지 않고 비극에 맞서는 척했다. 그녀는 일을 쉬지 않았다. 소피 몰의 학교생활도 평소와 다름없이 유지되도록 챙겼다―'숙제를 다 해야지.' '달걀을 먹으렴.' '아니, 학교는 가야 한단다.'

그녀는 교사라는 사무적이고 노련한 가면 뒤에 자신의 괴로움을 감췄다. 우주에 생긴 엄격한 (이따금 찰싹 때리기도 하는) 교사 모양의 구멍.

하지만 차코가 편지로 아예메넴에 초대하자, 마음속에서 무언가가 한숨을 내쉬며 주저앉았다. 그녀와 차코 사이에 있었던 그 모든 일에도 불구하고, 크리스마스를 함께 지내고 싶은 사람은 차코 말고는 없었다. 생각하면 할수록 더 가고 싶어졌다. 인도로의 여행이야말로 소피 몰을 위한 일이라고 자신을 납득시켰다.

결국 친구들과 학교 동료들이 이상하게 생각할 것—두번째 남편이 죽자마자 첫번째 남편에게 돌아가다니—임을 알면서도 정기예금을 깨서 비행기표 두 장을 샀다. 런던-봄베이-코친.

그녀는 살아가는 내내 그 결정을 후회하고 괴로워하게 될 것이었다.

그녀는 어린 딸의 시신이 아예메넴 저택 응접실의 긴 의자에 놓여 있는 장면을, 자신이 무덤에 들어갈 때까지 기억하게 될 것이었다. 멀리서 보아도 딸이 죽었음은 명백했다. 아픈 것도, 잠든 것도 아니었다. 누워 있는 모습에서 알 수 있었다. 팔다리의 각도. 죽음의 권위와 관계되는. 그 끔찍한 고요.

녹색 수초와 강의 더께가 소피 몰의 아름다운 적갈색 머리카락에 뒤엉켜 있었다. 오목한 눈꺼풀은 물고기가 뜯어먹어 살이 벗겨져 있었다. (그렇다, 깊은 곳에서 헤엄치는 물고기는 그렇게 한다. 뭐든지 맛본다.) 연자주색 코듀로이 점퍼스커트에는 기울어진 쾌활한 서체로 '휴가!'라고 쓰여 있었다. 그 아이는 물속에 너무 오래 있어서 도비의 엄지만큼이나 쭈글쭈글해져 있었다.

헤엄치는 법을 잊어버린 스펀지 같은 인어.

작은 주먹에, 행운을 비는 은골무를 움켜쥔.

골무로 음료를 마시던 아이.

346

관 속에서 재주넘던 아이.

마거릿 코참마는 소피 몰을 아예메넴으로 데리고 온 자신을 결코 용서하지 않았다. 차코와 함께 돌아가는 비행기표를 확인하러 코친에 가느라 주말 동안 딸을 혼자 남겨둔 일도.

미나찰 강이 하류에 다다라 넓어지는 곳에서 백인 아이의 시신이 발견됐다는 소식이 맘마치와 베이비 코참마에게 전해진 것은 아침 아홉 시 무렵이었다. 에스타와 라헬은 여전히 실종된 상태였다.

　그날 아침 일찍 아이들이―세 아이 모두가―아침 우유를 마시러 나타나지 않았다. 베이비 코참마와 맘마치는 아이들이 헤엄치러 강에 갔을지도 모른다고 생각하며, 그 전날과 밤새 비가 몹시 내렸기에 걱정했다. 그런 강이 위험하리라는 사실을 그들은 알았다. 베이비 코참마는 코추 마리아에게 아이들을 찾아보게 했지만 그녀는 아이들 없이 혼자 돌아왔다. 벨리아 파펜이 찾아온 후 뒤따른 혼란 속에서, 실제로 아이들을 마지막으로 언제 봤는지 기억하는 사람은 아무도 없었다. 누구도 아이들을 중요하게 여기지 않았던 것이다. 어쩌면 밤새 집에 없었을지도 모른다.

암무는 여전히 침실에 갇혀 있었다. 베이비 코참마가 열쇠를 가지고 있었다. 베이비 코참마는 문을 사이에 두고, 아이들이 어디에 있을지 짚이는 데가 없냐고 암무에게 물었다. 목소리에서 당황함이 드러나지 않도록, 그냥 지나다 묻는 것처럼 들리게 애썼다. 뭔가 쾅 하고 문짝에 부딪혔다. 암무는 자신에게 일어난 일—중세시대 집안의 미치광이처럼 자신의 가족에 의해 감금되었다는 사실—이 화가 나고 믿기지 않아 제정신이 아니었다. 그들을 둘러싼 세상이 무너졌을 때, 소피 몰의 시신이 아예메넴으로 옮겨지고 베이비 코참마가 방문을 열었을 때에야, 암무는 분노를 추스르고 도대체 무슨 일이 일어났는지 생각을 정리할 수 있었다. 두려움과 불안에 그녀의 의식은 또렷해졌고, 그제야 쌍둥이가 침실 문밖에 와서 왜 갇혀 있느냐고 물었을 때 자신이 퍼부었던 말이 생각났다. 진심이 아니었던 경솔한 말들.

"너희들 때문이야!" 암무는 소리를 질렀었다. "너희들만 없었다면 난 여기 있지도 않았어! 이런 일들은 일어나지도 않았을 거야! 난 여기 있지도 않았을 거야! 자유로웠을 거라고! 너희들이 태어난 그날 고아원에 버렸어야 했는데! 너희는 내 목에 매달린 맷돌이야!"

그녀는 아이들이 문에 기대 쭈그려 앉은 것을 볼 수 없었다. '소스라친 부풀린 앞머리'와 '도쿄의 사랑'으로 묶은 '분수 머리'를. 어쩔 줄 모르는 무슨무슨 '쌍둥이 대사들'. E. 골반 대사와 S. 벌레 대사.

"가버려!" 암무가 말했었다. "제발 좀 가버리라고. 날 좀 내버려둬."

그래서 그들은 가버렸다.

그러나 베이비 코참마가 아이들에 대해 물었을 때 되돌아온 대답은 암무의 침실 문에 무언가 부딪히는 소리뿐이었기에 베이비 코참마도 가버렸다. 그날 밤 일어난 일들과 아이들의 실종 사이의 명백하고 논리적인, 그리고 완전히 잘못된 연결고리를 만들어내면서, 마음속에서 서서히 두려움이 자라났다.

비는 전날 이른 오후부터 내리기 시작했다. 무덥던 날이 갑자기 어두컴컴해지더니 하늘이 우르릉 쾅쾅거렸다. 코추 마리아는 딱히 이유도 없이 뿌루퉁해서는 부엌에 있는 자신의 낮은 스툴 위에 서서, 생선 비늘로 비린내 진동하는 눈보라를 일으키며, 커다란 생선을 무지막지하게 손질하고 있었다. 그녀의 금귀고리가 세차게 흔들렸다. 은빛 생선 비늘이 부엌 여기저기로 날려 주전자에, 벽에, 채소 껍질 벗기는 칼에, 냉장고 손잡이에 내려앉았다. 벨리아 파펜이 비에 흠뻑 젖은 채 몸을 떨며 부엌문 앞에 나타났을 때, 그녀는 그를 못 본 체했다. 그의 성한 한쪽 눈은 붉게 충혈되어 술 마신 사람처럼 보였다. 그는 눈에 띄기를 기다리며 십 분 동안 거기 서 있었다. 코추 마리아가 생선 손질을 마치고 양파 손질을 시작하자 그가 헛기침을 하며 맘마치를 불러달라고 했다. 코추 마리아는 그를 쫓아보내려 했지만 그는 꿈쩍도 하지 않았다. 그가 말을 하려고 입을 열 때마다 그의 숨결에 섞인 아라크* 냄새가 망치처럼 코추 마리아를 강타했다. 전에는 그런 모습을 본 적이 없었기에 살짝 겁이 났다. 무슨 일인지 얼추 알았기에, 그녀는 맘마치를

---

* 인도 및 동남아시아 지역에서 제조되는 증류주.

부르는 것이 최선이라고 결론을 내렸다. 쏟아지는 빗속에서 술에 취해 비틀거리는 벨리아 파펜을 뒷마당에 그렇게 남겨둔 채, 그녀는 부엌문을 닫았다. 12월이었지만 마치 6월처럼 비가 내렸다. '사이클론 같은 요란', 다음날 신문에선 그렇게 표현했다. 그러나 그때쯤엔 누구도 신문을 읽을 경황이 없었다.

벨리아 파펜을 부엌문으로 몰아간 것은 그 비였는지도 모른다. 미신을 믿는 남자에겐, 계절에 맞지 않게 가차없이 퍼붓는 폭우가 신이 분노했다는 불길한 징조처럼 보였을 수도 있다. 미신을 믿는 술 취한 남자에겐, 세상의 종말이 시작된 것처럼 보였을 수도 있다. 어떤 면에서는, 그랬다.

맘마치가 속치마와 리크랙*이 달린 연분홍 가운을 입고 부엌에 나타나자, 벨리아 파펜은 부엌 계단을 기어올라 그의 저당잡힌 눈을 그녀에게 내밀었다. 눈알을 손바닥 위에 받쳐들고 있었다. 자신은 그것을 가지고 있을 자격이 없다고, 다시 돌려드리겠노라 말했다. 그의 왼쪽 눈꺼풀이 빈 안와 위로 축 늘어져 움직임 없는, 기괴한 윙크 같았다. 마치 이제부터 말하려는 모든 것이 정교한 장난의 일부인 양.

"무슨 일이냐?" 하고 물으며 맘마치는 뭔가 이유가 있어 벨리아 파펜이 그녀가 아침에 준 붉은 쌀 1킬로그램을 돌려주러 왔겠거니 하며 손을 뻗었다.

"그의 눈알이에요"라고 맘마치에게 큰 소리로 말하는 코추 마리아의 눈은 양파 때문에 흘린 눈물로 반짝였다. 이미 맘마치가 그 유리로

---

* 지그재그 모양인 폭이 좁은 천.

작은 것들의 신 351

된 의안을 만진 뒤였다. 맘마치는 그 미끌거리는 단단함에 움찔했다. 미끈미끈한 대리석 같은 감촉.

"술 취했느냐?" 맘마치가 빗소리 쪽으로 화를 내며 말했다. "어떻게 감히 그런 꼴로 여길 오는 게냐?"

그녀는 더듬거리며 싱크대로 가서, 파라반의 눈에서 나온 미끈미끈한 진액을 비누로 씻어냈다. 그러고는 손냄새를 맡았다. 코추 마리아는 벨리아 파펜에게 몸을 닦을 낡은 행주를 주었고, 그가 계단 맨 위에 올라서서, 가족민 부엌으로 들어서다시피 하고서 몸을 닦으며, 경사진 처마 아래에서 비를 피할 때도 아무 말 하지 않았다.

다소 진정이 되자, 벨리아 파펜은 의안을 눈구멍에 다시 집어넣고 말을 꺼냈다. 그는 맘마치에게, 그녀의 집안이 자기 집안에 얼마나 잘해주었는지부터 읊었다. 대대손손. 공산주의자들이 그런 생각을 하기 오래전에 E. 존 이페 신부가 자신의 아버지 켈란에게 토지 권리를 주어 자기들의 오두막이 지금 거기 서 있다고. 맘마치가 자신의 눈값을 치러주었다고. 그녀가 벨루타가 교육받을 수 있도록 힘써주었고 일자리도 주었다고……

맘마치는 술 취한 그가 짜증났지만, 자기와 자기 가족의 그리스도인다운 아낌없는 호의에 대해 음유시인처럼 읊조리는 것이 듣기 싫지 않았다. 곧 듣게 될 이야기에 대해서는 까맣게 몰랐다.

벨리아 파펜이 울기 시작했다. 얼굴 반쪽이 울었다. 눈물이 진짜 눈에서 흘러넘쳐 그의 검은 뺨이 반짝거렸다. 다른 쪽 눈은 돌처럼 차갑게 앞을 바라보고 있었다. '뒷걸음질하던' 시절을 기억하는 늙은 파라반이 '충성심'과 '사랑' 사이에서 괴로워했다.

그때 '공포'가 그를 잡고 흔들어 말을 뱉어내게 했다. 그는 자기가 본 것을 맘마치에게 말했다. 매일 밤이면 강을 건너던 그 작은 배와, 그 안에 누가 탔는지에 관한 이야기를. 달빛 아래에 함께 서 있던 한 남자와 한 여자의 이야기를. 살과 살을 맞대고.

그들은 카리 사이푸의 집으로 갔다고 벨리아 파펜은 말했다. 그 백인 남자의 망령이 그들에게 들어갔다고 했다. 자신이 카리 사이푸에게 했던 일에 대한 복수라는 것이었다. (에스타가 앉았던, 라헬이 발견했던) 그 배는 습지를 가로질러 방치된 고무 농장으로 이어지는 가파른 샛길 옆의 나무 그루터기에 매여 있었다. 그는 거기서 그 배를 보았다. 매일 밤. 물위에서 흔들리는. 비어 있는. 연인들이 돌아오길 기다리는. 몇 시간이고 기다리는. 때로는 새벽이 되어서야 그들이 기다란 수풀 사이에서 나타났다. 벨리아 파펜은 자기 눈으로 직접 그들을 보았다. 다른 이들도 그들을 보았다. 온 마을 사람이 다 알고 있었다. 맘마치가 알게 되는 것은 그저 시간문제였다. 그래서 벨리아 파펜은 직접 맘마치에게 알리고자 온 것이었다. 파라반으로서, 신체 일부를 저당잡힌 사람으로서, 그것이 자신의 의무라고 생각했다.

그 연인들. 그와 그녀의 사타구니에서 튀어나온 이들. 그의 아들과 그녀의 딸. 그들은 생각할 수 없는 일을 생각하게 만들었고 불가능한 일을 실제로 저질렀다.

벨리아 파펜은 이야기를 이어갔다. 울면서. 헛구역질을 하면서. 입을 떨면서. 맘마치는 그가 뭐라 하는지 들리지 않았다. 빗소리가 점점 더 요란해지더니 그녀의 머릿속에서 폭발했다. 그녀는 자신의 고함소리를 듣지 못했다.

갑자기 리크랙이 달린 가운을 입고 숱 없는 잿빛 머리를 쥐꼬리처럼 땋은 눈먼 늙은 여인이 앞으로 나아가 온 힘을 다해 벨리아 파펜을 떠밀었다. 그는 뒤로 휘청대다가 부엌 계단 아래로 떨어져 진창에 큰대자로 뻗었다. 완전히 불시에 당한 것이었다. 불가촉천민에겐 금기가 있기에 접촉을 전혀 예상하지 못하는 법이었다. 적어도 이런 상황에서는. 육체적으로 난공불락의 고치에 갇힌 존재이기에.

베이비 코참마가 부엌을 지나가다 그 소란스러운 소리를 들었다. 맘마치가 빗속으로 '퉤! 퉤! 퉤!' 하고 침을 뱉는 것을, 벨리아 파펜이 진창에 누워 젖은 몸으로 울며불며 기는 것을 보았다. 자기의 아들을 죽이겠노라며. 사지를 찢어 죽이겠노라며.

맘마치가 소리를 질러댔다. "이 주정뱅이 개야! 주정뱅이 파라반 거짓말쟁이야!"

그 소음 너머로 코추 마리아가 벨리아 파펜의 이야기를 베이비 코참마에게 큰 소리로 들려주었다. 베이비 코참마는 그 상황의 엄청난 잠재력을 대번에 알아챘지만, 곧 자기 생각에 번지르르한 기름을 발라 감췄다. 안색이 피어났다. 그녀는 이것을 암무가 저지른 죄를 벌하는 '신의 의지'인 동시에, 행진하던 벨루타와 그 남자들 때문에 자신이 당해야 했던 굴욕—'모달랄리 마리아쿠티'라는 조롱, 억지로 흔들어야 했던 깃발—에 대한 복수라고 여겼다. 그녀는 즉시 돛을 올렸다. 죄악의 바다를 헤치며 나아갈 정의의 배.

베이비 코참마가 묵직한 팔로 맘마치를 감쌌다.

"분명 사실일 거예요." 그녀가 나지막한 목소리로 말했다. "그앤 얼마든 그럴 수 있어요. 그놈도 그렇고요. 벨리아 파펜이 이런 일로 거짓

말하진 않을 거라고요."

그녀는 맘마치에게 물 한 잔과 앉을 의자를 가져다주라고 코추 마리
아에게 일렀다. 그녀는 벨리아 파펜에게 이야기를 되풀이시키며 중간
중간 말을 끊고 더 자세히 물었다―누구 배지? 얼마나 자주? 도대체
언제부터 그런 거야?

벨리아 파펜이 이야기를 마치자 베이비 코참마가 맘마치 쪽으로 향
했다. "그놈을 내쫓아야 해요." 그녀가 말했다. "오늘밤에요. 일이 더
커지기 전에요. 우리가 완전히 망가지기 전에요."

그러고 나서 그녀는 여학생처럼 몸서리를 쳤다. 그리고 말했다. "어
떻게 그애는 그 냄새를 견딜 수 있었을까? 못 느꼈어요? 저들에겐 특이한 냄
새가 있어요, 저 파라반들에겐."

그 후각적인 관찰, 그 구체적이고 자잘한 것들과 함께 '공포'가 풀어
졌다.

술 취한 채 빗물을 뚝뚝 떨어뜨리며, 진흙을 뒤집어쓰고 빗속에 서
있는 늙은 외눈박이 파라반에 대한 맘마치의 분노가 자신의 딸에 대한
것으로, 그녀가 한 짓에 대한 차가운 경멸로 방향을 틀었다. 그녀는 자
신의 딸이 벌거벗고서, 더러운 쿨리에 불과한 사내와 진흙 속에서 교
합하는 장면을 떠올렸다. 그녀는 그 모습들을 하나하나 생생하게 그려
보았다. 딸의 젖가슴에 놓인 파라반의 거칠고 검은 손. 딸의 입과 맞닿
은 그의 입. 딸의 벌린 다리 사이에서 들썩이는 그의 검은 엉덩이. 그
들의 숨소리. 그에게서 풍기는 파라반 특유의 냄새. '짐승들 같으니라
고.' 그 생각에 맘마치는 토할 지경이었다. '발정난 암캐와 붙어먹는
개 같으니라고.' 그녀가 아들에게는 보였던 '남자의 욕구'에 대한 아

량이 딸에 대한 통제할 수 없는 분노의 연료가 되어 끼얹어졌다. 딸은 수대에 걸친 혈통(안티오크의 대주교가 개인적으로 축복해준 '축복받은 어린 소년', 영국 제국 곤충학자, 옥스퍼드 로즈 장학생)을 더럽히고, 가족에게 굴욕을 느끼게 한 것이다. 앞으로 대대손손, 이제 영원히, 사람들은 결혼식과 장례식에서 그들을 손가락질할 것이다. 세례식에서도, 생일 파티에서도. 그들은 서로 쿡쿡 찌르며 수군댈 것이다. 이제 전부 끝장났다.

맘마치는 자제력을 잃었다.

그들, 두 늙은 여인은 해야 할 일을 했다. 맘마치는 격한 분노를 준비했다. 베이비 코참마는 '계획'을. 코추 마리아는 그들의 난쟁이 부관이었다. 그들은 벨루타를 부르러 사람을 보내기 전에, (속임수를 써서 침실로 들어가게 해서) 암무를 가두었다. 그들은 차코가 돌아오기 전에 벨루타를 아예메넴에서 쫓아내야 한다는 것을 알았다. 차코가 무슨 짓을 할지 확신할 수도 예상할 수도 없었다.

이 모든 것이 제멋대로 도는 팽이처럼 통제를 벗어난 것은, 전적으로 그들만의 잘못은 아니었다. 길을 가로막은 이들에게 채찍질이 가해진 것도. 차코와 마거릿 코참마가 코친에서 돌아왔을 때는 손쓰기엔 너무 늦어버린 것도.

어부가 이미 소피 몰의 시체를 발견한 뒤였다.

어부를 상상해보자.

새벽녘 배를 타고, 평생 알고 지낸 강 하구로 나간 그. 전날 밤 내린

356

비로 강은 여전히 물살이 세고 수량이 불어 있다. 뭔가가 물속에서 까닥거리며 지나가고 그 알록달록한 색깔들이 눈길을 사로잡는다. 연보라색. 적갈색. 뱃사장 빛깔. 물결에 실려 빠르게 바다 쪽으로 움직인다. 그는 대나무 장대를 뻗어 그것을 가로막고 자기 쪽으로 끌어당긴다. 쭈글쭈글해진 인어다. 인어 아이. 그냥 인어 아이. 적갈색 머리칼의. 영국 제국 곤충학자의 코에, 주먹에는 행운을 비는 은골무를 꼭 쥔. 그는 아이를 물에서 건져 배로 옮겼다. 얇은 면 수건을 아이 아래에 깔고, 잡아올린 은빛의 작은 물고기들과 함께 아이를 배 바닥에 눕힌다. 그는 집을 향해 노를 젓는다―타이 타이 타카 타이 타이 톰―어부로서 자신의 강을 잘 안다고 믿는 것이 얼마나 그릇됐는지 생각하면서. 아무도 미나찰 강을 제대로 알지 못한다. 강이 무엇을 앗아갈지 혹은 덜컥 무엇을 내놓을지 누구도 알지 못한다. 그게 언제일지도. 그래서 어부들이 기도를 하는 것이다.

코타얌 경찰서에서 부들부들 떠는 베이비 코참마가 서장실로 안내되었다. 그녀는 토머스 매슈 경위에게 갑작스럽게 한 공장 노동자를 해고해야 했던 상황에 대해 설명했다. 그 파라반. 며칠 전 그가 조카딸을 강제로…… 범하려 했다고 말했다. 두 아이를 둔 이혼녀를.

베이비 코참마가 암무와 벨루타의 관계를 거짓으로 진술한 것은 암무를 위해서가 아니라 추문을 잠재우고 토머스 매슈 경위의 눈에서 집안의 명성을 지키기 위해서였다. 그녀로서는 나중에 암무가 직접 수치를 자초할―경찰서에 가서 사실 그대로 말할―거라고 생각지 못했던 것이다. 베이비 코참마는 진술하면서 스스로도 그 이야기를 믿기 시작했다.

경위는 왜 사건을 바로 경찰에 신고하지 않았는지 알고 싶어했다.

"우리는 유서 깊은 집안입니다." 베이비 코참마가 말했다. "이런 이야기는 하고 싶지가 않지요……"

토머스 매슈 경위가 인도항공 콧수염을 쓰다듬으며 그 말에 전적으로 수긍했다. 그에겐 가촉민 아내와 가촉민 딸 둘이 있었다—가촉민 자궁에서는 가촉민 세대가 기다리고 있었다……

"피해자는 지금 어디 있소?"

"집에요. 그 아인 내가 여기 온 걸 몰라요. 그랬다면 못 가게 했을 거예요. 당연하게도—아이들 걱정에 제정신이 아니거든요. 히스테리 증세를 보이고 있어요."

나중에, 실상이 토머스 매슈 경위에게 들어갔을 때, 그는 그 파라반이 가촉민 왕국에서 얻은 것이 강탈한 것이 아니라 받은 것이란 사실을 알고 몹시 걱정스러웠다. 그러니까 소피 몰의 장례식 후, 암무가 쌍둥이를 데리고 그를 찾아와 착오가 있었다고 말했을 때 그가 경찰봉으로 그녀의 젖가슴을 툭툭 쳤던 것은 경찰관다운 자연스러운 야만성 때문에서가 아니었다. 그는 자신이 무슨 행동을 하는지 정확하게 알고 있었다. 그녀에게 모욕과 두려움을 주기 위해 미리 계산해서 한 행동이었다. 잘못된 세상에 질서를 가르치려는 시도였다.

그랬기에 나중에, 일이 잠잠해지고 그가 서류 작업을 다 마쳤을 때, 토머스 매슈 경위는 일의 결과에 흐뭇해했다.

하지만 지금은, 베이비 코참마가 이야기를 만들어가는 것을 주의깊고 예의바르게 듣고 있었다.

"어젯밤 날이 어두워질 때—저녁 일곱시쯤—그가 집으로 와서 우리를 위협했어요. 비가 억수같이 쏟아지고 있었어요. 그가 왔을 때는 정전이라 램프를 켜놨었어요." 그녀가 말했다. "그는 우리 집안 남자인 조카 차코 이페가 멀리 코친에 있다는 것을—지금도 거기 있고요—알고 있었어요. 집에는 우리 여자 셋뿐이었지요." 그녀는 여자 셋뿐인 집에 섹스광인 파라반이 들이닥쳤을 때의 두려움을 경위가 상상하도록 잠시 말을 멈췄다.

"우리는 조용히 아예메넴을 떠나지 않으면 경찰을 부르겠다고 그에게 말했어요. 그는 우리 조카딸이 동의했다고 입을 떼더군요, 상상이 가세요? 자기를 고소하는 데 무슨 증거가 있냐고 묻더군요. 노동법에 따르면 자기를 해고할 근거가 우리에겐 없다고요. 그는 매우 침착했어요. '당신들이 우리를 개처럼 걷어차던 시절은 갔어……' 하더군요." 이제 베이비 코참마의 말은 정말이지 설득력 있게 들렸다. 상처 입은 것처럼. 믿을 수 없어 하는 것처럼.

그러고 나서는 완전히 그녀의 상상대로 전개되었다. 그녀는 맘마치가 얼마나 자제심을 잃었는지는 묘사하지 않았다. 벨루타에게 다가가 그의 얼굴에 침을 뱉은 것도. 그에게 퍼부은 말들도. 그에게 뱉은 욕설들도.

대신 자신이 경찰에 온 것은 벨루타가 한 말 때문이 아니라 그가 말한 방식 때문이었다고 토머스 매슈 경위에게 설명했다. 전혀 뉘우치지 않는 태도가 정말이지 충격적이었다고. 마치 자신의 행동을 실제로 자랑스러워하는 것 같았다고. 스스로는 깨닫지 못했지만, 그녀는 행진 때 자신을 모욕했던 남자의 태도를 벨루타에게 겹쳐보고 있었다. 그의 얼굴에 드러났던 냉소적인 분노를 묘사했다. 그녀를 너무나도 겁에 질리게 했던 그 목소리의 뻔뻔한 오만함을. 그래서 그를 해고한 것과 아이들의 실종이 전혀 무관하지 않다고, 무관할 리가 없다고 확신하게 되었음을.

그 파라반을 어린 시절부터 알았다고 베이비 코참마가 말했다. 자기 아버지인 푼난 쿤주(토머스 매슈 경위님도 아시죠? 아, 네, 물론)가 설립한 불가촉민 학교에서 자신의 가족 덕분에 교육을 받았다고…… 그가 목수가 된 것도 자기 가족의 도움으로 목수 수업을 받은 덕분이고, 사는 집도 자신의 가족이 그의 할아버지에게 준 것이었다. 모든 것이 자신의 가족 덕이었다.

"당신네들은," 토머스 매슈 경위가 말했다. "처음에는 그자들을 응석 부리게 내버려두며 트로피처럼 머리에 올려 갖고 다니더니 그자들이 못된 짓을 하니까 우리에게 도움을 청하러 달려오는군요."

베이비 코참마는 꾸중을 듣는 아이처럼 눈을 내리깔았다. 그러고 나서 이야기를 이어갔다. 토머스 매슈 경위에게 지난 몇 주 동안 어떤 불길한 전조들을, 어떤 오만함을, 어떤 무례함을 알아차렸다고 말했다. 코친으로 가는 도중에 시위대 행진에서 그를 보았고, 그가 과거에 낙살라이트였고, 지금도 그렇다는 소문이 있다고 이야기했다. 그 정보를 들은 경위의 이마에 희미하게 우려스러운 주름이 잡히는 것을 그녀는 알아차리지 못했다.

조카에게 그에 대해 경고하긴 했지만, 이런 일이 일어날 거라고는 상상조차 못했다고 베이비 코참마는 말했다. 예쁜 아이가 죽었다. 두 아이는 여전히 행방불명이었다.

베이비 코참마가 울음을 터뜨렸다.

토머스 매슈 경위는 그녀에게 차 한 잔을 내주었다. 그녀의 기분이 조금 진정되자, 그는 자기에게 말한 모든 내용을 그녀가 초동정보보고서FIR에 적게끔 도왔다. 그는 베이비 코참마에게 코타얌 경찰의 '전폭적인 협력'을 약속했다. 그 악한은 그날이 지나기 전에 체포될 거라고 말했다. 한 쌍의 쌍둥이를 데리고 역사라는 사냥개에게 쫓기는 파라반, 그가 숨을 만한 장소가 그리 많지 않음을 경위는 알고 있었다.

토머스 매슈 경위는 신중한 사람이었다. 한 가지 예방책을 취했다. 지프차를 보내 K. N. M. 필라이 동지를 경찰서로 데려오게 했다. 그 파라반이 뭔가 정치적 지지를 받는 것인지 단독으로 행동하는 것인지를 확인해야만 했다. 자신은 의회파이긴 했지만 공산당 정부와 어떤 싸움이라도 생길 위험을 무릅쓸 생각은 없었다. 필라이 동지가 도착하자, 방금 전까지 베이비 코참마가 앉아 있었던 그 자리로 안내했다. 토머스 매슈 경위는 베이비 코참마의 FIR를 보여주었다. 두 남자가 대화를 나누었다. 짧게, 비밀스럽게 요점만. 마치 단어가 아닌 숫자만을 주고받은 것처럼. 어떤 설명도 필요 없는 듯했다. 필라이 동지와 토머스 매슈 경위는 친구가 아니었고, 서로 신뢰하지도 않았다. 그러나 두 사람은 서로를 완벽하게 이해했다. 두 사람 모두 어린 시절이 흔적을 남기지 않은 이들이었다. 호기심이 없는 남자들. 의문도 없는 남자들. 두 사람은 각자의 방식으로 틀림없는, 무시무시한 어른이었다. 그들은 이미 알고 있었기에 세상을 바라보며 세상이 어떻게 돌아갈까 궁금해하지 않았다. 그들이 움직이게 하고 있었으니까. 그들이 동일한 기계의 다른 부분들을 담당하는 기술자들이었으니까.

필라이 동지는 토머스 매슈 경위에게 벨루타를 안다고 이야기했지만, 벨루타가 공산당 당원이었다는 사실 혹은 그가 전날 밤 늦게 자신의 집 문을 두드렸기에 그가 사라지기 전 마지막으로 그를 본 사람이 자신이라는 사실은 언급하지 않았다. 또한 거짓임을 알았지만 필라이 동지는 베이비 코참마의 FIR에 있는 강간미수 진술에 이의를 제기하지 않았다. 그는 그냥 자신이 아는 한 벨루타는 공산당 내에 후원인도 없고 당의 보호도 받지 않는다고만 토머스 매슈 경위에게 확인해주었다. 그는 독자적으로 행동하고 있다고.

필라이 동지가 떠난 후, 토머스 매슈 경위는 방금 전 대화를 머릿속으로 되짚으며 성가실 정도로 일일이 논리를 검토하고 허점을 찾아보았다. 만족스럽다 싶어지자 그는 부하들에게 지시를 내렸다.

그사이 베이비 코참마는 아예메넴으로 돌아왔다. 플리머스가 진입로에 세워져 있었다. 마거릿 코참마와 차코가 코친에서 돌아온 것이었다.

소피 몰은 긴 의자에 눕혀져 있었다.

어린 딸의 시신을 보았을 때, 마거릿 코참마의 마음속에서 충격이 텅 빈 강당에 울리는 환상의 갈채처럼 부풀어올랐다. 파도처럼 구토로 흘러넘쳤고 그녀는 말을 잃고 눈이 텅 빈 채 남았다. 그녀는 하나가 아닌 두 개의 죽음을 애도했다. 소피를 잃음으로써 조는 다시 한번 죽었다. 그리고 이번에는 끝마쳐야 할 숙제도 먹어야 할 달걀도 없었다. 상처받은 세상을 치유하기 위해 아예메넴으로 왔지만 그 대신 모든 것을 잃었다. 그녀는 유리처럼 부서졌다.

그후 며칠 동안의 기억은 어렴풋했다. (베르기스 베르기스 박사가 의학적으로 관리한) 혀에 돌기가 빽빽한 고요함의 길고 어둑한 시간들, 새 면도날처럼 예리한 히스테리가 날카롭고 차갑게 베어낸 그 시간들.

그녀는 차코―자신의 곁에 있을 때는 걱정스러운 기색을 보이고 친절한 목소리를 하는―를, 그녀의 곁에 없을 때는 화를 내며 성난 바람처럼 아예메넴 저택 주위를 휘몰아치는 그를 막연히 인식하고 있었다. 오래전 아침 옥스퍼드의 어느 카페에서 만났던 재미있는 '흐트러진 고슴도치'와는 너무나도 다른 사람이었다.

노란 성당에서 진행된 장례식을 어렴풋이 기억했다. 슬픈 노랫소리. 누군가를 귀찮게 하던 박쥐. 문이 박살나던 소리, 그리고 겁에 질린 여인들의 목소리도 기억했다. 그리고 밤이면 수풀에서 귀뚜라미가 삐걱거리는 계단 소리처럼 울어서, 아예메넴 저택을 떠돌던 두려움과 우울을 더 깊어지게 하던 일도.

그녀는 왠지 살아남은 다른 두 아이에게 자신이 불합리한 분노를 보였음을 결코 잊지 않았다. 흥분한 나머지, 에스타가 어떤 식으로든 소피 몰의 죽음에 책임이 있다는 생각이 삿갓조개처럼 들러붙어 떨어지지 않았다. 이상한 일이었다. 그게 에스타―'앞머리를 부풀리고 잼을 젓는 마법사'이자 '두 가지 생각'을 생각했던―였음을, 규칙을 깨고 소피 몰과 라헬을 작은 배에 태우고, 오후에 강을 건넌 것이 에스타였음을, 공산당 깃발을 흔들어 낯냄새를 없애버린 것이 에스타였음을, 실제로 마거릿 코참마가 몰랐다는 걸 고려한다면. '역사의 집' 뒷베란다를 집에서 멀리 떨어진 자기들의 집으로 만들고, 돗자리를 깔고 장난감 대부분―새총, 거위 튜브, 단추 같은 눈이 헐거워진 콴타스 항공사

의 코알라 인형—을 가져다놓았던 아이가 에스타였음을. 그리고 마침
내 그 끔찍했던 밤, 어둡고 비가 내리지만 암무가 더이상 자신들을 필
요로 하지 않으니 도망칠 '때가 왔다'고 결정했던 게 에스타였음을.

이러한 사실들을 전혀 몰랐음에도 왜 마거릿 코참마는 소피 몰에게
일어난 일이 에스타의 책임이라고 여겼던 것일까? 어머니의 본능이었
는지도 모른다.

세 번인가 네 번인가, 약기운에 취해 잠을 자다가 그 두터운 겹겹의
잠의 층에서 헤엄쳐 올라와 실제로 에스타를 찾아내어 그를 때리기도
했었다. 그때마다 누군가 와서 그녀의 흥분을 가라앉히며 데리고 나가
야 했다. 나중에 그녀는 암무에게 사과 편지를 썼다. 편지가 도착했을
때는, 에스타는 '돌려보내지고' 암무도 짐을 싸서 떠나버린 뒤였다. 라
헬만이 아예메넴에 남아서 에스타를 대신해 마거릿 코참마의 사과를
받을 수 있었다. '제게 무슨 일이 있었던 건지 상상할 수도 없어요' 하
고 그녀는 썼다. '진정제를 탓할 수밖에 없어요. 제가 그런 식으로 행
동할 권리는 없었는데, 제가 몹시 부끄러워하고 있고, 정말, 정말로 미
안해한다는 것을 알아주었으면 해요.'

기이하게도 마거릿 코참마는 벨루타에 대해 전혀 생각하지 않았다.
그에 대해서는 전혀 기억이 없었다. 어떻게 생겼었는지조차도.

어쩌면 그를 제대로 알지도 못했고, 그에게 무슨 일이 있었는지 듣
지도 못했기 때문이었는지도.

'상실의 신.'

'작은 것들의 신.'

모래에 발자국도, 물에 물결도, 거울에 반사상도 남기지 않았다.

어쨌든 마거릿 코참마는 한 소대의 가촉민 경찰관이 불어난 강을 건널 때 그들과 있지 않았었다. 그들의 풀 먹인 통 넓은 카키 반바지.

누군가의 무거운 주머니에서 쩔렁거리던 수갑의 금속음.

어떤 일이 일어났는지 알지도 못하는 사람에게 그 일을 기억하기를 바라는 것은 불합리하다.

슬픔은, 어쨌든, 아직도 이 주일 후에나 일어날 이야기였다, 마거릿 코참마가 시차 때문에 누워서 잠들어 있던 그 파란 십자수 오후에는. 차코는 K. N. M. 필라이 동지를 만나러 가는 길에, 아내('전처겠지, 차 코!')와 딸이 잠에서 깼는지, 뭔가 필요한 건 없는지 확인하기 위해 들여다볼까 하고 안절부절못하는 고래처럼 그 침실 창문 근처를 서성댔다. 마지막 순간에 용기가 사라져 방에 못 들렀고, 꾸물꾸물 그냥 지나쳤다. 소피 몰(깨어 있고, 살아 있고, 초롱초롱한)은 그가 지나가는 모습을 보았다.

소피 몰은 침대에서 일어나 앉아 창밖의 고무나무숲을 바라보았다. 태양은 하늘을 가로지르며 농장 위로 짙은 집 그림자를 드리워 이미 어두운 잎이 달린 나무들을 더욱 어둡게 만들었다. 그림자 너머로 비치는 빛은 편평하고 온화했다. 어느 나무든지 얼룩덜룩한 나무껍질에 비스듬히 베인 자국이 있었고, 거기서 우유 같은 고무가 마치 상처에서 나오는 하얀 피처럼 배어나와 나무에 묶인 채 대기중이던 반으로 잘린 코코넛 껍질에 뚝뚝 떨어졌다.

소피 몰은 침대에서 빠져나와 잠든 어머니의 핸드백을 뒤졌다. 찾고 있던 것—바닥 위의 항공사 스티커와 수하물 태그가 달린 채 잠긴 커다란 슈트케이스의 열쇠—을 찾아냈다. 슈트케이스를 열어 화단을 파헤치는 강아지처럼 가능한 한 섬세하게 내용물을 이리저리 뒤졌다. 개켜진 속옷, 잘 다린 스커트와 블라우스들, 샴푸, 크림, 초콜릿, 셀로판 테이프, 우산, 비누(거기에 런던 냄새가 담긴 다른 병들), 키니네, 아스피린, 광범위항생제 등을 뒤엎었다. "뭐든 다 가져가." 마거릿 코참마의 동료들은 걱정스러운 목소리로 충고했다. "혹시 모르잖아." '어둠의 심연'으로 여행을 떠나는 동료에게 그들이 말하는 방식은 다음과 같았다.

(a) '누구에게든 무슨 일이든 일어날 수 있어.'

그러니

(b) '준비해두는 게 상책이야.'

소피 몰은 찾던 것을 결국 찾아냈다.

사촌들에게 줄 선물. 세모난 탑 모양을 한 토블론 초콜릿(더위에 녹아서 기울어져 있었다). 발가락마다 색깔이 다른 양말. 그리고 볼펜 두 자루—위쪽 절반에 물이 채워져 있고 조각 그림 콜라주로 표현된 런던 거리 풍경이 떠 있었다. 버킹엄 궁전과 빅벤이. 상점들과 사람들이. 빨간 이층버스가 공기방울의 힘으로 물위에 떠서 조용한 거리를 떠다

넜다. 분주한 볼펜 거리에 소리가 없다는 사실은 무언가 불길했다.

소피 몰은 선물을 자신의 고고 핸드백에 넣고 세상 밖으로 나갔다. 어려운 흥정을 하러. 우정을 협상하러.

불행하게도, 미완성으로 남을 우정. 불완전하게. 발 디딜 곳 없이 공중에 매달린 채. 빙글빙글 맴돌다 이야기가 되지 못할 우정, 이러한 이유로 예상보다 빨리 소피 몰은 '추억'이 되었고, 한편 소피 몰의 '상실'은 더욱 굳건해지고 생생해졌다. 제철 과일처럼. 매년 계절이 돌아올 때마다.

14
노동은 투쟁이다

차코는 비스듬히 기울어진 고무나무숲 사이로 난 지름길을 택했다. 그러면 K. N. M. 필라이 동지 집으로 가는 큰길까지 아주 조금만 걸으면 되었다. 꽉 끼는 공항 양복을 입고 어깨 너머로 넥타이를 날리며 카펫처럼 쌓인 마른잎들을 밟고 지나가는 그의 모습은 어딘가 좀 우스꽝스러웠다.

차코가 도착해보니 필라이 동지는 집에 없었다. 이마에 새로운 백단으로 빈디를 그린 그의 아내 칼리야가 작은 거실에 놓인 철제 접이식 의자에 그를 앉히고는 연분홍색 나일론 레이스 커튼이 달린 출입구를 통해 커다란 놋쇠 기름 램프에서 작은 불꽃만이 깜박거리고 있는 어두운 옆방으로 사라졌다. 넌더리나는 향냄새가 출입구 근처를 떠돌았고, 그 위에는 '노동은 투쟁이다. 투쟁은 노동이다'라고 쓰인 작은 나무판이 걸려 있었다.

그 방에 있기엔 차코가 너무 컸다. 파란 벽들이 비좁게 느껴졌다. 그는 긴장한 채 약간 불안해하면서 주변을 둘러보았다. 조그만 녹색 창의 창살에 수건이 널려 있었다. 식탁에는 밝은 꽃무늬가 들어간 비닐 테이블보가 덮여 있었다. 파란 테를 두른 하얀 에나멜 접시에 놓인 작은 바나나 송이 주변을 각다귀들이 윙윙거리며 날고 있었다. 방 한구석에는 껍질을 벗기지 않은 초록 코코넛이 한 무더기 쌓여 있었다. 방 바닥에는 햇빛 때문에 생긴, 줄무늬가 쳐진 환한 평행사변형에 어린아이의 고무 슬리퍼가 안짱다리 모양으로 놓여 있었다. 유리가 끼워진 찬장이 테이블 옆에 서 있었다. 내용물이 보이지 않게끔 프린트된 커튼이 안쪽에 처져 있었다.

필라이 동지의 어머니인 키 작은 노부인이 갈색 블라우스에 회백색 문두를 입고 벽에 바짝 붙여놓은 높은 나무 침대 가장자리에 걸터앉아 있었는데, 발은 바닥에 닿지 않아 허공에 대롱거렸고, 얇고 하얀 수건을 가슴에 사선으로 걸쳐 한쪽 어깨에 올려두고 있었다. 모기들이 원추형으로 된 바보 모자를 거꾸로 씌운 것처럼 그녀의 머리 위에 모여서 앵앵거렸다. 그녀는 한쪽 뺨을 손바닥으로 괴고 앉아 있어 그쪽 얼굴의 모든 주름이 한군데로 모여 있었다. 구석구석 심지어 팔목과 발목까지도 주름져 있었다. 목의 피부만이 거대한 갑상샘종 위로 잡아당겨져 팽팽하고 매끈했다. 그녀의 젊음의 원천. 그녀는 멍하니 반대편 벽을 보면서 장거리 버스 여행을 하느라 지겨운 승객처럼 몸을 부드럽게 흔들며 규칙적으로 리듬에 맞춰 꿍 하는 소리를 내뱉었다.

필라이 동지의 고교졸업증, 학사학위, 석사학위가 액자에 들어가 그녀 머리 뒤편 벽에 걸려 있었다.

다른 벽에는 필라이 동지가 E. M. S. 남부디리파드 동지에게 화환을 걸어주고 있는 사진이 담긴 액자가 있었다. 연단에는 마이크가 놓여 있었는데, '아잔타'라는 상표와 함께 맨 앞에서 밝게 빛나고 있었다.

침대 옆에서 돌던 탁상 선풍기가 모범적이고도 민주적으로 회전하면서 기계로 만든 바람을 분배했다―처음에는 필라이의 노모의 얼마 남지 않은 머리카락을 날렸고, 그러고 나서는 차코의 머리카락을. 모기들이 흩어졌다가 지치지 않고 다시 모여들었다.

창 너머로 차코는 끽음을 내며 지나가는 버스 천장을, 그곳 짐칸에 실린 짐들을 볼 수 있었다. 확성기를 단 지프차가 '실업'을 주제로 한 공산당 노래를 크게 울리며 지나갔다. 후렴 부분은 영어였고 나머지는 말라얄람어였다.

노No 빈자리! 노 빈자리!
세상 어디든 빈자가 가는 곳엔
노, 노, 노, 노 빈자리!

'노No'를 도어door처럼 굴려서 발음했다.

칼야니가 차코를 위해 필터커피가 든 스테인리스 잔과 (한가운데에 작고 검은 씨가 박힌 샛노란) 바나나 칩이 담긴 스테인리스 접시를 들고 돌아왔다.

"그분은 올라사에 갔답니다. 이제 돌아올 때가 되었어요" 하고 그녀가 말했다. 그녀는 남편을 '아데함'이라 지칭했는데, 이는 '그분'에 해당하는 존칭이었고, 반면 '그분'은 그녀를 '에디'라고 불렀는데, 이는 '야, 너!'에 가까웠다.

그녀는 황금빛 갈색 피부에 눈이 커다란, 풍만하고 아름다운 여인이었다. 긴 곱슬머리는 축축했고, 허리 아래까지 풀어내린 머리는 끝부분만 땋아져 있었다. 젖은 머리가 달라붙은 심홍색 블라우스의 등을 적셔 더 달라붙게 했고, 심홍색이 더 진해졌다. 소매가 끝나는 부분에 팔의 부드러운 살이 봉긋이 올라와 근사한 굴곡을 이루고는 보조개처럼 팬 팔꿈치까지 이어졌다. 그녀의 하얀 문두와 카바니는 빳빳하게 다려져 있었다. 그녀에게서는 백단 그리고 비누 대신 사용한 으깬 녹두 냄새가 났다. 몇 년 만에 처음으로 차코는 희미하게나마 성욕을 전혀 느끼지 않고 그녀를 볼 수 있었다. 집에 아내('전처겠지, 차코!')가 있었던 것이다. 팔에도 등에도 주근깨가 있는. 푸른 드레스를 입고 그 아래 다리가 가려진.

어린 레닌이 빨간 스트레칠론 반바지 차림으로 문 앞에 나타났다. 그는 가느다란 한쪽 다리로 황새처럼 서서 분홍 레이스 커튼을 몸에 돌돌 봉처럼 말면서 자기 어머니 같은 눈길로 차코를 쳐다보았다. 이제 여섯 살로 콧구멍에 뭔가를 집어넣을 나이는 지나 있었다.

"몬, 가서 라타를 불러오렴." 필라이 부인이 아이에게 말했다.

레닌은 그 자리에 서서 계속 차코를 쳐다보다가 어린아이들만 할 수 있는 방식으로 가뿐하게 새된 소리를 냈다.

"라타! 라타! 이리 와보래!"

"코타얌에서 온 우리 조카딸이에요. 그이 형님의 딸이죠" 하고 필라이 부인이 설명했다. "지난주 트리반드룸에서 열렸던 '청소년 페스터

벌' '낭송' 부문에서 '우승'을 했답니다."

호전적으로 보이는 열두세 살 정도 된 소녀가 레이스 커튼 사이로 나타났다. 소녀는 발목까지 내려오는 긴 프린트 스커트와 장차 가슴이 커질 때를 대비해 넉넉하게 다트 선을 넣은 허리 길이의 짧은 하얀 블라우스를 입고 있었다. 기름을 바른 머리는 반으로 갈랐다. 윤이 나는 머리는 양 갈래로 단단히 땋아서 리본으로 묶었는데, 아직 색칠하지 않은 커다란, 처진 귀의 윤곽선처럼 얼굴 양쪽에 늘어뜨려져 있었다.

"이분이 누구신지 아니?" 필라이 부인이 라타에게 물었다.

라타가 고개를 저었다.

"차코 사르 님이셔. 우리 공장 모달랄리시지."

라타는 차분히, 그리고 열세 살답지 않게 호기심 없다는 듯 그를 쳐다보았다.

"런던 옥스퍼드 대학에서 공부하셨어." 필라이 부인이 말했다. "낭송을 해드리겠니?"

라타는 주저 없이 응했다. 라타가 두 발을 조금 벌리고 섰다.

"존경하는 의장님" 하고 아이는 차코에게 인사했다. "친애하는 심사위원님……" 라타가 이 작고 더운 방에 모여든 상상 속의 청중을 둘러보았다. "사랑하는 친구들." 라타가 연극하듯 말을 멈췄다.

"오늘 저는 여러분에게 월터 스콧 경의 시「로친바」를 낭송해드리려 합니다." 라타는 등뒤에서 양손을 쥐고 있었다. 라타의 눈 위로 엷은 막이 씌워졌다. 그 눈길은 차코의 머리 바로 윗부분에 고정되어 있었지만 아무것도 보고 있지 않았다. 말을 하면서 약간 몸을 흔들었다. 처음에 차코는 그 시가「로친바」의 말라얄람어 번역문이라고 생각했다.

단어와 단어가 맞부딪쳤다. 한 단어의 마지막 음절은 다음 단어의 첫 음절에 달라붙었다. 그 시는 놀라울 정도의 속도로 낭송되었다.

"오, 젊은 로친 바가 써쪽에서 왔도다,
그 꺼친 국경을 뚫고 나온 그의말이 최고일지,
니그의 훌륭한 넓은검을 구하라, 그는아무런 무기가없으.
니그는 무기도 없이 말을 달렸고, 오로지홀로 말을 달렸더라."

시는 차코 말고는 아무도 눈치채지 못하는 것 같은 침대 위 노파의 끙끙거림과 함께 퍼져나갔다.

"그는 얕은 여울도 없는 에스케 강을 헤엄쳐 건넜도다.
그러나그가 네더비 성문 앞에 내리기 전에
신부는이미 알았으니 그 용감한청년은 늦었도다."

낭송 도중 땀으로 피부가 번들거리고, 무릎 위까지 문두를 접고, 테릴렌 셔츠의 겨드랑이 아래에는 검게 땀자국이 번진 필라이 동지가 도착했다. 삼십대 후반이었던 그는 운동 부족으로 혈색이 좋지 않고 왜소했다. 다리는 이미 막대기 같았고, 그의 왜소한 어머니의 갑상샘종처럼 배가 부풀어 야위고 가는 몸과 빈틈없는 얼굴과 전혀 어울리지 않았다. 가족 유전자에 뭔가가 있어서 신체 여기저기에 혹이 하나씩은 꼭 있어야 하는 것 같았다.

솜씨 좋게 연필로 그린 듯한 콧수염은 윗입술을 수평으로 이등분했고, 정확히 입 양끝과 일치하게 끝났다. 머리숱이 빠져 이마가 넓어지기 시작했지만 이를 감추려 들지는 않았다. 머리카락은 기름을 발라 이마에서 뒤로 빗어넘겼다. 젊어 보이려 애쓰지 않는다는 게 명백해 보였다. 그에겐 '가장'이라는 손쉬운 권위가 몸에 배어 있었다. 그는 차코에게 미소 지으며 고개를 끄덕여 인사를 건넸지만 아나나 어머니의 존재는 신경쓰지 않았다.

라타의 눈이 낭송을 계속해도 좋을지 허락을 구하기 위해 그를 흘긋 쳐다봤다. 허락이 떨어졌다. 필라이 동지가 셔츠를 벗어 뭉쳐서는 겨드랑이 땀을 닦았다. 땀을 다 닦고 나자 칼야니가 그걸 받아서 마치 선물처럼 받쳐들었다. 꽃다발이라도 되는 것처럼. 필라이 동지가 러닝셔츠를 입고 접이식 의자에 앉아 왼발을 오른쪽 허벅지에 올렸다. 조카딸이 낭송을 마칠 때까지 그는 계속 생각에 잠겨 바닥을 내려다보았고, 손바닥으로 턱을 괸 채 시의 운율에 맞춰 오른발을 까딱거렸다. 다른 손으로는 우아한 아치 모양을 한 왼쪽 발의 발등을 마사지하고 있었다.

라타가 낭송을 마치자 차코가 진심 어린 태도로 박수를 쳤다. 아이는 그 박수에 잠깐 미소 짓는 기색도 없었다. 아이는 지역 대회에 출전한 동독 수영선수 같았다. 시선은 올림픽 금메달에만 단호히 꽂혀 있었다. 그보다 못한 것은 성과를 이루어도 당연하게 여겼다. 아이는 방에서 나가도 좋을지 허락을 구하려 삼촌을 쳐다봤다.

필라이 동지가 아이를 손짓으로 부르더니 귀에 대고 속삭였다. "가서 포타첸과 마투쿠티에게 나를 만나려면 지금 당장 오라고 전해라."

"아니네, 동지, 정말이네…… 이제 더 필요 없네." 필라이 동지가 먹을 걸 더 가져오라고 라타를 보냈다고 단정한 차코가 말했다. 필라이 동지는 그런 오해를 고맙게 여기며 거기에 편승했다.

"아니, 아니, 아니. 하! 이게 뭐야? 에디 칼야니, 아발로즈 운다스*한 접시 내와."

야심찬 정치인 필라이 동지로서는 자신의 선거구에서 자신이 영향력 있는 사람처럼 보여야만 했다. 그는 지역의 탄원인들과 당원들에게 자신이 대단한 사람이란 인상을 남기기 위해 차코의 방문을 이용하고 싶었다. 부르러 보낸 포타첸과 마투쿠티는 필라이 동지에게 코타얌 병원의 인맥을 동원해 자신의 딸들에게 간호사 자리를 얻어달라고 청탁한 마을 사람들이었다. 필라이 동지는 그를 만나기 위해 집밖에서 그들이 기다리는 모습이 사람들 눈에 띄기를 바랐다. 그를 만나려고 기다리는 사람이 많으면 많을수록 그는 바빠 보일 것이고 그만큼 대단하다는 인상을 남길 것이기 때문이다. 그리고 기다리는 사람들이 공장 모달랄리가 그의 집까지 찾아왔음을 안다면 여러 가지로 유용한 계기가 되리라는 것을 알았다.

"그래서, 동지!" 라타가 사람들을 부르러 가고 아발로즈 운다스가 나온 후 필라이 동지가 말했다. "뭐 새로운 소식이라도 있나요? 딸은 잘 적응하고요?" 그는 차코와 대화할 때는 영어를 고집했다.

"아, 괜찮네. 지금 깊이 잠들어 있어."

"오호. 시차 때문이겠네요." 필라이 동지는 자신이 해외여행에 대해 좀 아는 것이 있다는 사실에 내심 기뻐하며 말했다.

---

* 튀긴 쌀로 만든 과자.

"올라사엔 무슨 일이 있나? 당 모임인가?" 차코가 물었다.

"오, 그런 건 아니에요. 누이인 수다가 얼마전 골절상을 만나서 말이죠"라며 골절이 고관의 방문이라도 되는 양 말했다. "그래서 치료를 받게 하려고 올라사 모스에게 데리고 갔어요. 기름을 바르고 뭐 그런 거요. 매제는 파트나에 있어서 누이 혼자 시댁에서 살거든요."

레닌이 문간 자리를 포기하고 아버지의 무릎 사이에 앉아 코를 팠다.

"꼬마야, 네 시도 한번 들어볼까?" 차코가 말했다. "아버지가 뭔가 가르쳐주시지 않던?"

레닌은 차코를 봤지만 말을 들었는지, 이해는 했는지 전혀 알 수 없었다.

"얘는 뭐든 알아요" 하고 필라이 동지가 말했다. "천재죠. 손님들 앞에서 조용해서 그렇지."

필라이 동지가 양 무릎으로 레닌을 흔들었다.

"레닌 몬, 아저씨 동지에게 아빠가 가르쳐준 시를 들려드려라. '친구들이여 로마인들이여 동포들이여……'"

레닌은 콧구멍 속 보물찾기에만 열중했다.

"자, 어서, 몬, 우리 '아저씨' 동지잖아ㅡ"

필라이 동지가 셰익스피어의 구절을 시작하게 해주려 애썼다. "친구들이여, 로마인들이여, 동포들이여, 기울여주시오 당신의ㅡ"

레닌은 눈도 깜박이지 않고 차코를 빤히 쳐다봤다. 필라이 동지가 다시 시도했다.

"……기울여주시오 당신의ㅡ?"

레닌은 바나나 칩을 한 움큼 쥐고는 현관 밖으로 뛰쳐나갔다. 집과

도로 사이 좁은 앞마당을 오르락내리락 뛰어다니더니 자기 자신도 이해할 수 없는 흥분에 휩싸여 큰 소리로 지껄여댔다. 잠시 그러고는 숨가쁘게 무릎을 높게 세우고 질주했다.

"기울여주시오 **당신의귀이를**."

레닌이 마당에서 지나가는 버스 소리에 지지 않고 외쳤다.

"나는 카이사르를 묻기위해 온 것이오, 그를 찬양하기 위함이 아니라.
인간이저지르으는 악은 죽은 후에도 살아남지만
선은종종 뼈와 함께 매장되오."

아이는 단 한 번도 더듬거리지 않고 능숙하게 외쳤다. 이제 겨우 여섯 살이고 자신이 하는 말의 의미를 전혀 이해하지 못했다는 것을 고려했을 때 대단한 일이었다. 집안에 앉아, 마당에서 이는 작은 모랫바람(아기와 바자지 스쿠터를 갖게 될 미래의 하청업자)을 내다보며 필라이 동지가 자랑스럽게 웃어 보였다.
"반에서 일등이에요. 올해 월반을 할 겁니다."
이 작고 더운 방에는 야심이 가득 들어차 있었다.
필라이 동지가 커튼이 쳐진 장식장에 무엇을 보관하든 그것은 부서진 발사 나무 모형비행기는 아니었다.
한편 차코는 이 집에 들어선 그 순간부터, 아니 어쩌면 필라이 동지가 돌아온 그 순간부터, 이상하게 무력해졌다. 별을 박탈당한 장군처럼 그는 미소 지을 수 없었다. 외향적 성향을 억눌렀다. 누구든 거기서 그를 처음 봤다면 그가 과묵하다고 생각했을 것이다. 소심한 것 같다고.

거리 싸움꾼의 틀림없는 본능으로, 필라이 동지는 그의 궁핍한 환경(작고 무더운 집, 끙끙거리는 어머니, 노동 하층민에 명백히 가까운 상태)이 자신에게 차코를 제압하는 어떤 힘을, 혁명의 시기에는 아무리 옥스퍼드에서 교육을 받았더라도 절대 맞설 수 없는 그런 힘을 부여했음을 알 수 있었다.

그는 궁핍을 총처럼 차코의 머리에 겨누었다.

차코는 K. N. M. 필라이 동지에게 인쇄를 맡기려는 새 상표의 레이아웃이 대강 그려진 구겨진 종이 한 장을 꺼냈다. 파라다이스 피클 & 보존식품이 봄에 출시하려는 신제품의 상표였다. 요리용 합성 식초였다. 차코는 그림을 잘 그리는 편이 아니었지만 필라이 동지는 대강 요지를 파악했다. 카타칼리 댄서 로고와 댄서의 스커트 아래쪽에 쓰인 슬로건 '맛의 왕국의 황제'(그의 아이디어였다), 그리고 파라다이스 피클 & 보존식품에 사용할 서체를 익히 알고 있었다.

"디자인은 같네요. 다른 건 문안뿐인 것 같군요." 필라이 동지가 말했다.

"테두리 색도 달라." 차코가 말했다. "빨강 대신 겨자색이지."

필라이 동지가 소리 내어 문안을 읽기 위해 안경을 머리 위로 올렸다. 렌즈가 머릿기름에 금세 흐려졌다.

"'요리용 합성 식초'라" 하고 그가 읽었다. "이건 전부 대문자로 해야겠네요."

"감청색으로." 차코가 말했다.

"'아세트산으로 제조'는요?"

"로열 블루로." 차코가 말했다. "소금물에 절인 피망에 썼던 걸로."

"'내용량. 일련 번호, 제조일자, 유효일자, 희망소매가'며…… 다 같은 로열 블루로, 그럼 c.와 l.c.만 빼고요?"

차코가 고개를 끄덕였다.

"'이 병에 담긴 식초가 표시된 질과 종류와 동일함을 보증합니다. 성분: 물, 아세트산.' 이건 빨간색이겠군요."

필라이 동지는 질문을 의견처럼 보이게 하기 위해 '이겠군요'란 표현을 썼다. 그는 개인적인 질문 외에는 질문을 싫어했다. 질문은 무지를 상스럽게 드러낸다고 생각했다.

두 사람이 식초 상표 얘기를 마칠 즈음, 차코와 필라이 동지의 머리 위에서도 모기들이 깔때기 모양으로 앵앵거렸다.

두 사람은 납품일을 결정했다.

"그래, 어제 행진은 성공이었나?" 마침내 차코가 방문한 진짜 이유를 꺼냈다.

"요구사항들이 이루어지지 않는 한, 이루어질 때까지는, 동지, '성공'인지 '성공이 아닌지' 말할 수 없죠." 필라이 동지의 목소리에 팸플릿에서 쏠 법한 억양이 스며들었다. "그때까지 투쟁은 계속되어야 합니다."

"하지만 반응은 좋았네." 차코가 같은 어법으로 말하려 애쓰며 부추겼다.

"물론 그거야 그랬죠." 필라이 동지가 말했다. "동지들이 보고서를 당의 최고 간부에게 제출했어요. 이제 두고봐야죠. 지켜볼 수밖에요."

"어제 도로에서 마주쳤었네." 차코가 말했다. "행진 행렬."

"코친으로 가는 길이었겠네요." 필라이 동지가 말했다. "그런데 정당 소식통에 의하면 트리반드룸에서의 '반응'은 훨씬 좋았다더군요."

"코친에도 수천 명의 동지가 모였었어." 차코가 말했다. "실은 내 조카딸이 거기서 우리의 벨루타 청년을 보았다네."

"오호. 그렇군요." 필라이 동지는 허를 찔렸다. 벨루타는 차코에게 직접 꺼내려고 계획했던 화제였다. 언젠가. 최종적으로. 그렇지만 이렇게 직접적으로는 아니었다. 그의 머릿속이 탁상용 선풍기처럼 웅웅거렸다. 그는 자신에게 주어진 이 기회를 이용할까, 다음을 위해 그냥 넘어갈까 궁리했다. 기회를 지금 이용하기로 결정했다.

"그래요. 그는 훌륭한 일꾼이죠." 그가 심사숙고하듯 말했다. "매우 지적이고."

"그렇지." 차코가 말했다. "엔지니어 정신을 가진 뛰어난 목수야. 만일 그가 아니었다면—"

"그런 의미가 아니에요, 동지." 필라이가 말했다. "당의 일꾼이란 말입니다."

필라이 동지의 어머니는 계속 몸을 흔들며 끙끙거렸다. 그 끙끙거리는 리듬은 뭔가 사람을 안정시켰다. 시계의 째깍째깍 소리처럼. 평소에는 거의 의식을 못하지만 멈추면 그리워지는 그런 소리.

"아, 그렇군. 그럼 그가 정식 당원인가?"

"그렇습니다." 필라이 동지가 침착하게 말했다. "그래요."

차코의 머리카락 사이로 땀이 흘렀다. 개미 한 무리가 두피를 돌아다니는 것만 같았다. 그는 오랫동안 양손으로 머리를 긁었다. 두피 전체가 오르내리도록.

"오루 카아르얌 파라야테이?" 필라이 동지가 말라얄람어로 바꾸어 공모자 같은 목소리로 은밀하게 말했다. "친구로서 이야기할게요, 케토. 여기서만 하는 말입니다."

말을 잇기 전 필라이 동지는 반응을 가늠해보려 차코를 살폈다. 차코는 손톱 밑에 낀 잿빛 반죽 같은 땀의 흔적과 비듬을 들여다보고 있었다.

"이 파라반은 동지에게 골칫거리가 될 겁니다." 그가 말했다. "제 말을 들으세요…… 그에게 어딘가 다른 곳의 일자리를 찾아주세요. 멀리 보내란 말입니다."

차코는 대화의 방향이 바뀌자 당혹스러웠다. 그는 무슨 일이 일어나고 있는 것인지, 어떤 상황인지 알아보려 했을 뿐이었다. 적대적인 반응이나 심지어 대립하게 되는 상황을 예상했었지만, 그 대신 교활하고 그릇된 공모를 제안받았다.

"멀리 보내라고? 왜? 난 그가 당원인 것을 반대하지 않네. 그냥 궁금했었고, 그뿐이네…… 어쩌면 자네가 그와 이야기를 했을지 모른다는 생각이 들었고." 차코가 말했다. "하지만 난 그가 분명 실험을 하고 있는 것이라고, 자신의 힘을 시험해보는 것이라 확신하네. 그는 분별력이 있는 친구야, 동지. 난 그를 믿어……"

"그런 게 아니라," 필라이 동지가 말했다. "인간적으로는 아주 괜찮은 사람일지도 모릅니다. 하지만 다른 노동자들은 그가 있는 걸 좋아하지 않아요. 이미 불만을 얘기하려고 저를 찾아온 사람도 있어요……

아시겠어요, 동지. 지역 주민의 관점에서 이 카스트 문제는 아주 뿌리가 깊어요."

칼야니가 뜨거운 김이 나는 커피가 담긴 스테인리스 컵을 테이블 위 남편 앞에 놓았다.

"이 여자를 예로 들어보죠. 이 집의 안주인이에요. 이 여자조차 파라반이나 그런 자들을 집안에 들이지 않아요. 절대로요. 저로서도 이 사람을 설득할 수 없어요. 제 아내인데도요. 물론 집안에서는 이 여자가 보스지만요." 그는 애정 어린, 음란한 미소를 흘리며 그녀 쪽으로 몸을 돌렸다. "알라이 에디, 칼야니?"

칼야니가 자신의 완고함을 인정하면서 부끄러운 듯 눈길을 내리고 미소를 지었다.

"알겠습니까?" 필라이 동지가 의기양양하게 말했다. "이 여자는 영어를 잘 알아들어요. 말만 안 하는 겁니다."

차코가 내키지 않는 미소를 지었다.

"그러니까 우리 직원들이 자네에게 와서 불만을 토로한다는 건가……"

"그렇습니다. 그 말대로입니다." 필라이 동지가 말했다.

"뭐 특별한 거라도?"

"뭐 그리 특별한 건 없어요." K. N. M. 필라이 동지가 말했다. "하지만, 동지, 동지가 그에게 어떤 특혜를 주든 어차피 다른 자들은 분개할 겁니다. 편애라고 받아들입니다. 결국, 그가 어떤 일을 하든, 목수든 전기기사든 뭐든 간에 그들에게는 그냥 파라반일 뿐이죠. 그건 태어날 때부터의 운명입니다. 저 역시 그들에게 그건 잘못된 것이라 말합니다. 하지만 솔직히 말하자면 동지, '변화'는 변화입니다. 수용은 또다른 문제지요. 조심해야 해요. 어디 멀리 보내버리는 것이 그에게도 더 좋을 겁니다……"

"여보게, 이 사람아." 차코가 말했다. "그건 불가능해. 그는 쓸모가 많거든. 실질적으로 그가 공장을 운영하고 있고…… 그리고 파라반들을 모두 멀리 보낸다고 문제가 해결되지도 않고. 분명한 건, 우리가 이 터무니없는 편견을 다루는 법을 배워야 한다는 거지."

필라이 동지는 '여보게, 이 사람아'라고 불리는 것을 싫어했다. 그에게는 그 말이 훌륭한 영어로 표현된 모욕처럼 들렸고, 당연히 훌륭한 영어였기에 이중의 모욕—그 자체로 모욕인데다가, 그가 이해하지 못할 거라고 차코가 생각했다는 사실이 또다른 모욕으로 다가왔다. 그는 완전히 기분이 상했다.

"그럴지도요." 그가 빈정대며 말했다. "하지만 로마는 하루아침에 건설된 게 아니죠. 그걸 기억하세요. 동지, 여긴 동지의 옥스퍼드 대학이 아니라구요. 동지에겐 터무니없는 편견이라도 대중에겐 다른 이야기니까요."

아버지의 마른 체구에 어머니의 눈을 한 레닌이 숨을 몰아쉬며 문가에 나타났다. 아이는 청중이 없다는 것을 눈치채기 전에 셰익스피어의 마르쿠스 안토니우스 연설 전부와 「로친바」 대부분을 외치고 돌아왔다. 아이는 필라이 동지의 벌린 무릎 사이에 다시 앉았다.

아이가 양손으로 아버지의 머리 위에서 박수를 쳐서 모기 깔때기를 아수라장으로 만들었다. 아이는 손바닥에 짓이겨진 모기 숫자를 세었다. 그중에는 신선한 피가 들어찬 것들도 있었다. 아이는 그것을 아버지에게 보여줬고, 아버지는 아이를 어머니에게 넘겨 손을 씻게 했다.

다시 한번 침묵하는 둘 사이에 필라이 노모의 끙끙거림이 끼어들었다. 라타가 포타첸과 마투쿠티와 함께 돌아왔다. 사내들은 밖에서 기다려야 했다. 문은 조금 열린 채였다. 필라이 동지는 이를 확인하고서 말라얄람어로, 밖의 청중에게 들리게끔 충분히 목소리를 높였다.

"물론 노동자들의 불만을 토로할 수 있는 적당한 장은 조합이죠. 그리고 이 경우, 모달랄리도 동지임에도 조합에 가입하지 않고 '당의 투쟁'에 동참하지 않는다면 정말 부끄러운 일이죠."

"나도 그 생각을 했었네." 차코가 말했다. "나는 정식으로 조직해서 조합을 만들려고 하네. 그들의 대표를 직접 선출하게 할 것이고."

"하지만 동지, 그들을 대신해 동지가 혁명을 시작할 순 없어요. 자각시킬 수만 있을 뿐이죠. 교육하기 같은 거요. 그들은 그들만의 투쟁을 시작해야 해요. 그들 스스로 두려움을 극복해야만 해요."

"누구에 대한 두려움이지?" 차코가 미소를 지었다. "나에 대한?"

"아니, 동지가 아니죠, 친애하는 동지. 오랜 세월에 걸친 억압이죠."

그러고 나서 필라이 동지는 위협조의 목소리로 마오 주석의 말을 인용했다. 말라얄람어로. 그의 표정은 흥미롭게도 그의 조카딸과 흡사했다.

"혁명은 만찬이 아니다. 혁명은 반란이자, 한 계급이 다른 한 계급을 전복시키는 폭동이다."

이렇게 그는 요리용 합성 식초의 상표 계약을 따내고서 교묘히 차코를, '전복시키려는 자들'의 투쟁 계급에서 '전복시킬 대상'이라는 믿을 수 없는 계급으로 추방시켰다.

'소피 몰이 온 그날' 오후, 두 사람은 철제 접이식 의자에 나란히 앉아 커피를 마시며 바나나 칩을 오도독 씹었다. 입천장에 달라붙은 그 질척해진 노란 부스러기를 혀로 떼어내며.

'왜소하고 마른 남자'와 '덩치 크고 뚱뚱한 남자'. 앞으로 시작될 전쟁에서 맞설 만화책에 나올 법한 적수.

필라이 동지에게는 불행하게도, 그 전쟁은 시작도 전에 끝날 전쟁이었다. 승리가 포장되어 리본을 두르고 은쟁반에 놓여 그에게 주어졌다. 너무 늦긴 했지만 그때에야, 그리고 파라다이스 피클이 속삭임조차, 저항의 흉내조차 내지 않고 조용히 바닥에 쓰러진 후에야, 필라이 동지는 자신에게 진정으로 필요했던 것은 전쟁의 과정이었지 승리라는 결과가 아니었음을 깨닫게 되었다. 전쟁은 의회로 가는 길의 전부는 아니더라도 일부나마 그가 탈 종마가 될 수 있었지만, 이와 반대로 이 승리로 그가 얻은 것은 출발하기 전과 별 차이가 없었다.

그는 달걀은 깼지만 오믈렛은 태워버렸다.

그후 잇단 사태에서 필라이 동지가 정확히 무슨 역할을 했는지는 아무도 몰랐다. 심지어 차코—공산당이 파라다이스 피클을 포위했을 때 필라이 동지가 소리 높여 했던 불가촉천민의 권리에 대한 그 열렬한 연설('카스트는 계급입니다, 동지들')이 위선적이었음은 알았지만—도 전체적인 그림은 결국 몰랐었다. 알려고 하지도 않았다. 그땐 이미 소피 몰을 잃고 망연자실해 있었기에 차코는 모든 것을 비통함으로 얼룩진 시선으로 바라봤다. 비극을 당한 어린아이가 갑자기 성장해서 장난감들을 죄다 내버리듯 차코도 그의 장난감들을 버렸다. '피클의 거물'이 되겠다는 꿈과 '인민의 전쟁'도 유리 끼운 장식장 안에, 부서진 모형비행기들 옆에 놓이게 되었다. 파라다이스 피클이 문을 닫은 다음 은행 대출을 갚기 위해 논 일부(논에 낀 융자도 함께)를 팔았다. 가족이 먹고 입기 위해 더 많은 것들을 팔았다. 차코가 캐나다로 이민을 떠나던 무렵에는 가족의 수입원이라고는 아예메넴 저택에 인접한 고무 농장과 부지 내에 있던 코코넛 나무 몇 그루뿐이었다. 다른 모두가 죽고, 떠나고, '돌려보내진' 후, 베이비 코참마와 코추 마리아는 그것에 의지해 먹고살았다.

필라이 동지에게 공평하게 말하자면, 그후 뒤따랐던 사건들의 흐름은 그의 계획이 아니었다. 그는 그저 기다리고 있던 '역사'의 장갑에 준비된 손가락들을 집어넣었을 뿐이었다.

한 남자의 죽음이 그 사람이 살았을 때보다 더 이득이 되는 사회에서 필라이 동지가 살고 있었다는 사실이 전적으로 그의 잘못은 아니지 않은가.

벨루타가 마지막으로 필라이 동지를 찾아왔을 때—맘마치와 베이비 코참마와 대립한 후—두 사람 사이에서 오간 일은 여전히 비밀로 남아 있다. 벨루타로 하여금 어둠과 비 속에서 물살을 거슬러 강을 헤엄쳐 건너게 했던, 역사와의 블라인드 데이트에 때맞춰 가게 한 그 마지막 배신은.

벨루타는 통조림 제조기를 수리한 후 코타얌에서 돌아오는 버스 막차를 탔다. 버스 정류장에서 만난 공장의 다른 근로자가 벨루타에게 히죽거리며 맘마치가 그를 보자고 한다고 말했다. 벨루타는 무슨 일이 있었는지도 몰랐고, 그의 아버지가 술에 취해 아예메넴 저택을 찾아간 것도 전혀 모르고 있었다. 또한 벨리아 파펜이 그들의 오두막 문 앞에서 아직 취한 채 앉아, 램프 불빛에 유리 눈알과 도끼날을 번득이며 벨루타가 돌아오길 몇 시간째 기다리고 있다는 것도. 몸이 마비된 불쌍한 쿠타펜이 불안감에 마비되어 두 시간 동안 쉬지 않고 계속 아버지에게 말을 걸며 그를 달래려 노력했고, 아무것도 모르는 동생에게 경고해주기 위해 발소리나 수풀에서 바스락대는 소리에 귀를 기울이고 있었다는 것도.

벨루타는 집으로 가지 않았다. 곧장 아예메넴 저택으로 갔다. 한편으론 기습적인 일이었지만, 다른 한편으론 그는 알고 있었다, 아니 오랜 본능으로 언젠가는 '역사' 속에서 자신이 저지른 일의 뒤틀린 결과와 맞닥뜨리리라는 것을 줄곧 알고 있었다. 맘마치가 폭발하는 내내 그는 자신을 억눌렀고 기이할 정도로 침착했다. 극단적인 도발에서 태어난 평정이었다. 격노 너머에 놓인 명징함에 뿌리를 둔 것이었다.

벨루타가 도착했을 때 맘마치는 제정신이 아니어서 통제하지 못하고 맹목적인 독설을, 무신경하고, 견딜 수 없는 모욕을 아코디언 도어에다가 뱉어냈고, 그 와중에 베이비 코참마는 요령 있게 맘마치의 몸을 올바른 방향, 그러니까 벨루타가 어둠 속에 꼼짝 않고 서 있는 방향 쪽을 향하게끔 돌렸다. 맘마치는 텅 빈 눈으로, 일그러지고 추악한 얼굴로, 장황한 비난을 계속했고, 분노 때문에 벨루타에게 다가서서 마침내 그의 얼굴 바로 앞에서 고함쳤고 벨루타는 그녀의 침이 튀는 것을, 숨결에서 묻어나는 퀴퀴한 차냄새를 느껴야 했다. 베이비 코참마는 맘마치 바로 옆에 머물렀다. 아무 말도 하지 않았지만 양손으로 맘마치의 분노를 조절하기도 하고 분노에 연료를 부어 불타오르게도 했다. 격려하듯이 등을 두드리고. 안심시키듯 팔로 어깨를 감싸고. 맘마치는 그러한 교묘한 조종을 전혀 인식하지 못했다.

그런 노부인이 ─다림질 잘된 빳빳한 사리를 입고, 저녁이면 바이올린으로 〈호두까기 인형〉을 연주하던─ 그날 입 밖으로 쏟아낸 그런 더러운 욕설을 어디서 배웠을까는 그것을 들은 모두(베이비 코참마, 코추 마리아, 방에 갇혀 있던 암무)에게 수수께끼였다.

"나가!" 결국 그녀가 외쳤다. "내일 내 땅에서 네놈이 눈에 띄기만

하면 똥개처럼 불알을 까버릴 테니까! 네놈이 바로 똥개니까! 죽여버
릴 테다!"

"그건 두고 보면 알겠죠." 벨루타가 조용히 말했다.

그가 한 말은 그게 전부였다. 그 말에 베이비 코참마는 토머스 매슈
경위 사무실에서 뼈를 만들고 살을 붙여 살해와 유괴의 협박으로 부풀
렸던 것이다.

맘마치가 벨루타의 얼굴에 침을 뱉었다. 끈적한 침이었다. 침은 그
의 피부에 들러붙었다. 그의 입에도, 눈에도.

그는 그저 서 있었다. 망연자실해서. 그러고는 몸을 돌려 떠났다.

저택에서 걸어나갈 때, 그는 자신의 오감이 날카로워지고 고양되었
음을 느꼈다. 주변의 모든 것이 평면으로 변해 깔끔한 그림 한 장이 된
것처럼. 어떻게 하면 좋을지 가르쳐주는 사용설명서가 붙은 기계 도면
처럼. 그의 마음은 뭔가 의지할 바를 필사적으로 갈망했고 사소한 것
들에 집착했다. 마주치는 것마다 하나하나 이름표를 붙였다.

대문, 그는 대문을 걸어나가며 생각했다. 대문. 도로. 돌. 하늘. 비.

대문.

도로.

돌.

하늘.

비.

살갗에 닿는 비는 따스했다. 발아래 홍토암은 뾰족뾰족했다. 그는
자신이 어디로 가고 있는지 알았다. 모든 것을 하나하나 인식했다. 잎
사귀 하나하나. 나무 한 그루 한 그루. 별 없는 하늘의 구름 한 조각 한

조각. 그의 발걸음 하나하나도.

쿠-쿠 쿠쿰 티반디
쿠키 파둠 티반디
라파칼 오둠 티반디
탈란누 닐쿰 티반디*

그것은 학교에서 첫 수업 때 배운 것이었다. 기차에 대한 시였다.

그는 숫자를 세기 시작했다. 무언가를. 무엇이든. '하나 둘 셋 넷 다
섯 여섯 일곱 여덟 아홉 열 열하나 열둘 열셋 열넷 열다섯 열여섯 열일
곱 열여덟 열아홉 스물 스물하나 스물둘 스물셋 스물넷 스물다섯 스물
여섯 스물일곱 스물여덟 스물아홉……'

기계 도면이 흐릿해졌다. 선명했던 선들이 번졌다. 설명도 이제 의
미를 알 수 없게 됐다. 도로가 솟아올라 그를 맞이했고 어둠은 더욱 짙
어졌다. 끈끈해졌다. 그 어둠을 뚫고 나가는 것이 힘이 들었다. 물밑에
서 헤엄을 치는 것처럼.

'이미 벌어진 일이야.' 목소리 하나가 말했다. '시작되었어.'

그의 정신이 갑자기 믿기 어려울 정도로 늙어버리더니 몸에서 빠져
나와 공중에 높게 떠올라 맴돌며 쓸모없는 경고를 지껄여댔다.

어둠과 퍼붓는 비를 뚫고 걸어가는 젊은 사내의 육신을 그의 정신
이 내려다보았다. 그 육신은 다른 무엇보다도 잠을 간절히 원했다. 잠

---

* 쿠-쿠-기차가 온다/ 기적을 울리며 기차가 온다/ 낮에도 밤에도 부지런히 달린다/ 달
리다 지쳐서 기차가 멈춘다.

들었다가 다른 세상에서 깨어나기. 그가 숨쉬는 공기에서 그녀의 피부 향기가 나는. 그녀의 몸이 그의 몸 위에 포개지길. 다시는 그녀를 못 볼지도 모른다. 그녀는 어디 있지? 그들이 그녀에게 무슨 짓을 한 거지? 다치게 한 건가?

그는 계속 걸었다. 그는 얼굴을 들어 비를 향하지도 않았고 얼굴을 숙여 피하지도 않았다. 그는 비를 환영하지도, 피하지도 않았다.

비가 그의 얼굴에서 맘마치의 침을 씻어주었지만, 누군가 그의 머리를 들어내고 그의 몸속에 토사물을 게웠다는 기분은 가시지 않았다. 토사물 덩어리가 몸속으로 흘러들어가고 있는 듯한 기분이었다. 심장 위로. 허파 위로. 끈끈하게 느릿느릿 그의 명치 위로 뚝뚝. 그의 오장 육부가 토사물을 뒤집어썼다. 비도 그건 어쩔 수 없었다.

그는 무엇을 해야 할지 알고 있었다. 설명서에 나와 있었다. 필라이 동지에게 가야 했다. 왜인지는 이제 알지 못했다. 발길이 그를 러키 인쇄소로 이끌었고, 인쇄소는 잠겨 있었지만 거기서 작은 마당을 지나면 필라이 동지의 집이 있었다.

문을 두드리려 팔을 들어올리는 노력만으로도 기진맥진했다.

벨루타가 문을 두드렸을 때, 필라이 동지는 아비알*을 다 먹고 잘 익은 바나나를 쥐어짰는데, 주먹 쥔 손 아래에 커드가 담긴 접시를 놓고 그 위에 떨어지게 하고 있었다. 그는 아내에게 문을 열게 했다. 그녀는 언짢은 표정으로 되돌아왔고, 필라이 동지는 그녀가 갑자기 섹시해 보였다. 당장이라도 그녀의 젖가슴을 만지고 싶었다. 하지만 손가락에는

---

* 야채 요리.

커드가 묻어 있었고 현관에는 누군가 있었다. 칼야니가 침대에 앉아 무심하게 레닌을 토닥였고, 레닌은 그의 왜소한 할머니 옆에서 엄지손가락을 빨며 잠들어 있었다.

"누구야?"

"파펜 파라반의 아들이요. 급한 일이래요."

필라이 동지는 서둘지 않고 커드를 다 먹었다. 접시 위에 손가락을 털었다. 칼야니가 작은 스테인리스 용기에 물을 담아와 그의 손가락에 부어주었다. 접시에 남은 음식 찌꺼기(마른 빨간 고추, 그리고 빨고 뱉어낸 닭다리의 뻣뻣하게 선 털들)가 둥둥 떠올랐다. 그녀가 수건을 가져왔다. 손을 닦은 후 만족스럽게 트림을 하고 문으로 갔다.

"엔다? 이 밤중에?"

대답을 하면서 벨루타는 자신의 목소리가 마치 벽에 부딪힌 것처럼 튕겨나온다고 생각했다. 그는 무슨 일이 있었는지 설명하려 애썼지만, 자신의 이야기가 지리멸렬해지는 게 들렸다. 그의 이야기를 듣는 남자는 키가 작고 저멀리 떨어진 유리벽 뒤에 있었다.

"여긴 작은 마을이야." 필라이 동지가 말했다. "사람들은 수군대기 마련이지. 나는 사람들의 말을 귀담아들었고. 무슨 일이 일어나고 있는지 모르진 않았어."

다시 한번 벨루타는 상대에게는 아무런 상관 없는 이야기를 하는 자신의 말을 들었다. 자신의 목소리가 뱀처럼 자신을 칭칭 감으며 조여왔다.

"그럴지도 모르지." 필라이 동지가 말했다. "하지만, 동지, 당은 노동자의 경거망동한 사생활을 도와주기 위해 결성된 것이 아니라는 걸 알아야 해."

벨루타는 필라이 동지의 몸이 문간에서 흐릿해지는 것을 바라보았다. 실체는 없는, 높은 목소리만이 남아 슬로건들을 외쳤다. 텅 빈 문입구에서 깃발들이 펄럭였다.

그런 문제를 처리하는 것은 당의 관심사가 아니다.

개인의 이익은 조직의 이익에 부차적이다.

당의 강령을 위반하는 것은 당의 결속을 침해하는 것이다.

목소리는 이어졌다. 문장들은 해체되어 구가 되었다. 낱말이 되었다.

혁명과정.

계급의 적 섬멸.

매판 자본가.

스프링 선더 봉기.

그리고 또 늘 같은 이야기였다. 스스로에게 등을 돌리는 또하나의 종교. 인간의 정신이 만들고 인간의 본성이 훼손하는 또하나의 체계.

필라이 동지가 문을 닫고 아내와 저녁식사가 있는 곳으로 돌아갔다. 그는 바나나를 하나 더 먹기로 했다.

"무슨 일이래요?" 그의 아내가 바나나를 건네며 물었다.

"그들이 알게 됐다는군. 분명 누군가가 얘기한 모양이야. 해고됐대."

"그게 다래요? 근처 나무에다 목을 매달지 않은 것만도 다행으로 생각해야죠."

"뭔가 이상한 게 있었어⋯⋯" 필라이 동지가 바나나 껍질을 벗기며 말했다. "그 녀석 손톱에 빨간 매니큐어가 발라져 있더군⋯⋯"

바깥에 내리는 빗속에서 하나뿐인 가로등의 젖은 차가운 불빛 속에 서 있던 벨루타에게 갑자기 잠이 엄습했다. 눈을 뜨고 있기 위해선 눈꺼풀에 힘을 주어야 했다.

'내일,' 그는 중얼거렸다. '내일 비가 그치면.'

발이 그를 강으로 이끌었다. 마치 발이 목줄이고 그가 개인 것처럼.

개를 산책시키는 역사.

15
강을 건너다

자정이 지났다. 강물은 부풀어 있었고, 물살은 검고 빠르게 뱀처럼 굼틀대며 구름 낀 밤하늘과 야자울타리의 일부인 커다란 야잣잎, 그리고 바람이 전해준 선물들을 싣고 바다로 향했다.

한동안 빗발이 더뎌지더니 빗줄기가 가늘어졌고 마침내 그쳤다. 가는 바람이 나무에서 물을 털어내 한때는 비를 긋던 곳이던 나무 아래에만 한동안 비가 내렸다.

물기 어린 달빛이 구름 사이로 나타나면서 물가로 이어지는 열세 단짜리 돌계단 맨 위에 앉은 한 젊은이의 모습을 드러냈다. 그는 아주 조용했고, 아주 많이 젖어 있었다. 아주 젊었다. 잠시 후 자리에서 일어나 입고 있던 하얀 문두를 벗어 물을 짜내고는 터번처럼 머리에 둘렀다. 이제 알몸이 된 그는 열세 단의 돌계단을 걸어서 물가로 내려갔고,

가슴께에 물이 차오를 때까지 더 걸음을 옮겼다. 그러고는 힘들이지 않고, 힘차게 팔을 저으며 헤엄치기 시작해 물살이 빠르고 일정한 곳을 향해, '정말로 깊은 곳'이 시작되는 곳을 향했다. 달빛에 젖은 강이 헤엄치는 그의 팔에서 은으로 만든 소매처럼 떨어져내렸다. 강을 건너는 데는 불과 몇 분밖에 걸리지 않았다. 강 건너편에 도달해 어슴푸레 빛을 발하는 몸을 물 밖으로 드러내며 강가에 선 그는, 그를 둘러싼 밤처럼 검었고, 그가 건너온 물처럼 검었다.

그는 늪지를 통해 '역사의 집'으로 이어지는 좁은 길로 발을 내디뎠다.

그는 강물에 물결을 남기지 않았다.

그는 강가에 발자국을 남기지 않았다.

그는 문두를 말리기 위해 머리 위에 펼쳐들었다. 바람이 불어와 돛처럼 문두를 들어올렸다. 그는 갑자기 행복해졌다. '상황이 더 나빠질 거야.' 그는 마음속으로 생각했다. '그러고는 더 좋아질 거고.' 그는 이제 빠르게 걸었다. '어둠의 심연'을 향해. 한 마리 늑대처럼 외롭게.

'상실의 신.'

'작은 것들의 신.'

벌거벗었지만 손톱을 칠한.

16
몇 시간 후

강둑 위의 세 아이. 쌍둥이 그리고 비스듬하게 쾌활한 서체로 '휴가!'라고 쓰인 연보라색 코르덴 점퍼스커트를 입은 한 아이.

나무의 젖은 잎들이 두들겨 편 금속처럼 반짝였다. 빽빽하게 무리 지어 늘어선 누런 대나무들이 곧 무슨 일이 일어날지를 알기에, 이를 미리 슬퍼하듯이 강물 쪽으로 몸을 늘어뜨렸다. 강 자체는 어둡고 조용했다. 존재한다기보다는 부재한다는 느낌, 실제로는 얼마나 깊고 얼마나 강한지 기색도 드러내지 않는 강.

에스타와 라헬은 평소 배를 숨겨뒀던 덤불에서 배를 끌어냈다. 벨루타가 만들어준 노는 속이 빈 나뭇등걸 안에 숨겨놓았었다. 그들은 배를 물에 띄우고 소피 몰이 올라탈 수 있게끔 단단히 잡았다. 아이들은 어둠을 신뢰하는 것 같았고, 어린 염소들처럼 확실한 발걸음으로 번들거리는 돌계단을 오르내렸다.

소피 몰은 좀더 주저했다. 주변의 어둠 속에 무언가 도사리고 있을까 조금 겁먹고 있었다. 소피 몰은 냉장고에서 훔쳐온 음식이 든 천 가방을 가슴에 질러 메고 있었다. 빵, 케이크, 비스킷. 쌍둥이는 어머니의 말—"너희들만 없었다면 나는 자유로웠을 거야! 너희들이 태어난 그날 고아원에 버렸어야 했는데! 너희는 내 목에 매달린 맷돌이야!"—의 무게에 짓눌려 아무것도 들 수가 없었다. '오렌지드링크 레몬드링크 맨'이 에스타에게 한 짓 덕분에, '집'을 떠난 자의 '집'에는 이미 필요한 것들이 갖춰져 있었다. 에스타가 진홍빛 잼을 저으며 '두 가지 생각'을 하고 이 주간 아이들은 '필수품들'을 부지런히 모아뒀다. 성냥, 감자, 낡은 냄비, 거위 튜브, 발가락이 여러 가지 색인 양말, 런던 버스가 담긴 볼펜들 그리고 단추 같은 눈이 헐거워진 콴타스 코알라 인형 등을.

"암무가 우리를 찾아내서 돌아오라고 애원하면?"

"그럼 돌아가야지. 근데 애원할 때에만."

'동정심이 많은 에스타.'

소피 몰은 자신도 함께 가는 것이 필수라고 쌍둥이를 납득시켰다. 아이들, 그것도 아이들 전부가 없어져야 어른들의 후회는 더 커질 것이라고. 피리 부는 사나이가 아이들을 모두 데려간 후 하멜른의 어른들이 그랬던 것처럼 진심으로 후회하게 할 것이라고. 어른들은 사방으로 찾아다닐 것이고, 아이들 셋은 모두 죽었다고 확신하는 바로 그때 의기양양하게 돌아가면 된다고. 그럼 지금보다도 소중히 여겨지고, 사랑받고, 필요해질 것이라고. 그리고 무엇보다, 만일 소피 몰이 혼자 남게 되면 고문을 받아 어쩔 수 없이 쌍둥이가 숨은 곳을 밝히게 된다는 주장이 결정적이었다.

에스타는 라헬이 탈 때까지 기다렸다가, 자기 자리를 정해서 시소에라도 탄 것처럼 두 다리를 벌리고 작은 배에 올라타 앉았다. 에스타는 두 다리로 배를 물가에서 밀어냈다. 흔들거리며 더 깊은 물로 들어가자 벨루타가 가르쳐준 방법대로 대각선으로 노를 저으며 상류 쪽으로 물살을 거슬러갔다. ("그곳으로 가고 싶다면 그곳을 목표로 삼아야 한단다.")

어둠 때문에 소리 죽인 차량으로 가득찬 조용한 고속도로에서 엉뚱한 차선으로 들어섰음을 아이들은 알 수 없었다. 그 나뭇가지들, 나무토막들, 나무의 이런저런 조각들이 빠르게 아이들 쪽으로 달려오는 것을.

아이들이 '정말로 깊은 곳'을 지나고, '강 건너편'으로부터 겨우 몇 미터 떨어진 곳에 이르렀을 때 떠내려오던 통나무와 충돌해 그 작은 배가 뒤집혔다. 이전에 강을 건너는 탐험을 할 때도 종종 일어났던 일이었고, 그럴 때면 아이들은 헤엄을 쳐서 배를 뒤쫓아가서 배를 부낭삼아 잡고 개헤엄으로 강가까지 도달하곤 했었다. 그러나 이번에는 어두웠기에 배가 보이지 않았다. 강물에 휩쓸려 떠내려가버렸다. 아이들은 강가를 향해 헤엄치며 그 짧은 거리를 가기가 얼마나 힘든지에 놀랐다.

에스타는 물 쪽으로 휘어져내린 낮은 나뭇가지 하나를 용케 붙잡았다. 배가 보일까 하고 어둠 속의 강 하류를 살펴보았다.

"아무것도 안 보여. 사라졌어."

진흙으로 뒤덮인 라헬이 강가로 기어오른 후, 손을 내밀어 에스타를 물 밖으로 이끌었다. 숨을 가다듬고, 배를 잃었음을 인정하기까지 몇 분이 걸렸다. 배에게 묵념하기.

"그리고 우리 식량도 몽땅 못쓰게 됐어." 라헬이 소피 몰에게 말했지만 침묵만 돌아왔다. 도도히 흐르는, 넘실대는, 물고기헤엄 침묵.

"소피 몰?" 라헬이 밀려가는 강을 향해 속삭였다. "우리 여기 있어! 여기야! 일럼바 나무 근처!"

아무 대답이 없었다.

라헬의 심장에서 파파치의 나방이 그 불길한 날개를 탁, 하고 폈다.

폈다가.

접었다가.

그리고 다리를 들었다.

올렸다가.

내렸다가.

두 아이는 소피 몰의 이름을 부르며 둑을 따라 달렸다. 하지만 소피 몰은 없었다. 소리 없는 고속도로에 실려가버렸다. 초록잿빛인. 물고기를 담고 있는. 하늘과 나무도 담고 있는. 그리고 밤이면 부서진 노란 달도 담고 있는.

폭풍의 음악은 없었다. 미나찰 강의 잉크빛 저 깊은 곳에서 휘도는 소용돌이도 없었다. 이 비극을 지켜보는 상어도.

그저 주고받는 조용한 의식이 있었을 뿐이다. 실었던 것을 쏟아내는 배 한 척. 그 제물을 받아들이는 강. 하나의 작은 생명. 짧게 빛났던 햇살. 작은 주먹에 행운의 부적으로 꼭 쥐고 있던 은골무와 함께.

새벽 네시, 아직 어두운 그 시간, 진흙으로 범벅이 된 쌍둥이는 지칠

대로 지친데다 혼미한 상태로 늪을 지나 '역사의 집'으로 다가갔다. 꿈
에 사로잡혀 또다시 그 꿈을 꾸어야 하는 섬뜩한 동화 속의 헨젤과 그
레텔. 아이들은 뒷베란다 돗자리 위에 거위 튜브와 콴타스 항공의 코
알라와 함께 누웠다. 물에 젖은 난쟁이 한 쌍이 두려움으로 멍해져 세
상이 끝나기를 기다리며.

"지금쯤이면 그애는 죽었을까?"

에스타는 대답하지 않았다.

"어떻게 될까?"

"감옥에 가게 될 거야."

에스타는 '기필코' 알고 있었다. '작은 사람'. 그는 카라-반에 살았
다네. 짠 짠.

아이들은 어둠 속에 누군가가 잠들어 누워 있는 것을 보지 못했다.
한 마리 늑대처럼 외로운. 검은 등에 갈색 잎. 몬순기가 때맞춰 오게
하는 그 갈색 잎.

17
코친 항구 터미널

지저분한 아예메넴 저택의 깔끔한 그의 방안, (늙지도 젊지도 않은) 에스타가 어둠 속에서 침대에 앉아 있다. 아주 꼿꼿하게 앉아 있다. 반듯한 어깨. 무릎 위에 놓인 두 손. 어떤 검사를 받기 위해 차례를 기다리는 사람처럼. 아니면 체포되기를 기다리는 사람처럼.

다림질은 마쳤다. 다림질된 옷들이 다림판 위에 단정하게 쌓여 있었다. 그는 라헬의 옷도 다려놓았다.

줄기차게 비가 내렸다. 밤비. 밴드의 다른 동료들이 모두 자러 간 후 연습하는 외로운 드러머.

마당에 연결된 '남자의 욕구' 출입구 옆에 세워진 낡은 플리머스의 크롬 테일핀이 번갯불에 한순간 번득였다. 차코가 캐나다로 떠난 후 몇 년 동안 베이비 코참마는 정기적으로 차를 닦게 했다. 일주일에 두

번씩 적은 수고비를 받기로 하고, 코타얌에서 시청의 노란 쓰레기 수거 트럭을 모는 코추 마리아의 제부가(코타얌의 쓰레기 냄새를 앞세우고 와서, 그가 떠난 후에도 오랫동안 냄새를 남기면서) 아예메넴까지 찾아와 처형의 봉급을 빼앗았고, 배터리가 방전되지 않도록 플리머스를 몰았다. 텔레비전에 마음을 빼앗기면서 베이비 코참마는 자동차와 정원을 동시에 포기했다. 투티프루티*.

몬순이 돌아올 때마다 그 오래된 차는 점점 땅속으로 단단히 파고들었다. 관절염 걸린 야윈 암탉이 완고하게 달걀을 품고 둥지에 달라붙어 있는 것처럼. 일어설 의사가 전혀 없는 것처럼. 주저앉은 타이어 주위로 잡초가 자랐다. 파라다이스 피클 & 보존식품의 광고판은 부식되어 무너진 왕관처럼 안쪽으로 함몰되어 있었다.

덩굴줄기 하나가 운전석 쪽 깨진 거울의 얼룩진 반쪽에 슬쩍 자신의 모습을 비춰보고 있었다.

참새 한 마리가 뒷좌석에 죽어 있었다. 좌석의 스펀지를 둥지에 가져가고 싶어서 앞유리 쪽에 난 구멍으로 들어왔다가 나가는 길을 못 찾았다. 그 참새가 필사적으로 차창에다가 간청하는 것을 아무도 알아채지 못했다. 참새는 뒷좌석에서 두 다리를 허공에 쳐든 채 죽었다. 마치 농담처럼.

코추 마리아는 거실 마룻바닥에서 계속 켜져 있는 텔레비전의 깜박거리는 불빛에 쉼표처럼 몸을 웅크리고 잠들어 있었다. 미국 경찰관들

---

* 1980년대 말 BBC TV에서 방영된 드라마 시리즈.

이 수갑을 찬 십대 소년을 경찰차에 밀어넣고 있었다. 인도에는 피가 튀어 있었다. 경찰차 불빛이 번쩍이고 사이렌이 경고를 울렸다. 술 취한 한 여인이, 소년의 어머니인 듯한 여인이 그늘에서 겁에 질려 지켜보고 있었다. 소년은 저항했다. 소년이 고소할 수 없도록 얼굴 윗부분은 모자이크 처리되어 있었다. 소년의 입 주위와 티셔츠 앞부분은 붉은 턱받이처럼 피로 굳어 있었다. 그의 연한 분홍색 입술이 들려 으르렁거리는 이가 드러났다. 늑대인간처럼 보였다. 그가 차창으로 카메라를 향해 소리쳤다.

"난 열다섯 살이고, 더 훌륭한 사람이 되고 싶어. 하지만 아닌 걸 어떡해. 내 한심한 이야기 듣고 싶어?"

그가 카메라에 침을 뱉었고, 미사일처럼 날아온 침이 렌즈 사방에 튀어서 흘러내렸다.

베이비 코참마는 침실에서 침대 위에 앉아 오백 밀리리터짜리 병을 새로 살 때 이 루피를 할인해주고 추첨을 통해 '행운의 당첨자'에게 이천 루피 상당의 상품권을 준다는 리스테린의 할인권 공란을 채우고 있었다.

조그만 벌레들의 거대한 그림자들이 벽과 천장을 따라 내려왔다. 그림자들을 없애기 위해 베이비 코참마는 전등을 끄고 물을 담은 통에 커다란 양초를 켰다. 물은 이미 불에 타서 죽은 벌레로 가득했다. 촛불의 빛에 볼연지를 바른 뺨과 짙게 칠한 입이 더욱 강조되었다. 마스카라는 번져 있었다. 보석들이 번쩍거렸다.

할인권을 양초 쪽으로 기울였다.

'평소에 구강청결제는 어떤 브랜드를 사용하십니까?'

'리스테린'이라고 베이비 코참마는 나이들면서 거미 다리처럼 가늘어진 글씨로 그렇게 썼다.

'선호하는 이유를 적어주세요.'

그녀는 망설이지 않았다. '톡 쏘는 맛. 상쾌한 숨결.' 그녀는 텔레비전 광고에서 재치 있고 귀에 잘 들어오는 이런 표현을 배웠다.

자신의 이름을 쓰고, 나이는 거짓으로 적었다.

'직업란'에는 '장식 원예(학위) 로체스터 대. 미국'이라고 썼다.

'믿을 수 있는 약국, 코타얌'이라고 찍힌 봉투에 할인권을 넣었다. 아침에 코추 마리아가 베스트베이커리의 크림번을 사러 시내에 갈 때 이를 가져갈 것이다.

베이비 코참마는 펜이 달린 밤색 일기장을 집어들었다. 6월 19일 부분을 펴서 새롭게 적었다. 그녀는 늘 같은 방식으로 썼다. 늘 이렇게 썼다. '나는 당신을 사랑합니다 나는 당신을 사랑합니다.'

일기장의 모든 페이지에 똑같은 내용이 적혀 있었다. 그렇게 동일한 내용의 일기장들이 상자 하나 가득 있었다. 그것보다 더 쓰는 날도 있었다. 그날의 수입과 지출, 할일 목록, 좋아하는 드라마에서 나온 좋아하는 대사 몇 마디가 적히기도 했지만, 그런 내용들도 모두 같은 말 그러니까 '나는 당신을 사랑합니다 나는 당신을 사랑합니다'로 시작되었다.

멀리건 신부는 4년 전 리시케시 북부의 어느 아슈람*에서 바이러스

---

* 힌두교도들이 수행하며 거주하는 곳.

성 간염으로 죽었다. 힌두교 경전을 오랜 세월 동안 연구하면서 처음에는 신학적 호기심을 느꼈지만 종국에는 개종하게 되었다. 15년 전, 멀리건 신부는 비슈누파 신자가 되었다. 비슈누 신의 신봉자. 그는 아슈람에 들어간 후로도 베이비 코참마와 연락하고 지냈다. 해마다 디왈리* 때 그녀에게 편지를 썼고, 해마다 새해가 되면 연하장을 보내왔다. 몇 년 전에는, 종파 연수회에서 중류층 펀자브 미망인 모임에서 이야기하는 모습이 담긴 사진을 보내왔다. 여자들은 모두 흰색 일색의 옷을 입고 사리의 끝자락을 머리 위까지 쓰고 있었다. 멀리건 신부는 노란 사프란색 옷을 입고 있었다. 삶은 달걀의 바다를 향해 연설중인 달걀노른자. 흰 수염과 머리카락은 길었지만, 잘 빗질되어 다듬어져 있었다. 이마에 서원의 재를 찍은 노란 산타. 베이비 코참마는 믿을 수 없었다. 그가 보내온 것 중에 그녀가 보관하지 않은 것은 그 사진뿐이었다. 그가 실제로, 궁극적으로 스스로의 맹세를 깼다는 사실에, 그러나 그녀를 위해 그런 것이 아니란 사실이 모욕적이었다. 다른 맹세를 위해서였다. 누군가를 환영하려고 양팔을 활짝 벌렸더니 그가 그냥 지나쳐 다른 사람의 양팔에 안긴 것과 마찬가지였다.

멀리건 신부는 죽었지만 베이비 코참마 입장에선 그가 죽었다고 해서 그의 효용이 바뀌지는 않았기에 일기 내용은 달라지지 않았다. 오히려, 그가 살아 있을 땐 결코 생각할 수 없었던 방식으로 죽은 그를 소유할 수 있었다. 적어도 그에 대한 기억은 그녀의 것이었다. 전부 그녀의 것이었다. 맹렬하게, 열정적으로 그녀의 것이었다. 신앙과 나누

---

* 매년 힌두 달력의 여덟번째 달(10~11월) 초승달이 뜨는 날 행해지는 힌두교 최대의 종교행사.

어 가질 필요도, 동료 수녀들과 그리고 동료 사두*들과, 혹은 그들이 스스로를 무어라 부르든 간에 다른 이들과 경쟁할 필요도 없었다. 동료 스와미**와도.

생전에 그가 그녀를 거부했다는 사실(친절하고 동정심을 표하긴 했지만)은 죽음으로 무효화되었다. 그에 대한 그녀의 기억 속에서 그는 그녀를 껴안았다. 오직 그녀만을. 남자가 여자를 안아주는 방식으로. 일단 그가 죽고 나자, 베이비 코참마는 멀리건 신부에게서 그 우스꽝스러운 사프란색 예복을 벗기고 그녀가 정말 좋아하는 코카콜라색 카속으로 갈아입혔다. (옷을 갈아입히는 사이 그 마르고 움푹 팬 그리스도 같은 육신을 보며 그녀의 감각들이 즐거워했다.) 그에게서 탁발 그릇을 빼앗고, 딱딱해진 힌두교도의 발바닥을 손질한 후 편안한 샌들을 다시 신겨주었다. 그리고 그를 다시 목요일마다 점심식사를 하러 오던 높은 발걸음의 낙타로 재개종시켰다.

그리고 매일 밤, 다음 밤에도, 그다음 밤에도, 해가 바뀌고 또 바뀌어도, 일기장에, 그다음, 그다음 일기장에도 그녀는 썼다. '나는 당신을 사랑합니다 나는 당신을 사랑합니다.'

그녀는 펜을 펜 홀더에 끼우고 일기장을 닫았다. 안경을 벗고, 혀로 틀니를 빼낸 다음, 휘어진 하프 줄처럼 틀니를 잇몸에 붙이고 있던 침 가닥을 자르고는 리스테린이 담긴 유리컵 속으로 떨어뜨렸다. 틀니가 바닥에 가라앉으며 작은 물방울들이 기도를 올리듯 위로 올라왔다. 잠들기 전의 한 잔. 이를 악문 미소가 담긴 소다수. 아침이면 톡 쏘는 이.

---

* 힌두교 성자.
** 힌두교 종교지도자.

베이비 코참마는 다시 베개에 기대앉아 자리를 잡고 라헬이 에스타 방에서 나오는 소리가 들리길 기다렸다. 그들 두 사람 모두가 그녀를 불안하게 만들었다. 며칠 전 아침, ('신선한 공기를 쐬기' 위해) 창문을 열었다가 둘이 '어디선가 돌아오는' 모습을 제대로 포착한 일이 있었다. 분명히 밖에서 밤새 함께 있었던 것이었다. 함께. 대체 어딜 갔었던 것일까? 무엇을, 얼마나 기억하고 있을까? 언제 나갔던 걸까? 어둠 속에서 그렇게 오랫동안 함께 앉아서 무엇을 하고 있었던 걸까? 그녀는 베개에 기댄 채 빗소리와 텔레비전 소리 때문에 에스타의 방문이 열리는 소리가 들리지 않았을지도 모른다고 생각하며 잠들었다. 라헬은 훨씬 전에 자러 갔을지도 모른다고 생각하며.

라헬은 자러 가지 않았다.

라헬은 에스타의 침대에 누워 있었다. 그렇게 누워 있자 더욱 말라 보였다. 어려 보였다. 작아 보였다. 얼굴은 침대 옆의 창문을 향했다. 비스듬히 내리는 비가 창살을 때리고는 가늘게 부서져 얼굴과 매끈한 맨팔에 뿌려졌다. 부드러운, 민소매 티셔츠가 어둠 속에서 노랗게 빛났다. 청바지를 입은 하반신은 어둠에 녹아들었다.

조금 추웠다. 조금 젖어 있었다. 조금 조용했다. '공기'가.

하지만 무슨 할말이 있었을까?

에스타는 자기가 앉은 침대 끄트머리에서 고개를 돌리지 않고도 라헬이 보였다. 희미한 윤곽이. 날카로운 턱선이. 목 아래에서 어깨 양쪽 끝으로 펼쳐진 날개 같은 쇄골이. 피부 아래에 사로잡힌 새 한 마리.

라헬이 고개를 돌려 에스타를 바라보았다. 에스타는 등을 쭉 펴고 곧게 앉았다. 검사를 기다리며. 그는 다림질을 끝마쳤다.

그에게 그녀는 아름다웠다. 머리카락이. 두 뺨이. 작고, 영리해 보이는 두 손이.

그의 누이.

그의 머릿속에서 멈추지 않는 소리가 시작됐다. 지나가는 기차 소리. 창가 자리에 앉으면 떨어지는 빛과 그림자와 빛과 그림자.

더욱더 곧게 앉았다. 여전히 그녀가 보였다. 자라면서 어머니의 피부를 가진. 어둠 속 두 눈의 촉촉한 반짝임. 작고 곧은 코. 도톰한 입술의 입. 뭔가 상처받은 것처럼 보이는. 뭔가에 놀라 움츠리고 있는 듯한. 오래전에 누군가—반지 여러 개를 낀 남자—가 때렸던 것만 같은. 아름다운, 상처받은 입.

그들의 아름다운 어머니의 입, 이라고 에스타는 생각했다. 암무의 입.

창살이 있던 기차의 창에서 그의 손에 입맞추던 입. 마드라스행 마드라스 우편열차 일등석.

'안녕, 에스타. 신의 축복이 있기를'이라고 암무의 입이 말했었다. 울지 않으려 애쓰던 암무의 입이.

그게 에스타가 마지막으로 본 그녀의 모습이었다.

그녀는 코친 항구 터미널 역 승강장에 서서 기차 창문을 올려다보고 있었다. 역의 네온사인에 그녀의 피부는 빛나던 광채를 잃고 잿빛으로 파리해졌다. 햇빛은 양옆으로 멈춰 선 기차에 가려져 있었다. 어둠을 병에 넣고 닫은 기다란 코르크 마개. 마드라스 우편열차. 플라잉 라니 고속열차.

라헬은 암무의 손에 잡혀 있었다. 목줄에 묶인 모기. 바타 샌들을 신은 '막대벌레 피난민'. 기차역에 선 '공항 요정'. 승강장에서 두 발을 구르며, 가라앉은 역의 오물을 다시 뭉게뭉게 피워올리는. 결국 암무가 라헬을 흔들며 "그만둬"라고 해서 '그만둘 때'까지. 그들 주변에는 밀치락달치락하며 북적이는 사람들.

바쁘게 급하게 종종종 사고팔고 짐을 나르는 짐꾼 돈을 내고 아이들은 똥을 싸고 어른들은 침을 뱉고 오고가고 구걸하고 흥정하고 예약을 확인하고.

울려퍼지는 기차역의 소음들.

커피 파는 행상들. 차도 파는.

영양실조로 누렇게 떠서는 외설스러운 잡지와 자신들은 너무 비싸 차마 먹을 수 없는 음식을 파는 수척한 아이들.

눅진해진 초콜릿. 담배 모양 과자.

오렌지드링크.

레몬드링크.

코카콜라환타아이스크림로즈밀크.

분홍 살결을 한 인형들. 딸랑이. '도쿄의 사랑'.

머리를 돌려 열면 그 안에 사탕이 가득한 플라스틱 앵무새.

노란 테의 빨간 선글라스.

시간이 그려진 장난감 손목시계.

불량 칫솔 한 수레.

코친 항구 터미널 역.

기차역 불빛 속의 잿빛. 퀭한 사람들. 노숙자. 굶주린 사람들. 지난해 기근에서 아직 벗어나지 못한 이들. E. M. S. 남부디리파드 동지(소련의 주구, 꼭두각시)가 '당분간' 연기시킨 그들의 혁명. 예전엔 베이징에서 총애하던 그.

파리가 득실득실한 공기.

눈꺼풀이 없고, 빛바랜 청바지 같은 파란 눈을 한, 천연두로 피부가 얽은 맹인이 손가락 없는 문둥이에게 자기 옆에 수북이 쌓인 담배꽁초 더미를 뒤져 주운 꽁초를 솜씨 좋게 빨면서 이야기했다.

"그럼 너는? 넌 언제 이리로 옮겨온 거야?"

마치 그들에게 선택권이 있었던 것처럼. 그럴듯한 팸플릿에 수록된 수많은 화려한 저택들 가운데서 이곳을 집으로 선택이라도 한 것처럼.

빨간 저울에 앉은 남자가 검은 부츠와 멋진 하얀 양말이 그려진 의족(무릎 아래)을 풀고 있었다. 속이 빈, 불룩한 종아리는 원래 종아리가 그렇듯 분홍색이었다. (인간의 이미지를 다시 만들 때, 왜 신의 실수를 반복하는 것일까?) 그 안에 남자는 표를 보관하고 있었다. 수건도. 스테인리스 텀블러도. 냄새도. 비밀도. 사랑도. 희망도. 광기도. 무하아한 기쁨도. 그의 진짜 발은 맨발이었다.

그가 차를 사서 텀블러에 담았다.

어느 노파가 토했다. 덩어리진 구토물. 그리고 노파는 그냥 자기 삶으로 되돌아갔다.

역이라는 세계. 사회의 서커스. 상거래의 소란함 속에 절망이 자업자득으로 점차 굳어져 체념이 되는 곳.

그러나 이번에는, 암무와 이란성 쌍둥이에게는, 안에서 내다볼 플리머스 창이 없었다. 서커스에서 허공으로 높이 뛰어올랐을 때 지켜줄 안전망이 없었다.

'짐 싸서 나가' 하고 차코가 말했었다. 박살난 문을 밟고 들어오며. 문손잡이를 손에 쥐고서. 그리고 암무는, 양손을 떨긴 했지만 할 필요가 없는 감침질감에서 고개를 들지 않았었다. 리본이 담긴 양철통이 무릎 위에 열린 채 놓여 있었다.

하지만 라헬은 고개를 들었었다. 고개를 들고 쳐다봤었다. 그리고 차코가 사라진 자리에 남아 있던 괴물을 보았다.

입술이 두툼하고 반지를 낀, 시원하게 하얀색 옷을 입은 남자가 승강장 매점에서 시저스 담배를 샀다. 세 갑을. 기차 통로에서 피우기 위해.

행동하는 남자에게

만족을.

그는 에스타의 에스코트였다. '집안의 지인'으로 마침 마드라스에 갈 예정이었다. 쿠리엔 마텐 씨.

어쨌든 에스타를 데려갈 어른이 있으니 괜히 표 한 장을 더 사서 돈 낭비할 필요가 없다고 맘마치가 말했다. 바바가 마드라스─캘커타 간 표를 샀다. 암무는 '시간'을 샀다. 그녀 역시 짐을 꾸려 떠나야 했다. 새로운 삶을, 아이들을 키울 만한 경제적 여유가 있는 그런 삶을 시작하기 위해. 그때까지 쌍둥이 중 하나는 아예메넴에 남기로 정해졌다. 둘 다는 안 되었다. 두 아이가 함께 있으면 말썽이 생겼다. 의들이아 서에눈 를마악. 둘은 갈라놓아야만 했다.

'어쩌면 그들의 말이 맞을지도 몰라.' 암무가 에스타의 트렁크와 가방

을 꾸리며 속삭였다. '어쩌면 사내아이에게는 바바가 필요할지도 몰라.'

입술이 두툼한 사내는 에스타의 옆 칸막이 방에 타고 있었다. 그는 일단 기차가 출발한 다음 다른 사람과 자리를 바꿔보겠다고 말했다.

지금은 이 어린 가족을 혼자 남겨둔 채 자리를 떴다.

그는 소름 끼치는 천사가 그들의 위를 맴돈다는 것을 알았다. 그들이 가는 곳으로 갔다. 그들이 멈춘 곳에 멈추었다. 구부러진 초에서 떨어지는 촛농.

모두 알았다.

신문에 났었다. 소피 몰의 죽음, 납치와 살인 용의자인 파라반과 경찰의 '조우'에 대한 뉴스가. 그후 이어진, '정의를 위한 운동가이자 억압받는 이들의 대변인'이 이끈 아예메넴의 공산당이 파라다이스 피클 & 보존식품을 점거했다는 뉴스도. 그 파라반이 공산당 열혈 당원이란 이유로 경영진이 허위로 형사사건에 연루시켰다고 K. N. M. 필라이 동지는 주장했다. 그가 '합법적인 노조 활동'에 가담했다는 이유로 그를 제거하려 했던 것이라고.

그 모든 것이 신문에 났었다. '공식적인 버전'의 이야기로는.

물론 입술이 두툼하고 반지를 낀 사내는 다른 버전에 대해 전혀 알지 못했다.

가촉민 경찰관들이 얼마 전 내린 비로 불어나 느릿느릿 흐르던 미나찰 강을 건너, 젖은 덤불숲을 헤치고 앞으로 나아가 '어둠의 심연'에 집결했던 그 이야기는.

18
역사의 집

가촉민 경찰관들이 얼마 전 내린 비로 불어나 느릿느릿 흐르던 미나찰 강을 건너, 젖은 덤불숲을 헤치고 앞으로 나아갔고, 누군가의 무거운 주머니에서 수갑이 철그렁거렸다.

그들의 폭넓은 카키색 반바지는 풀을 먹여 빳빳했고, 마치 일렬로 늘어놓은 빳빳한 스커트처럼 웃자란 풀들 위를 오르내리며 그 안의 다리들과는 다르게 움직였다.

경찰은 여섯 명이었다. 국가의 종복들.

Politeness (겸손)
Obedience (복종)
Loyalty (충성)

Intelligence (지성)

Courtesy (예의)

Efficiency (능률)

코타얌 경찰. 만화 같은 부대. 끝이 뾰족한 우스꽝스러운 헬멧을 쓴 뉴에이지 왕자들. 안에 면을 댄 판지. 머릿기름 얼룩. 초라한 카키색 왕관.

'마음의 어둠.'

죽음을 목적으로 한.

그들은 가느다란 다리를 높게 들어올리며 웃자란 풀 사이로 쿵쿵거리며 걸어갔다. 땅에 깔린 덩굴들이 이슬에 젖은 그들의 다리털을 잡아챘다. 깔쭉깔쭉한 씨와 풀꽃이 그들의 밋밋한 양말을 장식했다. 갈색 노래기들이 강철로 끝을 댄 가죽민 부츠 밑창에서 잠을 잤다. 억센 잡초에 여기저기를 벤 상처가 그들의 다리 살갗에 남았다. 늪지대를 질벅질벅 지날 때, 젖은 진흙이 발아래에서 방귀 같은 소리를 냈다.

그들은 가마우지들이 나무 우듬지에서 흠뻑 젖은 날개를 하늘을 향해 펴고 빨래처럼 말리고 있는 곳을 터벅터벅 지났다. 왜가리를 지나. 가마우지를 지나. 무수리황새를 지나. 춤출 공간을 찾고 있는 큰두루미를 지나. 냉혹한 눈을 한 붉은왜가리를 지나. 와락 와락 와락 하는 귀가 먹먹할 정도로 시끄러운 울음소리를 지나. 어미새와 알을 지나.

이른 아침 열기에서 더욱 더워질 조짐이 느껴졌다.

고인 물의 냄새가 진동하는 늪지대 너머로, 덩굴에 감긴 고목을 지나갔다. 거대한 카사바 나무. 야생 후추. 폭포처럼 쏟아지는 보랏빛 아

416

쿠미누스.

꼿꼿한 풀잎 위에 중심을 잡고 앉은 새파란 딱정벌레를 지나.

비를 견뎌내고 나무에서 나무로 소문을 속삭이는 것처럼 펼쳐진 거대한 거미줄을 지나.

후줄근하게 찢어진 잎들이 달린 나무의 늘어진 암적색 포엽에 싸인 바나나꽃을 지나. 지저분한 사내아이가 내민 보석. 벨벳 정글 안의 보석.

진홍색 잠자리들이 하늘에서 짝짓기를 했다. 이중으로 겹쳐서. 능숙하게. 경찰관 한 사람이 감탄하며 쳐다보다 잠자리가 하는 섹스의 역동성에 놀라고, 무엇에 무엇을 넣는 건지 잠깐 궁금해했다. 그러고 나서 그는 주의를 돌려 '경찰의 사고'로 돌아갔다.

앞으로 나아가는.

비에 엉긴 높다란 개미언덕들을 지나. '천국'의 문 앞에서 약에 취해 졸고 있는 보초들처럼 고꾸라진.

행복한 소식처럼 허공을 떠도는 나비들을 지나.

거대한 양치식물.

카멜레온 한 마리.

색이 아주 선명한 히비스커스 한 송이.

바쁘게 움직여 몸을 숨기는 잿빛 정글 새.

벨리아 파펜이 아직 발견하지 못한 육두구나무.

두 갈래로 갈라진 수로. 움직이지 않는. 좀개구리밥으로 가득찬. 죽은 초록색 뱀처럼. 그 위로 쓰러진 나무 한 그루. 가족민 경찰관들이 젠체하며 빠른 걸음으로 건넜다. 윤이 나는 대나무 경찰봉을 돌리면서.

죽음을 부르는 지팡이를 가진 털 많은 요정들.

그리고 햇살이 기울어진 나무들의 야윈 몸통에 조각조각 부서졌다. '마음의 어둠'이 '어둠의 심연'으로 살며시 다가갔다. 귀뚜라미 우는 소리가 커졌다.

잿빛 다람쥐들이 태양을 향해 기울어진 고무나무들의 얼룩덜룩한 몸통을 따라 쏜살같이 내려오고 있었다. 수피에 난 오래된 베인 상처들. 닫힌. 아문. 수액받이가 달리지 않은.

그런 곳이 몇 에이커나 계속되었고, 그러고 나서 풀이 무성한 공터가. 집 한 채가 있었다.

'역사의 집.'

문들은 잠겨 있었지만 창문들은 열려 있는.

차가운 돌바닥과 벽에 피어오르는 배 모양의 그림자들.

튼튼한 발톱과 누런 지도 냄새 같은 숨결을 풍기는 밀랍 같은 선조들이 종잇장 같은 속삭임을 속삭이는 곳.

반투명 도마뱀들이 오래된 그림 뒤에서 사는 곳.

꿈이 사로잡혀 다시 꿈꾸게 되는 곳.

낫으로 찍혀 나무에 붙박인 오래된 영국인 유령이, 한 쌍의 이란성 쌍둥이—그의 옆쪽 땅에 공산당 깃발을 꽂고 앞머리를 부풀린 '유동적인 공화국'—에 의해 버려진 곳. 경찰 소대가 젠체하며 빠른 걸음으로 지나갈 때 그가 애원하는 소리를 듣지 못했다. 그의 친절한 선교사 목소리를. '실례합니다, 혹시 저, 음…… 시가 한 대 빌려주실 수 있을까요? 없다고요? ……그럴 줄 알았습니다.'

'역사의 집.'

이어질 세월 동안, (아직 오지 않은) '공포'가 얕은 무덤에 묻히게 될 곳. 호텔 요리사들의 행복한 콧노래 아래에 숨겨질 곳. 늙은 공산주의자들의 굴욕에. 댄서들의 느린 죽음에. 부유한 관광객들이 가지고 놀려고 오는 장난감 역사에.

아름다운 집이었다.

한때는 하얀 벽. 붉은 지붕. 하지만 이제는 세월이 낡은 빛깔을 칠해놨다. 자연이라는 팔레트에 푹 담갔다 꺼낸 붓으로. 이끼녹색. 흙갈색. 바스러진검은색. 실제보다 더 오래돼 보였다. 해저에서 건져올린 침몰했던 보물처럼. 고래가 입맞추고 따개비가 들러붙은. 침묵으로 단단히 싸인. 깨진 창문으로 물거품을 내며 숨쉬는.

깊은 베란다가 사방으로 집을 둘러싸고 있었다. 방들은 안으로 물러나 그늘에 묻혀 있었다. 기와를 얹은 지붕은 전복된 거대한 배의 옆면처럼 아래로 내려앉아 있었다. 한때 하얀색이었던 기둥들로 받쳐졌던 들보가 이제는 썩어 한가운데가 허물어져 하품하는 듯 큰 구멍이 나 있었다. '역사'의 구멍. 우주에 난 '역사 모양'의 구멍. 땅거미가 질 무렵이면 거기에서 소리 없는 박쥐들이 짙은 구름을 이루며 떼 지어 공장 연기처럼 솟아올라 밤을 향해 떠가곤 했다.

박쥐는 동틀 무렵 세상의 소식을 가지고 돌아왔다. 장밋빛 저멀리에서 잿빛 연무가 갑자기 하나로 합쳐져 집을 덮쳐 검게 만들더니 영화에서 거꾸로 피어오르는 연기처럼 '역사'의 구멍으로 빠져들어갔다.

하루종일 그 박쥐들은 잠을 잤다. 지붕을 모피처럼 뒤덮고. 바닥에 똥을 떨어뜨리면서.

경찰관들이 발걸음을 멈춘 후 대열을 펼쳤다. 사실 그럴 필요는 없었지만, 그들은 그런 가촉민 놀이를 좋아했다.

그들은 전략적으로 자리를 잡았다. 경계를 이루는 부서진 낮은 돌담 옆에 웅크리고 앉아.

빨리 오줌 싸기.

뜨뜻한 돌에 뜨거운거품. 경찰오줌.

노란 거품에 빠진 개미들.

심호흡.

그러고 나서 일제히 무릎과 팔꿈치를 바닥에 대고 포복해 집을 향한다. '영화 속 경찰들'처럼. 가만가만, 가만가만 풀 사이를. 손에는 경찰봉을 쥐고. 마음속엔 기관총을 들고. 야위었지만 능력 있는 어깨에 가촉민의 미래에 대한 책임을 짊어지고서.

그들은 뒷베란다에서 사냥감을 발견했다. '납작해진 앞머리'. '도쿄의 사랑'으로 묶은 '분수 머리'. 그리고 또다른 구석에는 (늑대처럼 외로운) 손톱을 핏빛으로 칠한 목수.

잠든. 가촉민의 교활함을 무의미하게 만들며.

급습.

그들 머릿속의 헤드라인.

무법자, 경찰 포위망에 걸리다.

이 뻔뻔함에 대한, 이 흥을 깬 대가를, 그들의 사냥감은 치르리라. 그래, 그럴 것이다.

그들은 구둣발로 벨루타를 깨웠다.

슬개골 파열로 자다가 놀라 지른 비명소리에 에스타펜과 라헬이 깨어났다.

비명소리는 아이들 안에서 죽었고, 죽은 물고기처럼 배를 위로 드러
내고 떠올랐다. 바닥에 몸을 웅크린 채 두려움과 믿기지 않음 사이에
서 몸을 떨면서 두들겨 맞는 남자가 벨루타임을 깨달았다. 어디서 온
거지? 무슨 짓을 한 거지? 경찰들은 왜 그를 여기 데려온 거지?

아이들은 퍽퍽 하고 나무가 살갗을 때리는 소리를 들었다. 구둣발이
뼈에 닿는 소리를. 이에 닿는 소리를. 배를 차였을 때 차마 소리가 되
어 나오지 못하는 신음을. 시멘트에 부딪힌 머리뼈가 으스러지는 숨죽
인 소리를. 부러진 갈비뼈 그 뾰족한 끝에 찔려 폐가 찢어져서 숨넘어
갈 듯 피가 꾸르륵 솟는 소리를.

시퍼레진 입술에 접시처럼 휘둥그레진 눈으로 아이들은 느끼긴 했
으나 이해할 수는 없는 무언가를 넋이 나가 바라보았다. 경찰들의 군
더더기 없는 행동. 분노를 깊게 가라앉힌 심연. 냉철한, 흔들림 없는
잔인함, 그 모든 것의 간결함.

그들은 병뚜껑을 열고 있었다.

아니면 수도꼭지를 잠그고 있었다.

오믈렛을 만들기 위해 달걀을 깨고 있었다.

쌍둥이는 너무 어려서 이들이 역사의 심복일 뿐이라는 것을 몰랐다.
계산을 분명히 하고, 역사의 법칙을 깬 사람들에게서 벌금을 걷기 위
해 보내진 자들일 뿐이다. 원초적이지만 역설적이게도 완전히 비인간
적인 감정에서 행해진 일일 뿐이었다. 이제 시작 단계인, 아직 인정되
지 않은 두려움—자연에 대한 문명의 두려움, 여성에 대한 남성의 두
려움, 힘없는 자에 대한 힘있는 자의 두려움에서 생겨난 경멸감.

복종시킬 수도 신격화할 수도 없는 것을 파괴하고 싶다는 잠재적인 남자의 충동.

'남자들의 욕구.'

에스타펜과 라헬이 그날 아침 목격한 것은, 비록 그때는 몰랐지만, 지배권을 추구하는 인간 본성을 보여주는, 통제된 조건(어쨌든 전쟁도, 집단 학살도 아니었다)에서 진행된 임상 실험이었다. 구조. 질서. 완전한 독점을 추구하는 본성. '신의 의도'로 가장한 채 어린 관중 앞에 모습을 드러낸 인간의 역사였다.

그날 아침 일어난 일에 우연은 없었다. 우발적인 것도 없었다. 노상 강도도 개인적인 보복도 아니었다. 한 시대가 그 시대를 살고 있던 이들에게 자신을 각인시킨 것이었다.

실연實演중인 역사.

그들이 의도했던 것보다 벨루타를 더 때렸다면, 그것은 연대감, 그들과 벨루타 사이의 어떠한 연결고리, 그러니까 적어도 생물학적으로는 같은 인간이라는 의미마저 오래전에 잘려나갔기 때문이었다. 그들은 한 남자를 체포하고 있었던 것이 아니라 악령을 쫓듯 두려움을 내쫓고 있었다. 그가 어느 정도의 벌을 감내할 수 있을지 그들에게는 가늠할 도구가 없었다. 그들이 얼마만큼 혹은 얼마나 영구히 그에게 손상을 입혔는지 측정할 방법도 없었다.

광포한 종교 조직의 폭도나 마구 날뛰는 정복 군인의 관습과는 달리, 그날 아침 '어둠의 심연'에서 가촉민 경찰들은 광분하지 않고 절제된 행동을 했다. 난장판이 아닌 능률을. 히스테리가 아닌 책임감을. 그들은 그의 머리카락을 잡아뽑거나 그를 산 채로 불태우지 않았다. 그의 성기를 잘라 입에 쑤셔박지도 않았다. 그를 강간하지도 않았다. 머리를 베지도 않았다.

어쨌든 전염병과 싸우는 것은 아니었다. 그저 전염병의 발생에 대비해 마을에 예방접종을 하는 것일 뿐이었다.

'역사의 집'의 뒷베란다에서, 자신들이 사랑하는 그 남자가 맞아서 고통받는 동안 에아펜 부인와 라자고팔란 부인, '무슨 무슨 쌍둥이 대사'는 두 가지 새로운 교훈을 얻었다.

'첫번째 교훈'.

피부가 검은 사람은 피가 나도 거의 보이지 않는다. (짠 짠)

그리고

'두번째 교훈'.

그래도, 냄새는 난다.

역겨운 달콤함.

바람에 실려 오는 오래된 장미향 같은. (짠 짠)

"마디요?" '역사의 심복' 중 한 사람이 물었다.

"마디 아이리쿰." 다른 이가 대답했다.

충분해?

충분해.

그들은 그에게서 물러섰다. 작품을 품평하기 위해 한 발 물러서는 장인들처럼. 미적 거리를 가늠하는 것처럼.

그들의 작품이, '신'과 '역사'에게, 마르크스에게, '남자'에게, '여자'

에게, 그리고 (머지않아) '아이들'에게 버림받는 작품이 접혀진 채 바닥에 놓여 있었다. 반쯤 의식이 있었지만 움직임은 없었다.

두개골은 세 곳에 금이 갔다. 코와 양쪽 광대뼈가 다 부서지고 으스러져 그의 얼굴은 형체를 알 수 없었다. 구타당한 입의 윗입술은 찢어졌고 이는 여섯 개 부러졌으며, 그중 세 개가 아랫입술에 박혀 그의 아름다운 미소를 소름 끼치게 바꾸어놓았다. 갈비뼈 네 대가 부러져 그중 하나가 왼쪽 폐를 찔렀고, 그 때문에 입에서 피를 토했다. 숨을 쉴 때 새빨간 피가 나왔다. 신선한. 거품 같은. 아래쪽 창자가 파열돼 출혈이 심했고 복강에 그 피가 고였다. 척추도 두 군데 손상되었고, 뇌진탕으로 오른팔이 마비되었으며, 방광과 항문은 조절 기능을 잃었다. 슬개골 양쪽 모두 산산조각났다.

그럼에도 그들은 수갑을 꺼냈다.

차가운.

시큼한 쇳내가 나는. 버스 쇠 손잡이처럼 그리고 그걸 잡은 버스 차장의 손처럼. 그때 그들은 색이 칠해진 그의 손톱을 보았다. 그중 한 사람이 그걸 들어올리고는 다른 사람들을 향해 그 손가락들을 요염하게 흔들었다. 그들이 웃음을 터뜨렸다. "이게 뭐야?" 하며 높다란 가성으로 말했다. "양성애자야?"

한 사람이 경찰봉으로 벨루타의 성기를 가볍게 쳤다. "자, 어디 네놈의 특별한 비밀을 보여줘봐. 얼마나 커지는지 한번 보자." 그러고 나서 부츠를(밑창에 몸을 둥글게 만 노래기도 함께) 들어올렸다가 내렸고, 부드럽게 쿵 하는 소리가 났다.

그의 팔을 등뒤로 돌려 수갑을 채웠다.

찰칵.

그리고 찰칵.

'행운의 잎' 아래편에. 밤의 가을잎. 몬순기가 때맞춰 오게 하던 그 잎.

수갑이 닿은 피부에 소름이 돋았다.

"아저씨가 아니야." 라헬이 에스타에게 속삭였다. "난 알 수 있어. 아저씨 쌍둥이 동생이야. 우룸반. 코치에서 온."

만들어진 이야기로 도망치기 싫었던 에스타는 아무 말도 하지 않았다.

누군가 아이들에게 말을 걸었다. 친절한 가촉민 경찰관이. 같은 가촉민에게는 친절한.

"몬, 몰, 괜찮니? 어디 다치진 않았니?"

동시에는 아니었지만 거의 동시에 쌍둥이가 나지막이 대답했다.

"네. 아니요."

"걱정하지 마라. 이제 우리가 왔으니 안전해."

그러고 나서 경찰관들이 주위를 둘러보았고, 돗자리를 보았다.

냄비와 프라이팬을.

거위 튜브를.

단추 같은 눈이 헐거워진 콴타스 코알라를.

런던의 거리 풍경이 담긴 볼펜을.

발가락마다 색이 다른 양말을.

노란 테의 빨간 플라스틱 선글라스를.

시간이 그려진 손목시계를.

"이건 다 누구 거니? 다 어디서 온 거야? 누가 가져온 거지?" 목소리는 몹시 당황스러운 기색이었다.

에스타와 라헬이 표정 없는 눈길로 그를 쳐다보았다.

경찰들은 서로를 마주보았다. 그들은 해야 할 일을 알았다.

콴타스 코알라는 자기 아이들을 위해 가져갔다.

그리고 펜과 양말도. 발가락 색깔이 여러 가지인 경찰의 아이들.

거위는 담뱃불로 터뜨렸다. 펑. 그러고는 고무 조각들을 묻었다.

슬모읍는 거위 yooseless goose. 눈에 너무 띄거든.

한 사람이 선글라스를 썼다. 다른 사람들이 웃음을 터뜨리자 그는 한동안 더 쓰고 있었다. 시계에 대해서는 모두 잊어버렸다. '역사의 집'에 남겨졌다. 뒷베란다에. 잘못된 시간을 가리키며. 두시 십 분 전.

그들은 떠났다.

여섯 명의 왕자가 장난감으로 주머니가 불룩해져서.

이란성 쌍둥이 한 쌍.

그리고 '상실의 신'.

그는 걸을 수 없었다. 그래서 그들이 질질 끌고 갔다.

아무도 그들을 못 봤다.

박쥐는, 물론, 눈이 멀었고.

19
암무 구하기

경찰서에서 토머스 매슈 경위는 코카콜라 두 병을 가져오게 했다. 빨대도. 굽실대는 순경이 플라스틱 쟁반에 콜라를 가져와 경위의 책상에서 마주앉아 있는 흙투성이 두 아이에게 건넸는데, 아이들의 머리는 책상에 엉망으로 쌓인 파일과 서류 위로 아주 약간 보였다.

그래서 다시 한번, 두 주일 만에 에스타에게 '두려움'이 담긴 병이. 차가운. 탄산이 있는. 때로 코카콜라 때문에 '사태'가 더 나빠졌다.

탄산이 에스타의 코로 올라갔다. 에스타가 트림을 했다. 라헬이 킬킬거렸다. 라헬은 빨대를 계속 불어대 콜라 거품이 넘쳐 옷을 적셨다. 바닥도 온통. 에스타가 벽에 걸린 글을 큰 소리로 읽었다.

"손**겸**." 에스타가 말했다. "손**겸**, 종**복**."

"성**충**, 성**지**." 라헬이 말했다.

"의예."

"율능."

듣던 대로 토머스 매슈 경위는 침착했다. 그는 아이들이 횡설수설하고 있다고 점점 더 느꼈다. 그는 아이들의 동공이 팽창되어 있음을 알아챘다. 그전에도 그런 모습을 본 적이 있었다…… 인간이 정신의 안전밸브를 작동시키는 모습을. 정신적 외상을 관리하는 방법을. 그는 그런 상황을 고려해 영리하게 질문을 던졌다. 자극하지 않게. "생일이 언제지, 몬?"과 "제일 좋아하는 색깔은, 몰?" 사이에서.

점차, 조각나고 제각각인 일들이 앞뒤가 맞아떨어지기 시작했다. 부하들이 냄비와 프라이팬에 대해 간단히 보고했다. 돗자리도. 잊기 힘든 장난감에 대해서도. 무슨 일인지 이제 다 납득되었다. 토머스 매슈 경위는 짜증이 났다. 그는 지프를 보내 베이비 코참마를 데려오게 했다. 그녀가 도착했을 때 아이들이 방에 없도록 조치했다. 그는 그녀에게 인사를 하지 않았다.

"앉으시오." 그가 말했다.

베이비 코참마는 뭔가 끔찍하게 잘못됐다고 느꼈다.

"애들 찾았나요? 다 괜찮은 건가요?"

"하나도 괜찮지 않소." 경위가 대답했다.

그의 눈빛과 어조에서, 베이비 코참마는 지난번과는 다른 사람과 마주하고 있음을 깨달았다. 지난번 만났던 그 호의적인 경찰관이 아니었다. 그녀는 주눅들어 의자에 앉았다. 토머스 매슈 경위가 단도직입적으로 설명했다.

코타얌 경찰은 그녀가 제출한 FIR를 근거로 작전을 개시했다. 그 파라반은 체포됐다. 불행하게도 그때의 충돌로 그는 심한 부상을 입었고, 아마 오늘밤을 넘기지 못할 것이다. 그런데 지금 아이들은 제 발로 집을 나왔다고 말하고 있다. 아이들의 배가 전복됐고 영국 아이는 사고로 익사했다고. 그렇다면 경찰은 엄밀히 말해 무죄인 사람의 '구류 중 사망'이라는 부담을 지게 됐다. 물론, 그는 파라반이다. 물론, 처신도 잘못했다. 그러나 지금은 혼란스러운 시대이고, 실질적으로, 법적으로 그는 무죄다. 사건은 성립되지 않는다.

"강간미수로는요?" 베이비 코참마가 힘없이 말했다.

"피해자의 신고가 어디 있소? 신고하긴 했소? 그녀가 진술했소? 그걸 가지고 왔소?" 경위의 어조는 공격적이었다. 적대적이기까지 했다.

베이비 코참마는 움츠러들었다. 눈 아래와 턱 아래의 축 처진 살. 두려움이 들끓어 입안의 침이 시큼해졌다. 경위가 그녀에게 물컵을 내밀었다.

"아주 간단한 문제요. 강간 피해자가 고소하든지. 아니면 경찰의 입회하에 아이들이 그 파라반을 유괴범으로 지목하든지. 그게 아니면." 그는 베이비 코참마가 자기를 볼 때까지 기다렸다. "그게 아니면 가짜 FIR를 제출한 혐의로 당신을 고발하든지. 형사상 범죄니까."

베이비 코참마의 연푸른 블라우스가 땀에 젖어 검푸르게 물들었다. 토머스 매슈 경위는 그녀를 재촉하지 않았다. 현재의 정치적인 분위기로 봤을 때, 자신이 중대한 곤경에 처할 수도 있었다. K. N. M. 필라이 동지는 이 기회를 그냥 흘려보내지 않을 것이었다. 그는 그렇게 성급하게 행동한 것을 후회했다. 그는 무늬가 있는 작은 수건을 셔츠 안으로 집어넣어 가슴과 겨드랑이의 땀을 닦았다. 사무실 안은 조용했다.

경찰서 안의 일상적인 움직임, 구둣발 소리, 이따금 멀리서 들려오는 신문받는 누군가의 고통에 찬 비명들이 어딘가 다른 곳에서 들려오는 소리처럼 멀게만 느껴졌다.

"아이들은 말하라는 대로 할 거예요." 베이비 코참마가 말했다. "아이들하고만 잠시 있을 수 있을까요?"

"좋을 대로." 경위가 사무실을 나가기 위해 일어섰다.

"애들 들여보내기 전에 오 분만 시간을 주세요."

토머스 매슈 경위가 고개를 끄덕이고는 나갔다.

베이비 코참마가 땀으로 번들거리는 얼굴을 닦았다. 목을 펴고 천장을 올려다보며 굵은 목 주름 사이사이의 땀을 팔루 끝자락으로 닦아냈다. 그녀는 십자가에 입을 맞췄다.

"은총이 가득한 마리아님……"

기도문이 떠오르지 않았다.

문이 열렸다. 에스타와 라헬이 이끌려 들어왔다. 진흙이 말라붙어서. 코카콜라에 젖어서.

베이비 코참마를 보자 아이들은 갑자기 진지해졌다. 유난히 등에 털이 빽빽한 나방이 두 아이의 가슴 위에 날개를 펼쳤다. '왜 저 할머니가 온 거지? 암무는 어디 있지? 암무는 아직도 갇혀 있나?'

베이비 코참마가 엄한 눈으로 아이들을 보았다. 한동안 아무 말도 하지 않았다. 입을 열자 거칠고 낯선 목소리가 나왔다.

"누구의 배였냐? 어디서 구한 거지?"

"우리 거예요. 우리가 발견했어요. 벨루타가 수리해줬어요." 라헬이 속삭였다.

"언제부터 가지고 있었지?"

"소피 몰이 온 날 발견했어요."

"그러고 나서 집에서 물건들을 훔치고 그걸 싣고 강을 건넌 거냐?"

"우린 그냥 놀이를 한 건데……"

"놀이? 너흰 그걸 놀이라고 하냐?"

베이비 코참마는 오랫동안 그들을 노려보다가 말을 이었다.

"너희의 사랑스러운 어린 사촌이 죽어서 거실에 눕혀져 있다. 물고기가 그 아이의 눈을 먹었더구나. 그애 엄마는 계속 울고 있어. 그걸 너희는 놀이라고 하는 거냐?"

갑자기 한줄기 바람이 불어와 꽃무늬 커튼을 부풀렸다. 창밖에 주차된 지프가 라헬의 눈에 들어왔다. 걷는 사람들도. 한 남자가 오토바이에 시동을 걸려고 안간힘을 쓰고 있었다. 그가 킥스타터 레버를 세게 밟을 때마다 헬멧이 한쪽으로 미끄러졌다.

경위의 사무실 안에서 파파치의 나방이 이리저리 움직였다.

"인간의 목숨을 빼앗는 것은 끔찍한 짓이다." 베이비 코참마가 말했다. "사람이 할 수 있는 최악의 행동이지. 신께서도 그건 용서 못하실 게다. 그런 건 알지, 그렇지?"

머리 두 개가 두 번 끄덕였다.

"그런데—" 그녀가 슬픈 표정으로 아이들을 보았다. "너희들은 그런 짓을 했어." 그녀는 아이들 눈을 바라보았다. "너희들은 살인자다." 그녀는 그 말이 두 사람에게 스며들 때까지 기다렸다.

"그게 사고가 아니었다는 걸 알아. 너희가 얼마나 그 아이를 시샘했는지도. 그리고 법정에서 판사가 물으면 나는 그런 얘기를 해야 할 거다, 안 그러니? 내가 거짓말을 할 순 없잖니, 안 그러니?" 그녀는 옆자리에 놓인 의자를 두드렸다. "여기, 이리로 와서 앉아라—"

순종적인 두 엉덩이의 볼기짝 넷이 거기에 비좁게 앉았다.

"나는 너희들끼리만 강에 가는 것이 얼마나 '규칙'에 어긋나는 행동이었는지 말해야만 할 거다. 그애가 헤엄칠 줄 모른다는 걸 알면서도 억지로 데려간 일도. 강 한가운데서 어떤 식으로 그애를 밀어버렸는지도. 사고가 아니었지, 안 그래?"

네 개의 휘둥그레진 눈이 그녀를 쳐다보았다. 그녀의 이야기에 사로잡혀서. '그래서 어떻게 됐는데요?'

"그래서 이제 너희들은 감옥에 가야 할 게다." 베이비 코참마가 상냥하게 말했다. "그리고 너희들 때문에 너희 엄마도 감옥에 가야 하고. 그랬으면 좋겠냐?"

겁에 질린 눈과 분수가 그녀를 봤다.

"너희 셋은 각각 다른 감옥에 갇힐 거다. 인도의 감옥이 어떤 데인지 아니?"

머리 두 개가 두 번 가로저었다.

베이비 코참마는 이야기를 만들어냈다. (상상력을 동원해) 감옥살이를 생생하게 그려냈다. 바퀴벌레가 아작거리는 음식. 변기마다 부드러운 갈색 산처럼 쌓인 치치. 빈대. 매타작. 아이들 때문에 암무가 감옥살이를 할 긴 세월에 대해 한참 이야기했다. 감옥에서 나올 때쯤에는 머리에 이가 득실득실한 늙고 병든 노파가 되어 있을 것이라고—그것도 거기서 죽지 않고 나온다면 그렇다고. 친절하고 걱정스러운 목소리로 아이들을 기다릴 섬뜩한 앞날을 조목조목 나열했다. 그녀는 일말의 희망을 모두 짓밟고 아이들의 삶을 완전히 망가뜨린 다음 요정 대모처럼 아이들에게 해결책 하나를 제시했다. 신은 너희들이 한 일을 결코 용서하지 않겠지만, 여기 지상에서는 너희가 입힌 손실을 조금이나마 만회할 방법이 있다고. 너희들이 저지른 일 때문에 겪을 굴욕과 고통에서 엄마를 구할 방법이 있다고. 너희들이 실행할 각오가 돼 있다면.

"운좋게도." 베이비 코참마가 말했다. "너희에게 운좋게도, 경찰이 한 가지 실수를 했다. 행운의 실수지." 그녀가 잠시 사이를 뒀다. "그게 뭔지 알지, 응?"

경찰의 책상 위에 놓인 유리 문진에 사람들이 갇혀 있었다. 에스타는 그 모습을 볼 수 있었다. 왈츠를 추는 남자와 왈츠를 추는 여자. 여자가 입은 하얀 드레스 아래로 다리가 보였다.

"그렇지?"

문진 왈츠 음악. 맘마치가 바이올린으로 그 음악을 연주했다.

라-라-라-라-룸.

파룸-파룸.

"중요한 것은," 베이비 코참마의 목소리가 말했다. "이미 일어난 일은 어쩔 수 없다는 거다. 그는 어차피 죽을 거라고 경위가 그러더구나. 그러니까 경찰이 어떻게 생각하든 실제로 그와는 관계가 없어. 문제는 너희들이 감옥에 가고 싶으냐, 너희들 때문에 암무를 감옥에 보내고 싶냐는 것이지. 너희 결정에 달렸다."

문진 안에 든 물방울 때문에 남자와 여자는 마치 물속에서 왈츠를 추는 것 같았다. 행복해 보였다. 어쩌면 결혼식중인지도 몰랐다. 여자는 하얀 드레스를 입고 있었다. 남자는 검은 양복에 나비넥타이 차림이었다. 두 사람은 서로의 눈을 깊이 응시하고 있었다.

"엄마를 구하고 싶으면, 커다란 미샤스*가 있는 아저씨가 하자는 대로만 하면 돼. 그 아저씨가 질문을 하나 할 거다. 딱 한 가지 질문을. 너희는 그냥 '네'라고만 하면 돼. 그러면 모두가 집에 돌아갈 수 있어. 정말 간단하단다. 그 정도쯤이야."

베이비 코참마가 에스타의 시선을 뒤쫓았다. 그러지 않으면 그 문진을 집어들고 창밖으로 던져버릴 것만 같았다. 그녀의 심장이 두방망이질쳤다.

"자!" 그녀는 밝고 냉혹한 미소를 지으며, 긴장감이 묻어나는 목소리로 말했다. "경위 '아저씨'에게 뭐라고 얘기할까? 어떻게 결정했지? 암무를 구하고 싶니, 아니면 감옥으로 보낼까?"

마치 아이들에게 두 가지 선물 가운데 고를 기회를 준다는 양. 낚시할래 아니면 돼지 목욕시킬래? 돼지 목욕시킬래 아니면 낚시할래?

쌍둥이는 그녀를 쳐다보았다. 동시에는 아니었지만 (거의 동시에) 두 개의 겁에 질린 목소리가 "암무를 구해요"라고 속삭였다.

훗날 그들은 이 장면을 머릿속에서 되풀이할 것이다. 아이일 때. 십대일 때. 성인이 되어서도. 아이들은 속아서 그랬던 걸까? 속아서 죄인의 낙인을 찍었던 걸까?

어떤 의미로는 그랬다. 그러나 그렇게 단순하지만은 않았다. 둘 다 자신들에게 선택권이 주어졌음을 알고 있었다. 그리고 얼마나 그 선택이 재빨랐는지도! 그들은 거의 생각해보지도 않고 고개를 들며 (동시

---

* 콧수염.

에는 아니지만 거의 동시에) 말했다—"암무를 구해요." 우리를 구해주
세요. 우리 어머니를 구해주세요.

베이비 코참마의 얼굴이 빛났다. 안도감이 설사약처럼 작용했다. 그
녀는 화장실에 가고 싶어졌다. 급하게. 문을 열고 경위를 불러달라고
했다.

"착한 아이들이에요." 그가 들어오자 베이비 코참마가 말했다. "경
위님이 하자는 대로 할 거예요."

"둘 다는 필요 없소. 하나면 충분해요." 토머스 매슈 경위가 말했다.
"누구든. 몬. 몰. 누가 나랑 갈래?"

"에스타." 베이비 코참마가 골랐다. 둘 중에서 에스타가 더 현실적
인 아이임을 알았기에. 더 다루기 쉽다는 것도. 더 현명하고. 더 책임
감 있고. "네가 가거라. 착하지."

작은 사람. 그는 카라-반에 살았다네. 짠 짠.

에스타가 갔다.

E. 골반 대사. 휘둥그레진 눈에 납작해진 앞머리로. 키 작은 대사가
키 큰 경찰관들 사이에 끼어서 끔찍한 임무를 수행하러 코타얌 경찰서
의 저 깊은 곳으로 갔다. 판돌 바닥을 울리는 그들의 발소리.

라헬은 경위 사무실에 남겨져 사무실에 달린 화장실에서 변기의 안
쪽 벽면을 흘러내리는, 베이비 코참마가 안도감에서 내는 무례한 소리
를 듣고 있었다. "물이 안 내려가네." 그녀가 나와서 말했다. "짜증나
네." 경위가 자기 변의 색깔과 농도를 보게 될까봐 곤혹스러워했다.

유치장은 칠흑 같았다. 에스타는 아무것도 볼 수 없었지만, 귀에 거

슬리는, 힘겹게 내는 숨소리가 들렸다. 똥냄새에 구역질이 났다. 누군가 불을 켰다. 밝아졌다. 눈이 부셨다. 더껑이가 낀 미끈거리는 바닥에 벨루타의 모습이 드러났다. 현대의 램프가 불러낸 짓이겨진 정령이었다. 그는 발가벗고 있었고, 더러워진 문두는 풀려 있었다. 머리에서 비밀처럼 피가 흘러나왔다. 얼굴은 부어올라 머리는 가느다란 줄기에 붙어 있기엔 너무 크고 무거운 호박처럼 보였다. 기이하게 뒤집힌 미소를 띤 호박. 그의 몸에서 퍼진 오줌 웅덩이의 가장자리에서 경찰의 구둣발이 물러서자 밝은 알전구가 비쳤다.

에스타의 마음속에서 죽은 물고기가 떠올랐다. 한 경찰관이 발로 벨루타를 찔렀다. 반응이 없었다. 토머스 매슈 경위가 웅크리고 앉아 지프 열쇠로 벨루타의 발바닥을 긁었다. 부풀어오른 눈이 떠졌다. 주변을 둘러보았다. 그러다가 피로 덮인 막 너머로 사랑하는 아이를 보고 시선이 멈췄다. 에스타는 벨루타의 무언가가 미소 지었다고 생각했다. 입은 아니었지만, 다치지 않은 어딘가. 어쩌면 그의 팔꿈치가. 아니 어깨일지도.

경위가 질문을 던졌다. 에스타의 입이 네, 라고 답했다.

어린 시절이 발끝으로 살금살금 나가버렸다.

침묵이 번개처럼 미끄러져 들어왔다.

누군가 불을 껐고 벨루타의 모습은 사라졌다.

경찰 지프를 타고 돌아오는 길에, 베이비 코참마는 캄포즈*를 사려

---

* 진정제의 일종.

고 '믿을 수 있는 약국'에 들렀다. 그녀는 아이들에게 두 알씩 주었다. 청암 브리지에 이를 무렵 아이들의 눈이 감기기 시작했다. 에스타가 라헬의 귀에다 뭔가 속삭였다.

"네 말이 맞았어. 아저씨가 아니더라. 우룸반이었어."

"다행이네." 라헬이 소곤거렸다.

"그럼 아저씬 어디 간 거 같아?"

"아프리카로 탈출했겠지."

아이들은 어머니에게 넘겨졌다. 이 가상의 이야기 위를 부유하며 깊이 잠든 채로.

다음날 아침, 암무가 아이들에게 그 이야기를 추궁해냈을 때까지. 하지만 그때는 이미 늦어버린 뒤였다.

이런 일들에는 전문가인 토머스 매슈 경위가 옳았다. 벨루타는 그날 밤을 넘기지 못했다.

자정에서 삼십 분이 지났을 때 '죽음'이 그를 찾아왔다.

그리고 파란 십자수 침대보에 웅크리고 잠든 작은 가족에게는? 그들에게는 무엇이 찾아왔을까?

죽음은 아니었다. 단지 삶의 종말일 뿐.

소피 몰의 장례식이 끝나고 암무가 아이들을 데리고 경찰서로 다시 찾아갔을 때, 경위는 망고를 골랐고(툭, 툭), 시신은 이미 치워진 후였다. 경찰이 늘 죽은 자를 버리는 곳인 템마디 쿠지—극빈자 무덤—에 내다버려졌다.

암무가 경찰서에 갔었다는 이야기를 듣고 베이비 코참마는 경악했다. 그녀가, 베이비 코참마가 했던 모든 행동은 한 가지 가정을 전제로 했었다. 암무가 무슨 짓을 했든지, 얼마나 화가 났든지, 절대 벨루타와의 관계를 공개적으로 인정하지는 않으리라고 생각해 도박을 했던 것이다. 베이비 코참마가 생각하기엔 그렇게 인정하면 암무도 아이들도 모두 파멸하니까. 영원히. 그러나 베이비 코참마는 암무에게 존재하는 '위태로운 칼날'을 고려하지 않았다. '섞일 수 없는 섞임'—모성이라는 무한한 애정과 자살폭탄범의 무모한 분노를.

암무의 반응에 베이비 코참마는 충격을 받았다. 발밑에서 땅이 꺼져버리는 것 같았다. 토머스 매슈 경위가 협력하리라는 것을 알고 있었다. 하지만 그게 언제까지 계속될 수 있을까? 그가 전출되고 사건을 재조사하게 된다면? 가능한 이야기였다—K. N. M. 필라이 동지가 대문 밖에 규합시켜 고함을 질러대며 구호를 외치는 당 노동자 무리를 고려한다면. 그들 때문에 노동자들이 출근을 못하고 있었고, 엄청난 양의 망고, 바나나, 파인애플, 마늘 그리고 생강이 파라다이스 피클의 부지 내에서 천천히 썩어갔다.

베이비 코참마는 가능한 한 빨리 암무를 아예메넴에서 내보내야 한다는 것을 알았다.

그녀는 가장 자신 있는 방식으로 그 일을 처리했다. 다른 사람의 분노를 이용해 자신의 논에 물을 대고 작물에 비료를 줬다.

그녀는 쥐처럼 차코의 비탄이 쌓인 창고 안으로 긁고 들어갔다. 그 안에다 제정신이 아닌 그의 분노가 수월하게 접근 가능한 과녁을 세웠다. 소피 몰의 죽음이 실제로 암무의 책임인 것처럼 말하기는 어렵지 않았다. 암무와 그녀의 이란성 쌍둥이의.

차코가 문을 박살내고 들어간 사건은, 베이비 코참마의 고삐에 매인 슬픈 황소가 날뛴 것과 다름없었다. 암무에게 짐을 싸서 떠나라고 한 것도 그녀의 생각이었다. 에스타가 '돌려보내진' 것도.

20
마드라스 우편열차

그렇게 코친 항구 터미널 역에서 창살 달린 열차의 창가에 앉은 '외톨이' 에스타. E. 골반 대사. 앞머리를 부풀린 맷돌. 녹색이 넘실대는, 걸쭉한 물 같은, 덩어리 같은, 해초 같은, 뭔가 둥둥 떠 있는 것처럼, 밑 빠진 밑이 가득찬 듯한 기분. 에스타의 이름이 쓰인 트렁크는 좌석 아래 놓여 있었다. 토마토 샌드위치가 든 도시락과 독수리 그림이 그려진 이글 보온병이 에스타 앞 조그만 접이식 테이블에 놓여 있었다.

에스타 옆에 앉은 초록빛과 보랏빛으로 된 칸지바람산 사리를 입은, 양쪽 콧구멍에 벌처럼 반짝이는 다이아몬드를 박고서 뭔가를 먹는 여자가 상자에 담긴 노란 라두를 그에게 권했다. 에스타는 고개를 저었다. 미소를 지으며 에스타를 달래는 여자의 친절한 눈이 안경 너머로 가늘고 긴 선이 되더니 사라졌다. 그녀는 입맞추는 듯한 소리를 내며 권했다.

"하나 먹어보렴. 아아아아주 달아." 그녀가 타밀어로 말했다. 롬보 마두람.

"달아." 에스타 또래쯤 된 여자의 만딸이 영어로 말했다.

에스타가 다시 고개를 저었다. 여자가 에스타의 머리를 쓰다듬어 부풀린 앞머리가 무너졌다. 여자의 가족(남편과 세 아이)은 이미 먹고 있었다. 크고 둥근 노란 라두의 부스러기가 좌석에 떨어졌다. 발아래로는 덜커덩대는 기차 소리. 푸른 취침등은 아직 켜져 있지 않았다.

음식을 먹던 여자의 어린 아들이 스위치를 올렸다. 음식을 먹다가 여자가 스위치를 내렸다. 여자는 아이에게 그건 잘 때 켜는 불이라고 설명했다. 깨어 있을 땐 켜지 않는다고.

일등석 내부는 모두 초록색이었다. 좌석도 초록. 침상도 초록. 바닥도 초록. 체인도 초록. 진초록 연초록.

'열차를 멈추려면 체인을 잡아당기세요'라고 초록색으로 쓰어 있었다.

'를차열 면려추멈 을인체 요세기당아잡' 하고 에스타가 초록색으로 생각했다.

창살 사이로 암무가 에스타의 손을 잡았다.

"기차표를 잘 갖고 있으렴." 암무의 입이 말했다. 울지 않으려 애쓰던 암무의 입이. "검사하러 올 거란다."

에스타가 기차 창문을 올려다보는 암무를 내려다보며 고개를 끄덕였다. 기차역의 먼지를 뒤집어써서 지저분해진 조그만 라헬에게도. 자신들이 한 남자를 죽도록 사랑했었다는, 각자 나름의 확실한 인식으로 세 사람은 하나로 묶여 있었다.

그것은 신문에 나지 않았다.

쌍둥이가 그때 일어났던 일에서 암무가 어떤 역할을 했는지 이해하는 데는 오랜 세월이 걸렸다. 소피 몰의 장례식에서, 그리고 에스타가 '돌려보내지기' 전의 며칠 동안, 아이들은 암무의 퉁퉁 부은 눈을 보았고, 아이들답게 자기중심적인 생각에서 암무의 슬픔을 전적으로 자신들 탓으로 여겼다.

"눅눅해지기 전에 샌드위치 먹으렴." 암무가 말했다. "그리고 편지 쓰는 거 잊지 말고."

암무는 잡고 있던 작은 손의 손톱을 살피고는 엄지손톱 밑에 까만 낫처럼 긴 때를 빼냈다.

"우리 예쁜이 잘 지내렴. 내가 다시 데리러 갈 때까지."

"언제, 암무? 언제 데리러 올 건데요?"

"곧."

"그러니까 언제? 정확하게 언제?"

"곧, 예쁜 아가. 가능한 빨리."

"다담달에? 암무?" '그것보단 빨리, 에스타. 현실적으로 생각하렴. 학교도 다녀야 하잖니?'라고 암무가 답해주길 바라며 일부러 기간을 길게 잡고 얘기했다.

"일자리를 구하는 대로 곧. 여기를 떠나서 직장을 잡는 대로 곧." 암무가 말했다.

"하지만 그건 결코 안 온다는 거잖아!" 극심한 두려움이 밀려왔다. 밑 빠진 밑이 가득찬 듯한 기분.

음식을 먹던 여자가 기특하다는 듯 이야기를 듣고 있었다.

"저 아이가 영어를 얼마나 잘하는지 보렴." 여자가 타밀어로 아이들에게 말했다.

"하지만 그건 결코 안 온다는 거잖아." 여자의 큰딸이 도전적으로 말했다. "겨, 어, 얼, 코, 오. 결코."

에스타는 '결코'라는 말을 너무 멀다는 의미로 말했을 뿐이었다. 지금이 아니라고, 곧이 아니라고.

'결코never'라는 말은 '기필코 안 온다Not Ever'는 의미가 아니었다.

하지만 말이 그렇게 나와버렸다.

하지만 그건 결코 안 온다는 거잖아!

그들이 '결코'를 '기필코'로 만들어버렸다.

그들?

'정부'.

사람들이 '즐거운 우물 예의범절Jolly Well Behave'로 보내지는 곳.

그리고 결국 그렇게 되었다.

결코. '기필코 안 온다'.

암무의 가슴속에 사는 그 멀리 있는 남자가 고함을 멈춘 것은 에스타의 잘못이었다. 암무가 여인숙에서 그녀 등뒤에서 이야기를 해줄 사람도 없이 홀로 죽은 것도 에스타의 잘못이었다.

왜냐하면 에스타 자신이 그 말을 했기 때문이었다. 하지만 암무, 그건 결코 안 온다는 거잖아!

"바보 같은 소리 하지 마, 에스타. 곧 올 거야." 암무의 입이 말했다.
"난 교사가 될 거야. 학교를 세울 거고. 그러면 에스타 너도 라헬도 거기에 다니는 거야."

"그건 우리 학교일 테니까 그럼 우리도 들어갈 수 있겠네요!" 에스타는 늘 그렇듯 현실적이었다. 얻게 될 혜택들을 기대하며. 무료 버스 승차. 무료 장례식. 무상교육. '작은 사람'. 그는 카라-반에 살았다네. 짠 짠.

"우리집도 생길 거야." 암무가 말했다.

"작은 집." 라헬이 말했다.

"그리고 우리 학교에는 교실도 있고 칠판도 있고." 에스타가 말했다.

"거기에 분필도."

"그리고 '진짜 선생님'이 가르치고."

"적당한 벌도 받고." 라헬이 말했다.

그들의 꿈은 이런 것들로 구성되었다. 에스타가 '돌려보내진' 그날에. 분필. 칠판. 적당한 벌.

그들은 죄를 가볍게 받으려던 게 아니었다. 그저 잘못에 걸맞은 벌을 요구했을 뿐이다. 침실의 붙박이 옷장 같은 벌 말고. 평생 동안 선반들의 미로를 헤매는 그런 벌 말고.

예고도 없이 기차가 움직이기 시작했다. 아주 느릿느릿.

에스타의 눈동자가 커졌다. 승강장을 따라걷는 암무의 손에 에스타의 손톱이 파고들었다. 마드라스 우편열차가 속도를 내면서 그녀의 걸음이 뜀박질로 변했다.

신의 축복이 있기를, 내 아가. 내 예쁜이. 곧 데리러 갈게!

"암무!" 에스타가 외쳤고, 암무는 손을 풀기 시작했다. 작은 손가락들을 하나하나 떼어내며. "암무, 토할 것 같아!" 에스타의 목소리가 높아지며 울부짖음으로 변했다.

납작해진 특별 외출용 부풀린 앞머리를 한 '작은 엘비스 골반'. 그리고 베이지색 뾰족한 신발. 에스타의 목소리가 뒤에 남았다.

기차역 승강장에서 라헬은 몸을 구부린 채 소리를 지르고 또 질렀다.

기차가 떠나갔다. 불이 켜졌다.

23년 후, 노란 티셔츠를 입은 가무잡잡한 여인 라헬이 어둠 속에서 에스타를 향한다.

"에스타파피차첸 쿠타펜 피터 몬."

그녀가 속삭인다.

입을 움직인다.

그들의 아름다운 어머니의 입을.

에스타는, 아주 똑바로 앉아서, 체포되기를 기다리면서, 자신의 손가락을 그 입에 댄다. 입에서 나오는 말들을 만지기 위해. 그 속삭임을 갖기 위해. 손가락이 입 모양을 따라간다. 이에 닿는다. 그의 손이 쥐어지고 입맞춤을 받는다.

부서진 빗방울에 젖어, 차가운 뺨에 밀착되어.

그러고 나서 라헬은 일어나 앉아 두 팔로 그를 감싸안는다. 그를 자기 옆으로 끌어당긴다.

오랫동안 두 사람은 그렇게 누워 있는다. 어둠 속에 깨어서. '정적' 과 '공허'.

늙지도 않은. 젊지도 않은.

하지만 살아도 죽어도 이상할 것 없는 나이.

두 사람은 우연히 마주친 타인이었다.

'삶'이 시작되기 전부터 서로를 알았다.

그다음에 무슨 일이 일어났는지는 누구도 명확히 표현할 수 없다. (맘마치의 책에서처럼) '사랑'에서 '섹스'를 분리할 수 있는 것은 아무 것도 없었다. 혹은 감정에서 욕구를 분리할 수 있는 것도.

어쩌면 라헬의 눈을 통해 본 '관찰자'가 없었다고 말할 수도. 아무도 창밖의 바다를 보지 않았다. 강 위의 배도. 모자를 쓰고 안개 속을 지나가던 행인도.

어쩌면 좀 추웠다고 말할 수도. 조금 젖었고. 하지만 아주 조용했다. '공기'가.

그러나 거기에 무슨 할말이 있을까?

눈물이 있었다는 말뿐. '정적'과 '공허'가 포개진 숟가락처럼 꼭 들어맞았다는 말뿐. 사랑스러운 목 아래쪽의 움푹 들어간 곳에 코를 대고 훌쩍거렸다는 말뿐. 단단한 꿀빛 어깨에 반원형의 잇자국이 났다는 말뿐. 끝난 후에도 두 사람이 오랫동안 서로를 끌어안고 있었다는 말뿐. 그날 밤 그들은 행복이 아니라 끔찍한 슬픔을 나눴다는 말뿐.

다시 한번 두 사람이 '사랑의 법칙'을 어겼다는 말뿐. 누가 사랑받아야 하는지를 규정하는 그 법을. 그리고 어떻게. 그리고 얼마나.

버려진 공장의 옥상에서 고독한 드러머가 드럼을 쳤다. 방충망문이 쾅 하고 닫혔다. 쥐가 공장 바닥을 가로질렀다. 거미줄이 오래된 피클통들을 뒤덮었다. 단 하나—굳어진 하얀 먼지가 작은 더미를 이룬 통을 제외하고 모두 텅 비어 있었다. '헛 간올빼미'의 뼛가루. 오래전에 죽은. 피클이된올빼미.

소피 몰의 질문에 답하기 위해. '차코, 나이든 새들은 어디로 가서 죽어요? 왜 죽은 새들이 하늘에서 돌처럼 떨어지지 않을까요?'

소피 몰은 도착한 날 저녁에 그렇게 물었다. 베이비 코참마의 연못가에 서서, 하늘을 선회하는 솔개들을 올려다보고 있었다.

소피 몰. 모자를 쓰고, 나팔바지를 입고, '처음부터 사랑을 받았던'.

마거릿 코참마('어둠의 심연'을 여행할 때면 (b)누구에게든 무슨 일이든 일어날 수 있다는 것을 알았기에)가 투약법에 따라 약을 먹이기 위해 소피 몰을 불러들였다. 사상충. 말라리아. 설사. 불행하게도 '익사'를 예방할 약은 없었다.

그리고 저녁식사 시간이기도 했다.

에스타가 저녁 먹으라고 소피 몰을 부르러 갔을 때 "바보야, 서퍼*라

---

* 에스타가 저녁식사를 디너(dinner)라고 하자 영국식으로 서퍼(supper)라고 말한 것.

고 해야지"라고 말했었다.

바보야, 서퍼에서 아이들은 따로 차려진 더 작은 식탁에 앉았다. 어른들을 등지고 앉은 소피 몰은 음식을 보면서 끔찍한 표정을 지었다. 한 입 먹을 때마다 반쯤 씹어 신선한 토사물처럼 된 음식물을 혀 위에 펼쳐 올리고는 이를 감탄스러워하는 외사촌 동생들에게 내보였다.

라헬이 똑같은 행동을 하자, 암무가 보고는 라헬을 침대로 데려갔다.

암무는 버릇없는 딸을 침대에 누이고 불을 껐다. 암무의 굿나이트 키스가 라헬의 뺨에 침을 남기지 않았기에, 라헬은 암무가 정말로 화 나지 않았음을 알 수 있었다.

"암무, 화 안 났지." 행복한 속삭임. 어머니가 조금 더 많이 라헬을 사랑했다.

"안 났어." 암무가 다시 입을 맞추었다. "잘 자렴, 예쁜이. 신의 축복이 있기를."

"잘 자요, 암무. 에스타 빨리 보내줘요."

그리고 암무는 걸어나가면서 딸이 속삭이는 것을 들었다. "암무!"

"왜?"

"우리는 한 핏줄이다, 그대와 나."

암무가 어둠 속에서 침실 문에 기대섰다. 다시 저녁식사 자리로 돌아가기 싫었기에. 하얀 아이와 그 아이의 어머니가 유일한 광원인 듯 그 주위를 맴도는 나방처럼 대화가 맴도는 그곳으로. 그 대화를 한마디라도 더 듣게 된다면 자신이 죽을 것만, 말라죽을 것만 같았다. 만일 일 분이라도 테니스 트로피라도 받은 것 같은 차코의 자랑스러운 미소를 참아내야 한다면. 혹은 맘마치가 발산하는 그 성적인 질투의 암류暗流를 느끼게 된다면. 혹은 베이비 코참마가 암무와 아이들을 배제시키고 그들의 지위를 알려주고자 떠들어대는 이야기를 더 들어야 한다면.

어둠 속에서 문에 기대서 있을 때 그녀는 꿈이, 오후의 악몽이 마치 바다에서 인 물결 하나가 모여 파도를 이루듯이 마음속에서 움직이는 것을 느꼈다. 소금기 밴 피부와 절벽처럼 갑자기 떨어지는 어깨를 가진 쾌활한 외팔이 남자가 울퉁불퉁한 해변의 그늘에서 나와 그녀에게로 걸어왔다.

그는 누구였나?

그는 누구일 수 있었나?

'상실의 신'.

'작은 것들의 신'.

'소름과 문득 떠오르는 미소의 신'.

그는 한 번에 한 가지만 할 수 있었다.

그녀를 만지면 말을 걸 수 없었고, 그녀를 사랑하면 떠날 수 없었고, 말을 하면 귀기울일 수 없었고, 싸우면 이길 수 없었다.

암무는 그가 그리웠다. 온몸으로 그를 갈망했다.

그녀는 저녁식사 자리로 돌아갔다.

21
삶의 대가

　그 오래된 집이 게슴츠레한 눈을 감고 잠에 빠져들자, 암무는 긴 하얀 페티코트 위에 차코의 낡은 셔츠를 걸치고 현관 베란다로 걸어나갔다. 한동안 이리저리 걸었다. 가만있지 못하고. 길들여지지 않은 동물처럼. 그리고 나서 양쪽에 '축복받은 어린 소년'과 알레유티 암마치의 초상화가 걸려 있는 케케묵은, 단추 눈을 한 들소 머리 아래의 등나무 의자에 앉았다. 그녀의 쌍둥이는 아주 피곤할 때 그렇듯―눈을 반쯤 뜨고 작은 두 괴물처럼―잠들어 있었다. 제 아버지를 닮은 것이었다.

　암무는 탄제린 트랜지스터를 켰다. 남자의 목소리가 지직거리며 들려왔다. 처음 듣는 영어 노래였다.

　그녀는 거기 그렇게 어둠 속에 앉아 있었다. 외롭고 부드럽게 빛나는 여인이 한을 품은 고모가 만든 관상용 정원을 내다보며 탄제린에 귀를 기울였다. 멀리서 들리는 목소리에. 밤에 퍼져나가는 목소리에. 호수와 강을 건너. 울창한 나무숲 너머로. 노란 성당을 지나. 학교를 지나. 흙길에 부딪히며. 베란다 계단을 올라와. 그녀에게로.

음악에는 거의 귀기울이지 않으면서 미친듯이 불빛 주변을 날아다니며, 앞다투어 죽어가는 벌레들을 바라보고 있었다.

노랫말이 머릿속에서 폭발했다.

> 허비할 시간이 없어
> 그녀가 말하는 것을 들었네
> 꿈을 이루어봐
> 꿈이 사라지기 전에
> 줄곧 죽어가면서
> 꿈을 잃어가고 그러면
> 정신도 잃게 되는 거야.

암무는 무릎을 세워 끌어안았다. 믿을 수가 없었다. 그 노랫말을 우연히 듣게 된 것을. 뚫어져라 정원을 바라보았다. '헛 간올빼미' 우사가 소리 없이 야간 순찰을 하며 지나갔다. 통통한 앤슈리엄이 포금처럼 어슴푸레 빛났다.

그녀는 한참 동안 그대로 앉아 있었다. 노래가 끝나고도 오래도록. 그리고 갑자기 의자에서 일어나 마녀처럼 그녀의 세상 밖으로 걸어나갔다. 더 나은, 더 행복한 곳으로.

어둠 속을 화학약품 자국을 좇는 벌레처럼 빠르게 움직였다. 아이들과 마찬가지로 강으로 가는 오솔길을 잘 알았고, 눈감고도 길을 찾을 수 있었다. 왜 그렇게 수풀 사이를 급히 가는 것인지 그녀 자신도 알지 못했다. 왜 걸음이 달음질로 빨라졌는지. 왜 그렇게 숨가쁘게 미나찰 강 강둑으로 가는 것인지. 흐느끼면서. 마치 무언가에 늦은 것처럼. 자신의 삶이 거기 제시간에 도착하는 데 달린 것처럼. 그가 거기에 있는 것을 아는 것처럼. 기다리면서. 그도 그녀가 오리라는 것을 아는 것처럼.

그는 알고 있다.

안다.

그런 앎이 그날 오후 미끄러지듯 그에게 들어왔다. 분명하게. 날카로운 칼날처럼. 역사가 실수를 했을 때. 그가 그녀의 어린 딸을 두 팔로 안았을 때. 그녀의 눈이 그만 선물을 주는 게 아니라는 말을 해주었을 때. 그녀도 그에게 줄 선물이 있다고, 그가 만들어준 배와 상자와 작은 풍차에 대한 답례로 깊게 볼우물이 패는 미소를 지어 보이겠노라고. 매끄러운 갈색 피부를. 빛나는 어깨를. 늘 어딘가 다른 곳을 향하던 눈길을 주겠노라고.

그는 거기 없었다.

암무는 물로 이어진 돌계단에 앉았다. 머리를 양팔에 묻고서 그런 확신을 했다니 어리석었다고 느꼈다. 그렇게 자신했던 것이.

더 아래쪽에 위치한 강 하류 한가운데에서, 벨루타는 눕듯이 물에 뜬 채 별을 올려다보고 있었다. 몸이 마비된 형과 외눈박이 아버지는 그가 차려준 저녁을 먹고 잠들어 있었다. 그랬기에 자유로이 강에 누워 천천히 물결을 따라 떠갔다. 하나의 통나무. 조용한 악어 한 마리.

코코넛 나무들이 강 쪽으로 몸을 숙이고 떠가는 그를 바라보았다. 노란 대나무가 울었다. 작은 물고기들이 허물없이 그에게 교태를 부렸다. 그의 몸을 쪼았다.

그는 몸을 뒤집어 헤엄치기 시작했다. 상류로. 물결을 거슬러. 선헤엄을 치며 마지막으로 강둑을 한 번 바라봤고, 그렇게 확신했다니 어리석었다고 느꼈다. 그렇게 자신했던 것이.

그녀를 보았을 때, 폭발하듯 놀라 그는 가라앉을 뻔했다. 안간힘을 써서 겨우 떠 있을 수 있었다. 어두운 강 한가운데에서 선헤엄을 치며 서 있었다.

그의 머리가 어두운 강 수면 위로 떠서 오르내리는 것이 그녀에게는 보이지 않았다. 그는 뭐든 될 수 있었다. 떠도는 코코넛으로도. 어쨌든 그녀는 보고 있지 않았다. 머리를 양팔에 묻고 있었으니까.

그는 그녀를 지켜보았다. 서두르지 않았다.

자신의 소멸이 유일한 출구인 터널에 들어서려 한다는 것을 그가 알았더라면 돌아섰을까?

어쩌면 그랬을지도.

어쩌면 돌아서지 않았을 것이다.

누가 알겠는가?

그는 그녀를 향해 헤엄치기 시작했다. 조용히. 소란스럽지 않게 물살을 가르며. 그가 강둑에 거의 이르렀을 때 그녀가 고개를 들고 그를 봤다. 그의 발이 진흙 강바닥에 닿았다. 그가 어두운 강에서 일어나 돌계단을 오를 때, 그녀는 자기네들이 발 디딘 세상이 그의 것임을 알았다. 그가 그 세상의 것임을 알았다. 그 세상이 그의 것임을. 물. 진흙. 숲. 물고기. 별. 너무나도 자연스럽게 그 세상에서 걸어나오고 있었다. 그를 바라보면서 그녀는 그의 아름다움의 본질을 이해했다. 어떻게 노동이 그의 몸을 만들어왔는지. 어떻게 그가 형상을 깎았던 나무가 그의 형상을 깎았는지. 그가 대패로 밀었던 목판 하나하나가, 그가 박았던 못 하나하나가, 그가 만들었던 물건 하나하나가 그의 모습을 만들어냈다. 그에게 흔적을 남겼다. 그에게 강인한 힘을, 섬세한 우아함을 선사했다.

그는 허리에 얇은 하얀 천을 둘러서 검은 다리 사이에 고정시켜놓았다. 머리를 흔들어 물기를 털어냈다. 그녀는 어둠 속에서 그의 미소를 볼 수 있었다. 그의 하얀, 문득 떠오른 그 미소를, 어린 시절부터 남자가 될 때까지 지니고 온 그 미소. 그의 유일한 짐.

두 사람은 서로를 마주봤다. 그들은 더이상 아무것도 생각하지 않았다. 생각할 시간은 이미 왔다가 지나갔다. 저 앞에는 미소가 산산이 부서질 순간이 기다리고 있었다. 하지만 그건 나중 일이었다.

'나. 중. 에.'

그는 강물을 뚝뚝 흘리며 그녀 앞에 섰다. 그녀는 돌계단에 앉은 채 그를 바라보았다. 달빛에 창백한 그녀의 얼굴. 갑작스러운 한기가 그를 덮쳤다. 심장이 요동쳤다. 전부 끔찍한 실수였다. 그녀를 오해했던 것이다. 모든 게 그의 상상의 산물이었다. 이건 덫이다. 덤불 속에 사람들이 숨어 있을 것이다. 지켜볼 것이다. 그녀는 아주 맛있어 보이는 미끼였다. 달리 무엇이겠는가? 시위대 행렬에서 그를 보지 않았던가. 그는 여느 때 같은 목소리를 내려 애썼다. 평범한. 막상 목쉰 소리가 나왔다.

"암무쿠티…… 무슨 일이에요?"

그녀가 그에게 다가가 온몸을 기대었다. 그는 그저 거기 서 있을 뿐이었다. 그녀에게 손대지 못했다. 그는 몸을 떨고 있었다. 춥기도 했고. 무섭기도 했고. 아려오는 욕망이기도 했다. 두려움에도 불구하고 그의 몸은 그 미끼를 물 준비가 되어 있었다. 그녀를 원했다. 절실하게. 그의 젖은 몸이 그녀를 젖게 했다. 그녀가 양팔로 그를 안았다.

그는 냉정해지려 애썼다. '일어날 수 있는 최악의 사태는 뭘까?'

'모든 것을 잃을 수도 있다. 내 일. 내 가족. 내 생계. 모든 것을.'

그녀에게 격렬하게 뛰는 그의 심장 소리가 들렸다.

그녀는 잠잠해질 때까지 그를 안고 있었다. 어느 정도라도.

그녀는 자신의 셔츠 단추를 풀었다. 두 사람은 거기 그렇게 서 있었다. 살과 살을 맞대고. 그의 검은색에 그녀의 갈색을 맞대고. 그의 단단함에 그녀의 부드러움을 맞대고. 그의 매끄러운 흑단 같은 가슴에 그녀의 밤색 젖가슴(칫솔을 못 올려둘)을 맞대고. 그에게서 강냄새가 났다. 베이비 코참마를 그렇게 역하게 만들었던 파라반 특유의 냄새. 암무가 혀를 내밀어 그의 목의 움푹 팬 곳을 맛보았다. 그의 귓불을. 그녀는 그의 머리를 자기 쪽으로 끌어내려 그의 입에 키스를 했다. 구름 같은 키스. 상대의 키스를 요구하는 키스. 그가 그녀에게 키스했다. 처음엔 조심스럽게. 그러고는 절절하게. 천천히 그의 팔이 그녀 뒤로 다가왔다. 등을 쓰다듬었다. 아주 부드럽게. 그의 손바닥이 느껴졌다. 거친. 굳은살이 박인. 사포 같은. 그는 그녀가 아프지 않게끔 조심하고 있었다. 그녀는 자신의 몸이 그에게 얼마나 부드럽게 느껴지는지 느끼고 있었다. 그를 통해 자신을 느꼈다. 자신의 피부를. 그의 손길이 닿는 곳에만 자신의 몸이 존재하는 것처럼. 나머지는 연기인 것처럼. 그의 떨리는 몸이 느껴졌다. 그의 손이 그녀의 둔부(칫솔을 줄줄이 올려도 떨어지지 않을) 위에 놓이더니, 그녀의 허리를 자신의 허리 쪽으로 끌어당기며 얼마나 그녀를 원하고 있는지 알렸다.

생명이 그 춤을 안무했다. 두려움이 박자를 맞췄다. 그들의 몸이 서로에게 응하는 리듬을 정했다. 쾌락의 전율 하나하나에 대해 그와 동일한 정도의 고통을 치르리라는 것을 두 사람은 이미 알고 있었던 것처럼. 마치 그들이 얼마나 멀리 갔느냐에 따라 얼마나 많은 것을 빼앗기게 되는지 이미 알고 있었던 것처럼. 그래서 두 사람은 주저했다. 서로를 애태웠다. 서로에게 천천히 몸을 맡겼다. 그러나 그럴수록 상황은 악화될 뿐이었다. 내놓아야 할 것들이 더 많아졌을 뿐이었다. 더 많은 대가를 치르게 되었을 뿐이었다. 왜냐하면 그것은 낯선 사랑의 주름을, 그 더듬거림과 조급함을 부드럽게 펴며 그들을 열광으로 치닫게 했기 때문이었다.

그들 뒤에서 강이 어둠 속을 지나면서 고동쳤고 거친 실크처럼 빛났다. 노란 대나무가 울음을 울었다.

밤이 팔꿈치를 물위에 괴고 그들을 지켜보았다.

그들은 망고스틴 나무 아래, 바로 얼마 전까지도 배 꽃을 피우고 배 열매를 열었던 잿빛 오래된 배 나무가 있던 자리에, '유동적인 공화국'에게 뿌리를 뽑힌 자리에 누웠다. 말벌 한 마리. 깃발 하나. 소스라친 부풀린 앞머리. '도쿄의 사랑'으로 묶은 '분수 머리'.

종종걸음치며, 서두르며, 배의 세계는 사라져버렸다.

일하러 가던 하얀 흰개미.

집으로 돌아가던 하얀 무당벌레.

빛을 피해 땅속으로 숨던 하얀 딱정벌레.

하얀 나무 바이올린을 든 하얀 메뚜기.

슬픈 하얀 음악.

모두 사라져버렸다.

배 모양의 마른 흙바닥을 남기며, 사랑을 위해 자리를 마련하고 채비를 하며. 마치 에스타펜과 라헬이 그들을 위해 자리를 마련해둔 것처럼. 일이 이렇게 되기를 바란 것처럼. 암무의 꿈을 받은 쌍둥이 산파.

암무는 이제 벗은 몸으로 벨루타 위로 몸을 구부리고 그의 입술에 자신의 입술을 포갰다. 그가 그녀의 머리카락을 텐트처럼 그들 주변에 늘어뜨렸다. 그녀의 아이들이 바깥세상을 거부하고 싶을 때 그랬던 것처럼. 그녀는 더 아래로 미끄러져 내려가 그의 몸 다른 부분에 자신을 소개했다. 그의 목. 젖꼭지. 초콜릿색 복부. 배꼽에 고인 마지막 강물을 마셨다. 뜨겁게 발기된 음경에 눈꺼풀을 댔다. 그리고 그를 입으로 맛보자, 짠맛이 났다. 그가 일어나 앉아 그녀를 다시 끌어당겼다. 그녀는 그의 복부가 자신의 몸 아래서 나무판처럼 단단해지는 것을 느꼈다. 젖은 자신이 그의 피부 위로 미끄러지는 것을 느꼈다. 그가 그녀의 젖꼭지를 입에 물고 굳은살 박인 손으로 다른 쪽 젖가슴을 부드럽게 잡았다. 사포에 싸인 벨벳.

그를 자신의 몸안으로 들인 그 순간, 그녀는 그의 청춘을, 그의 젊음을 알아채고, 그의 눈에 그가 발견한 비밀에 대한 경이로움이 떠오르는 것을 보며, 자신의 아이에게 하듯 미소를 지어 보였다.

일단 그녀의 안에 들어가자, 두려움은 사라지고 생명이 그 자리를 차지했다. 삶의 대가가 감당할 수 없을 정도로 치솟았다. 훗날 베이비 코참마가 '치러야 할 작은 대가'라고 말하긴 했지만.

그랬나?

두 생명. 두 아이의 어린 시절.

그리고 미래의 위반자들에 대한 역사의 교훈.

구름 낀 눈이 구름 같은 눈을 흔들림 없이 응시했고, 어둠 속에서 빛나는 여인이 어둠 속에서 빛나는 남자에게 자신을 열었다. 그녀는 범람한 강처럼 넓고 깊었다. 그는 그녀의 강을 나아갔다. 그녀는 그가 자신의 안에 더 깊이, 더 깊이 들어오는 게 느껴졌다. 미친듯이. 열광해서. 더 깊숙이 들여보내달라며. 더 깊이. 마침내 그녀의 몸 깊은 곳에 닿았다. 그의 몸이. 그리고 그가 더이상 나아갈 수 없었을 때, 그녀의 가장 깊고 깊은 곳에 닿았을 때, 그는 흐느끼듯 몸을 떨며 한숨을 내쉬고는 그 깊은 바닥으로 가라앉았다.

그녀는 그에게 기댔다. 땀으로 몸이 미끄러웠다. 그의 몸이 그녀 안에서 줄어들었다. 그의 숨결이 점점 고르게 돌아왔다. 그의 눈이 맑아진 것이 보였다. 그는 자기에게는 느슨해진 매듭이 그녀의 안에서는 여전히 단단하게 떨고 있음을 느끼며 그녀의 머리를 쓰다듬었다. 살며시 그녀의 몸을 돌려 눕혔다. 그가 자신의 젖은 옷으로 그녀의 땀과 흙을 닦아주었다. 자신의 무게가 실리지 않게 조심하며 그녀의 몸 위에 그의 몸을 포갰다. 팔뚝 피부에 작은 돌들이 파고들었다. 그가 그녀의 눈에 키스했다. 그녀의 귀에도. 그녀의 가슴에도. 그녀의 배에도. 쌍둥이를 가졌을 때 생긴 일곱 개의 은빛 임신선에도. 그녀의 배꼽에서 그를 받아들이고 싶어하는 검은 삼각지대로 이어지는 언덕의 선에도. 피부가 가장 부드러운 허벅지 안쪽에도. 그러고는 목수의 손이 그녀의 엉덩이를 들어올렸고 불가촉민의 혀가 그녀의 가장 깊은 곳에 닿았다. 그녀의 우묵한 부분에서 길고 깊게 들이마셨다.

그녀는 그를 위해 춤을 추었다. 그 배 모양의 땅 위에서. 그녀는 살아 있었다.

그는 망고스틴 나무에 등을 기댄 채, 그녀를 안고 있었다. 그녀가 울음과 웃음을 동시에 터뜨리며 울고 웃는 동안. 그러고 나서 영원처럼 느껴지던 순간, 실제로는 오 분 정도에 불과했지만 그녀는 등을 그의 가슴에 기대고 잠이 들었다. 7년이라는 망각이 그녀를 들어올려 무겁고 떨리는 날개로 어둠 속으로 날아갔다. 둔한 강철 공작새처럼. 그리고 암무의 '길'('나이듦'과 '죽음'에 이르는)에는 햇빛이 비치는 작은 풀밭이 나타났다. 구릿빛 풀밭이 파란 나비들로 반짝였다. 그 너머는 심연이었다.

서서히 두려움이 다시 그에게 스며들었다. 그가 한 행동에 대해서. 다시 그가 같은 행동을 하리라는 것을 아는 것에 대해서. 그리고 또다시.

그녀는 두방망이질하는 그의 심장 소리에 깼다. 마치 심장이 출구를 찾는 것처럼. 그 움직이는 갈비뼈를. 옆으로 접히는 비밀 문을. 그의 팔은 여전히 그녀를 감싸안고 있었고, 그의 손이 야자수의 마른 잎사귀를 만지작거리는 동안, 움직이는 근육이 느껴졌다. 암무는 자신이 얼마나 그의 팔을—그 모양과 강인함을—사랑하는지, 그의 팔 안에서 휴식을 취하는 게 얼마나 안전하게 느껴지는지를 생각하며 어둠 속에서 혼자 미소를 지었다. 그러나 사실은 그녀가 있기엔 그보다 더 위험한 장소가 없었다.

그가 자신의 두려움을 접어 완벽한 장미를 만들었다. 손바닥에 올려 건넸다. 그녀가 그 장미를 집어들어 자신의 머리에 꽂았다.

그녀는 그에게 안기고 싶어서, 그를 더 만지고 싶어서 몸을 더 밀착시켰다. 그가 동굴 같은 품에 그녀를 감싸 안았다. 산들바람이 강에서 불어와 그들의 더운 몸을 식혀주었다.

조금 추웠다. 조금 젖었다. 조금 조용했다. '공기'가.

하지만 무슨 할말이 있을까?

한 시간 후 암무가 부드럽게 몸을 떼어냈다.

"가야 해."

그는 아무 말도 하지 않았고, 움직이지도 않았다. 옷을 입는 그녀를 지켜보았다.

이제 오직 한 가지만이 중요했다. 두 사람은 그것이 서로가 서로에게 요구할 수 있는 유일한 것임을 알았다. 단 하나. 영원히. 두 사람 모두 알았다.

더 나중에도, 이날 이후 이어진 열세 번의 밤 동안에도, 본능적으로 그들은 '작은 것들'에 집착했다. '큰 것들'은 안에 도사리고 있지도 않았다. 자신들에게는 갈 곳이 없다는 것을 알고 있었다. 아무것도 가진 게 없었다. 미래도 없었다. 그래서 그들은 작은 것들에 집착했다.

그들은 서로의 엉덩이에 난 개미 물린 자국을 보고 웃었다. 잎사귀 끝에서 미끄러지는 어설픈 애벌레에, 혼자서는 몸을 제대로 가누지 못

하는 뒤집어진 딱정벌레에. 강에서 늘 벨루타를 찾아내어 물곤 하는
작은 물고기 한 쌍에. 유난히 더 경건하게 기도하는 자세를 한 사마귀
한 마리에. '역사의 집'의 뒷베란다 벽의 갈라진 틈에서 살며, 쓰레기
들―말벌 날개 한 조각. 거미줄 일부. 먼지. 썩은 잎. 죽은 벌의 빈 흉
갑―로 몸을 가려 위장하는 작은 거미 한 마리에. 차푸 탐부란, 벨루타
는 그 거미를 그렇게 불렀다. '쓰레기의 신'. 어느 날 밤, 그들은 거미
의 옷장에―마늘 껍질 조각을―기부했지만, 거미가 그것을 거절하고
나머지 갑옷들도 거부한 채―언짢다는 듯, 알몸으로, 콧물 같은 색깔
로―나타나자 두 사람은 마음이 몹시 상했다. 그들의 옷 취향을 비웃
기라도 하듯이. 며칠 동안 거미는 심술궂게 옷을 입지 않고 자살 행위
나 다름없는 상태로 지냈다. 거부한 쓰레기 껍질은, 유행이 지난 세계
관처럼 그대로 세워져 있었다. 한물간 철학처럼. 그리고 부스러졌다.
조금씩 차푸 탐부란은 새로운 앙상블을 갖춰 입었다.

서로에게 혹은 자신에게 인정하지는 않았지만, 그들은 자신들의 운
명, 미래(그들의 '사랑', 그들의 '광기', 그들의 '희망', 그들의 '무하아
한 기쁨')를 거미와 결부시켰다. 매일 밤 (갈수록 커져가는 두려움을 안
고) 거미가 그날을 견뎌냈는지 살폈다. 그들은 거미의 유약함에 애가
탔다. 거미의 작음에. 위장술의 적절성에. 자기파괴적으로 보이는 자
만심에. 그들은 거미의 다양한 취향을 사랑하게 되었다. 거미의 어기
적대는 위엄도.

그들은 덧없는 것을 믿어야만 함을 알았기에 거미를 선택했다. '작
음'에 집착해야만 함을. 헤어질 때마다 서로에게 단 하나의 작은 약속
을 얻어낼 뿐이었다.

"내일?"

"내일."

그들은 하루 만에 모든 것이 바뀔 수도 있음을 알았다. 그 점에서는 그들이 옳았다.

하지만, 차푸 탐부란에 대해서는 틀렸다. 거미는 벨루타보다도 오래 살았다. 다음 세대의 아버지가 되었다.

자연사했다.

소피 몰이 왔던 그날 밤, 벨루타는 옷을 입는 연인의 모습을 바라보았다. 옷을 다 입은 그녀가 쪼그리고 앉아 그를 마주보았다. 손가락으로 살며시 그를 만지자 그의 피부에 길게 소름이 돋았다. 칠판 위의 납작한 분필 자국처럼. 논에 부는 미풍처럼. 푸른 성당 하늘의 비행운처럼. 그가 그녀의 얼굴을 잡고 자신의 얼굴 가까이 끌어당겼다. 눈을 감고 그녀의 살내음을 맡았다. 암무가 웃음을 터뜨렸다.

'그래, 마거릿.' 그녀는 생각했다. '우리도 서로 그렇게 해.'

그녀는 그의 감긴 눈에 입맞춤을 하고 일어섰다. 벨루타가 망고스틴 나무에 기댄 채 멀어지는 그녀를 바라보았다.

그녀는 마른 장미를 머리에 꽂고 있었다.

그녀가 뒤돌아보며 다시 한번 말했다. "나알레이."

내일.

나의 가장 까다로운 비평가이자 가장 가까운 친구인 내 사랑 프라디프 크리셴. 당신이 없었다면 이 책은 '이 책'이 될 수 없었을 겁니다.

피아와 미트바, 내 딸인 것에 감사하며.

아라다나, 아르준, 베테, 찬두, 카를로, 골라크, 인두, 조애나, 나히드, 필립, 산주, 비나, 비베카, 이 책을 쓰는 시간을 견뎌내도록 도와준 것에 감사하며.

판카지 미슈라, 이 책이 세상에 나올 수 있도록 해준 것에 감사하며.

알로크 라이와 쇼미트 미터, 작가들이 꿈꾸는 그런 종류의 독자가 되어준 것에 감사하며.

데이비드 고드윈, 나의 에이전트, 안내자, 친구. 그 충동적인 인도행에, 내게 길을 열어준 것에 감사하며.

닐루, 수쉬마와 크리슈난, 기운을 북돋워주고 내가 다리 근육을 제대로 쓸 수 있도록 해준 것에 감사하며.

그리고 다디와 다다. 두 사람의 사랑과 격려에 감사하며.

인간의 삶과 죽음을 결정짓는
작은 것들과 큰 것들의 이야기

『작은 것들의 신』은 아룬다티 로이의 데뷔작이자 현재로서는 유일한 소설이다. (2014년 뉴욕타임스와의 인터뷰에서 현재 두번째 소설을 집필중이라고 밝혔지만 그 주제와 구체적인 출간 일정에 대해선 함구하고 있다.)

로이는 4년간 구상하고 다듬은 『작은 것들의 신』 원고를 런던의 문학에이전트인 데이비드 고드윈에게 보냈고, 이를 읽은 고드윈은 곧장 인도행 비행기를 타고 로이를 만나 그 자리에서 선금으로 160만 달러를 주겠노라 제안했다고 한다. 1997년 5월 출간되어 그해 부커상까지 거머쥔 이 작품은 전 세계에서 40여 개 언어로 번역되었고 6백만 부이상 팔리는 베스트셀러가 되었다. 미국 작가 존 업다이크가 "타이거 우즈에 비견"된다고 표현했을 정도로 인상적인 데뷔였다.

데이비드 고드윈은 매해 수백 편씩 밀려드는 원고 가운데 "첫 다섯 페이지 혹은 열 페이지"를 읽게 하는, 더 나아가 끝까지 읽게 하는 힘이 있는 원고라면 자신과 함께할 작품, 작가라고 말한 바 있다. 그렇다면 무엇이 첫 다섯 페이지를 읽게 하는가. 그는 그 작가만의 독특한 목소리와 이야기, 이 두 가지를 중요한 덕목으로 꼽았다.

『작은 것들의 신』 첫 다섯 페이지에는 분명 그 두 가지 힘이 있다. "아예메넴의 5월은 덥고 음울한 달이다"라는 문장으로 시작하는 이 소설의 첫 페이지에서는 인도 남부 시골 마을의 풍광과 분위기가 너무나도 아름답고 섬세하게 펼쳐진다. 온갖 빛깔의 자연과 농익은 과일향, 풀벌레 울음소리, 빗소리, 바람 소리, 아이들이 뛰노는 소리, 낯설면서도 어딘가 친밀한 이국적인 풍경, 그 황홀함에 취해 있을 때 인물들이 등장한다. "라헬이 아예메넴에 돌아왔을 때 비가 내리고 있었다." 그렇게 세번째 문단이 시작한다. 그리고 라헬의 비극적인 가족사 한가운데 있었던 외가의 대고모, 서로의 꿈과 기억을 읽어낼 수 있었던 이란성 쌍둥이 오빠 에스타에 대한 기억이 빠르게 펼쳐지고, 그곳의 언어로 '암무', 즉 엄마에 대한 추억이 등장한다.

이제 부드러운 반달이 눈 아래 자리잡은 그들은 암무가 죽었을 때만큼이나 나이가 들어 있었다. 서른하나.

늙지도 않은.

젊지도 않은.

하지만 살아도 죽어도 이상할 것 없는 나이.

그리고 이야기는 다시 쌍둥이가 태어나던 때로 돌아가 이어진다. 빈틈이라고는 없는 세밀한 인도 시골의 풍경 묘사와 오랜 시간 헤어져 살아온, 그러나 곧 만나게 될 신비한 쌍둥이 남매 이야기는 단번에 독자를 사로잡는다. 아마 고드윈은 다섯 페이지까지 읽지 않고도 직감했을 것이다. 어서 인도로 가서 이 눈부시게 고혹적인 작가를 만나야 한다는 것을.

'작은 것들'과 '신'

소설 발표 당시 파도처럼 넘실대는 검은 머리를 어깨 아래로 길게 늘어뜨렸던 아룬다티 로이는 이제 오십대 중반이 되었다. 아룬다티 로이를 소설가가 아닌 사회운동가로 먼저 접하고, 그녀의 정치적 사회적 저서를 먼저 읽은 독자라면 아마도 머리를 짧게 자른 반백의 그녀 모습에 더 익숙할 것이다. 여성인권과 환경문제에서 인도와 주변국의 정치문제, 나아가 세계화에 따른 신제국주의에 이르기까지 그녀가 제기한 여러 이슈에 공감하는 독자라면 이 소설 역시 그런 맥락에서 이해하고 분석하고 싶을지도 모른다. 그러나 아룬다티 로이는 분명히 말한다. 이 소설뿐 아니라 현재 집필중인 소설도 "결코 어떤 이슈에 대한 것은 아니다"라고. 정치적 과제를 중심에 놓고 스토리를 엮는 식의 창작은 하지 않으며, 주장하고픈 이슈가 있으면 직접적으로 논픽션으로 풀어낸다고. 실제로 그녀가 발표한 정치 사회 문제와 관련된 저술만 해도 십여 권에 이른다.

그렇다면 이『작은 것들의 신』은 어떤 이야기인가. 작은 것들의 신은 무엇을 의미하는가. 작은 것들은 무엇이고 신은 무엇인가. 미미한 존재인 인간과 거대한 절대자인 신의 관계라는 영원한, 그렇기에 다소 진부한 주제를 이야기하려는 것인가. 이에 대한 답을 찾기 위해 멀리 가지 않아도 세번째 페이지, 라헬이 어린 시절의 기억을 떠올리는 장면에서 '작은 것들'이란 표현이 등장한다. 쌍둥이 오빠 에스타의 기억이지만, 그 자리에 없었음에도 라헬이 또렷이 기억하는 그녀의 기억이기도 하다. 에스타가 극장 매점에서 겪었던 사건, 에스타가 기차 안에서 먹은 토마토 샌드위치의 맛. "이런 것들은 그저 작은 것들일 뿐이다"라고 라헬은 말한다. 이런 작은 것들이 작은 구슬알들처럼 이야기 곳곳에 알알이 흩어져 있다. 그렇다면 큰 것은 무엇이고 신은 무엇을 의미하는가. 독자들은 궁금해진다. 라헬과 에스타의 이야기가, 서른한 살, 늙지도 젊지도 않지만 살아도 죽어도 이상할 것 없는 나이에 세상을 떠난 그들 어머니의 이야기가.

인도 케랄라 여인들의 삶과 운명

아룬다티 로이의 삶은 소설 속 두 여인 라헬과 그녀의 어머니 암무의 삶과 상당 부분 오버랩된다. 이 작품을 자전 소설이라 부를 수는 없지만, 데뷔작이 대개 그렇듯 자전적인 이야기가 전혀 아니라고도 할 수 없을 정도로 작가의 경험과 상당히 맞닿아 있다.

어린 시절 부모의 이혼으로 오빠와 함께 어머니의 고향인 인도 남부에 위치한 케랄라로 돌아간다는 설정부터 그렇다. 로이의 어머니는 케랄라 출신의 시리아 정교회 신도로 여성 인권 운동가였으며 암무와 마찬가지로 심한 천식 환자였고, 로이의 아버지는 바바처럼 캘커타 출신의 벵골 힌두교도로 실롱 근처 차농장의 매니저로 일했으며 알코올중독자였다. 아예메넴이 위치한 케랄라는 시리아 정교를 신앙으로 삼고 말라얄람어를 사용하는 보수적인 고장이었고, 이혼한 편모슬하의 아룬다티 로이는 외가에서 환대받지 못한 채 오히려 낮은 카스트 계급 사람들과 달리트들을 편안해하며 어린 시절을 보낸다. 그리고 라헬과 마찬가지로 기숙학교를 거쳐 델리의 건축학교로 진학한다. 로이가 건축학교를 선택한 이유는 건축일 아르바이트를 하며 생활비를 벌어 학교에 다닐 수 있을 거란 기대감, 그리고 영국 태생의 인도 건축가인 로리 베이커처럼 지속 가능한 저비용 건축을 하겠다는 이상을 품고 있었기 때문이었다. 건축학교에서 받은 교육에는 크게 실망했지만 그 학위 덕에 델리의 국립도시계획연구소에 들어갔고, 이 건축학교 시절을 소재로 독립영화 감독인 프라디프 크리셴과 함께 영화 작업도 했다.

로이는 크리셴 감독과 결혼한 후 영화와 TV 시리즈 극본을 쓰고 영화 비평을 하는 틈틈이, 이 『작은 것들의 신』을 구상하고 집필했다. 1997년 이 책이 출간되고 나서 아룬다티 로이는 단숨에 세계적인 작가가 되었지만 후속작을 발표하는 대신 인도 사회, 나아가 세계의 여러 이슈에 대해 목소리를 내고 글을 쓰며 사회운동가로 활발히 활동한다. 인도의 핵실험, 인도 나르마다 댐 프로젝트 같은 개발 사업의 허구성에 대한 것부터 강제이주민의 도시 빈민 전락, 카슈미르 분쟁, 환경문제, 미국의 대테러전, 세계화와 신제국주의에 이르기까지 자신이 옳다고 믿는 바를 강력히 주장하며 사회운동을 전개하고 책을 쓴다.

인도의 여러 사회 문제를 고발하기 위해 이 소설을 집필한 것은 아니었지만 이야기의 주된 배경인 1969년 인도 케랄라에서는 공산주의가 정치적 힘을 키우고 있었고, 시리아 정교도와 힌두교도 간의 갈등이 있었으며, 식민 통치를 했던 영국인들의 문화가 선망의 대상으로 남아 인도의 문화, 역사와 충돌하고 있었다. 그리고 무엇보다 뿌리 깊게 남은 카스트제도가 여전히 인간을 불가촉천민과 '가촉민'으로 구별지었고, 카스트가 '사랑의 법칙'이 되어 사랑할 사람들과 사랑해선 안 될 사람들을 규정지었다. 이런 역사의 편린들은 케랄라 아예메넴에서 살아가는 이들 가족과 그 주위 사람들에게 '작은 것들'이었을까, 큰 것들이었을까.

1969년 공산주의, 종교, 영국, 카스트제도, 가진 자와 못 가진 자 등 거창하고 무거운 역사 속 어휘들을 당시 일곱 살이었던 쌍둥이 남매 라헬과 에스타는 이해할 수 없었는지도 모른다. 하지만 이 씨실과 날실이 교차해 운명이란 천이 직조되다보면, 여기저기 흩어져 있던 구슬알들이 하나로 꿰어지다보면, 거기에 아이들이 각기 우연히 혹은 어쩌다 겪게 되는 경험이 엮이면, 불가피했다고밖에 볼 수 없는 커다란 사건이, 사랑이, 죽음이 드러난다. 커다란 사건은 또다른 커다란 사건을 불러오고, 사랑은 또다른 사랑으로, 죽음은 또다른 죽음으로 이어진다.

'작은 것들의 신'과 사랑의 법칙

세번째 페이지에서 에스타와 라헬이 하마터면 버스 안에서 태어날 뻔했다는 탄생 이야기가 시작되고, 네번째 페이지에서는 이미 이 이야기의 전개에서 첫번째 '큰 것'이라 할 수 있는 소피 몰의 죽음이 전개된다. 작은 관에 누운 아홉 살짜리 소녀, 영국에서 온 외사촌의 장례식 모습이 다섯번째 페이지에 그려진다.

이렇듯 첫 다섯 페이지만 봐도, 화자가 들려주는 현재와 과거를 오가는 섬세한 이야기로 인물들의 탄생과 어찌보면 '결말'이라고 할 수 있는 죽음까지 모두 알게 된다. 서른한 살 라헬과 일곱 살 라헬의 시선을 따라가는 이 첫 몇 페이지만 보고도 독자들은 이미 가슴이 아리고 아파옴을 느끼며 이야기 속 세월이 어찌 흐르는 것인가 궁금해한다. 도대체 무슨 일들이 있었던 것인가. 그리고 다시 한번 묻게 된다, 작은 것들은 무엇이며 작은 것들의 신은 누구인가, 혹은 무엇인가.

화자는 라헬뿐 아니라 여러 인물들의 시선으로 시간의 흐름을 따라가기도 거스르기도 하면서, 말라얄람어를 곁들이고 아이들 특유의 어법을 섞으며, 그리고 색채의 마술을 부리는 듯한 이미지를 그려내며 독특하고 매혹적인 목소리로 이야기의 결을 짜나가고 구슬을 꿰어간다. 그리고 화자는 '사랑의 법칙'을 이야기한다. 누구를 사랑해야 하는지, 그리고 어떻게, 얼마만큼 사랑해야 하는지도 규정하는 사랑의 법칙. 이 사랑의 법칙을 어기고 어린 라헬과 에스타가 사랑했던, 암무가 사랑했던 청년 벨루타가 있다.

어린 라헬과 에스타가 사랑하는 벨루타는 손재주가 좋은 목수다. 자신들에게 작은 장난감들을 잘 만들어주며 자신들을 진심으로 대하는 그에게서 아이들은 불가촉천민이라는 계급이나 공산주의자라는 이념 같은 큰 것은 알지도 못하거니와 보지도 못한다. 반면 암무는, 그리고 벨루타는 그렇게 큰 것은 외면하려 애쓴다. 큰 것을 볼수록 그들에겐 미래도 그 무엇도 없음을 잘 알기 때문이다. 그들은 작은 것에 관심을 기울이고 애정을 쏟는다, 개미에 물린 엉덩이에, 잎새 끝 굼뜬 애벌레며 뒤집어진 딱정벌레에, 작은 거미 한 마리에…… 그들의 운명은 그렇게 부서지기 쉬운 약한 것이기에, 약속할 수 있는, 혹은 약속할 수 있다고 믿는 미래란 오직 '내일'뿐이기에 그들은 작은 것에 집착한다. 어느 날 낮잠에서 깨어난 암무는 꿈에서 한 팔로 자신을 꼭 끌어안던 외팔이 남자를 떠올리며, 행복했던 꿈을 되짚으며 묻는다, 그는 누구였을까. '상실의 신? 작은 것들의 신? 소름과 문득 떠오르는 미소의 신?' 두 사람이 약속했던 '내일'이 사라지던 날, 누구에게든 무슨 일이든 일어날 수 있다고 믿은, 그래서 '준비'해온 일을 실행에 옮기는 어린 에스타, 에스타와 함께하는 어린 라헬과 소피 몰, 이어지는 소피 몰의 죽음, 그리고 어린 에스타와 라헬이 목격하는 벨루타의 죽음. 이어지는 이별, 죄책감, 침묵, 암무가 홀로 맞이하는 죽음. 오랜 세월 후 또다시 어기게 되는 '사랑의 법칙'. 아룬다티 로이의 목소리와 이야기는 쉼 없이 독자를 사로잡는다.

케랄라는 신이 창조한 신의 나라로도 불린다. 그 케랄라에서 한 사람의 삶, 미래, 사랑과 죽음을 지배하는 것은 무엇인가. 신인가. 사회 관습과 계급, 종교, 정치와 같은 커다란 힘인가. 아니면 한 사람과 그 주변 사람들이 행한 작은 것들이 서로에게 영향을 주고 물리고 물리면서 '누구에게든 무슨 일이든 일어날 수' 있는 것인가. 그래서 '준비를 해두어도' 결국 무슨 일이든 일어날 수 있게 되는 것인가. 그렇다면 우리는 작은 것들에서 기쁨을 느끼고 작은 것들을 소중히 하며 작은 것들로 우리의 삶을 꾸려나가는 것이 바람직한 일인가. '케랄라의 신'과 '작은 것들의 신'은 어떤 관계인가. 그리고 사랑의 법칙은 어떻게 정해지는가.

이 책을 통해 어떤 질문을 던지고 어떤 해답을 찾을지는 각자의 몫이겠지만, 이 작품을 끝까지 읽어내게 하는 아룬다티 로이만의 작가적 힘에는 모두 동의할 것이다. 그리고 『작은 것들의 신』 이후 오랜 시간 '작은 것들'이 아닌 '큰 것들'에 집중해왔던 아룬다티 로이가 그간의 경험과 사고를 어떻게 새로운 소설에 녹여낼지 궁금해질 것이다. 그녀가 새로운 소설을 집필중이라는 기사가 나간 후 『작은 것들의 신』의 담당 에이전트인 데이비드 고드윈은 출판사 수백 곳으로부터 전화를 받았다고 한다. 1997년 당시 팩스조차 없었던 아룬다티 로이는 자신의 작품을 알아보고―전에는 와본 적도 없는―인도까지 날아와준 그를 에이전트로 선택했었다. 이번에도 데이비드 고드윈과 함께할지 개인적으로 호기심이 이는 부분이다. 그러나 무엇보다 그녀의 새로운 소설을 통해 다시 한번 다섯 페이지를 채 읽기도 전에 가슴 저 깊은 곳이 내려앉는 것만 같았던, 그 아린 통증을 느껴보고 싶다. 어느 날 문득 맞닥뜨린 사람, 사랑의 법칙을 어길 수밖에 없을 것 같은 예감, 그 충격, 아룬다티 로이의 소설에서는 가능한 '이야기'다.

박찬원

1961년	11월 24일, 인도 북동부 메갈라야 실롱에서 라지브 로이와 메리 로이 사이에서 출생.
1963년	부모 이혼. 어머니, 오빠와 함께 외가인 케랄라로 돌아가나 가족에게 푸대접을 받고 인근 타밀 나두 주 우티에 위치한 로이의 외할아버지 소유 오두막으로 이사.
1966년	다시 케랄라로 돌아감. 로이의 어머니가 로터리 클럽 부지에서 학교 운영을 시작함.
1971년	영국 장교가 세운 기숙학교인 로런스에 진학.
1977년	델리로 이주. 건축설계학교School of Planning and Archi-tecture에 입학. 건축설계학교 교육에 실망해 최종 프로젝트에서 건축 설계를 거부하고 대신 「델리에서의 탈식민 도시계획Postcolonial Urban Development in Delhi」이라는 논문을 씀. 학생 시절 가족과 연락을 끊고 건축가인 남자친구 제러드 다 쿠냐Gerard da Cunha와 함께 근처 빈민가에서 생활. 졸업 후에도 잠시 함께 생활하다가 결별.
1984년	델리의 국립도시계획연구소National Institute of Urban Affairs에서 일하던 중 독립영화 감독 프라디프 크리셴Pradip Krishen을 만남.
1985년	프라디프 크리셴의 영화 〈매시 사히브Massey Sahib〉에 여주인공으로 출연. 이후 크리셴과 결혼.
1989년	건축학교 학생 시절을 그린 영화 〈애니의 도전In Which

Annie Gives It Those Ones〉의 극본을 쓰고 출연. 남편 크리
셴이 감독함. 내셔널 무비어워드 베스트 스크린플레이 수상.

1992년 영화 〈애니Annie〉 〈전기 달Electric Moon〉, TV 시리즈 〈바
르가드Bargad〉(인도 독립운동에 관한 26부작이었으나 완
성되지 못함) 등을 남편과 공동 작업. 소설『작은 것들의 신』
집필 시작.

1994년 인도에서 '도둑의 여왕'으로 불리는 풀란 데비의 이야기를
토대로 한 영화 〈산적 여왕Bandit Queen〉에 대한 영화 비
평「인도의 대단한 강간 트릭 The Great Indian Rape-Trick」
을 발표함. 강간과 윤간을 영화적 장치로 사용한 것을 비판
함으로 세간의 주목을 받지만, 이로 인해 좁은 영화계에서
배신자로 배척당함.

1996년 소설『작은 것들의 신』완성.

1997년 『작은 것들의 신』출간. 부커상 수상 및 뉴욕타임스 '1997년
주목할 만한 책'으로, 인디펜던트, 선데이타임스, 옵서버 등
에서 '올해의 책'으로 선정. 5월에 출간돼 6월 말 18개국에
판권이 팔릴 정도로 상업적으로 큰 성공을 거뒀으나, 영국에
서는 평가가 엇갈려 부커상 수상이 논란이 되고, 인도에서는
외설죄로 기소됨.

1998년 5월 인도 정부의 핵실험과 핵정책을 비판한 에세이「상상력
의 종말 The End of Imagination」을 아웃룩과 프런트라인에
발표. 이후 본격적인 시민운동가 활동을 시작함.

1999년 「상상력의 종말」과「공공의 더 큰 이익 The Greater Common
Good」이 수록된 에세이집『생존의 비용 The Cost of Living』
출간. 함께 실린 다른 글을 통해 나르마다 댐 프로젝트 개발
사업의 허구성과 강제 이주된 주민들의 도시 빈민 전락 고발.

2001년 정치 에세이집『무한 정의 The Algebra of Infinite Justice』

	출간.
2002년	『권력의 정치학 *Power Politics*』 출간.
	아룬다티 로이의 나르마다 댐 프로젝트 반대 운동을 기록한 다큐멘터리 〈댐/시대 *DAM/AGE: A Film with Arundhati Roy*〉 발표.
	라난 재단의 문화자유상 수상.
2003년	『전쟁 이야기 *War Talk*』 출간.
	샌프란시스코에서 열린 글로벌 인권상 수상식에서 '평화의 여성' 상 수상.
2004년	『보통 사람들을 위한 제국 가이드 *An Ordinary Person's Guide To Empire*』 출간.
	『제국 시대의 대중 권력 *Public Power in the Age of Empire*』 출간.
	인터뷰집 『수표책과 크루즈 미사일 *The Checkbook and the Cruise Missile: Conversations with Arundhati Roy*』 출간.
	시드니 평화상 수상.
2006년	인도문학회가 수여하는 사히티아 아카데미 상 수상자로 선정되나 폭력과 무자비한 정책, 그리고 산업근로자에 대한 무자비한 대우, 군국화 증대, 경제 분야의 신자유화 등을 행하는 인도 정부에 반대해 수상을 거부함.
2007년	두번째 소설 집필 시작.
2008년	인터뷰집 『짐승의 모습 *The Shape of the Beast: Conversations with Arundhati Roy*』 출간.
2009년	정치에세이집 『아룬다티 로이, 우리가 모르는 인도 그리고 세계 *Field Notes on Democracy: Listening to Grasshoppers*』 출간.
2011년	에세이집 『망가진 공화국 *Broken Republic: Three Essays*』

출간.

『동지들과 걷는 길 *Walking with the Comrades*』 출간.

『카슈미르: 자유를 위하여 *Kashmir: The Case for Freedom*』 출간.

노먼 메일러 상 집필상 수상.

2013년 『아프잘 구루의 교수형과 이상한 인도 의회 공격사건 *The Hanging of Afzal Guru and the Strange Case of the Attack on the Indian Parliament*』 출간.

2014년 『자본주의: 유령 이야기 *Capitalism: A Ghost Story*』 출간.

타임지 선정 '세계에서 가장 영향력 있는 100인'에 이름을 올림.

2015년 암베드카르 수다르 상 수상.

2016년 존 큐잭과 공동 저술한『말할 수 있는 것과 말할 수 없는 것 *Things That Can and Cannot Be Said*』 출간.

2017년 『의사와 성자: 카스트, 인종, 카스트 제도의 소멸, B. R. 암베드카르와 M. K. 간디 간의 논쟁*The Doctor and the Saint: Caste, Race, and Annihilation of Caste: The Debate Between B. R. Ambedkar and M. K. Gandhi*』 출간.

두번째 소설 『지복의 성자 *The Ministry of Utmost Happiness*』 출간.

2019년 에세이집 『내 불온한 마음*My Seditious Heart: Collected Nonfiction*』 출간.

2020년 『아자디: 자유, 파시즘, 소설 *Azadi: Freedom. Fascism. Fiction*』 출간.

이호철통일로문학상 수상.

문학동네 세계문학전집 발간에 부쳐

세계문학은 국민문학 혹은 지역문학을 떠나 존재하는 문학이 아니지만 그것들의 총합도 아니다. 세계문학이라는 용어에는 그 나름의 언어와 전통을 갖고 있는 국민문학이나 지역문학의 존재를 인정하면서 그것을 넘어서는 문학의 보편적 질서에 대한 관념이 새겨져 있다. 그 용어를 처음 고안한 19세기 유럽인들은 유럽문학을 중심으로 그 질서를 구축했지만 풍부한 국민문학의 전통을 가지고 있는 현대의 문학 강국들은 나름의 방식으로 세계문학을 이해하면서 정전(正典)의 목록을 작성하고 또 수정한다.

한국에서도 세계문학 관념은 우리 사회와 문화의 변화 속에서 거듭 수정돼왔다. 어느 시기에는 제국 일본의 교양주의를 반영한 세계문학 관념이, 어느 시기에는 제3세계 민족주의에 동조한 세계문학 관념이 출현했고, 그러한 관념을 실천한 전집물이 출판됐다. 21세기 한국에 새로운 세계문학전집이 필요하다는 것은 명백하다. 우리의 지성과 감성의 기준에 부합하는 세계문학을 다시 구상할 때가 되었다.

문학동네 세계문학전집은 범세계적으로 통용되는 고전에 대한 상식을 존중하면서도 지난 반세기 동안 해외 주요 언어권에서 창작과 연구의 진전에 따라 일어난 정전의 변동을 고려하여 편성되었다. 그래서 불멸의 명작은 물론 동시대 세계의 중요한 정치·문화적 실천에 영감을 준 새로운 작품들을 두루 포함시켰다.

창립 이후 지금까지 한국문학 및 번역문학 출판에서 가장 전문적이고 생산적인 그룹을 대표해온 문학동네가 그간 축적한 문학 출판 경험을 바탕으로 새로운 세계문학전집을 펴낸다. 인류가 무지와 몽매의 어둠 속을 방황하면서도 끝내 길을 잃지 않은 것은 세계문학사의 하늘에 떠 있는 빛나는 별들이 길잡이가 되어주었기 때문이다. 우리가 자부심과 사명감 속에서 그리게 될 이 새로운 별자리가 독자들의 관심과 애정에 힘입어 우리 모두의 뿌듯한 자산이 되기를 소망한다.

문학동네 세계문학전집 편집위원
민은경, 박유하, 변현태, 송병선, 이재룡, 홍길표, 남진우, 황종연

지은이 **아룬다티 로이**
1961년 인도의 메갈라야 실롱에서 태어났다. 1997년 첫 소설 『작은 것들의 신』으로 부커상을 수상하며 일약 세계적인 작가로 발돋움한다. 1998년 「상상력의 종말」을 발표하며 사회운동가로서 본격적인 활동을 시작한 이래 지금까지 인도 사회, 나아가 세계의 여러 이슈에 대해 목소리를 내고 있다. 라난 재단의 문화자유상, 시드니 평화상, 노먼 메일러 집필상을 수상했고, 타임지 선정 '세계에서 가장 영향력 있는 100인'에 이름을 올렸다.

옮긴이 **박찬원**
연세대학교와 동 대학원에서 불문학을 공부하고 이화여자대학교 통번역대학원에서 한영번역을 전공했다. 현재 전문번역가로 활동하고 있다. 옮긴 책으로 『프래니와 주이』 『지킬 박사와 하이드』 『벤자민 버튼의 시간은 거꾸로 간다』 『나는 말랄라』 『거대한 지구를 돌려라』 『네 번의 식사』 『불완전한 사람들』 『커버』 『카르트 블랑슈』 등이 있다.

세계문학전집 135
작은 것들의 신

1판 1쇄 2016년 1월 15일
1판 12쇄 2024년 10월 18일

지은이 아룬다티 로이 | 옮긴이 박찬원

책임편집 임혜지 | 편집 황도옥 오동규 | 모니터링 이희연 임혜원
디자인 엄자영 이원경 | 저작권 박지영 형소진 최은진 오서영
마케팅 정민호 서지화 한민아 이민경 왕지경 정경주 김수인 김혜원 김하연 김예진
브랜딩 함유지 함근아 박민재 김희숙 이송이 박다솔 조다현 정승민 배진성
제작 강신은 김동욱 이순호 | 제작처 영신사

펴낸곳 (주)문학동네 | 펴낸이 김소영
출판등록 1993년 10월 22일 제2003-000045호
주소 10881 경기도 파주시 회동길 210
전자우편 editor@munhak.com | 대표전화 031) 955-8888 | 팩스 031) 955-8855
문의전화 031) 955-2696(마케팅) 031) 955-2672(편집)
문학동네카페 http://cafe.naver.com/mhdn
인스타그램 @munhakdongne | 트위터 @munhakdongne
북클럽문학동네 http://bookclubmunhak.com

ISBN 978-89-546-3940-8 04840
    978-89-546-0901-2 (세트)

www.munhak.com

● 문학동네 세계문학전집은 계속 출간됩니다